BEST 嚴選

奇幻基地出版

刺客後傳3
經典紀念版
The Tawny Man Trilogy 3

弄臣命運・下冊（最終部）
Fool's Fate

羅蘋・荷布 著
麥全 譯

Robin Hobb

BEST 嚴選

緣起

在繁花似錦的奇幻文學花園裡，你或許還在門外徘徊，不知該如何抉擇進入的途徑；也或許你已經置身其中，卻因種類繁多，或曾經讀過不合口味的作品，而卻步、遲疑。

BEST嚴選，正如其名，我們期許能透過奇幻基地對奇幻文學的瞭解，以及對讀者的理解，站在出版者與讀者的雙重角度，為您精選好作家與好作品。

他們是名家，您不可不讀：幻想文學裡的巨擘，領域裡的耀眼新星。

它們最暢銷，您怎可錯過：銷售量驚人的大作，排行榜上的常勝軍。

這些是經典，您務必一讀：百聞不如一見的作品，極具代表的佳作。

奇幻嚴選，嚴選奇幻。請相信我們的眼光，跟隨我們的腳步，文學的盛宴、幻想世界的冒險，就要展開。

excellent bestseller classic

讓想像飛翔

人活在眞實與想像之間。

眞實有具象的一切：工作、學習、親人、朋友……想像則無所不能：可能存在、也可能發生，但更可能永遠不實現、也不可能發生。想像塡補了眞實的不足，可能也引領了眞實的未來方向，更彌補了人類眞實的痛苦，形成一個可以寄託的空間。

奇幻文學是人類諸多想像的一部分，和許多的創作類型一樣，自成一個流派、各自吸引一群讀者，形成一個以想像爲主軸，與眞實相去甚遠的虛擬世界。

在西方，這個閱讀（創作）類型是成熟的，從中古的騎士、古堡、魔怪，到演化成科幻……等不同特性的分支類型。本身就有足夠的閱讀人口，不斷形成創作的動力。

有時候也會因爲某些事件、作品，一下子使奇幻文學成爲大眾關注的焦點，像《哈利波特》、《魔戒》等作品，不但擴張了奇幻文學的版圖，也給奇幻文學帶來新的生命。

在華文世界裡，沒有西方式的奇幻文學，或者說沒有出版機構，有計畫大規模地引進西方式的奇幻作品。但是我們逃不過穿透力強大的奇幻話題，《哈利波特》、《魔戒》都是例證。可是中國有他自己的奇幻傳統，從《鏡花緣》、《東周列國演義》、《西遊記》，到近代的武俠，其想像與虛擬的特質，其實是東西相互輝映的。

我們可以確定，奇幻文學已在中國社會萌芽，雖然人口可能不夠多，雖然讀者的理解可能像瞎子摸象一般，人人不同，人人只得其中一小部分，但做為一個出版工作者，我們要說：是時候了！應該下定決心，在閱讀花園中，撒下奇幻的種子，並許願長期耕種、呵護。

「奇幻基地」出版團隊是在這樣的心情與承諾下成立的。以基地為名，意義深遠。這是奇幻讀者永遠的家，這是意義之一，家是不會關門的，永遠等待奇幻讀者的遊子們，隨時回來，補充知識、停留、分享。當然也是所有奇幻作者、工作者的家，長期陪伴奇幻文學前進。

不擇類型、不論主流與支流、不論傳統或現代、不論西方或中國本土，這種寬容的出版涵蓋面，則是基地的第二項意義。讀者可以想像，未來奇幻基地的出版園地，繁花似錦、眾聲喧譁。

從原點出發，奇幻基地是城邦出版團隊的新許願，讓想像飛翔，在眞實之外，有一個讀者可以寄託的世界，有興趣的，大家一起來！

奇幻基地發行人　何飛鵬

For RUTH AND
HER LOYAL STRIPERS,
ALEXANDER AND
CRUSADES

謹獻給
茹絲與她的忠實夥伴，
亞歷山大
及
好朋友們

弄臣命運

目錄

下冊

瞻遠家族家系表

THE FARSEER

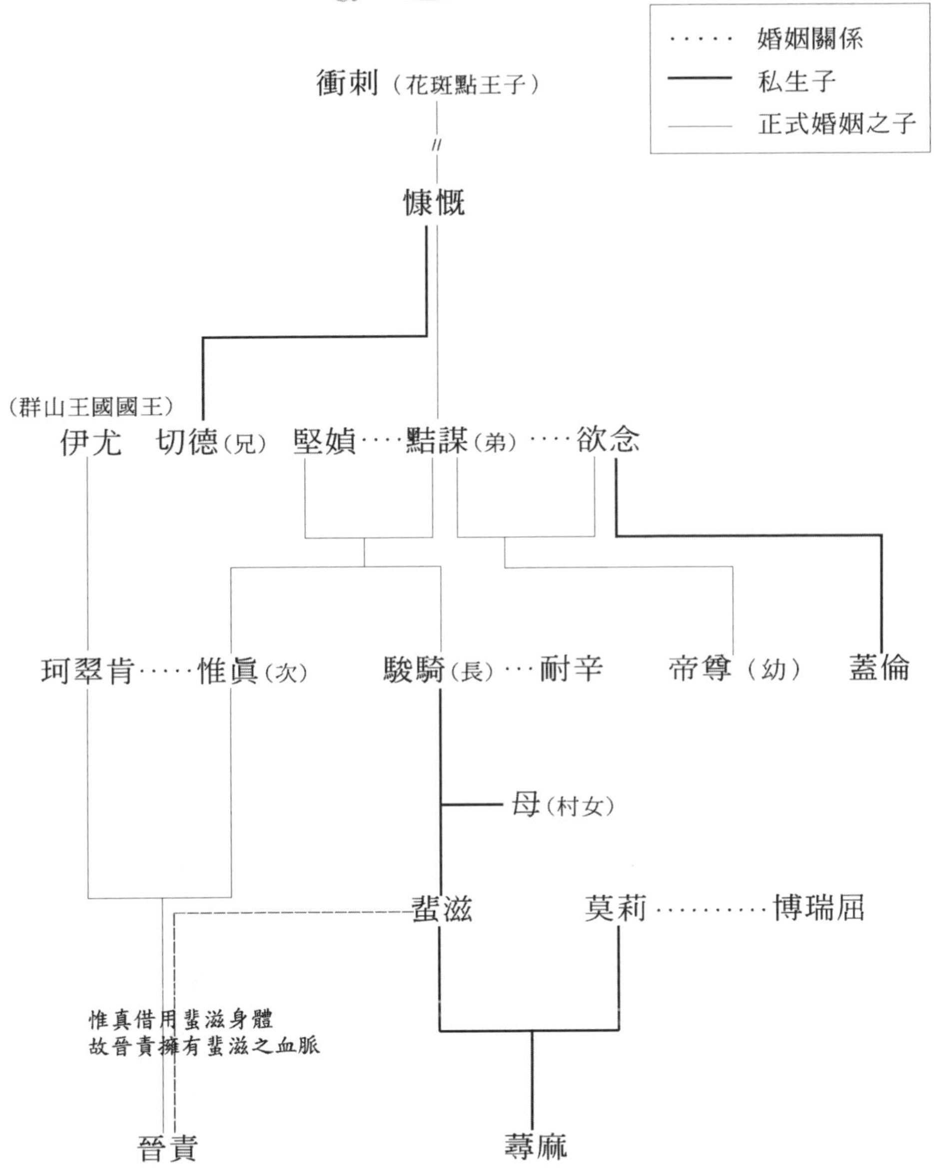

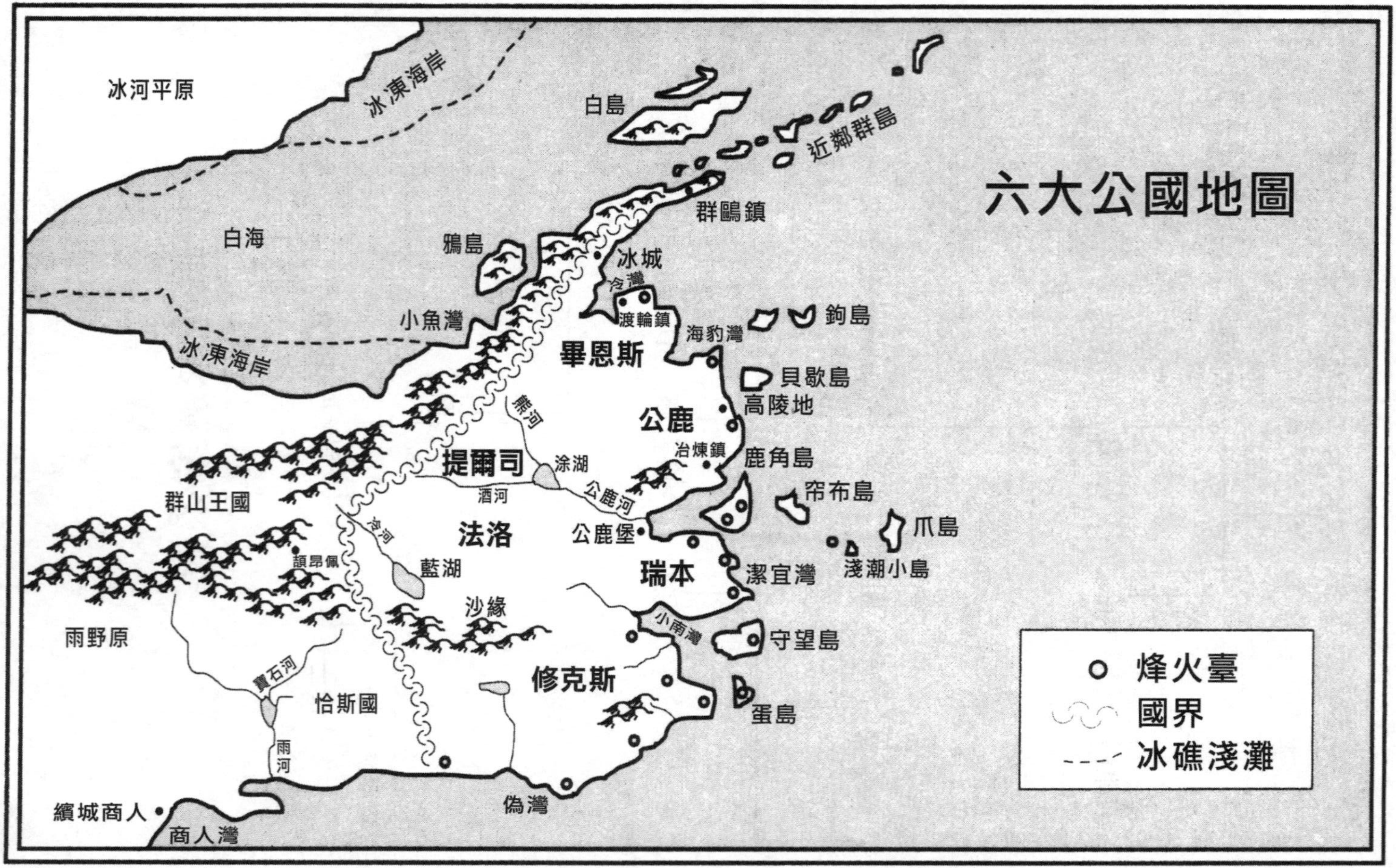
六大公國地圖
冰河平原
冰凍海岸
白島
近鄰群島
白海
群鷗鎮
鴉島
冰城
冷灣
小魚灣
渡輪鎮
海豹灣
鉤島
冰凍海岸
畢恩斯
貝歇島
高陵地
熊河
公鹿
冶煉鎮
鹿角島
提爾司
涂湖
帘布島
公鹿河
群山王國
酒河
法洛
冷河
公鹿堡
爪島
頡昂佩
藍湖
瑞本
潔宜灣
淺潮小島
沙緣
小南灣
守望島
雨野原
寶石河
修克斯
蛋島
恰斯國
雨河
偽灣
繽城商人
商人灣
烽火臺
國界
冰礁淺灘

20

通道

據說，艾斯雷弗嘉島上住著一位先知或龍使。這則傳說十分古老，有些人說那人是女性，從古到今、歷經世世代代，都是同一個人，不過儘管年歲已高，她仍一直是黑眼黑髮；有人則說，島上其實有個龍使母屋，母屋的上母則將自己身爲龍使的任務傳交給一代代的長女，如此不斷延續下去。所有人都說，龍使早在她們母屋的上母時代之前就有了，能夠見證這故事爲眞的人都已過世。據說，先知住在冰河裡，唯有在外人前來向冰華致獻供品時才會出現；如果人們帶了活的動物來獻祭，那麼先知會親手將祭物割喉引血，並將內臟擲到空中，讓內臟蒸騰著體熱，墜入堅冰之中。外來訪客的命運，全視內臟落地的形狀所顯示的徵象而定。在判讀了徵象之後，她便以冰華之名，將獻祭的動物收走。

——扇貝所蒐集的外島故事

那扇門很隱密，幾乎看不出有什麼異狀，直到弄臣走過去，我才看出那原來是一扇門，於是拍了他的肩膀，叫他停下來。這要不是冰雪削成的門，就是門片上結了層層厚冰，厚到再也看不出門片是什麼質料。門的轉軸微微地從冰牆上突起，門上並無門把或鎖頭。這眞的很詭怪。這門在我的腰部高度之處，開了一條細長的窺孔，我彎身一看，竟發現有個衣衫襤褸、全身是傷的男人蜷縮在遠處的角落裡。那人瞪著我這個方向，但是他既沒講話，臉上也毫無表情。我忍不住激動地叫了一聲，踉蹌地從窺孔邊退開來。

「怎麼回事？」弄臣輕聲問著，彎身去看；他伏在門邊看了好一會兒，臉上盡是驚懼。最後他說道：「我們得想個辦法把他們放出來。」

我立刻大搖其頭，此時才想到該解釋一下：「弄臣，這是不成的。我求你一定要相信我。他們都已經被冶煉了，所以，儘管把他們丟下來不管似乎太過絕情，但我們若是把他們放出來，那就不但危險，而且很殘忍了。他們一放出來，就會搶奪我們的斗篷，或是毫無理由地追殺我們。我們說什麼也不能把他們放出來。」

他難以置信地瞪著我，之後他平靜地問道：「你並未看到那房裡所有的人，對不對？謎語在裡面，詔諭也是。」

我眞的不想去看，但是我非看不可。我的心怦怦跳著、喘得很急，不過我還是伏在門邊，往裡頭打量。

牢房中光線黯淡，跟走廊一樣都是藍光。我讓眼睛適應一下，以便看清全室的狀況。這房間是挖鑿冰層而成的凹室，地上都是污穢的排泄物；房裡有五個人，沒有任何家具用品。其中四人占據了最易防守的角落，背靠著牆。詔諭因爲受傷而變得虛弱，他匍伏在房間正中央。另外那四個被冶煉的人之所以不敢踏上前攻擊他，只有一個理由：任何人若冒險走上前去，那麼背後不免遭到別人攻擊。囚室內的另外三人都是外島人，看來非常飢餓，傷痕累累，衣服破破爛爛。謎語與詔諭原本穿的毛皮大外套已經被人剝走，即使如此，他們的衣著還是比其他人好上許多，至少他們腳上都還穿著靴子。我使盡渾身解數，以原智去探索他們，一心希望我多少還能知覺到，即使只有一點點也好，但是我卻什麼也沒感應到。他們伏在地上，以野蠻的仇恨眼光瞪著其他人，看來根本連動物都不如。他們與世界、與社會的連繫線，已經通通被斬斷了。

我離開窺孔，無力地倒坐在冰地上，悲慘且噁心的感覺橫掃過我心裡。我本以爲自己早就丟棄了那些慘痛的記憶，如今那些可怕的往事卻又攫住我不放。我想弄臣可能不能了解我爲何如此驚懼，畢竟他無法像我這樣，深刻地體會到人與人之間的連繫線。

「我們不能多少幫他們一點嗎？」弄臣柔聲問道。

我幽幽地笑了笑，咬緊牙關，不肯讓那些可怕的情緒占據我的心靈。我不想把事情想得太深，早在多年以前，我就將這前前後後的因果脈絡都想過，而且已有定論；這個課程我已經學會了，何必重新再拿這些來折磨自己？我乾脆地說道：「我可以殺了他們……或許可以。這裡面有四個人走動自如，儘管其中三人看來餓了很久，又很虛弱，但是我很早以前就已經知道，被冶煉的人若是集體行動、聯手攻擊我，會是什麼情況——他們會聯手打上一段時間，直到能拿到什麼戰利品爲止。我不知道自己能不能在他們聯手把我撂倒之前，把他們通通殺掉。謎語可是打鬥好手，而且他很健壯。」

「可是……那可是謎語跟詔諭啊！」弄臣對我懇求道。

這些道理，他應該是知道的。「弄臣，那已經不是謎語跟詔諭了。他們的身體還在，他們的五官衣著你都認得出來，但也只是如此而已。如今他們已經不在乎任何人、任何事了，他們唯一想的，就是生理的欲求。謎語會讓受了傷的詔諭毫無招架之力地躺在那裡嗎？才不會呢。那人才不是謎語。他已經不是謎語了。」

「可是……我們總得幫幫忙呀！」他痛苦地低吟道。

我嘆了一口氣。「我們一打開那扇門，就非得把他們都殺了不可。他們會逼我出手，除非我甘願讓他們殺了我。」

「這麼說來，我們沒有別的選擇了？」

我苦笑道：「當然有別的選擇啊，只是那些選擇不甚好。要不就是我殺了他們，要不就是他們把我給殺了，不然，就是我們就此走開。」

一時間，弄臣站著，默默不語。良久，他才轉開了頭，慢慢地往前走，而我也跟了上去。

這裡的冰廊開始有經常走動的跡象，地上走得比較平，也有些髒污處，冰牆則顯得斑駁。我們又經過了好多間地牢，情況都跟第一間一樣。雖然噁心又恐怖，但是每一間地牢，我都停下來，從窺孔看一看，只是我們再也不談在地牢裡看到什麼樣的人。最令人悲痛的是一間關了一個女人跟一間關了個小女孩的房間。這兩間牢房的地上都鋪了乾草，角落還放了床墊，顯然是他們要讓這兩個囚犯活久一點。然而謎語、詔諭與同室之人的命運固然悲慘，這一女一小卻更等而下之。那幾個男人或許還會受更多折磨、不得速死，但是寒冷與飢餓會穩定地消磨人的元氣，所以他們用不著受苦太久。但從那女人凌亂的頭髮與髒污的指甲看來，她已經在地牢裡待上好一陣子了，如今她裹著一床污穢的熊皮毯子，蜷縮在角落裡，茫然地瞪著牆壁。隔壁牢房裡那個年約七歲的小女孩，則在摳著腳踝的厚皮。我從窺孔眺望時，那小女孩的眼神碰巧與我交會了片刻，她眼裡只流露出無限的疲倦。

我們終於走完了地牢的長廊。接下來，走廊變得更寬，每隔不遠就有個放光的圓球。這裡的走道一樣四壁都是冰，但不是隨便敲出來的，而是細心雕鑿而成，這裡的圓拱通道因此格外地晶瑩優雅。此處地板很乾淨，上面還撒了沙子以防滑。走廊似乎較為古老，其設計目的像是為了方便讓許多人同時來來去去，但是我們卻一個人都沒碰上。

接下來我們碰到一道岔路，有三條路讓我們選。大走廊仍繼續延續下去，但除此之外，我們左手邊有一條寬廣的走道，做了淺淺的台階，一路往下，至於終點爲何，則黝暗不可見；右手邊是一道鑿冰而成的樓梯，比較陡，不過左、右兩條路看來都比大走廊更爲古老，且更常有人走動。弄臣與我停了下來，彼此交換了個眼色。

我站在左手邊這條路的開口，耳裡聽到微弱的窸窣聲，聽來遙遠，間隔長短不定。我將手拱爲碗狀，遮在耳後仔細傾聽。過了一會兒，弄臣低聲說道：「聽起來像是下面有什麼巨大的動物正在呼吸。」

我張開鼻孔，深深吸氣。雖說吸這一口氣，立刻使那聲音變得模糊難辨，但是卻也使我信心大增。「不對。那是浪花，那是海啊。這條路會通到海邊。我們走吧。」

弄臣有如突然獲得赦免的刑犯一般，臉上頓時綻放出光彩。「對呀！」他讚嘆道，匆忙地走下那道寬廣的樓梯。我跟了上去，拉住他的肩膀，將他推向彎道內側。「你貼著牆邊走。」我低聲地叮囑道。「萬一下面有人上來，我們才能多點時間應變。」我已經把我們唯一的武器，也就是弄臣的小刀，拿在手裡了。

我們已經很累，也不知道已在這個冰河迷宮之中走了多久。這樓梯很寬，梯階時深時淺。我們越往下走，海味就越濃，而空氣也更加潮溼。冰面上滲出一層水，階梯變得更滑溜、更難行走。之前有人在這台階上撒了沙子，但是沙子化入了冰面裡，且化得很不均勻，因此一不小心，很容易被滑冰裏起來的沙塊給絆倒。我們不得不放慢腳步。不久，洞壁上蒙了一層水簾，連頭上都有水滴下來。海水的味道更濃了，不過光線仍是那種無處不在的邪氣藍光。

我們走到了最底下，這才發現我們的希望都落空了。冰層盡頭連著一片被人踏得很平坦的黑岩斜坡，黑岩斜坡上釘了幾個鐵鉤，看來偶爾有小舟停泊在此。海浪撲來又退去，越打越高。最後一盞藍球燈隱約地照出山洞洞頂很高，而且蒙上了一層閃閃發亮的冰。

「如果我們有船，又剛好碰上退潮的話，那我會冒險走水路試試看。」我說道。

「是啊，如果。」弄臣嘿嘿笑道。我驚訝地轉過頭去望著他。他的臉色眞的很糟，不單純因爲藍光之故。我本來單肩揹著他的背包，此時他將背包拿過去，在溼滑的台階上坐下來。一時間，他就像是抱著心愛娃娃的孩子，呆呆地抱著背包不動。之後他打開背包，在底部摸索了一陣，掏出一個扁酒瓶，拔開塞子之後，先把扁酒瓶遞給我。

我接過來，掂掂重量，喝了不超過四分之一。這就是他帶到我跟幸運住的小屋與我共飲的杏桃白蘭地。我嚥下一口夏日的暖意，然後張口呼氣，品味著杏桃與友誼的滋味，將扁酒瓶遞還給他。他接過酒瓶，同時給了我一塊半個手掌大的黑色麵包。我在他身邊坐下來，慢慢地吃；這麵包裡有葡萄乾和乾果，既甜又濃郁，就是小了些，吃了更使我感覺到肚子有多餓。我們吃得很慢，兩人都不發一語。等我把掌上最後一塊麵包屑也舔乾淨之後，才望著他。「上？」

「那條路也出不去的。」他輕聲說道。「你看看這個地方，再想想我們聽過的那些外島傳奇；這裡必是他們從冰下的水路來探訪冰華的登岸處，而那道往上走的小樓梯，必是通到冰華那裡，不然還會通到哪裡呢？」

「也許那條路一路而上，然後就出去了啊。」我頑固地說道。「不看一看，怎麼會知道呢？說不定另外那條比較寬的路才會通到龍那裡，這樣才合理呀。」

他搖了搖頭。「不對。如果人們偶爾能從冰面上看到龍，那麼龍一定是在上面，所以一定是往上走的樓梯通到冰華那裡。那條路是出不去的。」他也很堅持。他將頭靠在冰牆上。「我是出不去的了。我早就知道我到了這裡就出不去了。」

我撐著自己站起來。褲子的臀部都溼掉了。唉，眞是太好了。「起來。」我對弄臣說道。

「何必多此一舉。」

「起來！」我堅持道。他還是不站起來，於是我抓住他的後領，一把將他拉起來。他倒沒有抵抗，只是以哀怨的眼神望著我。「多年來，走得通的路走，走不通的繞路，我們也好不容易到了這裡。如果我們的終點就在這裡，就在艾斯雷弗嘉的冰河裡，那麼我可要好好瞧瞧那條害我們費了這麼多力氣來到這裡的龍，而且不只是我，你也得去看看。」

這淺矮的台階走起來累死人，更糟的是台階極滑，走起來更加吃力，不過我們還是一階階地走上去，並跟剛才一樣貼著彎道內側的冰牆走，隨時豎起耳朵聽聽有沒有人從上面下來。海浪聲越來越遠，滴水聲也逐漸淡去，最後我們來到觀看龍的路與精美走廊的交叉口。我們等了一下，豎耳傾聽，沒聽到什麼動靜。

我走得好累。我敢說現在一定已經過了該好好睡一覺的時候了。感覺上，我的腦子裡好像塞滿了嗡嗡叫的蜜蜂。弄臣的情況比我更糟。我們穿過走廊，鑽入往上走的樓梯，他慢慢地跟了上來。這樓梯一路旋轉而上，因此走上彎道之後，就算有人經過大走廊也看不見我們，而一到了這樣的僻靜處之後，我便拉住弄臣。「你現在就把剩下的白蘭地喝了。喝了酒，看看能不能讓你暖暖身，也讓心跳加快一點吧。反正，與其讓白蘭地留在酒瓶子裡，還不如灌到你肚子裡，好處還多一點。」

「我可以坐下來嗎？」他問道。

「不行。你這一坐下去，我說不定就拉不起你了。」我絕情地答道，但是他已經一屁股坐在台階上。他再度拿起裝著白蘭地的扁酒瓶，拔開塞子遞給我。這已經不值得爭論了，我以白蘭地潤溼了唇之後，就吩咐他說：「都喝了吧。」

而他也就一口喝乾了酒，接著他花了好長一段時間才把塞子塞好，將扁酒瓶收起來。「這好難啊。」他說道，聽起來卻不像是在對我說話。「如今我差一步就到了終點。我老早就預見了這一刻，只是一直都只看到朦朧的印象而已。現在我只知道我必須走下去，而我每多走一步，就更近死亡。」他與我四目相對，毫不慚愧地說道：「我很害怕。」

我笑道：「恭喜你，你總算有為人的體驗了。走吧，我們去瞧瞧你費了這麼大工夫搶救的龍，到底長得什麼模樣。」

「何必呢？去跟龍說我辜負了牠嗎？」

「很好，就照這樣跟牠說！我們已經盡了力，這點總該讓牠知道。」

這回輪到弄臣笑道：「牠才不在乎呢。龍這種生物，才不在乎我們有沒有善意，或是我們盡不盡力。冰華對於人類，只有鄙視，此外無他——況且牠說不定根本就不把我們放在眼裡。」

「啊！果真如此，那對你我而言可真是嶄新的體驗哪。」

弄臣聽得笑了起來，而我也跟著笑了，並非放聲大笑，而是人們心知這大概是死前最後一次跟好友分享喜悅的笑聲。我們沒醉，至少不是因為喝多了白蘭地而醉。如果弄臣所言不假，那麼我們已經飲下生命的最後一口殘汁了，任何人若有此體認，必會掌握每一分、每一秒的生命，好好作樂。

我們往上走。這樓梯越上去越窄，我不禁納悶到底是什麼瘋子把樓梯做成這樣；到底是有人把天然生成的裂縫開成樓梯，還是說，這樓梯或寬或窄，全憑雕刻者的刁鑽癖好？其中有一段樓梯的冰壁上刻了浮雕做為裝飾，但是已經抹去，可能是有人刻意為之，如今只剩下小塊片段看得出這裡是腿、那裡是手，又有一處是女人的唇與下巴。我開始痛恨一腳高、一腳低，難以行走的狀況，因為我的靴子只剩下一隻，另一腳只穿著裹了冰的襪子。我們停下來休息時，我讓弄臣坐下來。他靠在冰牆上，看起來像是累得打盹，但是我一發現淚水從他臉頰上滑下來，便催他站起來。「傷心無用。站起來，我們要繼續上去。」

我的話雖嚴厲，口氣卻很溫和。他聽了點點頭，撐著讓自己站起來。我們繼續往上爬。這旋轉樓梯像是夢魘，老是沒有個盡頭。那些淡藍的圓球無法照亮這旋轉樓梯的每一個角落，所以樓梯間由藍轉白，或是由白轉藍的時候，八成就是要轉彎了。說真的，此地雖冷，但是美得令人讚嘆。我們爬得更慢了，休息一下，又繼續往上爬。我們已爬了很高，感覺上，我們好像一定馬上就要突破冰面，最後我們來到一個四壁都是冰的平坦瞭望室，並且看到了龍。

黑龍與我們之間隔了一層厚厚的冰，我們看到的是冰華朦朧、扭曲的身影。但即使如此，牠看起來還是很驚人。瞭望室與冰華平行，而我們則沿著瞭望室從頭到尾走了一趟。冰華的身長超過兩艘船，翅膀收在身側，尾巴往後捲，脖子很長、頭往後仰，因此我們看不見牠的頭。我們敬畏地凝視牠。在弄臣的眼裡顯然可見他有多麼痛心。龍的生機無遠弗屆，幾乎淹沒了我的原智知覺，我從未跟體型這麼大的自然生物如此靠近過。然後我們看到一個一路通往黑龍胸前的殘忍隧道。我彎下身一瞧，只見這隧道終點幽暗一片，必是通到龍身邊。我吸了一口氣，對弄臣說道：「你的古靈燈籠借我。」

「你要進去？」

我無法開口說出我非得進去不可，只能慢慢地點頭。

「那我跟你一起去。」

「這隧道太小，容不下兩人。你待在這裡休息吧，我出來再把我看到的告訴你。」

弄臣看來已經累得無力，但是他又很好奇，最後他放下背包並打開，一邊將燈籠遞給我，一邊說道：「還有兩塊麵包，現在吃嗎？」

「你先吃，我回來再吃我那一份。」光是提到食物，就使我一下子分泌了大量唾液。我突然想起阿憨，他是否已跟切德和晉責技傳，還是仍然癡癡地等著我們兩人歸來？他是乖乖地待在安全的雪橇上頭，還是爲了追我們而掉入了冰縫裡？我甩開這些無謂的念頭，將弄臣遞給我的燈籠打開，於是燈籠放出奇特的綠光。

「別去太久。」弄臣在我鑽進隧道時叮嚀道。「要把你看到的告訴我喔。」

這隧道很低，無法站直了走，所以我是一邊用手將小燈往前推，一邊往前爬。我一鑽入地道，瞭望室的藍光就越來越暗，過了不久，我就只能靠著綠光映照冰壁了。龍的薰臭味越來越重，我不但聞到牠的味道，甚至還嚐得出牠的味道；我小時候曾經好奇地抓了一窩束帶蛇養大，而如今這味道倒跟蛇味頗爲神似。隧道越來越窄，挖隧道的人似乎一心只想趕快挖到龍的身邊，甚至顧不得把隧道挖得寬窄一致。

隧道的盡頭就是龍的身體，體表上覆滿了閃閃發亮的黑色鱗片，最小的鱗片也有我張開的手掌那麼大。附近的冰地上有張捲起來的毛皮，裡面整齊地包了各種工具：各式刀刃、鑽子、木槌和鐵撬；另有兩個刀刃已經敲壞、鈍掉的工具，則被丟在一旁。我看得肚腹噁心翻騰，因爲這場面證實了我原先的猜測：之前的確有人從這隧道爬到這裡，想盡辦法要置龍於死地。

看來那些人是白忙了一場，因爲冰華的鱗片十分厚實，雖然有些鱗片遭火燒炙，但是沒有一樣鐵器能夠刺入鱗片下的血肉。有個金屬的插銷仍插在重疊的黑色鱗片之間，將鱗片抬高起來，露出看來柔嫩的皮表。我將燈光湊近一瞧，原來厚鱗之下，還有一層奶油色的鱗片。一支像是冰鑽之類的東西插入了奶油色鱗片下有如皮革一般的表皮中，但是既沒有流血，也沒有流出什麼體液。據我猜測，這一招大概就像是把刀刃插入馬蹄中一樣，根本就沒用。儘管如此，看了這種殘忍的卑賤招數仍令人氣憤。

黑龍仍然健在，而之前有人像是蛆蟲般鑽到這裡，想要趁著牠無法動彈之際進逼牠的心臟，取了牠的性命。

我花了好大的力氣，才把那支冰鑽拔了出來，幸虧冰華天生有層厚重的盔甲保護牠。我又拿起槌子，從插銷側面大力敲下，總算把插銷打掉。插銷打掉的那一剎那，周遭的鱗片一起收緊起來。霎時間，在我的原智知覺中，冰華的生機不斷高漲，但是下一刻又突然消逝。我面前這一片覆著鱗片的身體簡直是銅牆鐵壁。我遲疑了一會兒，最後忍不住伸手拂過龍鱗。鱗片與鱗片彼此交疊，蓋得緊密，就連指甲也摳不進去，此外，鱗片非常冷，就跟包裹著黑龍的堅冰一樣寒冷。

我退出去的時候，連那一捲邪惡的工具也一起帶出去。我必須倒退著爬出去，隧道裡根本沒有迴身的空間。等到我退到瞭望室的時候，早已滿身大汗，同時被龍的爬蟲類薰臭味薰得不太舒服。

弄臣坐在瞭望室盡頭靠近龍頭的那一端睡著了。他的腿收在胸口上，頭枕著膝蓋，金黃色的頭髮散落下來，遮住了他的臉龐。看來他的疲憊戰勝了好奇心。我在他身邊的地上坐下來，背靠在冰牆上。睡著的弄臣喃喃地不曉得說了什麼話，之後湊了過來，靠在我身上。我嘆了一口氣，也不叫醒他了。我心裡想著，那些想要對龍的心臟下手之人，爲什麼沒有在瞭望室的這一頭鑿個洞，直通到龍頭那裡。難道說，那個惡棍唯恐封藏在冰層中的冰華還能要什麼手段來保護自己嗎？

我抬頭望著頭上深邃無底的深藍色冰頂，彷彿在凝視著深海。我告訴自己，晉責王子跟他的原智小組就在上面的某處挖冰。我開始想道，把晉責與我們隔開的這一層冰，不曉得有多厚，弄臣與我得坐在這裡等上多久，才會聽到並看到他們掘冰的進度？我敢說一定還要很久，我既沒有聽到剷雪的聲音，也沒有聽到人聲，而且我頭頂上的冰層毫無崩裂的跡象。他們大概還在世界的另外一頭吧。

我挪了一下，靠弄臣近一點。由於他的身體擋著，所以我那一邊身體的體溫不至於消散得太快。我又累又餓，便從毛皮捲中抽出一支工具，從牆上鑿下一小塊冰，接著吮冰化水以止渴，又把古靈燈籠收回弄臣的背包裡。我找到他留給我的那一塊麵包，拿起來吃了。那麵包眞是好吃，就是太小。然後我將頭靠在他頭上，閉眼休息一下，最後大概是睡著了。

我因爲身體發顫而驚醒，全身的骨頭抖得像是要脫離骨節似的，連伸展一下都痛得不得了。正當我用力跺腳、打著手臂，希望讓手腳恢復知覺時，弄臣慢慢地滑了下去，躺在地上。我在他身邊跪下來，用僵硬得無法動彈的手掌碰碰他。他的臉色死灰，後來他低低地呻吟一聲，我才放下心。「起來。」我壓低了聲音對他說道，心裡則詛咒自己怎麼笨到在這麼空曠開闊的地方睡覺，若有人從樓梯上來，可不就在我們睡得不省人事之時把我們逮個正著？「走吧。我們得走了，還得想辦法找個出路。」

他百般不情願地呻吟幾聲，蜷得更緊了。我又氣又絕望地推推他。「我們不能現在放棄啊。弄臣，起來，我們得走了。」

「求求你。」他低聲說道。「讓我靜靜地、毫無知覺地死吧。」

「不行。你起來。」

他睜開眼睛。他大概是從我的臉色看出，我絕對不會任他在此安寧地死去，所以他像木偶一般僵硬地將身體伸展開來。他將雙手伸到眼前，呆呆地望著。「我感覺不到自己的手。」

「你起來動一動，手就會恢復知覺了。」

他嘆了一口氣。「我剛才做的夢好極了。我夢見我們兩人死在這裡，然後一切都結束了。我們什麼都不用做了，人人都認爲我們已經盡了力、錯不在你我，還說了我們不少好話。」他將眼睛睜得更開了點。「你剛才是怎麼坐起來的？」

「我不知道。要坐起來，就坐起來了啊。」我很不耐煩。

「我在試了嘛。」

於是弄臣試著讓自己站起來，而我則將在隧道另外一頭的見聞告訴他。他看到我帶回來的工具包，不禁打了個冷顫。我每多說一句，弄臣就多一份生氣，最後他終於站了起來，歪歪扭扭地走了幾步。我們兩人都冷得發顫，但至少我的手已經多少有知覺了。我粗魯地用我的手摩擦弄臣的手，儘管他因爲手摩得疼痛而抗議也不停下。等到他的手能夠開合自如之後，我便交給他一把小刀。他以古怪的姿勢握著刀子，但是我叮嚀他隨時要準備把刀子拿出來用時，他還是點了點頭。

「等我們下了樓梯之後。」我以輕快的聲音，掩飾這一趟路的重重困難。「就沿著大走廊往前走。現在大走廊是我們唯一的希望了。」

「蜚滋。」弄臣誠摯地起了個頭，但是他一看到我的臉色就住口了。我知道他一定是要告訴我，我們沒有希望。我對龍望了一眼，算作是道別。牠又沉眠了，如今我以原智也知覺不到任何一絲生機。爲什麼？我無言地對牠問道。*爲什麼你會在這裡，而爲什麼艾莉安娜又非要取你的頭不可呢？*之後我轉過頭去，背對黑龍，弄臣則跟在我後面，走下這一道漫長的樓梯。

下樓梯這一趟比上樓梯更糟糕。我們還是又累，又餓，又冷。我不知道滑倒了多少次，而平常那種優雅姿態全失的弄臣，則踉蹌地跟在我身後。我一直希望我們會碰上正好爬上樓梯，要上來折磨黑龍的人，但是樓梯間依舊漫著藍色，既冷且靜，對於弄臣和我的痛苦無動於衷。我們口渴的時候，就從牆上鑿下幾塊冰來吮著。這是我們唯一的餘裕。

最後我們終於走到樓梯底。從彎道一出來，便正對著大走廊，感覺上頗爲突然。我們屏住呼吸，伏在最後的轉角窺探大走廊的狀況。我知覺不到這附近有什麼生物，但是我們先前發現地牢裡有不少被冶煉過的人，而我就算以原智也知覺不到這種人，所以要特別小心才是。不過走道空曠寂靜。「走吧。」我小聲說道。

「從這裡是出不去的。」弄臣以平常的語調說道。他那金色皮膚底下漫起一抹不健康的黑灰色，彷彿他的生機已經開始消退，而他的聲音死氣沉沉。「這走廊會通到那女人那裡去。一定是這樣。如果我們順著走廊走下去，就等於是去赴死。倒也不是說我們除了死之外，還有什麼選擇；你先前不是說了嗎，有時雖有選擇，但是所有的選擇都很糟。」

我嘆了一口氣。「不然怎麼辦呢？往下走到水邊，盼望有人駕船來，而且我們還能搶在他把我們殺了之前，就先把他給殺了？還是回到地牢那邊，獻身給那些被冶煉的人？或者是一路走回黑暗的冰縫那裡？」

「我想——」弄臣猶豫不定地說了這兩個字便僵住了，我急轉過身去看他在指著我身後的什麼東西。弄臣喘息道：「黑者！」

就是那個人，他就是之前阿憨與我曾經一瞥的人。他站在我們前方寬廣的大走廊轉角處，環手抱胸，像是在等著看我們什麼時候才會注意到他。他一身黑色打扮：黑色束腰外衣、黑長褲、黑靴子，一頭黑色長髮、黑眼黑膚，全身上下都像是用同樣的黑色材料敷上去似的。我的原智跟之前一樣對他不起反應。他站著凝視我們，接著便轉過身，敏捷地走開了。「等等！」弄臣叫道，拔腿追去。我不知道他哪來的力氣，竟然還跑得那麼快，但是我也跟在他身後追了上去，不過我那麻木的雙腿每次打在冰地上時，都震得很難過。黑者回頭看我們一眼之後就快步逃走，他跑起來似乎一點也不吃力，但是卻沒有跟我們拉開距離。他跑起來寂靜無聲。

弄臣快跑了一陣，但是他爆發出來的精力用完之後，便突然慢了下來。黑者還是沒有拉開他與我們之間的距離，他照樣待在我們前面，有如幽靈一般，看得到，但是追不上。儘管我跟在弄臣後面追他的時候大口喘氣，卻聞不出他有什麼味道。

「他不是眞人！他一定是什麼魔術幻象。」我喘著對弄臣說道，同時努力說服自己事情的確如此。

「不，他很重要。」弄臣的呼吸聲很尖銳，他現在已經跑得踉蹌且勉強了。他抓住我的袖子，在我身上靠了一下，接著強迫自己站挺，繼續往前走。「我感覺得出他很重要，我從未碰過這麼重要的人。求求你，蜚滋，幫幫我。我們一定得跟著他。他要我們跟著他，難道你看不出來嗎？」

我的確看不出來，我只看得出我們一定追不上他。我們喘著氣、暈頭轉向地追著他，雖然從未追上，但是他也不曾跑得不見人影。他帶著我們在走廊之間穿梭。這些走廊越來越豪華寬廣，我們穿過的凍冰門楣上，還雕刻著藤蔓與繁花。黑者並未左右張望，也不讓我們有多餘時間探看四周。我們經過一個繁複華麗的冰雕大噴泉，噴泉的水柱像是瞬間凝結成冰，凍結爲永恆。我們在這個豪華冰殿的雅致寬廣走廊中來去，但是我們不曾看到任何人影，也沒有感到一絲暖意。

我們慢了下來，連走也走不快了，每次黑者一轉彎，都得再衝個幾步，才看得到他走向何處。弄臣與我都喘不過氣來，所以我根本不可能問他。據我猜測，他大概什麼也不想，一心只想追上黑者，我就算問他爲什麼要追也沒有用，即使我問出口，他也不會回答。我的嘴很乾，心跳得很急，但是我們仍繼續追下去。黑者毫不停留，似乎對於這些繁雜的通道瞭若指掌。我既不曉得他要把我們帶到何處，也不曉得他爲什麼要將我們引到該處去。

接著黑者便將我們引入了埋伏之中。

我認爲是黑者將我們引入了埋伏。他再度轉了個彎，當弄臣與我連忙拖著腳步趕上去，以便看清他的蹤跡時，卻在一轉彎處就迎頭撞上六個武裝士兵。我一眼瞥見黑者已在走廊的盡頭，跟我們離得很遠，他見狀停下腳步，但是那幾個武裝士兵驚訝地叫嚷出來，並朝我們撲上來之後，他便消失了。

我們連抵抗的力氣都沒有。我們跑得太遠、餓了太久、水喝得太少，連睡眠都不足，此時的我連生氣的兔子都打不倒。他們逮住弄臣的那一刻，他頓時失去了一切生機。他的刀子從毫無知覺的手中掉了下來，嘴唇微開，連叫都沒有叫。我將刀子插入第一個朝我撲過來那人的狼皮外衣中，刀子繼續留在原處，那人則照樣把我撲倒。

我的後腦勺重重地撞在冰地上，眼前冒出白光。

21

蒼白之女的領地

白色先知的這個信仰，從未在北方的國度贏得眾多信徒，但是有一段時間，這個信仰是在遮瑪里亞宮廷中廣受歡迎的餘興活動。沙崔甫．伊司克列大君就對預言書非常著迷，不惜重金搜購那些難得的手抄本。大君將這些珍貴的典籍交給莎神的祭司們保管，祭司們則據此多謄寫幾本，以供大君之用。據說，大君使用預言典籍的方式是這樣的：他先以供品祭拜莎神，接著提出問題，再隨意從眾多典籍之中選出一節，然後就這一節預言沉思冥想，直到貫通爲止。

既然上主有此雅興，沙崔甫．伊司克列大君的朝臣們便群起仿效；他們也搜購了白色先知的預言書，按著大君的做法，從書中隨意抽出一節來冥想。一時間，這個風氣橫掃全國，但最後莎神的總祭司昭告國人，說這是崇拜邪神，同時褻瀆了莎神，於是這個熱潮再度轉淡。在總祭司的堅持之下，所有白色先知預言書都被銷毀，或者送交給祭司院嚴密保管。

不過仍有人謠傳，就是因爲沙崔甫．伊司克列大君對白色先知預言書頗爲愛好，所以那一名年紀很小、白髮白膚的男孩在舌戰群雄、得見大君一面之後，才贏得了大君的赦免。白色先知預言書的章節，那男孩隨手捻來，記得絲毫不差，令人佩服，再加上那少年當場口譯了幾個章節，更使大君深信，預言書的這幾個片段，早就預言到大君會出手援助這個少年了。最後，大君便讓那少年登上一艘前往恰斯國的奴隸船離去。

——《南方各國的宗教教派》，作者不詳

我中間曾兩次醒來，但是直到第三次，我才能凝聚心神，不讓自己再度失去意識。第一次醒來時，我被人拖著走，兩人各拉著我的左右手走過堅冰的長廊；第二次醒來時，我感覺到我俯臥在地，有人在將我的手腕綁在身後；第三次醒來，我又被兩個侍衛拖著走。這一次，我咬緊牙關，無論多麼痛苦，都不讓自己再度失去意識。

他們拖著我走進了一處堂皇富麗的宮殿。此地乃是鑿空冰河所成，支撐著挑高屋頂的是一列列藍色的大冰柱，冰牆上處處是同一名女子的巨大浮雕。浮雕上的女子或是一手拿劍、一手持弓，站在船頭上，頭髮被大風吹起；或是站在敗戰的敵人屍堆上，腳踩住一名男子的咽喉；或是坐在王座上，伸出一指，斷定匍伏在她身前的可憐蟲該生或該死。浮雕上的人都比眞人大上許多倍，高高地聳立在我們頭上，看來猙獰且無情。我們已經進入蒼白之女的領地了。

即使在她自己的領地上，她仍然有個大敵；大殿的玻璃天花板上方，隔著朦朧的厚冰之外，依稀可見到黑龍的外形，那就是她的大敵，同時也是我們遠渡重洋而來的目的。我們在大走廊裡走了這一回，最後是來到了黑龍之下。我心裡好奇，如果凝視著天花板，能不能看到一方光亮的長方塊，也就是我們費盡心血往下挖掘的坑洞？不曉得如今他們是不是仍然爲了挖到黑龍身旁而撬冰掘冰？然而就算我大喊大叫，對他們而言也不只是一層，而是三層城牆之外的聲音，無論如何是聽不見的。

我們被人架到大殿上時，幾十名蒼白之女的手下聚集在大殿上監視。蒙霜的鐵鍊吊著許多碩大無朋的白色圓球，使得整座大殿漾著很不自然的藍白色光芒。這冰宮之寬闊高聳前所未見，將蒼白之女手下那些披著厚重毛皮的外島戰士，襯托得像是侏儒一般。我們被人拖著經過那些外島人面前時，他們沉默不語、表情呆滯；他們染著大塊黑墨，遮去了原有的氏族刺青，其中少數幾人已經刺上龍或蟒蛇，以示效忠新主。他們望著我們的眼神既無憐憫或仇恨，連好奇都稱不上，非常平淡，沒有任何激昂的情緒。他們眼裡的那種死寂氣氛，已經遠超過絕望，而是受虐動物常見的強忍著任人宰割的程度了。在我的原智知覺中，這些人是模糊不明的。據我猜測，大概是蒼白之女已經發明了不完全冶煉的做法，而這做法抹去了他們的人性，卻又讓他們殘留著一點畏懼，以便受她奴役指使。這裡面有一個人是我認得的，那人就是漢佳，那個曾經以貴主侍女的身分前往公鹿堡的女子，如今站在人群中，眼神跟其他人一樣冷漠。

我轉過頭去看個眞切，果然是她沒錯。她離開公鹿堡之後，直到今日之前，我又見過她兩次，一次是在公鹿堡城，我差點被花斑子殺掉之際，另一次是在瑪烈島，當時她鬼鬼祟祟地躲在山坡上看著王子與貴主騎小馬。她到底是什麼身分，怎麼會出現這一切場合之中？我百思不解，但是我突然想到，她一定一直都是蒼白之女的手下。看來不只是我處境危險，連王子也很危險。

我努力伸出雙腳點地，但是架著我的侍衛走得很快，我跟不上，只能踉蹌地拖拖走走。最後他們終於停下來，並強迫我在蒼白之女面前跪下。我並未多加抵抗，我的頭仍然很暈，不管是坐臥跪躺，我都要趁機休息，好讓自己在靜止之中恢復力氣。我試著轉過頭去看看弄臣。雖只一瞥，但已足以見到他的頭無力地鬆垂，任由左右的侍衛架著他在他們的統治者面前跪下來。此時有個人用力甩我一巴掌，教我乖乖地望著前面。

蒼白之女白膚白髮，一如當年的弄臣，頭髮垂在肩上；她的眼睛是無色的，跟弄臣小時候一樣；五官也如弄臣一般俊美，只是有著女性柔和的線條。她的美，超脫了塵世，冷漠得像是周遭的堅冰。她的王座乃是堅冰雕成，上面重重疊疊地鋪著白熊皮、白狐狸皮，以及垂著黑尾巴的白鼬皮。她穿著純白且毫不掩飾女性曲線的羊毛袍，脖子上戴著一條象牙花串成的項鍊，花心裡鑲著閃閃發亮的鑽石；她修長的指頭放在鋪著毛皮的王座扶手上，指頭上戴著銀戒指，每個銀戒指上都鑲著晶亮的白色寶石。她俯瞰著跪在她面前的我們，眼裡既沒有欣喜，也不感意外。也許她跟弄臣一樣，都早已預知事情總有一天會演變到這個地步吧。

她的王座背倚著蜷曲入睡的石龍龍身，石龍聳立在她的王座之後，有如高山一般，翅膀則收在身側。石龍是記憶石，也就是雜著銀紋的黑色石頭所雕成，但不是一整塊岩石，而是一塊塊黑色石頭拼湊而成，很可能是從岸邊的採石場採來，費盡千辛萬苦地運到此地，再拼成一條巨龍的。由於岩面花紋刻意對齊，以至於看不出接縫處。那條沉睡的石龍很大，比化龍的惟眞還大，但仍不及冰華，而且這條龍尚未完成，細部還沒雕好，只是鑿出個大概，與實際上的頭身手腳仍有差距。那龍的細頸連著頭，枕在高起王座前的地上，剛好做爲上下王座的台階。龍眼的眼皮垂了下來，儘管如此，我一看到牠殘酷的面容仍不禁打了個冷顫。我以原智知覺到恐懼、怨恨、痛苦、欲望與復仇等種種互相衝突的情緒，這些情緒通通封藏在那條粗略雕成的石龍中。

那石龍是如何滋養出來的，一望即知。幾個精力耗盡的外島人被人以鐵鍊鎖在石龍的身側，他們看來不但遭受酷刑折磨，且飽受飢寒之苦。蒼白之女就是靠這個做法，從他們身上榨出充分的情緒餵給石龍。精技小組在雕刻石龍，以便用石龍來承載衆人的集合意識之時，必須將情感與記憶餵給牠。我眞不知道蒼白之女是怎麼想的，若以酷刑強將每個人各自不同的記憶榨取而出，那麼這石龍如何能長成有知覺的生物？這種種不同的記憶要如何凝聚，並讓石龍的覺醒有其目的？我所見過的石龍，都是一群同心協力之人奉獻生命所雕成；造就石龍的，是一個個精技小組的榮譽與驕傲。每條石龍都有其美感，不管當年的精技小組決定以什麼古怪的形狀來表達自己，就連那隻「有翅膀的野豬」飛起來都很優美。可是造就我眼前這條石龍的，卻是被人榨取出來、千奇百怪的苦狀。這樣的生物會有什麼樣的個性？我以原智知覺，就知道那幾個囚犯的人性都已經被冶煉出來，逼進了石龍之中，現在蒼白之女只是在將禽獸不如的酷刑折磨餵給石龍而已。然而，以痛苦、怨恨和殘酷滋養出來的龍，會是哪般情況呢？

沉睡石龍的前爪之間又有另外一個王座，同樣是堅冰雕成，同樣鋪著毛皮，但是那冰座與毛皮卻因爲人的便溺而弄得髒污不堪。王座中有個人形的生物，手腕、腳踝扣了鐵環，脖子則以鍊子鎖住。那人頭上戴著的黑色王冠太小，緊緊地束著他的眉頭，王袍則污漬斑斑、破破爛爛。鎖住他脖子的是銀鍊，上面鑲著珠寶，彷彿在嘲弄這個無可奈何的囚犯；他的頭髮和鬍子都長得很長，亂得糾結在一起，指甲發黃，手指與腳趾尖端都因爲凍傷而發黑。他腳邊散落著啃得乾乾淨淨的骨頭，其中有一根像是人的手臂骨。我轉開頭，望向他處，一點也不想知道他們到底餵他吃什麼。那人已經被冶煉過了，但是還有點殘留，我仍感覺得到他的仇恨像烈火一般地熊熊燃燒，也許他心裡就只剩下這個情緒了。我突然感覺到一點精技力量，像是麻木的肢體突然又回復正常；我像人們轉向聲源以便聽個清楚般地左右轉頭，以捕捉那道精技波。精技波並沒有變得更爲清楚，不過我倒是知道它來自何處了。那個狂人國王對我技傳，他齜牙咧嘴地咆哮，凹陷的眼睛緊盯著我。我登時感覺到他的精技恨意全力朝我襲來，但是一下子就過去了。他的精技攻勢之所以瞬間就消逝，並不是因爲我以精技牆保護了自己，而是因爲我感受精技的能力又再度消退。我因爲他的精技力量之強而劇烈喘息，也許阿憨能在精技方面與他一較長短，但我知道自己無論如何都達不到那個境界。

我刻意抬起頭直視那個女人，並驚訝地發現她正笑著看我。她正在等我看她，原來剛才她是故意讓我看個夠、讓我自己做出結論。她那修長且優雅的手朝著囚於王座上的國王一指。「科伯．羅貝。不過蜚滋駿騎．瞻遠，我敢說，你一定已經猜到，唯有辜負了我的催化劑，才夠得上資格讓我這樣懲罰他。噢，這沒什麼好吃驚的，我只不過是把六大公國的龍群起頭的事情做完而已。這個羅貝啊，竟然笨得衝到外面去拉弓射龍，但龍群不過是飛過他頭頂上，就讓他變得癡呆了——倒不是說他原來有多聰明，雖然他現在已經毫無用處，不過當年他也算機敏、野心勃勃，除此之外，對帶兵打仗也很有一套。」

她站了起來，從王座的高台下來，踩過龍頭下地，漫步走到那個污穢邋遢的國王面前，仔細地端詳她的階下囚。「不過，他畢竟辜負了我。」她那纖纖細手伸向羅貝。羅貝鼻孔歙張、露出牙齒，似乎想要把她的手咬下來。蒼白之女就像人們在面對一匹激動到不足以信任的種馬時那樣，近乎憐惜地搖了搖頭，以甜甜的語氣對他問道：「要不要我再把你餵一點給石龍啊，小東西？你喜歡我再多把你餵一點給石龍嗎？」

那男子凹陷眼睛周圍的肌肉糾結起來，像是拚命想要回憶什麼事情，接著他縮身避開，又抬起一邊肩膀，似乎這就能保護他自己了。他低聲怒吼道：「不——！」

「好吧，不急著現在做，不過石龍終究會吞噬掉你整個人的。等到你什麼情緒也不剩、沒什麼可以餵給石龍的時候，我就把你從石龍頭頂上丟下去，看著石龍把你化掉。事情就是要這樣做，對不對？」她突然轉過身對我說道：「在最後喚醒石龍的階段，不就是要讓石龍把犧牲者完全地吸收掉？你們那些精技小組的人投身於石龍之中時，難道不是完全地化入石龍的身體中？」

我咬住舌頭，一來是因爲震驚，二來是因爲我什麼都不想告訴她。照她那樣講起來，彷彿那些精技小組都是受迫而被投入石龍中，而非出於自願地與石龍化爲一體；但是她既然無知，就讓她無知到底吧，我一個字也不想多說。架著我的其中一個侍衛咆哮起來，又掄起拳頭威脅我，但是蒼白之女搖了搖頭，對那侍衛揮了揮手，只當我的沉默不語是件無關緊要的小事。

她也不理會我，反而開始端詳起弄臣，此時弄臣被兩個侍衛架著，頭毫無知覺地垂下來。蒼白之女那彷彿雕像般的眉頭竟首次出現皺紋。「你們沒傷到他吧？我早就叮嚀你們，我要你們毫髮無傷地把他帶到我面前。他是冒牌的『白色先知』，這可是世界奇景、稀有生物啊。不過他現在連冒牌的白色先知都稱不上了，因爲如今他就像是枯萎的花兒一樣泛黃。他死了嗎？」

「不，最崇高的夫人，他沒死，只是昏過去了而已。」那侍衛緊張地答道。

「我才不信。把他搖醒。他像貓兒一樣靈敏，而且我敢說，他一定也像九命怪貓一樣不容易殺死。小親親*，你把眼睛睜開啊，好好地像你年紀小、人還白白的時候那樣，恭敬微笑地向我問好呀。噢，他小時候就像是用蛋白、牛奶和冰糖做出來的糖人，多討人喜歡哪。只是那張嘴啊，講起話來可惡毒了！」她語帶威脅，突然湊近弄臣。弄臣則像是被蒼白之女的仇恨毒汁嚇到似的，猛然地吸了一口氣，醒轉過來。他顫抖地抬起頭，茫茫地望著蒼白之女，過了一會兒，他終於了解到這是怎麼回事，於是臉上的每一束肌肉都拉緊了。我本以爲他會放聲大叫，但是他的表情倏地凝結。他望著我，只把話說給我聽：「很抱歉。眞的很抱歉。」

---

*《刺客後傳1弄臣任務（上）》中，弄臣靦腆地將母親喚他的名字告訴了蜚滋：「小親親。我母親都叫我『小親親』。」對弄臣來說，這個名字代表了眞實的自己，而將此名告訴蜚滋，也代表某種程度上的信任。蜚滋幾次喚出此名，均是在內心情感激動之下的情況，也可說是全心接納了弄臣。

蒼白之女突然轉身走開，重新登上王座。她拉拉毛皮、調調衣服，好整以暇地坐下來，等到一切都弄妥了，才發號施令道：「這一天可終於來了。今天我要好好享受，而且用不著趕，但也不必拖延。老實說，我從一年前就期望能看到你們兩個站到我身前了。我給花斑幫許多金銀財寶，只要他們能把你們兩人毫髮無傷地送到我面前來就行，但是他們連這麼一點事情都做不好；就是因爲他們幫派裡面，有人傻到非要執行個人的復仇計畫不可，才會把我們談好的事情都搞砸了。花斑幫眞是靠不住，他們身邊老是有些骯髒的動物晃來晃去，所以他們的心靈受到污染，就跟那些與羊獸交的人沒什麼兩樣！怪不得他們辜負了我。早知如此，我從一開始就不該把時間浪費在他們身上。不過，那也無關緊要了，如今你們兩人都在我手中，而由於我親自出手，使得這個成果更加甜美。」她往後一靠，雙掌靠攏，滿意地打量著弄臣與我。

「我早就把你們的住處準備好了。侍衛，把這兩位客人帶到他們各自的房間。蜚滋駿騎，你放輕鬆，好好休息，我很快就會去拜訪你。你在離開之前，有沒有什麼問題要問我？沒有？可惜，我很少隨便讓人問問題的，不過你是個例外，因爲我認爲，你知道得越多，就越能看出你過去是被這個小冒牌貨給騙了。把他們帶開，不過要溫柔一點，別動到他們的頭。」

到了堂皇大殿的門口時，侍衛一左一右地帶開我們。「蜚滋！」弄臣叫道。聽到他這一叫，我開始極力掙扎。侍衛將我緊緊抓住，其中一人稍微將我背在背後的手扭高，無情地拖著我往前走，但我仍以腳跟抵住冰地，不讓他們輕易得逞。我雖聽得到弄臣的叫聲，但是他的聲音非常微弱。「我早就知道自己的命運了！我是自己選擇要來赴死的！你走你自己的路就對了，千萬別動搖！一切都——」最後他發出一聲被人摀住嘴的慘叫，而架住我的侍衛則拖著我走過轉角。

「你們要把他帶到哪裡去？」我追問道。侍衛們則以他們認定的「溫柔」方式來回答我：其中一人以套著鐵手套的拳頭，一拳打得我痛得彎下腰。直到他們在其中一扇冰門之前稍停時，我才重新能夠勉強喘過氣來。

一名侍衛拿出一根長條的工具，插入門上的小縫中搖轉一番。喀達一聲，門便應聲而開。他們將我丟入冰室中，我面朝下地跌在鋪地的鹿皮上。有一名侍衛跟在我後面走了進來，我連忙滾到一旁，試著避開必定會有的刑罰，但他只是將我綁住的手腕拉高、拉緊，然後就放開我了。那人用刀子割開綁住我手腕的繩子，同時也將我的手劃開了一道傷口，但是他可不在乎。「你別亂吵！」他警告道。「她討厭人亂吵。如果你不聽勸，我就只好再進來教訓你一頓了。」

我還想不出要怎麼回話，冰門就關上了。由於先前頭部受到重擊，現在我仍感覺頭昏。我察看過，確定房裡並未藏著被冶煉的人之後，便躺下來，閉上眼睛，努力集中心思。

我再度睜開眼睛。到底剛才只過了一分鐘，還是已經過了一天、一星期，我不知道。房裡的光線絲毫未變。剛才我沒想到什麼有用的念頭，說不定是睡著了。我慢慢地坐起來，並感覺到身體各處的疼痛，但是一想到此時弄臣不知是何狀況，我便顧不得什麼疼痛了。他們把弄臣帶到哪裡去了？他們會怎麼待他？我突然覺得很不解，剛才我們兩人怎麼不劇烈抗拒，以防他們將我們分開？

這牢房裡有個木框的床架，床架裡塞了乾草，上面蓋了幾床毯子。角落裡有個便溺用的桶子，另外有一桶水，水面已經結冰，水桶邊掛了塊破布，可見得那大概是洗手洗臉用的水，地上鋪著幾張鹿皮。我拍拍身上的衣服，侍衛一定是趁著我不省人事的時候，拿走那一捲工具，如今我什麼武器都沒有，連弄臣那把小刀也不在了。這房間沒有窗戶，只有那扇無法撼動的門，門上有道小縫。天花板上掛了個小圓球，但是太高了，我的手搆不到。沒有食物，而且我無從衡量時間。既然有床，我就從地上挪到床上了。我想起夜眼的忠告：如果睡眠是你唯一可得的慰藉，那你就睡吧，唯有如此，接下來無論發生什麼事情，你才能好好應變。

我閉上眼睛想要入睡，但是睡不著。我想要技傳，但是技傳不成。我施展原智，卻只能模糊地知覺到周遭有人，因爲龍的存在，已然掩過了其他一切生物。下一刻，冰華的生機又消失了。我坐起來，將頭靠在牢房冰牆上，這倒讓後腦勺的脹痛稍微紓解一些。我一定是睡著了，因爲我醒來時，發現頭髮跟冰牆凍結在一起。我喃喃地抱怨，一邊慢慢地將頭髮扯開。

我將門上的窺孔及門片和門框之間的隙縫巡查過好幾次。我坐在地上，從窺孔望出去，發現蒼白之女派了三個，而不是兩個人來接我，眞不知道我是不是應該因此而感到自豪。他們跟抓住弄臣與我的人不是同一批，其中一人從窺孔縫中對我叫道：「趴下去，臉朝地上！」

我乖乖照做，畢竟，跟三個大男人打架並不能增進我的體能。我聽到他們走進來，其中一人理所當然地用膝蓋壓上我的背，將我雙手扳到身後，用繩子綁起來。他同時扯住繩索與我的頭髮，拉我站起來。這三個人訓練有素、默契良好，一句話也不說地就將我架出了牢房，嚴肅地沿著走廊前行。

「我的同伴呢？跟我一起的那個黃金人在哪裡？」

一個侍衛朝我左邊肋骨下方重打了一拳，算作是回答。他們腳下一點也不停留地拖著我走，而我好不容易才站得起來，跟上他們的腳步。我們一路上都沒有碰上其他人，我突然領悟到自己已經失去了方向，就算他們當下釋放了我，我也不知道上哪裡去找弄臣，更不知道出口何在。就目前而言，我似乎別無選擇，只能跟著他們走。

我們來到一處圓拱頂的廳堂。一名侍衛走上前，在木門上敲了敲，裡面傳出一名女子的聲音，叫他們帶我進去。門開了，於是我們走入蒼白之女的房間。

她房裡的發光圓球不是放在地上，就是放在矮桌上。這光源的位置擺得古怪，只照亮了房間中央，其餘的地方則慢慢黯淡下來，化爲陰影。我看到一個金屬火盆，火盆裡燃著火，但是沒有煙，微微地發散出暖意。我一眼瞥見光線的邊緣有一張大床，又有一排僕人靜靜地站著，等著蒼白之女召喚。我看不出這房間到底有多大。

蒼白之女剛從熱氣蒸騰的浴缸中走出來。浴缸似乎是厚玻璃所製，浴缸裡的水是乳白色，熱氣中散發出夏日繁花的香味。她赤裸地站在長毛的白熊皮上，冷靜地望著我們，任由兩名像是毫無情緒的侍女幫她擦乾。我們幾個人瞪視她的目光，似乎一點也沒有使她感到不自在。此時的她更顯得淨白，彷彿是白雪或是白色大理石做成的女人；她的白髮貼在頭上，水從髮梢滴下來。她通身雪白，只有渾圓乳房上的乳頭顯出一點粉色紅暈，胯下的毛髮則跟頭髮一樣顏色。她跟弄臣同樣手長、腳長、腰細，但是胸臀頗爲豐滿；世上不可能有哪個男子看到她而不燃起性慾，她自己也清楚這點，不過她照樣將肉體展現在我這個囚犯，以及我身邊的侍衛面前。她雖如此炫耀展示自己的身體，然而誰都別想在沒有得到她的授意之下碰她，正可證明她的權力凌駕衆人之上。蒼白之女那幾個死板臉的侍衛看到這樣的場面並無什麼反應；他們一左一右地架著我，另一人站在我身後，靜待她下令。

她的侍女送上一雙柔軟的毛皮靴，爲她套上一襲細膩的絲袍，再套上較爲厚重、有著白毛皮鑲邊的羊毛袍。她好整以暇地在一張黑木做的矮背王座上坐下來。此時一名外島女子走了上來，我一下子認出那人就是漢佳。她帶著新毛巾、梳子與髮夾，走到蒼白之女身後，開始幫她梳頭髮。蒼白之女自始至終不發一語，此時她靠在椅背上，閉著眼睛，任由漢佳拿著象牙梳慢慢梳過她的白髮，顯露出很舒服的模樣。直到她的長髮梳理過，也編成無數條細辮、盤在頭上之後，她才睜開眼睛打量房間。接著，她目瞪口呆地望著我，彷彿是第一次見面似的，眉頭皺了起來。

「他還沒洗過澡！我不是告訴你們，把他帶來之前，先給他洗澡水嗎？」

侍衛們都嚇得垂下肩膀，其中一人趕緊答道：「我們給他水了，夫人，但是他沒洗。」

「這可不好。」蒼白之女光是講這幾個字，就使得侍衛怕得臉色發白。

她轉回來盯著我。「你臭得跟科伯．羅貝不相上下。我以前還以為六大公國的男人比較愛乾淨哪。」她的眼神飄向浴缸。「現在還可以補救。浴缸裡有水。」她靠回椅背上，挑釁地對我說道：「洗吧，蜚滋駿騎。等一下我們要一起進餐，希望到時候我聞到的是食物的香味，而不是你的體味。」

我動也不動，不讓自己的表情有任何變化。她懶懶地笑笑。

「難道你怕脫脫衣服、洗洗澡，就會使你失去尊嚴？跟你老實說了吧，我的僕人都已忘記『人性尊嚴』爲何物，更不會把你的尊嚴放在眼裡。這身臭味有什麼好的，你卻將臭味當榮譽一般地緊抓不放？我向你保證：如果要強逼你才肯洗澡，那麼你損失的絕對不止於尊嚴而已。你趕快選擇吧。我這人沒什麼耐性，而且我絕不在餐桌上聞這種味道。」她側頭對僕人群說道：「他也稱不上是國王的兒子，只是個私生子而已，卻把自己看得高不可攀。」

「我的手綁住了。」我嘴上僵硬地指出，心裡則在迅速考量之後得到一個結論：在這個處境之下，我實在無路可逃。她這番話讓我察覺到自己身上的確很臭，一時間，我感到十分羞恥，繼之領悟到這就是她的奸計。很早以前，切德便向我解釋，在審問之前，先將人犯的尊嚴與驕傲摧毀殆盡的做法，不但好用，往往比酷刑更有效率。你若是將一個人的自尊踩在腳下，把他像是野獸一般囚禁起來，那麼，當你給他一點微不足道的文明待遇時，對方竟會感激涕零；有時候，只要稍微表示一點善意，便可使對方倒戈轉向。比如說，你把人犯關在不見天日的暗處，而且不給他食物，這一來，你只要給他一根蠟燭、一碗熱湯，對方就會如獲至寶，變得有問必答、言無不盡。相形之下，以酷刑來攻破人犯自尊心的做法，就費事得多了。

蒼白之女對我一笑。「噢，這倒是，綁著你的手就不容易脫衣服了。」她對侍衛做了個手勢。「把他帶到浴缸邊，放開他的手。」

侍衛粗暴地將我推到浴缸邊，並以強大的手勁讓我充分領悟到，只要是蒼白之女下的命令，他們一定會強迫我做到，我若是抗拒，只會讓他們多幾個痛揍我的藉口而已。但我若是順從，說不定還能得到一點好處——就算好處只是讓我的手得以鬆綁，這也很値得，因此我咬緊牙關，把自己的尊嚴按捺下來。他們將綁手的繩子割開之後，我便轉過身，背對著蒼白之女脫光衣服，並趁機將別在襯衫內的別針攏在手掌內。我泡入水中，盡量快洗，不讓熱水的暖意讓我變得太過舒服。一名侍女捧來一個碗，碗裡放了個肥皂，不知怎地，我竟鄭重地向她道謝，但是她並沒有應聲。等我出浴缸的時候，水已經變成灰色的了。兩名手上掛著毛巾的女子走上前，我接過她們的毛巾，轉過去背對她們，自己擦乾身體。過了一會兒，那兩人又走回來，給我一雙軟氈毛鞋，和一件乾淨的白色羊毛料袍子。我那些殘破的公鹿堡衣衫已經不見了。我穿上她們送來的衣鞋，並將我的別針藏在羊毛袍領子的內側。蒼白之女早就將她的椅子轉過來對著我，以便觀察我的舉動。此時她露出奸詐的笑容，評論道：「體格挺壯的嘛。那幾道疤倒是有趣。漢佳，幫他刮鬍子。我要瞧瞧這個幾乎繼位爲王的男人到底是什麼長相。」

她最後這句話讓我嚇了一跳。我從未把自己想作是幾乎繼位爲王的人，一時間，我覺得她這樣形容我倒也貼切，但接著我便領略到，這又是她的奸計。那兩名女子退下，搬來一張椅子。漢佳拿著毛巾、肥皀和刮刀走上前。「我自己來就可以了。」我連忙說道。一想到那個女人要拿著刀子在我脖子附近揮來揮去，我心裡就毛了起來。

「想都別想。」蒼白之女淡淡地笑道。「我才不會低估你呢，蜚滋駿騎。我知道你受過什麼訓練。你家裡的人想要把你造就爲刺客，而非王子，他們這是在榨取你的好處，而且一直不肯對你講明。但我可不同了，我會讓你看清，你本來就是個王子，他們卻把應當傳給你的王位傳給了別人。不過，在使你了解到我能讓你多麼稱心快意之前，我絕不會將任何武器交到你手裡。你乖乖坐著。這些事情都是漢佳熟稔的事，不過若是你亂動，我是不會怪罪她把你割破皮的。」

在我的記憶裡，我這一生中從來就沒有像此刻這麼困窘；漢佳幫我修面梳頭的同時，另外那兩名女子分別將我的左右手指甲清理、修剪乾淨，蒼白之女則像是貓盯著鳥那般仔細地觀望著我。我以前不曾受到這種禮遇，但是我倒覺得這談不上享受，反倒像是在羞辱人。我開口問道：「弄臣呢？」我一問，漢佳的刀刃便立刻在我脖子側面劃了一道傷口。我感覺到血開始滲出。漢佳以毛巾壓緊傷口，蒼白之女則答道：「我敢說他一定近在眼前，你說是不是呀？」

在那當下，我實在無法跟她爭論這到底是認眞還是在說笑。那幾個侍衛應景地笑了兩聲，但是蒼白之女瞄了一眼，他們便靜了下來。

當三個侍女在整治我，侍衛冷漠地站在一旁觀看之際，其他僕人抬來餐桌，鋪上白布、餐盤與沉重的銀餐具，擺上燭台架，點了六根細長的蠟燭，又端來幾個有蓋的碟子和裝湯的瓷壺。食物的熱氣與香氣逸了出來，使我聞得心神不寧。接著他們端來葡萄酒與酒杯，最後在長桌兩端擺上兩張鋪著軟墊的椅子。漢佳將我的臉擦乾淨，往旁邊一站，對女主人敬了個禮。蒼白之女走上前，但是仍保持在我伸手可及的距離之外。她歪著頭，彷彿她是買主，而我是待售的馬，冷冷地將我從頭到腳打量了一遍。「你長得還不賴。」她稱讚道。「說不定在你家裡的人任由你受苦受難之前，你還算得上英俊呢。那麼，讓我們進餐吧。」

她朝她的座椅走去，一名侍衛爲她拉開椅子。我起身跟著她走到桌邊，並感覺到一名侍衛緊跟在我身後。她一擺手，示意我在對桌坐下。我坐定之後，她又一擺手，我身後的侍衛便退到暗影之中。接著她一聲號令，光球突然暗了下來，於是房裡只剩下昏黃的燭光，映照得我們如同坐在與世隔絕的小島上。這環境營造出頗爲親密的假象，不過我知道她的侍衛和侍女待在暗處，虎視眈眈地注視著我們。

這桌子很小。她將瓷壺裡的熱湯舀到碗裡，送到我面前之後，才從同一個瓷壺中爲自己舀了一碗熱湯。「這樣你才不會認爲我是在給你下毒或是下藥。」她解釋道，拿起個人湯匙。「蜚滋駿騎，請用。這湯美味可口，而且我敢說你一定餓了。我們就專心進餐，不多講話了。」不過，我還是看到她吃了兩口之後，才拿起自己的湯匙。

這湯的確美味可口，濃濃的奶油白湯，湯裡浮著大塊的菜根與柔嫩的肉塊。這是自從我離開公鹿堡以來所吃過最好吃的菜餚，要不是爲了顧著餐桌禮儀，我早就狼吞虎嚥下肚了。我的自制力已經變成最後一道防線，所以我強迫自己慢慢喝湯，緩緩從麵包籃裡拿起麵包、抹上盤裡的奶油，才送入嘴裡。蒼白之女爲我們兩人倒了白葡萄酒，並在用完湯之後，從大盤的白雞上切下幾片肉，送到我面前。這些餐點實在好吃，食物使我的身體感到安適慰藉，雖然我很想一直提防著她。點心是摻了刺激的香料、飄著香草味的白布丁。我們兩人一匙、一匙地分食布丁，她則從頭到尾都若有所思地默默打量著我。白酒使我身體發熱，人也輕鬆了起來，我想要反抗這個變化，然後才察覺到這是怎麼一回事。我深吸了一口氣，讓自己放鬆。現在還不是反抗的時候。

她微微一笑。難道她感覺得出我豎起白旗了嗎？她逐漸占據了我一大塊心田，她擦了一種聞起來像是水仙花的香水。

吃過之後，我們站起身。她對隱身在黑暗之中的僕人招招手。衆僕人從暗處走出來，將桌子抬走，一名男子在火盆裡添了燃料，使得火旺盛地燒了起來。餐桌清走之後，他們搬來一張半圓形的軟墊臥榻擺著。蒼白之女走上前，在臥榻上坐了下來，並拍了拍她身邊的靠墊，於是我也跟了上去，窩在舒服的大臥榻中。她的好意解除了我的警戒，而食物美酒一下肚，則使得我怒火全消。我將心思防守起來，待會她會問些似乎沒什麼心機的問題，以便從我這裡套出消息，而我的對應之道，則是保持警戒，盡量從她那裡多挖點消息出來，至於我講出去的，則是越少越好。她對我笑笑，看那模樣，恐怕她已經察覺到我的打算了。但接下來她像弄臣那樣將腿收到臥榻上，並朝我靠了過來，膝蓋正對著我。「你看到我，會想起他嗎？」她突然問道。

就算辯解，恐怕也遮掩不住，所以我就直說了：「沒錯。的確如此。他在哪裡？」

「他在一個安全的所在。你很喜歡他嘛，對不對？你愛他嗎？」我還來不及回答，她便自己接口道：「你當然喜歡他了。如果他想把人迷倒，他就是有這個魅力。雖然他只是讓你有個機會認識他，但你卻因此而受寵若驚，對不對？他擺弄你的領悟力，像是用糖霜餵狗似的，把他眞正的自我餵給你一些些；你每多知道一點他的事情，就因爲你能受到他如此的信任而感到十分驕傲。然而他從頭到尾都在榨取你，爲了他自己的需要而將你推入危險與痛苦之中，並把你所能奉獻出來的一切通通拿走。」

「他是我最要好的朋友。我很想見見他，看他現在好不好。」我的聲音很僵硬，心往下沉，因爲她對弄臣的描述，眞確到某種殘忍的地步。她這番話使我士氣全消，而她清楚得很。

「想也知道。不過待會再說吧，等我們談過了再說。你告訴我，你眞的相信他是爲了將世界推上更好的軌道而降生的白色先知嗎？」

我聳聳肩。對於這個問題，我一直沒有想出一個肯定的答案。不過當我回答的時候，卻覺得自己好像背叛了弄臣。「他是這麼說的啊。」

「噢。但是他也可以跟你說，他是傳說故事裡的國王，出來漫遊天下呀。要是他那麼說，你也會信嗎？」

「我何必懷疑他呢。」我努力要講得斬釘截鐵，卻感覺到她種下的疑慮慢慢地滲入我心中。

「是嗎？我知道了。這個嘛，那我就讓你知道你爲什麼該懷疑他吧。」她伸手從地上的盆中抓起一把什麼東西，丟入火盆中，於是便飄散出一股玫瑰味。我縮身避開那道香氣，她則看得哈哈大笑。「難道你怕我會用香氣迷倒你？告訴你吧，我才用不著這麼大費周章呢，光是你自己的推論與常識，就足以勘破眞相了。嗯，我們的好朋友已經跟你說過，他就是白色先知，雖說他已經變得一點都不白了。想必他也跟你提過，白色先知們是由生到死都是白色的吧？沒有嗎？唔，那麼，我現在就告訴你了。他跟你說過也好，沒跟你說過也好，總之我們是傳說中『白者』的後裔。白者早就消失在人世間，不過他們是很有意思的種族；他們白如牛奶，睿智得無以言之，因爲他們能夠預見未來。

「如今，你我都知道，人們心裡往往有相反的心思，既然如此，未來是不可能一成不變的。每一瞬間都生出無窮無盡的新未來，而每一個新未來，又難免隨時變化。然而即使如此，有些未來還是比其他未來更可能成眞，而當中總有少數幾個幾乎必定會成眞，簡直可說是時光必經的隧道。我們白者在很久之前就已經對這一點了然於胸，並進而發現，我們可以藉由自己的行爲，讓某些未來得以成眞。當然，到底會不會成眞，我們無法保證，但我們可以運用所知，將次等人導入某些路徑，以便慢慢地將時光流導入較爲平靜、安全的水域之中，讓衆人都可以獲益。這些事情你懂吧，蜚滋駿騎？」

我慢慢地點頭。雖然我想提防她，但是火盆裡散發出來的香味卻使我靠上前。我聞到她的皮膚香味，也注意到她那細如絲的白髮編成了光潔的髮辮。她的體溫、她的人，越來越濃烈地印在我心裡。我嘆了一口氣，她則露出笑容。她雖然未移動，但是好像靠我更近了。

「是啊，一點也沒錯。你想想你們是怎麼到了這裡，踏入我的堡壘中，然後把你們自己送到我手上。我老早就知道總有一天會捉住你們兩人，但你們會如何落入我手中，就不太清楚了。既然如此，我就開始著手影響未來，設法以各種手段將你們帶到我這裡，或是除掉你們二人的性命。我的代理人與帝尊交易，把任何可能對你有用的工具都買過來。另一方面，我將人冶煉並送回六大公國之後，還交代他們必須找出你或惟眞，並殺掉你們。他們都失敗了，不過我仍不屈不撓。我派漢佳去公鹿堡，賄賂花斑幫的人將你們兩人逮住，送到我這裡來，但是他們也辦不好事情。我又撒開網子，將摻有岱文樹皮的糕點送給你們吃，想要藉此剷除你們的魔法。但只有你吃了一點，所以這個計畫就不成功了。我逮住了切德派去拿補給的那兩個人，我知道你們會派人去追查他們的下落，而我還沒捉住你們，你們就消失得無影無蹤。不過奇妙的是，你們最後竟然走進我手裡。這就是時光流的力量啊，蜚滋駿騎，你們兩人幾乎可說是必然會落入我手中。我本來是可以信任運氣終將把你們兩人送來的，但是我們白者的做法是，我們會設法確保預見的事情一定會成眞，所以即使我們知道白者終將消失於人世間，我們仍努力運作，以免失去所有的影響力。

「你知道嗎，白者早就預見我們種族終將滅絕，而在那之後，世界只能盲目前進。但是白者之中有一名女子，比其他族人更眞切地預見到未來，所以她領悟到，如果她自願與尋常人類混血，那麼白者仍可繼續影響世界。於是她漫遊各地，每遇到有膽識的英雄，就爲他生下一個孩子。最後她生下了六男六女，他們都與尋常人類相似之至。不過她離開人間時感到心滿意足，因爲她知道，每當她後世子孫相遇並上床之後，便會產下白者的嬰孩，因此白者智慧與預言的天賦不會在人間絕跡。這故事不是很美嗎？」

「弄臣只說，每個時代只會產生一名白者。」

「『弄臣』？噢，好可愛、好迷人的名字啊。」她笑了起來，象牙色的嘴唇彎成弓形。「胡言亂語，謂之弄臣，你叫他弄臣，還眞是貼切呢。我敢說，一定是他讓你這麼叫他的。」她輕輕地嘆了一口氣。「他對你這麼坦白，我應該覺得很高興才是啊。沒錯，每個時代只會產生一名白者，而這個時代當然也不例外，所以我應運而生。他是個畸形的變種，生不得其時。我敢說，就是因爲這樣，所以他才會變黑。要是他至今仍拘禁在神廟中，那麼就算他現在皮膚的顏色變深了，也不至於造成什麼傷害。但是看管他的人總是對他太過放縱，他們過於信任這個迷人的小傢伙，所以他就趁此逃離神廟，在各地招搖撞騙了。我們來看看能不能把他做錯的壞事彌補過來。你告訴我，他之所以不得不用他那一丁點影響力來跟我對抗，到底是怕這個世界會招致什麼可怕的命運？」

我沉默了一會兒，最後坦承道：「這我無法說得清。好像是怕世界最終將會淪陷於黑暗與邪惡之間吧。」

「唔。」她像是安穩坐定的貓兒似的，高興地呼嚕了一聲。「在這方面，我可以講得比他更明白。他所害怕的，是未來的世界中，強者將統治世界，並將大地的一切，包括狂野與不軌納於統治下的時代。但是他爲什麼把這看作是邪惡的壞事，我就不懂了。不過對於我而言，那是我的目的；且讓我們享有秩序與繁盛，讓強者生出世代的強者。如果我成功的話，世界上就會權力平衡。外島人什麼都沒有，眞是可憐。夏天又短又冷，卻也只能趁著夏天在貧瘠的土地上耕種，或是在無情的大海中討生活。雖然條件這麼差，外島人仍成爲堅強的民族，所以他們應該享有更好的生活。我來到外島之後就努力幫助他們，這對世界大有裨益，你總無法否認吧。但是你那位黃髮黃膚的朋友，卻認爲他的想法比我更好。他想過的稀奇古怪之事可多了，不過就此而言，他認爲自己必須讓龍族重新繁衍，除此之外，萬物之中人類獨大的情況，必須因爲人與龍競爭而受到節制。這點他有沒有告訴你？」

「他多少提過。」

「是嗎？這我倒很意外。那他有沒有跟你說，讓龍這麼大的生物重新繁衍，對世界有什麼好處？龍這種生物，可是把整個世界都當作是牠們的狩獵場。龍才不管人類的疆界，也不理會什麼擁有權，在牠們眼裡，人類通常算是食物的來源，頂多也不過是可以利用的對象罷了。你告訴我，難道說，你希望你們的人變成龍所吃的牲畜嗎？」

「倒不會。」她這樣問，我也只能這樣回答了，不過我又再度有種背叛弄臣的感覺。蒼白之女愼選的遣詞用字，使我心裡大爲動搖。

她聽了我的答覆之後，高興地哈哈大笑，然後更湊近我一些。「當然不會啦，誰都不想看到那種情況。我雖是白者，但我父母可是人類。」

我掙扎了一下。「但是妳促使外島人乘著紅船在我們沿岸劫掠，所到之處，不是放火燒，就是糟蹋破壞，不僅如此，我們許多人都被冶煉得失去人性，那可不是好事。」

「你認爲是我煽動他們去對付你們？噢，親愛的朋友，你想偏了，而且還偏得離譜。是我把他們拉住，控制著不讓他們將你們的土地占爲己有。科伯·羅貝這個人，你是見過的，你看他像是會以征服與掠奪爲滿足的人嗎？當然不是，那麼是誰制住他的？是我。既然如此，你怎能把我看作是你們的敵人？」

對於她這個問題，我實在不知該怎麼回答才好。我轉頭望著火盆，再度感覺到精技魔法隱約顫動，同時聽到——或者說，是自認爲聽到——阿憨的音樂自遠處傳來。我告訴自己，這都是我心中的想像，我的精技天賦已經消失了。我感覺到她冰涼的指頭觸摸著我的臉頰，一轉過頭，便與她四目相對。我望著她的頸項，她的頸項潔白可人，摸上去一定很柔軟。

「『白色先知』的確是降生來改變歷史的既定軌道，就此而言，你的弄臣沒有騙你。我已經盡了力，我無法完全改變歷史的進展，但是我已經努力過了。紅船劫掠了你們的海岸，卻沒有占據你們的領土。」她把那件事講得很單純、很理所當然，我感覺到她的話像張網子般把我包住、收緊。「當年你們自己土地上的叛徒，將你們的魔法書賣給科伯手下的商販，後來科伯研讀典籍，以精技魔法來對付你們的人，而我也無力防止。但是你也不能全怪科伯，你們自己的人也有這麼做的，不是嗎？精技卷軸乃是他們所販售，不是嗎？他們爲什麼要偷賣精技卷軸？因爲皇室幼子血統純正，且想要奪權。我知道你不喜歡帝尊，但他才不把你看在眼裡呢。他大概也多少體認到，你這個人本來是不太可能誕生的，因爲在各種可能的未來之中，要生出你這個人的機會，實在是小之又小。他幾乎是出於本能地，從一開始就想要讓你消失，好讓時光流入應有的軌道之中。幸虧有他這麼用心。帝尊祕密地跟外島人做買賣，倘若他沒有失勢，執政至今，那麼雙方的貿易一定比現在開放得多。果眞如此，就不會打仗，而你們的人會歡迎外島人前來貿易交流，因爲這樣對大家都有好處。這個情況有什麼可怕的？要不是你那個弄臣朋友的奸計得逞，否則那一天早就來臨了。我跟你老實說了吧，這樣的和平與繁華勝景，非得你的人生及早結束，才可能成眞，但是你摸著良心說，這樣的榮景只要用你一命就能換到，這個代價難道能說是很高昂的嗎？你這個人，一次又一次心甘情願地爲你家族之人獻出生命，但帝尊難道不是你家族的一份子嗎？他跟你一樣，都是瞻遠家人，不是嗎？倘若當年你肯爲他死一次——而且是迅速又慈悲地死去——難道就不算是光榮的犧牲嗎？」

她採用了我對於世界、對於家族，與我對於六大公國的觀點，加以揉捏，扭曲成古怪的形狀。她一邊說著，一邊用精技線頭將我團團纏住，以新版本的眞相包圍我。我掙扎了一會兒，找出了她的邏輯漏洞。「倘若我沒生下來，我父親就可以繼任王位了。」

她笑了起來，聲音很溫柔。「噢，你這明明就是在詭辯。你自己也心知肚明，倘若你沒生下來的話，你父親就會年紀輕輕的，因爲打獵時發生意外而去世，同時膝下無子。我一而再、再而三地在我的幻象中見到此情此景。果眞如此，那麼惟眞就不會結婚，而是在隔年冬天因爲高燒發熱而病死。你若是早夭，那麼王位就會順利地傳給帝尊，這一來，他就會受到父親寵愛與指導，並成爲偉大的統治者。是的，帝尊若繼任爲王，那麼瞻遠家系就到他爲止，但是到那時候，六大公國與外島和平共處，皆十分豐饒，所以致少瞻遠家系會在光輝中結束。事情眞是如此，我用不著騙你。然而如今已經太遲，來不及把歷史導入那個方向了。既是如此，我又何必誆你？」

說我沒感覺到，又好像感覺到了。精技再度在我感知的邊緣閃動。精技力量眞是個捉摸不定的魔法，我知道精技靠不住，我早就知道精技天賦不可信，我甚至感覺到蒼白之女勸我別管那些精技訊息：別理會那些了。「妳是故意要讓我心思混淆。妳扭曲了眞相，講話又前後矛盾，這等於是在嘲笑我。」

她爽朗地大笑。「當然啦。你的小親親弄臣不就是這樣的嗎？況且當他在你身邊耍弄言語，引導你以百種角度去觀察世界的時候，你還樂在其中。既然如此，我也要以同樣的方式來取悅你，如今你是我的人了，而我必須把你奪過來。我非把你奪過來不可。我們必須一起努力，將世界推回眞正的軌道。這次我靠的不是你的死亡，而是從今起所賦予你的生命。如今你已經是我的催化劑了。你比科伯·羅貝強上一千倍，而我帶給你的快樂，也比你那個可憐的弄臣強上一千倍。因爲，我們兩人可說是天設地造的一對。你我不但一爲先知，一爲催化劑，同時也一爲男，一爲女，有男女的圓滿，才能轉動世界。他暗暗希望能夠與你成就一切，但是他不能如願，只能垂涎地羨慕我與你結合。況且我一切完美，他望塵莫及，你以後就會知道，你這並不是在背叛他，而是對世界，以及這世界的眞諦眞誠以待。既然世界的眞諦就是要讓你嘗到甜美的滋味，那麼你就應該放開心胸品嘗。」她說話的時候，臉頰與我貼得更近，接著她的唇便貼上了我的。她的嘴唇非常柔軟，涼涼的舌頭則逗弄著要我張開嘴。在她這麼冰涼的一觸之下，果然有一股前所未有、天旋地轉的甜蜜感，在我身體內蕩漾開來。我顫抖著伸出雙手搭上她的肩膀，將她的嘴壓在我的嘴上。

情慾破閘而出，當下那種理所當然、不可避免地進行下去的步調，將其他思緒都推到一旁。我再也不在乎她那些隱身在燭光圈之外的侍衛和侍女，我什麼都不在乎了，只想要享有她那潔白完美的胴體。然而，她許給我的未來，還缺一樣東西，而我的思緒就在那缺陷上打轉。

「我們的孩子會很美。」她對我保證道，放開我，站了起來。「我向你保證，你一定會以我們的兒子爲傲。」

我感覺得到她那句話眞實無誤，那幾個字有如銀亮的堅冰般在我血液中飛竄。她要幫我生個孩子啊，幫我生個我可以抱、可以疼的孩子；這孩子會待在我身邊，誰也搶不走。她知道我心底的渴望，並許諾讓我得到那一切；她在我腦海中勾勒出我長久以來最渴望的未來，並顧全我每一個需要。這一來，我如何拒絕，爲何要拒絕，如何拒絕得下去？

她站在地上，將套頭袍子從頭上拉出來，任其掉在臥榻邊的地上，接著那件連身絲袍也扔在地上。她站在我身前，任由火盆的黃光在她胴體上跳動。金黃色的火光映在她那潔白的身軀上，照出了身體與臉龐上的曲線；她的豐胸沉重，她捧起雙乳，掂著重量，誘惑我前去品嘗。她慢慢地在我身邊坐下來，往後一靠，張開手臂與大腿，讓我一覽無遺。「來吧。你想要的一切，我通通都知道，我會讓你一切如願。」她再度將頭倚在臥榻的靠背上，那淡而無色的眼珠看透了我，望到很遠很遠的地方。

她的話如此眞實，使我血液奔騰飛竄。我站了起來，摸索著解開我的袍子，以免擋了好事。她垂下眼簾，看看我能給她的東西。

然而就在此刻，我將精技牆封鎖得比之前更爲緊密，將她那不懷好意的影響力阻隔在外。我如同她所期待的那樣撲在她身上，但是我的雙手是朝她那雪白的頸項摸去，膝蓋則刺入她微拱的小腹。接著我感覺到她以精技波潮襲擊，同時出手反擊。我清楚地知道我若想勒住她的脖子，只有一次機會，然而我也知道，我在霎時之間便錯失了良機。

我早該想到，既然她的外型與弄臣差不多，可見得她必定跟弄臣一樣，力氣比常人大上許多。侍衛不必上來了，她光是下巴一壓，就使我無法扼住她的脖子，接著她雙手夾緊，從我雙臂之間穿上來。之後她手臂伸開，這下子我連她的脖子都抓不住了。她再一推，我便往後飛了出去。當我撞上火盆，撞得火盆與盆裡的熱炭四散紛飛之際，她則高舉雙手。所有白球突然亮了起來，房裡亮得恍如白晝，拿著武器的侍衛從四面八方衝上來，將我團團圍住。他們必會壓制住我，這是無法避免的，而我最好是突然投降，任由他們拿下我，才比較明智。但是我一眼瞄到弄臣的嘴巴被人塞住，像是紀念打獵成績的動物毛皮一般，被人固定在冰牆上，我體內便興起一股火氣，而自從我拿著斧頭跟紅船劫匪打鬥以來，就以現在最為氣憤。

我抓起火盆朝來襲的眾人摔過去，同時手也燙傷了。我認定他們會殺掉我，因此一打起來，整個人都豁了出去。大概就是因為這個緣故，所以他們花了很大工夫才將我制伏。他們打起來比我節制得多，雖然我重傷了好幾個人，但是他們對我出手倒沒有那麼重。我聽見骨頭碎裂的聲音，知道其中有一個人的鎖骨被我打斷，也記得我把人家的耳朵咬下一塊，吐在地上。但是我的記憶很模糊、片片段段——我每次殺得眼紅時，總是如此。

然而我是怎麼打輸的，我倒記得清清楚楚。我俯臥在地，三個男人以膝蓋壓在我背上，於是這場掙扎終於結束。我嘴裡有血，有些是我自己的，有些是別人的；自從與狼牽繫在一起之後，我總是毫不遲疑地以牙齒做為武器。我的左臂已經不聽使喚，他們把我拉起來的時候，左臂鬆垮垮地垂在我身側飄蕩。我知道左臂一定是脫臼了，這下待會兒一定痛得不得了。

我差一點就擠到弄臣腳邊。我抬起頭望著他。蒼白之女的手下像是釘蝴蝶標本似的把他固定在冰牆上。他雙臂伸開，連喉間都束著鐵環，以便迫使他的頭緊靠著冰牆。他嘴裡的布團塞得很緊，讓他的嘴角都流出了血，一滴滴落在他的襯衫上。他們一定是搜查過他的房間了，因爲他們硬將木頭的公雞冠套在他頭上，直頂到他的耳朵。他的眼睛睜開，我看了就知道，蒼白之女爲了折磨他而演出來的這場戲，他從頭到尾都看在眼裡，而她之所以要色誘我，目的就是爲了要他椎心刺骨。當我們的眼神一相遇，我就知道他曉得我從未背叛他。他的手被人架在冰牆上，我則感覺從他手上的精技指尖傳來微弱的波動，至於蒼白之女在我精技稍微恢復之後對我加以攻擊，他也感覺到了。

「我盡力了！」我對他叫道。雖然頸箍圈著，但他還是盡可能低下頭，眼睛也慢慢地閉上。衆侍衛曾對他拳打腳踢，此刻血跡從他的衣服裡滲出來，連汗溼的頭髮也血跡斑斑。他一向是最怕冷的，但如今他被人架在冰牆上，受到寒冷的折磨，動也不能動、叫也叫不出。難道，他早就預見自己會這樣慢慢地凍死？難道，就是因爲這個緣故，所以他才那麼怕冷？

「把他們兩個送到大殿上去！」蒼白之女以有如冰塊崩裂的聲音叫道。我轉頭望著她。她的下唇開始腫脹，又有幾撮頭髮從辮子裡散出來，垂在臉上。沒想到我對她致命一擊，竟然就只有這麼一點成果。不過她的侍衛也不管我的左臂脫臼、鬆垂，就粗魯地抓住我。我心裡倒暗自竊喜，他們將弄臣從冰牆上拔下來，而他只能發出悶聲的嗚咽。

大殿似乎變得比方才更大也更亮，彷彿是因爲走在我們身前的女子怒氣騰騰之故。我們在走廊上碰上了幾個人，但是一見到大步走過走廊的蒼白之女，每個人都縮身或是躲到一邊。我努力要記住我們左轉或右轉、經過什麼景物。我告訴自己，如果弄臣與我能夠脫逃，我們非得知道該從哪個方向逃出去才行。但這實在是徒勞無功，因爲我既記不得那些曲折的路線，也無法鼓舞自己，我們眞的有可能會逃得出去。結束了，我們已經完了，一切到此爲止。弄臣就要死了，我則會跟他死在一起，而他的努力將會付諸流水。「帝尊第一次看到我，就跟惟眞建議，我這樣的人不該留。如果我現在死了，不也就跟當年死掉了一樣嗎？」

我不知道自己把這段話講得那麼大聲，但是其中一名侍衛聽了推我一把，同時命令道：「閉上你的狗嘴。」

我們不斷地往前走。我難以集中心神，更難以克服恐懼，但我還是努力降下原本豎立起來抵擋精技攻勢的精技牆，使出渾身解數對晉責技傳，以便警告他小心蒼白之女的陷阱，並叫他前來搭救。不過我這個舉動，就像是一個人爲了找出自己忘了放在哪裡的錢包，而在衣服裡四處亂拍一樣；我的精技魔法已然消失，無法使用。施展精技是我最後一招，可是現在連最後一招也派不上用場了。

我們進入大殿時，蒼白之女已經坐在王座上。牆壁邊站著一排犯人，侍衛拖著我們走過去時，他們冷冷地望著我們。侍衛將我們拖到蒼白之女身前站定，接著強迫我們跪下來。一時間，她俯瞰著我們，一句話也不說，之後她揚起下巴，朝弄臣點了一下。「這個就餵給龍吃了，席爾多的位子就讓給他吧。另外那個，就讓他好好看著。」

「不！」我高聲叫道。有人一拳打在我的耳朵上，使我匍伏在地。他們架著弄臣走上前去的時候，他卻一聲不吭。等到他們走到其中一名人犯面前時，侍衛理所當然地抽出長劍，往那可憐人的腹中刺下去。那人並沒有立刻就死，卻也沒有掙扎或叫痛。據我猜測，這大概是因爲他的心靈泰半都已經被龍吞噬了，剩下來的還不夠爲自己的身體即將死亡而感到悲痛。他無力地軟倒，壓在石龍身側，慢慢往下溜。一時間，他鮮紅的血液在石龍表面暈散開來，接著血液彷彿滲入沙地裡，一下子被石龍吸收得乾乾淨淨，那附近的龍鱗因此顯得格外清楚分明。

兩名侍衛迅速地走上前，解開那個不幸傢伙的腳鐐手銬，同時小心翼翼地不要與石龍接觸到。其中一名侍衛朝他們的王后望了一眼，在她點頭示意下，像在肢解盤中的烤雞一樣俐落地，將那人犯的一邊手臂從肩膀處卸下來。他看也不看，便把那條手臂往科伯．羅貝的方向丟過去。我親眼目睹了那個景象，之後恨不得自己不曾看過。那狂人國王掙扎著把鐵鍊拉得又直又緊，然後抓起了那條兀自滾動、鮮血淋淋的手臂，像狗啃鮮肉一般飢餓得張口大嚼起來。他吃得嘖嘖有聲。我感覺噁心至極，不禁將頭撇向一邊。

更糟糕的情景還在後面。站在我左右的那兩名侍衛將我抓得更緊，又有一人從我身後走上來，緊緊抓住我的戰士馬尾。侍衛架著弄臣走上前。他並未掙扎，臉色蒼白得像是大量流血至死之人，似乎他只知道死期將近，卻再也無法感受到恐怖或痛苦。他們將他上了腳鐐手銬，鎖在石龍身邊，他若是伸直手肘與膝蓋，尚可避免與飢渴的石龍接觸，但是那種姿勢本身就是一種折磨，任誰用那種姿勢都不可能撐久。他必定會疲累，這只是早晚的問題而已，而當他疲累之時，他一定會貼在石龍上，任由石龍吞噬他的心靈。

眼看著弄臣就要緩慢地被冶煉至死了。

「不！」一思及此，我不禁喃喃地說道，然後我大聲地對蒼白之女叫道：「不！」我不管頭髮扯得有多痛，照樣用力扭過頭望著她。「妳要我做什麼都可以！」我對她乞求道。「只要妳肯放他走，要我做什麼都可以！」

她往椅背的毛皮上一靠。「你這人眞是無趣，未免太容易投降了，蜚滋駿騎．瞻遠。我都還沒讓你開開眼界呢，你就急著要示弱。但是，我還是照樣要享受這個樂趣的。德萊特！把那傢伙介紹給我的龍認識一下。」

那個名叫德萊特的侍衛拔出長劍，踏上前去，他將劍尖刺在弄臣的腰部，逼使他貼靠在石龍上，我只能徒勞無功地扭動，嗄啞地大叫：「不！」

德萊特以劍刺入弄臣後腰，只停留了片刻。弄臣並未尖叫，也許是因爲那一下並未使他的身體感到痛苦吧。但是德萊特才將劍抽回來，我的好友便有如怕被火燙到而縮手那樣，縮身後退，以免碰觸到石龍。他沒叫出聲，卻顫抖著繃緊鏈條，奈何他的鏈條實在太短，石龍痛飲著他的情緒與記憶，於是一時間，表面映出了弄臣的身影，他的身影隨後便沒入石龍之中。

我心裡納悶，弄臣在石龍的短暫一吻中失去了什麼？是他孩時度夏的某一天，還是他望著點謀國王與切德坐在老國王臥室的火爐前促膝談天的某一刻？石龍是不是吞噬掉弄臣與我共度的時光，使得當時的記憶永遠消逝？果眞如此，那麼他雖還知道過去發生過什麼事，但是冶煉之後，他可能就再也不覺得那些事情有什麼重要了。或許他尙未死去，但我們之間的情誼，以及我們兩人所代表的一切意義，會慢慢地從他心中抹去。這一來，他恐怕只能孤獨地死去，連在死時求點友誼的慰藉都不可得。我抬起眼睛望著蒼白之女。我想，當石龍吞噬掉弄臣的記憶時，她是頗以我的痛苦爲樂的。

「妳到底要我怎麼樣？」我問道。「妳開條件吧。」

她平靜地說道：「很簡單，我只要你走最容易的路，扮演你在未來最可能會扮演的角色。這你一定做得到的，蜚滋駿騎。我預見到的未來雖多，但是幾乎在每一個未來之中，你都屈從於我的要求。你只要好好遵從你們王子、切德，與貴主的命令，而我的意思跟他們三人是一樣的，你只要把冰華的頭斬下來就行了。你想想看，你若是能做到這點，那會有多少好處。不但切德高興，你們王后還可以與外島結爲聯盟，到時候，他們一定視你爲大英雄。此外，此舉還能顧全晉責與貴主之間逐漸萌生的愛情。所以，別說是我給你開條件了，就連你這許多朋友，也期望你殺了冰華，這一點都不難。」

「別殺冰華。」弄臣低聲慘叫道。

蒼白之女像被沒規矩的小孩子打了岔，感到很無奈地嘆了口氣。「德萊特，他還想再度與石龍一吻呢，你幫幫他吧。」

德萊特聞言，再度慢慢抽出劍，我連忙大叫道：「求妳別這樣！」我掙脫了侍衛的束縛，對蒼白之女鞠了個躬，以表示服順。「求妳別這樣！我一定殺了冰華，我一定殺了冰華。」

「你當然會殺冰華。」她甜蜜地答道。此時德萊特的劍尖又再刺入弄臣的後背。

雖然鮮血浸溼了他的襯衫，但是他仍勉力維持住。「蜚滋！她把貴主的母親和妹妹囚禁在這裡，那是我們親眼見到的。她們兩人都已經被冶煉過了！艾莉安娜和皮奧崔之所以屈從，求的是要讓她們二人能夠順利一死！」但是劍傷實在嚴重，所以弄臣再也熬不住，他無言地慘叫一聲，軟倒在石龍身上。他四肢痙攣，那侍衛的劍刃硬押著他貼住石龍，而時間彷彿就此凍結。我恨不得以雙手遮目，只是我兩手都被侍衛制住，於是我緊閉雙眼，因爲這一幕實在慘不忍睹。他的叫聲終於停歇。我睜開眼睛，只見石龍體表上，已經照著我好友的模樣，漾開了銀色的身形。弄臣之所以爲弄臣，就是因爲他的經歷與別人不同，因此他對於歷歷往事的記憶，比血液還珍貴。然而那沒有靈魂的石頭卻吸走了他的記憶。弄臣繃得很緊，硬昂起下巴站著，以免與石龍接觸。我一聽到他吸了一口氣，心裡便不住地祈禱他千萬別再開口，但他還是發話了：「她要折磨我的手法可多了！而且她已經擺出陣仗讓我瞧過。你是救不了我的，蜚滋，但是你可別讓我白白受罪。你別聽她——」

「再來一次。」蒼白之女說道。對於弄臣的執拗，她的反應是既覺得無聊，又覺得好玩。德萊特再度踏上前，再度無情地將劍尖刺入弄臣背後。弄臣尖叫，我低下頭。我眞恨不得自己現在就死去。現在就死，也好過聽到遭受煎熬的慘叫。人一旦聽到那種聲音，會無情地安慰自己：「幸虧那不是我。」如果我現在就死，就不會動這種非人的念頭了。

弄臣的慘叫聲消逝之後，我還是沒有抬起頭來看。那種景況，我實在是不忍卒睹。我不會再對蒼白之女或弄臣多說什麼，以免引起弄臣忍不住反駁，又要多受折磨。我盯著自己的汗水從臉上落到冰地上，隨後就消失不見。此刻，弄臣大概漸漸沒入石龍中了吧？我試著對他技傳：小親親。想要藉此將我的力量傳一點給他，然而我試了也是沒用，我的精技魔法本來就時強時弱，再加上精靈樹皮的毒害，更是雪上加霜。

「我總算說服了你。」蒼白之女甜甜地說道。「不過我還是要把話講清楚。你現在就必須選擇，看看你是要取了冰華的命，還是要取你小親親的命。我會放你走，讓你用你的辦法殺死冰華，只要你肯替我好好辦事，我就會把你的好朋友還給你——雖說到時候他可能所剩無幾了。總之，你越快完成，就越可搶在你的好友還殘存得多一些時，就將他領回去；要是你拖拖拉拉，那麼他說不定會被冶煉到底——麻煩的是，冶煉到底也就罷了，人卻還沒死。這樣你懂了嗎，小殺手國王，蜚滋駿騎．瞻遠？」

我點點頭，不曾抬眼望著蒼白之女，為了這一點，我的肋骨上結實地吃了一拳頭。於是我勉強抬起頭，輕聲說道：「我懂，我懂。」我實在很怕看到弄臣。

「好極了。」她的聲音中洋溢著滿意的情緒，她抬起頭，望著這座玻璃大殿的天花板，露出笑容，朗聲說道：「好啦，冰華，牠懂啦，你就等著受死吧。」

她低下頭，望著挾持住我的侍衛。「就把他丟在北煙囪外。」她像是體會到我的困惑不解，凝視著我，和善地笑笑。「我不知道你要怎麼跟你的人會合，但我知道你一定會找到他們，殺了冰華。如今在我眼前的一切都十分清楚，沒有別條路可走。去吧，蜚滋駿騎，將我交代的事情辦好，就可以把你的小親親領回去。去吧。」

他們領我離開大殿時，我並未出聲向弄臣道別，我生怕他會因此而多少領悟到我就要離開，結果又落得被石龍一吻的下場。那幾個侍衛架著我，迅速地穿過如迷宮般的冰廊，走上無數階梯，最後走到岩石與冰河之間如洞口般的縫隙。兩名侍衛押著我跪下，另外那人則敲開封住洞口的風雪與結霜。接著他們將我拉起來，推了出去。

22

重聚

……黠謀國王對於駿騎王子期待甚深，但駿騎王子卻令人大失所望。所以，您必能想像，這使我的好丈夫悲痛難抑。幸虧帝尊王子仍一如往常，盡其所能地對素來敬重的父親多加勸慰。然而我因職責所在，不得不通知王夫與我們那個衝動任性的王子，由於他在鄉間撒下眾多野種（既然已有一個了，誰知會不會接二連三？），因此內陸公國的大公心生懷疑，唯恐駿騎無法承繼其父之志，克盡國王之職。在此情況下，他也就有自知之明地退位了。

如今這個私生子竟在公鹿堡出沒，此舉等於是在羞辱每一位明媒正娶進門的女人。儘管我一提再提，王夫仍不以爲意。王夫堅持，只要那孩子僅限於在馬廄活動，並由那位馬伕看管，那麼，即使他是駿騎大人行爲墮落的實證，又在我們眼前招搖，也與我們無關。我一直懇求王夫要做個較爲長遠的處置，可惜均徒勞無功……

——欲念王后寫給提爾司公國牡丹夫人的信

我們從一處陡坡高處的裂縫中走出來。那幾個侍衛不懷好意地大笑，我還在不明究裡之中，就凌空飛過寒冷的夜空，落在冰冷的雪地上，撞破了雪地上的冰殼，好不容易才能站起來。四下一片黑暗，我踏出一步，一踩空，站穩了，然後又再度跌倒、滑開。我身上只有蒼白之女給我的那件羊毛袍，腳下是氈毛鞋，這樣的裝束根本無法抵擋寒意。細雪黏在我身上，打在我冒汗的臉上，一下子就融化了。我的手臂沉重，不聽使喚。烏雲籠罩著夜空，寒風如常地襲來。四下張望，也看不出剛才是從何處出來。我心裡明白，風這麼大，不管什麼行跡，一下子就會被吹掉了。

如果我現在不回蒼白之女的領地，往後就別想找到路回去了。

然而，就算現在我回得去，又能討到什麼好處？我的左臂派不上用場，況且我什麼武器都沒有。

可是石龍正在慢慢吞噬弄臣。

我站了起來，蹣跚地爬上山坡，想要找出剛才滑下山坡的痕跡。坡越來越陡，感覺上，我好像毫無進展，只是在原地踏步，而且越來越冷。爲了爬高，我換了個方向走。羊毛袍因爲黏著雪而沉重，根本保護不了我赤裸的雙腿。我腳下踩了個空，連忙把脫臼的手臂抓在身前，接著就跌倒，骨碌地滾下山坡。一時間，我躺在雪地上大喘不止，等我掙扎著要站起來時，竟看到下面的山谷中有個微弱的黃光。

我站起來並仔細打量那黃光。那黃光搖搖擺擺，像是人在走路的韻律。那必是有人提著燈籠走路。那可能是蒼白之女的手下，不過就算是又能對我如何？何況那說不定是我們營地的人，又或者是陌生人。

風聲很大，我拉開嗓門高聲大叫。燈籠停了下來。我又叫了一次，然後再叫一次。那燈籠突然動了，而且是朝我而來。我低聲禱告，祈求諸神保佑我，接著開始蹣跚地滑下山坡。我每踩一步，就滑三步，不久我便開始奔跑，以免在雪地上跌個狗吃屎。山坡底下的燈籠停著不動，但在我接近到快要能看出那人的身形時，燈籠又搖搖擺擺地走開，離我越來越遠。我尖聲大叫，他卻毫不停留。我痛哭起來，我實在走不動了，可是我非走不可。我的牙齒在打顫，冷風一吹，侍衛毆打的瘀傷便僵硬不已，讓我全身上下都痛了起來。我蹣跚地跟上去，又再叫了兩聲，燈籠還是不停。我努力要趕上去，卻怎麼也趕不上。走了一陣子，那人終於稍微慢下來，在那之後，我就順著他留在雪地上的斷續足跡而行，發現這樣會好走些。

我不知道自己走了多久。夜黑、天寒、風大，加上肩傷，我只覺得這趟路怎麼也走不完。我的腳麻木不已，很痛，小腿被寒風凍得快要掉一層皮。我跟著那人走過一大片山壁，再沿著稜線而行，又循著山溝下山，走入積著厚雪的山谷裡，之後又慢慢爬上另外一大片山壁。我的雙腿已經失去感覺，那雙薄薄的氈毛鞋是不是還在腳上，我也不知道；羊毛袍黏了雪、積了霜，我走路的時候，袍子下襬不斷地打在我小腿上。我踏出每一步，都想著弄臣此時仍腳鐐手銬地鎖在石龍身邊，疲憊地屈身躲避，因為一與石龍相碰，他的人性可能會就此泯滅。

然後，奇蹟發生了：那搖搖晃晃的燈籠停了下來。我正跟著他的足跡緩緩登上一道緩坡，然而不管這位好嚮導是誰，此時他就站定在山脊上。我再度以粗嗄的聲音大叫，加緊趕了上去。我湊近之後，因為山脊上風大而低下頭避風，等我抬起頭時，提著燈籠等我的人就在眼前，我因此看得一清二楚。

那人就是黑者。

我心裡一下子爆出了莫名的恐懼，但我都跟著他走這麼遠了，現在除了跟上去之外，還能怎麼辦？我又走近幾步，直到我可以在他舉起燈籠時，看到他那黑色兜帽下的銳利五官。黑者把燈籠放在腳邊，開始等待。我抓緊左臂，不屈不撓地蹣跚上山。燈光越來越亮，我卻看不見黑者的身影。走近之後才發現，由於山脊上甚少積雪，所以有些岩石露頭，而這燈籠就是放在這樣的山岩上。

黑者已經走了。

我盡量輕柔地放下脫臼的左臂，垂在身側；手臂的重量掛在肩膀上之後，我痛得幾乎尖叫出聲，但是我咬緊牙關，不當它一回事。我提起燈籠，舉高，大叫一聲。黑者依然不見蹤影，只見滿地的吹雪。我沿著黑者的足跡前進，他的足跡通到一處積雪被風吹開的大岩石，之後就消失了。這大岩石再下去不遠有個山谷，山谷裡看得出有幾個濛濛亮的帳篷，那正是我們的營地。我馬上便將跟黑者有關的念頭拋到腦後。營地裡有朋友，有溫暖，說不定還能幫忙營救弄臣。我蹣跚地朝帳篷走去，嘴裡叫著切德的名字，才叫了兩聲，長芯便如雷大吼，叫我立刻停住。

「我是蜚滋啊。不，我是說，我是湯姆啊，是我啊！」我雖這麼說，但我猜他可能一個字都聽不出來。之前為了要蓋過風聲而大聲喊叫，早就把嗓子叫啞了。接著其他人陸續從帳篷裡出來，點了火、高舉燈籠，使我一下子寬慰許多。我蹣跚地從山坡上半走半滑下去，他們則散成扇形來面對我。我先認出切德的身形，隨後又認出王子，但在眾人之中，卻沒有看到身材矮胖的阿憨。我心頭一沉。等我終於來到話聲可及之處時，雖喘著，但我仍連忙問道：「我是湯姆啊，讓我回去，我好冷。阿憨呢，你們找到他了沒有？」

這時有個肩膀寬闊的男人走了上來，甚至超過了長芯。長芯雖試圖阻擋，卻擋不住他。他跑了三大步來到我面前，我在他張開手臂緊緊將我抱住之前，難以置信地吸了一大口氣，聞到了他的氣味。雖然肩膀很痛，但是我毫不掙扎，任由他抱著。我將頭靠在他的肩上，讓他撐著我的重量。這似乎是我多年來最有安全感的一刻，一時間，我只覺得似乎一切都會好起來，一切都可以平復。「獸群之心」既然在這裡，我們就一定會平安順利，毋庸顧慮。

我靠在博瑞屈肩上，聽到他憤怒地對切德說道：「你瞧瞧他這樣子！我早就知道不該把他託付給你們。你們根本就靠不住！」

在這一場混亂之中，我兀自以兩條冷冰冰的腿站著，不理會周遭眾人在吼些什麼。博瑞屈在我耳邊說道：「好啦，年輕人，我來帶你們回家囉。你跟迅風都要回家了。你多年前就該要回家，你怎麼那麼久不回來呢？你在想什麼啊？」

「我得殺了冰華。」我對他說道。「而且要趕快下手。只要我殺了冰華，那女人就會留弄臣一條性命。我非得砍下來冰華的頭不可，眞的，博瑞屈。」

「只要你有這個心，一定會辦到。」他勸慰道。「不過總不是現在吧。」他對迅風吩咐道：「還瞪什麼？還不快去拿幾件乾衣服，再弄些吃的和熱茶來。快去！」

博瑞屈一向令人信任，此時有他照顧，我更是感激不盡。他引著我穿過目瞪口呆的人群，一路往王子的帳篷走去。一進帳篷，便看到阿憨睡眼惺忪地坐在床墊上，使我放心不少。他看來一切都好，就是有些疲倦，甚至還因爲看到我而感到高興。但後來發現我回來後，今晚他得挪到其他帳篷去睡，他就惱了。儘管氣嘟嘟，他還是跟著長芯離開。弄臣與我一陷入冰縫之中，阿憨便立刻對切德和王子技傳，報告此事，切德也馬上派長芯與扇貝去把他帶回來。阿憨坐在雪橇上，靠著精技接觸度過了難受的寒夜。隔天長芯與扇貝找到他時，只見冰縫裡有積雪陷落，但是黃金大人與我已經不見蹤影。

我在切德的床墊上坐下來，人又冷又倦。博瑞屈一邊跟我講話，一邊在火盆裡生了個小小的火。他那低沉的嗓音及講話的韻律總讓人覺得安心，那是我自小就很熟悉的。好一段時間，我光是聽著他的聲音，但沒注意聽他在說什麼。過了好一會兒，我才恍悟原來他在向我稟報歷來的經過，就彷彿我小時候向他稟報大小事情的情況那般。他一下定決心要把迅風與我帶回家之後，便立刻趕來，而且他感到非常、非常地抱歉，因爲他過了這麼久才找到我們。王后親自幫他僱了船到艾斯雷弗嘉島，但是全船的船員無人肯踏上這裡的土地。抵達島上之後，博瑞屈勸說留守的那兩個侍衛帶他來找我們，但由於職責所繫，他們都不願離開駐紮的營地以及他們所看守的那一批補給。既然如此，博瑞屈只得獨自動身，循著皮奧崔留下來的旗標前行。當他走到阿憨與雪橇那裡之時，扇貝與長芯也碰巧趕到，當時幸虧扇貝與長芯大聲警告，否則博瑞屈差一點便栽入弄臣與我陷入的冰縫裡。他繞了一段路，找到了個穩固的所在，然後越過裂縫，隨著扇貝與長芯來到營地，並傳達湯姆．獾毛與黃金大人已雙雙失蹤的噩耗。切德立刻把博瑞屈帶到王子帳篷裡以便避人耳目，再悄悄地跟他說，「湯姆．獾毛」與「黃金大人」就是如今我與弄臣對外自稱的名號。說來悲哀，博瑞屈花了那麼大工夫來到艾斯雷弗嘉島，結果沒找到我的人，反而二度得知我的死訊。他以壓抑的語氣將此事轉述給我聽，彷彿他自己聽到這個噩耗時的痛苦，只是個無關緊要的小事而已。「幸虧這次又是他們弄錯了。」他一邊說著，一邊搓揉我的雙手與雙腳。我的手腳開始恢復知覺，頓時刺痛起來。

「謝謝你。」我對他說道。我的手又可以活動了。我想跟博瑞屈講的話實在太多，但是眾人在場，不宜多說，所以我轉過頭去望著切德，問了個最緊急迫切的問題：「屠龍的時機，想必已經很近了吧？」

切德挨著我身邊，在他自己的床上坐下來。「是比你失蹤時還近一點沒錯，但仍舊遙遙無期。」他苦澀地說道。「你一離開之後，我們就分成兩派，而現在情況更糟。我們這裡出了叛徒，蜚滋，居然是個深得我們信任的人造反，眞是想不到啊。羅網已經派他的海鷗飛去繽城送信了，他在信上把這裡的狀況都告訴了繽城商人，並請他們速派婷黛莉雅前來此地，以免我們殺死冰華。」

我轉過頭，以難以置信的目光盯著晉責。「你怎麼任由他胡搞呢？」

晉責坐在他自己的床末端。他望著我們，黑眼睛顯得特別大。王子的臉上出現幾條新的皺紋，眼睛凹陷，好像近幾天來曾經痛哭過似的。看到這情況，我都不忍心繼續望著他了。

「他擅自就做了，並沒問我准不准。」他痛苦地說道。「他說，既是對的事情就要去做，用不著等人家許可。」他嘆了一口氣。「老實說，你失蹤的這幾天狀況還眞多。我們繼續挖洞，越挖越深，最後終於看到洞底有個龐大的黝黑身體。既然已經挖到龍身邊了，我們便從地洞底的側壁挖了條地道，順著龍身，一路通到龍頭那裡。地道狹窄，連旋身都困難，實在難挖。但是挖一條地道，總比把整個大坑挖深來得容易多了，如今地道已經挖到大概是龍頭接著龍頭之處。不過我們離黑龍越近，原智小組就越來越反對我們屠龍。他們說，冰華不是我們要殺就可以殺的，因爲牠不但還活著，且頗有靈性，雖說誰都無法持續地知覺到牠。現在原血者雖仍每日幫助我們挖掘，但恐怕我一動手要殺死冰華，他們就會立刻跟首領團派來的人同一陣線。」他移開目光，不再看我，似乎是因爲遭圈內人背叛而感到羞愧。「今天晚上，就在你回營地的前一刻，羅網才向我坦承他已經派風險去繽城了。氣氛十分緊張。」晉責低聲說道。

我本希望能迅速了結黑龍，這下子看來是難了。要不是從小受到嚴格的紀律訓練，否則我斷是無法克制自己能仔細且明白地稟報我碰上的不幸。我講起我丟下詔諭與謎語逕自離去時，雖是不得不然，卻仍感到十分羞愧；我提起弄臣的下場，以及弄臣講到，貴主是爲了要求讓母親與妹妹順利一死，而受制於蒼白之女。坐著的晉責聽了之後，搖搖晃晃的。「總算眞相大白了，只是爲時已晚。」

我曉得他這話不假，心裡開始蒙上一層陰影。就算我知道回去的路，就算我能夠說服他們發動營地裡所有的人，攻進蒼白之女的要塞，我們的人數也太少了，實在沒有勝算。蒼白之女一定三兩下就能冶煉弄臣，況且她恨不得早點對他下手。我也不能期望能迅速殺死冰華，以便爲弄臣買通一條活路。我們雖然挖開了冰，卻還得擺脫首領團的人，以及我們自己的原血者的糾纏，說不定還得想辦法避開婷黛莉雅的攻擊。

蒼白之女雖向我保證弄臣不會馬上就死，但是一看她的態度，就知道她絕不會放過弄臣。她就算不取他的性命，也會冶煉。對我而言，若是弄臣被冶煉了，那麼問題就變成我該如何了結他的性命。我眞不敢想像那是什麼情況。

「如果我們今晚偷偷潛入坑底，能否不動聲色就殺了冰華？」這是我唯一想得到的打算。

「不可能。」王子答道。他的臉色灰暗，聲音乾澀。「我們跟冰華之間還隔著厚厚一層冰，勢必得挖上好幾天才能碰到牠的血肉。然而若是等上幾天，恐怕婷黛莉雅早到了。」說到這裡，晉責閉上眼睛，過了半晌才睜眼說道：「這個屠龍的遠征已經失敗了。我是看走了眼，信錯了人。」

我轉頭望著切德。「我們還有多少時間？我們還有多少時間可以搶救弄臣？」

切德搖了搖頭。「海鷗飛得有多快？繽城商人收到羅網的信之後，會不會迅速反應？而龍又飛得有多快呢？這些事情，誰也無法確知。不過，我認爲王子說得沒錯。我們已經失敗了。」

我咬緊牙關。「隔著厚冰又如何？除了挖開之外，還有別的辦法呀。」我說道，意味深遠地望著切德。那老人的眼睛一下子亮了起來，但是他還來不及回答，迅風便在帳篷外叫道：

「大人！我已經把湯姆·獾毛的背包拿來了，食物待會就送上來。我可以進來嗎？」

晉責對博瑞屈點點頭，博瑞屈掀開門片，示意兒子進來。

那孩子進來之後，僵硬地對王子行了個正式的鞠躬禮，而對於他父親與我，則是根本連看也不看一眼。這孩子因爲王子與原智小組之間決裂甚深而無所適從，我看了也難過。博瑞屈吩咐了一聲，迅風便打開我的背包，搜找出一些乾爽的衣物。那孩子跟父親頗有隔閡，不過博瑞屈吩咐的，他還是會照做。博瑞屈注意到我在觀察他們父子，所以那孩子一走，他就低聲說道：「我雖找到這裡來了，但迅風見到我倒不怎麼高興。這孩子實在該綁起來用鞭子抽一頓，現在我先讓他欠著，不過我已經數落過他好幾次了，他聽了也不敢怎麼回嘴，因爲他知道自己理虧。好啦，把你那件溼袍子脫下來吧。」

我掙扎著穿上褲子，此時博瑞屈突然往後一靠，以他那蒙著白翳的眼睛望著我。「你是怎麼啦？你那條手臂是怎麼啦？」

「脫臼了。」我哽咽著說道。看到博瑞屈的眼睛，我不禁喉嚨一緊。看那情況，恐怕如今他已經快要失明了。他的雙眼幾乎都被白翳蒙住，那麼，他是如何橫越雪地，找上我們的呢？

他閉上眼睛，搖了搖頭。接著他簡短地吩咐道：「到這裡來。」他要我用特別的角度，在他腳邊的地上坐下來。他伸手在我左肩上摸摸按按，雖痛，卻令我感到安心。博瑞屈很有一套，我知道痛是免不了的，但是他必會把我治好。我自小就知道，若有他照料，我就可以安心了，就像當年蓋倫把我打個半死，他也照樣把我救了回來。

此時帳篷外傳來羅網的聲音：「我們送吃的來了。可以進來嗎？」

王子的嘴抿成一線，草率地點了個頭，於是博瑞屈再度拉開帳篷的門片。羅網一進來便對我招呼道：「湯姆．獾毛，大難不死，可喜可賀啊。」我生怕自己一開口便無法抑制情緒，所以只是嚴肅地點了點頭。羅網與我四目相對，接受了我的好意招呼。王子全身緊繃，悲憤之情溢於言表，同時撇過頭，不願看到羅網。切德則怒視著他，但他的表情一如以往，和藹且平靜。

羅網端來一只小鍋，我本以爲是魚湯什麼的，鍋裡卻冒出牛肉的香味。迅風端著一壺茶跟著羅網走進來。他們兩人擠進帳篷，將食物放在我伸手可及之處。

博瑞屈當作他們兩人不在場似的繼續檢查我的肩膀。他不理會羅網，但那原智師傅倒是興味濃厚地觀察博瑞屈的舉動。博瑞屈開口了，他對王子說道：「晉責王子，如果您願意，倒是能幫我不少忙。待會兒我把他的關節拉正的時候，必須要有個人牢牢地抱住他的胸口才行。如果您能坐到這裡來，伸出雙臂緊緊地抱住他的話……再高一點。像這樣。」

王子依言坐到我身後。博瑞屈一邊調整王子抱住我的位置，一邊對我叮嚀道：「待會兒我會用力一拉，但是我拉的時候你不要看我，要直視前方，同時要盡量放輕鬆才行。你若是因爲怕痛而整個人縮緊起來，我就得再拉一次，到時候我會拉得更用力。好，你坐穩了。大人，您可要抱緊他。好啦，年輕人，你相信我，一下子就好了。」他以令我感到心平氣和的口氣說道，慢慢地將我的傷臂舉高。我依照他的吩咐，盡量放輕鬆，不去想痛感。我相信他，而他的手碰到我，使我感到安心。「輕鬆，放輕鬆……好！」

那一刻的衝擊之大，使我不禁叫了出來，接著便看到博瑞屈單膝跪在我身邊的地上，他那一雙長繭的大手牢牢地按著我的左肩。我的左肩痛得要命，不過痛歸痛，我終於知道自己的手臂歸了位。我頓時感到大爲輕鬆，無力地靠在他身上。我雖喘著氣，卻仍注意到他那條跛腿幾乎是直挺挺地伸開。博瑞屈幾近全盲，又只有一腿管用，卻仍不辭辛勞地到這裡來，想起來便令人心酸。

他擁抱著我，低聲在我耳邊說道：「你都這麼大的人了，但是你一有了傷，看在我眼裡，只覺得你跟當年八歲時差不多。我看了，心裡則不禁想道：『我跟他父親許諾說要好好照顧這孩子的。我已經承諾了此事。』」

「你的確把我照顧得很好。」我勸慰道。「你言而有信。」

羅網以低沉的聲音說道：「眞是驚人。我本以爲這種原血魔法已經失傳了。我年輕的時候，幾次見過耆老以這種手法醫治受傷的動物，但後來老班德利在紅船之戰時死了，這技術便就此絕跡。把這原血技術用得這麼出神入化，而且還是用在人身上，是我第一次見到。這是誰教你的？這麼多年來，你都待在哪裡？」

「我才不用什麼野獸魔法呢。」博瑞屈特別強調道。

「隨便你講得多難聽都無所謂。」羅網固執地答道。「這種事情是假不了的，我一看就知道。你的技巧爐火純青，其他人望塵莫及。這是誰教你的？你怎麼沒有傳承這一身本事呢？」

「什麼教不教的，沒有人教我。你出去，還有，離迅風遠一點。」博瑞屈的話裡有威脅之意，甚至還帶有一絲恐懼。

羅網仍然很鎮定。「那麼，我就出去了，因為我看蜚滋需要休息，而你們兩人可能想要私下聊聊。不過，我不會讓你兒子蒙昧無知地度過一生。他繼承了你的原智天賦，你早該親自把你的本事傳授給他。」

「我父親有原智？」迅風驚訝得幾乎說不出話來。

「這一來，這一切就說得通了。」羅網平靜地說道。他傾身向前，注視著博瑞屈。「原智大師，同時又是馬廄總管。跟你說話的動物一定不少吧？狗和馬是少不了的，還有什麼動物？你是從哪裡來的？你為什麼要隱匿自己的天賦？」

「你出去！」博瑞屈極為憤怒。

「你怎麼做得出來？」迅風突然熱淚盈眶、義憤填膺地問道。「我這天賦明明是你傳給我的，你自己也有此天賦，怎麼還故意令我因此而羞愧不已？我永遠都不會原諒你！」

「我才不需要你原諒。」博瑞屈針鋒相對地說道。「你只要遵從我的命令就行了，而且有必要我就會下令。現在你們兩個都給我出去。我還有事要做，但你們兩個在這裡老是擋路。」

那少年隨便把茶壺一放，便氣憤地大步跑出去。我聽到他邊跑邊哭。

羅網小心地放下那鍋湯，慢慢起身。「我要走了。現在還不到你我相談的時候，但是我們總要找個時間談談的，而且你非得聽我講不可；就算我們得先打上一架才能相談，我也一定奉陪。」接著他轉頭對我說道：「晚安，蜚滋。很高興你大難不死，可惜黃金大人沒能跟你一同歸來。」

「你知道他的身分？」這幾個字出自於博瑞屈之口。

「沒錯，我知道他的身分，我就是從他而聯想到你的身分。此外我還知道，蜚滋早就死過一次，是你硬以原智將他救了回來。這點想必你自己也清楚得很。」他說完這幾句話，便踏出帳篷外，回手將門片放下來。

博瑞屈瞪著羅網的背影，眨了眨他那蒙著白翳的眼睛。「我兒子跟那人在一起，實在太危險。」他緊張地說道。「將來他跟我難免要大打一場。」接著他將顧慮擺在一邊，轉過頭對晉責和切德說道：「我需要一塊布、一條皮帶或是什麼的，好把他的肩膀固定一晚，因爲目前他的肩膀腫脹未消，也還撐不住手臂的重量。我們有沒有什麼可用的東西？」王子把蒼白之女給我的那件袍子展開，博瑞屈點點頭，於是王子便從袍子下襬割出一條布條。

博瑞屈先跟王子道謝，再向我叮囑：「我來固定你的左臂，你趁現在用右手喝湯。吃點熱食，身子就會暖起來，只要別動得太厲害就是了。」

晉責裁了布條，交給博瑞屈之後，便開始幫我舀湯倒茶，彷彿他是我的侍童。他一邊弄吃的，一邊講話，不過依我看來，他這話倒不是特別講給誰聽的。「我能做的都已經做了，接下來該怎麼辦？我絞盡腦汁也想不出個主意來。」他說完之後，衆人皆沉默不語。我開始吃喝，博瑞屈則幫我固定手臂。他弄好之後，又在床墊上坐下來，並將他那條跛腿以古怪的角度伸直在身前。切德的臉色很差，看起來好像一下子老了十歲，他剛才一定是在考慮王子說的話，因爲此時他說道：「王子殿下，其實你還有幾條路可走。我們可以乾脆明天就離開此地；光想到我們可以就此把那些口是心非和圖謀不軌的人丟下來，我就恨不得馬上就走，但若我們就此離去，對他們而言其實不痛不癢，而我們等於到頭來一切都落空了。另外還有一個辦法，就是我們從現在開始配合羅網的計畫，盡可能將冰華解救出來，把我們之前想跟外島結盟的期待丟開。既然這事不成功，那麼我們倒不如努力爭取婷黛莉雅與繽城商人的好感。」

「這一來，不就等於遺棄弄臣了嗎。」我低聲說道。

「不只弄臣，連謎語和詔諭、艾莉安娜的母親與妹妹也都棄之於不顧，除此之外，也把我自己說出口的承諾丟開了。我當著諸大公、當著外島特使的面，承諾必取下冰華的頭，如今卻要食言了。」他交握雙臂抱胸，一副病懨懨的樣子。「現在就言而無信，等我登基之後，還不知道會出什麼窘況呢。」

「遺棄弄臣，乃是無可奈何之事。」切德說道。雖然他的口氣非常和緩，這幾個字仍刺痛了我的心。「至於遺棄艾莉安娜的親戚，與丟開你說出口的然諾，倒都是情有可原，因為他們原本就是用假話來騙取你的承諾。人們的風評，主要看你如何交代過往事蹟而定，不管什麼事情，都不出這個道理。」

晉責強忍著激動的情緒說道：「騙？騙又如何？換作是我們處在艾莉安娜的情境中，難道我們就有別的路可走嗎？那可是她的母親和小妹妹呀。怪不得她的眼神如此悲哀。在獨角鯨母屋裡舉行的訂婚儀式之所以會那麼古怪，而她的母親從頭到尾都沒有出面協商婚約事宜，都是因為這個緣故啊。我原本以為冶煉這種殘忍的做法早就塵封於歷史之中，誰料如今冶煉竟還能伸出魔爪，干涉我的人生。」

「事實的確是如此。況且由此觀之，皮奧崔與貴主的行徑也就說得通了。」切德補了一句。

我把所有的三思與謹慎都拋在腦後。對我而言，弄臣的性命危在旦夕，現在可沒空乖乖坐著聽切德鉅細靡遺地把所有選擇的取捨優劣都講過一遍。「我們今晚就動手，就晉責與我二人，我們祕密行動。切德已經調出一種會爆炸、具有雷電之威的藥粉，我們就用這東西殺了冰華，然後再想辦法把我們的人從蒼白之女手中弄出來。我們的人若是安全了——」或者是死了，我冷冷地動了這個念頭。「我再想個辦法回去，殺掉蒼白之女。」

切德與王子怔怔地望著我。最後切德慢慢地點了個頭，王子則露出彷彿不知道我是誰的表情。

「你想一想啊！」博瑞屈突然對我吼道。「把事情想個透徹，不能想當然耳。以我看來，這裡面說不通的地方太多了。不管蒼白之女以什麼來威脅你，你總該先把這些事的脈絡理個清楚，不能盲目地順應她的心意。她大可乾脆自己殺了冰華，為什麼要找你？她既要你屠龍，便理應把你帶到黑龍身邊，直接下手才是，為什麼在命令你屠龍之後，反倒把你丟了出去？」接著他喃喃自語道：「我最痛恨這些了。我向來最討厭的，就是思索這些陰謀詭計的事情。」他視而不見地望著帳篷裡的暗處。「算盡機關，輕巧地將權力與野心納為己用，一層又一層的祕密。我這輩子所認識的人之中，就只有你父親還稱得上是個人物，然而他就是被這些爾虞我詐的事情害死的。不只你父親，就連他父親也是為此而死。還有惟眞，我有幸曾為他效力，最後他也被這些事情害死了。難道說，必得等你這一代的人也被這些害死，必得你們整個家系的命脈都斷了，你們才肯撒手？」他轉過頭來，像是現在才突然看到王子人在此地。「做個了結吧，大人。我求求您。雖說就此了結，就無法顧全弄臣的性命，也無法顧全您的婚約，但您還是趁此撒手吧。畢竟，您所付出代價早就已經過高，就此清算了結也就罷了。如今您再怎麼努力，也不過為貴主的家人求個一死而已。您還是趁現在離開，丟開這一切，搭船回家，娶個講道理的妻子，生幾個胖小子才是。這杯苦酒既然是外島人所釀，那就留給外島人獨飲吧。求求您，王子殿下，您是我此生最要好的朋友的血親啊。丟開這一切，我們一起回家吧。」

博瑞屈這番話撥動了我們所有人的心弦，王子更是大為震撼。此時，晉責望著博瑞屈，我從他的表情，看出他心裡閃過了千百種心思。難道，那個年輕人從頭到尾都沒想到他可以走這一步嗎？晉責逐一望過帳篷裡的每一個人，之後他站了起來。他臉上的表情變了。我從沒看過這種事情，我從未想過，就這麼片刻的時光，便足以讓男孩蛻變為成熟的男人，但如今我可長了見識。晉責走到帳篷的門邊，叫道：「長芯！」

長芯將頭探入帳篷裡。「王子殿下？」

「把黑水大人和貴主找來。我要立刻與他們一談。」

長芯離去之後，切德低聲問道：「你有什麼打算？」

晉責王子並未直接回答切德的問題。「那魔法藥粉，你帶了多少來？夠不夠用？那藥粉眞有蜚滋說的那種神效嗎？」

那老人的眼裡突然放出光彩——想當年，我在切德手下擔任學徒的時候，每次他眼裡一放出這種光采，我心裡就知道事情不妙了。切德仍無法完全掌握那火藥的效果，但是他願意賭上一把，希望那火藥能夠奏效。「我帶了兩桶來，王子殿下，我看這份量是足夠了。」

帳篷外傳來腳步踩碎冰層的聲音，於是衆人都緘默不語。長芯掀起門片，稟報道：「王子殿下，黑水大人與艾莉安娜貴主到了。」

「請他們進來。」晉責說道。他仍站著，交叉雙臂抱胸，這個姿勢使他看來頗有威嚴，但是我心底懷疑，恐怕他只是因為手發抖，怕被人看出來，所以才做此姿態。他面無表情，像是石頭雕出來的人像。他們二人進來之後，晉責既不招呼，也不請他們坐下，只丟下這麼一句話：「我知道蒼白之女拿什麼來壓制你們。」

艾莉安娜大喘一口氣，但是皮奧崔只是輕點了個頭。「你的手下歸來之後，我就料到這件事可能會被你看穿。她已經派人傳話給我，說她不想讓這個祕密公諸於世，但如今既然你都點破了，我也就無所牽掛，可以直接求你幫幫我們了。」皮奧崔吸了一口氣，慢慢地雙膝跪地。我心裡明白，他的自尊心這麼強，若不是迫不得已，他絕不會這樣低聲下氣地懇求別人。「求你幫助我們吧。」他低下頭，等待晉責的回應。我心裡想，在這之前，他大概從不曾跪下來求人。艾莉安娜臉上一下子刷白，然後又漲得通紅。她踏上前去，一手搭在她舅舅的肩上，接著也雙膝跪地了。她那驕傲的臉龐垂了下來，被黑髮遮得一點也不得見。

我瞪著他們二人。他們用了奸計詐騙我們，我理應痛恨他們才是，但我卻無法狠下心去痛恨。我心裡明白，倘若有人以珂翠肯做爲人質，那麼切德與我必會使出各種方法去營救她。我本以爲王子會叫艾莉安娜起身，誰料他只是瞪著他們兩人，最後切德說道：「她派人跟你傳話？怎麼傳的？」

「她自有辦法。」皮奧崔緊張地說道。他繼續跪著。「那些事情她仍不許我多說。對不起。」

「對不起？你怎麼可以從一開始就欺瞞我們？你們的行爲舉止都是迫於形勢，不得不然，其實你們根本無意締結婚約，也無意結盟，這些你爲什麼不早說？爲什麼你到了現在，還要爲蒼白之女保守祕密？她不許你說！她壞事做盡，還能以什麼更糟糕的方式來對付你們？」晉責的痛心與憤怒溢於言表。衆人都心知肚明，而他自己也曉得，貴主打從一開始就把他當作是利用的工具，並未將他這個人放在眼裡。如今這個現況不但使他十分屈辱，也使他十分痛心。我這才知道，原來儘管貴主與他之間差異甚大，他卻已經漸漸愛上這個少女了。

皮奧崔咬牙答道：「我就是因爲怕她用別的方法對付我們，才夜夜睜眼到天明。你只知道近來蒼白之女對付我們獨角鯨氏族的手法有多麼惡劣，但其實長久以來，她一直對我們予取予求，而我們每次受到打擊，心裡總是想道：『蒼白之女這次狠心到了極點，幸虧我們也熬過來了，但是以後我們絕不讓她遂心如意。』她卻一次又一次地證明我們太過天眞。她壞事做盡，還能以什麼更糟糕的方式來對付我們？說眞的，她還有什麼狠招，我們實在無從得知，而她就是靠著我們由於一無所知，因此會心生畏懼這一點來對付我們。」

「你至少也可以告訴我，你們有人質押在她手上啊！難道，你認爲我聽到這種消息，還會鐵石心腸、見死不救嗎？」

皮奧崔沉重地搖了搖頭。「你不可能接受蒼白之女開出來的條件。你這個人，太光明磊落了。」

王子不理會皮奧崔這句古怪的恭維。

「到底她開了什麼條件？」切德追問道。

皮奧崔以平板的聲音答道：「如果我們能叫王子殺了冰華，她就讓奧美崔和珂希順利一死，讓她們兩人的折磨和羞辱就此告終。」他抬起頭，以不捨且難受的眼神望著我，但仍舊坦誠地接口道：「而且她向我們保證，如果我們把你和那個暈黃人送交給她，她就會交還奧美崔和珂希的屍體，任由我們將之葬在我們的故土上。」

我理應感到氣憤，卻只冒出無力感。怪不得他們看到弄臣在艾斯雷弗嘉島的岸邊等待我們時，顯得那麼高興，原來我們兩個像牲口一般地被人出賣了。

「我可以說句話嗎？」艾莉安娜抬頭說道。一直以來她總是面帶憂愁，但這是我第一次看到她臉上明白露出羞愧的表情。她的年紀彷彿變小了，可是那眼神卻露出瀕死婦人的思慮。她看著晉責，見到他臉上那一覽無遺的傷心表情，於是又垂下眼。「我看這其中需要解釋的不少，反正我早就無心配合那個惡毒的奸計了。但是我身爲貴主，對於家族自有應盡的職責，所以我先將我的份際講給你聽吧。我母親跟我妹妹……我們的習俗……我們一定得——」她囁嚅了好一會兒才抬起頭，僵硬地說道：「這有多麼重要，恐怕我說了你也不會明白。反正就是她們必須一死，她們死後，屍體必須運回我們的母屋。對於外島人而言，對於獨角鯨家族的女兒而言，她們死後必得歸於家門，除此之外，再沒有別的選擇。」她的手放在身前，顫抖得很厲害，她交握雙手以做掩飾。「當然，那也算不上是什麼光榮的選擇。」她強迫自己再補上這一句話，之後便不再言語。

晉責低聲說道：「坐吧，如果你們找得到位子坐的話。依我看，如今我們都落在同一個位置上了。」晉責講的是我們的處境，倒不是說大家都處在同一頂帳篷裡。

帳篷很小，所以大家都得挪一挪。博瑞屈嘟囔了一聲，但還是把他那條跛腿搬開，好讓他們有地方可坐下來。皮奧崔和艾莉安娜坐定之後，博瑞屈便展開我的襯衫，披在我身上。我差點就笑了出來，不管現在的狀況有多麼緊急特殊，他都不准我袒胸露背，以免冒犯到在場的女士。他雖是奴隸之孫，卻一直都比我更加注重這些禮儀風範。

艾莉安娜的聲音顯得既羞愧又疲倦，她弓著背說道：「你剛才問，蒼白之女還能以什麼更糟糕的方式來對付我們。啊，她的方法多著呢。她手下有多少人，我們無法確知。多年以來，我們獨角鯨族有不少男人和男孩被她奪去；我們的戰士出了門便不再回來，少年則在看羊的時候失蹤，甚至還是在我們族中的土地上不見的！她一個接一個下手，使我們家族的人數越來越少。落在蒼白之女手裡的人，有些被殺了，有些則只不過是出門去玩耍，回家時卻變成沒心肝的小妖怪。」講到這裡，她朝皮奧崔瞥了一眼。皮奧崔眼神茫然，對眼前的一切視而不見。「所以我們只好親手殺了我們獨角鯨族的孩子們。」她喃喃地說道。王子聽到這裡，低聲驚呼了一聲。艾莉安娜緘默片刻，她吸了一口氣，又接口道：「漢佳已在我家多年，最後卻突然出賣了我們。我母親與妹妹混在族人之間，為何蒼白之女輕輕鬆鬆就能抓走她們二人，至今仍使我們感到不解。連我母親、妹妹，蒼白之女都能抓到，那麼想必她若是要抓走別人，也是易如反掌。我們的上母年事已高，如今的她，已如風中殘燭，這你是親眼見過的。以她的情況而言，她早該將一切傳給我母親，可是我母親卻被人抓走，無法傳承上母的智慧。所以儘管上母齒搖髮蒼，卻仍繼續苦撐，努力照管我們的母屋。也許你認為她很可憐，然而，如果連她都離開我們，那麼我們母屋的核心就將完全崩潰。果真有那麼一天，我們獨角鯨氏族就垮了。我母親被人抓走這件事，對我們的打擊非同小可，也引起不少混亂。你看，連母親都沒了，我們這還算是什麼母屋呢？」

艾莉安娜最後這一句，似乎只是要強調他們的處境艱難，不過晉責聽了之後卻突然坐直起來，僵硬地問道：「可是，倘若妳來到公鹿堡，嫁予我為妻，那麼妳不就也必須丟下母屋嗎？我是說，這一來，到了妳該繼承上母之時，不就要另擇他人了嗎？」

艾莉安娜眼裡冒出一絲氣憤的火花，她以不屑的語氣說道：「我表姊早就在覬覦了，這也是你親眼見到的，因為我必須離開家族土地，所以她才能繼承上母的位子，可是她卻把事情說得像是上母這個位子本來就該傳給她似的。」一時之間，她眼裡怒火騰騰，正如之前在瑪烈島跟她堂姊一爭長短那樣。最後，她輕輕地嘆了一口氣，無奈地兩手一攤。「不過你說得沒錯。我答應嫁給你，就等於放棄了我與生俱來的權利，往後就別想繼承為上母了。然而這個損失，就是我為了讓妹妹與母親順利一死、為了結束她們的折磨與羞辱所付出的代價。」她又弓起背，人越縮越小。我看到她握緊雙拳，額頭上滲出汗水。

「為什麼蒼白之女不乾脆叫妳去屠龍？還有，為什麼她不乾脆自己動手？」切德對他們二人問道。

皮奧崔開口了：「她認定自己是個非凡的預言者，不但能預見未來，還能決定未來的走向。紅船之戰時，她曾經說過，瞻遠家族必須完全滅絕，否則未來瞻遠家之人必會像古時那樣，引出龍群來攻擊我們。有的人信了她，對她言聽計從，但是他們失敗了，而她的預言也不幸成真。你們瞻遠家之人果真引出龍群來攻擊我們，把我們的船隻村莊摧毀殆盡。」

「可是，當初若不是你們先用紅船攻擊我們的話——」晉責氣憤地嚷道。

皮奧崔把晉責的聲音蓋了過去。「如今她說，我們若想得救，還有一個機會。她說，我們的龍既未在大戰之時起來保護我們，就不值得讓牠活下去。她還說，冰華應該死於瞻遠家之人的手裡，畢竟就是因爲當年牠沒有起而保護我們，我們才會被瞻遠家打得抬不起頭來。但總而言之，她說，冰華之所以必須死在瞻遠家之人手裡，是因爲她所預見的未來就是如此。既然她所預見的是這般情況，便應該由瞻遠家之人動手屠龍。」

「既然如此，就更不應該屠龍。」博瑞屈低聲對我說道。

但是王子聽得可清楚了，他以沉痛的語氣說道：「但是，之所以考慮不要屠龍，最重要的理由其實是屠龍的任務十之八九不會成功了。你們也知道，我手下已經有人開始扯後腿。我們離冰華越近，就越能知覺到牠的存在；冰華不但一息尙存，還力量龐大、機敏睿智。而如今，我竟發現我的朋友們已經背叛我。黑水大人、艾莉安娜貴主，很抱歉，但我已經辜負了二位的期望。我誠心結交的那幾個朋友早已送信給繽城商人，所以不久繽城商人就會派出他們那條母龍來對付我們，此時那繽城之龍說不定都已經來到半路上了。」

「這我就不懂了。」皮奧崔插嘴道。「我知道你手下有人不願屠龍，但是你說的『知覺』到冰華是怎麼一回事？」

「既然你自己藏著一肚子祕密，這一點我也保留不說。你連蒼白之女聯絡你的方式都不肯明講。你之前把糕點帶來給我們吃，是因爲她要你給蛩滋——湯姆下毒，對不對？」

皮奧崔突然坐得又直又挺，但是嘴唇緊閉，一個字也不說。晉責看了，自顧自地點了個頭。「是啊，都是不能說的祕密。要不是因爲你憋著不肯說，說不定我們打從一開始就不必屠龍，而是聯手起來對付她。要是你早跟我說明白就好了……」

貴主突然崩潰，她側身倒在地上，嘴裡痛苦地呻吟，然後便一動也不動。

黑水在貴主身邊跪下來。「我們不能說啊！」他痛苦地叫道。「這小傢伙今晚跟你講得十分坦白，但你可知道她要因此付出多麼慘痛的代價？不只我不准說，連她也不准說啊。」他突然望向博瑞屈。「老戰士，如果你還有一點憐憫之心，是否能請你去外面弄點雪回來？」

「我去。」我平靜地接口道，我不知道以博瑞屈的視力而言，他現在還能看到多少，但是他已經拿起一只沒用過的鍋子走到帳篷外了。黑水將艾莉安娜一推，讓她俯臥在地，也來不及遮掩，便將她的束腰外衣從頭上拉出來。王子看到那情況，不禁倒抽一口氣，而我則是無力地將頭轉開。她背上的龍蛇刺青凸腫起來，有的滲出血滴，有的像是剛燙傷一般紅腫。皮奧崔咬牙說道：「漢佳原本是艾莉安娜信任的侍女。有天她們兩人去散步，結果過了兩天，她才帶著艾莉安娜回來，回來時，艾莉安娜背上多了這些刺青，連路都走不穩了，而漢佳則把蒼白之女開的條件傳達給我們。話都是漢佳傳的，艾莉安娜什麼也不能說，只要她提起這兩天的遭遇，她背後的龍蛇刺青就會令她痛得死去活來。就連提到蒼白之女的名號，刺青也會腫脹起來。」

博瑞屈捧著一鍋雪回來。他將雪放在艾莉安娜身邊，驚恐地瞥了一眼，想要弄清這是怎麼一回事。「是不是皮膚受傷感染了？」他遲疑地問道。

「是她的靈魂被人下毒了。」皮奧崔難過地答道。他從鍋裡挖起一把雪，平鋪在艾莉安娜的背上。她動了一下，眼皮也抽動著。我猜她大概開始恢復了一點意識，但是她並未發出聲響。

「過去我們雙方議定的合約通通作罷，從現在起，你們不受任何約束。」晉責平靜地說道。

皮奧崔目瞪口呆地望著王子。

「貴主在脅迫之下對我做出的任何承諾，她都不必遵行。不過我還是會殺掉你們的龍。」王子平靜地說道。「今晚就行動。等到我們的人能夠順利一死，而且只有我一人涉險，別人都不會被波及之後，我將盡全力消滅蒼白之女的惡勢力。」他像是生怕被人嘲笑似的，先深吸了一口氣才說道：「到時候，如果還能保得住一條性命，那麼我會站在艾莉安娜面前，問她願不願意與我結為夫妻。」

艾莉安娜開口了，她的聲音很微弱，講話時也沒有抬起頭來。「我願意。出於自願。」她特別補充了後面這四個字。依我看來，皮奧崔與切德大概都不以為然，但是他們兩人都緘口不言。皮奧崔手裡拿著一把雪，正要幫她敷上去，她卻揮揮手拒絕了他。她拉住皮奧崔的手，努力坐起來。她還是很痛，那模樣活像是剛才受了致命一擊。

切德轉過頭來望著我。

「那我們就今晚行動吧。」他說著，一一巡過在場每一個人的臉龐，同時把所有的戒心都拋到九霄雲外。「這可不能等，畢竟，誰知道龍飛得有多快？如果我們大家一起迅速行動，那麼說不定我們不但能將事情完成，還能趕在婷黛莉雅抵達之前便離開此地。」那老人臉上突然漾開紅暈，他掩不住臉上的笑容，於是笑著宣布道：「這是真的。我的確已經調製出具有雷電之力的藥粉，現在我手邊就有一些。只是這件事可能要用上不少藥粉，所以份量可能不大夠。畢竟我的雷電藥粉，大多都留在沙灘的基地那裡。不過也許湊合著還夠用吧。這藥粉密封起來丟入火中就會猛烈爆炸，像是打雷一般，而如果我們把藥粉放在地道裡引爆，那麼冰層勢必會被炸開。說不定光靠這藥粉，就能取了冰華的性命；就算差一點，至少我們也能欺近牠，接下來要動手就容易多了。」

我站了起來。「能不能跟你借一件斗篷用用？」我對博瑞屈問道。

他不理會我，而是直視著切德。「這就是你在黠謀死的那晚弄的花招，對不對？當時你在蠟燭上動了手腳，只是那東西不可靠，根本沒發揮你預期的效果。如今你故技重施，我們必須冒多大的風險？」

切德因爲有機會馬上實驗他的神奇藥粉，樂得沖昏了頭，早把所有的戒慎恐懼都丟開了。此時的他，就像是小男孩玩弄著未經測試的新風箏，或是新造的小舟，開心得不肯放手。「當年的情況跟今天可不能比。當年那個劑量必須調得很精準，可是我手上有多少事情，哪有時間慢慢磨？要把當晚所用的蠟燭和柴火通通先處理過，又不能讓別人起疑，那可得費上多大的工夫，你知不知道？別說當晚我爲瞻遠王室使盡渾身解數，就連我在別處爲瞻遠王室費的心思，也都沒人感激！好吧，就算拋下這個不談，這次也與上次大不相同；這次的藥粉比較猛烈，而且我可以盡量多放一點，總之再也不要發生劑量不足的情況了。」

博瑞屈搖頭，看著我解下左臂的繃帶，小心翼翼地將手臂穿過襯衫袖子。左臂還是痛，但是至少能派上用場，只是要小心一點就是了。一想到黑龍今晚就會喪命，我就精神一振。我心裡有個理性的聲音在告訴我，蒼白之女保證冰華一死，她就會放走弄臣云云，全都是空話。我也知道她的話不可信，然而若要救出弄臣，這是唯一的機會，我非得試試不可。況且，若是切德的藥粉殺死了冰華，蒼白之女卻不肯放走弄臣，那麼我們還可以再度沿著冰華的身體施放爆炸藥粉。如此一來，不就能炸開一條通道，直接通入蒼白之女的地下冰宮？我且把這個念頭放在心裡，不跟別人提起。

「到底有什麼危險？」晉責問道。但切德只是不以爲意地揮揮手。

「我已經做過詳盡的測試了。我之前在沙灘上挖些小洞，坑底生火，火燒旺了，丟一盒藥粉進去，然後趕快撤退。藥粉爆開之後，便在沙灘上炸出大坑，而密封盒裡藥粉多些，坑洞就炸得大一點，藥粉少一點，坑洞就炸得小一點。既然如此，用它來炸開冰層，又與炸開沙坑有什麼差別？是，我也知道冰層比沙灘厚實，不過，我們就用大一點的容器，多裝些藥粉，也就可以了。至於火嘛——」

「這個容易。」我應道。我早想到了這一層，我找到切德的斗篷，將斗篷套在肩上。「就用鍋子來生火。我們用來燉湯、融雪燒水的鍋子就很好用。只要在鍋裡生個小火，再把弄臣的燃油倒進去就行了。弄臣的燃油收在他的帳篷裡，現在一定還在。待會兒我就爬進地道裡，把火生旺，再將藥粉投進去，之後趕快爬出來。這就成了。」切德與我相視而笑，我已經感染了他的熱情激切。

切德點點頭，接著眉頭又皺起來。「可是那個鍋子太小，容不下整桶火藥。啊，讓我想想，讓我想想。有啦，我們就在鍋子底下鋪上幾層獸皮，你先把鍋裡的火燒旺，接著打翻鍋子，讓油與火流到獸皮上延燒。這火用不著燒上太久，所以獸皮應該是撐得住的。之後你把整桶藥粉投入火裡，趕快退出來。」他笑咪咪地對我說道，彷彿那是一場精妙的魔術表演。皮奧崔顯得頗有戒心，貴主則聽得一頭霧水；博瑞屈怒目而視，臉色像是布滿烏雲一樣難看；晉責王子既像小男孩一樣恨不得親自動手，同時又體認到，身為一國之君，必須將所有要素都考慮周全，而他開口之後，我一下子便聽出是哪一邊占了上風。

「應該由我來動手，而不是蜚——而不是湯姆・獾毛。他那條手臂派不上用場。況且我已經承諾過我要屠龍，這是我的事情。」

「不行。你是瞻遠王位的繼承人，我們不能拿你去冒險！」切德嚴峻地拒絕了。

「啊！現在你總承認這很危險了吧！」博瑞屈說道，他皺著眉頭，望著我把切德的靴子套在腳上。我的腳踩在切德的靴子裡，鬆鬆的，我現在才知道這個瘦巴巴的老人有一雙大腳。

我心裡盤算著計畫。「我需要一個鍋子、弄臣的燃油、一些火絨和裝火絨的鐵盒，再需要兩張獸皮，還有那桶火藥。」

「燈籠也是少不了的。地道那麼暗，總要有點光才行，就由我來提燈籠吧。」儘管切德不讓晉責隨行，他仍一意要跟去。

「不，不用燈籠了。嗯，不過如果有個小燈籠也好。現在就開始行動，務必愼密，要是讓你的原智小組其他成員發現到我們的動向，那就……嗯，說什麼都要瞞住他們。」要把靴子穿好實在不容易，此時我才領悟到的確需要有人幫忙。我的肩膀到現在還是稍動一下就刺痛，那麼，就讓王子跟隨吧。在我生了火之後，先叫晉責去地道外等著，我一出來，就與他兩人一起待在坑洞裡等著火藥爆炸。他既以瞻遠家族之名立誓一定要親手屠龍，這樣做應該也就夠了吧。

「原智小組！」博瑞屈大怒道。

我實在沒那個閒工夫細談。我翻找切德與晉責的衣物，發現切德的毛皮帽子尚可一用，同時對博瑞屈說道：「對，的確是有一群原智者在爲瞻遠王室效力。難道你以爲只有精技人才夠資格輔佐君主嗎？你問迅風就知道了，他幾乎已經算是原智小組的成員。說眞的，雖然羅網背叛了大家，但我覺得有原智小組的輔佐也大有好處。」博瑞屈聽了，目瞪口呆地盯著我，不但感到驚惶，又覺得受到羞辱。我轉頭提醒切德：「剛才講的那些材料最好派長芯親自去張羅。他忠心耿耿，口風又緊，派他去，就不愁有人透出什麼風聲了。」

「我跟長芯一起去。」晉責說著，也不等別人應和，就一把拉起自己的斗篷往外走。他在走近艾莉安娜的時候停了一下，雖然眼睛沒有望著那少女，嘴裡仍然說道：「我向妳保證，既然非得如此，才能求得妳母親和妹妹順利一死，那麼我一定全力以赴。」說完他便離去。

「瞻遠王子會使用魔法？」皮奧崔瞪著王子的背影，詰問道。

切德迅速地編出一套說法。「湯姆說的其實不是那個意思。所謂的原智，在六大公國又稱爲『原血魔法』，王子的確是帶了幾位能使用原智——的朋友來到此地。那些人陪同王子至此，爲的是要助他一臂之力。」

「魔法最是可惡。」皮奧崔感嘆道。「用劍就比較實在。用劍殺人，死了就是死了，不會拖泥帶水。蒼白之女靠著魔法拘禁了我們的人，並使我們以他們爲恥。直到如今，她仍靠著魔法束縛我們，好教我們不敢違令。」

博瑞屈聽了皮奧崔的話，點頭說道：「希望我們能用刀劍的魔法來對付那女人。強壯的男人最忌陷入騙局，而若是陷入不擇手段又野心勃勃的女人所設的騙局裡，那就更糟糕了。」我一聽就知道他想到的是我父親，以及欲念王后如何設計陷害我父親致死，至於皮奧崔怎麼看待博瑞屈這番話，我並不了解。

獨角鯨氏族的首領慢慢起身，心裡似乎突然想到什麼令他感到不舒服的念頭，他自顧自地點了點頭。坐在他身邊的貴主也站了起來，她不像是特別對誰說話地平靜說道：「請代我向晉責王子道別。」

「也請代我向王子道別。」皮奧崔以他那低沉的嗓音說道。「事情演變到這個地步，我感到十分痛心。要是我們大家有別條路可走就好了。」他們慢慢地離開帳篷。皮奧崔走路的模樣，彷彿肩上有千斤重擔。晉責不久後便帶了幾樣我們待會要用的東西回來。過了一會兒，長芯又送來幾樣，這才把東西補齊。我們接過長芯手裡的東西之後，他仍站著不走。從那情況看來，他是滿肚子疑問，但我們既沒跟他多做解釋，切德也不道謝，就馬上遣走了他。長芯顯然不放心。晉責與我之所以要這些東西，一定是在籌備什麼進攻的計畫，況且我一回來就躲進王子的帳篷，所以沒人知道我出了什麼事。不過，他不愧是個好將士，因爲他知道，長官不多解釋必有其理由，於是他回到帳篷外面繼續站崗。

接下來我們耽擱了一下。由於獸皮要放在堅冰上，切德擔心這樣一來，獸皮上的火焰可能燒不旺，無法引發火藥。他拿出鍋子，看看鍋裡能容下多少火藥，這一來，衆人便匆匆地把各種可以將火藥密封在內，又可以放入鍋子裡的瓶罐盒箱通通拿出來做比較。最後他選了一個小陶瓶。小陶瓶裡原來裝了滿滿的茶葉，從切德把茶葉倒出來時的牢騷狀看來，那可能不是普通茶葉，而是他特別調製出來的配方。茶葉倒出來後，他打開我從沙灘揹來的那桶火藥，小心翼翼地倒了一些粗糙的藥粉進去。他在離那根小小燭火最遠之處裝塡火藥，之後還將手指伸進瓶裡將火藥塞緊，同時，嘴裡還不住地嘟囔著：「有點受潮了。」他把封好的小陶瓶遞給我的時候，不甚滿意地抱怨道：「算了，反正我丟進你小屋火爐裡的那個皮筒中裝的藥粉也有點潮，結果還不是照樣奏效？那皮筒炸了開來，我也有點意外，只是，怎麼說呢，學這些新東西就是要靠實驗。好啦，你先把這東西拿遠一點，接著在鍋裡生個火，把火燒旺，越旺越好，之後把這個丟在鍋子的正中央，以免壓熄了鍋裡的火。完成後你趕緊出來。」

這幾點是交代給我去辦的，至於王子，切德則叮嚀道：「鍋子裡一開始生火，你就趕快出來，別等到蜚滋把火藥丟進去才走。你出來後，走到大坑洞底下離地道口最遠的角落去等，聽懂了沒有？」

「有，有。」晉責不耐煩地答道，他正在將生火的裝備裝進背包裡。

「那就一言爲定。你可得保證，鍋裡一生火，你就立刻出來。」

「我已經承諾要屠龍了，所以我至少也得待到藥粉投入鍋裡爲止。」

「你放心，他在我把藥粉投入鍋裡之前就會走開。」我跟切德說道，接過封好的陶瓶。「這我可以向你保證。晉責，我們走吧。再不走就要天亮了。」

我們朝帳篷門片走去時，博瑞屈站了起來。「要不要我幫忙拿點東西？」他對我問道。

我茫然地望著他，過了好半晌才領悟到他的用意。「博瑞屈，你別跟來。你在這裡等我們。我一下子就回來了。」

他不肯坐下來。「你我得談一談。我們有很多事情要談。」

「那是一定的，我們必會找個時間長談，我也有好多話想告訴你。不過這些話都藏了這麼多年，也不必急於這一時半刻之間。等到這件事情辦完，再找個時間，就你我二人促膝長談。」我特別強調最後這句話。

博瑞屈感嘆地對切德說道：「年輕人總認爲往後的時間多得是。」他輕鬆自然地伸出手，把晉責手裡的一部分東西接過來拿著。「還是老年人比較明理，我們自以爲以後有空可做，後來卻不如人願的事情可多了。這些事情，我們年紀大的人都記在心裡。我有好多話總想著以後有機會再跟你父親說，可是最後這些話都無處訴說，只能藏在心底。我們走吧。」

我嘆了一口氣。晉責仍站在原地，詫異得下巴幾乎掉了下來。我朝著他聳聳肩。「跟他爭辯是沒用的。這就好比你不會去跟你母親爭辯，是同樣的道理。走吧。」

我們離開帳篷，靜靜地步入黑暗之中。原智者都有悄悄行動的本事，而我們也發揮了這份長才，雖說我們三人之中有一人不願承認自己是原智者。博瑞屈伸出手，輕輕地搭在我沒受傷的右肩上，這是他對於自己日益惡化的視力的唯一讓步，對此我也不多加評論。我回頭一望，看到切德穿著睡袍，拉起帳篷門片，遠眺著我們。我這一看，似乎讓他有點困窘，因爲他接著就把門片放下來了。現在我既然知道切德放心不下，也就不免懷疑，他做的這些火藥到底有沒有經過周全的測試。同一時間，長芯也在看我們。

我們得爬一段山坡才會抵達坑洞。我之前並不覺得這山坡難爬，但是這幾天以來體力透支，所以爬得格外累。等到我們走到坑洞邊，在通往坑底的斜坡頂停下來之時，我早已氣喘吁吁。我接過博瑞屈拿著的燃油，這才發現那些油很重，心裡很過意不去。

「你在這裡等我們。」

「你別擔心，我不會跟上去的。我自己知道我的眼睛沒用了，跟上去只是讓你們兩人徒增危險罷了。不過，我想在你們走開之前跟你說幾句話，而且是私下說，如果你不介意的話。」

「博瑞屈，我多耽擱一刻，石龍就多吞噬弄臣一分呀。」

「孩子，你心裡知道我們是來不及救他了，話雖如此，我也曉得這件事你非做不可。」接著他轉過頭望著王子，但那其實是視而不見。我對晉責做了個懇求的表情，於是他走開了幾步，好讓博瑞屈如願地私下跟我談談。不過博瑞屈還是壓低了聲音說道：「我來這裡，為的是要把你跟迅風帶回家。我跟蕁麻保證會把她弟弟平平安安地帶回家，必要的話，會順便把龍殺了，然後一切就會回復成往日的模樣。她還多少有點孩子性，總相信爸爸能保她一切平安，不過我也希望她繼續朝這方面想，不要太快長大。」

我不知道他這是在講給我聽，還是在問我，不過眼下這麼緊急，我實在沒空猜測他的心思。「我會盡量讓蕁麻保持現狀。」我對他保證。「博瑞屈，我得走了。」

「我知道你在趕。但是……我們兩個都以為你已經死了，你知道吧。我是說莫莉跟我。我們是因為以為你已經死了，所以後來才生出這麼多故事。這你知道吧？」

「我當然知道啦。我們往後再找時間談吧。」光是他提了個頭，就使我的情緒激憤又痛苦難言了。我突然了解自己永遠也不想把那些事情談開，更不想就此跟博瑞屈多談。不過，我還是吸了一口氣，把我一再重複告訴自己的那番話說給他聽：「你比我更配得上她。我夜夜都能安眠，因為我知道莫莉和蕁麻有你照顧，絕對是正確的決定。至於以後……我之前從不去找你，那是因為我從來就不想讓你覺得，覺得——」

「覺得我背叛了你。」他平靜地把我的話說完。

「博瑞屈，馬上就要日出了，我現在非走不可。」

「你聽我說！」他的口氣突然凶了起來。「聽我說，讓我把話說出來。打從我一知道自己幹出了什麼好事，這些話就如鯁在喉，我不吐不快啊！蜚滋，對不起，對不起。我竟渾然不知地把這一切從你手中搶走。這麼多年的時光，我無從償還。可是——可是，娶莫莉為妻、一起過了這些年，生了這些孩子，我卻說不上遺憾，眞的無法感到遺憾。因為我的確比較配得上她。這就好像駿騎在不知情之下把耐辛從我身邊搶走，然而他卻比較配得上耐辛，這是同樣的道理。」他突然沉重地嘆了一口氣。「艾達神與埃爾神在上，看看我們這是什麼因果報應啊。」

我滿心怨恨。這沒什麼好說。

接著博瑞屈以非常、非常輕柔的口氣對我問道：「你會把她從我身邊搶回去嗎？你會把她搶回去，讓我們的屋子變得空空蕩蕩，孩子們也沒了母親嗎？我這樣問，是因為我知道你的確有這個能耐。她心裡對於她當年愛過的那個野孩子，一直存有一份情。我……我也一直不想讓她對你斷念。你說，我怎麼做得出來？我也愛你啊。」

大風吹起，一生的時光瞬間在我心中閃過。我的人生中有那麼多可能會的、條件俱全的、應該要發生的事情——而那些事情，說不定還有機會可以發生。但是，不能讓那些事情發生啊。最後我開口說道：「我不會把她從你身邊搶走。我根本就不會回去。我不能回去。」

「可是——」

「博瑞屈，我眞的做不來，你逼也沒有用。你說，我怎麼能一路騎馬到你家，在你桌邊坐下來喝茶，跟你的小兒子摔角玩，看看你養的馬，卻不去想到，不去想到——」

「是很難沒有錯。」他嚴厲地打斷了我的話。「做不來，可以學啊。可以學著忍耐啊。像我吧，當年駿騎和耐辛一起騎馬出遊的時候，我常常得跟在後面，望著他們，而且——」

我真的聽不下去了。我知道自己怎麼也生不出像他那樣的勇氣。「博瑞屈，我得走了。弄臣若要活命，還得靠我呢。」

「那就去吧！」他的口氣倒沒有氣憤，只是很絕望。「去吧，蜚滋，但是這個我們一定要談的。我們總得想辦法理出個頭緒。我向你保證，我這次找到了你，就絕不再放手了。」

「我得走了。」我丟下這幾個字便轉身逃走。我任由瞎眼的博瑞屈孤獨地站在寒風中，滿心相信我一定會歸來。

23

龍之心

古靈的足跡遍及各地。雖然當時留下來的文字紀錄少之又少，且對他們所用的符文我們又只是一知半解，但我們所用的字母之中，卻有幾個像是從古靈標記在地圖、雕刻在巨石柱上的符文字母演化而來的。

我們對古靈所知甚少，只知道他們似乎與尋常人類通婚，有些還與人類雜居於同一個城市之中，而我們對古靈的知識，也大多都從這一條線索而來。群山王國之人保存了一些古地圖，這些古地圖幾乎可以確定是依照更古老的卷軸所描繪下來的，圖上所畫的區域看來既熟悉，又比群山王國的實際領地廣闊得多。古地圖上畫的道路與城市，有些已經湮沒，有些路途遙遠，以至於對我們而言就像是謎一般。最奇怪之處就是，至少其中一幅地圖上，竟標出了北至相當於今日的畢恩斯公國，南至天譴海岸的許多城市。

——費德倫所著之《湮沒之古靈》

我走過去與晉責聚在一起。我不發一語，他也不問。他手持搖搖晃晃的燈籠在前領路，帶我順著斜坡走下大坑。

比起我之前揮汗挖冰時而言，這大坑已經又挖深許多，變得相當窄小，想必是因爲他們矇矓地瞥見冰下的黑影之後，便集中力量直朝黑影處挖下去。一時間，冰華在我的原智知覺中不斷膨脹，接著又崩潰、消逝。在即將動手之際，感受到將受死的那一方的存在，總是令人手軟。

我跟著晉責，他領著我走到坑底的角落，角落裡有個鑿入冰壁的地道。初時，地道有一人高、兩人寬，但旋即越縮越小，不久我就得彎腰駝背地走路，肩膀因此而痛得更厲害。

走著走著，博瑞屈說過的幾句話突然在我心底蕩漾開來。他說，他既來了這裡，若有必要，就會屠龍，反正他就是要把迅風帶回家，什麼事都攔不住他。蕁麻則曾經跟阿憨說，她父親已經爲了屠龍而出遠門了。這兩邊一兜起來，意味著蕁麻不知道我的事情，她對我一無所知。突然之間，又黑又冷的冰層似乎朝我掩來，我頭暈目眩，覺得自己像是被冰河擠住了。在這壓得動彈不得之間，我只希望自己就此死去，但此時我連求死的餘裕都沒有。我在冀求自己死去之時，又爲自己感到羞愧不已。

接著那鋪天蓋地而來的黑暗消逝，而我也踉踉蹌蹌地往前走。我把蕁麻、博瑞屈和莫莉擺在一邊，推開我過去的一切，全神貫注在眼前這一樁我非做不可的任務上：屠龍。我腳下跟著晉責深入地道之中，心裡則告訴自己，也許我還救得出弄臣……這眞是睜眼說瞎話啊。

晉責的燈籠小，所以我只看見光滑的冰壁和他的背影。地道突然到了盡頭，他轉過身面對我，同時蹲了下來。「我們認爲牠的頭就在下面。」他指著我們腳下凹凸不平的冰面。

我瞪著冰面直看。「可是我什麼也看不見。」

「要是白天，又帶著大燈籠，你就看得見了。你聽我的不會錯。冰華的頭就在下面。」他將背包卸下，放在身前的地上。我面對著他蹲下來。我這一蹲下就沒剩什麼空位，待會兒火生大之後，晉責恐怕必須跨過火盆從我身側擠出去了。

寒意吹進我受傷的肩膀，使我的肩臂凍得不能動，臉皮也吹得很痛，像要變成一張面具。不過這些都無所謂了。我還有右手可用，就是生個火，把陶瓶丟進去，這有什麼難的？這麼小的事，連我現在這樣的身體都做得來。

先將獸皮放下去。晉責攤開獸皮平鋪在地上，好像我們是兩個爲了要賭骰子而預作準備的士兵。這兩張獸皮，一爲極地白熊，一爲海牛，都是比較厚的，且臭味撲鼻。我將鍋子放在獸皮正中央，再小心地把燃油放得遠遠的，又將那一陶瓶的火藥放在燃油旁邊。我們帶了些木屑來做爲火絨，又帶了些燒焦的亞麻布引火。我將這些東西放在鍋裡，布置成窩狀。我連三次用力互擊燧石，雖撞出了火星，卻無法引燃火絨，這時晉責才好奇地問道：「乾脆用燈籠裡的火來點火不就行了？」

我抬起頭無力地瞪了他一眼，他則以咧嘴大笑做爲回應。燈光照出了他被寒風吹紅的臉頰及凍裂的嘴唇。我實在是笑不出來了，但我仍勉力擠出一個笑容。一時間，我想到他那年輕的肩膀也背負著重擔：首先，屠龍就等於背叛了他自己的原血血統以及他的原智小組；再者，就算屠龍，他也無法如願娶得心儀的女子。晉責愛上了艾莉安娜，然而她之所以與他交往，只是爲了誘他上鉤，好讓他完成蒼白之女交代的使命；艾莉安娜之所以願意嫁給晉責，不是因爲愛情，也不是爲了要確保雙邊的聯盟，而是爲了換得她母親與妹妹順利一死。這實在不是穩固的婚姻基礎，然而我們都已經到這裡來了。我蹲直起來，對晉責說道：「你來點火，點了火就出去。喔，還有，你出去之後，把博瑞屈引開，別讓他待在大坑邊。他視力已經不太好了。」

「視力不太好？眞的嗎？我還以爲他已經瞎了呢。」這是年輕男子的幽默，就連面對著他所不齒的命運也無所畏懼的嘲諷。聽到這裡，我已經連笑容也擠不出來，不過晉責大概沒注意。他從鍋子裡抽出一條焦黑的亞麻布條，垂入燈籠的火焰之中。布條舔著火舌，一下子就著火了，他趕緊將布條丟入鍋裡的火絨窩中，可是火一落下就熄了。

他連試了三次，三次都不成功，我不禁嘆道：「如今我們要做什麼事都困難重重。」

我將鍋緣提高，而晉責爲了要把那片著火的布條塞到木屑堆底下而燙傷指頭。我們兩人屏息靜待，那小小的火苗仍燃著，接著蔓延到火絨堆上。我在火裡多撒些木屑，把火催大一點，並決定待會兒只要像是將一條待烤的麵包送入火爐中般把火藥滑入鍋中就好，而不要把鍋子豎立起來，以免這點火花因爲掉到獸皮上而熄滅。這火雖小，煙卻很多，我不禁咳了起來。

「你該走了。」我對王子說道。

「你把事情辦完，我們兩個一起走。」

「不行。」我不能跟他說我要先確定他已經安全了，才會將火藥丟進去，而必須這樣跟他說：「博瑞屈對我而言非常重要。他那個人十分驕傲，他一定會堅持要等到我出來了才肯逃開。所以，你去找博瑞屈，扶著他的手臂，跟他說你看到我了，然後牽著他走遠，別讓他待在大坑邊。有時候，切德調配出來的東西，效果會好得連他自己都感到意外，這點你我都是知道的。」

「你要我去跟他撒謊？」晉責憤慨地說道。

「我要你帶他走遠一點。他的膝蓋有傷，沒辦法走得像你我這麼快，所以你得早點帶他走開。我會留點時間給你們兩個走遠，之後我就把火藥丟進去，迅速離開。」

這番話奏效了。若光是他自己的處境危險，他是絕對不肯丟下我獨走的，但若是爲了博瑞屈的安全，他就願意了。他小心翼翼地跨過炙熱的火盆，從我身邊擠過去。我心裡很是感謝珂翠肯把兒子教得這麼好。我聽著他踏過地道的腳步聲，估計他何時爬上了斜坡、接到博瑞屈，並護送他離開。我告訴自己：不急，可以再等一等，以免波及他人。再過幾分鐘，這黑龍就要喪命，這樣一來，也許就能保住弄臣吧。

我趴在地道的冰地上，一方面是爲了要避開懸浮的煙霧，再者是這樣方便我添加燃料，把火生大。我要把這一團火燒旺，燒到柴枝都成了紅炭，才將火藥投進去。我雖捨不得用弄臣的燃油，但是看這情況，在投入火藥之前我勢必得倒點油進去，火勢才會旺到能夠遮住陶瓶。我打開油瓶，拿在手裡預備。這一定是安全的，切德把那個裝火藥的皮筒丟入我的火爐裡之後，可是過了好久之後才炸開的。不過，我也得承認，那時候的火藥還沒精煉過，跟現在的不同。

別想那麼多了，我告訴自己，別去想你會如何燒焦、壓扁地死在此地。不，我或許會被困在寒冷的堅冰中，陷入無盡的黑暗裡，直到我失去知覺而死。我不免覺得這種死法太過輕鬆，甚至還顯得有點怯懦。然而我若不死，難道還有別條路可走嗎？與孤獨無伴的人生相較起來，死在堅冰中的命運也不算悲慘了。

地道頂落下一滴冷水掉在我的後頸上，將我拉回現實。我心裡納悶自己剛才怎麼會想那麼遠。鍋裡烈焰熊熊，墊在鍋下的獸皮也燒著了，臭味隨著熱度上升而不斷增加。爲了讓待會投入火藥時，裝火藥的陶瓶好好地躺入火中，所以我將鍋緣拉高了些，並因此而燙到指頭。我詛咒了一聲，將指頭按在冰上化解燙傷，接著那龍像是洪水一般朝我而來。

我敢說冰華並非故意襲向我。據我看來，牠就像是想要藉著屏住呼吸，讓自己窒息而死的人那樣，雖有心求死，但是到了最後一刻，身體的力量卻蓋過了意志。因此牠吸了一大口氣，迫使心靈繼續活下去，而牠與我就是在心靈失去控制的那一瞬間相遇了。那既非原智，也非精技，而是一種與原智和精技無關的東西，我領略到這一點之後，便了解到這一定是龍族特有的溝通本能。我對這種溝通之道並不陌生，婷黛莉雅就是藉此而透過蕁麻侵入我的夢中。我本以爲那是牠特有的溝通方式，但是現在看來不然，因爲冰華也是如此。婷黛莉雅的溝通技巧比冰華更好，或者可能是因爲婷黛莉雅的往來對象大多是人類，因此牠特別將心思加以裁量剪輯，好讓人類懂得牠的想法。

冰華掃過我的心靈，將我淹沒在牠的心靈之中。牠的心靈並非人類的語言與概念所能解釋，況且牠也無意與我溝通。由於牠瞬間湧發大量思緒、情緒與知識，我雖不想探聽，卻仍一下子對牠有了不少了解。冰華退走之後，將我個人的心靈隨處一丟，我霎時發現手肘軟垂下來，人俯臥在冰地上，臉非常貼近燒熱的火盆，熱得很難受。

我窺見冰華記憶的時間雖只有那麼一剎那，但是那一剎那幾乎比我這一生還要眞實。冰華絕對是活生生的，而且仍有知覺，只不過牠不管外界的一切，只沉溺於牠的內在。牠一心求死。牠之所以來到此地，爲的就是要求死。只是對於龍族而言，死亡無法求而得之；龍或者死於疫病、外傷，或者因爲彼此打鬥而死，但是除了這幾種死法之外，龍會活上多久，誰也無法確定。當年的冰華既健康又強壯，眼前還有多年的歲月可活，但是天空遼闊，卻不見同類，同時應該返回祖居地、化身爲一代代新龍的海蛇，也不再復返。大地動搖崩裂，高山噴出煙霧烈焰、吹出有毒的焚風，於是大樹紛紛倒地。野火過後，大地不見一處綠意，不但龍族衰亡殆盡，就連爲龍效力的古靈也泰半滅亡了。

遽變之後不過幾天，便有不計其數的龍以及照顧龍的古靈被火燒死，有些則因爲如雨般落下的灰燼而嗆死或是窒息死亡。那一年的春天苦等不來，由於灰燼太多，先前澎湃的大河變成涓涓細流。厚厚的灰燼和硬塊蓋住草原，就算偶有存活的草木也都虛弱且蒙塵，獵物相繼死亡。在如此嚴苛的考驗之下，其餘的龍與古靈也未能存活多久。

那實在太難熬了。尙存的龍不多，但意見不一，有些說牠們必須離開祖居地，而有些龍眞的就離開了，可是牠們的下場無從得知，因為牠們走了之後，就再也沒有回來。食物匱乏，使得許多龍日益虛弱，稍微健壯的龍則為了要搶奪僅有的稀少獵物而打鬥受傷，最後死亡。昔日豐美的草原上蓋了厚厚一層灰，長不出新芽，變得十分荒涼。人類紛紛死亡，就連龍族的古靈近親也逐漸滅絕。由於缺乏人類照料，人類畜養的牲畜也活不下去。少數幾個沒有被厚灰埋住的大城傾頹荒廢，空空蕩蕩，就像是被掠劫過後的蛋窩一樣。

即使如此，也沒有任何一條龍擔心龍族會就此告終。人死了，古靈死了，草木與獵物也死了，但是龍族可不會這樣就倒下來。海裡尚有五個世代的海蛇，既然如此，接下來五個季節必各有一大群海蛇奮力遷徙至此，以便結繭化身。海蛇破繭而出之後，便成了龍，而大地遲早必會復原。至少冰華是這麼想的，即使一季接著一季過去，天空上只剩下牠孤獨的身影，牠也平心靜待，期望著海蛇復返。問題是，結繭之地卻連一條海蛇也看不見。冰華一直在等待海蛇，往往不敢離開覓食而空腹等待，以免海蛇來到結繭之地時撲了個空；這是因為海蛇在結繭時，需要成年的龍以唾液與沙灘上的黑沙幫助自己結繭，而冰華的唾液和毒液混合了黑沙之後，便將牠一生的記憶，以及牠所傳承的世世代代記憶，傳給下一代的龍。新生的龍若是少了冰華的幫助，不免會變得迷失，因此冰華一定要幫助海蛇結繭，如此一來，新一代的龍在盛夏溽暑之際破繭而出時，才會擁有龍族的所有記憶。

可是海蛇便就此不來了。

冰華終於領悟到海蛇沒來，且永遠不會復返，也了解到自己已成了世上最後之龍，並開始思索如何了結自己的生命。牠當然不能因為打獵受傷而餓死，死後屍身被低等動物搶食一空，這種死法太沒有尊嚴。不行，牠要選擇自己在何處死、在何時死，且屍身不能受到侵害。

牠來到覆冰的艾斯雷弗嘉時，打的就是這個主意。當年牠第一眼看到這個島，幾乎整個島都埋在冰下，而我也透過牠的記憶看到那個景象。我知道牠一看到那景象便感到十分失望，但我不曉得原因何在。也許是當時的海平面比較低，或是那年的冬天比較冷吧，艾斯雷弗嘉島周圍的海都結了冰，難以辨識冰面下是什麼，冰華若想要找到艾斯雷弗嘉，多少得憑感覺。牠飛過艾島時，島白龍黑，形成強烈的對比，但是牠找不到想要找尋的入口。最後牠看上了一處冰縫，於是滿足地鑽進冰縫裡睡覺，因為牠知道，對於龍族而言，寒冷的睡眠與死亡之間只是一線之隔。

可是身體總是選擇生命，且不會因為邏輯或情感而有所動搖，因此牠雖進入了非生非死的狀態，卻無法就此擁抱死亡。牠一心求死，但總有些時候身體的知覺又膨脹揚升，叫嚷著要牠注意到自己既冷又僵硬，並且十分飢餓。冰層越聚越緊，擠壓、拗折著牠的身體，但仍無法將牠折斷，牠也無法將自己的身體折斷。

牠一心想死。

牠夢見自己死去。牠多少次躍入死亡之口，但最後不是牠那叛逆的身體緩緩地吸了一口氣，就是那愚蠢心臟又擠出了一次脈搏。人類來了，在牠四周來回走動，像是在瀕死的公鹿身邊飛舞的蒼蠅。這些人啊，一點用處都沒有。他們連幫牠死去的本事都沒有。

我感覺到自己緩緩吸了一口氣，開始懷疑在這之前已經屏息了多久。那個感覺，像是有人打開酒館的護窗板，讓我對酒館裡的情狀一覽無遺，接著又突然將護窗板闔起來。一下子對龍知道得這麼多，使我感到頭暈目眩。方才冰華把我整個人圈起來，彷彿我就是牠。我呈大字狀攤開躺在冰面上，意外地體會到困在我身下冰層中那巨獸的智能，並且因此而全身無力。

牠既一心求死，我也就鬆了一口氣，我這是在讓牠如願啊。

我掙扎著讓自己跪起來，由於傷臂重垂下來，拉得肩膀格外刺痛，我不禁悶哼了一聲。我看看燒著火的鍋子，伏低下來朝鍋裡吹氣。很好，現在柴枝都燒成紅炭了。我又多添了幾根小樹枝進去，稍微在炭火中做了個窩，以便待會將火藥瓶塞進去。

我深知一心求死是什麼滋味。當年我落在帝尊手裡時，只求自己能一死了之，在酷刑、寒冷、孤寂與飢餓的折磨之下，我恨不得自己能夠速死——用什麼辦法都無所謂，只要能死就好。我來到這裡之前，就下定決心要屠龍，如今我既知道牠想一死以求解脫，就更沒有理由遲疑了。我拿起裝火藥的陶瓶，將紅炭再撥開些。世上多一條龍、少一條龍，有什麼差別？就算我們真的放牠一條生路，如今牠大概也已經虛弱得活不下去了。

當然，如果當年我果真如願地死在帝尊的地牢裡，那麼珂翠肯恐怕就找不到惟真，也無法喚醒衆石龍來拯救六大公國。不，我把自己想得太過重要，珂翠肯光靠自己一人也可以找得到惟真。不過，如果沒有夜眼與我相助，她能夠喚得醒石龍群嗎？如果我們沒有與她同行，如果夜眼沒有爲她打獵，那麼她還能成功嗎？果眞如此，那麼水壺嬸還能倖免於難，幫助惟眞刻龍嗎？是不是就像弄臣長久以來一直堅持的，世界的命運，的確繫之於每一個人每天的行動？

鍋裡的木炭燒得紅通通，等待著我手裡捧著的火藥。在我身下，蒼白之女大廳中的某處，弄臣正繃緊了身體，以免每次與記憶石接觸，他就多被冶煉一分。我應該動作快一點才是。

可是我下不了手。

我嘟囔了一聲，再度權衡這兩種選擇。若是放走冰華，對我們有什麼好處？什麼好處也沒有。也許牠會升空與婷黛莉雅交配，也許世上會再度有龍，不過弄臣從來就不曾篤定地向我保證，世上有了龍會更好，他只說，龍與古靈多少有點關聯。若是放走冰華，世界不見得會變得更好，但是弄臣肯定會慢慢地被冶煉，貴主的母親與妹妹也會繼續受辱。但是如果我殺了冰華，晉責就會贏得艾莉安娜的愛與感激。他們完婚之後，多子多孫，國家大治，我們與外島之間終於得享和平……

「你想一想啊！」博瑞屈如此叮囑我。「把事情想個透徹，不能想當然耳。」他雖瞎了，卻看得比切德與我更清楚。切德與我只顧著要把王子的婚約定下來，一心只想著非殺死冰華不可，如今才想要到考慮，未免太遲，但我還是把多年前切德教導我的原則應用出來：「你想一想，事情接下來會如何變化？誰會受益？」我努力跳脫他們的框架重新思考。若是殺了冰華，蒼白之女就會允許貴主的母親與妹妹一死，並釋放弄臣。那麼接下來呢？誰會受益？

若是瞻遠家之人殺了外島的龍，那麼接下來會如何變化？這個結果我看得非常清楚，像是我也有了弄臣預知未來的本事一般。若是瞻遠家之人殺了外島龍，那麼龍群重返世上的希望完全破滅，這將會變成外島與六大公國決裂的關鍵。殺死冰華不能保證雙方長久和平相處，反而會變成再度掀起大戰的導火線。切德、晉責與我是瞻遠家族的最後三名男丁，若眞殺了冰華，那麼說不定我們三人都要葬身於此地。那麼蕁麻呢？如果珂翠肯揭露了我女兒的身世，並宣布由她繼承瞻遠王位，那麼外島人就會讓她平安無事地治理國家嗎？恐怕很難。果眞如此，那麼我們這十五年來好不容易獲致的這麼一點捉摸不定的和平，也頓時就化爲烏有。大屠殺將始於艾斯雷弗嘉島，之後往外擴散，然而這次可沒有人去喚醒石龍群，也沒有古靈盟友來襄助我們了。我們的海岸會重新受到大肆破壞，冶煉紛傳；蒼白之女再度權傾一時，因爲這乃是她造就的未來，誰也擋不住她。

一想到我自己差點做出了什麼好事，我的心就幾乎衝破胸膛跳出來。弄臣預料得沒錯，這個困難的抉擇終究還是傳到了我的手裡。我差一點就讓蒼白之女如願了。我把指尖貼在弄臣留在我手腕的指印上。「原諒我。」我對他懇求道。「你一直都希望我這麼做，如今我要去做了，你可要原諒我啊。」我整個人平貼在冰地上，使盡渾身解數，原智和精技力量雙管齊下，將我自己的知覺朝冰華投射過去。

我的精技力量仍很虛弱，像是無力拍翅的飛蛾，但是我的原智力量很強。我感覺到冰華已經察覺到我了，也知覺到自己被牠注意到。這其實十分危險，就像是獵物知覺到獵食者已經盯上自己，而突然抬起頭的情況，但是我卻不因此而畏縮，反而如同獵食者在挑戰闖入地盤的敵手，使盡力量對牠怒吼。光靠原智無法將我的思緒傳給牠，不過也許牠感知到我的存在之後，會進而對我探索；也許牠在感知到我的存在之後，會與我心靈交流，並因此而了解到我所知道的事情：我所知道的，就是世上還有另外一條龍，而且是一條母龍，這條母龍現在已經在海鷗的指引之下，拍動翅膀，前來此地尋牠了。我希望冰華也能夠知道這些。

我知道牠感覺得到我的存在，但是對牠而言，我不過是隻烏鴉而已，既算不上是獵物，也不是龍群的一份子，不值得牠多注意。牠的注意力投射過來，又飄開，再度不顧一切地墜入死亡的深淵。

我大為恐慌，卻怎麼也使不上力。此時是我最需要精技力量的時刻，可是它卻又遁走了，如今光靠我這麼一點力量，是不夠探入冰華心中與牠心靈交流的。此時的牠，一心要忘卻一切、一死了之。我再度試著將精技凝縮為箭頭大小，朝著冰華射了過去。

原來你在這裡啊，我還以為你已經死了呢！近來我每天晚上都在找你。你是怎麼了，為什麼突然消失了呢？蕁麻強而有力的精技波逮住了我虛弱的精技波，就像是人們伸出強壯的手臂拉起即將溺斃的人。她把我的思緒掌握在她手裡，我急著將她推開。

蕁麻，現在不行。妳走開。我現在沒空跟妳多談。

我這話一定太衝而且太傷人，因為她聽了之後便丟下我走了，我這才發現自己有多麼愚蠢，連忙叫道：不，妳等等，回來呀，我需要妳！

她停住了。此時她已經遠在我知覺疆界的邊緣，我只看得見她夢境的飄揚色彩而已。此時的她是個獵人，頭髮綁得整整齊齊，手上拿著一個獵網。我大喊著懇求道：妳回來呀！求求妳！我需要妳幫忙！

有什麼忙好幫的？她冷淡地應道。

我失蹤了那麼久，卻一碰到她就將她拒於千里之外，一定使她感到很不是滋味。不過我們之所以長久不相見，一開始就是因為她豎立高牆躲我，但我敢說這事她大概早就忘了。我眞希望有時間跟她好好解釋，但現在實在沒有那個餘裕，因為冰華又慢慢地從我的原智知覺中消退，再過片刻，牠就會遠去，到時候我就別想找到牠了。請妳幫我喚醒龍！我對她懇求道。牠一心求死，所以深深地遁入牠自己的夢境裡去了。不過，既然妳能探入睡夢之中，那麼說不定能夠闖入牠的死亡之夢裡，把牠從死亡的夢境中拉回來。

可是……影狼？改變者？你怎麼會求我做這種事？這眞的是你嗎？以前你總是勸我對龍應該要多加提防，還警告我千萬別叫牠的名字，但現在怎麼反過來要我把牠叫醒呢？

我們講的不是同一條龍啊。一想到現在片刻都耽擱不得，我便只好大著膽子請她別想那麼多，只管幫我就是了。求求妳，求求妳相信我，別多問原因，只要幫我喚醒這龍。時間緊迫。要是有空，我一定向妳解釋，但現在實在是沒辦法，等事情過了，我再跟妳講清楚。只是現在請妳相信我吧，幫我喚醒這條龍，幫我跟牠說句話。

哪有什麼龍？

這裡啊！我瘋狂地以精技和原智指向冰華，可是牠又不見了。妳等等，妳等等！我對蕁麻懇求道。牠現在遁入更深沉的夢境中了，不過我向妳保證，牠眞的就在這裡。妳在這裡跟我一起看著，再過一會兒，牠就回來了。

你沒事吧？你怎麼還不出來？你把火藥放進去了沒？晉責驚慌失措地對我技傳，打斷了我要傳給蕁麻的思緒。

再多等一會兒，王子殿下。我這裡還有件急事要做。就在此時，我身下的巨龍突然又回過神來，我連忙瘋狂地召喚蕁麻。這裡！這個就是了！快把牠叫醒，快告訴牠啊！告訴牠，牠並非世上最後一條龍，因爲世上還有婷黛莉雅。妳告訴牠，婷黛莉雅要復興龍族，而且已經來找牠了。

接著切德大怒道：蜚滋，你在幹什麼？你要背叛我們嗎？難道你要棄你我多年的情誼於不顧？難道你要背叛瞻遠王室、背叛你自己的血脈嗎？

該做的我就要去做！我狂亂地技傳道，我感覺得出自己的精技力量晃蕩了一下，之後就消逝了，別人恐怕都不知道我做了回答。我察覺到自己俯臥在地道裡的堅冰地上，龍再度消退得無影無蹤。我的頭旁邊就是鍋子，火勢已經燒得很旺，那一罐火藥則在我手裡。我凝聚所有的力量與魔法，努力把我的思緒朝外界投射出去，我只能禱告眾神讓蕁麻聽到我的心思。妳叫牠要選擇生，別選擇死。妳告訴牠，生命是如此美好，無論如何牠都應該選擇生命，至於掙扎、吃苦，那都沒什麼。再告訴牠，婷黛莉雅仍活在世間。就這麼跟牠說吧。

我盡量。她狐疑地應和道。幸虧她緊抓著我們兩人之間的連繫線沒放，我仍感覺得到她的思緒，但是我已經看不見她了。可是我找不到你說的這條龍啊。不過如果你能把牠指給我看，好比說，讓我看看牠的夢境是什麼景況，那麼我說不定可以循線由龍的夢境找到牠。

切德不斷地放狠話、咒罵，又苦苦哀求，晉責則是一頭霧水。我豎立起虛弱的精技牆，把他們兩人擋在外邊，自己則緊貼在冰地上，努力讓那條根本不把我當一回事的龍注意到我。我既覺得時光飛逝，又覺得時間慢到彷彿停滯不動。我得趕快找到冰華，因爲切德大可以藉由精技，或是直接動手阻止我。我敢說，只要有機會，他一定會毫不遲疑地把我擋下來。

冰華與我心靈接觸之際，我曾一窺牠的夢境，對於牠的夢境，我記得十分清楚，不過我實在不願復返那個時空、那個情狀之中。我突然了解到，此刻是個時光的轉捩點，而那個時空、那個情狀，也同樣是個轉捩點，就是弄臣所指出的岔路，也就是一個人所做的決定，會使後續事件產生變化之時。當年博瑞屈處在這樣的轉捩點上，由於愛我甚深，才選擇要施展他自己所鄙棄痛恨的魔法；當年我處在這樣的轉捩點上時，我選擇要信任狼，並進入似死非死之中，而我此舉也等於是選擇了「生」而非「死」，雖然這個選擇不甚明智。

我從自己的人生經驗中找到一些與冰華的體會相符之處。我將自己的靈魂送回到鞭笞不斷、孤絕禁閉的帝尊地牢裡，在那冰冷、黑暗與絕望之中，我一心求死，只恨自己無法自殺。

知道自己曾經經歷過那一切是一回事，但是重返那個時空，再度嚐到鬆動的牙床上有著陳舊血味、聞到自己身上傷口化膿的臭味，並感覺到就算是冰冷石牆的麻痺感，也無法鎮住一再打傷的血肉之痛，那又是另外一回事。我將自己的靈魂重新擺回到那具無處可逃的身體之中，再度領略到那種求死而不可得的絕望。我將肉體的生命力壓制下來，可是我稍微一鬆懈，那生命力又無情地彈了回來。

艾達神慈悲，那痛苦得無處可逃的模樣，真的是你的親身經歷嗎？我以前還以為那只是你做了惡夢啊！

蕁麻的恐懼思緒差點就將我的絕望連根拔起，但就在此時，我感到冰華再度泅回生命的海岸。在那一剎那，我們碰觸到彼此的心靈，並且複製了彼此的心境；我的夢魘與牠的夢魘合而為一，同時我感覺到蕁麻的知覺，從我的夢境流向冰華黑暗的夢境之中。

片刻之後，我便察覺到自己錯得離譜。

冰華以夢境將蕁麻包圍，隨後便夾帶著她再度擁抱死亡。我聽到她因為自己被完全陌生的意識羈絆住而緊張大叫，聲音逐漸遠去。

我只來得及伸手一抓，但蕁麻瞬間即逝，最後便墜入無盡的黑暗之中。

我想藉由精技游過去救她，但那就像是在漆黑的冷水中亂抓一樣地徒勞。接下來，連我對於冰華的感知也開始消逝，牠則帶著我女兒一起墜入牠求之不得的死亡境地。

我曾見過一條雜色的魚躍出水面，一口攫住海鳥，然後便將海鳥拖入水中，此刻彷彿是那個場景的重演。前一刻，蕁麻仍在我身邊，我求她代我跟冰華傳話，她還舉棋不定；下一刻，她一去便消逝得無影無蹤，被冰華拖到一處我無法想像的可怕境地。蕁麻手無寸鐵，又沒受過精技訓練，我竟拿她去冒險，而她之所以前去，乃是爲了順應我的要求。一想到自己怎麼會幹下這等蠢事，便心如刀割。我既無法眨眼，也無法呼吸。

我竟然把我自己的女兒雙手奉送給龍了。

我想要說服自己剛才那件事情並未發生，並藉著意志力使時光倒轉。這麼恐怖的事情，不可能就在彈指之間發生；這麼可怕的錯誤，不可能毫無挽救的餘地，因爲這太不公平了。蕁麻哪裡做錯了，怎麼會遇上這樣的不幸？這都是我的錯，這不幸應該發生在我身上才是。等我領悟到這木已成舟的事實時，心裡頓時恐懼得無以自持。我做了一件糊塗事，而且無從彌補。我剛才是著魔了還是怎麼了，怎會沒有三思，就把蕁麻投入冰華的夢境裡？

我若有似無地感知到其他人的存在。

她去哪裡啦？剛才是怎麼回事？這個是晉責。

她進到龍的心裡去了。那裡我去過。音樂很大聲，可是牠不肯放你走。牠才不會找你，因爲牠不在乎你是不是在牠心裡面。所以在那裡，你只能變成牠的音樂，而沒有地方哼唱屬於自己的音樂。阿憨技傳而來的思緒充滿敬畏與恐懼。

但是最糟的莫過於切德那悲痛難抑的思緒。啊，蜚滋，瞧你幹了什麼好事？你幹了什麼好事啊？

如果死亡能夠滌清我的羞愧與懊悔，我真恨不得一死了之。我真的非死不可，這一切感受令我痛不欲生。

在這個可怕的心境之中，我又再度與龍相遇了；我與牠心靈交流，所以我知道牠已經得知了我託蕁麻代傳的口信。牠仍繼續逼問她，想要知道更多消息，只是蕁麻大多都答不上來。冰華已經把話問完，並將她丟在一旁了。對牠而言，那不過是個滿腦子想著人類那些瑣碎空想的人類少女，一點用處都沒有，冰華已將她當作是無用且無法消化的殘渣一般地噴入精技洪流之中。有些粗率不經心的孩子會刮掉死蝴蝶翅膀上的鱗片，冰華也是以同樣的心情將蕁麻丟開，而蕁麻在毫無心理準備之下，一進入精技洪流便散成一片片，像是一滴落在急流裡的紅墨水。

此時冰華雖不發一語，但已經發現我在此地，於是洶湧地竄入我的存在之中，並且像是扯開舊傷疤那樣地令我敞開心胸、施展精技。冰華與我之間連繫的橋樑並非精技，只是有幾分類似。於是在那一瞬間，我就身不由己地透露出所有的消息。我既然有冰華想要知道的知識，牠也就毫不客氣地直接取用。牠像是打開舊皮包一般地打開我的心靈，把我的記憶當作是擺了雜務的陶罐，倒過來抖一抖，看看會掉出什麼東西來，然後不耐煩地在我的人生中搜索牠想要找的東西。然而牠還沒找完，我們的命運，我們所有人類的命運，就已經底定了。

有如狂風驟雨般嘶吼的婷黛莉雅突然朝我衝來，以牠對我的感知找到了冰華。那感覺，彷彿牠們在我體內交會。一時間，我成了牠們交會的管道，等到牠們認出彼此之後，便緊緊地將心靈鎖在一起，並將我丟在一旁。我已經沒有用處，不值得注意，而且也不重要了。不過牠們利用我交會，卻使我從外翻騰到內，又由內翻騰到外，而我就這麼空空如也地被牠們丟進了精技洪流之中。我再也找不到自己，也不想試著找回自己了。

我隨波漂蕩，精技洪流夾帶著我的自我碎片流過身邊，我也沒多加理會。霎時間，我不覺得自己的精技牆有什麼保護作用，反倒覺得它是個障礙，把我跟最高妙的東西隔絕開來；我甚至也不覺得精技洪流令我迷戀，如今我只覺得精技洪流是大勢所趨、無可避免，我的人生早就注定要死在裡面。精技洪流會銷毀我一切過往的痕跡，讓我忘記自己之前是什麼人、做過什麼事。泯滅過往、忘記一切，聽來像是冷冰冰的善意，可是我老早就希望要有這樣的結局。

惟眞在此，只是不知道他的確切位置。我感受到他的存在，而那感覺，就像是某個長久被人遺忘的香味，由於風吹偏了，重新將一絲氣味送入鼻子裡，才使人重新聞起這個味道。是啊，惟眞，和其他那些睿智鎮靜的耆老都在。精技洪流裡的前輩們好鎮靜，而且很安寧。接著有個人狂亂地動來動去，又有個人跟別人發牢騷，講得很快，快到我跟不上他們的思緒。他們在找一個迷了路的人，那人是個女孩，不，是個成年男人，不，是有一個女孩跟一個成年男子被波濤沖走了。眞是可惜呀，不過那與我無關。與我一點關係都沒有。我只希望他們別再焦急，就讓他們沖走並在之後與我們在一起又如何？他們在此可以享受到安寧與完整的感覺，既然如此，那有什麼好掙扎的？

你眞是可恥啊。牠張口以利齒緊緊咬住我，使我恐懼不已。你眞是可恥啊，竟然任由孩子溺水。換作是你溺水，我一定會想盡辦法救你，而若是我溺水，你一定也奮不顧身，所以我才說你可恥，竟然任由她漂流而去。難道我們不是同個狼群？倘若你對我見死不救，就等於是將我拋棄了，你知不知道啊？你在不在乎啊？難道你不是狼嗎？

這個問題比狼牙刺得更深，痛得我醒過來，開始掙扎。切德、晉責和阿憨也在精技洪流裡，他們已經結合在一起來搜找我們了，可是他們用錯了方法，這就好比說有人爲了要抓魚而以篩子猛舀海水，這個辦法根本就沒有用。切德爲了找蕁麻而在精技洪流裡隨便亂抓，但在他們三人之中，只有阿憨深明蕁麻在精技洪流中的模樣，而切德與晉責不但茫無頭緒，也根本沒想到要請那小個子男人先去找出她的所在。我拚命掙扎，好不容易聚足了足夠的力量游到他們身邊。這個過程跟塑造夢境有點像，因爲事件的前後因果不合理，且眼前的現狀時時刻刻都在改變。我終於碰到阿憨，像根線頭般地停在他的袖子上，輕聲說道：你去找那個幫助小貓的女人就對了。她在這裡的模樣，長得就像是幫助小貓的那個女人。快去啊！

阿憨立刻行動。我們早就知道他的精技很強大，但是我們從未在此地測試他的本領，然而在精技洪流中，唯有精技才是唯一，其他都無所謂。

阿憨唱出了專屬於蕁麻的曲子，接著蕁麻便黏上了他所唱的那些音符。他並不是一片片地將她找齊，反倒像是把她的碎片都召集過來，以便塡滿他照著蕁麻所造出來的形象。阿憨謹愼得像是在把玻璃塑像放到架子上似的，小心翼翼地將她復原成在夢裡見到的模樣。我從未見過別人對一名女子如此地珍而重之，一時間，我瞥見旅行篷車的內部，接著看到床上的小貓，對曲身躺在他身邊的那個女人勸道：沒事了，妳休息一下吧。反正到了這裡之後，妳就知道路回家了。妳在這裡休息一下再走吧。妳在這裡是很安全的。妳知道我愛妳。

阿憨是怎麼看似毫不費力地辦到這一切的，我實在很納悶，不過下一刻，他就察覺到我也在場，隨即把我丟了出去，不讓我留在他的夢中。他的夢境不是我該待的地方。不過，就算他把我丟了出去，這動作也等於確認了我的形體；他將我塑造成我平常的樣子，接著就把我趕了出去。於是我突然感覺到晉責扯住了我。蜚滋！原來你在這裡啊。我們還以爲你回不來了呢。

你爲什麼背叛我們？你幹出了什麼好事啊？那個女孩呢？切德質問道。

蕁麻沒事。我把她補好了，而且也把他補好了。阿憨實事求是地說道。

阿憨一把將我塞回自己的身體之中。

我躺在地道的冰地上喘氣。當我想到自己有眼睛，並睜開雙眼時，只見眼前一片通紅與烏黑，此時我才領悟到，我正在看著鍋子裡的紅炭烈焰與烏煙。我感覺到指頭下有一瓶火藥，我就地打滾，避開高熱的鍋子時，火藥也跟著滾動。此時要思考任何事情都是太難。冰華與婷黛莉雅正在我周圍、我身體裡、在我身體下面交談，牠們對話時，有如雷電在我肺裡翻騰。牠們兩個儘管去團聚吧，我可不想湊熱鬧。我剛才差點就因爲牠們的團聚而喪命。我匯集所有的力氣，費勁地曲起膝蓋。只要爬行就可以了，我對自己說，爬出去就可以了。

三件事情同時發生。我聽到晉責在地道入口處對我大喊，又感覺到我手下的冰突然震裂，裂縫倏地拉開、拉大，於是朦朧的晨光透進來照在我身上，而蒼白之女闖入了我的心靈。

她有精技天賦。我早該想到，而之前在施展精技的時候應該更加小心。如今她以那無色的眼珠看透我的靈魂，以仇恨刺穿了我。她的話彷彿重重打了我一巴掌。這是你自己的選擇，雜種國王。你寧可選擇一條龍，而將你的小親親棄之不顧。既然如此，你就一輩子帶著選擇的懊悔活下去吧。而他亦然——至少還要再活一會兒，至少活到我讓你見到自己做出了什麼最佳選擇爲止！

之後她便離去，任由我因爲與她心靈接觸而掙扎、玷污。她的仇恨與惡毒從不設限，我清楚地知道我既做出選擇，她便會在弄臣還有一口氣之前，將他折磨得苦不堪言。我的背脊一下子沒了力氣，我匍伏在地上，既不想動，也沒力氣動。我再度感覺到身下傳來模糊的翻動聲，並聽到冰層因此而碎裂的尖銳聲音，接著一切又恢復寂靜。我很想像冰華之前那樣一頭墜入死亡之中，但此時晉責跪在我身邊用力搖晃我。

「起來啊，蜚滋，起來！我們一定得出去才行。冰華在翻身，冰層都裂了！再不走，地道塌下來，我們就走不成了。」

但我實在起不來，於是晉責乾脆抓住我的衣領，把我拖出地道，又拖上斜坡，回到光線與人的世界之中。

24

婷黛莉雅的命令

那牧羊人因爲激憤不已而變成戰士。他拿起劍，不斷地砍斲龍那堅不可摧的鱗片，直到筋疲力盡之後，他才喘著氣，全身大汗地往後一倒。但是片刻之後他又爬起來，再度將龍咒罵得一無是處，並說龍在他這群羊之中逮了三隻羊去吃，因此他非得復仇不可。

聽到這話之後，那睡飽的龍醒了過來，以比太陽升起更慢的速度抬起頭，睜開眼睛。龍低下頭望著牧羊人和他手裡的劍，巨大的綠眼睛則像漩渦一般地轉呀轉。有人說，龍的眼睛如深水處的漩渦，吸走了牧羊人韓德森的靈魂，最後他就變成龍的僕人。但有些人則說，儘管龍直視著韓德森，那牧羊人還是挺立不動，最後是因爲吸了一口龍噴出來的氣息，才對龍百依百順。這種事情不容易有眞正的目擊證人，畢竟眾人都躲得遠遠地觀看韓德森砍龍，沒有一個人敢踏上草原的邊緣。

但不管是龍的目光，還是龍的氣息，總之牠就是擄掠了牧羊人的心。韓德森突然把劍和盾牌丟在一旁，大叫道：「綠龍啊，代表寶石、火焰和眞相的綠龍啊，請原諒我吧，我竟然到現在才看出您的榮耀與光輝。請原諒我，並讓我從此以後竭誠為您效力、為您歌頌。」

——《龍奴的故事》

這個世界既光亮又寒冷。我想要踩穩腳步，卻發現這雙腿不聽使喚。博瑞屈不知道從什麼地方冒了出來，抓起我另外一邊手臂。我在他和晉責一人一邊攙扶下，踉蹌地、且滑且走地映著晨曦，走向營地。我看見切德一股勁地跑上山坡來找我們，阿憨則落在他身後大老遠的地方，蹣跚地與長芯同行。原智小組的成員衣衫不整地衝出帳篷，站在雪地裡，指著山坡、彼此大聲叫嚷，一邊披上外套、穿上靴子；首領團派來的戰士們各自站開，目瞪口呆地望著，彼此心領神會地點點頭，彷彿他們老早就知道這個厄運一定會來臨。

冰華第一次的破冰掙扎宛如一場小型地震，然後牠繼續東推西打，而我們則連忙下山以遠離大坑。我們既聽到也感覺到身後的冰華為了掙脫冰牢而用力得全身顫抖，牠咕噥著與堅冰對抗，於是冰層在尖銳的折斷聲中碎裂、鼓凸。即使如此，我仍覺得牠後來這幾次的勁道，都比第一次虛弱得多。直到我們下山路程走了一半時，冰層的碎裂聲就完全停止了。我對冰華的原智知覺仍然很強，但是如此清楚的感知，卻讓我察覺到那是個筋疲力盡、瀕臨崩潰邊緣的生物。

「多諷刺啊。」我喘著氣對博瑞屈和晉責說道。「多年以來，牠一心想死而死不成，若是最後反倒在掙扎求生之中死去，那不是很諷刺嗎？」

博瑞屈嗤之以鼻。「誰不是在掙扎求生中死去？」

「到底是哪裡出了差錯？」晉責質問道。「你為什麼不乾脆下手，反而把牠喚醒？是因為火藥失靈了嗎？你為什麼改變主意？」

我還來不及回到營地，切德就已經來到我身邊。我的老導師氣得渾身打顫，大踏步地直朝我走來，他問的問題可比晉責嚴厲多了。

他一走近到彼此耳力可及的範圍之後，便激動地顫聲叫道：「你是怎麼啦？你怎麼可以背叛自己的家族？我們原來是派你去屠龍的啊，你有什麼權利，竟敢反其道而行？你怎麼可以反過來對付自己的家人？」

「我並沒有反過來對付自己的家人，反倒是任由弄臣為了瞻遠王室而被人冶煉。」我在明亮的晨光中把這個殘酷的事實大聲說出來，因而使得這件事變得更加眞實。我不由得吸了一口氣，以較為平靜的聲音說道：「那女人是在演一齣木偶戲給我們看，切德，讓我們看得著迷，忘了控制木偶的細線都操之在她的手裡。蒼白之女的確希望冰華死去，一點也沒錯。我們若是將牠殺了，或許她眞的會把弄臣交還給我們。不過她若交還弄臣，也只是為了讓他目睹自己的夢想幻滅——唯有如此，他才會親眼目睹瞻遠家系的滅亡啊。」

雖然人們不斷聚攏過來，但我仍照樣大聲講出我的推理。晉責和切德聽了沉默不語，我知道他們也認為我言之成理。我在一片沉寂之中對晉責說道：「我破壞了你的承諾，所以這個新娘你是娶不成的了。不過，我也不能說我對此感到遺憾。這樁婚姻就算成立，也是立於死亡的基礎之上，而死亡將是這樁婚姻裡唯一的報酬。至少，我們在這當下選擇了生命。我們不是讓冰華死，而是讓牠生。如此一來，六大公國與外島之間，藉由冰華之生所締結出來的和平，很可能遠比以牠之死所締結的和平要長遠得多。」

「滿口大話！」切德氣極了。「你說得冠冕堂皇，但是你根本就不知道這個選擇會導致什麼後果，而我也不知道！要是那個怪獸破冰而出，肚子又餓極了，那牠會『選擇人類之生』，還是把我們當成可口的佳餚？我承認我之前是短視了點。也許你不殺牠是對的，但這並不表示你就該喚醒牠。等到這個漫長的一日落幕時，有誰會因為你喚醒龍而感激你呢，蜚滋駿騎？」

「蜚滋駿騎？」我聽到儒雅說道，並從切德身後大踏步走上前來。「蜚滋駿騎？他說的是蜚滋駿騎嗎？湯姆・獾毛就是『原智小雜種』蜚滋駿騎？」儒雅的眼睛大睜，由於震驚過度而喘息連連。他難以置信地抓住羅網的手臂，要求他給個說法。詈責的這位好友目瞪口呆地望著我，但是他的眼神中沒有一絲欽慕之意。「原智小雜種」是個傳奇人物，儒雅期望看到的是一個不世出的大英雄，沒想到「原智小雜種」本人竟平凡無奇，他只覺得自己被騙了。

「噓。」講話的人是羅網，他要在祕密突破網罩之前，搶先將之按捺下來。「現在不行，以後再說，我會解釋。現在沒這工夫。他已經喚醒了冰華，現在該我們把牠救出來了。」羅網打量著我，他眼神中似乎透露出他很高興。接著他對我深深地點了個頭，幾乎可算是鞠躬，之後便丟下我們，往山上走去。

這時我才注意到原智小組都帶著挖洞用的鏟子和撬杆。如今有了新的目的，每個人都精神抖擻。迅風和扇貝拖著雪橇以便運走冰塊。迅風經過的時候，並未朝博瑞屈或我多看一眼，不過博瑞屈仍察覺到他兒子接近，也不曾因為兒子冷淡沉默而受到威嚇。「孩子，你小心一點。」迅風經過我們身邊時，博瑞屈對他訓誡道。「沒人知道蜚滋叫醒的這條龍到底是正或邪，也沒人知道這龍對我們是善意，還是惡意。」

他轉過頭來盯著我。此時我才知道，即使一個人的眼睛都蒙上了白翳，那眼神仍有可能銳利到把人刺穿。「你剛剛在那裡幹了什麼事？你為什麼要那樣做？」

我看也該講出真話了。「不是我弄的。不全是我弄的。我雖知道龍還活著，但就是無法以我的精技聯絡上牠，只能藉著我的原智跟牠溝通，這是因爲我的精技不夠強。不過後來蕁麻找到我，所以——」

阿憨終於踱到我們身邊，高高興興地接口道：「所以蕁麻就把龍叫醒了！之後我就把她救回來，將她放在安全的地方。她很愛我呢。」

「什麼？」博瑞屈又氣又懼地大吼一聲。「蕁麻？我的蕁麻？這是不可能的，她不可能啊！」

「不，不是她有原智，而是她有精技。」切德耐心地解釋道。「她確有精技天賦，只是沒受過訓練，所以十分危險。而她之所以沒受訓練，這又得感謝蜚滋與他那些沒來由的雜思奇想了。剛才她差點就在精技洪流裡滅頂，幸虧阿憨對她相知甚深，這才找得到她，並將她救出來。現在她安全了，也許會對於剛才發生的事情感到很困惑，不過她已經安全無虞。」

「事情一下子來得太多，我承受不了。」博瑞屈本來攙扶著我，現在倒變成我攙扶著他了。他艱難地吸了一口氣。「我老早就懷疑她有一點駿騎的魔法天賦。我心裡掛念著很久了，所以當她把狼的夢說給我聽時……我就下定決心要去找珂翠肯，看看這到底是怎麼回事，同時也安排她接受訓練。」他露出了個古怪矛盾的笑容，他既爲蕁麻感到驕傲，同時又爲她的前途感到憂心。「她的天賦強到足以把龍喚醒？」

這時大家突然被一波強烈的思緒擊中，切德還因此而搖搖晃晃，最後不禁跪在地上。龍的宣言直射入眾人的心中——婷黛莉雅已經找到我們了。

快去幫牠的忙！快把冰華挖出來，不准傷牠分毫。我將火速前來，我們心靈接觸之後，我已經知道牠的方位，所以再也用不著由海鳥領路！我警告你們，我馬上就要到了，我到的時候，冰華必須要站在地上迎接我，要是不然，那你們就該糟了！

那既不是原智，也不是精技，不過那思緒打到我心裡的力道，跟強大的技傳差不多。剛才冰華在我心靈裡胡攪已經使我很難受，如今婷黛莉雅的強勁思緒更打得我站不穩。據我猜測，牠的思緒對我們這些嫻熟精技之人的衝擊可能比較大，但晉責的原智小組成員也踉蹌起來。不過原智小組反應不同，有些人似乎完全能聽見婷黛莉雅的話，有些人則東張西望，彷彿墜入五里霧中，扇貝則像是什麼感覺也沒有。儒雅高聲叫道：「你們都聽到了吧！婷黛莉雅下令要我們把冰華挖出來！我們動手吧！」說著，他便像是要攻入敵陣的急先鋒一樣衝上山坡。

外島人之中，有一人堅信那一定是天神或惡魔對他說話，因而嚇得跪倒在地；又有兩人眺望著遠方，像是要探查剛才他們聽到的聲音到底是怎麼回事，除此之外，其他人就沒反應了。博瑞屈臉上一時露出了困惑的表情，彷彿他幾乎想起了什麼事情。這是因為，多年前我父親為了要保護博瑞屈而將他封鎖，不讓他受到任何精技外力的影響。據我猜測，他大概經由自己的原智天賦模糊地察覺到外界傳來了什麼思緒，卻分辨不清這思緒夾帶的是什麼內容。

我這些念頭都只在片刻之間。下一刻，阿憨便帶著歡欣的笑容，大步越過我們身旁爬上山坡。他那雙短腿走得幾乎腳不點地，他邊走邊叫道：「我來了！冰華，我來把你挖出來了！」

我認為他之所以這麼熱心，是因為不久前冰華影響到他簡單的心靈，以及方才他成功地解救了蕁麻——這件事一定讓他頗為得意。我跟在他後面走，晉責與我並行，而切德則跟在我們身後。晉責喃喃地說道：「我們得把冰華背上的冰都挖開來才行，當然牠是用背後突破冰層比較快囉。這其實不需要花太多力氣！」我聽了不禁懷疑，他突然變得興致勃勃，這股熱情到底是從何而來？

「這麼說來，切德希望我們把冰華丟著不管，但是你跟他意見不同囉？」

「是啊，我的想法跟他一樣——我原來的想法跟他一樣。可是那是……那是剛才啊。但自從蕁麻喚醒冰華之後，不，自從……可是婷黛莉雅下了命令啊。婷黛莉雅……」晉責的腳步慢了下來，以憂慮的神情望著我。「這幾乎就像是你以精技對我下令一樣，可是又不大一樣。我是可以把婷黛莉雅的命令擺在一邊的。應該可以吧。」他拉住我的手臂，使我不得不停下腳步，同時他臉上閃過一抹古怪的神情。「婷黛莉雅下了令之後，一時間，我什麼也不想，只想著要乖乖照做。眞是奇怪啊。人家說，龍會把人迷倒，就是這個意思嗎？」

此時博瑞屈開口說話，讓我嚇了一大跳。我幾乎都忘了他，幸虧他還是跟上我們了。「古老的故事中，常常提到人吸了龍噴出的氣息，就被龍迷住了。我剛才是不是錯過了什麼？是不是有什麼技傳的思緒？」

「之類的。」晉責思索道。「幾乎可說是精技指令，但我也不能確定。我想，我是在婷黛莉雅下令之前，就打算幫助冰華了。感覺上，那是我自己的想法啊。可是——」

就在此時，切德超過了我們，他嘴裡喃喃說道：「火藥。用火藥就對了，這一炸，就可以讓牠脫身了。只要改變放火藥的位置便可。還有就是要換小一點的罐子——」

晉責與我互視了一眼，接著我們一起快步趕上切德。我拉住他的袖子，他把我甩開，不過我再度拉住他。

「切德，你現在不能炸死牠，太遲了。婷黛莉雅馬上就到，而且我們的人都一心要把冰華挖出來。你這樣是行不通的。」

「我……炸死牠？」我這麼說，他倒很意外。「不是，不是炸死牠，當然是炸開堅冰，好讓牠脫身呀，你這笨蛋。」

我再度與王子交換了個憂慮的眼神。「爲什麼要救牠呢？」我柔聲地對他問道。

他的表情，彷彿我的無知令他感到莫名其妙，然後，只那麼一瞬間，他的表情就變了：切德竟然會詞窮、無言以對，這下子令我更擔心。不過，就算婷黛莉雅蒙蔽了他的心智，但他好歹是編造理由的專家，每次他決定了我該做什麼事，總是端出一大堆天花亂墜的理由。「嘿，你可別忘了，此刻正有一條勃然大怒的母龍朝此地飛來，牠之所以找得到我們，都得感謝你的撮合！既然你都鬧到這個地步了，那我們還有什麼別的選擇？如果我們現在殺死冰華，那麼婷黛莉雅絕對會殺得我們不留一個活口，牠剛才就已經放話了。這實在無奈，但我們也只能幫助冰華了。如果我們搶在婷黛莉雅飛抵此地之前，就把冰華挖出來，那麼牠可能會將此當作是我們對牠一片赤誠的表示。你自己不是也說過了嗎？我們說不定可以將婷黛莉雅的好感做爲起點，跟繽城締結爲同盟。再說，在我們還沒摸清牠有多大能耐之前，應該是盡量討好牠比較好，不是嗎？」

「這麼說來，你認爲要讓冰華脫身，最好的辦法就是炸開冰層？」

「一次爆炸，抵得過十個男人剷冰。你相信我就對了，蜚滋，這點我是很在行的。」之前切德處心積慮地要炸死冰華，這時他卻反倒積極熱切地要炸開冰層讓牠脫身。婷黛莉雅的命令，無疑已經重重地印在切德心中，對他而言，牠的命令是不是跟精技指令的力道一樣強勁，因此即使切德原來有相反的想法，也馬上被掃到一邊？

弄臣被冶煉了嗎？這個思緒突然像一波冰冷的海水般襲來，令我一下子忘了眼前的煩惱，其衝擊之大，使得我踉蹌得站不穩。我做了這些事情，其實是符合了弄臣的心意；我喚醒冰華，而現在我們所有人都轉而努力從堅冰中將牠搶救出來，以便讓牠與婷黛莉雅相會。我在做這些事情的當下，甚至還認爲這樣做是對的，但如今我的靈魂卻因爲時光無情而感到懊悔。我無法回到當初改變自己的決定，可是突然之間，我卻覺得那個決定沉重且尖銳到我無法拖著它走完人生。一時間，弄臣留在我手腕上的指印變得冰涼。

但我的腳仍帶著我和他們一同往前走。我們抵達大坑之後，發現儘管冰華掙扎了一陣子，卻成效不大，頂多就是在牠背上的冰層裂開了幾條裂縫，以及有一段通到牠的頭、頸的地道坍塌下來。原智小組已經開始從冰層的裂縫下手，他們很熱心，但是人力不足，而我抵達之後，首領團的人也開始跟他們一起動手。營地裡所有人都團結同心，爲了把活著的冰華挖出來而齊心協力，這是前所未有的盛況。但就算大家興奮不已，也無法使艱辛的工程稍微輕鬆一分。

切德發現我逃出地道時沒將裝火藥的瓶子一起帶出來，氣得大罵我白癡。他派了兩個人去搶通地道，並吩咐原智小組沿著龍身，挖出幾個深且窄的洞。此舉把大家都搞糊塗了。「我們要在冰華弄出來的裂縫中分幾處放置火藥，這火藥的份量不至於傷害到牠，只夠撐開冰縫。如此一來，我們只要直接把大塊的冰塊搬走就行了。蜚滋，我需要你幫我量火藥的份量並分裝火藥。晉責，你跟長芯一起，去找幾個合適起火的容器。要讓火藥同時爆炸並不容易，但是我敢說，若能夠讓這幾份火藥近乎同時爆炸，效果一定是最好的。」

切德正在興頭上，他一邊條理分明地安排事情，一邊大加發揮創意。能夠將心裡的想法付諸行動，使他樂不可言。我這才了解到，他若有機會，也會像惟眞那樣成爲一流的士兵與策士，只是方式略有不同罷了。在我一生中，幾次見到他一身是勁的模樣，都是他將一切限制拋在一旁，一心落實心裡想法的時刻。

由於挖冰的工作博瑞屈幫不上忙，於是他跟著我們一起回到切德的帳篷。我想到他心知自己無多大用處，心頭就覺得難受。有的老狗，因爲深知自己已經追不上獵物，也聞不出氣味，所以乾脆跟定主人的坐騎，因爲牠知道殺戮獵物的場面，主人是一定不會錯過的。博瑞屈就多少令我想起這樣的老狗。我抬頭瞄了他一眼。此時他坐在切德的床墊上，專注地傾聽我們的動靜。切德正在打開另外那桶火藥。我跪在地上，身前鋪了一張乾淨的獸皮，切德則在獸皮上放了一小堆火藥替我做示範，而我則小心翼翼地另外量出幾堆份量跟示範堆差不多的火藥。我最困擾的是這些火藥的顏色互異，顆粒有粗有細，不過切德聳聳肩，就把我心裡的問題掃到一邊。「時間一久就會淬鍊精純，眼前這東西只要有效就可以，孩子。王子呢？我派他去各個帳篷裡搜找幾個能夠封緊的容器，派長芯去蒐集鍋子，現在他們也該回來了。有了容器跟鍋子之後，還必須兩兩搭配在一起，所以是越早進行越好。」

「我敢說他一定很快就回來了。」我說道，轉頭面向博瑞屈。「你很沉默，是因爲你原本是爲了屠龍而來，可是現在我們卻要盡力救龍嗎？」

他皺起眉頭。「你以爲我來這裡是爲了要屠龍？」他在好笑之餘，哼了一聲，搖搖頭。「我原來根本就不相信這裡有龍，我只當作是蕁麻做了惡夢，並且順著她的話安慰她，我會好好保護她，不讓龍傷害她分毫。後來我把她帶到公鹿堡去，這才發現這裡可能存著一些龍的遺跡。不過我前來此地時，心裡存著的想法是要把你跟迅風帶回家，因爲，無論你們兩人各有多少理由，你們終究是家裡的人啊。」他突然嘆了一口氣。「蜚滋，我這個人一向單純，碰到問題也會去找簡單的答案。我來的時候本來想要解開你我打出來的死結，但如今重點卻是要保護蕁麻不爲龍所害，並想辦法勸服迅風揚棄他的野獸魔法。我原來一直以爲你因爲有原智天賦而送命了，你知道吧？但是王后把她知道的實情告訴了我，她說，有個被冶煉的人把我幫你做的那件襯衫搶過去穿了，而黠謀國王的別針就在那件襯衫的領子上……你可知道當初我把那個可惡的傢伙埋葬的時候，心頭有多麼沉重……」

他話還沒講完，就被突然衝進帳篷裡的晉責打斷。「找不到！我四處都找過了，可是都找不到！」

「找不到裝火藥的罐子嗎？」切德心裡唯一掛慮的就是這個。「怎麼，罐子都不見了嗎？」

「不是！我是說貴主跟皮奧崔！我四處都找不到他們兩個，而且他們的床上空無一物。看那情況，我們昨晚談過之後，他們並沒有回帳篷就寢。我看他們是走了，如果他們眞的是走了——」

「那麼他們不會去別的地方，一定是去蒼白之女那裡了。」雖然切德先前說火藥的顆粒粗細無關緊要，但此時他卻皺著眉頭，翻攪著那幾堆比較細的粉末。「他們一定是去向蒼白之女通報蜚滋已經回到我們營地，而如今我們已經知道這個布局背後是什麼把戲了。」他的眉頭突然皺得更深。「況且我們當著他們的面提起羅網派海鷗去繽城，以及如今婷黛莉雅已經在半路上的事情，這點他們也一定會通報。這一來，蒼白之女就會知道我們現在如何看待她，以及我們的弱點何在。我們唯一的反擊之道，就是行動要比她更快。我們必須趕快將冰華從冰層裡弄出來才行。」

「可是，艾莉安娜和皮奧崔何必去向蒼白之女通報？他們既然知道我願意爲了他們而屠龍，那麼他們何必反過頭來對付我們？」王子沉痛地說道。

「我不知道。」切德絲毫不爲所動。「但我們仍預先假設他們背叛了我們，假設他們把昨晚所見所聞都一五一十地通報給蒼白之女，這樣對我們比較安全。若果眞如此，那麼蒼白之女很可能會趁虛而入，這我們必須承認。」

「可是昨晚情勢就改觀了呀！昨天晚上，蜚滋與我計畫要遵照艾莉安娜的要求炸死冰華，讓她達成心願。既然如此，她何必去向蒼白之女通報，爲何不等到我們把事情完成了再說？」晉責的眉頭糾結起來。「他們昨天晚上離開我們帳篷時，皮奧崔看來倒不像是要去對敵人鞠躬哈腰的模樣。」

「這我不知道。」切德的注意焦點絲毫沒有偏移。「你這幾堆火藥的份量要調整一下，蜚滋，除非是這麼細的粉末，份量才跟我做給你看的那一堆一樣。」之後他才說道：「我不知道，晉責。但是假設他們此舉暗藏惡意，那麼想出我們要採取什麼行動以便提早防止他們的詭計，這乃是我的責任。」他開始以刮刀調整我做的那五堆火藥其中一堆。「等到我們把龍救出來之後再說吧。」他幾乎像是自言自語地補了一句。接著他再度轉頭望向晉責。「但罐子還是不能少。」

「我去找。」那少年有氣無力地答道。

「很好。你暫時就把那女孩跟皮奧崔的事情先放在一邊吧。如果他們昨晚就溜走，那麼早就已經走了很遠，我們就算想制止也來不及了。我們就先專心處置眼前的危機吧，這件事擺平了之後，再處理下一件。」

晉責魂不守舍地點了點頭，隨即便離去。看他那模樣，我心裡也很難受。「你眞的認定他們是去向蒼白之女通報嗎？」

「或許。不過我看應該不至於那麼糟。只是，就如我剛才跟晉責說的，我們必須先預想最糟糕的情況，依此設下我們的防線。而我們最佳的反制之道，就是趕快把你喚醒的龍救出來。」他在苦思之餘，眉頭糾結了起來，但片刻之後，他還是覺得那幾堆火藥比較有趣。「等我們把冰華救出來之後，再好好把他們的事情想一想吧。」

恐怕婷黛莉雅的命令已經深深地烙在他心中了。我很想如以前一般認定切德仍然頭腦清楚，但我實在沒有把握。

長芯先帶著鍋子回來，之後晉責才帶著大小不一的罐子出現。切德一拿到他要的東西，就立刻派他們兩人前往大坑，叮囑他們去協助挖掘他交代的那六個小洞。不過據我猜測，他唯一的用意無非是要找件事情讓王子去忙罷了。看在我眼裡，切德對那幾個罐子至爲挑剔；他先選取裝火藥的容器，並檢查蓋子或塞子能不能封緊，然後把裝火藥的容器拿來跟起火的鍋子配對。我主動要幫忙，但是他執意要自己來。「總有一天，我會設計出完美的火藥罐。這火藥罐要能夠受熱，又不能受熱太快，畢竟我們總得讓把火藥罐丟進火裡的人有時間逃開；還有，罐子必須能封緊，這樣火藥才不會受潮，儲存久了也不會出問題。除此之外，這罐子還必須容易裝填，火藥屑不會黏在罐子外頭。總有一天，我會設計出更好的方式來點燃火藥……」

切德已經完全浸潤在他自己的新發明之中。此時這位師傅仍對火藥有些疑惑，所以不願將此事交代給大徒弟處理。我稍微讓開些，讓他方便伸手動腳，退坐到晉責的床墊上，與沉默的博瑞屈相伴。博瑞屈在沉思，他的心已經不曉得飛到哪裡去了。我仍然有種急著想要這件事情趕快落幕的感覺，但我無法確定這感覺到底是源自於婷黛莉雅烙在我心中的命令，還是源自於我因為弄臣而感到的沉痛。我不管如何轉念總是會想起他，我努力不讓自己多想他現在遭受了什麼折磨，以及此時他是否被折磨到失去意識。龍與我的接觸似乎讓我的精技天賦恢復，然而當我沿著弄臣與我之間那條細如絲的精技牽繫線摸索而去的時候，卻探不到他的人，因此我非常恐慌。「我照著你的意思去做了。」我輕聲地對弄臣承諾。「我會努力把龍救出來。」

切德埋首於評估容器與裝填火藥之中，無心注意我的動靜，但博瑞屈倒是聽到了。也許就像人家講的，視力退化之後，其他感官會變得更加靈敏。他將手放在我肩膀上。說眞的，如果羅網沒提起，我可能一輩子都沒注意到，但是他說得沒錯，因為我的確感覺到博瑞屈手上傳來令人鎭定的暖流。倒不是說他將心思傳給我，而是那種「博瑞屈與我同在」的感覺，使我的心頭稍微安定了下來。雖比不上人與動物牽繫在一起那麼強烈，但是那感覺的確存在。

博瑞屈輕輕地說道：「孩子，你一直都是這個樣子：人家要你做什麼，你就做什麼，沒人要做的事情，你也攬起來做。」他只是平鋪直敘，倒沒有評斷這樣是好是壞的意思。

「你也是這樣啊。」

他沉默了一會兒。

「是啊，這倒是。我記得有人跟我說過：就像一隻狗就是需要一位主人。」*當年我跟博瑞屈講了這句帶刺的話，如今他再提起，倒使我們兩個都不禁苦笑。「我看這句話套在我身上也挺合適的。」我坦承道。

我們兩人一語不發、動也不動地坐了一會兒，趁機在這風暴的暴風眼裡偷閒歇息。帳篷外面依稀傳來人們以鐵器擊開堅冰、撬起冰塊搬到木質雪橇上運走的聲音；我身邊的切德則喃喃自語，謹慎精確地把火藥分爲幾等分。我探尋冰華，發現牠雖在，但是在我的原智知覺中卻逐漸式微，也許是因爲牠用盡了力氣，於是如今什麼也不能做，只能等著我們去救牠了。博瑞屈的手仍搭在我的肩膀上，我小時候曾懷疑他施展原智，而此時我又不禁懷疑他是不是在以原智探索冰華。

「迅風的事情，你要怎麼辦？」我還沒察覺到自己想要說話，這句話便已衝口而出。

博瑞屈近乎悠哉地答道：「我要帶他回家，努力把他教育爲正直的男人。」

「你的意思是說不要讓他施展原智。」

他嘟囔了一聲，似乎在應和我，又像是在請我換個話題，別再提起此事。可是我丟不下來。

「博瑞屈，你在馬廄待了那麼多年，醫術、馴獸和安撫動物的工夫又是一流的，那是原智嗎？你是不是跟母老虎牽繫在一起？」

他好整以暇地思考，最後反問我：「你是不是要問我是否說一套，做一套？」

「對。」

他嘆了一口氣。「蜚滋啊，我曾經是醉倒在酒鄉爬不起來的酒鬼，我可不希望你，或是我這幾個兒子變成酒鬼。除了嗜酒之外，我還有些別的嗜好，而我自己也知道那些嗜好不值得鼓勵。我畢竟只是個男人，普通人。不過若是我的小男孩們有我這些壞癖性的話，我絕不會寬諒，更不會鼓勵。難道你會這樣縱容你的小男孩嗎？珂翠肯跟我說你收了個養子，我聽了很欣慰，幸虧你並非完全孤單。既然有了孩子，難道你都沒有為父的心情？你若是特別鄙棄自己的什麼毛病，那麼兒子若是重蹈覆轍，做父親的就會格外氣憤擔憂，這點難道你都沒有體會嗎？」

他倒是將一切推卸得乾乾淨淨。不過我還是把他引回原題，重新問道：「你在當馬廄總管的時候，到底有沒有運用原智？」

他吸了一口氣，簡短地答道：「我選擇不用。」我本以為他只肯說到這裡，但過了一會兒，他清清喉嚨。「可是，那就像是夜眼在多年前說過的一樣：我可以選擇不回答，但是聽得到就是聽得到，我無法選擇不聽。我知道那些獵犬叫我什麼名字，我甚至還聽你親口把那名字說了出來。『獸群之心』。我知道牠們稱我為『獸群之心』，也深知牠們的……牠們怎麼看待我。我的確能夠洞察牠們的心情：牠們在七嘴八舌地討論追捕獵物有多麼刺激之際，回過頭對我吼著打獵真好，這些我無法裝作不知道。我跟牠們一起同樂，這牠們是知道的。

「很久以前，你告訴我，不是你選擇了夜眼，而是夜眼選擇了你；你當時說，是夜眼選擇了你，與你牽繫在一起，所以這件事情你自己沒什麼選擇的餘地。母老虎跟我也是這樣。牠那一窩小狗都健康強壯，唯有牠一出生時就瘦弱多病，但是牠有……牠很不一樣。牠很有韌性，而且一心要克服重重難關。牠那一窩兄弟推開牠、不讓牠吸母親的奶水時，牠不是向母親求援，而是向我求援。我該怎麼辦？牠懇請我讓牠吸點奶水、讓牠有機會求生，難道我要假裝沒聽到？所以我就幫助牠，讓牠可以喝奶。當然牠

*出自《刺客正傳3刺客任務（上）》，是蜚滋在盛怒之下對博瑞屈脫口而出的話。當時，博瑞屈的確因此而感到受傷，並以此自嘲。

後來長大了，就不會受到欺侮，但到了那時候，牠已經黏緊我了，而我也得承認，時日一久，我也對牠多所依賴。」

其實博瑞屈與母老虎之間的關係，我心裡多少有譜，但我不知道自己現在為什麼非要他坦承這一點不可。「這麼說來，你自己都做了，可是卻不准我做。」

「大概是吧。」

「你知不知道你使我痛苦到什麼地步？」

他毫不畏縮。「你不聽我話的時候，我也很痛苦啊。不過話說回來，我這樣做有什麼深意，你大概從沒想過。我敢說，你自己心裡極為愧疚的事情，你家幸運一定連一次也沒犯過，對不對？我還敢說，他總是對你所說的道理言聽計從，對不對？」博瑞屈一語道中了我的心事，我每思及此，總是覺得十分諷刺。

我聽了之後，一時間答不上話，但我還有其他問題。「可是，為什麼會這樣呢，博瑞屈？為什麼你這麼鄙視原智？我對羅網頗為敬重，而他就認為他的原智魔法既不傷人，也沒什麼危險。可是為什麼你就對你的原智魔法這麼難以忍受呢？」

他把頭髮梳到頭後，揉了揉眼睛，不情不願地答道：「蜚滋，說來話長。當年我祖母發現我有這個污點的時候，她非常害怕，因為她的父親，也就是我曾祖父，就有這個污點。就因為曾祖父有這個污點，所以當他面對著到底是要偕同妻子和幼小的子女逃離奴隸生涯，還是要把他的原智伴侶從著火的馬廄裡拯救出來的抉擇之時，他竟選擇了後者。就因為這個緣故，奴隸主又把他們抓了回去。他們被抓回去之後，我曾祖母活得很不堪，不久就死了。我祖母說，曾祖母姿容出色，可是對於身為奴隸的人而言，這是最要不得的缺點：主人家的男人強占她的身子，而男人們的妻子則凌虐她，這一切，我祖母和她那兩個姐妹都看在眼裡。這一切就是因為，曾祖父本應該把他和妻子之間的情誼放在第一位，可是他沒有這樣做，反而把一匹馬看得比妻女還要重要。」

「那也只是一個人啊，博瑞屈，那也只是一個人做出了錯事，如此而已。再說，誰知道他心裡想的是什麼？也許他想的是，如果他能把馬救出來，就能用馬將妻女載到安全的地方；或者，有了馬之後，他與奴隸主打鬥時，才會多一點勝算！這點我們無從得知。但他也只是一個人而已。只因為他一個人，就唾棄所有的原智魔法，這是不是太過了？」

他氣憤地噴了個鼻息。「蜚滋，我曾祖父的決定，使家裡一連三代付出了慘重的代價，這不管對任何人而言，都是沉痛的烙印。所以我祖母擔心，如果她任由我起了個頭，那麼我難免會犯下跟曾祖父同樣的錯。也就是說，她要是不多加管束，難保我不會找個動物牽繫在一起，並將其他一切考量都拋在腦後。祖母死後有一陣子，我真的被她說中了；那時我除了自己的牽繫伴侶之外，其他什麼都不管。你也是啊。難道，你從不曾回顧過去的時光，想道：『我的人生若少了原智，那會有什麼不同的情況呢？』你想一想，要不是你小的時候，你我因為大鼻子的事情而有了芥蒂，那麼我們現在一定比較親密，不是嗎？要是你沒有跟鐵匠牽繫在一起，那麼你的精技課程必定會進展得比較順利，不是嗎？要不是你的人生中有了夜眼，那麼帝尊怎麼會找到讓你身繫囹圄的藉口？」

一時之間，我啞口無言，最後我答道：「可是，你說的那幾件事情之所以會有那麼糟糕的下場，還不是因為原智魔法被人看作是恥辱的髒東西？要是當年你以原血者的角度來看待我，並教導我，就是因為什麼理由，所以我不得與動物牽繫在一起；要是當年的人們，將原智看作是跟精技一樣高尚的魔法，那麼也就不會生出種種事故了。」

博瑞屈臉色一沉。一時間，我以為他的舊脾氣又要發了。接著，他以唯有時光才能磨練出來的耐性，平靜地說道：「蜚滋，打從我祖母一發現我有這個污點，她教我的就是這個道理：原智魔法是可恥的，你若是施展原智，就會因此而蒙羞。你講的那種人，竟然公開施展原智，並且不會因此而感到羞愧。這麼說吧，我聽人說，有些地方的人，是兄弟姊妹通婚生子，女人露出胸部、四處走動，而你若是因為伴侶人老珠黃而另結新歡，也沒什麼好可恥的。你會告訴你的子女，這些行為都是好的嗎？或者，你會要求子女依照自己從小學來的規矩過生活？」

這時切德開口了，使我嚇了一跳。「每一個社會都有不直接明言的潛在規則，大部分的人從來就沒有想到要質疑這些規則。不過說真的，博瑞屈，你一定曾經納悶過，你從小學到的規矩到底正不正確。難道你從不曾想過，原智魔法到底是不是值得擁有的天賦，這點應該由你自己來決定？」

博瑞屈轉過頭以他那蒙著白翳的眼睛望著切德。他到底看到什麼？他到底看到了人形，還是個陰影，抑或他只是以原智知覺到那老人的方位遠近？

「我一直都認為原智是值得擁有的天賦，切德大人。但是我成人之後，就開始體會到自己必須為這個天賦付出多少代價了。你所效力的王子殿下就在外頭，原智雖是實用且可貴的天賦，但是你想想看，若是眾人知道王子有原智，那麼他將付出多大的代價？你為了保護王子，總是一概否認他有原智，以免他遭受人們的怨恨與歧視。既然如此，我以同樣的做法來保護駿騎的兒子，你怎麼會責怪我的不是呢？」

切德望著他手邊的工作，並沒有回答。他已經弄好了。六個從酒瓶到鹽罐等各色容器裝了火藥，擱在大小不一的鍋子裡。「準備好了。」切德說道，他抬起頭來望著我，露出一個古怪的笑容。「我們去把龍救出來吧。」

我看不出他那一對綠眼睛裡是什麼心思。我真猜不透他到底是真心要冰華得以從冰層中脫身，或者其實是要把牠炸成碎片。也許連他自己也不知道吧。不過他那堅毅的決心卻感染了我，使我突然急著要把這件事情做個了結。

「這到底有多危險？」博瑞屈問道。

「跟昨天晚上一樣啊。」切德不耐煩地答道。

博瑞屈伸出一手，輕輕地以手指拂過那幾個鍋子。「不是六倍危險嗎？」他問道。「你要怎麼做？是由一個人來引爆，還是六個人來引爆。」

切德想了一會兒。「要六個人同時把六盆火燒旺，然後蚩滋一路走下去，一一將火藥罐丟入火盆中。」

我點頭。這樣的安排的確明智，若是六個人各自看準了時間將火藥罐丟進去，那麼衆人跑開的時候可能會撞在一起。「就交給我吧。」

我抱著三個鍋子，切德抱著另外那三個，博瑞屈拎著一袋燃料以及一小盆木炭。走上山坡時，只覺得天色很明亮，閃閃發光的冰面將陽光折射出來。就這地方而言，今天算是暖和的。走著走著，博瑞屈突然對我問道：「你確定蕁麻現在安全嗎？你們說她冒了很大的危險什麼的，我聽不太懂，不過當時你們好像都嚇壞了。」

我吞了口口水，承認了自己的過失。「我請她進入冰華的夢中叫醒牠，因爲她的精技天賦高強，能夠將人的夢境改頭換面。然而龍的夢境跟人不一樣，所以她一頭闖入冰華的夢中是很危險的，但我卻不假思索地就請她幫忙了。」

「不過她還是去了？」從博瑞屈的口氣聽來，他頗爲蕁麻驕傲。

「是啊，她還是去了。因爲我求她去。對不起，我竟然讓她蒙受生命危險。」

博瑞屈沉默地走了幾步。「是這樣啊。而她會信任你，可見得她認識你，而且還對你知道得不少。多久了？」

「我也不能確定。這很難解釋，博瑞屈。」我感覺到血液湧上了我的臉頰，但我仍強迫自己繼續說道：「我以前曾經……窺看你們。不是很常。只有在我寂……我知道那樣是不對的。」

他沉默良久，最後才說道：「那你看了一定備受折磨，因爲我們大半時間都是很快樂的。」

我深深地吸了口氣。「是啊。的確如此。不過我以前倒沒想過竟在窺看你們的時候，把蕁麻也扯了進來。她是……怎麼說呢，她變成了我觀看你們的窗戶吧。後來她開始察覺到我的存在，並且透過她的夢境認識了我，不過她在夢裡把我當作是狼人。」我慌亂不安，再也講不下去。

博瑞屈強忍著笑意答道：「唔，這麼說起來，她小時候做的那些古怪的惡夢，其來有自。」

「當時我並不知道我在藉著蕁麻觀看你們。後來過了一段時間之後，我開始察覺到她在我夢中出現，而我們就在她造出來的夢境中聊天。我過了一陣子才領悟到，蕁麻能造夢，可見得她精技天賦極強，我之前不知道精技還能用來塑造夢境。但是我從來沒有……她不……我是說，她不知道——」我說不出口，喉嚨突然硬生生地把沒說的話吞了進去。

「我知道你沒跟蕁麻說我不是她父親。你要是說了，我一跟她講話就聽出來了。」

我無言地點頭。眞是奇怪啊，同一句話，不同的人聽來卻對應了不同的心情；我想的是，我沒跟蕁麻說她父親其實是我，但博瑞屈想的是，我從沒跟蕁麻說她父親並不是他。

他清清喉嚨，換了個話題。「她得上些精技課程才行，要不然精技會偷走她的心靈。這個道理我很清楚，因爲駿騎老早就跟我說過了。」

「蕁麻是該上課沒錯。」這點我不得不承認。「像她這樣，沒學過多少，還四處亂闖，是很危險的。她是應該上課沒錯。」

「你要教她？」他立刻問道。

「誰教都可以。」我補充道。

之後我們就不再談了。我聽著鐵器擊冰以及大風呼嘯地吹過冰河的聲音，那風聲與敲打聲形成了怪異的樂曲，樂曲中還不時摻雜著衆人揚聲要其他人小心的叫聲。我們抵達雪地上的大坑時，他們幾乎立刻停下手邊的工作。

切德站在大坑邊緣，對底下的衆人解釋他的火藥是怎麼一回事，以及他打算怎麼運用這些火藥。我感覺自己很抽離。我逐一望著衆人的臉孔，並發現羅網顯得憂慮，而扇貝顯得頗感興趣。有些人一聽，就立刻變回了小男孩的模樣，急著要把這個未知的東西拿來試一試。切德抱著他那三個鍋子走下斜坡，我也抱著我這三個鍋子走下去。他巡視晉責和長芯幫忙挖出來的那幾個洞，看過之後，他吩咐其中一個洞要挖深一點，另外有一個洞則完全不能用，必須在靠近崩塌的地道口附近另外再挖一個；這幾個洞必須連成一線，並通通位於冰華掙扎時所迸出最深的那些裂縫上，依他的判斷，這條線上的冰層最爲脆弱，火藥可以發揮最大的效力。他選了六個人去生火，而博瑞屈則慢慢地沿線走過去，將火絨、燃料和木炭分給他們，之後切德便叫他離開大坑。切德本人倒仍留在坑底。他一個火盆接著一個火盆逐一巡察，確定盆子是否穩穩地擱在洞底，以及火勢是不是旺得把木料燒成了紅炭，並熱到足以引爆火藥。這六人努力生火之時，切德再三地對他們解釋，這火藥的份量其實很少，不至於傷到冰華，只夠把牠周身的冰縫炸開，方便我們迅速地移開碎冰。

這六人站在火邊，靜待切德評斷他們生起來的火勢夠不夠大。他看過之後，多添了點燃料，叫負責人上去跟衆人一起待在大坑邊，而他自己則繼續看下一站。與火盆相配的燃料插在離盆子一呎半遠的冰地上。最後只剩下切德與我站在大坑坑底，這時他悄悄對我說道：「我要上去跟大家站在坑邊了。等一下你看到我跟你點頭，你就迅速地逐一將這六罐火藥投入火中，之後馬上從斜坡上來，跟我站在一起。雖說需要一點時間火力才能夠侵入罐裡、引爆火藥，但我看你還是別在坑底逗留比較好。」

「你放心。」

切德頓了一下，像是想跟我說什麼話似的，但接著便無言地對我搖搖頭。我不禁再度懷疑，他的行動和意願到底是不是互相牴觸？我望著他走上斜坡跟眾人會合，一同站在大坑邊上俯瞰著我。這時我突然恍悟到，一開始時將眾人阻隔開來的高牆已經消失，如今首領團的人、侍衛和原智小組，均已團結一致。博瑞屈站在切德旁邊，迅風站在羅網隔壁，而儒雅的貓則趴在冰地上，好奇地凝視著我。

我深吸了一口氣，朝最遠的那個火盆走去，拿起第一個火藥罐。那個火藥罐落入熊熊烈焰之中，並激起了幾絲火星。第二罐的情況大同小異，但是第三罐的落點很差，必須再推一下，才會位於火焰的中心。我推罐子的時候，聽到觀眾的喃喃私語聲。第四個火藥罐就很順利了。第五個火藥罐凝結在冰地裡，感覺上我好像拉扯了一年之久才將罐子拔出來。問題是，拔出來時，封口也鬆了，漏出了少量火藥，所以我既得塞緊罐口，又得拍掉罐外的火藥。當我一將火藥罐投入火中，罐子外沾了火藥的那一面便立刻燒起來，冒出白焰和火星。我提醒自己，切德第一次弄的那個火藥筒落入我的火爐之後，可是過了好久才爆開來的。第六個罐子跟第一個一樣容易。最後，我順從自己的衝動，拔腿就跑。我奔上斜坡，與眾人一起站在坑邊。這時第五個火藥罐突然爆出了烈焰、閃光和有硫磺味的刺鼻煙霧。觀眾發出訝異與恐懼的叫聲。不過我趕到坑邊時，那冒得半天高的白焰已經逐漸退縮回去，盛著那火藥罐的火盆則依然燒得劈里啪啦響，我們還聽到融化的雪水與火相遇的嘶嘶聲。

我擠到切德身邊，只見他大搖其頭。「這個糟蹋囉。」他簡短地說道。「埃爾神的卵蛋！要是我有時間多測試一下火藥，再設計專用的火藥罐就好了。話又說回來，剛才那火焰從外頭燒進去，把主要的火藥劑量引爆，那樣倒好。這個引爆方式能不能加以運用呢？我之前總以爲，火藥一定要全部裝在容器裡才好——」

就在此時，某處的火藥猛然炸開。不是第一處，據我看來，應該是第二處的火藥罐爆炸了，也許是因爲那個罐子較爲熱透吧。到底是哪一處的火藥炸開，實在很難說，因爲就在大坑底的冰屑冰塊噴發上來，如雨般地落在我們頭上之際，另外一處——也可能是另外兩處，又同時炸開了。

第二次的爆炸比第一次大聲得多，把我的耳朵都震聾了。我從未碰過這種事情：空氣像刀子一樣從我的臉、手上刮過去，耳朵則像是被人封住，冰屑刺在我臉上。我以爲自己眼睛瞎了或是怎麼了，但眨了眼之後，才知道原來是空中飄浮著細得不可思議的雪霧。

眾人在驚恐之餘，大吼大叫地從大坑邊退開。儒雅的貓嚇壞了，倏地從我身旁衝了過去，儒雅急得拔腿追去。我感覺到埋在冰下的巨龍發散出一波怒氣。*我們這是在救你！*我對牠技傳道，但卻感覺不到牠有任何反應。站在我身邊的博瑞屈緊抓住我的肩膀，緊張地四下張望，臉上因爲恐懼而扭曲。

我攫住他的手臂，想要引導他離開大坑邊緣，但是他甩開了我，大叫道：「迅風！迅風在哪裡？」就在這時候，坑底再度大爆炸，震得我站不穩，跪了下來，博瑞屈也倒在我身邊。空氣中瀰漫著飄浮的冰屑，他咳了幾下，將冰屑吐出來，再度大叫道：「迅風！迅風，你在哪裡啊！」

「我在這裡，爸爸！」那孩子叫道，衝過瀰漫的雪霧跑上前，撲在博瑞屈的懷裡。他害怕得眼睛大睜。

「太好了，你沒事，感謝艾達神！你現在可得跟緊我。可恨我這雙眼睛！蜚滋，到底出了什麼事情？我以爲這爆炸會產生的是火焰、閃光和煙霧之類的，怎麼連地都會動！那個瘋子到底在搞什麼鬼啊？」

「就像是一大截樹幹在火裡爆了開來，如此而已。剛才火藥爆炸之後，把附近的冰層迸開了。我之前也沒料到會有這般情況，不過現在已經過去了，你放心。」但就在我一方面為了安慰博瑞屈，一方面為了安慰自己而講出這番話時，我們腳下的大地又再度震撼起來，同時我感覺到一波憤怒的心靈突襲。

你們這些渺小無用的蛆蟲，開始祈禱自己能活命吧！牠若是掉了一塊鱗片，你們就得灑出一桶血！我來了！婷黛莉雅來找你們算帳了！你們全都得死！

「我們在幫牠，不是在傷牠！」我一邊大喊，同時以精技和原智將這些言語散發出去，但是婷黛莉雅不理會我。

就在我眨眨眼睛，將睫毛上的冰屑抖掉，從坑邊下望時，竟看到坑底有個什麼東西在動。雖說紛飛的冰片雪屑緩緩落下蓋住了那東西，但是透過白霧，仍能見到有個像是躍出水面的大鯨魚般黑黑大大的生物在挪動、喘氣。我聽到冰層碎裂的聲音，也聞到冬眠後出洞的爬蟲類臭味。我踉蹌地站起來，冒險走近大坑邊緣，看個清楚。

巨龍正在緩慢地掙扎。牠那瘦削的背部露出來一部分，尾巴為了要將末端從冰層中抽出而弓起、扭動不已，彷彿跟背部是不相干的兩個生物；一條龐大的後腿已經脫開了束縛，而由於長久蟄伏而長得特別長的腳爪，則為了將身軀從堅冰中拖出來而用力地在冰上劃開一條條爪痕。接著龍展開了一翼，那有如破爛船帆般的翅膀一張開，冰塊便四散紛飛。牠焦急地拍動翅膀。那不健康的動物氣味幾乎使我窒息。冰華的頭頸仍卡在堅冰之中，牠因而奮力掙扎。冰霧逐漸落下、平息之後，人們蹣跚地走到坑邊，俯瞰坑底的景象。有些人看得驚呆了，有些人則是嚇呆了。切德的臉色像是圖畫般深邃，我看不出他臉上敬畏的神情，到底是因為他的火藥竟有這麼大的威力，還是訝異於這龍不過是露出一部分，身形就如此可觀。

博瑞屈是第一個開口說話的人。「那傢伙，可憐哪。」他舉起雙手，手指張開，慢慢地朝前方的空氣推去。以前我就常常看到他在接近驚懼不安的馬匹時，做出這個手勢，但如今我才想到，他手裡可能散發出令生物鎮定平靜的氛圍。接著他突然提高音量，說道：「牠需要人幫忙。拿起鏟子和撬杆吧，但是大家挖冰的時候要謹慎點，隨便一個不小心，那就不是在幫牠，反而傷到牠。若是引牠急得掙扎起來，那可不妙了。」他一手扶在迅風肩上，另一手伸向前方，踉蹌地走到大坑邊緣。「你放心，放輕鬆。」他邊走邊開始叫道，他那句帶有原智鎮定效果的話，是講給冰華聽的。「我們來幫你了。你且不要掙扎，掙扎只會傷到你自己，或是傷了我們。現在放輕鬆，我們來幫你了。」

我再度感覺到隨著這些話而散發出來的輕鬆柔適，而冰華似乎也感受到這個氛圍。話又說回來，牠也可能是筋疲力竭，掙扎的動作才越放越慢，終於停下不動。

「你小心哪，再過去就踩空了，斜坡在這裡。迅風，你帶父親從斜坡下去。我們需要他。」羅網的額頭被一塊凌空飛過的冰塊打中，血流不止，不過他也不管自己的傷勢，便拿著鏟子，大步地從我們身邊走過。我這才發現有些人因爲爆炸而受了傷。一名首領團派來的人失去意識、倒臥在地，血從鼻子與耳裡流出，他的一名同伴則跪在他身邊，手足無措地看著他。儒雅已經抓到他那條嘶嘶驚叫的貓，並且把貓抱在懷裡，希望以此來平撫這個亂踢亂抓的動物。我四下張望，想要看看晉責何在，卻發現他已經拿著一根撬杆當作手杖，急急忙忙地走下斜坡去幫忙了。此時坑底的地上分崩碎裂，令我想起遍布浮冰且波濤洶湧的海面。

「王子殿下！小心一點！牠可能很危險！」切德對著晉責的背影喊道，他自己也急急忙忙地衝下斜坡到坑底去。爲了救出冰封的巨龍，衆人同心協力地挪開鬆動的大冰塊。這個工程很危險，因爲龍爲了脫身，仍不斷地掙扎扭動。

臭氣薰天。空氣中盡是在飢餓中冬眠的蛇的臭味，但是博瑞屈不為所動地走上前，將雙手貼在巨龍漆黑的鱗甲上，安撫地說道：「放輕鬆。你別掙扎，且讓我們把鬆動的冰塊搬走再說。若是折斷了翅膀什麼的，對你也沒有好處。」

龍靜止下來。接著我藉由原智，而非精技，知覺到冰華因為窒息而感到驚惶。我也注意到牠的注意力已經轉到他處。也許牠正在跟婷黛莉雅溝通吧，希望牠會跟那母龍說我們都在幫助牠。

「我們得把牠頭上的冰挖開才行。牠快窒息了，根本無力掙扎。」博瑞屈在我走近時對我說道。

「我知道。我也感覺到了。」我強忍著笑意補了一句：「我也有原智，你知道的。」

但是我說這話時卻沒想到迅風正在偷聽，不過話說回來，由於耳鳴得厲害，我雖自認為輕聲細語，但其實可能講得很大聲也說不定。此時他專注地瞪著我。「這麼說來，你眞的是蜚滋駿騎，那個『原智小雜種』？你眞的是住在馬房裡，由我父親養大的？」他的語氣中帶著一點輕快，彷彿突然發現自己的家族跟名人和傳奇沾得上邊。其實他的家族的確與名人和傳奇有所關連，只是我覺得朝這個方向去想並不妥當。

「以後再說。」博瑞屈與我異口同聲地說道。迅風目瞪口呆地望著我們倆，苦笑了兩聲。

「把牠左肩的冰塊搬走。」羅網大步走過去，叫道。人們連忙前去幫忙，迅風也拔腿就走。

拿著冰鍬的羅網在走到我們身邊時突然停住，他的手大力一揮，叫迅風也停步，他輕聲地對博瑞屈說道：「『以後』要到什麼時候？時光稍縱即逝，而你們兩個終究得跟這個年輕人好好解釋清楚。」他的語氣並無斥責之意，講話時，臉上還幾乎露出笑容。他跟博瑞屈鞠了個躬。「如有冒犯之處，還請多見諒。我知道你的視力有負於你，但是你的肩膀和後背看來仍很強壯，如果能請令郎引導，由二位把堆著冰塊的雪橇拖到坑外的話，那是最好不過的。你可願意幫這個忙，博瑞屈？」

我認為博瑞屈會拒絕，我知道他仍想避開羅網，以及羅網所代表的一切。但是羅網講得很客氣，況且這個忙他的確幫得上。若是眾人都賣力地想把這個受困的巨獸救出來，而他卻無能為力地空站在一旁，他恐怕會很氣吧？再說，羅網這麼一安排，迅風就會守在博瑞屈身邊，聽從父親的差遣號令。我看得出博瑞屈困難地做了個妥協，他開口了，但不是對羅網回答，而是對迅風吩咐道：「帶我走到雪橇那裡，年輕人，我們得一起使勁了。」

最後剩我一人呆呆望著博瑞屈與迅風這一對父子遵照羅網的請求而走開。我望著他們兩人與儒雅和扇貝一起揹起了雪橇的拉繩，他們彎下腰、吃力地爬坡，儘管博瑞屈的跛腿不太方便，但是他的力氣可比那幾個年輕人還大。沉重的雪橇穩定地爬上斜坡，出了大坑。如此一來，就能將那對父子結合在一起，而依我看來，雖然迅風頗不情願，但是博瑞屈可樂得有這個機會與兒子復合。難道，羅網是要藉著這個安排，一方面軟化博瑞屈對於原智的態度，同時也修補他們父子之間的關係？

如今我深信，我從龍頭那裡撤退出來後，留在原地的火盆仍繼續燃燒，後來到底是火盆的火點燃了墊在火盆下的獸皮，一路燒到燃油瓶，最後引爆了火藥罐；還是剛才那幾次較小的爆炸，使得燃油罐傾倒、流在火盆邊的獸皮上，才將火藥引爆開來呢？這點我無法確知。我老是在這些無謂的問題上花太多時間。

留在龍頭那裡的火藥份量較多，原本的用意是要將牠置於死地，因為這個緣故，火藥炸開了地道上方的冰層之後，不但將碎冰塊噴入空中，還將冰塊從地道口噴出來，打上了所有待在坑底搬冰的人。一時間，坑底人、冰齊飛，而我自己則被震波摔到坑底的另外一邊。爆炸之後，比箭頭還銳利的冰塊如雨般從天上落下來，因而傷到不少人。

我感覺得到大冰塊紛紛落下，但是四周白茫茫一片，我什麼也看不到。我猜我是既被震瞎，又被震聾了。細碎飄下後，這悄然無聲的大混亂才逐漸浮現出來。我看到羅網兩手摀住耳朵，蹣跚地走過我身邊，看到老鷹氏族的代表被大如山岩的冰塊壓死。我看得出衆人在尖叫，但是什麼都聽不到。說不定我下半輩子再也聽不到聲音了。

我抬起頭，發現切德與晉責驚恐萬分地待在大坑邊往下望。爆炸的時候，他們人不在坑底。過了一會兒我才領悟到，剛才拖雪橇運冰的人受到的衝擊比較小。就在我站穩腳跟，全身上下巡了一遍，認定自己骨頭都沒斷之時，第二波衝擊又來了。我腳下的冰地震撼動搖，冰塊亂撞，接著幾個新生的裂縫越來越大，最後突然斷裂，於是黑色的龍頭從碎冰中探了出來。

自由了！

我屢次接觸到冰華的心思，就數這次最爲清晰，與其說那是語言，倒不如說牠在表達一種勝利的情緒。

冰華的頭很大，脖子則如蛇般細長。除了手腳之外，牠還利用半開的雙翼將自己撐著從陷落的冰牢裡爬出來。我雖爲了我們可能會面臨的厄運而感到恐懼，但一看到牠那冰封已久的身體全貌，卻仍覺得牠很可憐。牠的肉緊貼著骨頭，帶鱗的龍皮如過大的衣服鬆垮垮地垂下來，牠張開雙翼時，看得出翼面上有不少破洞，像是被荊棘勾破的上好斗篷。

牠慢慢地從坑底冒出來，中途還停了幾次，或者抬頭嘶吼，或掙扎著將一腿與翼尖從冰層裡拔出來。冰華對於躺在坑底那些失去意識的人根本看也不看一眼，但我還是照樣心驚膽跳，因爲此時牠突然像是散發熱能般地散發出龐大的飢餓感。我本能地察覺到，對於這個身形比我大上許多的獵食者而言，我只不過是可以入口的食物。不管我說什麼，牠都不會當一回事，畢竟野兔在被狼狙殺之前，無論多麼狂亂激動，狼都不放在心上。夜眼與我從來就不會試著在入口的食物將死之前與之小聊片刻，而冰華看待我們也是如此。「弄臣，瞧你放出了什麼怪獸啊？」我呻吟道。

龍又伸縮了一下，於是幾乎整個身體都爬到凌亂破碎的冰塊上了，身形因而更顯巨大。冰華踩在牠的冰墳殘跡上，站穩腳跟，把尾巴從冰地裡抽出來。牠的尾巴越抽越長，長得不可思議，最後牠像收鞭子似的將尾巴收在身邊的殘破冰地上。牠一仰頭，突然發出狂叫，一開始是低沉的吼聲，接著聲音越爬越高，高到超出我的聽覺範圍之外。大爆炸之後，這還是我第一次聽到聲音，我在感受這個新鮮的聽覺體驗的同時，也承受著冰華有如尖叫般撕裂五腑六臟的衝擊。

接著我看到牠鼻孔噴火，那前尖後鈍的頭低了下來，打量著「老鷹」的身體。雖然老鷹已經死了，但是他的屍身竟逢此厄運，仍使我駭然。他的屍身被冰岩壓住，冰華用鼻子勾了幾下，將他的屍體從冰岩間勾了出來。牠小心地將那屍身叼起來，把黏在屍身上的碎冰屑抖掉，此景令我想起夜眼也很討厭鮮魚身上黏了乾樹葉。冰華如同海鷗般地進食：牠先將之前是個活人的那塊死肉投入空中，接著張開大嘴接住食物，牠尚未吞嚥，那屍身掉下來時便已有一半栽在牠的咽喉裡了。只見一大團隆起從牠那長長的頸子往下滑，於是老鷹這個人就此消逝。

我內心的狼性對此無動於衷，人既然都死了，那麼被別的動物吃下肚也無所謂了，畢竟冰華也不過就是吃吃腐肉而已。我自己幾次餓到極點的時候也吃過腐肉，甚至樂得趁熊吃得飽飽地睡大頭覺時，把熊的打獵成果偷些來吃。但老鷹是個人，是人群中的領袖，我曾經跟他肩並肩地坐在火邊用過餐，與他四目相對。如今我們合力把龍救回來之後，龍卻把他當作一塊肉似的吞下肚，此事頓時打破我內心的世界秩序。

在那一刻，我隱約體會到我們的行動非同小可。如此一來，世上的秩序難免會有一番大變革。這可不是以眾英雄的靈魂堆砌起來、爲了拯救我們而甦醒的石龍，這是活生生、有血有肉的生物，所有生物的欲望，牠一樣也不少，同時牠會毫不遲疑地爲了求生存而滿足種種欲望，不管牠這些舉動會爲人類帶來多少苦惱。

我抬起迷茫的眼睛，想要找一條路逃走。我雖不是在冰華正前方，但我是離牠最近的幾個獵食標的之一。抬頭一看，只見染著血的人們踉蹌地走到大坑邊緣，驚訝地俯瞰著我們拯救出來的生物。博瑞屈人在其中，他的手緊抓著迅風的肩膀，而貪婪地要把一切都盡收眼底的吟遊歌者扇貝以及儒雅也都在。儒雅的貓貼著他身邊站著，貓毛全部豎立起來，看來有平常的兩倍大。我遍尋不到切德與智責的蹤影，心裡擔心他們會不會遇害了。我看到離我不遠處有一只靴子，心裡暗暗期待靴子主人的身體仍與靴子連在一起，壓在冰岩下。這人是誰呢？我看到迅風舉起手臂，焦急地朝我東指西指，又對博瑞屈講話，接著那個大笨蛋的嘴巴動了，我聽到他叫道：「蜚滋！蜚滋，快出來，快逃呀！」

龍頭轉向叫聲的來源。我看到冰華那銀黑兩色的漩渦眼睛轉呀轉地，盯著把我養大的那個男人，同時看到牠抬高細頸末端的頭，我不禁急得大吼：「不！」但是聽在我自己耳朵裡，這一叫也只如輕聲細語。

博瑞屈似乎也知道他把龍的注意力引到自己身上了，因爲此時他轉過身，粗魯地將迅風推開，使得那孩子飛了出去，栽在雪地裡。接著他轉身朝前，手無寸鐵地面對巨龍。

接著又是一股震波襲來，震得我站不住腳。大地似乎要崩裂開來，連冰華都拚命掙扎才沒有跌倒。牠展開破裂的雙翼，攀上坑壁，胡亂摸索著，撐著坑緣，想要將自己從大坑中拉出來，而坑邊的人們連忙逃開。就在此時，坑底崩裂，塌陷出一個大洞。我連忙攀上坑壁以求自保，不過我也領悟出這是怎麼回事。

由於冰華掙扎著要從冰層中脫身，再加上切德的火藥也破壞了冰層的結構，所以蒼白之女大殿的天花板就撐不住，崩塌下去了。

我強烈地祈禱蒼白之女會被崩塌的大殿天花板壓死。此時坑底不斷塌陷，捲著無數冰岩墜入下面的冰殿中。我心裡揣想道，這一來，是不是就可以直通到蒼白之女的領地？我若是順勢往下一跳，那麼我落在大殿的冰堆上時還能不能保住一條命，並趁著弄臣還有一口氣在的時候，想個什麼辦法把他救出來？不過冰岩不斷捲落，看這情況，免不了會填平蒼白之女的大殿，將之埋在冰雪下了。我心裡有個聲音說道，這樣對他也好，有個痛快的了結，但是我仍不禁大吼：「不！不，不，不！小親親弄臣！不！」

在我大吼之後，塌陷的大洞中有個什麼東西動了一下，彷彿在回應我的話。我瞪著那東西，我實在想不通是什麼東西有這麼大力量，竟然連山崩地裂也毫髮無傷，但是看著看著，那東西又不動了。

我攀上了大坑邊緣，此時晉責突然伸手抓住我的手腕，使我嚇得大叫一聲。「上來！」他對我吼道。我這才恍悟到，其實在這之前，他爲了引起我的注意，要我趕緊離開墜落的冰岩和掙扎的巨龍，已經叫了我好一陣子。冰華已經差不多出了大坑，其他人都已經逃得遠遠，坑邊只剩下兩個伏臥不動的身影，但我認不出那是誰。

我把自己的體重交給晉責，而他悶哼一聲，費勁穩住身子，以便撐著我手腳並用地從坑裡爬出來。「切德呢？我們得趕快逃開才行！」我對他吼道。他伸開手臂做了個很大的手勢，似乎是在說，別人都已經逃下山坡，朝營地而去了。然後他張開嘴巴，越張越大，最後連眼睛都因爲恐懼而從眼窩裡凸了出來。他正直盯著坑底，於是我轉過身去看坑裡有什麼變化。在那崩塌碎裂的亂冰堆之中，有隻像從冬眠中甦醒過來的蟾蜍，正在扭身開路，想要從大坑中爬出來。那正是蒼白之女的石龍。縱然有了生命，那石龍仍毫無優點可言，牠仍是雕工粗糙，以衆多不齊一的生命堆砌起來的生物。那一身渾濁的灰色，像是尙未燒烤的黏土。我的原智知覺到牠十分飢餓，牠的食欲之大，我敢說只要是牠抓得到的，通通在劫難逃。接著牠的精技波打了上來，使我膽寒。那精技波裡的情緒，可不只是貪婪求食的野獸飢餓感而已；那個在碎冰中艱難地前進，一邊大吼大叫的石龍，乃是由一個性格所主控。因此我知道蒼白之女一定是在爲了將石龍喚醒而無計可施之際，把那男人餵給了石龍，並且如願地讓石龍甦醒過來。

羅貝來了！我將征服，將你們殺得一個不剩。我早就想以農夫的血肉爲食了。今天就是我的復仇之日！牠的眼神緊鎖著冰華。六大公國的龍，你的死期到了！石龍衝了上去，以牠那巨大的下頦咬住冰華尾巴的基部。牠站穩那雙粗肥的腿，開始用力把黑龍拉回大坑之中。

25

眾龍相鬥

在紅船之戰期間，許多母屋雖不情願，但仍不得不對科伯·羅貝和蒼白之女納貢。他們要求的貢品，不是其他，正是母屋的男人。他們跟外島各氏族強索男子去打仗，若有誰膽敢不從，他們便以我們六大公國所謂的冶煉予以懲罰威嚇。他們冶煉的對象多是家族中的女人與女孩，而這一來，族中的男人便陷入困境：對於家族而言，受到冶煉的女性有辱家門，可恥至極，然而任哪一個母屋都不可能任由男性殺死女性，卻不以同樣的手段處置那個男性凶手。因此，終究還是讓男人去做羅貝的戰士，以免家族有全數滅亡的危險。不過那些在羅貝手下擔任過戰士的男人，回到母屋之後都變了個人。紅船之戰過後，許多戰士顯然是在睡夢中死去。有人說，是他們自己母屋的女人下手將他們毒死，因爲那些歸來的戰士已經再也不是當年正直善良的好男兒了。

——扇貝所著之《外島紅船簡史》

無雲的天上猛然打下一道銀藍色閃電。婷黛莉雅一頭衝入大坑中，下巴大開，露出利刃般的牙齒，像憤怒的貓落在科伯．羅貝化身的石龍身上。牠的嘴緊緊咬住石龍粗大的頭顱與頸子相連的地方，爲了要在石龍身上站穩，牠的爪子在石龍背上亂抓，發出刮擦的聲音。石龍原本專心對付冰華，此時竟橫生阻撓，因此牠非常驚訝。牠開口大吼，而冰華則趁此掙脫。

甩掉牠。爬開，升空，別在地上與之糾纏！

這聲音來自於婷黛莉雅，不過那並非言語，而是帶著意義的聲響。在我心中，那就像是一般的語言。據我看來，並不是在場所有人類都聽得出婷黛莉雅在說什麼，不過冰華當然知道這話是對自己說的，因此牠也大吼幾聲以做爲回應，不過冰華說的是什麼意思，我就無法理解了。也許只是因爲我之前與婷黛莉雅交手幾次，所以我才對牠的話多了幾分了解。不管是什麼原因，總之那窘態畢露的龍爬出大坑，遠離了糾纏在一起的眞龍與石龍。婷黛莉雅雖擋下了羅貝，但我知道牠擋不了多久。牠是母龍，我猜測龍族本來可能就是公大母小，因此牠的體型才會跟冰華差那麼多。

石龍既龐大又結實，且粗壯有力，相較之下，婷黛莉雅瘦削靈活、動作輕巧，所以牠去攻擊石龍，就像鷹隼想跟蠻牛相鬥一樣地不相稱。婷黛莉雅動作雖快，卻傷不到石龍；牠的牙齒深入石龍的脖子中，但是石龍沒有流血；牠以強勁的後爪劃過石龍的側腹，只是造成幾道白色的刮痕，像是頑童拿著石頭互刮的結果。這些攻勢石龍似乎都不放在眼裡，牠用力甩動，想要將婷黛莉雅摔下去，但是婷黛莉雅緊抓著牠，徒勞無功地以令牠不痛不癢的武器對付牠。婷黛莉雅想要以利爪抓傷石龍，就像女人以指甲對抗戰士的皮盔甲一樣徒勞。我不禁懷疑，這石龍眞的有血可灑嗎？莫非牠雖能隨著意志起伏動作，但卻是實實在在的石頭？

這樣的石龍，要用什麼方法才能殺死？如果連像婷黛莉雅如此強勁的生物都動不了牠分毫，那麼誰能制得住牠？

羅貝再三地散發出痛恨的精技震波，我感覺得到，他在努力適應這個不聽使喚卻力大無窮的身體同時，感到既困惑又沮喪。他也許能讓自己動作快一點，但是最大的問題在於他的身體仍不太協調：他的雙腿在破碎的冰地亂踏，卻沒能將自己推出坑外；他以古怪的姿態展開一翼，但是那翅膀老是懸垂著，他既無法搧動翅膀，甚至連要將翅膀收回身邊都做不到。石龍為了要將那牢牢抓住牠的母龍甩開，於是遲緩地將沉重的頭搖來搖去，仍擺脫不掉大患。

婷黛莉雅的銀色眼睛骨碌轉動，注視著冰華的進展。冰華的進展極慢，牠攀出了坑外，好不容易重新在地面上站穩，如此一來，牠長久以來的冰封之害就顯得更清楚了。牠那覆著鱗片的表皮垂下來，一根根的肋骨仍凸在外面。牠這模樣令我想起血肉被螞蟻啃得一乾二淨的鳥類屍骨。牠試著動來動去，一股病弱動物的臭味立刻襲來。牠搖搖修長的頸子，又將尾巴甩了幾次，就像一個人穿上了早就嫌太小的衣服，要試試看自己還能不能活動一般。冰華從頭到尾都舉止從容，大坑裡的對決像是不干牠的事。牠用鼻子遍摩雙翼的模樣，幾乎與鳥兒理毛沒什麼兩樣，接著牠伸展雙翼，用力抖了一抖，宛如一隻烏鴉要把羽毛抖回原位。牠慢慢地搧動翅膀，搧了一次，又搧一次。到了第三次，牠卻使勁一拍，導致周遭的雪團冰塊齊飛，風也呼呼地從牠翅膀上的破洞穿過去。突然之間，牠將全身的重量交給雙翼，有力的後腿先是往前傾，接著升高。剛起飛時，牠似乎很吃力，像是過於笨重的海鳥，但是爪子離開地面之後，牠便脫開了地面的束縛，穩定地飛高。

我看見風險在我們上空盤旋，心裡好奇著，牠看到這麼一個龐然大物升空朝牠而去，不曉得是什麼感覺？此時婷黛莉雅顯然認定冰華已經脫離險境，不受那古怪石龍之威脅，於是突然放開羅貝，輕盈得有如蜥蜴般躍入空中。牠優雅地展開銀藍色的翅膀，才拍兩下，便凌空而去。

羅貝遲至此刻才察覺到敵手已經離開。牠突然轉過頭，一股怒火朝我們掃射而來，牠扭著頸子，努力讓其中一隻泥土色的眼睛望向天空，接著從喉嚨中發出抖動且渾濁的難聽吼聲。

蒼白之女突然對羅貝技傳，她的技傳之中夾雜著憤怒之威。我雖不是她要技傳的目標，卻仍因為她技傳的思緒而感到震撼，不過我倒是毫不費工夫就理解了她技傳的內容。她的精技力量似乎衰退了，或許是將石龍叫醒就已使她筋疲力竭。她像是強忍著痛苦對羅貝技傳。

殺了龍，殺其一，或是兩條龍全殺了，總之至少要殺死一條龍！至於人類，你無須理會，他們是傷不了你的。等到事情過去，你愛吃幾個人都行，但是現在，你必須對六大公國復仇。你快殺了六大公國的龍，羅貝！

在這一瞬間，石龍將牠那沉重的頭顱轉過去，石下巴一口咬住了婷黛莉雅的尾巴，接著牠再一拉，原本優雅騰空的婷黛莉雅立刻像石頭般掉下來。婷黛莉雅大叫一聲。冰華停止拍翼，低頭看著地上的爭戰，一傾身便俯衝而下。石龍終於摸索出要如何指使雙翼展開，一開始，牠的打算是要拍動雙翼，以便反制婷黛莉雅凌空的力道，但是牠卻想到翅膀還有更好的作用。牠嘴裡毫不放鬆地咬住婷黛莉雅，同時狂野地拍動翅膀，掀起一次又一次的震波。龍后像是繫於長線末端的風箏般無奈地掙扎，牠尖叫起來，聲音有如長劍從劍鞘中拔出來一樣尖銳，隨後突然展開反攻。不過牠失算了。牠的體型那麼小，要與石龍相搏，簡直就跟蝴蝶要向蜥蜴挑戰沒兩樣。婷黛莉雅瘋狂地拍動翅膀，吹得冰雪打上了我的臉，我不得不低頭閃避，但是羅貝卻根本不以為意。羅貝拍動沉重的翅膀打擊婷黛莉雅，使牠受創之深，就像是血肉遭受屠刀砍伐。

照這樣下去，婷黛莉雅一定會喪命。

在此瞬間，我想到這會造成什麼後果。若不是冰華死，而是婷黛莉雅死了，那麼仍是蒼白之女勝利，因為如此一來，她就能讓龍族在世上絕跡。眼看著婷黛莉雅就要喪命，卻沒人能夠救得了牠，如果連牠的利爪都傷不了石龍，那麼我們要拿什麼武器來對付石龍？

那一瞬間彷彿過了一生之久，我察覺到王子動也不動地站在我身邊，不禁咒罵自己的愚蠢。我搖搖他並吼道：「快走！這我們無能為力。快走了！」

但是他依舊站在原地，呆看著眼前那場大戰。

冰華有如黑色閃電條地展開攻擊。牠那龐大身軀撲上石龍的力道，竟像是切德的火藥般撼動大地，連晉責與我都被震飛起來。等我好不容易站穩腳跟、回過神時，婷黛莉雅已經撇下石龍了。牠足、翼並用地拖著身子爬過雪地，濃厚的血液滴在雪地上時還冒出煙霧。我的原智知覺到牠散發出好幾波痛苦的情緒，據我猜測，牠大概從未如此挫敗過，才會因為隨挫敗產生的憤怒與恐懼而感到驚惶失措。

雖然不可思議，但是纏鬥的公龍與石龍竟然還是了離開坑底破碎的冰地而騰空。晉責與我努力要逃離牠們的戰場，但是牠們的翅膀拍擊空氣的力道，屢屢使得我倆踉蹌跪倒。我拖著晉責走，並對他叫道：「如果你跟石龍靠近太久，就會被冶煉！我們得趕快逃開才行！」此時牠們的翅膀搧出來的風小了點，晉責蹣跚走著，我用力推一把，讓他趕快走遠，我自己則停下腳步，回頭一望，再往上看。

雙龍打得難分難捨，但牠們還是升空了，牠們的翅膀幾乎是劃一地拍動。牠們彼此以爪子亂抓，同時像是互鬥的蛇，時時以頭戳刺對方。雖然雙方都在拍翅，但是冰華出的力氣大，石龍出的力氣小。牠們絞纏在一起，尖叫著越升越高，最後變成藍天上的一抹黑影。

「蜚滋！你看！」在我重創且耳鳴的耳裡聽來，晉責的叫聲不過是輕聲細語，但是他激動地搖著我，我不可能沒注意到。這個白癡怎麼又走回來了？此時他指著大坑底下的凌亂冰地。坑底有個缺口，看得出那小縫下的冰雪大殿並未被崩落的雪塊冰團填滿，仍留了個縫隙。此時艾莉安娜正從那凌亂滑動的冰坡爬上來，她堅定地橫越凌亂的雪地，朝我們走來，緊抓著一個不斷尖叫掙扎的小女孩。小女孩的頭髮因爲髒污而黏在頭上，身上穿的破布不足以蔽體，但除此之外，一望可知她們兩人系出同門。原來艾莉安娜逮住她妹妹了。皮奧崔跟在艾莉安娜後面，半走半爬地從冰縫攀出來。他一手握著染血的劍，一手拖著一名瘦弱無力的女人。皮奧崔頭上有傷，此時血液流下，染紅了他的半邊臉。他一站穩之後，便試圖抓著那女人快步爬上斜坡，但是冰團鬆動滑走，他走了幾步，便因爲滑倒而跪下；他喘得很厲害，力氣像是已經全部用罄。在晉責與我的注視之下，他突然將他妹妹丟在地上，回頭面對後方的追兵，此時陸續有人手腳並用地從冰縫裡爬出來。奧美崔．黑水無力地倒在地上，看來不是失去意識，就是已經死了，並開始朝冰縫滾落下去。

艾莉安娜已經來到我們身邊，她往後一望，看到皮奧崔被人圍攻，不禁驚叫起來。「接手！」她對晉責吩咐道，隨即便將鐵鍊丟給他。晉責出於反射動作地接住鐵鍊，目瞪口呆地望著頭髮凌亂不整的未婚妻。艾莉安娜披頭散髮，一邊鼻孔流著血，血跡在嘴角畫出一道扭曲的紅線。她一丟出鐵鍊便立刻轉身，拔出短劍朝皮奧崔衝過去，晉責則落得抓著那已經被冶煉的小女孩的鐵鍊站在原地。

「接手！」他突然原封不動地把艾莉安娜的命令轉交給我，並將鐵鍊朝我丟過來。我還來不及接住，鐵鍊便落在地上，但是我踏上前一步將鐵鍊踩住，以免那小女孩逃走。那小女孩不想逃，反倒朝我撲上來，張口就咬。在我的原智知覺中，這人根本就不存在，但我還是將她抓住，並設法抵擋她凌厲的攻勢。我這輩子跟許多大男人對打過，但是這種拳勁柔軟，打起來卻毫不恐懼，也絲毫不顧自身安全的十歲小女孩，我還是第一次碰上。她張口咬、用指甲抓、用膝蓋踢，總之就是要重擊，或是把我的血肉扯下來，而且還算是頗有成果，既抓傷我的臉，還以牙齒緊扣住我的手腕。我最後終於將她按倒，壓制上去，迫使她翻身俯臥在雪地上。接著我抓住她的手肘，將她的手臂按在她胸前，我自己則抵住她的背，使她無法動彈。她還是可以用腳踢我，但是她赤著腳，再加上我穿著厚皮褲，她的腳勁根本不算什麼。她低下頭咬住我的袖子，怎麼樣都不鬆口，彷彿這袖子是她的獵物。其實她咬住的只不過是上等羊毛料子而已，所以我就任她去嚼咬了。等她發現咬袖子並不能使我放手之後，她便將頭往後頂，不斷用頭來撞我的胸口。這就不大舒服了，然而只要把下巴抬高，也就差可忍受。

在如此英勇地鎮住這個瘦小的對手之後，我伸長了脖子，瞧瞧坑底是什麼情況。艾莉安娜已經抵達坑底凌亂的雪地，並趕到她母親旁邊。她蹲伏在奧美崔身旁，手邊的刀子仍隨時準備出手，那是她的最後一道防線。皮奧崔正在奮力抵禦蒼白之女手下的兩個侍衛。我實在看不出艾莉安娜到底只是暫停一下，隨後就要對追兵還擊，還是她打算趁著追兵將她母親搶回去之前先殺了她。在那驚心動魄的一瞬間，我並未見到晉責的身影，但下一刻，我便看到他超過了皮奧崔，繼續向前奔去，接著在皮奧崔和貴主現身的那個大洞前站定。晉責的小刀上染著血，而無論是誰想從洞裡爬出來，都別想過他那一關。

敵軍來襲！切德對我技傳的那一剎那，我也因為耳裡聽到人聲吼叫而轉頭。蒼白之女的手下不知道從什麼地方冒了出來。現在的我們的人數漸少，況且大家都驚魂未定，而看來他們的目的是要防止我們前去協助婷黛莉雅，雖說，他們也沒人敢上前去攻擊落在地上的母龍。我一張望，發現我的老導師擺出前所未見的陣仗：他雙腿站開，手裡持劍，站在長芯身邊備戰。阿憨哭著蹲伏在他們身後，手臂抱著頭。

阿憨！把他們推開，就像你推我那樣！就算不是所有人都會讓開，至少總有幾個會讓開！你快反擊啊！告訴他們：你們走開，你們看不見我們！求求你，阿憨！我按住那個仍在掙扎的小女孩，同時感到絕望。我不敢放開她，可是現在我光是壓制住她，什麼事情都不能做了。

阿憨聽了我的建議之後並無反應。但是過了一會兒，那小個子男子鬆開一手，怯怯地探出頭，接著我感覺到他朝著敵軍散發出一股微弱的精技波：

走開，走開，走開，走開！

其中兩名戰士聽了之後就走開了，他們突然轉身背對敵人，大步走開，彷彿一下子想起別處有什麼急事。另外幾個人則似乎沒了力氣，變得只想自保，不想攻擊，好像突然納悶自己爲何身在此處，爲何要攻擊我們。

再來一次，阿憨！你幫幫我啊！切德無奈地技傳道。他這話非常沉重，畢竟他一直以來就不喜歡正視著敵人的眼睛，與對方廝殺。此時，一片刀刃劃過了他的前臂，我頓時感覺到一股痛感，接著便看到阿憨緊抓著自己的前臂，並往後退縮。

切德！把你的痛苦堵住！阿憨感覺到你的痛楚了。阿憨，你叫痛楚走開，把痛楚推送給壞人吧！

我頭上掃過一陣大風，我連忙像是一隻地鼠察覺到頭上有貓頭鷹拂起的風時那樣蹲低身體。纏鬥的雙龍又回來了，不聞嘶吼，只聞翅膀拍擊聲，以及牠們彼此擊噬的聲響。之前牠們是在高空中纏鬥，我蹲低著抬起頭一看，便對羅貝的計策了然於胸。羅貝攀附在冰華身上，他的爪子緊鎖住冰華的後頸，冰華則爲了要停滯在空中而耗盡了力氣，這是由於牠深知自己在地上是不可能擊退石龍的。爲了擺脫死命糾纏的石龍，牠不斷絞扭翻滾。

牠們在我們頭上，若是掉下來，恐怕會把我們壓扁！

「快出來！」我對坑底的晉責吼道。「龍掉下來了！」

晉責抬頭一望，然後往後一躍以避開對手的刀刃。王子朝皮奧崔和貴主吼了句什麼話。皮奧崔已經解決了其中一人，另外一人則逃走了。貴主抓起她母親的腳踝，開始將她從坑底拖出來，不過她手邊的刀子仍隨時準備出擊。貴主走近之後，我伸出一手拉住她執刀的手腕，將她從大坑邊緣拉上來，她的另一手仍拖著母親。過了一會兒，艾莉安娜的妹妹又是吐口水，又是掙扎，我只得重新制住小女孩。艾莉安娜將母親從坑緣拖上來之後，便大叫道：「快上來！牠們掉下來了！」

此話不假。糾結纏鬥的雙龍越落越低，越低就越大，眼看著就要掉在我們頭上。晉責與皮奧崔兩人都丟下了對手，急著從破碎的坑底爬上來，但是坡陡冰滑，所以他們走一步，就退兩步。艾莉安娜一邊拖著她母親往外走，一邊焦急地回頭叫晉責和皮奧崔趕快、趕快。我彎下身將小女孩抓起來，跟隨著艾莉安娜。我雖明知道除此之外幫不上別的忙，但是這樣逃開，仍使我覺得自己是個懦夫。晉責大步從後面的雪地奔上來，超過了我，跑到貴主身邊，彎身將她母親抄起、丟在肩上抬著跑。過了一會兒，皮奧崔的手沉重地搭在我肩上，催促我一起快逃。墜落雙龍的影子越來越大，把我們都蓋在陰影底下，我一時昏昏沉沉，又蹣跚前進。最後我們終於趕上晉責和貴主母女。艾莉安娜一語不發地朝上指。

冰華終於擺脫了羅貝的糾纏，並且猛擊翅膀、越飛越高。羅貝沉重地往地上掉，他雖然翅膀大張，卻無助於遏止沉重身體墜地的落勢。

他落地的衝擊使得大地再度震撼，他一半落在大坑裡，一半在大坑外，也就是片刻之前我所待的位置。我希望他就此跌死，但是他慢慢探出後腿，並張開雙翼，方塊般的頭顱東轉西轉。接著他像是肥滋滋的蜥蜴，肚子貼地、四足並用地爬出大坑，尾巴則憤怒地掃動，將他身後的雪打得四處紛飛。他似乎在盯著我看，一時間，我被他的目光瞪得五腑六臟皆凍成冰。然後，他像被騎士強力地遏制住的馬兒般，頭突然後仰，失望地搖動。他那與婷黛莉雅的靈動銀眼相較之下顯得毫無光彩的眼睛，定定地望向我身後那隻負傷的母龍。他丟下了我們，沉重遲緩地朝婷黛莉雅走去，走時還氣憤地噴著鼻息。我開始察覺到蒼白之女以精技告誡羅貝必須先殺死母龍才能成事，而事成之後，他大可隨興地發洩怒氣、滿足食欲。如今羅貝馬上就要勝利了，因爲婷黛莉雅根本無力對抗他。

但是蒼白之女錯了。當我看到婷黛莉雅身邊仍有兩個人保護著牠時，心裡不禁一沉。盲眼的博瑞屈站在母龍身邊，將摺起的斗篷緊壓在牠脖子上，以便止血；斗篷上冒出煙霧，使我不禁好奇龍血裡到底有什麼成分。博瑞屈專心地為婷黛莉雅止血，而婷黛莉雅的頭則窩藏在牠的身體後，因此他們似乎都沒有注意到即將帶來死亡的石龍正慢慢走下山坡，朝他們而去。

但是迅風可注意到了。他站在婷黛莉雅身前，像是一隻要保護城堡的小螞蟻。弄臣彩繪的那支亮麗箭矢從他的弓射了出去，撞上石龍時，卻只是擦出一點火星。迅風無畏地再從箭筒裡抽出一枝箭，搭好，拉弓。不知他從何生出這份大到與他的年紀身形一點也不相稱的勇氣，他竟然往前踏了兩步，與石龍更為接近，接著他放了箭，只是這次依然沒什麼作用。雖然如此，他照樣站定位置，再抽出一箭。羅貝若要對付婷黛莉雅，就得踩過迅風才行。我看到迅風回頭對他父親警告了一聲，再次將箭搭在弓上。而我什麼也不能做，只能無奈地看著石龍盯上了那少年。羅貝突然笨重地跑了起來。迅風抬頭直視著死亡使者，張開嘴巴大叫一聲，那聲音裡雖有恐懼，卻毫不屈服。由於大地震動，所以他手裡的弓猛烈搖晃、箭頭上下起伏得很厲害，但他仍堅持站定。

博瑞屈抬起頭，轉了身。直到如今，當時的每一幕仍歷歷在目。我看到他深吸了一口氣，接著我耳鳴的耳朵聽到他因為石龍竟敢威脅他兒子而發出憤怒的怒吼。

我從未看過博瑞屈行動如此迅速。他奔向迅風與石龍之間，奔跑時靴子揚起大片雪花。婷黛莉雅稍微抬起頭，無力地望著衝刺的博瑞屈。博瑞屈擋在兒子身前，朝著石龍衝過去，同時抽出了腰際的小刀。我這一生見過無數攻擊，就數他這一招最為荒謬，但也最勇敢。他衝上去面對那個朝他衝來，並且感到有點莫名其妙的石龍，他以小刀砍了下去，將小刀拖過石龍體表時，刀刃上磨出了火花，同時我感覺到他爆出了原智震波抗斥石龍。那效果與切德的火藥無二，那是公馬為了保護自己的家族而施展的凌厲攻擊，那是狼或熊為了保護幼兒而狂暴開殺，與其說博瑞屈是痛恨他的對手，不如說他是出於對於子女的愛而下了重手。這股原智震波朝石龍射去，那驚人的龐大力量，頓時使得石獸跪在地上。

羅貝倒下之際，同時猛烈煽動他那沉重的翅膀朝博瑞屈擊打過去，將他如同一張破紙片掃到一旁。博瑞屈的身體飛了出去，不斷翻轉。「不！」我大叫道，但是一切都來不及了。他重重地落在凍結的雪地上，像是被人丟出去的布娃娃一樣扭成一團，翻滾著滑過冰地。羅貝又站了起來，他搖了搖沉重的頭，喘著吸了一口氣，張開大口，朝迅風與婷黛莉雅而去。

迅風原本轉頭望著受創的父親，但現在他轉頭面對石龍，他大吼一聲，聲音裡盡是無窮的仇恨。他挾著這股恨意，將弓越拉越大，我擔心他那把弓會撐不住而斷裂。他的眼睛定定地盯著石龍，手則彷彿與弓箭合爲一體。

然後他鬆手射出箭。

那亮閃閃的灰箭呼應著父親的愛，倏地往前飛去。灰箭刺入石龍的眼睛，幾乎整枝箭都沒入了。羅貝開始舉起前腳，想要撥下灰箭，但他突然停下動作，彷彿在聆聽什麼聲音。我知道蒼白之女正在激動失態地以精技對他下令，叫他趕緊把事情辦好，殺了弓箭手和母龍，之後他就可以隨心所欲了。我本以爲羅貝停下來是爲了聽從蒼白之女的命令，可是一停下來之後，他就再也不動了。石龍體表略有生機的那一抹灰褐色澤消退，岩石的單調黯淡色澤蓋過了全身。石龍的姿態仍未改變，翅膀半開，前足幾乎摳到眼裡的箭，下巴打開。周遭一片沉寂。石龍死了，這實在令人太難以置信。

過了一會兒，我手裡抱著的小女孩恢復了生機。在我的原智知覺中，她像是一朵蓓蕾，慢慢綻放至全開。石龍一死，她就不再掙扎，現在她突然倚靠在我懷裡。「好冷喔。好餓喔。」她哀訴道。我低頭一看，只見她童稚的淚水如決堤般湧出。

「馬上，馬上。」我勸道，放下她，讓她以赤腳站在雪地上，並因此而感到十分自責。我把我身上披著的切德斗篷脫下來包緊她。這斗篷一路蓋到她的腳趾頭，而等我再度抱起她之後，她便感激地把雙腿縮在斗篷中，抖縮著蜷曲在我懷裡。「讓我抱抱，讓我抱抱！」皮奧崔叫道。他臉上滾下淚水，把臉上的血跡分爲兩半。

「噢，小魚兒，噢，小珂希呀！艾莉安娜，妳瞧，妳瞧，我們的小珂希回來了，這是她本人啊！」那老戰士轉頭對他妹妹的女兒說道。接著，彷彿這喜悅一下子耗盡了他所有的力氣，他緊摟著那孩子，不支地跪了下來，同時喃喃地對她不斷訴說。

艾莉安娜望著遠方，喜悅之情溢於言表，她低頭望著匍伏在她腳邊的成年女子。她在母親身邊跪下來，哭著說道：「我們救了一個。至少也救了一個了。母親，我盡力了。我們盡力了。」

晉責在那女人的另外一側跪下來，低頭審視著她。他像保姆般溫柔地拂開那瘦削臉孔上的髒污頭髮。「不，你們把她們兩個都救回來了。她只是失去意識而已，艾莉安娜，但是她也回來了。我可以從我的原智知覺到她。妳母親也已經回到了妳的身邊。」

「可是……可是你怎麼知道？」艾莉安娜俯瞰著那女人的臉龐，不敢奢望。

晉責對她笑道：「我就是知道，我向妳保證這絕對錯不了。這是古老的瞻遠魔法，從我父親那邊傳下來的家族天賦。」他彎身將那個軟弱無力的女人扶起來。「我們把她搬到暖和點的地方，爲她弄點吃的吧。我看打鬥是結束了，起碼現在是沒事了。」

我一站起來眺望低處的戰場情況，切德便肯定地對我技傳道：石龍一死，他們就停了下來，不再打殺，彷彿一下子失去本心。

不，其實是石龍一死，他們反而重新擁有本心。切德，這很難解釋，但是在我以原智知覺起來正是如此。蒼白之女的手下被冶煉過，只是冶煉得不完全。石龍一死，他們之前被石龍取走的那些要素，又重新回到他們體內。貴主的母親和妹妹也是如此，如今她們已經恢復，不再是被冶煉過的行屍走肉了。你快請外島人跟那些人講講話，幫他們弄些食物，並且加以安慰。他們現在可能很困惑。

我朝下面的戰場望去，發現我的推論果然沒錯。好幾個蒼白之女手下的士兵正在把他們的武器丟在我們的人面前。有個人站了起來，手摀著雙耳大哭；另一個人緊抓住同僚的肩膀，一邊說話，一邊不住地哈哈大笑，許多人圍在石龍旁觀看：沒了生命的石龍略微沉入冰河中，像是一尊擺歪了的醜陋雕像。

但最奇怪的是婷黛莉雅站了起來，像是要伺機攻擊獵物的貓，僵硬地朝石龍走去。牠謹慎地將優雅的頸子伸到石龍身前。牠在那怪物身上聞一聞，小心地用鼻子頂一下，之後毫無預警地以前爪狠狠地在石龍身上劃過去。石龍僵硬地在雪地上搖晃了一下，但沒有傾倒。雖然如此，婷黛莉雅仍將牠的細長脖子指向天空，驕傲地揚起頭發出勝利的吼叫聲。雖然石龍以齒、爪在牠身上造成的傷口至今仍在滲血，但是牠已經迫不及待地宣布這是牠贏得的勝利，而牠周遭的人們也高聲大叫著應和牠。這一幕龍高叫邀功，而人們歡呼慶賀的景象，眞是怪到極點。我從小聽過吟遊歌者講過無數精采故事，但是無一堪及於此。

高空傳來一個響亮的叫聲，與婷黛莉雅互相呼應。負傷的冰華在天上大圈盤旋，然後牠收起翅膀俯衝下來，在我們頭頂上繞圈子飛。地上的婷黛莉雅揚起頭，再度嘹喨地叫了一聲，牠喉嚨周圍的鱗片突然立起，像是獅鬃或冠羽一般地圍繞在牠的頭周圍。之前這些鱗片看來與其他無二，但此時這些豎直的鱗片像是爲婷黛莉雅戴上銀冠。牠周身染上了新的色彩，從最深的藍到最亮的銀不等。圍在牠身邊的人開始退開，接著婷黛莉雅有如貓兒從地板跳上桌面，毫不費力地躍入空中。牠彈起之時，雙翼張開，再拍三下翅膀，便升空了。

冰華立刻激烈地振翅同行，可是牠們一起攀上高空時，母龍輕鬆地便將冰華拋在後頭。冰華對著婷黛莉雅的背影高叫，情愛之意表露無遺，但是婷黛莉雅根本懶得理會。牠的雙翼帶著牠越飛越高，直到就算我瞇起眼睛看，也只覺得牠如同銀色的海鷗一般大小。身材幾乎是牠的兩倍大、飢腸轆轆且傷痕累累的冰華，則為了追求牠而一路奮力追去。牠們從太陽前方飛過，我不得不眨了眨眼。

牠們一起盤旋。冰華那低沉的鳴叫是對全世界的挑戰，不過婷黛莉雅那高昂的叫聲，則只是在反抗、作弄冰華而已。冰華在婷黛莉雅之上，一會兒之後，婷黛莉雅振翅飛開。至少我看來以為是如此。但是冰華不讓牠走，反而振翅飛上前落在牠身上。冰華張開下頦——牠嘴裡顏色紅豔，連我在這麼遠的地方都看得很清楚——以利齒箝住了婷黛莉雅細長的脖子。冰華的大翼蓋在婷黛莉雅的小翼上，於是雙龍突然以同樣的韻律拍翅。冰華扣著婷黛莉雅，讓牠緊靠在自己身上，而伏在牠身上時，冰華那較長的尾巴也將婷黛莉雅較短的尾巴捲了起來。

我想我知道自己目睹的是什麼場面。冰華與婷黛莉雅在空中交配之後，日後我們的天空中，就會有龍群飛翔了。我抬頭眺望，看牠們這般悠哉地誇耀牠們的新生，不禁懷疑，我們到底是把什麼樣的生物放到世界上了。

「我不懂！」貴主驚恐地叫道。「牠那麼大老遠地跑來救冰華，可是冰華卻攻擊牠。你瞧牠們打成什麼樣子了！」

晉責清了清喉嚨。「我看牠們不是在打架。」

「那麼……可是牠們是在打架呀！你看冰華，牠把婷黛莉雅咬得很緊！牠把婷黛莉雅攫得這麼緊，不是要傷牠是什麼？」艾莉安娜舉起一手遮光，納悶地眺望著那一對龍的動靜。她那糾結的黑髮落在肩上與背後，揚起頭時，露出又長又直的脖子，而她衣服的胸部之處則染了污漬。晉責悶哼了一聲，不再盯著她，而是轉過頭來看看我，又看看皮奧崔。她舅舅一手攬著妹妹的肩膀，另一手抱著珂希。我想王子就是在那一刻下了決心：他才不管皮奧崔跟我會有什麼想法。他朝艾莉安娜湊近了一步，伸出雙臂抱住她。「不信？我教妳。」晉責對萬分驚訝的艾莉安娜說道，接著抱緊她，並低下頭吻住她。

雖然今天發生了這麼多事情，雖然今天我失去了這麼多，但我仍不禁笑了起來；看了雙龍之間的濃情密意，想必任何有點精技天賦的人都會因此而大受感動吧。最後貴主終於推開王子，並將她的額頭靠在王子肩上，輕輕地笑道：「噢。」她再度抬起頭來邀吻。我轉開頭。

但是奧美崔可沒有把頭轉開，她怒不可遏。雖然一身襤褸又髒污不堪，她的反應仍是一派尊貴。「皮奧崔！你怎麼任由農夫吻我們的貴主呢！」

皮奧崔朗聲大笑。我有點驚愕，這才想到這是我第一次聽到他的笑聲。「當然不是啦，妹妹。不過貴主倒是應允了，不但應允，還把他應得的獎賞頒給他。這可有得解釋了。不過我向妳保證，這事絕對沒有違背她的意願。」他笑道。「再說，男人如果違抗女人的意願，那還算什麼男人呢？」

「太放肆了。」奧美崔一本正經地說道。她衣衫髒污、頭髮糾結，但這可十足是外島貴主的口吻。她已經完全恢復為昔日的模樣了，真令人驚訝。

我突然想到，如果弄臣還活著，那麼石龍既死，不管之前如何冶煉，也就都化解掉了。我心中突然燃起希望，一時間，感覺周圍的世界像在旋轉。「弄臣！」我大叫道。皮奧崔不以為然地朝我望來，看我是不是在嘲笑王子。我趕緊澄清道：「那個暈黃人啊。黃金大人啊。他可能還活著！」

我轉身奔過雪地，跑到大坑原本的所在地，並且摸索著找一條安全的路下去。經過龍的這一番折騰，這大坑變得更加險阻難行。皮奧崔與貴主爬出來的開口已經不見，羅貝最後落在此地，再加上掙扎著要爬出坑，因而將通往蒼白之女冰宮的那條路給封住了。不過我知道那個開口在什麼位置，況且再怎麼飛雪落冰，也不可能埋得太厚吧。我開始踏上隨時鬆動的冰坡，冰塊碎裂，不時鬆垮滑落，我恨不得盡快，但仍努力踩穩腳步。我停了一下，強迫自己走得小心一點。我在滑走坡上看準了一條較好走的路，卻又痛恨自己必須這樣耽擱。但我還是得小心走，因爲我現在每多踩落一個冰塊，等一下就要多搬一個冰塊。原本的開口上已經厚厚地積了冰岩雪塊，我正要開始動手移開這些冰雪障礙，卻聽到有人叫的我名字。我停下來，轉頭一望。皮奧崔站在大坑邊緣俯瞰著我，他搖了搖頭，眼裡盡是感嘆。他直言道：

「放棄吧，湯姆·獾毛。他已經死了。你的同伴已經死了。對不起，我們在爲了找我們的人而搜查各牢房時看過他。當時我跟自己說，要是他還活著，我們也會想辦法把他偷出來。但是那時他就已經死了。我們到得太遲。對不起。」

我站起來盯著他，但是有一瞬間我卻看不見他。大概是天色明亮，而他身影黑暗，所以這強烈的對比，使我頓時眼盲吧。我先是渾身發冷，繼之一陣麻木感襲來，好像快要昏倒。我非常緩慢地在冰上坐下來。我痛恨這句話問得太愚蠢，可是又非問不可：「你確定嗎？」

皮奧崔點點頭，無奈地說道：「我很確定。他們把他——」他說到這裡突然停住，過了一會兒，他明白地接口道：「他就是死了。那種事情，不可能熬得過去。他死了。」他吸了一口氣，慢慢吐出來。「下面營地的人，他們在叫你。那個少年，叫做迅風的，他跟快死掉的那個男人在一起。他們要你過去。」

快死掉的那個人，那是博瑞屈。他的形影像是切德的火藥般在我腦海中炸開來。對啊，弄臣走了，連博瑞屈也要走了。這一切太多、太沉重。我把臉埋在手裡，整個人蜷縮起來，在雪地裡前後搖晃。我承受不住，承受不住啊。

「我想你要快一點才好。」皮奧崔的聲音從遙遠的地方傳來，我聽到另外一人低聲說了句：「你去照顧你們的人，這人就交給我吧。」

我聽到有人艱難地下了冰坡來找我，但是我管不了那麼多。我只想坐在這裡，我想死。既然我辜負了我所關心的每一個人，不如就此把生命放開算了。有一隻手沉重地搭在我肩上，接著羅網說道：「起來吧，蜚滋駿騎。迅風需要你呢。」

我孩子氣地搖了搖頭。我永遠、永遠也不要再讓別人依賴我了。

「起來！」他以較爲嚴厲的口吻說道。「我們今天失去的人已經夠多了，總不能連你也保不住啊。」

我抬起頭望著他，覺得自己像是被冶煉了。「我早就死了不知道多少次。」我對他說道，深吸一口氣，站起來跟著他走。

26

療傷

恰斯人在奴隸臉上留下特殊的刺青記號，以表示奴隸屬於自家所有的風俗，始於貴族之間。在早期，唯有最珍貴的奴隸，也就是奴隸主打算終身留在家中的奴隸，才會留下這樣的標記。後來刺青的風俗之所以蔓延開來，是因爲恰斯宮廷裡的權貴，葛拉特大人與波爾特大人，兩人爲了競相以財勢壓倒對方而屢出奇招。在當時，珠寶、馬匹與奴隸，都是衡量財富多寡的指標，因此葛拉特大人決定，所有馬匹都要烙印，所有的奴隸都要刺青，此外，無論他走到哪裡，都會帶著馬隊與奴隸團隨行。據說，波爾特大人在對手的刺激之下，眞的去買了好幾百個沒什麼手藝，也沒什麼學問的便宜奴隸，此舉唯一的目的，就是要把所有奴隸刺上家族標記的刺青，以便對外展示。

在當時的恰斯國，屬於奴隸身分的工匠、藝匠或是外妾，如果主人許可，是可以包攬外人委託的任務的。這些特殊才藝的奴隸之中，偶爾有人能賺夠了錢，替自己贖身。當然，許多主人都捨不得放走這樣的奴隸，這是可想而知的。若要抹去臉上的家奴刺青，免不了要留下不少疤痕，而贖身證書又常有人僞造，所以曾爲奴隸，但如今恢復自由之人，實在很難證明自己的身分。奴隸主逮住了這個弱點，因而創造出所費不貲的「自由耳環」。自由耳環以金銀打造，大多飾有珠寶，各個貴族家族的耳環造型互異，而這耳環就是每一個奴隸確實賺得了自由的標誌。奴隸在賺夠了贖身錢之後，往往還要多年辛勞，才能買下昂貴的自由耳環，以此保證他眞有資格在恰斯國各地自由來去。

——費德倫所著之《恰斯國奴隸風俗演進史》

打鬥爭戰之後的混亂場面，我並不陌生；我曾經走過浴血的大地，踩過堆積如山的屍體，但如今我還是第一次見到處處淸楚流露出化干戈爲玉帛跡象的打鬥後場面。先前彼此鬥毆的戰士，現在爲對方敷藥裹傷，而方才欲將我等置於死地的外島人，此時則急切地向首領團詢問親友家鄉的消息，因爲他們已經睽違家鄉多年。他們像是從傳奇的長眠中甦醒過來的人，迫切地問著這段期間的人事，努力跨越多年的鴻溝。顯然他們都記得曾爲蒼白之女效力。我認出其中有一個人是將我拖到蒼白之女面前的侍衛之一，在我的注視之下，他慌張地撇開頭，所以我也就不去跟他對質了，反正，皮奧崔已經把我唯一需要的消息告訴我。

我回到營地。衆人十分急切，已經把帳篷都拆了。有兩個人重傷，已經放到擔架上，他們都是蒼白之女的侍衛。匆忙堆起的冰堆下埋著三名死者，這三人之前也都是爲她效力的。冰華把首領團派來的老鷹氏族代表吃了，所以老鷹無法埋葬。除此之外，狐狸氏族的代表與巧捷在大坑塌陷時被埋在冰雪之中，大概也用不著把他們挖出來再重新埋葬吧。這麼快就要丟下死者離去，好像太過匆忙，且對死者不敬，但是我能了解衆人爲什麼會急成這樣。這次的拔營出發頗有急躁的氣氛，彷彿衆人都覺得，只要我們早點離開此地，蒼白之女就會早點成爲過去。我希望崩塌的那一山落冰，也已經壓死了她。

羅網與我並肩而行，切德則急急地朝我走來，已經有人包紮了他手臂上的傷口。「這邊走。」他說著，領我走向躺在雪地上的博瑞屈。迅風跪在他身邊，他們不敢隨便搬動他，至今他仍留在摔落下來之處。他的身體歪七扭八，人的背脊實在不該扭成那個樣子。我在他身邊跪下來，他的眼睛竟然睜開著，使我非常驚訝。他的手無力地在雪地上輕畫，我伸手捧起他的手。他的呼吸輕而淺，似乎在努力壓抑下半身傳來的痛楚，最後，他好不容易吐出兩個字：「單獨。」

我朝羅網與切德望去，他們兩人不發一語地撤走。博瑞屈的眼睛望向迅風，但那孩子顯得十分頑固。博瑞屈稍微深吸了一口氣，他的口眼周圍有一抹奇怪的灰暗色澤。「一會兒就好。」他嘶啞地對兒子說道。迅風輕輕點了個頭，便轉身走開。

「博瑞屈。」我說道。但是他停放在我手裡的那隻手劇烈地動了一下，要求我住口。

我看得出他匯聚了剩餘的力量來說話。他穩住自己，每說幾個字就喘一口氣。「回家。」他說道，他命令我：「把莫莉、孩子們，照顧好。」這是不可能的事情，我聽了只能搖頭，但他突然握緊我的手，雖然沒什麼手勁，卻令我想起昔日他握住我的情況。「你會把他們……照顧好。你一定會。看在我的份上。」他又喘了口氣，皺起眉頭，像是正在下一個重要的決定。「麥爾妲時候到了之後，就讓牠配紅兒。別讓牠配阿魯。」他伸出一指搖了搖，好像我反駁了他似的。他深吸了一口氣。「要是能看到牠們的小馬就好了。」他慢慢地眨了眨眼，痛苦地說道：「迅風。」

「迅風！」我一叫，那個留連不去的孩子便抬起頭，立刻跑回來。

那孩子還沒到之前，博瑞屈又開口了。他幾乎是微笑著說道：「過去這些年，還是我跟莫莉比較適合。」他吸了口氣，以輕得幾乎聽不見的聲音說道：「但她還是會選你不選我。如果你回家的話。」

迅風撲身跪在博瑞屈身邊的雪地上，於是我就把我的位子讓給他。切德與羅網抱著一床厚重的毯子走了回來。羅網開口道：「我們要把你身下的雪挖出來，把毯子塞進去，然後用毯子將你抬到雪橇上。王子已經放出信鴿，請他們派船來把我們載回柴利格鎮了。」

「無所謂。」博瑞屈說道。他握緊迅風的手，眼睛慢慢閉上。過了一會兒，他的手軟弱無力地鬆開。

「趕快行動。」我建議道。「他現在失去意識，要把他搬上雪橇就趁現在。」

我協助他們挖開雪，將毯子塞進去，鋪在博瑞屈身下。雖然我們盡量輕柔，但是我們搬動他的時候，他還是痛得呻吟，而在我的原智知覺中，他又消退了幾分。我什麼都沒說，但我敢說迅風跟我一樣心裡有數。這個情況已經毋庸贅言了。我們將博瑞屈搬上載了另外兩名傷者的雪橇。在我們離開營地之前，我抬頭張望清澈的藍天，天上已經不見雙龍的蹤影。

「連謝一聲都沒有。」我有感而發地對羅網說道。

他無言地聳聳肩，之後我們就出發了。

這一整天，我不是在博瑞屈身邊，就是輪流拉雪橇。迅風一路上都緊盯著他父親看，但是據我所見，這一天博瑞屈就沒有再睜開眼睛了。阿憨坐在雪橇末端，裹著毯子凝視遠方。珂希和奧美崔搭乘另外那個雪橇，也都裹著毯子禦寒。拉雪橇的是皮奧崔，他哼著小曲奮力前進，貴主與晉責則跟在雪橇旁邊走。他們在我們前頭，所以我聽不見貴主跟她母親講了什麼話，但我可以猜到幾分。奧美崔望著晉責時，顯得有點不以為然，但是泰半的時間，她的眼神都停留在女兒身上，看來十分自豪。倖存的首領團代表走在最前面，為我們探看雪地上有無縫隙。羅網與切德伴著我，三人默默無語地走了一段時間。

我心裡默數著我們的人數。不是因為我愛想，而是因為我一想就停不下來。王子帶著十一人來到此地，再加上迅風與阿憨；首領團派了六個人來監督我們，那就是二十人，最後加上弄臣和博瑞屈，那就是二十二人。蒼白之女殺了詔諭、謎語和弄臣，博瑞屈被蒼白之女的龍所傷，如今只剩一口氣；老鷹死在切德火藥引爆的落冰之中，狐狸和巧捷也是因此而死。最後我們回柴利格時只剩下十六個人——這是說，如果單獨在沙灘上留守的裘樂和達敗能夠活下來的話。我深吸了一口氣。我們帶回了貴主的母親和妹妹，這總算是功勞一件吧，除此之外，還有八個外島人可以返回自己的家鄉，儘管他們的家人以為他們老早就死了。我努力從中獲取一點滿足感，卻怎麼也高興不起來。這是最後，也是最短的一場紅船之戰，然而我在這一戰之中，損失最為慘重。

天色昏暗下來時，皮奧崔叫大家停下來紮營。我們用兩頂帳篷的材料在傷者搭乘的雪橇上湊合地搭了棚子，以免挪動傷者。另外那兩名傷者能講話，也能吃東西，但是博瑞屈卻靜靜地躺著不動。我幫迅風帶了食物飲品，並坐下來陪他，但是過了一會兒，我發現他想單獨陪父親，於是我便丟下他，到星空下散步。

極地的夏夜不會真的黑暗，因此我只看得到天空中最明亮的星子。晚上很冷，風吹個不停，將鬆散的雪花吹到棚子和帳篷上。我想不出要走到哪裡去，也想不出想要幹什麼。切德和王子窩在貴主的帳篷，跟皮奧崔的家人在一起，他們那裡充滿了勝利與喜悅的氣氛，但我只覺得自己跟那種氣氛格格不入。首領團的代表與失而復得的外島人歡聚一堂，有如老友重逢般熱鬧。我看到貓頭鷹坐在一個小火堆邊，理所當然地在一名男子的前臂上燒出「騰龍繞海蛇」的刺青圖案，空氣中飄浮著燒灼皮膚的味道，而那男子在疼痛之餘悶哼著，最後忍不住叫出聲。除了迅風之外，晉責的原智小組都擠在一頂小帳篷裡，我經過的時候，聽到羅網低沉的講話聲，又看到貓眼從帳篷裡探出來對我一瞥。不用說，他們也跟王子一樣感到勝利歡欣；他們不但解救了龍，還幫王子贏得了貴主的眞情。

長芯一個人在一頂幽暗的帳篷外，對著一個小火堆獨坐。我聞到白蘭地的味道，心裡納悶他哪來的酒。我本來只想走過去、默默地點個頭就算了，但是他臉上的氛圍告訴我，此地就是我今晚的歸屬。我蹲下來，將手伸向前去烤火，同時對他招呼道：「隊長。」

「什麼隊長？」他反駁道，仰起頭，頸項間發出喀達的聲響，嘆了一口氣。「詔諭、謎語、巧捷，都沒了。跟著我來這裡的人都死了，我卻還活著，這算是什麼隊長！」

「我還活著呀。」我提醒他。

他點點頭，下巴朝帳篷裡面一點。「你的那個小傻子在裡面睡覺。今晚他看起來有點茫然，所以我把他帶過來照顧。」

「謝了。」沒顧到阿憨，使我有些愧疚，但接著我又問自己，難道我該把博瑞屈丟著去照顧阿憨嗎？而一思及此，我又想到，也許今晚讓長芯有個人可以打點照顧，對他是最好的了。他換了個姿勢，掏出一個白蘭地酒的扁瓶遞給我。這是士兵用的鐵扁瓶，處處有凹痕與刮痕，裡面裝的是他自己要喝的烈酒。這份禮物十分珍貴。我輕啜一口，將酒瓶遞還給他。

「你的朋友，那個黃金色的人，我很遺憾。」

「是啊。」

「你們交情匪淺。」

「我們是從小一起長大的。」

「是嗎？可惜哪。」

「是啊。」

「希望那個婊子飽受折磨而死。謎語跟詔諭都是很好的人。」

「是啊。」我心裡納悶著，不曉得那女人到底死了沒有。如果沒死，那麼她還能繼續算計我們嗎？如今石龍、羅貝和被冶煉的僕人等，全都沒了，她的確具有精技天賦，但我實在想不出她要如何用精技來對付我們。就算她還活著，此時的她也跟我一樣孤單了。我仔細揣想著，我到底是希望她死了，還是希望她生不如死地活著呢？想了半天，終於有了答案，那就是我累到根本不在乎她的死活。

「是啊。」

沉默良久之後，長芯對我問道：「你眞的是他嗎？你眞的是駿騎的私生子嗎？」

他自顧自地點了點頭，彷彿這一來就解開了他的什麼疑惑。「怪貓有九命，但是你的命比怪貓還多。」

「我要去睡了。」我平靜地說道。

「好睡。」長芯答道，此語一出，我們兩個便相視苦笑。

我將背包和被褥拿到長芯的帳篷裡。我在阿憨身邊鋪床的時候，他翻了身。「好冷。」他咕噥說道。

「我也好冷，不過我會跟你背靠背睡，這樣就會比較暖和一點了。」

我雖躺了下來，但是卻睡不著，滿腦子都在想那些想了也沒用的事情。蒼白之女到底是怎麼折磨弄臣？她是用什麼手段殺了他？她殺死弄臣之時，他已經完全被冶煉了嗎？要是蒼白之女將他丟入石龍之中，那是不是表示，石龍死掉的時候，弄臣也會感到痛苦？笨哪，笨，想這些有什麼用？

跟我背靠背的阿憨沉重地翻了個身。「我找不到她。」他輕聲說道。

「你找不到誰？」我警戒地問道。我滿腦子想的都是蒼白之女。

「蕁麻啊。我找不到蕁麻。」

我彷彿被人打了一拳。蕁麻是我自己的女兒啊，但如今將她撫養長大的人即將死去，我卻壓根沒想到要去找她。

他又開口了。「我想她是怕得不敢睡吧。」

「嗯。這不能怪她。」要怪只能怪我自己。

「我們現在要回家了嗎？」

「是啊。」

「可是我們沒有屠龍。」

「的確是沒有。」

他沉默了一陣子，我希望他就此睡著，但接著他又悄悄問道：「我們回家要坐船嗎？」

我嘆了一口氣。阿憨幼稚的顧慮，是此時唯一可以使我心情加倍沉重的事情。我努力勸自己多設身處地爲他著想，但這實在很難。「阿憨，我們若要回家，非得坐船不可，這你也知道啊。」

「我不要坐船。」

「這不能怪你。」

「也不能怪你。」他沉重地嘆了一口氣。過了一會兒，他說道：「這麼說，我們的遠征探險已經過去了。接著王子和公主會結婚，以後永遠幸福快樂地住在一起，生很多小孩，晚年的時候兒孫滿堂。」

這幾句話，他大概聽了千百遍，所以都會背了。通常吟遊歌者講完英雄故事，都是以這幾句話來收尾。

「大概吧。」我謹慎地說道。「大概吧。」

「那我們其他的人呢？」

長芯進到帳篷裡，默默鋪好自己的床，從他的舉動看來，那白蘭地酒應該是喝完了。

「我們其他人就繼續過我們自己的生活啊，阿憨。你會回到公鹿堡服侍王子，他繼位為王的時候，你也一起分享榮耀。」我思索著他的快樂大結局會是如何。「還有，你會過好日子，隨時要粉紅色的糖霜蛋糕吃，就有得吃，隨時要新衣服穿，就有得穿。」

「還有蕁麻。」他滿足地說道。「現在她也在公鹿堡。她要教我如何做個好夢呢，至少她之前是這麼說的，在龍啊什麼的事情之前。」

「是嗎？那很好啊。」

他講到這裡似乎已經心滿意足，過了不久，他的呼吸聲就變成緩慢的睡眠韻律。我閉上眼睛，納悶蕁麻能不能教會我做好夢？唉，說不定我連跟她見面的勇氣都沒有。我現在實在不願去想她的事。一想到她，我就必須思索該怎麼跟她說博瑞屈的事。

「你以後要怎麼辦，蜚滋駿騎大人？」長芯在黑暗中問道，那聲音像是從空中傳來的。

「那不是我。」我平靜地答道。「我回六大公國之後，就繼續過我的湯姆・獾毛的生活。」

「但如今已有許多人知道你的祕密了。」

「我想，大家都是守得住祕密的人。況且，只要晉責王子開口，大家就不會說出去了。」

長芯翻了個身。「但是對某些人而言，王子開口不算，要蜚滋駿騎大人親自開口才算。」

我雖然滿肚子煩惱，聽到這話仍不禁哈哈大笑。最後我好不容易說道：「您若能保守祕密，蜚滋駿騎大人將不勝感激。」

「好吧。不過我覺得太可惜了，你實在不該歸於平淡。這是多大的榮耀啊？為什麼不讓眾人知道你做了多少事情，以及你是什麼身分，讓大家知道你爲此出了多少力呢？難道你不希望大家記得你的功業嗎？」

這問題我倒不用多想就知道答案了。玩那種遊戲的人，有哪一個不會在夜深人靜時，望著將熄的爐火懊悔深思？我若是走上了那條路，會是什麼情況，這事我已經想過太多次，多到我對於那條路上的每一個岔路與每一個陷阱都瞭若指掌。「人們以爲我做了很多事，但其實我寧可人們忘記那一切。別說別人了，若是能讓我忘記我沒做好的那一切事情，那麼我什麼都願意。」

然後我們就不再談了。

我一定是睡著了，因爲我在黎明之前的淡灰天色中醒來。我小心地從被窩裡鑽出來，以免吵醒阿憨，並直接去探望博瑞屈。迅風握著父親的手，蜷著睡在父親身邊。我的原智知覺告訴我，馬廄總管已經越走越遠。他難免一死。

我去找切德和晉責，叫醒他們。「我有一事相求。」我對他們說道。晉責惺忪地從被子裡探出來看我，切德則立刻便從被窩裡坐直起來，因爲從我的口氣聽來，這事必定很嚴重。

「什麼事？」

「我希望精技小組嘗試治療博瑞屈。」他們兩人都沒回答，於是我又補了一句：「而且是現在，趁他還沒走遠。」

「這樣一來，別人會知道你跟阿憨可不是簡單人物。」切德指出。「就是因爲這樣，所以我才任由傷口自行癒合。當然，我的傷跟博瑞屈是不能比的。」

「反正我到了這個島之後，好像所有的祕密都包不住了。如果我餘生必須面對祕密不保的後果，那麼至少也要有個代價，畢竟我在這裡失去得太多了。所以，我希望把迅風和他父親送回莫莉身邊。」

「你這是要把兒子和丈夫送回莫莉身邊。」切德平靜地提醒我。

「難道你以為我不曉得這一點，難道你以為我看不出他們回去之後的後果？」

「去把阿憨叫起來。」王子提議道，掀開被子。「我知道你急，但我還是建議，等你讓阿憨好好吃頓早餐之後，我們再一起動手。他這個人一餓起來就無法專心，況且早上他本來就精神不濟，至少也得讓他吃飽。」

「我們是不是應該把前後因素想清楚再——」切德開口，但是晉責打斷了他的話。

「蜚滋從沒有求過我別的事情，這是唯一一件，所以我們一定要讓他如願，切德大人，而且現在就要讓他如願。這個嘛，也許稱不上是馬上，但是也很快了。一等阿憨吃了早餐之後，我們就動手。」

「你講得好像我沒想到這一點似的，其實我連這一點也算在內了。問題是駿騎曾經將博瑞屈封鎖起來，所以除了駿騎以外，別人都無法以精技跟他往來。難道說，只有我想到這一點，你們兩個都忘了嗎？」切德疲倦地問道。

「我們可以試試啊。」晉責頑固地答道。

於是我們就試了。光是幫阿憨弄個早餐，就彷彿過了三世之久，接著我趁他以好整以暇的方式吃早餐時，跟迅風解釋我接下來要做什麼。我怕他一下子燃起無窮的希望，又想讓他了解我們這樣做有什麼風險。如果我們修補博瑞屈身體的行動，超過了他本身的備用能源所能支應的程度，並使得他因此而死去的話，可別讓這少年認為是我們無情地殺了他父親。

我早該想到這有點難以解釋。難解釋也罷，但是要叫迅風稍停一下，好好思索我講的是什麼意思，那就更難了。我想把他拉到一旁去解釋，因為大熊正在我們不遠處照料受傷的那兩個外島人，但他片刻也不願意跟父親分離，最後我也只得讓他坐在原地聽我講。然而我才一提到晉責王子可能會施展瞻遠魔法以修補他父親的身體，他就激動得不得了，我敢說，剛才我苦口婆心說的那些危險和失敗的可能性等等，他通通都當耳邊風。此時這孩子看來像個棄兒，眼睛周圍有黑圈，且因爲悲悼而陷入眼窩裡。不管他昨晚睡了多少，總之必定是休息不足。當我問他有沒有吃東西的時候，他沒回答，只是搖搖頭，像是覺得進食無趣至極。

「你們什麼時候開始？」這已經是他第三次問我，所以我也投降了。「等其他人一到就開始。」我對他說道。就在此刻，我們搭設在雪橇周圍的簡陋棚子的門片掀起，切德走了進來，之後晉責與阿憨擠了進來。一下子擠進這麼多人，棚子開始搖搖欲墜，晉責不耐煩地一揮手，建議道：「把這棚子拆掉，免得擋路。這棚子雖能勉強擋風遮雨，但是待會兒必定會礙手礙腳。」

長芯與我開始拆下遮棚的帆布，並捲起以便搬運，迅風則不耐煩地咬著嘴唇等待。等到帳篷拆完時，我們要以魔法療傷的傳聞已經傳遍全營地，衆人都聚來觀看。我既不喜歡在衆目睽睽之下做事，更不想讓他人知道我與王子之間有什麼私密關連，但是現在也顧不得那麼多了。

我們聚集在博瑞屈身旁，要勸說迅風走到一旁，好讓出位置來讓我把手放在博瑞屈身上，可不是什麼易事，幸虧最後羅網把他拉開了。羅網站在那少年背後摟著他，彷彿迅風是個稚齡的小男童。他以原智與手臂將那孩子包住，給他安慰與擁抱。我對羅網投以感激的目光，他點點頭，表示他既受之無愧，也請我趕快開始。

切德、晉責與阿憨手拉著手，像是想要玩兒童遊戲的大人一般。我一想到待會的場面，便怕得發抖，並努力對周遭那一張張急切的臉孔視而不見。吟遊歌者扇貝眼睛睜得大大地，看得目不轉睛；那些外島人，無論是首領團派來的人，還是我們救回來的人，則懷疑地注視我們；皮奧崔臉色嚴肅且專注，他在稍遠處，與他們家的三名女子站在一起。

在我年紀比迅風大幾歲的時候，博瑞屈曾叫我從他身上汲取精技力量，就像昔日我父親所為，但我就是做不到。我之所以做不到，並不只是因為當時我不得其法。我父親曾以博瑞屈做為「吾王子民」，也就是以他做為施展精技時的力量來源，任何人若是汲取他人的力量施展精技，那麼給予力量的人，就會變成通往施展精技之人的管道。就是因為這個緣故，駿騎才將博瑞屈封鎖起來，讓除了他之外的任何精技人都無法與之接觸，以免別人利用他來攻擊或監視駿騎。而今天，我則要以我的力量，加上晉責精技小組的力量，與我父親設下的古老障礙一較高下，看看我能不能一路攻入博瑞屈的靈魂之中。

我伸出一手朝精技小組伸過去。阿憨接住了我的手。我將另外一手放在博瑞屈的胸膛上。我的原智知覺告訴我，此時他不情不願地逗留在他的身體裡。他所居的這個動物身體實在受傷太重，已然沒有復元的希望了。如果這是馬的身體，那麼博瑞屈一定早就讓馬安寧地死去。這個念頭使我心裡不安，我趕快將之拋到腦後。我將原智知覺放在一旁，匯集我的精技力量，使之如刀刃般銳利；我排拒了其他一切念頭，專心地找個地方，以便以刀刃般的感知力穿透他。

但我就是找不到可以下手之處。我感覺得到精技小組的其他成員，也感覺得到他們一切都已就緒，但我就是找不到地方下手、找不到地方來發洩他們的急切之情。我感覺得到博瑞屈人在此地，但我的感知就只是溜滑過表面，怎麼樣也刺透不進去。我不知道當年我父親是怎麼將博瑞屈封鎖起來的，所以我也無從解除。我不知道自己為了穿透博瑞屈的精技牆而花費了多少工夫，只知道最後阿憨鬆開我的手，將滿是汗水的手掌在皮背心上揩乾。「那個人實在是太難了。」他宣布道。「乾脆做這個吧，這個容易點。」

他也沒問任何人許可，便探過博瑞屈的身體上空，將他的手放在其中一名受傷的外島人肩上。我雖沒握住阿憨的手，不過在那一瞬間，我就對這個外島人瞭若指掌了。他之前在蒼白之女那裡做了不知多少年的奴隸，他心裡想著，不知道自己的獨子在家鄉發展得好不好，同時也掛慮他姊姊所生的那三個兒子。他原本說好要教那幾個男孩子用劍的，但那都是多年前的往事了。他不在家這幾年，可有人代他盡這個職責嗎？

這些念頭對他的折磨，不輸於他身上的傷勢。他的傷，是大熊揮劍後傷及他胸部的肌肉，並深入他上臂的劍傷。他流了不少血，因而虛弱不少，若是他找得到活下去的力量，那麼他的身體就會自動癒合，就算沒人去照料他的傷勢，他的肌膚血肉也會開始收口痊癒。此時那人大叫一聲，伸出手抓住正在癒合的傷口。他的皮膚蔓延過切口，彷彿是會自己縫補破洞的神奇衣料，他的身體還將無法修復的死皮爛肉排放出來。我眼睜睜地看著那男人臉上的肌肉頓時消了下去，覺得有點可怕，不過幸運的是，這個人身材結實，他身上有許多儲備能源，可供眼前修補身體之用。

他突然在睡墊上坐直起來，扯開結塊的繃帶，丟到一旁。圍觀的人都倒抽了一口氣。他新長的皮膚光滑，不是傷疤癒合後沒有毛孔的皮膚，而是健康的嬰兒皮膚；他的身體黝黑，而那條淡色無毛的長條紋便是新膚。他低頭瞪著自己，在欣喜的狂笑之中，用力地在胸膛上捶了幾下，似乎要肯定自己的胸膛已經完好如初。過了一會兒，他將腿跨到雪橇邊，跳下來，光著腳在雪地上蹦跳嬉戲。不久之後，他跑了回來，將矮胖的阿憨整個人抱起來，興奮地轉了一圈，最後才把那個驚愕的小個子男子放下來。那人以他的母語感謝阿憨，說他是「艾達神之手」，不過這個詞在外島語裡是什麼意思，我就不解了。我不解，但是大熊卻一下子就心領神會，因爲他立刻跑到另外那個傷者身邊，解開他的衣物，並且比手勢要阿憨過去。

阿憨沒有朝我們幾人多看一眼就過去了，然而我也幾乎沒有多餘的心思去想阿憨，或是他所做的事情。我的眼睛定定地望著迅風，而他瞪著我的眼神則是一片空白、絕望到底。我將我無用的手掌伸到他面前，掌心向上。他吞了吞口水，望向他處，不再看我。之後他的頭轉回來，不是看我，而是看著博瑞屈。他在父親身邊坐下，捧起父親逐漸黑去的手。他望著我，眼裡滿是疑問。

「對不起。」我對他說道。這時第二個外島人已經痊癒，站了起來，正高興得大呼大叫，所以我必須講得大聲一點，迅風才聽得到。「他被我父親封鎖，因此其他精技人都無法接觸到他，而我既無法進去，就無法幫他了。」

他又轉開了頭，望向他處。他的失望之深，幾乎可算是怨恨，不見得是怨恨我，而是怨恨這一刻，怨恨別人一一痊癒、新生，怨恨大家為那些醫好的人喝采。羅網已經離開，以便任由迅風發洩怒氣。我看此刻再跟他說什麼都沒有意義了。

阿憨似乎已經掌握了精技治療的竅門，進一步在晉責略微監督之下，治好了另外兩人的灼傷——他們為了要除去蒼白之女的刺青，於是用火燒炙皮膚，而如今顏色較淡的新膚取代了流膿、長水泡的肌膚。於是之前被眾人所鄙夷的阿憨頓時變成注目的新焦點，因為他正是「艾達之手」的具體展現。我聽到大熊懇求晉責王子原諒他們之前對王子的僕人太過不敬。先前他們並不知道王子的僕人具有艾達神所賜的天賦，但現在他們已經知道王子為何如此看重他，也了解到為何要帶他前來參戰了。以前阿憨因為他們態度輕蔑而瑟縮不前，我總感到傷心，但如今他們將他捧上了天，我心裡也不舒服。他竟然這麼快就忘記他們之前對他的排拒有多嚴重，使我有一點被他背叛的感覺。不過，他能夠不計前嫌地接受他們的好意，我還是為他高興，雖說我知道這件事有點前後矛盾。阿憨就是這樣，別人臉色是壞是好，他都照單全收，然而我也希望自己能變得像他一樣簡單。

切德從我身後走上來，伸手輕輕搭在我的肩膀上。我嘆氣著轉身，心想他又不知道要派什麼任務給我了。但是那老人什麼也沒做，反而伸出一臂緊攬著我，並柔聲說道：「孩子，很遺憾。至少我們試過了。弄臣走了，我也很遺憾。他跟我雖不是一直都互相唱和，但是他一心爲黠謀國王設想，後來又大力輔助珂翠肯，他所做的一切，無人能比。就算最後這次我們針鋒相對，唔，但你要知道我從未忘記他從前爲瞻遠王室所盡的心力。況且事到如今，這次還是他贏了。」他抬頭望天，彷彿希望能看到雙龍在天上盤旋。「他贏了，而他爲我們贏來的大獎，就留給我們對付了。說眞的，如果這大獎竟跟他本人一樣難以預測，我也不會意外。而且我敢說，性情這麼捉摸不定的龍，必定頗得他的歡心哪。」

「他以前就跟我說他會死在這裡，我卻從未把他的話當眞。要是我早把他的話當一回事，我的話就不必留在心裡了！」我嘆了一口氣。霎時間，我心裡想的都是這些無用的念頭，以及我想做卻一直沒有做的事情。我叫自己去想些有意義的想法或感受，卻是想不出也說不出。失去弄臣的痛苦占滿了我整個心靈，再也塞不進任何事物。

當天我們出發之後，大部分的人都精神昂揚。如今雪橇上只剩下博瑞屈一人。他動也不動地躺著，同時離我們越來越遠。迅風與我分別伴在他的左右邊，一整天都沒有說話。偶爾停下來休息時，我便倒一點水到博瑞屈嘴裡，每次他都嚥了下去。即使如此，我還是知道他死期近了，我並未刻意以假話勸慰迅風。

天黑之後，我們停下來搭營煮食。現在阿憨可不缺朋友了，大家都搶著要照顧他，而他也樂於變成眾人的目光焦點。我努力勸自己，我並不是被他拋棄了。以前我天天希望早一點丟開照顧他的任務，但如今願望成眞，我反倒希望手邊還有照顧阿憨的事情可忙，免得自己胡思亂想。羅網朝迅風與我走來，他帶了食物給迅風，並對我點點頭，叫我去歇一下。然而離開博瑞屈與迅風，只使得這夜晚變得更冷。

我信步走到長芯的火堆旁，由他把聽來的故事講給我聽。救回來的那些外島人，有些是從紅船之戰時就開始爲蒼白之女賣力。當時這樣的人有幾十名，但後來蒼白之女無情地把好多人餵給石龍了。他們原本的基地是岸邊的採石場，不過大戰之後，蒼白之女唯恐外島人會反擊，因此想遷往內陸。她從一開始就決心要取冰華的性命。根據傳說，冰河下面自古以來就有走廊和甬道。她等到一年之中潮水最低的那一日才行動，並找出了傳說中的地下冰宮入口。一進去之後，她就派手下在冰層中新開鑿出一條幾乎每日低潮時都可以進出的隱密通道。等她將沙灘上的基地完全摧毀之後，便命令僕人將岸邊那兩條石龍之中較大的那條加以分割切塊，運到冰宮中的大殿重新組合起來。那是不可思議的大工程，但是她才不管這要耗費多少人力、花上多少時間。

所以從紅船之戰後，蒼白之女便定居於此，並向仍然對她心生畏懼，或者希望能要回人質的外島氏族榨取源源不斷的貢品。她開的條件很嚴苛：獻上一船食物，也許能換得她考慮要不要歸還一具屍體，或是換得她保證一定不會釋放人質，以免辱及家門。我問長芯，依他看來，在外島諸島之間，蒼白之女居住於此的事情是否廣為人知？他搖了搖頭。「我的感覺是，這種事情太過羞恥，所以對蒼白之女獻禮的人是不會對別人多提的。」我聽了點點頭。這麼說起來，說不定即使在獨角鯨氏族中，知道奧美崔與珂希貞正遭遇的人也是少數，平常人可能只是知道她們兩人失蹤了。我很清楚這祕密雖大，卻還是可以繼續隱瞞下去。

於是，蒼白之女的王國就靠這些半冶煉的戰士的勞力，慢慢地建立起來。手下人若是受傷、年邁，或是無法控制，她就將他們送去餵龍，許多人就因為她想要喚醒石龍而喪送了性命。我們今年來到此地時，她的勢力算是已經式微了，她的人手最多時高達數百，如今只剩下幾十人，一來是因為石龍，二來是因為工作太勞苦。

蒼白之女雖也想了不少辦法要殺死冰華，但是均未奏效，頂多只是讓牠不舒服而已。她不敢挖開冰華周身的冰層，而牠的鱗片重重交疊、皮膚又極厚，什麼武器都刺不穿。她對於冰華的痛恨與恐懼，在奴隸中已成爲傳奇。

長芯與我望著將熄的小火。「我還是不懂。」我平靜地對他說道。「他們何必爲蒼白之女效力呢？既然都被冶煉了，她怎麼控制得住他們？我在公鹿公國那裡看過被冶煉的人，那種人可是不會對任何人效力的。」

「這我也不知道。我打過紅船之戰，我知道你指的是什麼意思。跟我聊過的人都說，他們爲蒼白之女效力那一段期間的記憶都是模模糊糊的，他們只記得痛苦，除此之外，沒有歡樂，沒有氣味，吃東西也嚐不出味道。他們只記得，若違抗蒼白之女的命令，都會被送去餵龍，所以他們都乖乖聽從命令。據我看來，這種冶煉方式比較細膩，因此雖一樣都受過冶煉，但是這些人跟我們在六大公國看到的那些人是不一樣的。有一個人告訴我，蒼白之女把他的忠誠、他對家鄉與家族的愛拿走之後，她好像就變成他唯一可以效力的人，於是他便聽從於她了，雖說，如今他爲蒼白之女效力的那些模糊記憶，使他感到很羞愧。」

我離開長芯，走回躺在雪橇上的博瑞屈那裡時，瞥見晉責王子與貴主站在帳篷與帳篷之間。他們兩人手牽著手，頭靠在一起。我心裡好奇著，不知道貴主的母親對於即將來臨的這場婚禮有什麼看法？奧美崔想必不解：獨角鯨族之人怎麼會突然跟宿敵結盟？況且這婚約意味著她女兒必須離開故鄉，去統治一個遙遠的地方。在這個情況下，奧美崔會點頭嗎？而艾莉安娜將如何看待這樁婚姻，又更耐人尋味了。她母親與妹妹才剛歸來，在這個情況下，她肯現在就拋下久別的家人，前往遙遠的六大公國嗎？

我回到博瑞屈身邊時，羅網仍與迅風坐在一起。悲傷將那孩子折磨得一下子老成不少，彷彿一夕成人。我靜靜走到雪橇邊，跟他們並坐在一起。雪橇上湊合地搭了個棚子以避寒風，棚裡點了一根蠟燭。博瑞屈身上蓋著好幾層毯子，但是我捧起他的手時，仍感覺到他的手有些冰冷。

迅風一臉懊喪，低聲對我問道：「你不能再試試看嗎？其他人……他們都一下子就好起來，如今能坐、能講話，還能跟同伴坐在火邊談笑。其他人都能被治好，為什麼唯獨我父親治不好？」

這我已經跟他講過了，但我還是再跟他說一次。「因為多年之前，駿騎封鎖了你父親，不讓其他精技人跟他接觸。你父親曾經為駿騎王子效力，這你知道嗎？你父親還是駿騎的吾王子民呢。所謂吾王子民，就是提供力量，讓國王施展精技的人。」

他懊悔地搖了搖頭。「我只知道他是我父親，其他事我知道得很少。父親的話不多。媽媽跟我們說過很多公鹿堡和外公的事情，但是父親從來不提他年少時如何如何。他教導我養馬的道理和養馬的細節，但後來他發現我——」他頓了一下，強迫自己接口道：「發現我有原智。跟他一樣。後來他就不讓我接近馬廄，盡量把我跟動物隔得遠遠地。這一來，我就沒什麼機會跟他待在一起了。原智的事情他也不多談，只吩咐我不得跟動物心靈交流，此外什麼話都沒說。」

「我小時候，他也是這個樣子。」我應和道，搔搔脖子，突然覺得疲倦又徬徨。這些事情，有多少是我自己作主就可以講出來，又有多少是要博瑞屈點頭才能說的？「等我大一點，他就比較常跟我聊天、深談了。我想，等你大一點之後，他也會把自己的事情講給你聽。」

我深吸了一口氣，博瑞屈的手躺在我的手中。我講了這些事情，他到底是會在大怒之餘原諒我呢，還是會對我感激不已？這我就不知道了。「我還記得第一次遇見你父親的情況。那時候，我好像是五歲大吧。惟真王子手下的人牽著我的手走過長廊，來到月眼城的守衛食堂。那時駿騎王子已經帶著他手下大部分的人離去了，唯有你父親因為膝蓋的傷勢，留在月眼城療養。今日他之所以跛腳，就是因為那個腳傷。我父親被野豬纏住，幸虧博瑞屈撲上去制止，否則我父親就被野豬獠牙扯得開膛剖肚了，那是他的膝蓋第一次受傷。博瑞屈就坐在那個滿滿一屋子的守衛之間，皮膚黝黑，很凶，眼神又冷峻，正是體力達到戰鬥顛峰的壯年。然後人家突然把我塞給他照顧，這無論是對我或對他而言，都是事出突然。你想像得出來嗎？那個守衛先是一把將我按在博瑞屈對桌的位子坐下，接著當眾宣布我是駿騎生的小雜種，所以從此以後我就交給博瑞屈照顧。雖然都過了那麼久，但我至今仍然很好奇，當時他不知道心裡做何感受？」

迅風雖然心裡難過，但仍浮出了一個很小的笑容。於是我就一直講下去，把那個將我扶養長大的急躁年輕人的故事告訴他。羅網陪我們坐了一陣子，我不太確定他是什麼時候溜走。蠟燭開始飄搖，快要燒完，於是我們各自在博瑞屈的左右躺下來，而我則繼續講到迅風睡著爲止。以原智知覺起來，在那幾個小時之間，博瑞屈的生機好像變得比較蓬勃，不過也許那只是因爲我心裡念著他對我的種種意義吧。我想起了他鼓勵我，以及他教訓我的時光；想起他如何恰如其分地處罰我、稱讚我。如今我比較能夠清楚地看出，一個年輕的單身漢要照養一個小男孩，恐怕得放棄不少東西。我對博瑞屈的依賴，不但使我大大地受到他的影響，還使他自己的人生起了重大變化。一想起來，我便覺得謙卑與渺小。

隔天早上我爲博瑞屈餵水的時候，他的眼皮稍微眨動了一下，一時間，他與我四目相對，而他的眼神有如痛苦的困獸。他喘著說了兩個字：「謝了。」我想他並不是謝我給他水。「爸爸？」迅風立刻急切地問道，但是博瑞屈再次消逝。

這天我們的路程走得很順，天色暗下來的時候，我們決定不要紮營，而是繼續推進，一路走到冰河外的沙灘上。衆人都躍躍欲試，我猜這是因爲大家對於睡在冰上的經驗都煩膩了，不過我們與沙灘之間的距離之大，遠超過我們的想像。我們持續地行走，身體早就疲倦不堪，如今是靠著一股頑固的脾氣硬撐下去，我們都不願承認自己估計錯誤。

我們抵達海灘的時候已經夜深了，同時看見沙灘的基地上有好幾個迎人的火堆。我心裡一沉。才兩個人留守,生一個火堆僅夠了,生這麼多火堆,會不會是出了什麼事?但我還來不及多想,便聽到裘樂厲聲問道來者是誰,而王子一答應,我們便聽到好幾個歡迎的呼叫聲,但是任誰也沒料到,我們竟會聽到謎語高聲叫嚷的聲音夾雜在其中。我一想起最後一次見到他的情況,更是毛骨悚然。一時間,我突然狂亂地想道,說不定弄臣也回到了這裡。接著我想起皮奧崔跟我說的話,於是又重新被悲傷掩蓋。

我們是最後抵達營地的,我們到達之前,衆人已經叫嚷著要他們講故事了。過了快一個小時,我才好不容易找到個人問幾句話。原來謎語是跟一些倖存的外島人從蒼白之女的宮殿逃回這裡。他們突然恢復了神智——那大概是在石龍死了的那一剎那吧,於是一名回過神的侍衛打開了牢門,放出謎語和同牢房的同伴,後來又有其他人陸續與他們一起找出路,最後謎語帶著他們回到海灘。對於突然恢復神智的事情,他們都感到困惑迷惘,說不出個所以然。我們花了一整晚的時間,才斷斷續續地把整個故事拼湊起來。

隔天早上,謎語要向王子與切德做完整的報告,切德召我前去他們的帳篷旁聽。我聽著謎語講述蒼白之女的手下如何撲上去,抓住他與詔諭。他倆的錯誤在於看到幾名侍衛從蒼白之女冰宮的隱匿出口出來,所以那些侍衛說什麼都不能任由他們回去將此消息向王子稟報。但是謎語無法有條有理地描述他是如何被冶煉的。冶煉的過程與石龍有關,但每次謎語嘗試要提起此事,就開始全身打顫,嚴重到他無法繼續講話。最後切德總算放過他,不再逼問這方面的消息,使我也鬆了一口氣。說眞的,以我的看法,與其把冶煉人的知識挖掘出來,不如讓這種知識隨風飄逝。

謎語聽到弄臣與我曾經一瞥他在地牢裡面的情況,感到十分訝異。他說,他不會怪我把他丟下不管,因爲我若是強把牢門打開,他必會爲了搶奪我身上的暖和衣物而攻擊我。然而他在知道有人看過他那種慘狀之後,眼裡露出羞愧得無地自容的神情,讓我想著他與我之間才剛萌芽的友誼大概要夭折了。

別說是他，就連我也不自在。我曾經眼睜睜地拋下他，任由他走向死路，往後我還如何能從容地與他四目相對呢？

同時，我也不知道往後謎語還能不能回復成昔日那個樂天有活力的年輕人。他已經見過自己的黑暗面，從今以後，那些記憶是跟定他了。他當著我們的面坦承，最後殺了詔諭的就是他。他剝下詔諭的襯衫，包住自己的手以便禦寒；他清楚記得自己如何仔細地籌畫要將受傷的詔諭殺死、奪取他的衣物，並趁著別人睡覺時下手。他也記得蒼白之女告訴他們，這是個考驗，只要是能撐過兩週的人，就會被釋放出來，成爲她的侍衛，並且可以定時進餐。講到這裡時，他咧嘴冷笑、牙關咬緊，像是要忍住他對自己的不屑，之後他接口道，那時候對他而言，只要能夠「定時進餐」，就是至高無上的幸運了。

有兩個獨角鯨氏族的人跟著謎語一起逃回來。這兩人失蹤多年，家鄉的人早以爲他們死了，因此皮奧崔看到他們的時候十分高興。十幾年來，蒼白之女不斷劫掠獨角鯨氏族，以至於他們的男丁不斷減少，最後更劫走了他們當家的貴主，以及貴主的小女兒，使他們陷入絕望。如今這兩個戰士歸來，必定更使得王子成爲他們心目中的大英雄。

切德問完問題之後，我也問了三個我一直掛在心上的問題，只可惜這三個答案都令我失望透頂。謎語在禁閉或是逃亡時都沒看到弄臣。他從牢房裡逃出來之後，既沒有看過蒼白之女，也沒有看到她的屍身。

「可是，我看我們是用不著擔心她了。打開牢房讓我們逃出來的那人叫做瑞維奇，他說他親眼看到蒼白之女的下場。她不知爲何突然就發瘋了，一直叫嚷著每個人都辜負了她，如今只有她的龍能幫她扳回一城。在她的命令之下，他們至少將十幾個人推向前。那些人一個接著一個地被迫貼在石龍身上，最後死在刀下。瑞維奇說，他們流出來的血都被石龍吸乾，可是這樣蒼白之女還不滿意，她生起氣來，叫著說他們應該要完全進入石龍體內，又說除非有人整個進入石龍體內，否則是無法喚醒石龍的。」

謎語看到我們三人愣在那裡，露出困惑的表情。「我知道我該把外島語學好，但是我下的工夫眞的不夠。什麼『要有人整個進入石龍體內』，連我自己都覺得這話不通，但是瑞維奇的話聽起來就是這個意思。當然，也可能是我弄錯了。」

「不，我看你說得一點也沒錯。繼續說下去吧。」我懇求道。

「最後蒼白之女命令他們把科伯．羅貝投進去餵龍。瑞維奇說，他們解開了羅貝的手銬腳鐐，但是他們低估了那個老戰士的體能，也低估了他對蒼白之女的恨意。本來侍衛們已經拖著他朝石龍走去了，此時他卻突然掙脫衆人，不朝石龍，反而回頭朝蒼白之女撲了過去。羅貝緊抓住她的左右手腕，同時朗聲笑道，就讓他們一起進入石龍，爲外島諸島的勝利而升空吧，唯有如此，才能得勝。於是他便拖著蒼白之女朝石龍走去，雖然她一直亂叫亂踢。之後……」謎語又停頓了下來。「瑞維奇怎麼跟我講的，我就怎麼講給你們聽。我自己也覺得這話有語病啦，可是——」

「說下去！」切德粗嗄地命令道。

「羅貝回頭朝石龍走去，不知怎地化入了石龍之中。他化入石龍時，還緊抓著蒼白之女，把她一起拖了進去。」

「蒼白之女化入了石龍之中？」我叫道。

「倒沒有全部化進去。羅貝化入了石龍之中，而他又拉住蒼白之女，所以她的雙手和手腕都進去了，她大聲叫著要侍衛來幫她，最後終於有兩個侍衛上前去拉住她。可是……可是這時她的手已經化光了。化到石龍裡去了。」

王子伸出一手遮住嘴。我突然發現自己在顫抖。「就這樣嗎？」切德問道。我心裡納悶他爲何能如此平靜。

「就這樣。而殘留的手臂則像是燒焦了似的，黑黑的，但是沒流血。瑞維奇是這樣說的。他還說，蒼白之女就這樣呆呆地站著，盯著自己的殘臂。這個時候，龍開始慢慢活了過來。瑞維奇說，石龍一開始動的時候，頭抬得太高，天花板崩了一塊，既要躲避石龍，又要躲避落冰，所以大家都逃了。他自己則繼續躲避石龍，躲著躲著，他就回過神了。」謎語突然停了下來，又勉強自己繼續說道：「那種感覺實在難以解釋。我待在牢房裡，背靠著牆，努力保持清醒、不讓自己睡著，以免被別人宰了。我低頭一看，發現詔諭躺在地上死了，霎時間，我變得很在意他的死，畢竟我們過去頗有交情啊。」他搖了搖頭，聲音低得像是在呻吟。「隨後我想起來，殺死詔諭的不是別人，就是我。」

「錯不在你。」王子勸道。

「可是我殺了他。是我下的手，我──」

我插了嘴，不讓他有機會多想他做出了什麼事情。「你們是怎麼逃出來的？」我平靜地問道。

謎語似乎很感激我問了這個問題。「瑞維奇幫我們開了門，領著我們穿過蒼白之女的冰宮。那地方很大，錯綜複雜，很難走得出來。最後我們在冰牆上找到一個看起來像是冰縫的出口，而這出口就開在冰河的側腰上。我們出來之後，沒有人知道接下來該怎麼辦。大家都只知道冰宮，除此之外就不知道這島上還有什麼其他地方可以遮風蔽雨，但是，我們站在原地就看得到大海，所以我跟他們說，如果我們能走到海邊，再沿著海岸走，那麼總會走到海邊的基地營。就算我們走錯方向，繞了整個島一大圈，只要沿著海岸走，就一定不會錯過。事後證明我們的運氣好得很，我們走對了方向，比你們更早回來。」

這就是我要問的第三個問題，但是我還沒問出口，謎語就回答了。「湯姆，晚上風大，這你是知道的，如今落雪大概已經掩蓋掉我們走過的行跡。況且就算我肯回去，也未必找得到路。」他深吸了一口氣，不情不願地說道：「你去問問那些外島人吧，也許有人肯帶你去也說不定。但我不去。說什麼我都不去。我連接近那個地方都不願意。」

「沒人會要求你去。」切德勸慰道。他說得沒錯，所以我也不再多言。

等我回到博瑞屈和迅風身邊的時候，都已經快要天明了。我注意到博瑞屈曾經動過，如今他一手擱在毯子外。我把他的手塞進被子裡時，發現他手裡抓著一個木頭耳環。我一眼就認出那是弄臣的手工，我還知道那個空心的木頭耳環裡，藏著博瑞屈的祖母費盡千辛萬苦才換得的自由耳環。博瑞屈如此虛弱，還撐著取下耳環，其重要性不言可喻。我大概猜得到他這樣做有何用意。

晉責早就放走信鴿，通知柴利格鎮的首領團我們的任務已經完成，不過船還要幾天才會到，船到之前，我們這一大團人必須努力地用有限的口糧度日。餓肚子並非什麼很好的場面，不過我敢說，等我們熬過去之後，大家都會覺得這不算什麼。

我找了個沒有旁人的時候，跟迅風一起坐在消退得越來越遠的博瑞屈身邊。我一邊跟他講自由耳環的故事，一邊想盡辦法要把木頭套件剝開，拿出裡面的耳環。事實證明，弄臣的手工實在太精巧了，不是我這樣的粗魯之人弄得開的，我只好把木頭套件打破。空心的木耳環裡躺著鑲銀的藍寶石耳環，如今這耳環仍與當年耐辛第一次拿給我看的時候一樣亮麗。當年耐辛把耳環給我時，一併也利用耳環的針幫我穿了耳洞，現在我也在幫迅風戴耳環之時幫他穿洞。不過我對待他，可比耐辛待我要仁慈一些；我先用雪敷他的耳垂，讓他冷到麻木，這才將耳環的針刺過去。「你要永遠戴著這個耳環。」我對那孩子吩咐道。「當你戴著這耳環的時候，要想著你父親。」

「我會的。」他輕聲答道，小心地伸出指頭摸摸耳環。我記得很清楚，當年我剛戴上耳環時，第一個感覺就是這耳環扯著我的耳垂，好重。迅風把指尖的血揩在褲子上。「對不起，我用掉了。要是我沒用掉的話，現在一定轉送給你。」

「什麼？」

「黃金大人給我的箭。他送我箭的時候，我只覺得箭頭灰灰的，很醜，但是出於禮貌，我還是收下了。可是，其他箭打到龍都彈了出來，唯獨那枝灰箭打中之後便刺了進去。我從沒見過那種事情。」

「別說是你，別人也沒看過啊。」我答道。

「但是他說不定就看過。黃金大人告訴我，這箭頭雖然灰撲撲的，不過在我正需要的時候，它可能會派上用場。他說他是個預言家，那天晚上說的。依你看來，他當時就知道那灰箭能殺死龍嗎？」

我努力地擠出了個微笑。「即使在他生前，他講話的時候，我也看不出他到底是未卜先知，或者只是用了高明的話術，讓聽者認爲他知之甚深。不過，灰箭這件事，倒眞的是被他說中了。」

「是啊。可是當時你有沒有注意到我父親？你有沒有注意到他的舉動？他抗斥那龍，使牠跌在地上。羅網說，他從沒看過這麼強大的力量。」迅風說到這裡時傲視著我，像是要挑釁我絕對提不出反證，他補了一句：「羅網說，那麼強大的力量，有時會代代相傳，我說不定也遺傳到了，但必須好好練習、深明事理就是。」

我伸出手托起那少年的下巴，冰冷的耳環貼在我的手掌上。「希望你眞的好好練習、深明事理。這個世界需要那樣的強大力量。」

長芯將頭探入我們的棚子裡。「晉責王子需要你幫忙，湯姆。」他歉然地說道。

「我立刻就過去。」我應道，然後問迅風：「你不介意吧？」

「你去吧。這裡沒事，只是需要看著罷了。」

「我馬上回來。」我保證道，隨即踏出棚子，跟著長芯穿過營地。

王子的帳篷很擠，裡面有晉責、切德和阿憨，另外還有皮奧崔、奧美崔、珂希和貴主。阿憨嘟著嘴，我感覺得出他悶悶不樂。貴主背對著我坐在地上，肩上披著一條被子。我對衆人行了禮，等著王子交代。

王子開口說道：「我們在處理貴主的刺青，但是碰到一點問題。貴主想把刺青去除掉，雖請阿憨施展精技，卻怎麼樣也無法除去。切德建議，既然你有處理本身傷疤的經驗，那麼你說不定幫得上忙。」

「傷疤跟刺青其實是兩回事。」我答道。「不過我願意一試。」

王子彎身對貴主問道：「艾莉安娜？讓他看看好不好？」

貴主沒有回答。她坐得直挺，而她母親顯然對此不以爲然。最後艾莉安娜慢慢地、一語不發地低下頭，並讓背後的被子滑下來。我跪下來，將燈舉高，以便看得清楚一點。之後，我咬緊牙關。我知道他們爲什麼要找上我了。

那些閃閃發亮的海蛇與騰龍已經不見，如今刺青從皮膚上沉入肌肉中，扯得皮膚也繃緊起來，那些圖案彷彿是用烙鐵烙出來的。我猜這是蒼白之女最後的報復。「這刺青不時還是會痛起來。」王子鎮定地說道。

「據我推想。」我坦白說道。「這之所以不容易治療，是因爲這不是近傷。那幾位受傷戰士的身體已經開始治療傷勢了，所以阿憨略一點撥，他們就完全復元，但是這刺青時日已很久，她的身體已經接受它，認爲這是身體的一部分了。」

「我們治療你之後，你的傷疤就沒了。」王子指出。

「我不想碰。」阿憨鬱悶地說道。「那不是她身上的東西。」

我沒理會他這句意有所指的話。「我想，當時弄臣是把我回復成他心目中對我的一貫印象，所以疤痕才不見的。」那些事情我不想多說，他們應該也知道我的用心。

艾莉安娜輕輕搖頭。「那就把那些東西燒掉，再治療灼傷好了。我才不管你用什麼辦法，反正一定要弄掉。我才不要讓她的徽章印在我身上。」

「這怎麼可以呢！」王子大驚道。

「等等。」我說道。「讓我試試看吧。」我舉起一手，這才想到要問：「我可以碰妳嗎？」

她的頭垂得更低，我看得出她背上的肌肉都繃緊了，接著她點了一下頭。皮奧崔站了起來，交握雙臂俯視著這個場面。我抬頭迎接他的目光，之後在貴主背後的地上坐了下來，並小心地將雙掌貼在她的背上。我的手之所以能夠停留在她背上不動，全是因為我以意志力控制的關係。我的手掌碰到的的確是少女溫暖的皮膚，但是我的精技卻感應到我手下有龍蛇竄動。「沉到她身體裡的不只是墨水而已。」我說道。話雖如此，我並不曉得那到底是什麼東西。

艾莉安娜勉強說道：「墨水是她用自己的血做的。這樣刺青才會永遠聽她的話、遵從她的命令。」

「她很壞。」阿憨鬱鬱地說道。

艾莉安娜把我們需要的消息告訴我們了。即使如此，那一晚的精技工作還是很累人。我對艾莉安娜所知不深，而阿憨又說什麼都不肯碰她。他雖肯將力量借給我們用，但圖案實在太過細膩，必須一個一個處理。她母親與妹妹默默地坐著看。皮奧崔在帳篷裡待了一會兒，出去走一走，回來，然後又出去了。我不怪他。我是走不開，要不然我也不想目睹這一切。惡臭的墨水不情不願地從她背上的毛孔中滲出，更糟的是，墨水滲出來的時候還會痛。艾莉安娜咬緊牙關，一語不發地捶打地面。她的長髮撥到前面，以免阻礙我們做事，但我看得出她的頭髮因為汗溼而貼在頭上。晉責坐在她的對面，兩手按在她的肩膀上鼓勵她，而我則煞費苦心地以指尖尋索每一個圖案，並呼喚她的皮膚將蒼白之女的臭墨水排放出來。我在幫她去除刺青的時候，不禁想起弄臣的背，蒼白之女也曾殘忍地在他背上刺出瑰麗精美的圖案。但我感謝命運，幸虧當年她硬逼著弄臣刺青時，尚未研究出這種變態的精技魔法。至於她的刺青爲何如此排拒我們，我就不知道了。等到連最後一隻龍爪都從她皮膚中逼出來的時候，我已經筋疲力竭，但是她的背變得光滑又乾淨。

「好了。」我疲倦地說道，拉起被子遮住她的背。她吸了一口氣，幾乎哭了出來，晉責趕緊將她摟入懷中。

「謝謝你。」他輕聲對我說道，接著對艾莉安娜說：「都好了。以後她再也不能傷害妳了。」

我一時暈眩，不知道晉責所說的是否爲眞，但我還來不及將疑慮說出來，便聽到帳篷外頭有人叫道：「船帆！看到船帆了！有兩艘船來了，一艘升的是野豬旗，另一艘升的是大熊旗！」

27

門

我越是去鑽研灰鱒大人伉儷的日常活動與往來對象，越深信您的猜測可能非常精準。雖然他們同意接受王后的「邀請」，讓他們的女兒，也就是惜黛兒小姐，前往公鹿堡待一段時間，但是他們答應得既不乾脆也不急切。在這件事情上，惜黛兒小姐的父親是眞的狠下了心腸，他不但不讓女兒帶著參加晚宴及舞會的衣飾出門，連適合宮中平日生活的衣飾也通通扣下，惜黛兒小姐的母親因此而大怒，認爲此舉有辱家門。灰鱒大人撥給女兒的零用錢，少到就算是擠牛奶的女僕都會嫌不夠用。我深信灰鱒大人的用意是要讓惜黛兒小姐在宮中受盡屈辱，最後不得不被送回家。

灰鱒大人爲女兒選的女僕很有問題。我的建議是，及早找個藉口，盡快將蛋白石趕出公鹿堡，同時務必要她那條灰色的寵物貓也一同離去。

惜黛兒本人頗感愧疚，然而她之所以愧疚，似乎只不過是因爲她年輕且輕佻。就此看來，她可能連自己的父母已經公然自稱爲「花斑子」都不知情，至於她父母的行事策劃，她可能就更一無所知了。

——間諜報告，未署名

適當的潮水讓那兩艘船不久就到了海邊。我們因為船這麼快就抵達而感到驚訝，但是船員們看到岸邊竟有這麼多人等待他們，也是嚇了一大跳。船上因此派了好幾艘小舟出來，小舟上擠滿了人，大家都急著想問問這是怎麼一回事。由於小舟划到沙灘上時，湧上去迎接的人實在太多，因此船員們還沒跨出船，整艘小舟就被我們的人抬離水面，搬到沙灘高處去了。每個人都爭著要講出自己版本的故事好讓這些船員刮目相看，那聲音吵得簡直像是在打仗。眾人一邊搶著說話，一邊笑著、捶胸脯、拍肩膀地鬧，而這裡面叫得最開心、最響亮的，莫過於聽到獨角鯨族勝利的阿肯．血刃。不過血刃與奧美崔相聚時，倒顯得節制且正式，令我有點意外。他雖是艾莉安娜的父親，但他從未與奧美崔正式成婚，況且珂希的父親另有其人。因為這個緣故，血刃是以朋友之姿，而非父親及丈夫的身分迎接奧美崔母女的歸來。除此之外，還頗有一點戰士歡迎盟友歸來的歡欣之意。

後來我才聽說，貴主早就許諾要給她父親許多穀物、商品和其他好處。野豬家族的土地既貧瘠又峻峭，雖然畜養草食的豬正合適，但是卻無法耕種。血刃家裡有八個表妹要供養，如今獨角鯨族既然勝利，那麼這些野豬族的年輕人必會有很好的發展。

歡欣與勝利的氣氛再度包圍了年輕的迅風與我，相形之下，使得我們的憂傷更顯深沉。更糟的是，我前一天晚上下了個決定，我認為這個決定非常正確，無論如何我都不會動搖。於是，棚子外的人大聲叫嚷、搶著說話之際，我則與迅風坐在幽暗的帆布棚子裡，陪伴著毫無反應的博瑞屈，而我也趁此平靜地對這孩子說道：

「我不跟你們回去了。我不在，你能不能把你父親照顧好？」

「我能不……你這話是什麼意思，你不跟我們回去了？那你要做什麼？」

「我要留下來。我必須回到冰河去，迅風。我要找條路回到蒼白之女的地下冰宮。我至少得將我好朋友的屍體找出來並火化。他一向怕冷，他一定極討厭以冰雪做爲墓室。」

「你還想做什麼別的？你看來欲言又止。」

我深吸了一口氣，想出了個藉口，末了還是決定不說。我這輩子說的謊夠多了。「我想去看看蒼白之女的屍體。她對我們做出了這麼多壞事，我要去證實她的確死了。如果她還活著，那麼我要殺了她。」

談何容易啊。我心裡納悶道，這個諾言說不定很難做到，但就目前而言，許下這樣的諾言，是我唯一能夠給自己的小小安慰。

「你講這話時好像換了個人似的。」迅風小聲地說道。他朝我湊近了些。「你這樣講話的時候，眼睛像是狼。」

我搖搖頭，笑了出來——就算稱不上是笑，至少我把牙齒露出來了。「才不呢。狼才不會把時間浪費在報仇上頭，然而我確確實實就是要找她報仇。當人露出最邪惡的那一面時，你看到的不是他動物性的那一面。邪惡是人才生得出來的野蠻情緒，你若是看到我對於家人的忠誠，那才算是看到了我的狼性。」

他伸出指頭碰碰垂掛晃蕩的耳環，皺著眉頭問道：「要不要我跟你一起留下來？你用不著單獨面對那一切。再說，你親眼見過我射箭了，你知道我之前眞的沒騙你：我的箭術很不錯。」

「你的箭術的確很好，不過你還有別的職責，而那更爲重要。博瑞屈如果留下來，那麼他恐怕就沒有機會了，還是讓他上船去柴利格鎭吧。鎭裡說不定有高明的療者，就算療者的水準不知如何，至少也可以幫他弄個溫暖舒服的地方、營養的食物，並準備一張乾淨的床。」

「我父親死期不遠了，蜚滋駿騎大人，我們不要睜眼說瞎話吧。」

噢，直呼一個人的眞名果然有其魔法，因此我就也不再講下去了。「你說得沒錯，迅風，但是他用不著死在寒風中的薄帆布下。我們至少可以爲他做到這一點。」

他搔了搔頭。「在這方面，我還是要照著我父親的意思去做。我敢說，他一定會叫我留下來幫你。他一定會說，我留在他身邊，不如留在你身邊來得有用。」

我想了一下。「也許博瑞屈眞會這麼說吧，但我敢說你母親一定不讓你離開他。依我看來，你還是陪著他比較好。他在臨終的時候，可能會掙扎著講幾句話，而不管他說了什麼都彌足珍貴。迅風，你不能留。你還是跟他去吧。陪著他，起碼代我盡一份心。」

他沒回答，聽了這番話之後，他低下頭，算作是答應了。

我們講話的時候，外面的人就已經開始拆帳篷，將之搬往小舟上。當外島人來找迅風與博瑞屈的時候，讓迅風頗爲訝異。來人是大熊，他鄭重地對那少年點了個頭，邀請迅風與他父親搭乘他們的船，並將此視爲莫大的光榮。大熊將他們父子二人稱之爲「妖龍殺手」。我感覺得出，迅風是此時才恍悟到，原來衆人之所以任由他孤獨悲傷地與父親相伴，乃是出於尊敬，而不是因爲視若無睹。貓頭鷹是外島人的吟遊歌者，他陪同他們父子登上小舟，前往大熊族的船，一路上唱著歌。雖然外島曲調轉折得特別厲害，但我還是多少聽得出，他唱的是那男子使妖龍猛然跌倒，而他兒子一箭射穿龍眼，讓蒼白之女的人質重獲自由的故事。聽著歌謠，我的喉嚨發緊，同時也備感光榮。我注意到羅網也與他們同舟而去。這樣我就放心了，我不希望那少年孤獨地處於陌生人之中，即使那些人會在博瑞屈死時厚禮葬之，我心裡想著，恐怕博瑞屈是無法撐到柴利格港了。

王子來到我身邊，問我要搭哪一條船。「兩邊都很歡迎你，你想搭哪一條都可以，但不管你選哪一邊，都只有密閉的船艙可住，那是因爲他們也沒想到會搭載這麼多人。到時候，船上必會擠得像是醃沙丁魚的魚桶一般。切德決定要把貴主與我分開，這倒頗爲明智，所以我會搭大熊族的船，而切德則跟皮奧崔他們家的人一起搭乘野豬族的船。他想趁著這趟航程，把雙方聯盟的最後細節談妥。」

雖然心情沉重，我還是擠出了笑容。「你到現在還稱之爲『聯盟』？我看明明就是要辦婚禮了。還有，你是做了什麼事情，竟讓切德認爲在這趟航程中，最好是把你們兩個隔開？」

他的眉頭揚起，嘴角笑得彎起來。「才不是我！是艾莉安娜！她當眾宣布她非常滿意，因爲我達成了她替我設下的考驗，證明我的確配得上她，所以從現在起，她就將我看作是她的丈夫了。依我看來，她母親並不是很高興，不過皮奧崔不肯制止艾莉安娜。切德努力地對艾莉安娜解釋，我必得在我的『母屋』中許諾與她結婚才行，但是她才不管那些。她問切德：『在這事情上，男人若是反抗女人的意願，那還算是什麼男人？』」

「我真的很好奇，切德到底是怎麼回答的？」我問道。

「他說：『說眞的，小姐，我也不知道這樣要算作是什麼男人，但是我們王后陛下的意願是，除非您到了她的屋子裡，當著她以及眾貴族的面宣稱您認爲王子配得上您，否則她兒子不得與您同床。』」

「這樣講，她聽得進去嗎？」

「聽不太進去。」王子顯然因爲未婚妻如此急切而感到飄飄然。「切德已經逼我立誓，要我多加自制，可是艾莉安娜卻沒有讓我比較容易遵守諾言呀。啊，說到哪裡了。所以我要搭大熊族的船，而艾莉安娜要搭野豬族的船；切德也搭野豬族的船，阿憨大概會搭大熊族的船，因爲他以『艾達之手』治人的事情傳遍了所有外島人，大家都對他崇敬有加。那麼，你要搭哪條船？搭大熊族的船好了。這樣你就可以陪博瑞屈、迅風和我了。」

「我既不上野豬族的船，也不上大熊族的船。不過聽你說你要跟迅風一起，我倒很高興。這陣子他很難熬，如果有朋友相伴的話，可能會好一點。」

「你兩邊的船都不上？這是什麼意思？」

該宣布了。「我要留下來，晉責。我必須回去找弄臣的屍體。」

他眨了眨眼，想了一下，便就此接受了我的決定。他這份體諒讓我非常窩心。「那我一定跟你一起留下來。況且如果要從龍坑那裡挖條地道下去的話，你也需要人手。」

他既未駁斥這件事情多此一舉，還願意爲我而將他的勝利延擱下去。「不，你還是走吧，貴主等著跟你完成終身大事，雙方的聯盟也必須繼續商議。況且我不需要人手，因爲我打算從謎語他們逃出來的那條路回去。」

「那是行不通的，蜚滋。別說是你，謎語講的時候我也聽得很仔細，那個出口你是怎麼也找不到的。」

他不想多說我的不是，因而措辭含蓄，我聽得露出微笑。「噢，放心，我一定會找到，我對這種事情可是不屈不撓的。我不求其他，只求你撥點食物和額外的衣物給我就行了。我這一趟出去可能要好一陣子。」

他聽了之後，猶豫地說道：「蜚滋駿騎大人，恕我直言，但是你這一去恐有生命危險，或許也將一無所獲。如今黃金大人已毫無知覺，而你既不見得能找得到路進去，進去之後也不見得能找到他的屍體。在這個情況之下，如果我還任你貿然行事，恐怕不智。」

我不理會他最後面那句話。「那是另一回事。你這一趟回柴利格鎮，要處理的棘手事務多如牛毛，可犯不著再多拿『蜚滋駿騎大人復活記』來增添麻煩。我建議你悄悄地跟原智小組開個會，叫他們別提起我的事情。長芯那邊我已經跟他說過了，至於謎語，應該是不必多慮的，其他人則都已經死了。」

「可是……可是外島人已經知道了啊，他們聽過我們叫你的名字。」

「他們聽過就忘了。他們不會記得我的眞名，這就跟我記不得大熊，或是老鷹本人的名字，是一樣的道理。對他們而言，我就是那個『留在島上不肯走』的瘋子，如此而已。」

他失望地兩手一攤。「我們還是會回來接你。你要多久？待到餓死爲止？還是要待到你發現這一趟出去的確毫無斬獲？」

我想了一下。「給我兩個星期吧，到時候再安排船回來接我。無論成也好，不成也好，兩個星期到了，我就放手、回家。」

「這樣不好吧。」他咕噥道。我本以爲他要繼續跟我爭執下去，他卻如此反擊：「兩個星期就兩個星期。還有，我不會等到有你的消息之後再派船，所以你也用不著爲了求我讓你多留幾天而跟我技傳了。兩個星期之後，船會來這個沙灘接你，到時候你成也好，不成也好，都要到這裡來等著搭船回去。好啦，現在我們得趕快去把東西攔下來，免得他們通通搬上船了。」

結果發現這是多慮了。由於乘客太多，船員們爲了多騰點位置載人，反而還將船上的東西搬下來。切德發現我不肯走，氣得大發牢騷，最後還是由著我去了。他會讓步主要有兩個原因，一是我很頑固，二是大家爲了趕在退潮之前離去，都忙得不可開交。

縱然知道這個結果，當我站在岸上望著那兩艘船趁著退潮開走時，仍感到有點落寞。我身後的海灘上是一大堆雜七雜八的器材和補給，如今我有多得用不完的帳篷，還有相當充足、只是口味平淡至極的糧食。在船走後與天黑之間，我從中挑出一些我認爲派得上用場的，裝在我那個飽經風霜的舊背包裡。除此之外，又塞了額外的衣物、大量糧食，以及我從異類海灘帶回來的羽毛。長芯留下一把相當好用的劍給我，我猜這劍原來大概是巧捷的。我晚上睡覺的帳篷和被褥、做菜用的器具，就用弄臣的那一套，一來是因爲這些都是弄臣的東西，二來是因爲他的東西最輕便好帶。切德還留了一桶火藥給我，我看了不禁發笑。那東西這麼危險，我怎麼會去動它呢？我的聽力到現在都還沒完全恢復呢。話雖如此，我最後還是塞了一罐到背包裡。

晚上時我替自己生了個旺盛的爐火，這海邊的浮木不多，但反正這裡只有我一個人烤火，我樂得縱容自己一些。我本以爲會找到寧靜，因爲心情往往會在孤獨之中平定下來，即使在我最陰鬱的時候，孤獨與大自然也總是讓我感到安慰。但是今晚不然。淹在水下的那隻石龍不斷地發出嗡嗡的響聲，像是在提醒人們蒼白之女有多麼邪惡。我眞希望有什麼辦法能洗去那邪惡的刻工，讓石龍平靜，回復爲平實的石頭。我爲自己煮了好大一鍋粥，然後毫不心疼地把晉責留給我的大麥糖通通投入粥裡。

我才吃了第一口，就聽到身後有腳步聲。我在驚訝之餘被甜粥噎到，但我還是立刻跳起來，並拔出長劍。接著阿憨踏入我的火光圈中，害臊地陪笑道：「我餓了。」

這實在太意外了。我驚訝得搖晃起來。「你怎麼會在這裡呢？你應該已經搭上船了才對啊！」

「不，不，我不搭船的。能給我一點吃的嗎？」

「你是怎麼留下來的？切德知道嗎？王子知道嗎？阿憨，怎麼會這樣呢？我有要務在身，現在沒辦法照顧你呀！」

「他們還不知道，況且我自己會照顧自己呀！」他怒道。我這話傷了他的心，他彷彿爲了要證明他很自立似的，走到那一山的器材之前，東翻西攪地找出了一個碗。我坐著凝視火焰，感覺自己完全被命運打敗了。阿憨回到火邊，在我對面找了個石頭當作椅子坐下，將一半以上的粥舀到自己碗裡，一邊補充道：「要留下來還不容易？我只要對王子說：*阿憨跟切德在一起，阿憨跟切德在一起。然後對切德*

說：阿憨跟王子在一起，阿憨跟王子在一起。所以他們兩個都深信我已經上船了。」

「那其他人怎麼沒發現你不見了呢？」我懷疑地說道。

「噢。我就跟他們說『你們沒看到我，你們沒看到我』就行了。很簡單嘛。」阿憨說完了就繼續吃，他吃起東西總是樂在其中。顯然他對於自己的巧計引以爲豪，他含著滿口的粥，問道：「那你是怎麼騙過他們才留下來的呢？」

「我沒騙他們。我之所以留下來，是因爲我有要務在身。他們兩週後會來接我。」我把頭埋在手裡。「阿憨，你這樣讓我很爲難。我知道你不是故意要爲難我，不過這個情況確實很糟。我該拿你怎麼辦呢？你留下來到底是爲了什麼？」

他聳了聳肩，含著粥說道：「反正我不坐船就對了，這就是我的打算。那你有什麼打算。」

「我打算走一大段路，回到地下的冰宮去看看。如果我找得到蒼白之女，我會殺掉她，而如果我找得到黃金大人的屍體，我會把他帶出來。」

「好啊，我們一起去。」他傾身向前，望著鍋裡剩下的粥。「剩下的你要吃嗎？」

「吃不下了。」我已經沒了食欲，平靜的感覺更是消失得無影無蹤。我望著阿憨吃粥。如今我有兩條路可走，我知道自己不能把他丟在這裡，獨自去追捕蒼白之女，因爲這就跟把孩童丟下來，讓他自生自滅沒什麼兩樣。所以我的第一條路，就是跟他在這片沙灘待上兩週，等晉責派來接我的船到了，將他送上船，之後再獨自出發。可是這個島在極北，到時候都入秋了，等到大雪一下、蓋住大地，那就什麼行跡都別想看見了。要不然，我也可以拖著走一步停三步、動作慢得折騰死人的阿憨跟我一起踏入險境，但這同時也是拖著他踏入我心底的私密領域啊。我希望找到弄臣屍體的時候，身邊沒有旁人。我希望，也想要自己獨自進行這件事情。

不過阿憨人都已經在這裡了。我是他的依靠，可是我又恨不得甩開他。我突然想起，當年人家硬把我塞給博瑞屈照顧時，他臉上的神情。我現在這處境，不就跟當年的他一模一樣嗎？我望著阿憨把鍋裡剩的最後一點粥刮乾淨，開始舔黏膩的調羹。

「阿憨，往後的路程會很艱苦。我們必須起得早，又得走得快，而且這一走，就又走回很冷的地方去了。營火生不大，食物又千篇一律。這樣，你還要跟我一起走嗎？」

我眞不知道自己爲什麼讓他有機會選擇這條路。

他聳聳肩。「總比上船好。」

「可是到頭來，我們還是要上船。等到船來接我之後，我就要離開這個島了。」

「我才不要呢。」他悍然拒絕了。「我不坐船。我們會睡那個漂亮帳篷嗎？」

「我們得跟切德和王子通報說你人在這裡。」

阿憨聽了皺起眉頭，一時間，我還以爲他要用精技來襲擊我。不過，等我聯絡上他們的時候，他也湊進來探聽他們的反應，因爲他對自己能夠把切德和王子糊弄過去，感到非常自豪。我感覺到他們很氣阿憨，也很同情我，但他們都不曾提議說要將船掉頭回來接他。然而說眞的，他們也不能將船掉頭，畢竟這次所遭遇的驚天動地的故事，大家都等不及要聽聽，而無論是王子遲了，或是貴主遲了，都對首領團無法交代，所以他們非得一路前行不可。不過切德冷冷地提議，他們的船一在柴利格鎮靠岸，就派船來接我們回去。但我請他且慢，我們要回去時，自然會技傳請他派船。這時阿憨特別補了一句：我不坐船。不過在這當下，我們三人都無心跟他爭論。我十分肯定，屆時若船抵達，阿憨恐怕早就疲倦且枯燥得無以復加，他一看到我搭上船，就會跟著我一起走了。他總不可能會想要獨自待在這島上吧？

夜色漸深，我開始想到就某些層面而言，也許我有阿憨陪著，比單獨在此來得好。此時待在弄臣的帳篷裡，阿憨不請自來地闖了進來，跟這一切格格不入，好比是眾人的豐收舞中闖進一頭乳牛。然而我心裡知道，若不是他在，那麼我一定會消沉鬱悶，開始重新數落自己一生做過的錯事。他既惹人厭，也使我分心，但是他可以與我作伴。我既忙著照顧他，也就無暇顧慮自己的種種痛苦了。我不但沒空嗟嘆，還要幫他理出一個他揹得動的背包。他背包裡塞的多是保暖衣物和食物，因爲我知道他唯一不會丟掉的就是食物。我躺下來準備入睡的時候，已經開始爲明天要拖著他走而感到恐懼了。

「你現在要睡了嗎？」阿憨在我把被子拉起來蓋過頭時問道。

「對。」

「我喜歡這個帳篷。好漂亮啊。」

「對。」

「這個帳篷跟我小時候住的篷車有點像。我媽媽四處布置緞帶、串珠，還做了好多漂亮的彩色裝飾。」

我默默不語，希望他會就此睡著。

「蕁麻也喜歡漂亮的東西。」

蕁麻。之前我竟將她送入險境，差點就使她小命不保。一思及此，我就羞愧萬分，而從那之後我就不再聯絡她了。我愧對蕁麻，我不但將她送入險境，還無力救她回來，就算我鼓起勇氣請她原諒，我也沒有勇氣告訴她，她的父親已在鬼門關徘徊。我總覺得，博瑞屈之所以遇難，多少要怪我；若不是因爲我人在此地，他怎麼會來這裡？他若是不來這裡，又怎麼會去跟龍對決？由此可見我有多麼怯懦。我敢拿著劍闖進地下冰宮，看看能不能就此了結了蒼白之女的性命，但我卻因爲自己辜負了女兒，而無顏面對她。「她還好吧？」我粗暴地問道。

「還可以啦。我今天晚上要讓她瞧瞧這頂帳篷，可以嗎？蕁麻一定會喜歡這個花花綠綠的顏色。」

「可以呀。」我遲疑再遲疑，最後還是怯怯地問道：「她現在還怕得不敢睡覺嗎？」

「對啊。也還好啦。嗯，我是說，有我在，她就不會怕得不敢睡覺啦。我向她保證，我一定不會讓她再度墜入那個可怕的地方。我對她保證我會看著她，保護她安全。所以我先去睡，然後她再進來。」

阿憨講得彷彿他們約好在小酒館見面似的，在他口中，「睡」聽來像鎮上的什麼去處，或是沿路走下去的下一個村莊，彷彿「睡」不是狀態，而是個處所。他再度開口的時候，我心裡仍在努力揣想他剛才講的那幾個簡單字眼是什麼意思。「這個嘛，我現在得去睡了。蕁麻還等著我先去等她呢。」

「阿憨，你告訴她……不，我很高興。我很高興你能這樣陪著她。」

阿憨將胖嘟嘟的手肘枕在頭下，熱切地對我說道：「你放心，她一定會再度找到她的音樂。我會幫她啊。」他深吸了一口氣，睏倦地嘆了口氣。「現在蕁麻有朋友了。是個女孩。」

「真的嗎？」

「嗯。叫做惜黛兒。惜黛兒是鄉下來的，很寂寞，常常哭，又沒有像樣的衣服。所以她就變成蕁麻的朋友了。」

這段話透露了不少訊息。我女兒不敢睡覺，一到晚上就怕，很寂寞，又交了個被父母遺棄的花斑子爲友。我敢說幸運的處境一定也跟蕁麻一樣「好」吧。我的心沉了下去，努力勸慰自己，惜黛兒根本就不該遭受隔絕，而珂翠肯把那少女救出來乃是一件好事，但我就是高興不起來。

弄臣那個小小燒油火盆裡的火焰，熒熒地在阿憨與我之間閃動，最後終於熄滅。黑夜籠罩了我們——也不太能算是黑夜，因爲此地的夏夜多少仍有點濛濛亮。我動也不動地躺著，聽著阿憨的呼吸聲、海浪拍岸的聲音，以及水下石龍不安的嗡嗡聲。我閉上眼睛卻不敢入睡，我既怕會在夢中遇見蕁麻，又怕在夢中找不到她。過了一陣子，我只覺得睡夢眞的已經變成一處我忘記路途、不知該如何前去的地方了。

不過，我最後一定還是睡著了，因爲我醒來的時候，黎明的光穿過弄臣這五顏六色的帳篷透了進來。我沒想到自己睡了這麼久，而阿憨仍睡得很沉。我走到外面解手，舀了些冰冷的河水回來，開始加熱。阿憨聞到早晨熱粥的味道之後才起來，他從帳篷裡出來，高興地伸手伸腳，告訴我他跟蕁麻整晚都在追蝴蝶玩，她還用蝴蝶替他做了一頂蝴蝶帽，直到剛才他醒來時，蝴蝶帽才飛走。這些無厘頭的小事情讓我覺得有趣，雖說這些跟我眞正的計畫相去甚遠。

我幾次催促阿憨快一點，但是他依然我行我素。在我拆帳篷，並將之裝入我的背包中時，他漫無目的地在沙灘上亂逛。我勸了半天，他才揹起背包跟著我走。我們沿著沙灘，朝謎語等人來時的方向而去。那天謎語講的時候，我聽得很仔細，我知道他們沿著沙灘走了兩天，所以我也要沿海邊走上兩天，看看能不能找到他們攀爬下來的沙灘，再循跡而上，從他們逃出來的裂縫鑽進蒼白之女的宮殿之中。

只是我從未想過我得帶著阿憨同行。一開始，他走得興高采烈，對於一路上碰到的小池子、浮木、鳥羽和海草等，都興味盎然。當然，他的腳一下子就溼了，他開始喃喃地抱怨，不久就喊著肚子餓。我早就想到他會喊餓，早已在口袋裡準備了旅行用的乾麵包和鹹魚乾。這些食物他看不上眼，但是我斬釘截鐵地跟他說，無論他怎麼鬧，我都會繼續走下去，於是他也就接過麵包和魚乾，邊走邊嚼。

淡水並不缺，不少小水道切過沙灘、流入海裡，或者是將岩石懸崖弄得潮溼一片。我很注意潮水的漲落，因爲我可不想被漲起的潮水困在一塊進退兩難的沙灘上。但是潮水漲得不高，而且我還看到他們的腳印清楚地印在比高潮線還高的沙灘上。我看到這些足跡很是高興，並且繼續推進。

天黑之後，我們撿到幾個零星的浮木，在高潮線之上的高處搭起帳篷，生起營火。晚上既有一彎明月，阿憨又拿出笛子吹奏，要不是我心事重重，這晚上應該是挺愉快的。這是我第一次讓自己全神貫注地聆聽他的雙重音樂，我既能聽到他的精技音樂，又能聽到他的笛聲；他的精技音樂是以無所不在的風聲、海鳥嘶鳴與海浪拍岸的聲音所組成，而他的笛子則不時噴出幾個單音來輔助他的精技音樂。由於我能與他心靈交流，因此我聽得出這二者合奏出美妙的音樂，若是我沒有精技天賦，一定覺得這笛聲是胡亂吹奏，根本不成曲調。

我們吃了簡單的晚餐：旅行的乾麵包，配著魚乾加上海邊撿來的海草所煮成的湯。這些是可以吃得飽的——而「吃得飽」已經是對這一餐最大的誇讚了。阿憨之所以吃下去，主要是因為他肚子餓。「要是有廚房烤出來的蛋糕可吃就好了。」他留戀地說道。之後我以沙子將鍋刮乾淨。

「噢，除非我們坐船回公鹿堡，否則是吃不到蛋糕的。」

「不行。我不坐船。」

「阿憨，不坐船就不能回去。」

「如果我們一直走下去，說不定會走到家。」

「不行，阿憨。艾斯雷弗嘉是個島，既然是島，就表示周圍全是水，用走的是走不回家的，我們早晚總得上船。」

「不行。」

又來了。他其實懂得不少，但只要一扯到船的事情，他就不肯接受，或是無法接受。我也不勸了。我們鑽進被子裡，我再度望著他毫不費勁地進入夢鄉，就像是善泳的人跳入水中一樣輕鬆。我尚無勇氣跟他談蕁麻的事情。我心裡納悶道，蕁麻對於我不見蹤影，不知是什麼想法，或者，她根本就沒注意到我消失了。我閉上眼睛睡覺。

第二天走路的時候，阿憨已經走得很煩了。他兩次任由我獨自往前走到他幾乎看不見我的地方，然後才急呼呼地穿過溼沙追上來，兩次他都質問我爲什麼要走那麼快。我實在想不出有什麼理由是他聽了會滿意的。說實話，我只知道自己心裡很急，所以很趕。這件事非做不可，除非趕快做好，否則我心裡不安。我只要一想起弄臣已死，一想起他的屍體被人棄置在那個冷冰冰的地方，我就心痛得幾乎要昏倒。我知道除非親眼看到他的屍體，否則我是不會承認他已死的。這就好像你得看到腳腫脹發膿，這才會承認除非截肢，否則身體是無法痊癒的。我趕著要去面對自己的痛苦。

這天晚上，我們在懸崖邊的那一小處海灘上紮營。懸崖邊掛著冰條，崖壁上也有水流過。據我的估計，這麼一點空地用來紮營還可以，只要潮水別因爲風暴而漲得特別高就行了。我們搭好帳篷，用岩石壓住帆布，起了火，吃那些平淡的口糧。

今天月色比較亮，我們在星空下坐了一會兒，眺望大海。我心裡想著幸運不知怎麼了？不知道他是已經克服了絲凡佳的危險情意，或者完全被她收伏了呢？我只能希望他在下判斷的時候，頭腦能清醒一點。想到這裡，我不禁嘆了口氣，阿憨則同情地問道：「你肚子痛？」

「倒不是。我在擔心我兒子。他名叫幸運，現在在公鹿堡城。」

「噢。」他對此似乎不大感興趣，然後，他彷彿在講一件他沉思已久的事情似的補了一句：「你人雖在這裡，但心總是在別的地方。」

我望著他好一會兒，接著將我時時刻刻警戒、用以提防他的音樂的精技牆降下來。讓他的音樂流入我心中，就像在天黑或黎明時刻時，讓夜色進入我眼中，並體會到那正是適合打獵的時候。我放鬆地感受當下，讓夜眼那種享受當下的心情進入我心中。我已經好久沒這樣了。我雖早就察覺到大海與清風，但是直到現在，我才聽到沙與雪被風吹起、輕拂過地面，以及大冰河緩緩地擠壓、移動的聲音，並且突然聞到鹹鹹的海水味、海邊的海草味，以及空氣中冷冽的老舊雪味。

霎時間，彷彿開啓了一扇門，通往一處舊日的時空。我一瞥身邊的阿憨。突然覺得他是個齊全完整的人，在這個場合之中，他萬事俱全，因爲他活在當下。因爲活在當下，所以他坐在此處享受夜景之際，便了無缺憾。我嘴角不禁浮起一絲笑意。「你頗有狼的悟性嘛。」我對他說道。

當晚我入睡後，蕁麻找上了我。我過了好一會兒才察覺到她，而這是因爲她待在我的夢境邊緣：她從我兒時在公鹿堡住的那房間窗戶眺望出來，任由海風吹散她的頭髮。等我終於注意到她之後，她跨出窗戶，走上我所在的沙灘，只說了一句：「嗯，你我都在。」

我心裡湧出千百個道歉與解釋，多得使我不知道該先說什麼才好。她在我身邊的沙灘上坐下來，眺望著大海。海風吹起她的頭髮，就像微風拂動狼身上的毛皮。她的沉著與我心裡的慌亂，恰成了明顯的對比，而我也突然了解到，我這老是焦躁憂慮、解釋連篇的個性一定很惹人厭。我在她身邊坐下，並感覺到我的尾巴圈住了前腿。「我以前向夜眼許諾，我一定會把牠的故事講給妳聽，但是我直到現在都還沒說。」

我們兩人久久沉默不語，最後她說道：「今晚就說一、兩個來聽聽吧。」

所以我就告訴她，夜眼還是隻鼻子扁扁的笨拙幼兒時，如何跳得很高，撲下來逮住運氣太差的老鼠，以及牠與我如何建立互信，並且人狼一體地打獵、思考。她聽了一夜，有些故事她聽了之後，會歪著頭說道：「這我記得。」

我醒來時，晨光透過帳篷布上的鮮豔野獸照射下來，霎時間，我眼裡只見到一條展開雙翼、迎風飛起的豔藍大龍，下面則是眾多鮮紅豔紫的海蛇在海中弓起身子，這些景象讓我忘了自己因爲哀愁與報仇而產生的沉重感。我慢慢察覺到阿憨的鼾聲，以及海浪近得像是打在帳篷旁邊的聲音。聽到這個聲音使我嚇了一大跳，趕緊到帳篷門口一探。看了第一眼，我感到很放心，因爲海水越退越遠，剛才最危急之時，海水曾逼到只離我們帳篷十步之處，不過那時我在睡覺。

我爬出帳篷，站起來，伸展了一下，眺望著海浪。我感到一陣平靜，雖說眼前仍有個痛苦的任務，但我本以爲我跟女兒的關係已經不保，卻失而復得，因而感覺到人生比較圓滿。我走到離帳篷遠一點的地方去解手，即使赤腳踩著溼沙，也覺得十分美好。但就在我轉身走回帳篷時，所有的泰然鎮定都不翼而飛。

弄臣的蜂蜜罐就插在離帳篷門口不過幾吋的沙地裡。

我一眼就認了出來，同時也想起我在這島上過夜的第一晚，將那蜂蜜罐擱在帳篷外，隔天早上，罐子便平空消失了。我趕緊掃視沙灘，望向峭壁確認有沒有人逗留，但什麼都沒看到。我警戒地朝那蜂蜜罐靠過去，彷彿那罐子會跳起來咬我，此外，我仔細察看地上是否留下有人來去的行跡。海浪已經清掉了他的腳步，黑者又再度來訪，而且巧妙地不留痕跡。

最後我終於把蜂蜜罐拔出來，打開瓶塞，雖說我也不知道自己爲什麼要這樣做。罐子空空如也，連一絲甜味的殘留也沒有。我把蜂蜜罐帶進帳篷，跟弄臣的其他東西塞在一起，思索著這到底是什麼意思。我本想跟切德和晉責技傳，把這個奇怪的新發現告訴他們，最後還是決定現在先別多提的好。

那天早上我沒撿到什麼柴火，所以阿憨與我只能吃魚乾配冷水當早餐。我帶的糧食以一個人的份量來說是相當寬裕，現在卻覺得糧食消失得太快。我深吸了一口氣，努力以狼的心情來面對眼前的一切。天氣很好，今天的糧食也夠吃，既然如此，我就應該掌握這個優勢繼續前行，不要再發牢騷了。阿憨似乎挺愉快的，不過他看到我拆帳篷之後就變了臉色。他抱怨我每天就是沿著沙灘一直走，走，走。我本想教訓他，這條路是他自己選的，是他不請自來，硬要留在島上，把他的人生跟我的人生綁在一起，但是我咬住嘴唇，不讓自己口出惡言，反而柔聲跟他說我們不用再走多遠了。阿憨聽了振奮不少，而我並未告訴他，我將要開始尋找謎語他們留下來的痕跡。謎語提到他們是從懸崖爬下來的，希望他們留下了痕跡，而且還沒被風或浪抹去。

所以我們繼續前行，我努力以新鮮暢快的空氣以及時時變化的海面爲樂，此外當然也不忘留意懸崖的情況。不過那個突然在我眼前冒出來的跡象，我敢說，一定不是謎語或是他的同伴留下來的。那是剛剛才在懸崖的石面上刻出來的痕跡，尚未受過大風或海水的洗刷，雖雕得很粗略，但它的意義絕對錯不了：上是騰躍的龍、下是弓起來的海蛇，而騰龍海蛇的圖案之上，還刻了個朝上的箭頭。

看這情況，不管是誰刻了這個記號，都已經幫我們選好一條容易的路，好讓我們輕鬆地從沙灘爬到懸崖頂。即使如此，我還是除下背包，讓阿憨留在沙灘上，先獨自上去探一探。爬到了風大的懸崖頂一看，只見沿著懸崖邊，稀疏地長了些頑強的草和看來脆脆的青苔，連土地都蓋不住。再過去是一片由青草、蓋著地衣的岩石和長得不太好的灌木叢所構成的草原。我爬上來的時候把腰刀叼在嘴裡，但是懸崖上既無朋友，也無敵人在等我。迎接我的，只有從冰河掃來的冷風。

我回到沙灘上揹妥我們兩人的背包，再護著阿憨爬上來。他攀爬的技巧還可以，只是四肢短小、腰圍肥壯，爬起來甚不方便，不過最後我們兩人終於一起站在懸崖上了。「嗯。」他喘完了氣之後叫道。「再來呢？」

「我也不太確定。」我說道，四下張望。據我猜想，那人既然在懸崖下刻出了一望即知的記號，總不會在這時候丟下我們不管吧。我花了一會兒的工夫才找到此處的提示。看這情況，倒不像是那人要故弄玄虛，而是這懸崖上可以用來做記號的東西太少了：地上有幾個沙灘小石頭，排成一直線，一頭指向我們剛才爬上懸崖之處，一頭指向內陸。

我將阿憨的背包遞給他，然後將我自己的背包揹上肩頭。「走吧，我們要朝那個方向走。」我伸手一指。

他順著我的手指往前一看，失望地搖了搖頭。「不。爲什麼要往那邊走？那邊只有草，再過去是雪，其他什麼都沒有。」

這我也沒什麼現成的解釋。他說得沒錯，這片粗短的草原盡頭被雪蓋住，再過去，就是高聳入雲的冰河了。「這個嘛，我們就是要朝雪而去呀。」我邁開腳步。爲了讓他容易跟隨，我走得並不快，但是我一次也沒有回頭看。我雖未回頭看，卻以原智知覺探看他有沒有跟來。他是跟來了沒錯，卻走得不情不願。我慢下腳步，讓他追上來。阿憨終於與我並肩而行之後，我跟他閒聊：「嗯，阿憨，今天我們終於可以解開一、兩個謎題了。」

「什麼謎題？」

「黑者是誰，以及他是什麼身分。」

他頑固地說道：「我才不在乎。」

「這個嘛，今天天氣眞不錯，而且我們已經不再沿著沙灘而行了。」

「可是我們現在正朝著冰雪走去。」

他說得沒錯，過不了多久，我們就走到草原的邊緣。雪地上明白地印著黑者往來的足跡，我也不多說，便循著足跡前進，阿憨則跟在我身後。過了一會兒，他有感而發地說道：「我們沒有戳雪耶，這樣我們可能會掉下去。」

「我看我們只要循著這條小徑走，應該就安全無虞。」我對他說道。「眞正的冰河還沒到。」

中午過後不久，我們循著小徑走過一片寬廣的冰原，來到一處岩石峭壁。這岩石峭壁抵著風、高高聳立，岩壁上有些裂縫，處處結了冰柱。小徑通到峭壁下的時候，轉往西而去，而我們也繼續循著小徑走。天色漸漸暗下來，我仍頑強地推進。阿憨開始喊餓，我拿了幾條魚乾給他吃。天色越來越暗，我體力漸漸不支，好奇心也逐漸消磨掉了。最後我們終於停下來，我不好意思地轉過身對阿憨說道：「這個嘛，我看我是想錯了。我們今晚就在這裡搭營過夜，好不好？」

他的舌頭與下唇垂下來，皺著眉頭，失望地看著我。「非得搭營嗎？」

我四下張望，想不出我還能做什麼。「不然你要怎麼辦？」

「上去呀！」阿憨叫道，伸手一指。我抬頭順著他那肥短的指頭望去，不禁驚訝得屏住呼吸。我的眼睛一直盯著小徑，所以沒有抬頭看看越來越近的峭壁上是什麼情況。然而我們前頭峭壁的半山腰處有個裂縫，裂縫上有個灰色木頭做的門，門的上下左右再以大大小小的石頭封住。那木門微開，裡面透出黃色的火光。門裡有人。

我們連忙循著小徑而去，再走了一段路，小徑突然折回，沿著一條陡峭的路線爬上懸崖的岩壁。小徑上山之後變得十分窄小，阿憨與我必須一前一後，即使如此，我們的背包還是會撞到山岩。不過這條路雖小，卻常有往來，所以路上的碎石和冰霜都清掉了，路上凡是有水滴滴下、結成冰柱，可能會遮斷小徑的，就會被人斬斷掃清，看來才剛弄不久。

雖然這些都是好客的象徵，但是我們終於來到木門前的時候，我心裡仍有重重憂慮。這門是千辛萬苦地將浮木磨平、接合起來做成的，門裡漫出暖意以及食物的香味。雖然門開著，而門前只有一小塊地方，我仍躊躇不前，不敢就此進去。阿憨就不同了，他把我撥到一旁，走上前推開門，充滿希望地叫道：「嗨！我們到了。外面好冷喔。」

「請，來進。」裡面有人以低沉且開心的聲音應道。這人講話的腔調很奇特，聲音嘎啞，似乎已經很久沒講過話了，不過他話裡的歡迎之意一聽即知。阿憨不再遲疑，立刻走了進去，我慢慢地跟在他身後。

猛然從黯淡的夜色中進了屋子，只覺得那石頭壁爐像在大放光明。一時間，我只看得出爐火前的木椅上有個人形，然後黑者慢慢站起來面對我們。阿憨很大聲地倒抽了一口氣，立刻便回過神，想到自己應有的禮儀，於是謹愼地招呼道：「爺爺你好。」

黑者露出笑容。他的牙齒發黃，臉則如烏木一般，雙眼與嘴深陷，眼嘴周遭有許多皺紋。他開口講話，而我過了好一會兒才聽出他那口音濃重的外島語講的是什麼：「我不知道自己在這裡多久了，但這是第一次有人叫我『爺爺』。」

他站起來的模樣並不吃力，背脊挺得很直，不過從他臉上一望即知他年紀很大，再說他像是那種想要避免身體受到衝擊之人，舉止緩慢且優雅。他朝小桌子比了個手勢。「訪客我少有，但好客我依然，雖然簡陋我這裡。請。食物我已經準備。來。」

阿憨這就不客氣了。他把背包抖下來，毫不留戀地任它滑落在地上。「多謝了。」我慢慢地說道，小心地放下我的背包，並將我們兩人的背包堆在一旁。現在我的眼睛已經適應了室內的亮光。我不知道這樣一個地方到底該稱作是山洞，還是該稱作超大的山縫。我看不見屋頂，不過據我看來，煙霧雖往上飄，卻沒有飄出去。家具很簡單，但是做得很好，看得出做家具的人有許多時間學習，並發揮了他所學到的技巧，因而手藝與用心兼具。角落有張床，又有個放食物的架子，有個提水的小桶和盛水的大桶，以及一條地毯。有些小東西看來顯然是沙灘撿來的，因爲沙灘上偶有船難之後飄流出來的東西，有些東西則一定是以島上貧乏的資源製作而成。總而言之，看起來他已經在此住了很久。

黑者跟我差不多一樣高，眼髮膚俱黑，就像當年的弄臣之白，也是眼髮膚俱白一樣。他並沒問我們的名字，也不說他的，而是直接把湯舀到三個石碗內——石碗是他先前便放在火邊烤熱的。一開始，他說得很少，他講的是外島語，但是外島語既非我們的母語，也非他的母語，所以他與我溝通起來頗費工夫。阿憨講的是六大公國語，不過他仍努力讓黑者了解他的意思。桌子很低，椅子上鋪著蘆葦草墊，草墊裡塞著乾草，坐起來很舒服。湯裡有魚，但這魚是鮮魚，連湯裡的蔬菜根和少許綠葉，也都是新鮮的。在吃了這麼多天的乾貨和醃魚之後，這鮮湯眞不下於人間美味。黑者拿出了一條麵包來配湯，我看了很驚訝，他察覺到我的目光，於是咧嘴一笑。

「從她那裡拿的。」黑者毫無歉意地說道。「我需要，就拿。有時候，拿更多。」他嘆了一口氣。「如今一切都沒了。更簡單，我的人生。你的人生，更寂寞，我想。」

我突然覺得我們兩人好像已經聊上許久似的，我們雖未談過，卻彼此都深知我們爲什麼會聚在一起。所以我只是簡單地說道：「我得回去找他。他最討厭寒冷，我不能把他的屍體丟在那裡，而且我必須要去確認這件事已經結束，也就是說，那女人若沒死，那麼我會取了她的性命。」

黑者聽了這個無可避免的決定，嚴肅地點了點頭。「那是你的路，你的路必須要走。」

「這麼說來，你會幫我囉？」

他並非遺憾，而是無可避免地搖了搖頭。「你的路。」他再說了一次。「改變者的路，只屬於你。」

聽到他以「改變者」三個字來稱呼我，使我不禁打了個哆嗦。不過我還是追問道：「我不知道要如何才能走到她的宮殿，可是你一定知道，因爲我在她的宮殿裡見過你。就算你不帶我去，至少也請你幫我指路吧！」

「路會找到你。」他篤定地說道，然後笑著說：「在黑暗之中，路是藏不住的。」

阿憨舉起空碗。「眞是好吃！」

「再來？」

「好！」他叫道。當黑者將他的碗重新添滿的時候，他發出了愉快的讚嘆聲。他吃第二碗時就吃得比較慢了。黑者默默地起身，將一只處處凹痕的老舊鍋子注滿了水，擱在爐火上，接著他添了柴，將火生大。我望著浮木燃燒起來，火焰偶爾冒出顏色古怪的火星。黑者走到架子邊，對著架上的三個木盒子考慮了很久。我趕快起身去背包裡搜找。

「我這裡有茶葉，也讓我們對這一餐稍微有點貢獻吧。」

他轉過身，我一看，便知道我猜對了。對於他而言，這茶葉等於像是金銀珠寶一般珍貴。我毫不遲疑地把弄臣的小包裹拿出一個，打開，遞給黑者。他傾身聞了一下，閉上眼睛，臉上浮現了一抹純粹且歡欣的笑容。

「慷慨的心，你有！」黑者叫道。「由此引出百花的回憶。香味最能勾引出百花的回憶了。」

「請你整包收下，好好享用吧。」我這麼一說，他的黑眼頓時因爲喜悅而發亮。

他以少見的恭謹備茶：先將茶葉碾碎，之後擱在密封的罐子裡泡。他在打開罐蓋、茶香逸出的那一剎那，樂得哈哈大笑，而阿憨與我就像人們看到小孩子因爲單純的喜悅而大笑時的反應，也不禁跟著他朗聲笑起來。黑者有一種與人親近的氣氛，非常迷人，我在這當下實在不可能把心思放在煩惱的事情上。他爲大家倒了茶，於是我們小口小口地喝著，品味著香味與茶滋味。喝了茶之後，阿憨打了個大得不得了的哈欠，而他那個哈欠不知怎地，使我更爲疲倦。

「這裡，睡覺。」主人說著，招手要阿憨到他的床上去睡。

「這不好吧，你用不著把床讓給我們睡，我們有自己的被褥。」我堅定地對他說道，但是他拍拍阿憨的肩膀，再指了指他的床。

「你睡那裡很好。做好夢。好睡。」

阿憨卻不等黑者再多招呼便脫下了靴子，在床邊坐下來。我聽到床架中間的繩網發出繃緊的聲音。阿憨拉開蓋被，鑽進被褥之中，閉上眼睛。我敢說，他大概一閉眼就睡著了。

這時我已經拿出我們的床墊開始在爐火前鋪床了。這些被褥，有些是弄臣帶來的古靈床具，而那老人則仔細地審視，喜愛地撫摸著薄如蟬翼的蓋被。他說道：「你眞是好。眞是好。謝謝你。」接著他以幾乎可稱之爲憂傷的目光望著我。「你的路在等你。但願命運仁慈，寒夜也輕柔。」他對我鞠了個躬，那模樣絕對是在向我道別。

我不解地朝門口瞥了一眼，我轉回頭時，黑者慢慢地點了點頭。「我會看著。」他篤定地說道，同時朝阿憨的方向比著手勢。

我仍動也不動地瞪著他。黑者吸了口氣，但沒有開口，我看得出他在努力將思緒化爲我能了解的語言。他舉起雙手，摸了摸臉頰，他的黑手朝我伸過來。「以前，我是白的。先知。」他看到我眼睛睜得大大的，笑了起來，但接著他的黑眼中又蒙上一層憂愁。「我失敗了。我來這裡，跟別的老人一起。我們知道世上僅存我們而已。其他大城已經傾頹荒蕪了，但我曾經預見世上仍有機會回復到昔日的情況，雖然機會渺茫。黑龍剛來時，我充滿希望，但是牠很絕望，難以自拔。牠爬進冰裡。我已經盡力了。我去找牠，懇求牠，並且……鼓勵牠。但是牠一心求死，不理會我。這一來，我什麼都沒有了。什麼希望都沒有了。只能等待。等了好久，仍什麼都沒有，什麼也看不見。未來暗了下來，機會越來越渺茫。」

他將雙手併攏，從手掌之間的空隙窺看出來，讓我知道他預見的幻象變得多麼小。他抬起頭，發現我一臉茫然，感到很失望，搖了搖頭，費勁地闡釋下去：「我看到的幻象只剩下一個。我只是稍微窺視到……不！只是稍微瞥見未來可能的情況。那個未來不是必然，但有可能會發生。另外一個會來此地，並且帶著他自己的催化劑。」他的手朝我伸來，手捏成拳頭，拳頭中有個小縫隙。「機會小得不得了，卻有可能成眞。機會很小，不太可能成眞。但是有個機會。」他熱切地望著我。

我逼自己點頭，雖然我不敢說他講的我全都懂。他以前是白色先知，他失敗了？可是他卻預見到，有朝一日，弄臣與我會來到此地？

我這一點頭，使他大受鼓舞。「然後那女人來了。一開始，我心想：『她就是那個人！』她帶著她的催化劑。我充滿希望。那女人說她要找龍。我太笨。領著她去找龍。之後，她背叛了我，要把冰華殺掉。我很生氣，但是她力量比我強。她把我趕走，我只好逃，她沒追到我。她以爲我死了，就把整個地方都變成她自己的。但是我回來了，把這個地方變成我自己的。她的人不會來這一帶。但我活著，而且我知道她是假的，我要推翻她，可是我的角色不是『改變者』，而我的催化劑……」他的聲音突然變得嗄啞，忍痛說道：「她已經死了。死了很多、很多年了。誰想得到，死亡竟然比生命還久？所以，只剩下我了。可是我不能促成改變。我只能等待。我再度等待。我滿懷希望。後來我看到他，不是白的，而是金色。我納悶。然後你追隨著他。他，我一眼就看出來。但是你，你留下禮物給我，我才認出來。我的心……」他摸了摸胸，兩手大大展開，笑得很燦爛。「我很想幫忙。但我不能做改變者。我可以做的很少很少，不然一切垮下來。這你了解嗎？」

我慢慢地答道：「應該是吧。你不得親手造成改變，因爲你是你那個時代的先知，而非改變者。」

「對，對，就是這樣！」他露出笑容。「而且這個時代，不是我的時代。這個時代，是你和他的時代，你是改變者，而他要看出新路，並且引導你。你的確改變時代，並找到新路。他付出了代價。」他的聲音沉了下來，不是因爲傷悲，而是因爲體諒。我聽了他的話，低下頭。

他拍拍我的肩膀，我抬起頭看他，他臉上露出老年人的笑容。「我們一起走。」他篤定地說道。「走入新時代！新的路，不存於任何幻象中的新路。這是我從未預見的時代，也是那女人從未預見的時代。那女人欺騙了我，而這個，她從未預見。只有你的先知已經預見到這條路！新的路，有雙龍升空的未來。」他突然沉重地嘆了一口氣。「你們付出很高的代價，但是這代價已經付出去了。你去。去找他。如果讓他留在那裡……」老人搖了搖頭。「那是不可以的。」他又再度比手勢。「改變者，你去。即使如今，我仍不敢當改變者。在你有生之年，唯一的改變者就是你。現在，你去。」他指指我的背包，再指指門，並露出笑容。

接下來，他也不再多說，便在弄臣的床墊上坐了下來，伸了個懶腰。

我真不知道現在該怎麼樣才好。我很累，而黑者又像弄臣一樣布置出這麼一個恬靜的休憩處。不過，一想到他與弄臣的比較之後，我再度感到自己必須趕快將這一切做個了結。我突然想到，我要是早知道自己馬上要離開就好了；我若早知道自己馬上要走，就可以先跟阿憨說一聲。不過我多少也知道，若是他醒過來時發現我人已經離去，他也不會驚惶的。

丟下阿憨乃是無可避免的過程。我穿上仍然冰冷的外衣，再度揹起背包。我環顧黑者的小屋，不禁想起此地的儉樸與蒼白之女冰宮的豪華眞是強烈的對比。接著我想起好友的屍體仍然棄置在那冰冷的地方，心裡便感到刺痛。我悄悄地走入灰暗的夜色中，並回手將木門關緊。

28

催化劑

離雨野原大城不遠處的一條偏僻河裡，躺著俗稱「巫木」的巨大原木。那水手告訴我，巫木就是海蛇在化龍的過程中所做的硬殼。據說這種木頭有多種神奇魔法，用巫木做成的東西，終究會擁有自己的生命，繽城商人的「活船」就是用這種巫木製成的。情人之間若是彼此以巫木磨成的粉相贈，就會在夢中相會；若是吃下大量的巫木粉末，則會致命。當我問，如此珍貴的巫木，怎會任其棄置在河床中，那水手則答道，母龍婷黛莉雅與牠那一窩小龍守護著這些巫木，對此視如珍寶。他還告訴我，光是一丁點巫木，就抵得上一個人的性命那麼貴重。我想賄賂他幫我弄一點來，但被他斷然拒絕。

——送交給切德·秋星的情報，未署名

黑者說得沒錯。我的去路，就連黑夜也藏不住。

不過，要摸黑從崖壁上的窄路下山可不是易事。我待在屋裡時，崖壁上的水漫過小徑，在小徑上結成一條條冰蛇，有兩次我差點就滑倒。走到懸崖底下之後，我抬頭一看，覺得自己下山的路途中沒有發生不幸，眞是個奇蹟。

然後我便看到了我的去路——嗯，正確來說，應該說是我看到去路的起頭。黑者的門再過去的懸崖高處，一抹淡淡的亮光從結冰的岩壁間冒出來。看到那熟悉的亮光，使我不禁打了個哆嗦。我嘆了一口氣，重新爬上狹窄的山徑。

這樣的山勢即使是在白天攀登都很困難，而在黑者的小屋裡暫歇之後，我似乎不但沒有恢復體力，反倒變得更加疲倦。我考慮過乾脆回到黑者那個溫暖舒適的家，睡到天亮再說，想了不只一次，但我並不認爲自己眞的可以那樣做，只是很希望自己能夠那樣做罷了。如今這麼接近我的目標，我反而有點意興闌珊、不想面對那一切。先前我設下一堵牆，將好友喪命之事阻擋在外，將自己悲悼好友的時機往後拖延，但是今晚我卻不得不正視喪友的事實，並且面對喪友的一切後果。我越想越怕，眞希望這一切趕快了結。

我終於爬到岩壁上的那個放出亮光的隙縫，發現那隙縫很小，我根本擠不進去。由於流過岩壁的水不斷地在隙縫上結硬，隙縫因而漸漸被冰封起來。照這情況看來，黑者大概要天天將冰縫鑿大一點，否則就無法由此處出入。

我拔出腰刀，將隙縫前的冰簾鑿大到僅足以擠過去便停手，但我雖通過，背包卻被冰刮破了。進去之後，我仍必須側身而行，朝著淡色亮光前進，背包則只能用手拖。這個山壁的隙縫幾乎沒有什麼開展，我從隙縫出來之後，回頭一看，只覺得此處怎麼都不像有路可出。我當然知道這個隙縫會通到山壁上，但要是我不知道的話，我一定會認爲這它是一條死路。這隙縫是先縮小，再稍微轉彎，最後才跟石走廊交會。此處掛著一個蒼白之女的圓球，我之所以能看到懸崖上的岩縫，就是因爲這個圓球放出來的亮光。

我小心地察看走廊上有無來人，才從隙縫中走出來。走廊前後都寂靜無聲，安靜到我可以聽見遠處的水滴聲，以及某處冰河緩緩移動的呻吟聲。我的原智知覺告訴我，此處死寂一片，不過在這個地方，就算周遭沒有原智可知覺到的生物，也不能掉以輕心。所有被冶煉的人都已經放出來了，因此更不能大意。我揚起鼻子，像狼一般地分析味道，但只聞到融冰和輕微的煙味。我站在原地，思索著要往哪個方向走，最後衝動地選擇了左邊的路。在離去之前，我在裂縫旁與我眼睛齊高之處，以小刀刮了個記號，彷彿這麼個小動作，就可以保證我一定會返回。

我再度在冷冽的蒼白之女冰宮中行走。由於這些長廊幾乎處處雷同，導致看來十分熟悉，卻又令人覺得很陌生。眼前的景象使我想起曾經去過的什麼地方，但那是什麼所在、我在做什麼，我卻通通記不得了。走在冰宮之中是無法量度時間長短的，圓球放出來的光一致且毫無變化。我的腳步很輕，而每次走近轉角都特別小心。我覺得自己像是在墳墓裡探索，然而我之所以會有這種感覺，不只是因爲我來此是爲了要找出弄臣的屍體，同時也是因爲這寒冷通道中的空氣流動方式之故，我耳中彷彿時時刻刻都聽到某種呢喃聲。

冰宮的這一區處處顯露出已經長年不用的跡象。走廊兩邊有許多房間，其中大多空空蕩蕩。其中一間房間散落著無用的殘物，房間角落積滿灰塵的石地上，有一只磨損的襪子、一枝斷箭、一條殘破的被子，和一個破裂的空碗。在另外一個房間中，記憶石做成的小方塊散得滿地都是，這些小方石顯然是從四壁的長架子上抖落下來的。我不禁納悶，這些房間裡原來住的是誰，而那又是什麼年代呢？這是紅船船員在沒有出海劫掠時的藏身堡壘嗎？還是如黑者所說，其他人建造了這些房間，並且住在裡面？我打量了一下，認爲前人居住於此的時代，應該比紅船之戰早得多。牆壁高處——比伸手可及且能隨意破壞的區域還要更高之處——仍殘存著一些浮雕，或者是雕著女人瘦長的臉，或者是雕著展翅飛龍，或者是高且苗條的王者；這些浮雕只剩下殘缺片段，而我則懷疑，這到底是因爲蒼白之女下令將浮雕摧毀，或只是因爲被冶煉的人以破壞優美之物爲樂？最後我慢慢看出了點端倪，但我仍不禁遐想著，莫非蒼白之女想要把古靈曾經住在此地的一切痕跡通通抹去？黑者說，他眼看著「老人」在此滅絕，莫非他所謂的「老人」就是古靈？

我所走的這條走廊平順地從黑石壁穿入了藍冰層中。再走了十來步之後，我穿過雕刻的大門，進入一間廣大無邊的圓頂冰室。一根根龐大的冰柱托住藍色的天花板，冰柱上攀著冰雕的藤蔓與百花。時間使得冰雕的線條變得柔和，而冰晶消融，使得有些細節已經模糊不見，但是那堂皇的美感絲毫不減。這是刻畫薄暮的大房間，浸浴在月光下的冰雕花園：天花板上鑲著一彎發光的新月，此外還有仿照星宿排列的許多小光球。此室之大，足足可以放下兩個公鹿堡的女人花園。此地顯然是個優美寧靜之處，可是花園的低處那些許多雕刻得繁華富麗的冰噴泉和長椅等，都有被人惡意破壞的痕跡。那不是隨意無目的的破壞，而是要發洩憤怒與憎恨的破壞。唯有其中一根冰柱上的冰龍龍身逃過一劫，不過龍翼已經斷裂、龍頭破爲碎片，冰柱的柱基泛黃、散出尿騷味，好像光是破壞龍的冰雕還不足以洩恨。

我穿過冰雕花園，找到一個往下走的螺旋梯。以前這樓梯大概是有著冰雕梯階與冰雕扶手的吧，但是一來時間太久，二來冰多少化了，如今梯階已經變成忽高忽低的險坡。我跌了好幾次，每次都只能用手指抓住冰壁以便止住滑勢，並且咬住臉頰，默默地忍受痛苦。上面那個大房間，讓我領略到蒼白之女的怨恨之深，而我仍怕她會突然從這個冰雪迷宮中冒出來。到了樓梯底下時，我已經摔得處處瘀青、鬥志全消。我是說什麼都不會考慮從原路上去了。

一條寬大的走廊直直地開進了藍色的遠方，走廊上的光球照亮了壁上的一個個壁龕。我經過時，注意到其中有個壁龕裡堆著雕像的殘腳斷腿，另有一個擺著斷裂的花瓶底部。從這情況看來，以前這些壁龕大概是做來擺雕塑品，而這個長廊是個陳列館之類的地方。我看到長廊上開了一條平實的功能性通道，便走了進去。終於離開那些殘破的美，使我鬆了一口氣。我順著通道走了很久，這條路慢慢往下，到了下一個轉彎處，我便右轉，我大概知道自己所在的位置了。

但是我想錯了。此地的通道像是地鼠通道般縱橫交錯，有些走道兩旁有門，但是這些門都凍住了，也沒有窺孔。我在甬道岔路口做了個記號，不久後我卻有種永遠也走不出去的感覺。每次有岔路，我都選看來比較常用，或是比較寬大，或是近來有人跡的那一條路走。我越往冰宮低處走，人跡就越明顯。現在我很確定這些通道以前常有人用。回顧起來，我不禁納悶，古靈是在冰雪埋住他們的石頭城時乾脆地接受冰雪，並在當中開鑿居室，還是他們刻意把居所蓋在島上的岩脈裡，再把住處延伸到冰河去？但當我發現了蒼白之女和她那些被冶煉的手下常用的通道和冰室時，古靈的美與優雅頓時消失不見，而我則墜入了人類的卑劣與破壞之中。身爲人類的一份子，使我感到萬分羞愧。

這些房間是近來有人住過的，有幾個房間看來原來是營房，角落裡擱著尿桶，地上散落著睡覺蓋的毛皮被子和尋常侍衛營房裡常見的各種零碎物品。一般侍衛通常會在寢室裡擱些特別的東西，此地卻付之闕如：這些營房裡，不見骰子或是賭具，沒有心上人送的幸運護符，床上也沒有摺得整整齊齊、準備晚上上酒館時穿的襯衫。這些房間道出了生活的貧乏與艱苦，同時缺乏人味。因爲他們被冶煉了啊。想到這裡，我對於那些由於爲蒼白之女效力，而失去多年人生的人備感同情。

我終於走到蒼白之女的大殿，不過與其說這是因爲我記性好，不如說是運氣好。我看到那雙扇大門時，心裡興起一股厭惡的期待感。我最後一次見到弄臣就是在這裡。他至今仍手銬腳鐐俱在地匍伏在大殿的地上嗎？想到這裡，我一時暈頭轉向，差點昏倒，視野的邊緣也侵入一片烏雲。我停下腳步，慢慢調勻呼吸，讓我的虛弱感過去。我強迫自己的腳往前走。

其中一片門是開著的，大殿裡積滿了冰雪，有些冰雪還溢到門外。看到此景，我的心幾乎停了。也許我這趟探尋終究要以徒勞無功收尾，說不定那龐大的大殿整個都垮了下來，裡面積得滿滿是雪。這溢出的雪，恰成了走入大廳的斜坡，冰雪已經塌陷了好幾日，所以冰雪已經凝結得堅硬，可以徒步上行。如今只剩大門上部那三分之一仍可通行，下面都是雪了。我爬到塌下來的大雪堆上，探望大殿的情況。一時間，我置身於寂靜的藍光之中。

大殿天花板的中央已經坍塌下來，冰雪就是從那個坍塌的洞灌下來，在大殿中央堆積成小山，越到旁邊，積雪就越淺。光線來自於殘存的光球，甚至冰堆裡面也散發出幾抹朦朧的光芒。我納悶這些非天然的燈籠還能亮多久。這到底是蒼白之女的魔法，或者，這些光球也是當年居住在此的古靈留下來的呢？

由於牆邊的積雪較淺，所以我沿著牆壁而行，每一步都像是探索新房間的老鼠一樣小心。我在冰堆間爬上爬下，擔心前面的路會被雪完全堵住。但我終於抵達大殿擺放王座的那一端，並看到沒有被冰埋住的殘存大殿。

落冰放過了此處，崩落的冰山漫到蒼白之女的王座前，滑勢就已經停了。王座破裂，轉了方向，不過我猜那是石龍甦醒之後所造成的。石龍似乎是從大殿天花板的中間，而不是從大殿這一端的天花板衝出去的。雪堆下露出兩具屍體，也許那兩人是曾與晉責打殺的戰士，不過也許他們只是碰巧擋了石龍的去路而已。蒼白之女則不見蹤影，我希望她也跟那兩人一樣，死了。

掉落光球的光線朦朧，照得此地飄搖不定，放眼望去，不是冰，就是藍影。我繞著傾頹的王座走了好幾圈，努力回想弄臣被鏈住的那個位置到底在哪裡。照這情況看起來，石龍應該沒有我記憶中的大。我在冰堆中尋找好友的屍體，但是徒勞無功。最後我爬到冰堆高處，展望這整個房間。

我一下子便見到一團熟悉的顏色與形狀。我慢慢地從冰山上下來，朝該處而去的時候，肚裡翻騰不已。我站著俯瞰那東西。我生不出悲悼感，只感覺得到沸騰的恐懼，與難以置信的感覺。雖蒙著一層薄霜，也無法掩飾它的原貌。最後我終於跪下來，我已經不記得跪下來到底是因為我想看個清楚，還是因為雙腳已經支持不住自身的重量。

那張棄置在地的人皮上，有著騰躍的龍與海蛇，皮的周圍是一圈猩紅的薄霜。我不想碰，我實在無法強迫自己伸出手去碰觸，但是不用碰觸也知道，那張人皮已經扎扎實實地凍在大殿的地板上了。人皮如今已經沒有體溫的保護，因此沉入冰地中，與冰地結為一體。

他們把弄臣背後的刺青連皮剝了下來。

我宛如祈禱地在那張人皮旁邊跪下來。不用問也知道，要把刺青人皮整張完整地取下來，必定是一項耗時甚久，且必須仔細為之的工程。雖然這人皮掉落在地時已經皺在一起，但是我看得出它是一整張，也就是弄臣整個背上的皮。要把整個背的皮膚整張取下並非易事，我卻不願去想像他們如何制住弄臣，或者殘忍地動刀的是哪一個人。然而第二個念頭一出，頓時取代了那些恐怖的想像。蒼白之女一發現我背叛她，不是殺龍，而是將龍喚醒時，一定大發雷霆，不會這樣好整以暇地整治弄臣。所以，這應該是她用以消磨時間的休閒活動，很有可能在我一被人拖離大殿，她就開始叫人剝皮了。這張皺摺的人皮凍結在冰地上，彷彿是一件被人棄置的髒襯衫。我一直瞪著它，無法移開目光，腦海裡一直想像著弄臣被人折磨而死的時候有多麼痛苦。這是他早就預見的場面，這就是他一直恐懼得不敢面對的結局。我多少次篤定地向他保證，我一定會保住他的性命，就算拚了這條命也在所不惜。然而我跪在這裡，而且我還活著。

過了好一會兒，我終於回過神。我剛才並未昏厥，卻不知道自己的心思飄向何處，只知道好像是從一個黑暗的時空中醒來。我僵硬地站起身。我不會把蒼白之女那個令人毛骨悚然的紀念品挖出來帶走。那並非弄臣身體的一部分，那是她殘忍地刺在他身上的印記，這個印記天天提醒他，他總有一天要回來找她，並歸還她刺在他背上的圖案。所以，就讓那東西永遠地凍結在那裡吧。由於對蒼白之女痛恨之深、對弄臣悲悼之痛，使我突然非常確定地想起自己會在哪裡找到好友的屍體。

我站起來的時候，發現離地上人皮不遠處，有一抹彎彎的灰色光澤。我跪下去，把上面的薄霜撥掉，看出這是從公雞冠落下的木塊。木塊上染了血跡，上頭刻了雞眼，雞眼裡鑲著的寶石對我一閃。我要帶走這個。公雞冠屬於弄臣與我，我不會任之棄置於此。

我離開殘破的大殿，穿過與我的心一樣冰冷的通道。這些走廊不管東轉西轉都是一個模樣，我早已忘記警衛把我拖到蒼白之女臥室走的是什麼路線，更不記得他們當初囚禁我的地牢在什麼方位。不過我現在很確定自己必須去什麼地方，我必須找路回去弄臣與我剛進入地下冰宮的那個走廊。

我知道我花了大半夜的時間在找那個所在。我走著走著，走到了超過疲倦的程度。寒冷刺激著我，而我在專注聆聽之餘產生了幻聽。四處皆不見人影。最後我的眼睛累得連睜都睜不開，於是我決定休息一下。我找到一個堆柴火的小房間，把背包卸在房間角落裡，坐在背包上，背靠著牆角。我的頭垂下來打盹，手裡則緊握著劍。我時睡時醒，最後惡夢將我驚醒，並促使我繼續走下去。

我找到蒼白之女的臥室。她房裡的那些火盆都結了一根根的冰條，光球很亮，整個房間一覽無遺。她房裡有許多雕花的厚重衣櫃，而豪華的大桌上放著鏡子、髮梳和一架子的閃亮珠寶。我猜是有人在逃走之前到此地來搜括了一番，因爲其中一個衣櫃是開著的，裡面的衣服拖到地上。我納悶，既然要搶，爲何放過桌上的珠寶不拿？她床上的毛皮被子結了一層霜。我並未在她房裡多逗留。我一點也不想多看在她床的對牆上那幾副空空的手銬腳鐐，以及染著血跡的冰牆。

她臥室再過去還有另一個房間的門是開著的，我經過時瞥了一眼，然後站住，走了回來。這房間中央有一張大桌，四壁都是卷軸架。卷軸架上幾乎擺得滿滿的，而那些卷軸捲紙、綁繩的方式皆是六大公國的風格。我走上前，已經知道眼前這些是什麼，但我的心情卻是五味雜陳。我隨便拉出一個卷軸展開來看。沒錯。這個卷軸是樹膝師傅所著，內容談的是訓練有潛力的精技人時所需遵行的原則，並且特別禁止學員以精技來開玩笑。卷軸從我手裡滑落在地上，然後我又隨便抽出一卷來看。這一卷比較新，我一眼就認出殷懇師傅那一手圓圓的、倒向一邊的字跡。我淚眼盈眶，什麼也看不見了，這個卷軸因此也滑了下去。我望著這一室的經典。當年帝尊爲了資助他在商業灘過的豪奢生活，不斷將公鹿堡的精技典藏偷偷轉賣，那些典藏最後原來是到了這裡。蒼白之女和科伯．羅貝派出去的行商，從瞻遠家小王子的手裡買來了瞻遠家族的魔法知識，於是我們祖傳的知識航向北邊的海域，到了外島人手裡，最後送到這個房間來。蒼白之女由此學到如何以我們祖傳的知識來對付我們，並研究出如何造出石龍。若是叫切德拔掉門牙，以換取他在這個房間裡消磨一下午，他也求之不得。這是失傳的知識寶庫，不過我只希望能讓時光重新來過，就算是這麼珍貴的寶庫也無法幫我如願。我搖了搖頭，轉身離去。

最後我終於找到關著貴主之母與貴主之妹的那兩個地牢。皮奧崔把他們家的女人劫出來之後，就沒有關上門。再過去那個地牢情況就比較毛骨悚然了：三個死人匍伏在地上。我心裡想著，他們死時仍是被冶煉的人嗎？他們是因爲彼此打鬥至死而喪命，或者，石龍之死使他們復活，所以他們是在又冷又餓之中、情緒感受俱全之下死去？

原本關了謎語與詔諭的那個牢房門開著，衣物被人剝去的詔諭仰躺在地。我強迫自己看看他的臉。寒冷與死亡使得他的面容黑去，但我仍認得出這就是我所認識的那個年輕人。我遲疑了一會兒，彎身抓住他的肩膀，費盡九牛二虎之力才把他的屍體拉起來。這實在不是什麼愉快的事情，因爲他的屍體已經凝結在冰地上了。我將他拖到貴主母親牢房的木床上，接著把這房間裡，和貴主妹妹牢房裡所有可以著火的東西，像是舊被子和鋪在地上的乾草等，都收集起來，堆在他屍身的周圍，然後我將帶來準備用以爲弄臣火葬的燃油，倒了半罐下去。我花了些工夫才讓幾根稻草燒起來，不過火一燒起來，便迫切地舔舐燃油，蔓延到稻草與木柴上。我等到他屍身周圍的火燒旺了，才割下一束頭髮，丟入火葬的柴堆上。在我們六大公國，對同僚道別的傳統風俗便是如此。「你沒有白死，詔諭。你沒有白死。」我對他說道。但我離開那燃燒的火堆時，仍不禁懷疑我們到底完成了什麼功業。唯有歲月能夠告訴我們這是功或過，我現在仍無法篤定地說，將黑龍釋放出來，乃是人類的重大勝利。

這一來，就只剩下最後的那個房間了。想也知道，就連最後棄置屍體，蒼白之女也要對他大加詆毀；她要藉此嘲笑弄臣，並確認她的勝利。我在潑灑著人類便溺、散落著一地垃圾的房間裡，在一堆腐臭油污的殘渣旁邊，找到了我的好友。

他們將他棄置於此的時候，他還沒死。蒼白之女一定是要讓弄臣體會到這個臨終的場所有多麼污穢可恥。他勉強爬到這房間裡髒污最少的那個角落，然後，以一個油膩污穢的粗麻袋裹身而死。弄臣一生都是個愛乾淨的人，因此我敢說，死在這個髒污的環境裡，對他而言的確是個額外的折磨。我不知道那麻布袋是人家丟給他的，還是他在臨死之前將之抓來裹身，最後蜷得像個球似的坐在角落的冰地上死去。也許那布袋是將他棄置於此的人爲了方便拖著他走，而將他裹上的。血液與體液浸溼粗糙多刺的纖維，那麻布緊緊地凍結在他的身上。他死前將膝蓋收到胸前，並將下巴靠在膝蓋上，臉上則深鎖著痛苦的表情，他那閃閃發亮的頭髮染著血漬，散落在頭上，黏成一塊一塊。

我伸出一手，放在他冰冷的額頭上。直到我開始動手，我才領悟到自己想要做什麼。我以全副的精技力量和原智去搜尋他，但我只找到一片寂然。我把雙手貼在他的臉頰上，強行進入他的身體。我探索他的屍體，在生命曾經毫不費力地流動過的身體中，吃力地開路前行。我努力治療，努力喚醒他的身體復活過來。走！我對他的血液說道。活！我命令他的肌肉。

但是他的身體已經沉寂太久。我雖不願承認，這卻是所有獵人都再清楚也不過的事實。身體的腐朽是從死亡的那一剎那就開始，從那一刻開始，構成血肉的小分子淪爲腐肉，並放開其他分子，以便自由自在地變成別的東西。他的血液很黏稠，過去將世界阻隔在外的皮膚，如今變成了將血肉兜在裡面的袋子。我努力地推動，希望能將生機吹入這個身體中，而這就像是在推一扇鉸鏈樞紐都已經鏽得化成一片的門。過去各自獨立運作的器官，如今都變成動也不動的東西，原來各司其職的功能停了下來，現在這個身體裡另有其他力量在運作，也就如將麥子磨成麵粉般，把身體拆分爲細小的分子。將各分子綁在一起的小連繫鬆垮掉了，不過我還是盡力一試。我試著動動他的手臂，試著迫使他的身體吸一口氣。

你在幹什麼？

問的人是阿憨。我打斷了他的好眠，所以他有點生氣。他來找我，使我突然感到非常開心。阿憨，我找到他了，弄臣，我的好友，黃金大人。我找到他了。求你幫我把他治好，求你把你的力量借給我。

他很想睡，但他還是勉強答應了。好吧。阿憨試試看。接著他毫不遮掩地打了個大哈欠。他在哪裡？

這裡！就在這裡啊！我以精技指出我面前那個動也不動的身體。

哪裡？

就在這裡！這裡，阿憨。我手摸著的就是了。

那裡沒人。

有啊，當然有。我的手摸著的就是啦。阿憨，我求求你。我在失望之餘，更廣求援助：晉責，切德，求求你們，把你們的力量與精技借給我，讓我把他治好，求求你們。

誰受傷了？不是阿憨吧！切德一下子驚惶地衝出來。

不，我好得很。他要醫治一個人，但是那個人根本不存在。

他在這裡啊。我已經找到弄臣的身體了。切德，我求求你。當初你們不也把我從鬼門關拉了回來嗎？求求你們，幫我把他治好，幫我把他救回來！

晉責平靜地說道：蜚滋，我們都在，而且你知道，我們一定會幫你。這次可能比較困難，因爲我們分散兩地，但是我們會盡力。讓我們看看他。

他在這裡！就在這裡，我手邊摸的就是。我突然對他們幾個人不耐煩起來。他們怎麼笨成這樣？爲什麼他們不肯幫我？

我感覺不到他。晉責停頓了好一會兒之後，又說道：你摸摸他。

我的手一直摸著他呀！我彎下身，伸出雙臂，抱住他那蜷縮的身體。好，現在我抱住他了。求求你們，幫我把他治好。

那不是人啊。阿憨大惑不解。那明明是爛泥，但是塵土怎麼治！

我大怒難遏。他不是爛泥！

晉責柔聲說道：阿憨，沒事，你別難過。你沒說錯，我知道你不是那個意思。他轉而對我說道：噢，蜚滋，我眞的很遺憾。但是他已經死了。阿憨說得是太過直接，但是他說得沒錯。他的身體已經變成……變成別的東西了。從我的感覺而言，那已經不是身體了，只能算是……他猛然住口，無法把那幾個字說出口。腐肉。腐爛。塵土。

切德的口氣很鎭定，像在提醒我一個再明顯也不過的道理。治療是有生命的身體所進行的功能。精技可以促使身體痊癒，但是治療必須由身體自行爲之——而且要在身體仍有生命時爲之。你手裡抱著的已經不是弄臣了，蜚滋，那只是弄臣的軀殼而已。你無法讓那空空的軀殼活起來，這就好像你無法讓岩石活起來，是一樣的道理。我們沒辦法把他叫回來，塞回那個軀殼裡。

阿憨實際地說道：就算你能把那個身體弄活起來，也找不到一個人塞進去呀。

我想，這件事情就是在這一刻突然變得眞實起來。這已經不是他的身體，而是屍體了。他的精神已經散失了。

良久良久之後，切德再度柔聲說道：蜚滋，你現在在做什麼？

沒什麼。我只是坐在這裡。我又失敗了。我辜負了他，也辜負了博瑞屈。他死了，對不對？

我知道這時候切德臉上一定露出無可奈何的表情，他發現我竟然堅持要把自己所有的痛苦都堆在一起，一次全部面對，一定會失望地大嘆一口氣。對，他死了。死時他兒子和羅網都伴在他身邊。我們所有人都對他致敬。我們兩艘船停下來，一起向他致敬，看著他滑入海中，讓他安然離去。所以你也必須讓弄臣安然離去。

我不想答應，說句老實話，我根本連答都不想答。本性難移，我引開切德的注意力。我找到精技卷軸了，消失了的精技書庫整個重現在蒼白之女的要塞中。只是我認爲這地方並不是她的。我看到的一些跡象，使我認爲這地方原來應該是古靈的居所。

切德的回答使我嚇了一跳。以後再說吧，蜚滋。那些卷軸要怎麼處置，以後還有的是時間可以考慮。至於現在，你要聽我的勸，好好地送走你好朋友的遺體，以你認爲合適的方式對他致敬。把這件事情放開。之後你跟阿憨兩個趕快回到沙灘來，我會親自搭船去接你們。我先前低估了你的意願，但如今想起來，我認爲你不該獨自悲悼。

但是切德說錯了。悲悼本來就是孤獨的事情，我知道自己必須獨自忍受喪友之痛，但我還是讓步了，因爲我知道，唯有讓步才能使切德放過我，任我獨自耽溺在憂傷之中。船到的時候，阿憨與我會到沙灘上去等，不過你用不著搭船來接我們，我會把我們兩人照顧好的。至於現在，我要獨處一下。如果你們不介意的話。

不坐船！阿憨毅然決然地說道。再也不坐船了。我說什麼也不坐船了。我要待在這裡，一步也不走。

阿憨沒跟你在一起嗎？切德擔憂地問道。

沒有。你找阿憨跟你解釋。我還有事情要做，切德。謝謝你。謝謝大家，感謝大家費心。我豎起精技牆，把他們擋在外面。我感覺到晉責想要聯絡我，不過此時我連他的溫和接觸都無法忍受。我聽到阿憨在跟他們說黑者做的菜很好吃。我不顧一切地將他們完全排除在外，在我的精技牆完全封閉之前，我感覺到一個想要安慰我的溫柔接觸，大概是蕁麻吧。

然而如今我的心情是怎麼安慰都沒用，況且我也不想讓她窺見我的痛苦。她自己的痛苦已經夠多，再過不久，她就會知道了。我把精技牆封起來。是該面對死亡的時候了。

我將弄臣的身體從地上剝起來。地上遺留下他蜷曲的身型以及幾綹金髮，像是在誌念他的逝世之處。我將他抱起來，感覺到他堅硬冰冷。死了之後，他似乎變得比生前更輕，好像他的精神一離開他的身體，也就掏空了他的身體。

我將他那蜷曲的身體摟在胸前，他髒污結塊的金髮靠在我的下巴上，而我的指尖摸到的則是粗糙的麻袋。我們經過了仍在熊熊燃燒的詔諭，他的肉體燃燒所起的煙，瀰漫在我們頭上的天花板，將這靜止不動的空氣染上一股烤肉的味道。我是可以把弄臣的遺體放在詔諭身邊，但是我總覺得這樣不對。我的好友應該獨自火葬，由我獨自對他送別。我繼續走，經過其他牢房的門口。

過了一陣子，我發現到自己開始跟弄臣講起話來。「哪裡好呢？你希望我在哪裡幫你火葬好呢？我可以把你放在那女人的床上，用她的金銀財寶來送你走……你喜歡這樣嗎？還是你寧可不要碰到她的任何東西，以免被她玷污了？若是我的話，我會想要在哪裡火葬呢？應該是在星空下吧，就讓我自己的火星一路朝星子而去。你喜歡那樣嗎，弄臣？還是你寧可待在古靈帳篷裡，身邊擺著自己的東西，並綁上門片？你總是很注重隱私。爲什麼我們從來沒討論過這種事情？你是我最要好的朋友，這種事情我應該要知道才對。不過話說回來，在哪裡火葬，又有什麼關係？走了就走了，一切都是化爲塵土……但我還是覺得讓你的煙霧隨夜風飄散比較好。你聽了這些，該不會哈哈大笑吧。衆神啊，再讓他大笑一次吧，就算是笑我也好啊。」

「眞感人。」

那嘲弄的口氣，那話裡帶刺的刻薄，以及那彷彿弄臣一般的音色，使我的心霎時停止，之後才不情不願地跳動起來。我將精技牆封緊，但並未感到有人以精技襲擊我。我咬緊牙關，轉過身去面對她。她站在她的臥室門口，身上披著白鼬的毛皮斗篷，白鼬尾巴的那一小撮黑毛在斗篷上構成了特別的花樣。那斗篷從她肩上垂下來，蓋住她全身，一路拖曳到地。雖然她的衣飾如此奢華，卻仍掩不住她那憔悴枯槁的模樣。她那彷彿是完美雕像的臉龐陷入臉骨之中，而未經梳飾的蒼白髮絲，則像是乾草一般地飄散在她臉龐周圍，無色的眼睛看來近乎呆滯，有如死魚。

我站在她面前，手裡將弄臣的屍體抱得更緊，貼近我的胸前。我雖知道弄臣已死，蒼白之女再也無法傷他，但我還是後退幾步，彷彿我得保護他不受那女人欺負。在他生前，我卻無法這樣保護他！

她揚起下巴，露出又白又直的喉嚨。「把那個丟下來。」她提議道。「然後來殺我。」

那的確是我心裡想到的第一個念頭，然而是不是因為她將此說出口，所以我反而對這個念頭起了反感呢？「不。」我答道。突然之間，我只想要獨處，不要任何人打擾。弄臣死了，而這是他與我之間的事情，別人無權干涉。如果是別人也就罷了，唯獨她特別不應該看到我的傷悲，或者以我的傷悲為樂。「走開。」我說道，說出口之後，我才發現自己的聲音低沉得有如嘶吼。

她大笑起來，像是冰塊擊碎在岩石上的聲音。「走開？就這樣？走開？你瞧瞧，蜚滋駿騎．瞻遠對我復仇，果然毫不留情呀！這麼精采的復仇事蹟，真該編成故事來說、配成曲子來唱哪！『於是他停下腳步，懷裡抱著他的小親親，然後對他們的宿敵說道：妳走開！』」她哈哈大笑，她的笑聲像是從山坡上滑落下來的碎石，一點韻律也沒有，而當她發現我毫無反應，笑聲便漸漸淡去，終至沉寂無聲。她瞪著我，一時間，她露出大惑不解的表情。想必之前她深信自己一定能讓我放下弄臣，開始攻擊她。她歪著頭注視著我，過了一會兒，她再度開口，這次她的聲音比較低沉了。

「等等。我懂了。你還沒打開我送你的小禮物，你還沒看到我之前如何折磨他。你等著看他的手，看他那些靈敏、優雅的指頭吧！噢，還有他的舌頭和牙齒，他用以講出睿智幽默的言語，逗得你樂不可支的舌頭和牙齒！那些都是為你而做的喲，蜚滋駿騎，你要是看到那一切，恐怕會為了你不屑地把我丟在一旁而感到懊悔不已吧。」她只頓了一下，隨後便像是等不及要提醒我似的說道：「好了，蜚滋。現在你會說：『如果妳跟上來，我保證我一定殺了妳。』」

我剛才真的差點把那幾個字說出口，現在我咬緊牙關嚥下那句話。被她這麼一說，那句話只顯得空虛且幼稚。也許那句話本來就空虛且幼稚。我換了個姿勢支撐手裡捧的重量，轉身就走。我把精技牆封得嚴密，而她若是以精技攻擊過我，其力道大概也小到我無法察覺。我感覺背後毫無防護，也必須坦白承認自己真的很想用跑的。我問我自己，為什麼我不殺了她，然而我的答案很簡單，簡單到了極點。我就是不想爲了殺她而放下弄臣的身體。更重要的是，凡是她期望我去做的事情，我就不做。

「他曾經呼喊你的名字！」蒼白之女開心地在我身後唱道。「我猜當時他以爲他快死了，不過他當然不會死得那麼快囉。這方面，我是很行的！但他卻以爲疼痛就會要了他的性命，所以他就叫著你的名字，『小親親！小親親！』地直叫。」她模仿弄臣痛苦至極的聲音，模仿得像極了。我聽得後頸的寒毛直豎，彷彿弄臣眞的死而復生，站在我身後對我說話。雖然我意志堅定，但我的腳步還是慢了下來。我將他的身體抱得更緊，把自己的頭沉得更低。她這番話使我的眼淚在眼眶裡打轉，我眞是恨極了。我應該殺了她。爲什麼我沒殺掉她？

「他指的就是你，對不對？嗯，他指的當然是你啦，雖然你可能不懂。我看你大概不知道他家鄉之人的風俗。他家鄉的人，若是兩人之間互相把自己的名字贈予對方，就表示他們要締結一世相守的情誼，這你不曉得吧？你有沒有用你自己的名字呼喚他，以表示在你眼中，他就如同你的生命一般珍貴？有沒有？還是你太怯懦，根本不敢讓他知道你的心意？」

當下我眞想殺了她。但若是要殺她，就得先放下弄臣的身體。她已經逼我遺棄弄臣一次，但她別想再稱心如意了。我不會放下他，也不會回頭看她一眼。我弓起背抵擋她的狠話，大步走開。

「有沒有？有沒有？有沒有？」

我本以爲我走開之後，她的聲音會漸漸消退，但是她提高了音量，越逼問越氣，聲調也越來越尖。過了一會兒，我察覺到她跟了上來。如今她的話是粗嗄的尖叫，像是烏鴉爲了召喚同伴到戰場上來搶食的啞啞叫聲。「有沒有？有沒有？有沒有？」

即使我聽到她跑上來的腳步聲，並聽出她會出手攻擊我，我也不肯放下弄臣的身體。我抱著他，轉過身，拱起肩膀應付瘋狂來襲的蒼白之女。我想她並沒想到我會如此反應，也許她原本期望我會抽出劍來對付她。總之她見狀，想要停下腳步，但是冰地卻容不得她說停就停，結果她朝我滑了過來。我被她這一絆，撞上了冰牆，手裡仍緊抱著弄臣，努力穩住腳步，沒有跌倒。她就不同了。她側跌在地，痛得咿呀亂叫。我呆呆地望著她，想不出只是跌倒而已，她怎麼會痛成那樣。就她在撐著地要爬起來的時候，露出了她一直藏著不肯讓我看到的情況。

謎語的故事果然是真的。她掙扎著以手撐地時，我盯著她那漆黑蜷縮的前臂直看。此時她既站不起來，也無法以斗篷掩飾住她的殘臂。我望著她那無色的眼睛，冷冷地對她說道：「妳是個懦夫。直到最後一刻，即使為了促成妳自己的幻象、讓世界走上妳認為應走的軌道，妳都不願捨身。他很有勇氣，妳可差遠了。命運要他付出代價，他坦然承受；他承受了痛苦與死亡，所以他贏了。他獲得勝利，而妳則失敗了。」

她發出了個介於尖叫與吠叫之間，充滿怨恨與憤怒的聲音。那個聲音狠狠地打在我的精技牆上，但是她打不進來。她的精技力量是從科伯．羅貝那裡汲取而來的嗎？我望著她努力要站起來，如今那長長的斗篷反而很礙事，她就跪在斗篷的收邊上，而原來是手與手臂的黑樁子，則是一點也幫不上忙。她的手臂從手肘以下蜷縮得只剩下燒得焦黑的骨頭，我可以清楚地看到前臂那兩根手骨的殘樁，而手掌與指頭則是通通不見了。在她想辦法掙脫抽身之前，龍至少取走了她的手。我想起惟真投身於龍，又想起水壺嬸投身於他們兩人為了民族大義而打造出來的石龍中的情況。最後我轉身離去。

「停！」蒼白之女命令道。她的語氣中飽含憤怒。「你在這裡殺了我！我已經預見此景，我已經在我的夢魘中預見此景不下上百次了。你現在就殺了我！如果我失敗了，這就是我難逃的下場。你注定是要殺我的。」

我頭也不回地衝口說道：「我是催化劑。我會改變事情。況且如今的時代，是弄臣所選擇的時代，我乃是活在他預言成眞的未來之中。在他預言成眞的未來之中，我丟下妳而離去。妳則孤獨一人，慢慢地死去。」

我走了十幾步之後，她又尖叫起來。她一直尖叫，直到力氣盡了才停下來大口地喘。我腳下不停。

「你還是催化劑！」她在我身後叫道。如今她的聲音裡，除了絕望與訝異之外，再無其他。「你若是不殺我，就回頭用你的精技把我治好吧。我會永遠臣服於你！你愛怎麼運用我，就怎麼運用我，隨你高興，而且我可以把我從精技卷軸裡學到的通通教給你！你的精技天賦很強！只要你把我治好，我就讓你奪權，你會變成理所當然的國王，無論是六大公國、外島諸島，還是天譴海岸，都由你宰治！我會讓你所有的夢想通通成眞，只要你肯回頭！」

我的夢想已經死了，如今躺在我懷裡。我繼續不停地走。

我聽到她以焦黑的斷臂力刮著冰地的聲音，使我想起翻覆在洗臉盆裡，因而狂亂地刮著盆壁的甲蟲。我並未回頭看。我懷疑，她是不是眞的預見過這一刻，她是不是想像過我漸漸走遠的背影是什麼情況？不過我一下子就想出答案。不。黑者已經說過了。如今我行走在弄臣的世界裡，而這個世界乃是他所塑造而成。在這個世界裡，她什麼也看不到、什麼也預見不到。這不是她的時代。這是弄臣所選擇的時代。

我並不認爲自己天性殘酷，然而我卻一點也不爲了自己的所作所爲感到任何愧疚。我聽到她發出一聲像是動物淪入陷阱的慘叫，但是我沒有回頭看。我轉過轉角，繼續循原路回去。

我累極、冷極、餓極，然而再怎麼累、冷、餓，也沒有喪友之痛那麼沉重。到了某個程度，我的眼淚溢了出來，落在弄臣的金髮上，也使我眼前所見的走廊變得模糊。看來我可能是因爲暈眩茫然，而錯過我刻在壁上的記號了。想到這一點之後，我便開始回頭走，卻完全不認得眼前這條走廊。我走到一條冰梯，想要循梯而上，卻發現由於抱著重負，所以我根本爬不上去。我轉身繼續沿著走廊走，如今我已經完全迷路了。

走到一個階段，我將我的斗篷鋪在地上睡了一會兒。即使睡時，我也伸出一臂護著弄臣那冰凍的身體。醒來之後，我在背包裡搜找出一點旅行口糧吃下，又拿出水罐來喝水，接著把斗篷的衣角沾溼，擦掉一些弄臣扭曲的臉上的血跡和髒污，但是他眉間的痛苦就擦不去了。之後我站起來，抱起他，繼續走下去。我已經完全不辨方向。也許我自己也有一點瘋了。

我來到一個一半冰壁、一半石壁的地方。其實我應該要轉身離去的，不過我就像是被光線吸引過去的飛蛾，還是循著走道一路往上走。光球的藍光從不閃爍，既不會變亮，也不會變暗，所以我像是抱著弄臣走過一處凍結在時光中的迷宮步道。步道的梯階很和緩，不過走久了就會慢慢上坡。我在空曠處停下來休息了一下。此地有個木門，其木料乾燥起毛，我推開門，心想說不定能找到一些可以用以火葬弄臣的燃料。

就算我曾經起疑，認爲這個冰宮並非古靈所開鑿，那麼這個房間也把任何疑慮吹得煙消雲散了。之前我曾經在河邊的大城廢墟間看過這樣的家具，只是那些家具已經傾頹毀壞。我也見過像這房間裡的地圖，只是我之前所見，刻畫的是城市與周遭的鄉野，而這房間的地圖，乃是個世界地圖。一張世界地圖位於房間中央的桌子上，地圖是圓的，但不是平面的，也不是畫在紙上。每一個島嶼、每一處海岸、每一個海波，都是刻出來的；一座座小山排成山脈，海上洶湧波濤，亮閃閃的河流穿過草原，流入海中。

這世界地圖的正中央是個小島，與艾斯雷弗嘉島十分類似，其他島嶼則散落在中央島周圍的海中。中央島的西南方是六大公國的海岸，雖說許多小地方略有出入。正南方也有陸地，只是我不知道該處叫什麼名字。雖然我所知的傳聞與典籍都說，東方是無盡的海洋、沒有陸地，但在這地圖上，越過大海，到了地圖的東緣，卻可見到海岸線。這地圖上點綴著一些寶石，每一個寶石都有個符文符號的標記，有些寶石由內而外地綻放著光芒。艾斯雷弗嘉島上有個寶石閃著白光，公鹿河河口處，有四個閃亮的寶石，排成小小的四方形，而六大公國各地還有好些寶石，只是有些寶石明亮鑑人，有些黯淡無光。到了群山王國，寶石更多，而在雨野河沿岸更有一整排寶石，只是許多已經熄滅了。說得也是。我已經想到了其中的道理。

我多少感覺到自己手痠背痛，不過我從不曾想過要把手裡的重擔放下來休息。這房間如此布置，則不免在角落會有個門。門後是個樓梯間，我走了進去。這樓梯間比我第一次走的樓梯窄，且階梯比較陡。我慢慢步上樓梯，由於看不見自己的腳步，因此每踏上一步之前都要用腳探一下。我上去之後，藍光漸褪，逐漸被眞正的朦朧日光所取代，然後我便來到一個以玻璃爲壁的塔樓。其中一面已經裂開，所有玻璃都蒙上了霜。從屋頂看來，這是個陡峭的尖塔，塔頂還有凸出的屋簷。我將眼睛貼在玻璃裂縫上往外看，只見到雪，飛雪，此外什麼都不見。

房間中央有個精技石柱。精技石柱各面上所刻的符文，清楚得像是昨天才刻上去的一般。我知道其中必有一面刻的是某一個符文。我慢慢地繞著石柱走了一圈，來到那個符文前。我對自己點了點頭，抱緊弄臣，溫柔地對他那染了血的頭髮說道：「那，我們走吧。」

我伸出了一手，我們兩人便走入了精技石柱。

也許是我近來練習較多，精技力量因而增強，或者這個精技石柱的作用比其他的來得好，也未必可知。反正我抱著弄臣，自冬天踏入了夏天，從石塔中走出來。這石塔是個市集的遺跡，而我周身全是暖烘烘的夏日。我走了兩步，便因爲虛弱與輕鬆而跪了下來。到了這裡，我突然覺得就算把弄臣放下來也不算褻瀆了，因爲這裡有乾淨的石板與大地。我在他身邊坐下，休息片刻。一時間，一切彷彿靜止，唯聞鳥叫蟲鳴。我望著這一條幾乎被野草掩埋，像是一條穿過森林綠意隧道的石板路，知道如果我一路走下去，就會走到衆古靈之龍沉睡的石頭花園。接著我抬頭望著磨蝕的石柱。年幼時的弄臣曾經在這石柱上頭坐過，我曾經眼看著坐在石柱頂上的他，變成一個戴著公雞冠的白膚少女。「這是個好地方。」我輕輕說道。「我們一起回來了，很好。」我往後一靠，閉上眼睛，然後就睡著了。

良久之後，午後的暖意襲來。等我醒來後，覺得身上實在太熱。弄臣的身體慢慢退冰，在陽光下軟化。我像是脫殼似的把身上的冬衣脫下來，最後只著外衣與長褲。如今弄臣與我在此單獨相處，再次相依爲伴，那種急如星火的感覺便已消失。這裡有的是時間。這裡的時間都屬於我們兩人，我大可把事情安排妥當。

我從我們曾經喝過水的那條小溪汲了水來。我輕柔地擦淨他的臉，揩去他唇上的血跡，並把他傷耳上的髮絲順一順。曬熱了之後，我慢慢將他裹身的麻袋剝開。眼前的景象使我看了頭暈目眩。沒錯，蒼白之女說得沒錯。那女人罪該萬死，我的確很後悔之前竟轉身走開，沒有讓她得到應得的報應。但是隨著我盡量把他受盡折磨的僵硬肢體拉直，並慢慢以綠葉和青草擦去血塊之後，所有的仇恨都逐漸蒸發殆盡。這是我的好友，如果我無法讓他免於一死，至少我可以讓他有尊嚴地離開人間。

他蜷曲著身體，以保護他最後一件寶藏。他那毫無生機的雙手緊抓著公雞冠。我小心地扳開他被拔去指甲的指頭，將黯淡的灰色木冠拿起來。施刑人大概是在鞭打他的時候打壞了公雞冠，但是他死前已將公雞冠修補完好。當我看出弄臣是以自己的血液做爲修補劑，將公雞冠一片一片地黏在一起時，不禁失聲痛哭。公雞冠上有個缺口，不曉得他死前，是否因爲公雞冠有這個缺口而感到遺憾？

我慢慢地從我的口袋中拿出掉在大殿上的那個木片。公雞冠就是缺了這一塊，有這一塊就齊全了。我用木片邊緣去沾弄臣冰凍溶化的血漬，將這木片黏在公雞冠上補全它。沾了血的木片略微膨脹，一下子就黏住、卡緊，彷彿木冠從不曾破損過。說眞的，我實在不知道這是什麼寶物，但不管這木冠對他而言有何意義，總之我就要讓他戴著這木冠離開這個世界。

我將木冠放在一旁，開始收集常青樹的枝椏、乾枯的落枝和草葉等，以堆作火葬的柴堆。等到我堆好柴堆時，已經近傍晚了。堆好後，我將斗篷鋪在上頭。頭頂上是湛藍、微明的天空，而我們周遭的夏日像在屏住呼吸，等待著傍晚的星星升起。燃燒起來的火星將會升空與天上的星子交會。我抱起弄臣，放在斗篷上。根據我的經驗，常青樹樹枝會燒得很旺，將他全部化去。我心情沉重地在火葬柴堆旁的大石頭上坐下來，公雞冠放在我的大腿上。這公雞冠還不齊全，還缺一樣東西。

我從背包裡拿出一個布包，慢慢地將之展開，一次一根地拿出我在異類海灘上撿來的羽毛。我每拿起一根，都不禁讚嘆這羽毛雕刻的手工之細膩。這些羽毛雖然跟我一起走了這麼遠的路，卻仍完好如初，至於雕刻者爲什麼選了這種一點也不起眼的木材來做精工雕刻，這我就不懂了。這木料就跟弄臣送給迅風的那枝箭一樣黯淡不起眼。

我花了一番工夫才把每一根羽毛插入適當的地方。我現在才注意到，每根羽毛的羽莖末端都刻個了凹槽，凹槽位置各有不同，公雞冠上的縫隙各有特定的羽毛與之相配。我將最後一根羽毛塞進去之後，從我疲憊的眼睛看來，公雞冠和羽毛彷彿都突然拂過一層生動的色彩。也許只是因爲在那一刹那，我突然湧出淚水，所以折射出彩虹吧。我不耐煩地揩掉眼淚。是該把這一切了結的時候了。

我手裡的公雞冠不安地呢喃，像是有一隻蒼蠅被我的拳頭封住似的。我不禁納悶道，這公雞冠不知道是什麼強大的古靈魔法做的，而如今弄臣死了，這答案是不是也就此逝去？一時間，我的目光在木冠沿邊那一個個公雞頭之間留連。若不是弄臣一直搞不清當年我們看見的公雞冠是什麼色彩，就是這公雞冠不肯讓人上色。刻痕深處仍殘留著些許色條，其中兩個雞頭眼中仍鑲著寶石，但其他眼睛則空空如也。公雞冠上破裂過，但被弄臣以自己的鮮血黏補起來之處，仍可看出有一條深色的細紋。我伸手順著那深色細紋摸過去，測試黏合夠不夠緻密。這木冠密合的程度是沒問題了，但是弄臣的形影卻突然躍入我心裡。在我的印象中，他既痛苦不堪，又完整無缺，那景象使我悲痛難抑。

我沉重地挨著他身邊，在柴堆上坐下來。由於僵硬，他的身體仍然曲著，這我是無能爲力了，但我很希望能在將他送走之前，先將他臉上那恐懼且痛苦的線條拂去。我將他額頭上的金髮撥開。「小親親。」我嘆道，彎身在他額頭上一吻，做爲道別。此時我想起那異國的風俗並非如此，我應該以自己的名字呼喚他才對，因爲我心裡明白，當我將他火葬之時，也等於是自己的死亡。我自己的個性，自己是知道的，我絕對熬不過這樣的喪痛。「再見，蜚滋駿騎．瞻遠。」我雙手持冠，輕輕將公雞冠套在他頭上。突然之間，我覺得我一生的生命，都灌注到這一刻來了。我人生中最強烈的潮流，竟將我推向代表絕對的失落與結局的這一刻，說起來實在殘酷。但是我別無選擇。有些事情是無法改變的。是該爲國王的弄臣加冕，並送他上路的時候了。

但是我卻停了下來。

我的手停了下來，而且感覺上，只要我停下手，就可以抗拒命運，就可以違逆時間的流動。我知道自己接下來該做什麼：我應該把公雞冠套在弄臣頭上，然後把剩下的燃油倒在火葬的柴堆上。只要起個火，頂多起兩個火，就可以讓夏日的乾柴燒起來；他會在火中化爲輕煙，隨風飄散在群山王國之外的大地上，之後我會經由精技石柱回到艾斯雷弗嘉島，接了阿憨，走回那個小海灣，等待船來接我們。這樣做沒有錯，這條路無可避免，這是世界想要流過的水道。生命會繼續下去，只是弄臣不在了，因爲他已經死了。這一切我看得清清楚楚，彷彿我早就知道會有這樣的結局。

他死了。這是無法改變的事實。

但我可是改變者。

我突然站起來，將嗡嗡作響的公雞冠高捧在頭上，向著天空用力搖晃。「不！」我大叫道。我不知道自己到底是在對誰說話，但我仍繼續叫道：「不！我不要這個結局！我不要這樣！不管你對我有何索求，你要就拿去好了！但就是別讓這一切就此告終！讓他取走我的生命，而由我來承受他的死；讓他為我，而我為他。由我來承受他的死！你聽見沒有！我要承受他的死！」

我將木冠舉向太陽的方向。從我滿盈的淚水中，只見公雞冠煥發出五彩的光芒，羽毛似乎也在夏日微風中輕輕搖曳。我將公雞冠扯離時代所注定的命運，緊緊地將之戴在自己頭上。一時間天旋地轉，於是我在自己的火葬柴堆上躺下，伸手抱住我的好友，並迎向接下來的一切。

29

弄臣之冠的冠羽

她是世界上最富裕的女孩，她不但有個出身高貴的父親，又有許多絲綢禮服、項鍊戒指，多到就算十個女孩同時都穿戴上去也穿戴不完，而且她還有一個小小的，以龍的子宮雕成的灰盒子。這灰盒子裡裝著碾得細細的粉末，這些粉末留住了世界上最聰明睿智的公主們的快樂記憶。所以，只要她略感到傷悲，便打開小盒子，拈出一點記憶粉，然後打個大噴嚏！於是她就又變回快樂的女孩了。

——古老的遮瑪里亞故事

我在黑暗中踩滑了一步。就這樣意外地滑了一下，差點跌倒。

「血就是記憶。」我敢指天發誓，眞的有人在我耳邊講這句話。

「而我們之所以爲我們，就是因爲血液之故。」一名年輕女子應和道。「血喚醒了我們。就是因爲有血，所以我們才會被後人所記得，揉進子宮木啊。」

有個人大笑起來，聽來是個沒剩幾顆牙的老婦人。「看看妳能不能一口氣連說六次！」那老婦人以破嗓子笑道，接著她自己示範道：「揉進子宮木啊。揉進子宮木啊。揉進子宮木啊。揉進子宮木啊。揉

進子宮木啊。揉進子宮木啊。」

眾人聽到她這樣伶牙俐齒，都笑了起來。「好啦，換你們試試看！」她對我們挑釁道。

「揉進子宮木啊。」我順從地說道。

可是那人不是我。

有五個人擠進了我的身體裡，他們用我的眼睛看、用我的舌頭撫觸我的牙齒，又用我骯髒的指甲搔刮我的鬍子；用我的鼻子呼吸，並且因爲聞到夜間森林的氣味而高興萬分。他們用力甩動我的頭髮，這下子又重新活過來了。

這五個詩人，或說五個雜耍藝人，或說五個說書人，或說是五個活蹦亂跳的吟遊歌者，由於重新復活而興奮激動翻滾、轉圈子，或搖搖我的手指頭，或是扯開我的嗓子東講西談，搶著要我注意他們。

「你需要什麼？生日的祝壽歌？我多的是精采的生日歌，而且我可以裁量增刪，爲那位壽星編首歌，一點也不費工夫！」

「剽竊！無恥的剽竊！拿老歌來修修剪剪，這等於是舊瓶裝新酒，哪有什麼新意！還是把你的聲音借給我，讓我來幫你唱一首既能激發戰士的士氣，又能使少女由於新生的情慾而激動不已的歌吧！」講話的是個男人，他將我的胸腔吸滿了氣，然後透過我的口，以他渾厚的聲音講出了這番話。每一個字、每一個聲音，都出自於我自己的喉嚨。對他們而言，我不過是一枝用以奏樂的笛子。

「情慾不過是一時的激情肉慾，過後便什麼都沒有了！」一個女聲不屑地說道。她年紀輕輕，並且記得自己的鼻梁上有雀斑。聽到這句話從我的喉嚨裡傳出來，感覺好奇怪。「你要的其實是情歌，對不對？即使海枯石爛，也心意不移，這就是愛情。」

「我們的運氣未免太好了吧！」有個人驚慌地叫道，聲音中有著紈袴子弟的那種鄙夷之意。「你們聽著：哈，啦，啦，啦，啦，啦——噢，這種嗓音根本沒救了！這傢伙是個十足的破鑼嗓子，再好的歌被他一唱，也就跟烏鴉叫無二了。況且我敢打賭，他這輩子從來沒有做過單手翻滾倒立。這傢伙是什麼人哪？我們的寶藏怎麼會落入這人的手裡？」

「各位吟遊歌者。」我無精打采地說道。「各位吟遊歌者，各位雜耍藝人，請聽我說。噢，弄臣，若是你在的話，一定會拿這東西當寶的。唉，一群雜耍藝人，根本幫不上忙。」我伸手抓住木冠，並感覺到那粗糙的木質。我開始用力拉，木冠卻牢牢地定在原位，緊扣住我的額頭。

「我們才剛到而已。」那位無牙的老婦人抱怨道。「還不想走呢。我們可是份大禮，而且是唯有最能討國王歡心之人，才有權收下的大禮。我們有各種不同音色的歌手，又廣聞歷史軼事，而你卻這樣就要趕我們走，你這算是什麼藝人嘛！」

「我根本不是藝人。」我沉重地嘆了一口氣。一時間，掌握我身體各部分的權力又回到我手上。原來此時我站在火葬柴堆旁邊，然而我根本連自己下了柴堆都不知道。

如今夜色深了，蟲鳴的聲音越來越響。在涼爽的空氣中，我聞到森林地上肥沃腐土的味道，而弄臣逐漸分解的身體，更平添一分特殊的腐化甜味。他這一生都被夜眼稱之為「沒有氣味的人」，如今他死了，我卻能聞到他的味道。我並不覺得這味道有什麼噁心，我仍有相當的狼性，而就狼性而言，他如今只是有個味道，沒什麼大不了。我之所以會心驚，是因為這氣味證明了他的身體正在復歸於大地，復歸於先腐化再新生的這個自然網絡，無法逆轉。我想要靜止一會兒，努力從中尋得一點慰藉，但是待在我身體裡的那五個人根本不想靜下來。他們將我的雙臂高舉過頭，試著看看我能不能漂亮地轉個圈，又將我的肺吸滿空氣。我感覺得出他們十分期待夜晚、氣味、聲音，以及森林的空氣拂在我臉上的感覺。他們對於生命十分熱切。

「你哪裡需要幫忙?」那個有雀斑的女孩問道。我從她的聲音中聽出她相當同情,也很關心我的事情,但是我還察覺到,在這一層情緒之下,潛藏著吟遊歌者的職業病:就算別人家有什麼慘事也不放過。她恨不得把我的事情打聽出來,但我可不想吐露心聲。

「不用。走開,你們是幫不了我的。」但接著我還是說出來了,雖然這違背我的意願。「我的好友死了,但我希望他能起死回生。你們有哪一位能幫得了我嗎?」

我低頭望著弄臣的屍體。一時間,他們五人都沉默不語,這眞是值得誌念的一刻。最後那個有雀斑的女孩顫聲問道:「他是死得很徹底了,對不對?」

「對,一點也沒錯。」那個聲音渾厚的男子宣布道,隨即又補充:「但是我可以幫你寫一首歌,讓往後千秋萬世的人都記得他。這是有生有死的凡人唯一能超越死亡的辦法。把你對他的記憶讓給我,我馬上就著手寫歌。」

那位老婦人說的話還算有幾分道理。「我們要是知道如何起死回生,那麼我們還會待在這裡,以身爲弄臣之冠的冠羽爲滿足嗎?如今我們還有這麼一點生命,就算是很幸運的了。可惜你朋友沒討得龍的歡心,否則,他說不定也會有這個殊榮。」

「你們到底是誰?」我質問道。

「果醬保存果實的芳香滋味,而我們則是保存歌曲的果醬;因爲有我們,即使在我們已死的冬天,你仍能品嘗到我等在世時的夏日風味。」講話的是那個年輕男子,他對自己的想像力實在太有信心,以至於搞得我如墜五里霧中。

那年輕人講完之後,我不禁懇求道:「還有誰能說給我聽?」

「我們都是受到龍的青睞之人。」一個鎭定的女聲說道。這個人一直到現在才第一次開口。她的聲音像是一個深邃沉靜的池塘，音色比大多數女子都更嗄啞。雖然是經由我自己的喉嚨把她粗嗄的聲音講出來，但同時心裡也聽到她的聲音。「我以前住在一條黑沙河邊，一個叫做『饗宴鎮』的地方。有天我去河邊汲水，遇到了一條母龍，當時我只是個小女孩，而牠年紀也很小，才剛度過牠生命中的第一個夏季。噢，可是牠通體碧綠，眼睛又有如融化的黃金。牠站在河裡，任由河水從牠身邊流過，接著牠朝我望來，那彷彿黃金漩渦般的眼睛轉呀轉，於是我就跌入了牠的眼睛裡，再也逃不出來了。我自然地爲牠歌唱，因爲光說話是不夠的。牠迷住了我，而我又回頭以我的歌聲迷住了牠。在我有生之年，我一直都是牠的吟遊歌者，而當我的末日將至時，牠來找我，並送給我一樣唯有龍才能送的珍貴大禮：一小片龍的子宮木……你知道龍的子宮木是什麼嗎？就是海蛇吐絲織出的繭，海蛇在繭裡面睡覺，直到成龍之後才破繭而出。有些海蛇沒能熬過這個階段，在已非海蛇，但尚未成龍之時，死在睡夢之中。這子宮木是千年不壞的，除非有龍族的許可，否則龍族不允許人類取用任何子宮木。但我並未開口要求，美麗的煙翼便送了一小片給我，並吩咐我要以自己的血液將子宮木浸溼，並且用自己的指頭將血液揉進子宮木裡，同時腦海中要觀想著一根羽毛。

「我知道這意義重大。即使在爲龍族效力的吟遊歌者中，這也是少有的殊榮。這意味著我會在吟遊歌者之冠中占有一席之地。這一來，即使我死後，我所唱的歌、講的話以及我的思想行事，仍舊會長存下來。這頂吟遊歌者之冠，乃屬於『河地之王』所有，唯有河地之王有權決定誰可以戴上這頂吟遊歌者之冠，以過世已久的吟遊歌者的歌聲唱歌。這可是莫大的榮耀啊，因爲只有龍族才能擇定你，讓你化身爲羽毛，而唯有河地之王，才能賜予人戴上此冠的殊榮，這個榮耀非比尋常。我還記得我死去時緊握著我的羽毛……我眞的死過了，就像你朋友那樣，可惜你朋友沒有受到龍族的禮遇，因此也與這個殊榮無緣了。」

這實在太諷刺了。「但他應該是要備受龍族的禮遇才對。他是為了喚醒冰華，也就是世上最後一條公龍而死的。冰華就是因為甦醒了，才能與世上最後一條母龍相結為伴，如此一來，往後世界上才會重新有龍。」

他們沉默了一會兒，我知道他們聽了很感動。「好啊，這個故事倒很值得流傳下去！把你的記憶交給我們，讓我們大家為你編歌，因為像這樣的事蹟，少說可以編上十首歌！」講話的是那個老婦人，我的嘴巴因為她講話而靈活地動來動去。

「可是我不要為他編歌。我只要弄臣回來，像以前那樣，完完全全的、活生生的。」

「死了就是死了。」聲音渾厚的男人說道，不過他的口氣很溫和。「如果你肯讓我們窺得你的記憶，我們就可以為你編歌。即使以你的音色，這些歌曲還是會流傳久遠，因為真正的吟遊歌者聽你唱過之後，就會想要以真正的好嗓子把這些好歌唱了又唱。這樣子好不好？」

「不。求求你，蜚滋。放手吧。過去的，就讓它過去吧。」

那是刺激著我的感官的一句低語，低得幾乎聽不見，可是我聽了之後，同時因為希望與恐懼而激動得發抖。

「弄臣。」我喘息道，並希望能引起一點反應。

然而我不但沒有聽到反應，耳裡反而充斥著那五個吟遊歌者同時對我喊出好幾個難題的聲音，根本聽不出誰在對我吼些什麼。最後，聲音渾厚的那人朗聲說道：

「他人在這裡！跟我們在一起。他別的地方不待，竟然跟我們待在這個木冠裡！他把自己的血揉進木冠裡了！」

但是弄臣本人卻不回答，於是我代他說道：「之前公雞冠裂了，所以他才用自己的血去補。」

「木冠裂了？」那老婦人氣急敗壞地叫道。「這一來，我們所有的人不就完了嗎？」

「他不能留在木冠裡！他可不是龍選出來的人物。況且這木冠屬於我們所有，若是他占據了木冠，那麼往後我們就不能講話，只有他一人能夠開口了。」那年輕人大為光火，認為弄臣魯莽地侵占了他的地盤。

「他非走不可。」那聲音渾厚的男人下了結論。「我們感到很抱歉，但是他非走不可。他待在這裡，既不對，也不合適。」

「龍沒選中他。」

「我們沒邀請他。」

「他是不速之客。」

他們根本不給我表達意見的機會。我額頭上的公雞冠原本就緊，此時變得更緊了。我舉起手握住它，此時他們好像已經從我的身體撤退回去，而他們回公雞冠之後，不曉得會做出什麼事情。霎時間，我的身體又變成自己的。我試著要拿走公雞冠，但是它緊緊地套在我頭上，連塞進一片指甲的空隙都沒有。我非常吃驚，我了解到公雞冠正在與我化為一體，就像精技小組的人化入石龍中。「不！」我大吼，用力甩頭，並試著將它扳開，但是它動都不動，更糟的是，現在摸起來已經沒有木料般的質感了。如今公雞冠觸感像是我自己的血肉。我不安地舉高了手，一摸之下，發現羽毛竟如同眞正的公雞尾羽，輕柔地彈躍了起來。我懊喪極了。

我顫抖著走回火葬的柴堆，在弄臣身邊坐下來。

如今公雞冠內的衝突已經平息，那五個人齊心協力地對付弄臣。弄臣並未抗拒，只是不知道如何配合他們的要求。我說什麼都沒有用，因為他們再也不理會我了。他們的爭執聽來像是市場的另外一頭有人吵架，我聽得見，但是無從插手。他們要把弄臣從公雞冠裡趕出去，這一來，他就會眞正離開了，永遠、永遠都回不來。可是我卻無法制止。

我把他的身體放在我的大腿上，抱住他。如今他的身體已經進入鬆弛無力的狀態，不再僵硬。他一手掉落在身側，我抓住他的手腕，將他的手放回他的胸前。不知怎地，他那隻手毫無生機的動作，竟激起了一個古老的記憶。

我皺起眉頭。這不是我的記憶，是夜眼的記憶，是夜眼以牠的狼眼所見的經歷。不過我當時也在場。不知爲何，那記憶就整個回來了。

那個灰衣人，切德，靠在鏟子上，他的呼吸在冷空氣中結成白霧。他站在比較遠的地方，以免驚嚇到我們。坐在我墳墓邊的是獸群之心，他的腳下垂在挖開的墓穴中，腳邊便是我的棺木。棺木已經打破了，而我的屍體則被他抱在手裡。他以屍體的手對狼招手，要狼走近一點。獸群之心的原智很強，所以夜眼無法反抗他的命令。獸群之心開始穩定、鎭靜地對我們兩個講話：「回到這裡面來，改變者，這是你的。回來這裡。」

夜眼嗚咽了一聲。死亡的氣味我們一聞就知道。那個身體已經死了，那是腐肉，連讓我們好好吃一頓都不夠資格。夜眼對獸群之心表示：「他聞起來好臭。這是一塊腐肉，我們可不要，池塘邊的肉都比那個好。」

「靠近一點。」博瑞屈命令我們。一時間，我感受到他同時身兼博瑞屈與獸群之心兩種身分。就在那一刻，我離開了狼對他的理解，進入了自己的記憶之中。我早就懷疑我是眞的死了，雖然切德再三保證，他的毒藥只是讓我假死而已。我的身體傷得太重，連任何一點毒藥都承受不起了。在那個記憶中，我的狼鼻子眞實到近乎無情。那個身體已經死了。但是狼的原智知覺比我更靈敏，而牠的原智知覺讓我得知一件我之前連猜都猜不到的事情。獸群之心不只是抱住我的血肉，他已經幫我做好準備，讓我一回到自己的軀體就可以用了。那個軀體隨時可以開始，只是他必須要能勸我回去才行。我感覺到夜眼低嗚，要我放心地回去。

是原智，不是精技。博瑞屈用的是原智，但是他的原智比我強得多，也比我見多識廣。我拍拍弄臣鬆弛的臉頰，以意志力要求他的身體與我配合，但是卻怎麼樣也無法進入他的身體。是因爲他沒有原智嗎？我不知道，但是我知道有一個辦法可以讓他與我相連，他曾經藉著這條路，將我從夜眼的身體裡拖回來。我將自己的手腕翻起，讓淡薄的月光照著他留在我手腕上的指印。接著我拉起他那折磨得不成形的手，其中三根指頭的指甲已經被人拔除。我想到他當時不知受了多少苦，隨即強迫自己別再想。我以自己的手蓋在他的手上，並小心地將他的每一個指尖對準我手腕上的指印。我抓住我倆之間那條存在多年、細如絲線的精技牽繫。

那條牽繫線似乎風一吹就斷，但畢竟是存在的。我鼓起勇氣，因爲我知道這一去，是走到鬼門關，但我仍要去走一趟。我不是才說過我願代他而死嗎？我感覺得出公雞冠的衆詩人正在逼弄臣出來，把他逐入我的身體裡，但是我已經沒空等他進來再向他解釋清楚了。

我深吸一口氣，沿著精技連結線而去。我的身體留給知覺逐漸甦醒過來的他，而我自己則潛入他那破敗的軀殼中。

一時之間，我的感官變成雙重的。弄臣處於我的肉身之中，以我的眼睛往外望，他發現原先所住的身體，此時竟成爲躺在我臂彎裡，鬆垮無力的死屍，因而大驚失色。接著他舉起一手，摸了摸我長著鬍碴的下巴。「小親親！」他呻吟道。「噢，小親親，你怎麼做出這種事情來？你怎麼做出這種事情來？」

「你放心。」我篤定地說道。「如果我失敗了，你就取走我的生命，繼續活下去好了。我甘願代替你死。」然後我像是墜入爛泥的石頭一樣地沉入他毫無生氣的血肉之中。

至此，我便置身於死屍之內了，而且是死了好幾天的死屍。

這血肉毫無生機，所以已經不算是身體了。這與岩石一般了無生趣的血肉正在分裂爲千萬個小分子，以便復歸於大地。我雖有精技，碰到這個狀況卻無能爲力。我把那一股想要施展精技，呼籲阿憨、切德和晉責一起來幫忙的衝動壓抑下去。他們若是來了，頂多只會逼我回到自己的身體，以便把我救回來。

原智是對於我們周遭一切生命體的感知。原智像一張大網，將我們與周遭的所有生物連結在一起。有些生物是生氣勃勃、繁複龐雜、健壯且體型大，使我不得不注意，至於花草樹木，它們給我的感覺就比較微妙一些，但它們對於連綿不絕的生命網的貢獻，可比蟲魚走獸來得更大。花草樹木乃是編織世界的經緯線，若是少了它們，我們就全都不存在了。但即使如此，我仍有大半輩子都對花草樹木不知不覺，只偶爾對於古老的大樹感到一點興趣。然而，在這個生命網之下，還有另外一種更爲蓬勃的生命不斷流動。

那種蓬勃的「生命」，便是死亡。

死亡像是生命網裡的結，把我們所有人綁在一起，然而死亡其實根本不是死亡。在死亡的那一剎那之後，生命並未毀去，而是重組，所以弄臣的身體裡正充滿了騷動的生命，像是一大鍋慢燉的菜餚，醞釀著自己的新生。先前構成他的身體、讓他每天運行不斷的每一個分子，現在仍然都在，問題是，如今這些分子已經放手讓自己淪落，變成更簡單的形式了，而我能不能遏止逆勢，說服它們重新復原爲先前的秩序呢？

這裡無呼吸、無聲響，也無知覺，但我仍不顧一切地投身於其中。此處似有精技洪流流過，彷彿有個力量拔除了繫住弄臣身體的繩索，將碎片帶到別處去用。這個循序漸進、有條不紊的拆除與重組，使我看得目瞪口呆，感覺上很像是在觀看一場高手過招的石子棋遊戲。那些細小的分子井然有序地分解，我試著說服其中一個回到原來的崗位，但是那分子還是與它的同伴一起流走了。

這是個老遊戲了，可是你依然看不出端倪。它們不是一個個獨立的獵食者，而是一個群體。你無法控制這些個體依照你的意願而行，因爲個體的數量太多，你怎麼也擋不住。所以你要換個辦法。你要驅使它們、利用它們，它們把什麼新的做好，你就把這個新的放到舊的位置去。

這是狼的智慧。當年黑洛夫跟我說，我的伴侶死而不亡，如今看來果眞是如此。此時夜眼與我同在，不是像以前牠伴在我身邊那樣，而是我們兩個心意同一的模樣。那天晚上，我用的是夜眼的識見。牠的感知很單純，牠知道當我們在吃肉的時候，我們吃的不但是肉，也是生命。當年我們一起追獵時，充分掌握了獵食者與獵物之間的精妙平衡，而這個精妙的平衡也可應用於此。死亡餵養了生命，身體縱然拆解，也有構成。

這不是精技治療，這是引導變化，像是在趕羊群，或是趕牛群那樣地驅使那些細小分子排列成我所記得的秩序。據我猜測，我修復弄臣身體的能力，大概比博瑞屈差遠了。即使我加以糾正，那些生命流仍一再墮回原先的狀態，還需我再三哄勸，才肯開始架構，而非繼續拆解。況且弄臣的身體跟人也大不相同。那天晚上，我見識了他所有異於常人之處。我之前還以爲我對這個人知之甚明，但是在重造的那個長夜之中，我了解到他無法以尋常的尺度論之，但也欣然接受他的確與人不同，此事本身給了我很大的啓發。之前我一直深信，我們兩人的相似之處，多過我們的相異之處，但這實在言過其實。這麼說吧，我有多麼像狼，他就有多麼像人。

我待在我所做的工程之中，即使我感覺到血液再度在他的血脈中流動，即使我慢慢地察覺到我可以再度將空氣吸入他的肺臟中，我仍繼續待著。在復活的過程中，他的身體有些地方也順便修復好了。好比說之前他斷了兩根肋骨，而如今這兩根斷骨找到了同伴，開始接續了起來，他的血肉也緩緩地彌補了皮膚上的重大傷口。但是血肉、骨頭或是指甲整個都不見的地方，我就無能爲力了。我輕手輕腳地啓動了他身體的自動修復機制。他的身體雖重新構造，步調卻非常緩慢，不過我不敢催他加快速度，畢竟他已經用光了身體貯藏的能源。我將他背上新生的肌肉收合，免得一吹到風就痛得不得了，又哄勸他被剪開的舌頭重新復合。他掉了兩顆牙齒，這我就無從修補了。等我把所有能夠做的都做了之後，我便促使他的胸腔深吸一口氣，接著睜開他的眼睛。

黑夜漸去，黎明已近。由於天上濛濛亮，所以比較黯淡的星子已經看不見了。有隻鳥兒高聲唱出清晨的第一聲，另外一隻鳥兒也不甘示弱地高歌。一隻小蟲子嗡嗡地飛過我耳邊。等我察覺到自己的身體，那已經是後來的事了。血液湧過身體，接著我感覺到空氣滑入我的肺臟。身上很痛，痛得無以名之，然而痛楚是身體派來的信使，爲的是要讓你知道有個地方不對勁，必須修復才行；這個信使在告訴你，你仍然活著。我收到了這個消息，高興得不得了。一時間，我樂在其中，感覺到這樣已足矣。

良久之後，我才眨眨眼睛，改看別的地方。有個人把我抱在懷裡。他一臂抱住我的裸背，而他的手與我的背碰觸之處痛得令我幾乎掉淚，但是我實在沒力氣，無法叫他把手拿開。我仰望著自己的臉孔。這跟我從鏡子裡看到的情況不大一樣。我沒想到自己的臉變得這麼蒼老。他已經拿開公雞冠，額頭上仍有一圈紅腫。我的眼睛閉著，淚水從緊閉的眼裡滲出，滑過我的臉頰。我不禁納悶著我在哭什麼，怎麼會有人看到這麼美的早晨，還哭得出來？我用盡全身的力氣，慢慢地舉起手，碰觸我自己的臉頰。我的眼睛一下子睜開，而我便驚奇地望著自己的眼睛。我以前怎麼都不知道自己的眼珠這麼黑，可以睁到這麼大？我望著自己的臉，感到十分不可思議。「蜚滋？」這聲調的抑揚頓挫是弄臣的特色，但是那粗嗄的講話聲卻是我的聲音。

我露出微笑。「小親親。」

他一下子難以自抑地伸出雙臂將我抱緊，我因爲疼痛而想要避開他的擁抱，可是他似乎根本沒有察覺，他啜泣得很厲害。「我不懂！」他對天空哭訴道。「我不懂。」他四下張望，我的臉上寫盡了他的疑惑與恐懼。「我從未預見過這一刻。這已經過了我的時間、超過我的結局了。到底發生了什麼事？我們兩個是怎麼了？」

我想動一下，但是我幾乎沒有力氣。一時間，我什麼也不能做，只能任由他大哭，而我則趁此評估一下身體狀況。身上損傷的地方很多，不過身體正在盡力修補。我覺得好虛弱，虛弱得不得了。我吸一口氣，輕聲地對他說道：「我背後的皮膚是新生成的，還禁不起碰。」

他吞了口口水，一邊喘氣一邊反駁道：「可是我死了呀。之前我在那個身體裡的時候，那女人剝下了我背上的皮。我死了呀。」他顫聲說道。「我記得很清楚。我已經死了。」

「沒錯，這次輪到你死。」我應和道。「而由我來救你了。」

「怎麼救？這是什麼地方？不，我知道這是什麼地方，但現在過了多久？我們兩個怎麼會活生生地出現在這裡？我們怎麼會變成這樣？」

「鎭定點。」我既有弄臣的聲音，就想試試看能不能散發一點他的幽默感。「一切都會變好。」

我以他的手去握住我自己的手，指尖自然而然地便貼在指印上。一時間，我們四目相對，兩人融合爲一體。我們變成一個人了。其實我們一直都是兩人一體，這點夜眼早就說了。能夠再度變成完整的兩人一體，眞好。我們兩人的力量將我自己拉了起來，並將他的額頭與我的額頭相碰。我並未將他的眼睛閉上，所以我們兩人的目光緊緊鎖在對方臉上。我感覺到我恐懼的呼吸氣息吹在他的嘴上。「把你的身體拿回去吧。」我輕輕地對他吩咐道，然後我們便將身體交換，但是在那一瞬間，我們是合爲一體的，而在我們兩人交換之時，他與我之間的界線泯滅、消失了。我想起有次弄臣對我說道：「我對你，是不設任何界線的。」此時我才突然領略到兩人之間沒有界線是什麼情況。我們兩人之間的確沒有界線。我慢慢地把自己從他身體裡抽回來。我將自己的背挺直，低頭望著我臂彎中的弄臣。一時間，他眼睛睜得大大地望著我，眼神之中只有驚奇。然而接著他那殘傷的身體處處作痛，使他無暇他顧。我眼看著他痛得緊閉上眼睛，躲著不讓我碰。「對不起。」我輕聲說道，輕輕地將他放在斗篷上。這個以常青樹枝搭起來的柴堆，原來是要做爲他火葬之用，如今卻變成他的床墊了。「你的儲備能源不夠，所以我無法完全將你治好。也許再過一、兩天……」

但是我講到這裡，他已經睡著了。我拉起斗篷的衣角蓋住他的眼睛，以免升起的太陽亮得刺眼。我聞聞空氣的味道，突然想到這是打獵的好時機。

我整個早上都在打獵，成果則是一對兔子以及一些蔬菜。我回來時，弄臣躺著的姿勢仍跟我出去時一樣。我剝了兔皮，並將兔子倒吊起來，讓血滴乾，隨後將弄臣的帳篷搭在樹蔭下。我找到他之前要送給我的那件古靈袍子，拿出來將它放在帳篷裡。我去看了一下弄臣的情況。他仍在睡，但是叮人的蚊蟲已經找上他了。蚊蟲以及越來越熱的陽光，使我深信非得換個地方安置他不可。

「小親親。」我輕輕叫道。他沒有反應，但我還是繼續跟他說話，有時候，我們儘管在睡，卻還是能夠察覺到別人對我們說的言語。「我要把你搬動一下，可能會很痛。」

他還是沒有反應。我盡量輕柔地將我的雙臂伸入斗篷底下，但他還是無聲地驚叫出來，爲了躲避疼痛感而扭著避開我的手臂。當我抱著他橫越古老的市集廣場，前往樹下的帳篷時，他的眼睛睜得很大。

他望著我，卻又不是在看我；他好像不認識我，不是眞醒過來。「求求你。」他斷斷續續地懇求道。「求求你停下來吧。別再傷害我了。求求你。」

「你現在很安全。」我勸慰道。「那一切都過去了。」

「求求你！」他再度大聲叫道。

我必須單膝跪下才能將他抱進帳篷裡。帳篷門片拂過他的裸背時，他痛得尖聲大叫。我盡量輕巧地把他放下來。「你在這裡，才不會曬得太厲害，也不會有蚊蟲咬。」我對他說道。但他好像沒聽見我說什麼。

「求求你，別再傷我了。你要什麼都好，什麼都可以，但是求求你停下來。停下來。」

「那已經過去了。」我對他說道。「你現在很安全。」

「求求你。」他眨著眨著，眼睛又閉起來，然後整個人就不動了。我看他從頭到尾都沒有眞正清醒過。

我出了帳篷。我必須暫時把他丟開。他的反應使我十分痛心，而我心底突然冒出的記憶，更使我渾身不安。酷刑虐待的慘事我親身經歷了不少。帝尊折磨我的方法很殘忍，不過很有效，但是當年的我卻有一個弄臣所沒有的小小盾牌。我早就知道，只要我能守口如瓶，只要我不讓帝尊拿到我的確有原智的明證，他就無法痛痛快快地殺了我，因此不管他們怎麼毒打、怎麼讓我挨餓，我就是不讓帝尊如願。畢竟他若是有了這個藉口，一定會毫無愧疚地取了我的性命，而各大公國的大公也都不會有異議。到了最後，當我發現我快要撐不下去的時候，我乾脆仰藥，不讓他有機會將我折騰至死。

但是弄臣對蒼白之女卻無可奈何、毫無防護。她既不想從他口中套話，也不想要他的什麼東西，只想讓他痛不欲生。她到底讓弄臣如何苦苦哀求，再大聲嘲笑他屈服投降，而後再度重新折磨他的肉體？

我不想知道。我既不想知道，並且因為弄臣一露出黑暗面，我就逃得遠遠，而覺得自己很羞恥。難道，只要我不承認弄臣受過酷刑，就可以假裝那一切都沒發生過？

我總是以做瑣事來逃避自己的思緒。我用新鮮的溪水將水袋裝滿，又將原先要用作火葬的柴堆拿來生火。火燒旺之後，我把其中一隻兔子用樹枝叉著，插在火邊烤，另一隻兔子則放在鍋子裡煮湯。我把自己那幾件灰撲撲的冬天衣物拿來，拍拍灰塵，晾在樹叢上吹風。我在忙東忙西之際找到了公雞冠。弄臣顯然是在大怒之下將它用力丟開。我把木冠撿回來，放入帳篷裡的門邊。然後我到了溪邊，摘了馬尾草當刷子，用以洗淨身體，又把溼答答的頭髮重新紮成戰士馬尾。說真的，我覺得自己實在不夠資格當戰士。我心裡想著，若是我當初殺了蒼白之女，現在心情會不會好一點？我考慮要回冰宮去殺了她，提著她的頭回來獻給弄臣。

要不是這樣做於事無補，我真的會付諸實行。

我把兔子湯擺到一邊放涼，吃掉烤兔子。這麼久沒吃到鮮肉，如今可以大啖一場，真是痛快。這烤兔子接近骨頭的地方還帶血，鮮嫩多汁。我像狼一般地吃肉，完全只想著當下、專注著食物的滋味。我將最後一根啃淨了的骨頭丟入火堆裡，最後，我仍必須開始思考該如何面對即將來臨的傍晚。

我把兔子湯端入帳篷。弄臣已經醒了，他俯臥在地，眼睛望著帳篷的角落。午後的斜陽透過帳篷布照進來，映得他身上五彩繽紛。我還沒進帳篷就知道他醒了，我們之間的精技牽繫線才剛強化過，我不可能不知道這點。他感受到的肉體痛苦，我大多可以擋掉，但是他心頭的苦悶，我就很難阻擋了。

「我幫你帶了食物來。」我對他說道。

過了好一會兒，他都沒回答，於是我又說道：「小親親，你不能不吃不喝。我還給你帶了水來。」

我繼續等了一陣子，之後說道：「如果你想喝茶，我可以幫你泡。」

最後我找出一個陶杯，倒了些兔肉湯進去。「只要你喝了這杯，我就不煩你了。但是這杯一定要喝。」

蟋蟀在夕陽中高唱。「小親親，我是認眞的。除非你喝了這個，否則我是不會走的。」

他開口了，聲音平板，眼睛也沒望著我。「你能不能別叫那個名字？」

「小親親？」我問道，心裡很是困惑。

他聽到這三個字瑟縮了一下。「對，就是那個。」

我雙手捧著裝著肉湯的陶杯，坐了下來。過了一會兒，我僵硬地說道：「就依你的，弄臣。但是除非你把這個喝了，否則我還是不走。」

他在微暗的帳篷裡動了一下，轉頭朝著我看，並伸出一手來接湯杯。「那女人用那個名字來嘲笑我。」

「噢。」

他的指尖有傷，他爲了避免指尖碰觸到杯子，接過杯子的手勢非常古怪。他以一手將頭、肩撐高，因爲疼痛與虛弱而顫抖。我很想過去幫他，但是我知道自己還是自制些比較好。他長長地喝了兩口，喝光了肉湯，抖著手把杯子遞給我。我一接過杯子，他就立刻疲累且痛得趴倒在地。他看我仍坐著不走，便疲倦地朝外面一指。「我喝了。」

我端著杯子和陶杯走到帳篷外，在兔肉鍋裡添了水，將鍋子擱在火堆旁，打算就這樣讓湯慢燉一夜。我坐著注視營火，心裡想起很多我不願想起的回憶。我啃著指甲，越啃越深，差點咬到指甲的肉根，於是趕快移開指頭。我做了個鬼臉，望著夜空搖了搖頭。當年的我，還有一條別人所沒有的路可走：我可以撤退到夜眼的身體裡。因爲身爲狼，所以我沒有被人侮蔑羞辱；因爲身爲狼，所以我保住了自己的尊嚴，也保住了決定自己是生是死的權力。但是弄臣卻無處可去。

當年的我有博瑞屈以及他那溫暖熟悉的呵護，我還有孤獨、平靜，以及夜眼。我想起夜眼，於是起身到森林裡去打獵。

前一天的好運氣已經用完，天亮後我回到營地，什麼獵物都沒打到，幸而摘到滿滿一件襯衫兜起來的熟梅子。弄臣已經不見人影，火邊則擺著一壺茶保溫。我忍著沒有大聲呼喊他，而是以幾乎可稱之爲耐心的心情坐在火邊等。最後我看到他從通往小溪的小徑走回來。他穿著古靈的袍子，溼溼的頭髮平貼在頭上，他走起路來毫無丰姿可言，不但一跛一跛，肩膀還拱起來。他終於走到火邊，而我也對他招呼道：「我找到梅子。」

他嚴肅地拿了一個，咬下一口。「甜的。」他說道，彷彿這個滋味使他感到驚奇。他像是老人家怕傷了骨頭一般，小心翼翼地扶著坐了下來。我望著他用舌頭在嘴裡巡了一圈，在發現缺了兩顆牙之後，臉皺了一下。「把經過告訴我吧。」他平靜地要求道。

所以我就從蒼白之女的侍衛把我丟進雪地裡講起，我講得很詳細，就像我向切德做報告那樣。當我講到龍的事情時，弄臣慢慢變了臉色，越坐越直。我感覺到我們之間的精技牽繫線繃緊了起來，他正探索著我的心靈，想要確認他耳裡聽到的確實無誤，彷彿我光是用言語，還不足以傳達當時的景況。然而我也樂於展開我的心胸，讓他與我一起體驗當天的情景。當我告訴他冰華與婷黛莉雅一起騰空，在空中交配的時候，他突然哭得全身顫抖，但是當他抬起頭，難以置信地問我時，眼裡並沒有淚水。「這麼說來……我們勝利了。那女人輸了。往後這個世界的天空上，將會再度出現龍的身影。」

「當然。」我說道，至此我才想到，之前的他並不可能知道我們成功與否。「如今我們已經走在你所促成的未來之中了，這就是你爲我們擇定的道路。」

他大聲地嗚咽了一聲，僵硬地站起來，蹣跚地走了一、兩步，然後轉回頭望著我，他的心情都寫在眼睛裡。「可是……我在這裡，什麼也看不見。我從未預見到今天這個場面。在我預見的所有幻象之中，總是要以自己的死亡才能換得勝利，所以只要是得勝，我一定會死。」

他歪著頭，彷彿要向我確認地緩緩詢問道：「我眞的死過了？」

「一點也沒錯。」我承認道，臉上卻情不自禁地咧嘴大笑。「不過，我在公鹿堡的時候不是告訴你了嗎，我是催化劑，我是改變者啊。」

他如石頭般佇立，慢慢地琢磨這句話的意義。那情況就像是石龍甦醒般：生命逐漸灌注到他的身體裡，接著他開始顫抖。這一次，我毫不遲疑地伸出手托住，扶著他坐下來。「然後呢？」他顫抖著要求道。「把接下來的事情講給我聽。」

所以我就說了。於是這一天，我們便一邊講故事，一邊吃梅子、喝他泡的茶，並吃完前晚燉的兔肉湯。我跟他講到黑者的事情時，他聽得眼睛大睜。我說起四處找尋他的屍體，無可奈何地提到我是在什麼樣的情境下找到他的。他聽時轉開了頭不看我，我同時感覺到我們之間的精技牽繫已然消退，彷彿他想要盡量讓自己消失。不過我還是說了下去，並細數我遇上蒼白之女的事情。他坐下來，兩手交叉地抱著手臂聽著。「這麼說來，那女人還活著？她沒死？」弄臣的聲音顫抖。

「我沒殺她。」我坦白承認道。

接著——「爲什麼沒殺她？」他難以置信地尖聲質問道。「你爲什麼不殺了她，蜚滋？爲什麼？」

弄臣如此激動，使我非常驚訝，我愚蠢且防衛地說道：「我不知道。大概是因爲當時我認爲她想要我殺她吧。」我知道接下來這話呆頭呆腦，但我還是說了出來：「黑者與蒼白之女一前一後地跟我說，我是這個時代的催化劑，也就是這個時代的改變者。因此那時候我不想引起任何變化，以免影響到你已經造成的現實。」

一時間，我們兩人都默默無語。他非常輕微地前後搖動，並以口吸氣、吐氣。過了一會兒，他似乎平靜了下來，但也許他只是死心了。最後他很勉強地——雖說他努力裝得很自然——說道：「我敢說你這樣做是最好的，蜚滋。我不怪你。」

也許他這話是真心的，但是據我看來，在那當下無論是他或我，都無法勸自己深信事實確是如此。這件事情使得他眼裡的勝利光芒黯淡下來，也使我們兩人之間出現一堵無形的牆。不過，我還是繼續講下去，當我講到在冰宮裡找到一根精技石柱，而我們就是經由它來到此地時，他一動也不動地聽著。「我從未預見到那個情況。」他不無訝異地坦承道。「連猜都沒猜到。」

接下來的事情我便迅速帶過。我告訴他，我發現公雞冠不是什麼神奇法寶，只不過是五名凍結在時空中的歌者而已，因而非常訝異，但他聽了只是不在意地隨便聳起一邊肩膀，像是在為自己竟然會喜歡這麼一件微不足道的瑣碎東西開脫。「那是我要拿來送人的。」他平靜地說道。

我沉默地坐了一會兒，等他稍微引申說明，但是他什麼也不說，我也就作罷了。即使等我講完了故事，而他也了解到他的勝利有多麼徹底時，他仍一語不發。也許他認為，他早在多年之前就得到勝利，而非幾天之前才得到吧。他坦然接受此事，使得救龍之事像是無可避免的發展結果，卻非好不容易才贏得的果實。

天色漸漸地暗了下來，我的故事講完了，他卻無意把他自己的遭遇講給我聽。說真的，我也不期望他說，那種事情說出來盡是羞辱失格，碰上那種慘事的困惑感，只會讓他覺得自己卑劣低下。這個我太了解。我也知道，如果我把這個道理講給他聽，就會顯得我自認為高高在上。我們的沉默延續得太久，久到即使期間我們聊了一、兩句話——好比說我告訴他我要去撿柴，或是他有感而發地說，跟冰河的沉寂夜晚比起來，此處夜晚的吵雜蟲鳴，聽來倒也頗有一番滋味——也化解不開彼此彷彿有了隔閡的尷尬。

最後他終於說要去睡了。他進了帳篷，我則做些營地裡該做的收尾工作：以灰燼將紅炭掩蓋起來，這一來，明天早上尚有餘火，就不必重新生火，又將果核殘鍋略做收拾。直到我走近帳篷時，才發現弄臣已經把我的斗篷摺得整整齊齊地放在帳篷外頭了。我拿了斗篷走到火邊，鋪下斗篷爲床。他至今心裡仍不平靜，因而想要獨處，這點我能了解。但儘管我可以了解，他這個舉動還是刺傷了我，主要是因爲我心裡很希望，他若是不要在身心兩方面都受傷如此重就好了。

夜已深，而我也沉沉入睡，此時帳篷裡傳出第一聲尖叫。我一下子坐起來，一顆心怦怦地跳，手已經立刻摸到擺在身邊地上的長劍。但是我才從劍鞘中拔出劍，弄臣便奔出帳篷，眼睛睜得很大，頭髮蓬亂。他因爲恐慌至極而急喘，全身顫抖，嘴巴也爲了吸氣而張開。

「怎麼回事？」我質問道。這一問，使他嚇得跳開，退著往後走。最後他似乎回過神，這才認出待在幽暗火堆邊的身影是我。

「沒事。做了惡夢，如此而已。」他彎身抱肚，輕輕搖晃，好似內臟起了劇痛。過了一會兒，他坦白承認道：「我夢見她藉由精技石柱追了過來，而且我驚醒的時候，好像看到她站在帳篷裡彎身看我。」

「我看她大概不知道精技石柱是什麼東西，也不知道如何使用吧。」我勸慰道，隨即聽出這些話多麼猶豫虛假，因此恨不得能將這些話收回。

他並未回答。這夜雖溫和，他卻顫抖著走到火堆旁。我沒多問一個字，就拿了根柴枝加到火堆裡。弄臣瑟縮地望著火焰甦醒並燒上了柴枝，最後才歉然地說道：「我今晚沒辦法回去了。眞的沒辦法。」

我沒說什麼，而是動手鋪開我的斗篷。弄臣像是貓一般小心地湊近一些，接著一語不發地以古怪的姿勢讓自己坐下，躺在我與火堆之間的斗篷上。我一動也不動地躺著，等著他慢慢放鬆下來。營火劈啪地燒著，而我雖想撐著不睡，眼皮卻越來越沉重。我正要進入睡鄉，這時他輕聲開口問道：

「這到底會不會過去？你的已經過去了嗎？」他想要知道這個黑影會不會有朝一日完全消失，他的口氣非常殷切。

我很不願說破，但我仍必須據實以報。「不會，這不會過去。我的就沒有過去，你大概也是如此，但是你的日子會照樣過下去。這會像是疤痕，變成你人生的一部分。你的日子依然會繼續。」

那天晚上，我們兩人背對背地躺在我的舊斗篷上睡覺時，我察覺到他雖睡了，卻猛抽了一口氣，開始歪扭踢打起來。我翻過身，只見他淚流滿面，一邊瘋狂地掙扎著，一邊對夜空哀求道：「求求你，停，停！你要我做什麼都可以，什麼都可以。只求你停下來，求求你！」

我碰了他一下，他突然狂亂地尖叫，粗魯地抵抗我。過了一會兒，他清醒了過來，大口喘著氣。我一放開他，他便立刻翻身避開，手腳並用、奮力地爬過鋪著石板的廣場到對面的森林邊，抓著喉嚨一再乾嘔，想要把剛才說出口的那些怯懦字眼收回去。我任由他去。這還不是該安慰他的時候。

他走回來時，我將裝水的水袋遞給他。他漱了漱口，先將水吐掉後才喝水。他站著，避開我的眼神，望著夜空，好像他可以從夜空中找回迷失的自己。我默默等待。他終於走回來，沉默地在我身邊的斗篷上坐下來。最後他終於躺下，不過他背對著我，同時蜷得像個球，整個人打冷顫。我嘆了一口氣。

我伸展了一下手腳，慢慢地挨到他身邊，儘管他抗拒，我還是小心地把他拉過來面對著我，接著以古怪的姿勢摟抱他。他無聲地啜泣著，我揩去他的淚痕，將他拉近了些，並小心不要碰到他背後的新皮，讓他的頭靠在我的下巴上。我溫柔地在他額頭上親了一下。「睡吧，弄臣。」我粗暴地對他說道。

「這裡有我呢，我會照顧你的。」他的手抬了起來，一時間，我還以為他要把我推開，但他只是拉住我襯衫的前襟，緊緊地抓住我。

那一整晚，我都把他抱在懷裡，親密得好像他是個孩子，或是我的情人，親密得好像他就是當年受傷且孤獨的我。我任由他在我懷裡哭泣，抱著他直到哭泣結束。我任由他從我的體溫與堅強的肌肉中盡量得到安慰，而我一點也不覺得這樣做會少一分男子氣概。

30

完整

這是我提筆親寫，因此要請您原諒我這個群山人的手寫不出漂亮的六大公國文字。聲譽卓著的費德倫文書已經開始著手準備一封正式文書，但是在此，我想以女人對女人、寡婦對寡婦的角度寫信給您，因爲我同您一樣深深地明瞭，無論敕封了什麼土地或是頭銜，都無法彌補喪夫的痛苦。

尊夫大半輩子都在爲瞻遠王室效力。説眞話，以他爲先王的奉獻之多，我們早就該封賞他了；他的事蹟應該要廣爲人知，並編成歌謠，流傳在大街小巷。竊國者帝尊張起魔爪對付我們的那一晚，若不是因爲他冒險犯難，我絕對無法熬過去。但是尊夫個性謙抑，因而要求我們別讓他的英勇行爲成爲吟遊歌者獻唱的主題。如今，他爲了六大公國而犧牲了生命，我們才想起對他虧欠有多深，説來實在是麻木無情。

我本欲在王室領地之中，擇一處能夠與博瑞屈之功相互輝映之處，敕封給府上，但就在此時，耐辛夫人派了專人來找我。俗話説得沒錯，壞消息的確傳得特別快，因爲她已經得知尊夫過世之事了。耐辛夫人在給我的信上説，博瑞屈乃是駿騎王子最珍重的朋友之一，她相信她已逝的丈夫，一定會希望能將他在細柳林的產業致贈給府上。至於細柳林之地產的頭銜，亦將立刻頒發給府上，於府上代代相傳。

——珂翠肯王后寫給莫莉・製燭商・博瑞屈之妻

「我夢見我變成你。」他輕聲對著火焰說道。

「是嗎？」

「而你變成我。」

「眞無聊。」

「別那樣。」他對我警告道。

「別怎樣？」我故作無辜地問道。

「別變成我。」躺在我身邊的他換了個姿勢。夜色籠罩著我們，晚上的風很暖和。他舉起細瘦的指頭拂開臉上的金髮。由於營火將熄，所以他臉上的瘀青幾乎看不出來，不過他的臉還是太瘦，顴骨都凸出來了。

我想告訴他，總得有人要變成他，因爲他已經完全不做自己了，但是我這話沒講出口，而是問他：「爲什麼？」

「我想了就緊張。」他深吸了一口氣，吐了出來。「我們到這裡多久了？」

這是他這天夜裡第三次把我吵醒，不過這種事情我已經越來越習慣了。他晚上睡不好，話說回來，我也不期望他晚上能睡得好。他們將我從帝尊的地牢裡救出來之後，我在恢復期間，只肯在白天，而且是有博瑞屈相伴、照顧的情況之下才敢睡，這點我記得很清楚。有時候，即使陽光在眼皮上閃耀，也覺得睡起來安穩。而有時候，無論累到什麼程度，以聊天過夜也比睡上一覺來得好。我努力回想，從我抱著他的身體，走過精技石柱來到這裡，已經過了多久，但是只覺得很難計算；那些豔陽下的小睡，以及夜晚斷斷續續的睡眠似乎都混在一起，怎麼也扯不清了。「如果算幾天，就是五天，如果算幾夜，就是四夜。你別急，你現在還很虛弱，等你強壯一點，我們再從精技石柱回去。」

「我根本就不想用精技石柱。」

「嗯。」我應和著。「可是我們終歸得從精技石柱回去。我總不能把阿憨丟著讓黑者一直照顧下去吧。況且我跟切德說過，等他們派船來的時候，我們會待在海灘上等船。讓我算算，嗯，船大概再五天就到了吧？」我說不上我在冰宮裡待了多久。這樣算不準時間似乎不妥。自從我找精技小組的成員們一起治療弄臣不成之後，我就把他們所有的精技接觸通通擋在外面。我好幾次感覺到有人刮著我的精技牆，但是我毅然決然地對此聽而不聞。他們大概是關心我吧。我為了說服自己而大聲地說道：「我得回去，我還有個人生等著我去過呢。」

「我可沒有個人生等著我去過。」弄臣像是心滿意足地答道。他這語氣使我信心大增。他在白天時，偶爾還是會停下來靜止不動，彷彿在聆聽未來，只是他再也看不到預兆未來的異象了。此時他的心情，我實在很難揣摩。他這一生都在致力於將時間推入他早就預見到的最佳軌道。如今他成功了，我們都住在他所造就的未來之中。據我猜測，他心裡大概是陷入拉扯，一方面，他對於自己造成如此的未來感到滿意，另一方面卻又因為不知道自己在此應該扮演什麼角色而感到憂慮。他有時候會把不知所措的憂慮講出來，但有時候，他光是坐著，將受傷的手交疊著放在大腿上，望著膝蓋前的泥土地。在這種時刻，他的眼神迷茫，像是看到很遠的地方，而呼吸淺薄，所以胸膛幾乎沒什麼起伏。我知道當他這樣的時候，是在努力把本來毫無道理的事物，想出一個說得通的道理來，但即使如此，我也不會勸他停下來，另外去想點有益之事，我倒是會努力對於將來的日子保持樂觀，比如說現在就是。

「你說得沒錯。你不必一定要回去，因爲彼處並沒有個人生等你去過，但是彼處也沒有重擔等著你去扛，因爲你死過了。所以，人要是死過一次，會有多麼大的好處，你看出來了吧？既然你已經死過了，那就沒人會期望你去繼任王位，也不會有人期望你繼續當先知。」

他一手撐地，將自己支起來。「你講的這些，都是親身的經驗談。」儘管我的口氣滑稽逗弄，他的語調卻悶悶不樂。

我咧嘴而笑。「正是如此。」

他鬆了手，躺回我身邊的斗篷布上，凝視著天空。他還是沒笑。我循著他的目光望向天空。我翻身滾離他身邊，輕鬆地站起來。「差不多該去打獵了。馬上就要天亮了。你覺得你的體力足夠跟我一起去打獵嗎？」

我還得等上好一會兒，他才搖頭說道：「老實講，現在還不行。我這輩子從沒這麼累過。你到底是怎麼弄的？我從沒覺得這麼脆弱、無力過。」

那是因爲你以前從未被酷刑折磨至死。不過跟他講這話似乎不太合宜，對此我避而不談。「我想，你只是需要多休息、慢慢恢復，如此而已。如果你身上多長點肉，我們就可以用精技把你治好。」

「不。」弄臣明白地禁止我這樣做，因此我就不提了。

「不管怎麼說，外島人的旅行口糧我已經吃膩了，況且我們的旅行口糧也剩得不多。你還是要吃點鮮肉比較滋補。然而若光是懶懶地躺在這裡，那麼我是沒辦法幫你弄到鮮肉的。如果你想吃熟肉，就在我回來之前，把火生大一點。」

「很好。」他輕輕地應和道。

那天清晨我打獵的成果非常差。我心裡念著弄臣，因而無暇他顧。我差點踩到兔子，而那兔子嚇得瘋狂亂跳，竟然還能避開我的抓捕，由此可見一斑。幸運的是河裡有鮮魚，而且還不難抓。我在早早的晨光中回來，連肩膀都溼了，可是逮到了四條魚。

我們在陽光越來越熱之際吃了魚，之後我堅持我們兩人要一起走到溪邊，洗掉臉和手的燻煙和油膩。吃飽後，我想好好睡一覺，但弄臣的心情還是不開朗。他坐在火邊，拿了根樹枝戳著火。他第三次嘆氣的時候，我翻過身來問道：「怎麼了？」

「我不能回去。」

「唔，但是也不能待在這裡。現在這裡看來滿好，但是你聽我一句勸：這裡的冬天冷得要命。」

「這也是你親身的經驗談。」

我微微一笑。「之前我是住在離這裡好幾個山谷的地方。不過你說得沒錯，那的確是親身的經驗之談。」

他坦承道：「這是我這輩子第一次不知道該做什麼才好。我本來已死，你卻帶著我衝破死亡，來到此地。我每天醒來的時候都很驚訝。因爲我不知道接下來自己會發生什麼事情。我不知道接下來的生命應該拿來做什麼。我覺得自己像是一條漂蕩無依的扁舟。」

「有那麼糟嗎？你就乾脆地漂蕩一陣子就是了。好好休息，把身體養好，大多數的人都恨不得人生有一段時間能單純地休息就好。」

他又嘆了口氣。「但我不知道該怎麼過日子。我從來不曾像現在這樣。這樣到底是好還是壞，我實在說不上來。你給了我這個額外的生命，但我卻不知道該拿這個額外的生命來做什麼才好。」

「嗯，如果你學會打獵抓魚，那麼也許你在這裡待到入秋之前都沒問題。可是你總不能躲避自己的人生、躲避自己的朋友一輩子吧。你總歸是得面對這一切。」

他幾乎笑了出來。「你竟然講這種話？你自己死過之後躲了不只十年呢。也許我應該仿效你的模範，找個僻靜的小屋，像隱士一般地過上十年、二十年，然後再以別的身分重出江湖。」

我輕聲笑道：「好啊，過個十年，我再回來將你揪出來。當然啦，到時候我已經垂垂老矣。」

「但是到時候我卻還不老。」他平靜地指出，與我眼神交會，而他說這話時臉上很正經。

這個念頭打亂了我的心情，所以我也樂得不再追究下去。這一類的事情，我不願想太多，光是我自己回去時會碰上的難題，就夠我煩惱了。博瑞屈過世了。迅風、蕁麻、幸運，我終究要面對莫莉，博瑞屈的遺孀，以及她那幾個如今失怙的兒子。這些複雜的人情關係，我既不想面對，也不知該如何面對。最容易的就是根本不要去想他們的事情。弄臣將我與那個等待著我歸去的世界隔開，不過若由我親自將那些思緒推開，大概會比他還有效率，畢竟我已經訓練有素了。接下來兩天，我們像是狼一樣地過日子：活在當下。我們有肉、有水，天氣又好，兔子不虞匱乏、乾麵包的旅行口糧也還有，所以我們吃得不錯。弄臣逐漸痊癒，雖然他不曾放聲大笑，但有時候他看來像是完全地放鬆了。我已逐漸習慣他需要有自己的隱私，雖說如今他那種執意要避開我的舉止，會使我感到有點難過。我刻意要跟他拌嘴，卻勾不起他的反應。他一向伶牙俐齒，就算在最絕望淒涼的情況之下也找得出笑料，因此即使有他在身旁，我卻還是想念他以前的模樣。不過，幸虧他越來越強壯，舉手投足時也不必那麼小心翼翼。我告訴自己，他逐漸在康復，這就夠了，不必奢求其他。但我還是越來越坐不住，所以有天早上他對我說「我現在夠強壯了」的時候，我並沒跟他多爭執。

準備出發並不必花什麼工夫，因爲需要收拾的東西不多。我本來要把他的古靈帳篷拆下來，但是他幾乎可稱之爲狂亂地搖了搖頭，以粗嗄的聲音說道：「不，留著。留著就好。」我聽了很驚訝。的確，他從那一晚惡夢連連之後，便不再睡在帳篷裡，寧可窩在我與營火之間睡覺，但我一直以爲這帳篷他還是會帶走的。不過我並未跟他爭執。老實說，當我回頭對那帳篷瞧了最後一眼，看到布上的騰龍與蟒蛇在微風中飄動時，心裡只想到他背後那一層被人剝下來的皮膚。我打了個哆嗦，望向他處。

我從地上撿起了公雞冠，此時它又回復成木質的模樣，彷彿它一直都是如此平凡無奇，而我若以爲它有什麼特別，都是我自己胡亂想像。那五根灰色的羽毛僵硬地插在公雞冠的木圈上，不過拿在手上時，它似乎仍輕輕地低語。我把公雞冠拿到弄臣面前。「那這個呢？原來只是五個雜耍藝人罷了。你現在還要嗎？我們是不是該把公雞冠放在精技石柱的柱頂，以紀念當年戴過這公雞冠的少女呢？」

他以古怪的臉色瞧了我一眼，輕聲說道：「我不是跟你說了嗎，這不是我自己要的。這是要拿來還一椿我在很久、很久以前欠下的人情。」他仔細地上下打量我一番，輕聲接口道：「而且，我看也該是付諸實行的時候了。」

因此，我們並未直接朝精技石柱走去，而是再度沿著林木垂拱、幾乎被綠草遮蓋住的小徑，走向石頭花園。這一趟路跟我記憶中的一樣，漫長得像是怎麼也走不完，不過弄臣沒有喊累，而是不斷地推進。鳥兒在樹梢跳躍鳴叫，樹影隨著日光而移動，這片森林的盎然生機隨處可見。

我還記得第一次看見潛藏在大樹下的石龍時，內心是多麼地訝異。當時我嚇得不能動，敬畏之心油然而生。雖說在那次之後，我又在石頭花園裡漫步了好幾次，甚至還親眼目睹石龍騰空凌躍，爲六大公國抵抗紅船的奇景，但是這次再走進石頭花園，心中的感動與震驚仍沒有稍減。我以原智知覺探索前方，並察覺到前面巨林的樹蔭下有著生命的漩渦。

那些當年從睡夢中醒來、爲了捍衛六大公國而打退紅船的石龍，都在此地安眠。當年我們在此找到石龍群，也在此以血、原智和精技喚醒牠們，而牠們在那年的戰役之後，又復歸於此處。過去我將牠們稱之爲石龍，如今也仍以石龍之名稱之，不過這只是習慣性的叫法，並不是所有的石獸都是龍形；有些石獸彷彿脫身於幻夢奇想，或是傳說故事之中。那隻碩大無朋的石雕帶翅野豬，身上攀著藤蔓，頭上頂著一團去年的落葉，有如戴著頂帽子。從眼裡看來，這些石獸乃是石頭，但是在我的原智知覺之中，這些石獸有生命，閃耀著色彩與細膩的感觸。我感覺得出石頭深處流動著生命，但是我無法喚醒石獸。

如今的我走在石龍之間，而我心中對於牠們的知識，比起我第一次發現此地之時，不知多了多少；我甚至認爲自己分辨得出哪些是出於古靈的手筆，哪些是六大公國的精技小組所爲。那帶翅的公鹿絕對是六大公國的龍，錯不了的，而那些比較像是龍形的石龍，就我現在的想法而言，我認爲牠們應該是古靈所雕。

一進石頭花園，我理所當然地一頭便朝化龍的惟眞而去。我並未千方百計地從羈絆住惟眞的石龍之夢裡將他喚醒，因爲此舉徒勞無功，只是在折磨自己罷了。不過，好些落葉枯枝落在牠那覆鱗的額頭、筋肉扎實的後背，以及收起的雙翼上，所以我脫下襯衫，刷掉那些殘屑。我把原先是國王的石龍清乾淨之後，彷彿見到牠在斑駁樹影下，露出亮閃閃的公鹿堡藍光澤。經過最近這一番折騰之後，我看在眼裡，覺得這沉睡的石龍頗爲平靜。我心裡只希望惟眞是眞的找到了平靜。

至於弄臣，不用說，自然是去找乘龍之女了。我走近時，發現他默默地站在乘龍之女身前。他一手拿著公雞冠，而有精技印記那一手的指頭則輕觸著龍的肩膀。弄臣彷彿自己也變成雕像一般，一動也不動地仰望著跨坐在龍背上的少女。那少女蓬鬆而捲的金髮落在肩膀上，比弄臣的金髮更加耀眼；她的皮膚是奶油色，穿著獵人綠的綠背心，但是裸露著腿，腳上也沒穿鞋。她的龍比往日更加光采，那一身鱗片是亮閃閃的深綠色，有一股沉睡獵貓的輕鬆優雅。我上一次見到乘龍之女時，她是趴在龍背上睡覺的姿態，圓圓的臂膀抱住龍柔軟的頸子。如今她則是挺直地坐在龍背上，眼睛閉著，臉卻揚起來，像是能感覺到偶爾照在她臉頰上的那一方陽光。她嘴邊有一抹若有似無的笑容。她的坐騎身下的樹叢被壓扁了，可見她最近才飛行過。將弄臣載到艾斯雷弗嘉島的就是她，而過後她便回到這裡，與同伴們一同沉睡。

我本以爲我走路的腳步聲很輕，但我湊近時，弄臣轉過頭來望著我。「那天晚上，我們努力要讓她飛上天空，你還記得嗎？」

我低下頭。當年的我竟那麼年輕魯莽，至今想來仍感到羞愧。

「過後我就一直很自責。」當時的我，以爲光用精技就足以讓她脫身，所以試著以精技將她喚醒，結果不但沒成功，反倒讓她醒來之後備受折磨。

弄臣慢慢地點了個頭。「但是你第二次碰她的事呢？你還記得嗎？」

我沉重地嘆了一口氣。我第二次碰她，是我在精技漫遊之中見到莫莉嫁予博瑞屈爲妻的那一天。那天晚上，惟眞爲了讓自己有後而與我交換身體，因此當晚我是待在惟眞的身體裡。惟眞之所以借用我的身體，爲的是要讓晉責開始在珂翠肯王后體內孕育，不過我當時並不知情。我待在處處痠痛的垂老身體之中，在記憶石的露天礦場隨便閒逛，最後夜眼與我碰上了弄臣，他正努力把龍腳連地之處鑿開，他以爲只要做到這一步，龍就可以自由了。當時我只爲弄臣感到難過，因爲他對乘龍之女實在是同情至極，而我也已經知道，若要眞正地喚醒石龍，那麼這幾樣東西缺一不可：除了雕鑿石龍的技巧之外，還必須獻出自己的生命，以及對於情誼、痛苦和歡愉的一切記憶。所以我將惟眞那因爲精技充沛而變成銀色的手，貼在乘龍之女的石膚上，然後將我那短暫一生的悲慘遭遇和痛苦記憶通通灌注在她身上，希望她能藉此得到生命。我把遭到父母遺棄、由陌生人撫養長大的心情，以及我在蓋倫手裡和帝尊地牢裡遭受的折磨，通通丟給了她。我把這些記憶送給乘龍之女，讓她有所依靠、有所留存，也增加塑造她自己的素材。那天晚上，我把幼時的寂寞以及所有煎熬難抑的情緒，通通都給了她。我心甘情願地將我的記憶給她，並感覺到我的痛苦稍微減輕，甚至連周遭的世界都變得黯淡了些，我對世界的愛也因此減少。要不是夜眼阻止，我還會給她更多。但是夜眼嚴厲地斥責我，牠說，牠可不想跟被冶煉的人牽繫在一起。在當時，我還不懂牠的話是什麼意思，但在見過爲蒼白之女效力的戰士們之後，我想我已經比較了解了。

我以爲我也了解弄臣心裡打的是什麼主意，以及他爲何來到此地。「千萬別做！」我對他懇求道。弄臣非常驚訝地望著我，於是我接口說道：「我知道你打什麼主意，你想要把她酷刑折磨你的記憶，灌注到乘龍之女身上。的確，乘龍之女可以把你那些慘痛的回憶榨壓出來，並永遠鎖在她心裡，這樣你就不會因此而感到刺痛。但是切斷痛苦是有其代價的，弄臣。當你抑制了痛苦，並躲著不讓痛苦接觸到你的時候……」我越講越小聲，不想讓他覺得我在自怨自憐。

「你也抑制了歡樂。」弄臣直接了當地接口道。他轉開頭，噘著嘴望向他處。我想著，他是不是在權衡得失？他是不是在考慮，若能去除每晚纏身的夢魘，就算放棄每天早上醒來後所能享有的歡愉，亦在所不惜？「你這個變化我看得出來。」弄臣說道。「我覺得很愧疚。要不是你看到我在雕鑿乘龍之女，你也不會將你的記憶給她，所以我總想找個辦法彌補。多年之後，我去你的小屋看你之前，我心裡想道：『他現在一定已經痊癒了，不用說，他一定是會復元的。』」他轉過頭，與我四目相對。「但是你沒有復元。你就……就那樣，停下來了。就某些方面而言確是如此。噢，你是長了年歲，也長了些智慧，但是你卻一直沒有主動地擁抱生命。據我看來，要不是有夜眼陪著，你的情況可能會更糟。於是那幾年之間，你就像是住在牆壁裡的老鼠一般，靠著椋音丟給你的感情殘屑過活，而就算她如此地厚顏無恥，她也看得出來這點，所以她把幸運丟給你，你就接過去了。然而，若是她沒有把幸運帶到你家門前，並把他丟在你那裡，你會去找個人一起過生活嗎？」弄臣傾身向前。「就連你回到公鹿堡、回到自己的世界之後，你照樣避得遠遠地，不管我怎麼勸解、不管我送你什麼都沒用。就說『黑瑪』吧，你連跟一匹馬都無法交心。」

我動也不動地站著。他這話字字如刺，但是千眞萬確。「事情都已成定局，沒什麼好談的了。」最後我吐出了這句話。「幸虧我還能以親身經驗告訴你，如果你來到這裡，就是爲了要把記憶送給乘龍之女，那麼你還是打消念頭的好。不値得啊。」

他嘆了一口氣。「我承認我的確動過這個念頭。我承認自己一直渴望將記憶送給她。我甚至會告訴你，自從上次我們來到此地以來，我曾回來找過她。我想過要把我的記憶送給她。我知道她會接受，正如她也接受了你的記憶。可是……就某個角度而言……雖然我從未預見過這個未來，但是感覺起來，彷彿事情本來就注定要這樣發展。蜚滋，你還記得她的故事嗎？」

我深吸了一口氣。「惟眞跟我說，乘龍之女是雕鑿石龍的精技小組成員之一。我記得她名叫『鹽利』，這是我將我的記憶送她的那一天得知的。問題是，鹽利無法心甘情願地投身於石龍之中，她只想當乘龍之女的那個女孩，因爲她既不想與精技小組分開，卻又不想與其他成員完全融合在一起。然而，她這個想法拖累了衆人。就是因爲她吝於付出，所以這個石龍的生命不足，無法升空飛翔。有次牠們幾乎甦醒了，最後卻還是困在石頭之中。幸虧後來你解救了牠們。」

「幸虧後來我們解救了牠們。」良久之後，弄臣接口道。「對我而言，那像是夢境的回音。鹽利是精技小組的首領，他們那個精技小組稱之爲『鹽利的精技小組』，但是到了雕龍的時候，眞心獻身給龍的，卻是瑞爾德，因此當衆人深信石龍會甦醒過來時，卻將石龍稱之爲『瑞爾德之龍』。」弄臣平靜地望著我。「你見過她的，戴著公雞冠的那個人。能戴公雞冠是難得的殊榮，而一個外國人有幸戴上，更是罕有。但是她長途跋涉，好不容易才找到她的催化劑。而且瑞爾德跟我一樣，也以說笑、唱歌與雜耍藝人的身分出現在衆人面前。」他說著搖了搖頭。「我也只有曾在那一刻變成了她，就只有那麼一個短暫的夢，如此而已。夢中的我站在精技石柱頂上，而當時的我就像現在一樣，是個白色先知。當時這古靈城鎮上的人，都聚集在廣場上，我就站得高高地對衆人宣布瑞爾德之龍即將起飛。我雖如此宣布，但心裡並非沒有遺憾。因爲我知道，雖說這是命中注定、一定會做的事情，但是我的催化劑將要投身到石龍之中，以便來年能夠對世界造成改變。」他停下不語，露出苦澀的笑容。這是我好幾天以來，第一次看到他臉上露出笑容。「你想，當她發現瑞爾德之龍就因爲鹽利猶豫遲疑而無法變身之時，心裡有多麼難過啊。那時候，她大概以爲自己已經失敗了吧？可是，要不是因爲瑞爾德雕鑿了石龍，而石龍又變身不成，我們又碰巧在這露天礦場裡，發現牠們仍連在地上……那麼會怎麼樣呢，蜚滋駿騎．瞻遠？所以，你想想當年戴著公雞冠的白色先知站在精技石柱頂的那一刻，那意義是很深遠的，你懂嗎？」

我慢慢地眨眼。那感覺，彷彿從夢中醒來——又像是墜入夢境之中。他這番話勾起了一些我捉摸不住的回憶。

「因此我要把這頂公雞冠獻給瑞爾德之龍。我第一次跟瑞爾德一起飛行的時候，他就給我開了這個條件。他跟我說，當年他投身於石龍中之前，他的摯愛之人就是戴著公雞冠向他道別，所以他希望自己能永遠戴著白色先知戴過的那頂王冠。」

「什麼條件？」我問道，但是他並未回答，而是將公雞冠套在手腕上，開始小心翼翼地爬到龍身上。

看到他的動作還這麼僵硬且謹慎，我心裡很難過，我幾乎感覺得到他背後的新皮緊繃地撐在他背上。但是我並未伸手協助他，我想，若是我去幫忙，恐怕只會惹惱他，並使我更捨不得他。他爬到石龍背上，不攀不扶地在乘龍之女背後站直起來，雙手捧著公雞冠，套在乘龍之女頭上。在那一瞬間，公雞冠還是灰撲撲的木頭模樣，但是片刻之後便煥發出各種光采。那圓冠黃澄澄地，公雞頭是光鮮的豔紅，公雞眼的寶石也一閃一閃，而羽毛則現出眞正羽毛的色澤，輕盈地隨風飄搖。

那少女臉頰的紅暈似乎變深了，她好像吸了一口氣。我看得人都呆了。接著少女睜開了眼睛，她的眼珠綠得有如坐騎的龍鱗。她看也沒看我一眼便轉過頭，仰頭望著依然站在她身後的弄臣，接著伸出一手，托起弄臣的下巴。那少女目不轉睛地望著弄臣，而弄臣則在她的目光眩迷之下，朝她湊近過去。接著少女的手伸到弄臣的頭後，將他的嘴按在她的唇上。

她深情款款地吻著他。我像是定住了似的，呆呆望著她對弄臣的濃情密意。不過看來弄臣並不領情，而且隨著她越吻越久，弄臣似乎越來越想要脫身。他整個人僵硬起來，脖子的肌肉繃緊了。他從頭到尾都沒有摟住她，而他原先雙手張開、做出阻擋的手勢，此時則緊握拳頭，壓在自己胸前。那少女仍深深地吻著他，我開始擔心弄臣會因此而化入石龍之中，或是因爲她的摟抱而化爲石頭。我很怕弄臣給得太多，而那少女也拿得太多。弄臣是怎麼回事？我勸他的話，他都當成耳邊風了嗎？我這樣諄諄告誡，他怎麼都沒聽進去？

然後，那少女突然放開了弄臣，一如她瞬間甦醒那麼突然，彷彿弄臣一下子變得無足輕重，那少女放開弄臣，轉過身背對著他，接著再度揚起頭迎向陽光。我耳邊似乎聽到她深深地嘆了一口氣，閉上了眼睛，於是她再度沉寂，而且連她頭上的公雞冠，都化成乘龍之女的一部分。

但是弄臣被那少女從不得不爲之的親密接吻中釋放出來之後，卻四肢無力、搖搖欲墜。他像是昏厥了似的從石龍背上掉落下來，而我雖連忙伸手將他接住，但是差點就失手，還扯破了他癒合的新皮膚。弄臣落在我臂彎裡時，痛得忍不住大叫出來，我感覺到他像是得了瘧疾般地劇烈顫抖。接著他轉頭面對著我，雖視而不見，卻悲慘哀憐地叫道：「這太多了。你眞是太具人性了，蜚滋。但這我可禁受不起。

你快把這些拿走，快拿去吧，要不然我會因此而死。」

「拿什麼？」我質問道。

他幾乎喘不過氣來地答道：「你的痛苦，你的人生啊。」

我呆滯不動、困惑不解，此時弄臣則將他的嘴貼上我的唇。

我想，他已經盡量對我溫柔一點了，但是當他的嘴貼上我時，那感覺跟輕柔的一吻天差地別，反而比較像是被毒蛇咬到，毒液立刻迅速蔓延。要不是因爲弄臣將他的愛意混在那些苦痛的記憶之中一起交還給我，那麼，無論我是不是具有人性，可能都會當場便死去。那是熾熱燒灼、皮開肉綻的一吻，那是一股記憶之流，那記憶一開始流進來，我便無法抵擋。任憑是誰也不該在盛年時，重新親身體會年輕時的激烈情緒，畢竟我們的心會隨著年紀增長而變得脆弱，因此，我的心在那些記憶的衝擊之下，頓時被扯得破破爛爛。

那些記憶彷彿一場情緒風暴。我從未忘記母親。我從未忘記，只是將她驅逐到內心的角落，將她封鎖在那裡，但是她一直都在。我仍記得她那一頭聞起來有金盞花味的長髮。我也記得我外公的模樣，他跟母親一樣是群山人身型，不過他其實是個尋常的侍衛，只是因爲在月眼城住久了，因而染上了群山人的作風。這一切記憶都在瞬間湧現，我突然想起母親把我從草原上叫回來的情況。那時我雖只有五歲，但已經開始幫忙看顧一小群羊了。「凱沛，凱沛！」母親以清朗的聲音叫道，然後我便赤腳跑過草地，朝她奔去。

還有莫莉……她身上與口中帶著蜂蜜與藥草的甜滋味。我在沙灘上追著她跑的時候，她快樂地發出銀鈴般的笑聲；她奔跑之時，只見紅裙翻飛，赤裸的小腿晃動，而她躺在我懷裡時，那垂晃著的沉重髮辮拂過我手掌的粗皮，讓我覺得有點發癢。這些記憶，叫我如何忘得掉？她的眼睛是黑色的，當我在公鹿堡高層中她的僕人房裡與她親熱時，她那一對黑色的眼睛映出了燭光。我本以爲，燭光映在她眼裡的模樣，永遠只有我一人看得到。

還有博瑞屈。就各方面而言，他都算是我父親，而等我長得高一些，足以與他並肩而站時，我們更生出了朋友之情。在我心裡，我一方面能夠體諒他在認爲我已經喪命之後，便愛上了莫莉。但另一方面，我卻又因爲他竟然把我女兒的母親納爲妻子，而氣憤且傷心得遠超過理性或常理。由於不知我的眞實情況，又對於莫莉仰慕至極，所以他把她們母女從我身邊搶走了。

我一再遭受劇烈衝擊。我像是燒紅的鐵塊被人放在記憶的砧台上一再鎚打。我彷彿再度躺在帝尊的地牢裡啃蝕痛苦，我聞到地上腐臭的乾草味，感覺到冰冷的石板地貼在我破裂腫脹的嘴唇與臉頰上，一心只想求死，免得遭受帝尊折騰。多年前，蓋倫在我們稱之爲王后花園的石塔塔頂狠狠揍我的情景，又重新浮現在心頭。當時他不但把我打得遍體鱗傷，同時還用精技攻擊我；他以精技在我心中牢牢地種下錯誤印象，使我誤以爲自己毫無精技能力，不如早些死去，以免歹活著讓家族蒙羞。總而言之，他使我留下了走在生死邊緣、隨時想要了結自己的記憶。

這一切都是新的記憶，我重新親身體驗了這一切，陰風吹拂，我的靈魂備受煎熬。

我回神過來時，陽光已經逐漸轉弱，樹下的暗影顏色變得更深。我俯臥在森林的腐土上，臉埋在手裡，眼淚早已流乾。弄臣坐在我身邊的落葉上，拍著我的背，好像我是個小嬰兒。他以不知名的語言唱著一首溫柔單純的小調。我慢慢地被他的音樂吸引，喘氣也漸漸平息。等我終於平靜下來之後，他輕輕地對我說道：「沒事了，蜚滋。你現在再度完整了。這一次我們回去之後，你會全心擁抱你舊日的人生。」

過了一會兒，我發現自己終於能夠深深呼吸。我慢慢地站了起來，動作之謹愼，讓弄臣擔心地上前來攙住我，然而我的動作之所以這麼慢，不是因爲虛弱，而是因爲訝異。此時的我，像是眼盲之後又重新得見世界之人。放眼望去，每一片葉子都顯得特別稜角分明，葉脈上有好些吃得飽飽的蟲子停在那裡，頭上有飛鳥鳴叫、彼此呼應。我的原智知覺變得非常敏銳，敏銳到我幾乎無暇聆聽身邊的弄臣不斷地在問我什麼事情。陽光穿過高處的濃密枝葉，將一束束的金箭射到森林地上，在這一束束陽光亮處可見到花粉飄舞。我們走到溪邊時，我跪下來，想要喝一口冷冽清甜的溪水，但是我一彎身，便被水面漣漪下的清澈世界吸引住了：溪底的淤沙被流水蕩漾出層層的花紋，之間或綴著圓滑的鵝卵石，水中的植物輕盈地隨水飄搖。一條手指大的小銀魚鑽到一片卡在石間的枯葉下，我伸出一指輕輕碰了魚，把牠嚇得沒命地逃竄，使我忍不住大笑起來。我抬起頭，想看看弄臣有沒有看見方才那一景，卻發現他正慈愛但嚴肅地俯瞰著我。他像是在鼓勵著幼兒的父親般伸出一手摸我的頭。「如果我把這一切想作是將我帶到此時此地，讓我看到你活生生、一切俱全地跪在水邊的連續事件，那麼……那麼這個代價也不算太高了。光是看到你再度完整，我就不藥而癒了。」

他說得沒錯。我又再度完整了。

我們並未當晚就走，而是又在森林裡的廣場露宿。我重新生了火，大半夜都怔怔地望著火焰沉思。我像是在幫切德整理藥草卷軸那樣，將我多年來遭遇的種種一一抽出，重新思索那一件件事情的意義。年少的熱情、我無心栽種卻開花結果的人際關係、退縮與逃避，還有退隱。

弄臣躺在我與火堆之間，假裝睡著，但我知道他一直警戒地觀察我的動靜。快天亮時，他對我問道：「我這樣是不是害慘了你？」

「不。」我平靜地答道。「是我在多年之前害慘了自己。不過，你已經把我拉回正軌了。」我不知道自己接下來該怎麼做，但我一定會努力彌補。

到了早上，我將火堆的灰燼撒在廣場上。我們任由古靈帳篷隨風起伏，並急著避開似乎即將掩至的溽暑暴雨。我們將僅有的冬日衣物分著穿，接著他以手指按在我的手腕上，以精技將彼此連接，然後一同走進精技石柱。

我們一步便踏入了蒼白之女冰堡裡的精技石柱室。弄臣喘了一口氣，踉蹌地走了兩步便不支地跪在地上。通過精技石柱的旅程對我的衝擊倒沒那麼大，雖說一時間，我也感到暈頭轉向。我們幾乎是一踏出石柱，寒氣便立刻襲來。我扶著他站起來。他訝異地四下環顧，抖縮著抱住自己以便禦寒。我也不催促，任他漸漸恢復，並慢慢地探索結霜的窗櫺、外面的雪景，以及盤據在房間正中央的石柱之後，才輕輕地說道：「走吧。」

我們循著樓梯走下去，一到地圖室又停了下來。弄臣對桌上的世界地圖看了又看，他那修長的指頭拂過海波，滑到了公鹿公國上，最後隔空指著公鹿堡附近的那四顆寶石。「這些寶石……代表的是精技石柱？」

「應該是吧。」我答道。「所以你手邊那幾顆寶石，應該就是見證石了。」

他的指頭愛憐地拂過東南方與公鹿堡遙遙相對之處，那裡並無閃亮的寶石。之後他搖了搖頭。「如今已經沒人知道我曾在那裡住過了……我怎麼會想到這些，眞傻啊，是不？」

「想念家鄉是絕對不算傻的。」我篤定地答道。「我如果請珂翠肯幫忙，她——」

「不，不，不。」他平靜地說道。「不過是突發奇想罷了。」

他看完地圖之後，我們又走下樓梯，深入散發著淡藍色光芒的迷宮之中。感覺上，我們像是陷入了夢魘裡。走著走著，弄臣便怕得打起哆嗦。他臉上沒了血色，而這不只是因爲寒冷，同時也是因爲恐懼。在蒼白臉色的襯托之下，他臉上那些好了一半的瘀青變得更加明顯，像是在指出蒼白之女仍有力量左右我們的未來。我盡量挑石走廊走，看看能不能找到出路，但就是轉不出去。這宮室之美使我讚嘆，雖說我同時也擔心著弄臣，因為他越來越安靜、越來越疲倦。也許我們判斷錯了，其實他還沒好到足以面對這個曾經將他折磨至死的地方。

這冰堡之中有不少處遭到大肆破壞，這我是親見過的，但這些岩石的宮室，大多都沒有被人惡意毀損。廳堂的石門楣上的石雕，或以森林，或以花鳥、游魚為主題，房內高處與地面平行的石雕飾帶上，還會以同樣的裝飾做為呼應。這種飾帶，有著濃濃的異國風情，以我的六大公國品味來看，飾帶的色彩不是太粉嫩柔和，就是過於朦朧不明。石雕上的人都是拉長的，他們的眼珠盡是些異想天開的顏色，臉上還有古怪的紋路。這樣的人物，使我想起那個叫做瑟丹的繽城商人，這是因為他的身型特長，臉上還有鱗片。我把我的想法說給弄臣聽，他聽了點點頭。過了一會兒，等我們又轉到另外一條石通道之後，他對我問道：「你有沒有見過那種與紅玫瑰比鄰多年的白玫瑰？」

「大概有吧。」我說著，回想公鹿堡的花園。「怎麼說到這裡來了？」

他嘴巴歪到一邊。「我看哪，你是視而不見。紅白玫瑰比鄰多年之後，不免互相交流，而這個變化，在白玫瑰身上最明顯：或是刷上一層淡淡的粉紅，或是在雪白花朵的花心處染上一抹紅暈。之所以會有這個變化，是因為紅白玫瑰交換了彼此存在的本質。」

我朝他一瞥，心裡好奇他的心思到底飄蕩到何方，以及我該不該對他多加注意。但是他對我搖了搖頭。「你別急，聽我解釋。龍與人是可以比鄰而居的，但是雜居久了之後，不免彼此交互影響。古靈之所以長相特殊，就是因為世世代代與龍族生活在一起之故。」他有點哀愁地搖了搖頭。「但是這樣的變化不見得平順。有時候，由於與龍族接觸太密切，幼兒可能出生後就夭折，或是活不了幾歲就死了。而有些人雖然壽命加長，卻無法生育。古靈是個長壽的種族，但是並不多產，他們的孩童少之又少，所以有了孩子便如獲至寶。」

「照你這樣說起來，我們既有責任讓龍重新復興，那麼往後牠們不也會使我們產生這樣的變化嗎？」我問道。

「沒錯，事實的確如此。」這問題這麼重大，他講起來倒頗爲鎮靜。「以後人類就會知道與古靈雜居在一起的代價爲何了，有些人會心甘情願地付出這個代價，古靈也將重新復返人間。」

我們默默地走了一段路，此時我腦海裡蹦出另外一個問題。「那龍呢？難道牠們就不會因爲與我們比鄰而受到影響？」

他沉默良久，最後才說道：「據我猜測，龍族應該也會受到影響，只是牠們認爲這個變化極爲可恥，並且將受到影響的族類逐至他處。你不是曾經去過『異類』的島嗎？」

聽他這麼一說，把我的思路都堵塞住了。我們再度碰上岔路，一條是冰道，兩條是石道，我隨便選了其中一條石道走。我一邊走著，一邊努力把弄臣對於古靈的概念跟我對古靈的親身體驗融合起來。

「我原本認爲，古靈無論精神與心靈都比人類高尚許多，所以近乎天神。」我終於說道。「我遇上古靈的時候，他們的確給我這種感覺，弄臣。」

他迷茫地望著我。

「我在精技洪流中見過他們。雖沒有具體的身型，卻有著無上的心靈力量。」

他突然抬起頭，而我也跟著止步、傾聽。他轉過頭來望著我，眼睛瞪得很大。我的手已經扶在佩劍上了，一時間，我們兩人動也不動地站著，但是我什麼聲音都沒聽到。「沒事。」我對他說道。「空氣在這些古老的通道中流動，多少會有點聲響，而且聽來就像是遠處有人在講話的聲音。」

他點點頭，又過了幾分鐘，呼吸才平息下來。最後他說道：「據我猜測，你所具有的精技天賦乃是遠古時代流傳至今的殘跡，而精技原本是龍與人互動而發展出來的溝通方式。你說的精技洪流之事，這我不大了解，不過，精技這種天賦也許可以讓人超越肉身的需要。我早就懷疑精技魔法的威力非同小可，不是尋常人所想的那麼單純，而你也已經證明事實確是如此了。也許精技魔法是人們長居於龍群身邊的結果，說不定這種天賦還殘存至今，所以即使龍群早就滅絕，古靈仍有精技天賦，並且流傳給子孫。而這種天賦，有些人只遺傳到些許，但有人呢——」說到這裡，他朝我瞥了一眼。「身上的古靈血統卻很強。」

我沉默不語。過了好一會兒，他以近乎開玩笑的口吻說道：「你就是無法公然坦承這點，對吧？就連在我面前，你也說不出口。」

「我認爲你想錯了。事情倘若眞的與你推論的無二，那我總該會有點感覺吧？照你這樣說起來，好像我多少算是古靈的後代子孫似的。然而果眞如此，那麼，就某個角度而言，我不就變成半人半龍了嗎？」

他輕笑了兩聲。這是我期盼已久的笑聲，聽來眞是備感珍貴，雖說他是因爲我而發噱，那也無妨了。「只有你才會把事情講成那樣子，蜚滋。才不是呢。我並非說你是半人半龍，而是說，在某個節骨眼上，龍的本質融入了你的家系之中。照某些古老故事的說法，就是你的祖先曾經『吸了龍噴出來的氣息』，而這龍性代代流傳，最後傳到你身上。」

我們繼續拖著腳步在石地上前行，通道傳來古怪的回音，使他擔心得屢次回頭看看背後有沒有什麼動靜。「就像是世代都是短尾的貓，突然生出了一隻長尾的貓？」

「要這樣說也可以。」

我慢慢地對自己點頭。「若是這樣，那就難怪精技天賦會在你我意想不到的地方出現了。據我看來，就連外島人之中，也有不少具有精技天賦。」

「那是什麼？」

弄臣的眼力一向都比我敏銳，此時他修長的指頭貼在牆壁的凹痕上。我湊上前一看，發現那是我之前留下來的刮痕。

「那是回家的路啊。」我對他說道。

31
龍頭

奧美崔，爲上尊，男人商議不算數；
自古皆以母傳女，怎可將女嫁外地？
艾莉安娜，眾寶之寶，
英勇事蹟，不足爲道。
瞻遠王子，莫忘血誓！
願將冰華之頭，置於母屋的爐前石！

——扇貝・長刺所寫的〈龍頭之歌〉

我們循著我之前留下的記號，穿過古靈的迷宮，最後終於鑽出冰縫來到明亮的白日之中。寒風冷冽，夾帶著無數冰屑，不但刮得皮膚刺痛，也使腳下的陡峭小徑變得更加危險難行。清朗光亮的日光讓我直流淚。走在我身前的弄臣不一會兒便失足滑下，到了寒冷又風大的戶外，他的虛弱就藏不住了。我心裡暗咒自己大意：這可能已超過他所能負荷的極限。弄臣第二次失足時，我一把抓住他的後領，一路提著他走到黑者的門前。「敲門啊！」我對他說道，但他只是空洞地回頭瞪著我，所有的疲倦都寫在眼裡。我超過他，擠上前，用力揮拳打在木門上。

黑者開門的速度實在太快，我相信他一定在門後等著我們。但門開之後，弄臣卻不招呼，反而凍結在原地，眼睛睜得大大的，望著以笑臉來迎接我們的黑者。「他很冷，而且非常疲倦。」我爲弄臣找個藉口，同時將他推進門裡。我隨後進門，並將門牢牢關緊，這才轉過身，寬心感激地打量這個溫暖舒服的房間。外頭陽光刺眼，我眨了眨眼，讓眼睛適應陰暗的室內。我第一個看到的是壁爐裡生了小火，然後便看到黑者也跟弄臣一樣，難以置信、目不轉睛地瞪著對方。

「我之前看到他的時候，他已經死了。」黑者篤定地對我說道。「他已經死了啊。」他的眼睛大睜。

「沒錯，他是已經死過了。」我應和道。「不過我是改變者，所以我可以改變現實，讓他活過來。」

就在這個時候，阿憨從壁爐邊跳起來，一把用他的短手臂抱住我，像小熊一樣蹦蹦跳跳，大聲喊道：「你回來了！你回來了！我本來還以爲你不回來了。切德說：『我已經派船去接你們了。』我跟他說：『可是他不在，而且我不上船的。』然後切德就說：『反正船還是會去接你們。』後來船眞的來了，可是那裡沒人，所以船又回去了，因爲我跟他說：『我才不要孤單單地一路走回去，而且我又不坐船！』」講到這裡，他暫時停下手舞足蹈，露出心滿意足的笑容，對我說道：「切德快被你氣炸了！你就算沒死，也會希望自己不如死了算了。』晉責是這麼跟我說的。噢，還有龍頭的事情，我都忘記跟你說龍頭的事已經解決了。蕁麻叫龍頭放在母屋裡，結果把所有人都嚇了一大跳，但是我一點都不驚訝，因爲她事前就跟我說，這點她一定辦得到，因爲她可以找婷黛莉雅幫忙，而婷黛莉雅若是不幫，蕁麻一定會讓牠後悔莫及。所以婷黛莉雅就乖乖配合啦。現在，一切事情都辦好囉。」

阿憨後面這段話講得信心滿滿。看到他那開心的臉龐，我實在不想潑他冷水，但最後還是不好意思地說道：「你剛講的我實在聽不大懂。我自己也沒想到會過這麼久才回來，不過能回到這裡，我畢竟還是很高興。」我掙扎著擺脫阿憨的擁抱。房間的另外一頭安靜得出奇，黑者與弄臣互相對望，倒不是仇視，而是難以置信。看到他們兩人在一起的模樣，我看得出他們有一點血緣關係，不過與其說那是近親的相似，不如說那是古老的共同血源所造成的共通性。第一個開口講話的是黑者。

「歡迎。」他若有似無地說道。

「我從未見過你。」弄臣訝異地說道。「在我所曾見的所有未來，一切有可能成真的未來之中，我從未見過你。」他突然開始發抖，我看得出他的體力差不多已經用罄了。黑者似乎也察覺到這一點，他立刻便將一個大坐墊推到壁爐邊，匆促地比著手勢，要弄臣過去坐下。不過弄臣不只是坐下，簡直是垮在椅墊上了。他肩上披著我的斗篷，我走過去幫他除下，並說道：「這樣你才暖得快。」

「我沒那麼冷。」他以微弱的聲音說道。「我只是……我已經不在自己的時代之中了，蜚滋。如今的我，就像是一條離了水的魚，或是一隻身在水中的鳥。我的人生已經過了，因此我每天都在摸索前進，每天都在思索著我到底該做什麼。這很難，對我而言，這真的很困難。」他越說越小聲，抬頭望著黑者，彷彿在向黑者求援。

我真不知道該怎麼說才好。他是不是怨恨我讓他有了額外的人生？這個想法很傷人，不過我保持緘默。黑者似乎正在摸索著要如何回答。「這個，我可以教……」他的聲音逐漸淡去，接著他臉上升起一抹朝陽般的笑容。他歪著頭，以另外一種語言跟弄臣講了一句什麼話。

弄臣有如花朵迎向陽光般地歡迎黑者這句話，他臉上露出燦爛的笑容，猶豫地以同樣的語言對黑者回了句什麼話。黑者聽了之後，興奮得呼喊了一聲，然後指著自己，很快地講了幾個字。此時他突然想起應有的禮節，趕快拿起茶壺，羞赧地倒了杯茶，放在弄臣面前，而弄臣也周到地道謝。他們講的這種語言，似乎光是說簡單的事情就要說很多字，而那些字音，跟我所聽過的任何語言都無相似之處。弄臣的聲音越來越弱，他吸了一口氣，再繼續把話說完。

我突然冒出一股青少年被友伴排拒在外的心痛。弄臣彷彿洞察到我的心思，慢慢地轉過頭來望著我，並以顫抖的指頭將臉上的頭髮撥到後面。「自從我離開家鄉之後，就再也沒有聽過家鄉話了。如今再度聽到，眞像是大旱逢甘霖。」

切德和晉責一定是從阿憨那裡聽說了我已經回來的消息，因爲接著我便感覺到有人在狠狠地襲擊我的精技牆，其力道之強，簡直跟圍剿無二。我雖想多跟弄臣講兩句話，但是看這情況，差不多也得讓他們進來了。我接過黑者幫我倒的茶，在爐火邊坐下。既然現在弄臣有黑者招呼，我也就降下了我的精技牆。

切德先以憤怒、恐懼且沮喪的情緒橫掃過來，最後才像在教訓跑腿挑水的侍童般，以技傳痛責我一番，當他發洩完之後，我卻只是哈哈大笑，如此更惹得他火冒三丈，雖說晉責在一旁看得偷笑。

如果你還能笑成那樣，想必事情一定不會太糟吧！我從沒見過你這麼漫不經心。我注意到那少年感到十分訝異。

過了一會兒，切德也應和著說道：你是哪裡不對勁？你喝醉了嗎？

不。如今我已經齊全完整，完全康復了，除此之外，弄臣也已經復元，不過我的故事還可以再等一等。你們那邊的事情順利嗎？王子殿下是不是贏得了美嬌娘的芳心，即將要把她娶回家了？阿憨已經向我透露了幾分，說什麼有個龍頭放在母屋的爐前石上。是眞的嗎？是誰殺了冰華？

沒人殺牠，牠只是伸出頭，把頭擱在爐前石上，如此而已。不過，這事應該這樣就搞定了。切德冷酷但心滿意足地答道。如今我們曉得你已經安全，那麼我們明天就可以返航。當然啦，這還要看晉責能不能鼓足勇氣，叫他的新娘子一定要跟他一起回家。

我才不是鼓不起勇氣，我只是要給她多一點時間，好讓她心甘情願地跟我們走。晉責頑固地答道。

等等，我聽不懂。誰來爲我從頭說起？

我這才從切德與晉責那裡聽到了全盤的故事，期間阿憨還不時興奮地插上一、兩句話。原來蕁麻纏上了婷黛莉雅，讓牠晚上睡不安穩、白天心神不寧，蕁麻以人類千辛萬苦、好不容易讓冰華脫離堅冰的束縛爲由，逼得牠非得報答這些微不足道的人類不可。於是婷黛莉雅像是啄趕伴侶回窩的母鴿子，硬要冰華與牠一同飛回柴利格鎮，在仍在開會商議的首領團面前現身，最後再飛向瑪烈島上的威思林鎮。

雙龍降落於艾莉安娜家的母屋前。聽他們講起來，牠們降落時，大概碰壞了不少房子，但是身形龐大的冰華仍硬是把頭伸進艾莉安娜家的母屋裡，魯莽隨便地把頭往爐前石上靠了一下。這一來，晉責對艾莉安娜的承諾就算是圓滿達成了。

可是，晉責協助救回艾莉安娜的母親和妹妹之後，艾莉安娜不是當著大家的面，說她對晉責的表現至爲滿意，因爲他已經實現承諾，證明他的確配得上自己？我心裡很納悶，既然艾莉安娜都這麼說了，爲什麼還非得弄這一套不可？

噢，這些日子以來，艾莉安娜的確是對晉責讚譽有加。切德辛辣地答道。然而聽到他這口氣，使我懷疑是不是晉責抵擋不住那少女再三的攻勢。難纏的是她母親哪，就連皮奧崔都很頭痛。船都還沒開到柴利格鎮，奧美崔就大剌剌地告訴我們，婚約云云是男人搞出來的約定，這怎麼可能拘束得住她女兒？在奧美崔眼裡，艾莉安娜竟然要離開家鄉——即使來日她將成爲六大公國之后——這根本就是不可能的事情。她在合約中尋出了千百個破綻，並提醒我們，既然她仍然活著，那麼她才是眞正的貴主，既然如此，之前的協議既沒有她點頭，就通通不算數。奧美崔斷然拒絕讓萊絲拉繼承貴主的頭銜，她認為萊絲拉不夠格，而且她一聽說艾莉安娜和晉責生下的孩子，竟然從此以後就要留在六大公國，更是驚訝得說不出話來。

但是我們生的兒子不受此限，留在六大公國亦無妨。晉責插嘴道。

的確如此。切德退讓了。不過奧美崔倒很願意讓晉責跟艾莉安娜——那個，就是說，他們兩個可以——切德一時想不出要以什麼隱晦的字眼來表達那個意思。

晉責才不顧這些禮數，他直截了當地指出：艾莉安娜的母親樂於讓我與艾莉安娜同床。若有人敢說，在這方面她女兒必須有所節制，就會被她當作是嚴重的冒犯。除此之外，奧美崔貴主還慷慨地讓了一步。她說這一來，若是生下兒子就送給六大公國——但是要等到這男孩子七歲的時候才能回去。

他們兩人故意沉默了一會兒，好讓我把這提議的後果想個清楚。這是行不通的。果眞如此，六大公國的大公絕對不會接受這個繼承人。

那現在呢？既然晉責都已經圓滿地通過艾莉安娜的考驗了……

奧美崔貴主很感動。你想，那麼大的生物把頭伸進你家裡——你家門楣還掛在牠脖子上——將頭擱在爐前石上，這你能不感動嗎？晉責那種年少輕狂，因為維護了自己的名譽而得意洋洋的態度，溢於言表。依我看來，她的反對已經接近尾聲，遲早就會點頭了。況且她若是再堅持下去，那麼那些親眼目睹此景的首領團代表必定會站出來。如今首領團都認為，艾莉安娜隨我返回六大公國乃是項榮譽。他們的說法是，她可以藉此而「創立新的母屋」。

講得彷彿她成為晉責的王后，就等於征服了六大公國似的。切德抱怨道。但我聽得出他的口吻已經寬心多了。不過我想見得到，由於外島民情與我們相去甚遠，來日必定還有許多衝突需要化解。假使艾莉安娜先生兒子，再生女兒，那麼她娘家的親戚會不會因為我們竟由哥哥，卻非妹妹繼任王位，而感到怒不可遏？算了，那種事情還遠得很，有的是時間可以煩惱。

那冰華的事情是怎麼安排的？

你問阿憨吧，是他跟蕁麻想出來的。

我臉上的笑容消失了。這個問題我非問不可：蕁麻知道博瑞屈過世了嗎？

對。切德簡短且嚴肅地答道。

換作是我，我可不希望一直被人蒙在鼓裡。晉責嚴厲地指出。我知道他之所以要加以闡釋，為的是要對切德與我證明他的行動乃是經過慎密思量。所以我就對她據實以報了。更何況，我也必須通知母親，以便她安頓博瑞屈的遺孤，畢竟博瑞屈一生至死，都在為王室效力。再說，我可不希望來日見到姪女時，內心還藏著一大票見不得人的祕密。

這些話很重，而看這情況，晉責跟切德兩人隨時可能會大吵一架。在這節骨眼上，我最好是不要隨便提出我自己的意見，況且事實都已造成，來不及改變了。於是我努力轉個方向，換了個話題：這麼說來，如今已經可以舉行婚禮，不會再橫生阻礙了。

這倒是真的。之前晉責一直堅持我們要待在這裡，直到有你的消息再說——要不然就是等到我們判斷你已經死去，之後派個搜索隊去把阿憨救回來，再出發回國。倒也不是說阿憨就肯乖乖地讓我們救他回來、坐船回家，但如今你既然已經出來了，我們馬上就派船去接你們。等你們到了這裡，我們就立刻返航。

我不坐船！阿憨堅持道。

王子不理會他，而是反駁切德。我們並未因為等待蜚滋而浪費時間。如果我們立刻出發，拆散貴主和她的家人，那就太不合時宜了。艾莉安娜與母親、妹妹分別那麼久，好不容易才重聚在一起，看著她們一家團圓，我心裡也爲她們高興。再說，每當艾莉安娜看看她妹妹、再看看我的時候……蜚滋，她把我看作是大英雄耶。外島的吟遊歌者還以此編了許多歌曲。

而且每一首歌都長得要命。切德補充道。我們幾乎每天晚上都不得不滿臉堆笑地聆聽這些讚頌英勇行爲的歌。

我們三人在滿足之餘沉默了片刻。王子殿下已經贏得新娘的芳心，六大公國與外島之間可望有長久的和平。然後晉責嚴肅地說道：我也樂於讓你多一些時間消化心中的傷痛。蜚滋，我很遺憾，請你節哀。

切德輕輕地問道：你妥當地葬好了弄臣吧？

現在該我勝利歡呼了，我大聲說道：我把弄臣救回來了。

可是他不是死了嗎！晉責那一本正經的態度，沖淡了我的喜悅。

我原來也認爲他已經死了。我答道，接著突然決定此事說到這裡爲止，不要再多作解釋。我不費分毫工夫，就想到一個足以將他們的注意力引開，不會再追問弄臣之事的新話題。我錯過了你們派來的船，眞的很抱歉，但是你們也不用再費心派船了。阿憨與我若要回到公鹿堡，還有更簡單的辦法，而若是走這條路，他就不必搭船了。

接著我說起精技石柱的功用，他們兩人聽了十分訝異，但他們再怎麼訝異，也比不上阿憨聽說他不用坐船就可以回到家的那股興奮。他突然一把將我攔腰抱住，狂喜地蹦跳起來。我被他扯得團團轉之餘，根本無法專心地繼續跟切德和晉責對談下去。我拉住阿憨的肩膀，努力地站穩腳步，想要停下我們瘋狂的舞步，接著一抬頭，發現黑者正興味濃厚地望著我們，弄臣則已經累得表現不出驚訝的神情了。

「阿憨剛剛才發現我們可以經由精技石柱回家。」我對他們兩人解釋道。「他最討厭坐船。再說，他聽說這一趟路只須片刻就可以回到家，更是高興。」

黑者望著我，但他臉上是不解的表情，最後弄臣以家鄉話跟他講了幾句，於是他豁然開朗地「喔——」了一聲，理解地點頭。弄臣的解釋似乎使黑者想起了其他事情，因為接著他長篇大論地對弄臣講了一番話。

阿憨突然停下來，歪著頭，彷彿在傾聽。「切德說，精技卷軸，把精技卷軸帶回去。」他停了一下，因為專心聽切德技傳的言語而皺起眉頭。「但先別回去！等他想出個能跟眾人交代過去的講法，你再回去。但也不能拖。蕁麻傳話已經傳得很厭煩了，還是由你來傳話比較方便。」

切德聽了我剛才講的那些消息，想必要慢慢消化，所以他也就放過我，不再技傳了。我鬆了一口氣。晉責本想跟我細說蕁麻如何逼得冰華將頭伸出去，獻給獨角鯨族的貴主，但是興奮到了極點的阿憨容不得他講下去。況且王子說話的態度坐立不安，可見得他還有其他更好的方式排遣時間，用不著跟我混在一起，於是我讓他去忙了，不過我特別叮囑他，舉止千萬要慎重才好，但我敢說他一定把我的諄諄警告當作耳邊風。

我完全回神過來之時，發現黑者在長篇大論地解釋什麼事情，而弄臣則疲倦地點頭。我之前聽過的語言多少總有點相似之處，猜得出隻字片語，但是他們講的語言實在太陌生，我一個字都聽不懂。阿憨堅持要向我報告他與黑者的生活，而他的描述之中，泰半都在談吃，又講到切德氣成什麼樣子，再提到他發現有個離此地不太遠的地方滑起雪來棒透了。我望著他那張散發出滿足的圓臉。阿憨眞是個奇人，他泰然自若地接受了我已經回來、弄臣已經復活，以及他可以不用搭船就回到家的事實。他去山腳下滑雪的喜悅，跟他終於看到我歸來的喜悅，是差不多的。看到他能這麼想當然耳地接受變化與未來，我感覺有些嫉妒。

趁著阿憨在鬧著，我心裡則開始揣想自己的未來會如何。我們會回到公鹿堡，此外我必須負起將精技經典運回公鹿堡的任務。這一來，我不知道得進出精技石柱多少趟，我一想起來就發毛。不過，我一想到那之後的事情，相形之下，運送典籍的任務又變得很簡單了。我必須向蕁麻介紹我眞正的身分，還得讓莫莉知道我還活著。霎時間，一波渴望的思緒橫掃內心，使我幾乎無法呼吸。弄臣讓我回想起對於莫莉的一切記憶，也將我送入了當我第一次知道自己失去了莫莉的那一刻。那苦痛猶新，而我對莫莉的愛仍不減當年。我一想到接下來要如何跟她見面就感到害怕，再想到我得費多少唇舌跟她解釋，心裡就怯懦起來。我不敢面對她的喪夫之痛，但我知道自己絕對不能躲避。畢竟我「死掉」之後，我女兒就由博瑞屈一手養大，如今他過世了，難道我對他那幾個失怙的兒子的照顧能少嗎？不過，這條路絕對不好走，必定是困難重重。但我念頭一轉，發現自己其實也對這樣的遠景十分期待，因爲我深信，在莫莉與我一起爲博瑞屈的死而悲悼之後，我們之間說不定終究還有別的情愫。光是用想的，我都覺得自己膚淺且貪婪，但是這種心情的確是有的。我好像已經多年沒有抬起頭，看看前面有什麼機會和可能性了。我突然領悟到，我想要改變、想要人生，以及再度贏得莫莉的愛所可能遭遇的危險。

阿憨搖著我的肩膀。「如何？」他興高采烈地問道。「你想現在去囉？」

「對。」我聽到自己應了一聲，然後才領悟到，原來方才阿憨在描述他滑雪的情景時，我一直笑著點頭，所以我這麼一應聲，等於是主動要跟他一起去滑雪了。阿憨非常開心，我實在不忍心掃他的興，況且我突然發現，其實除了去滑雪之外，我現在也沒別的事情好做。弄臣似乎跟黑者很談得來，就讓他繼續聊下去吧。於是阿憨與我穿上保暖衣物，走到外面。我本打算跟他滑個一、兩次，對他有個交代就好，但是他發現的那個滑雪坡很長，滑起來又快，過癮極了。再說他這幾天接連出來玩，已經把滑雪坡壓得很平整。我們先用肚腹貼著地滑雪，之後一起坐在我的斗篷上溜下去，像小孩子一樣興奮地大叫大笑，根本不管這一來我們把身上弄得多麼溼、多麼冷。

這只是純粹的玩樂。然而之前我從不撥空玩耍，因爲我認爲玩耍乃是多餘，因爲我認爲規律的人生有許多實際的要務要做，容不得自己爲玩耍而分心。我已經多久沒有嘗過這種純粹爲了好玩而玩樂的滋味了？我盡情玩耍，最後突然聽到有人叫我的名字，這才驚訝地回過神來。我聽到弄臣的叫聲時，剛好滑到坡底，而我才要轉過身去看看弄臣，阿憨正好也到了，所以他一股勁地從我後面撞上來。我被阿憨撞得飛出去，幸虧身上幾乎沒受什麼傷，而阿憨則落在我身上。我們踉蹌地站了起來，發現弄臣正在看我們；他似乎興味濃厚，臉上和善寵愛的表情，令人不好意思直視，不過他臉上也有一抹遺憾與留戀的神情。「你也應該來試試看。」我對他說道。我這麼說有一半是因爲此時我像個少年在入冬第一次下雪時嬉鬧玩耍得不可開交，卻被他看到了，對此我有點難爲情。我把阿憨從雪地上拉起來，雖然跌倒了，他卻仍咧嘴直笑。

「我的背不行。」弄臣輕輕地說道。我點點頭，突然一陣壓抑。其實我知道原因不只是因爲他背上的新皮初癒而已，他之前的經歷，不但使他的身體留下瘡疤，也損及他的心靈。我心裡納悶道，不知道要多久，他的心靈才能再度像以前那樣輕靈？

我朝他走去，篤定地說道：「你會好起來的。」這話不但是說給他聽，也是說給我自己聽。希望事實果眞如此就好了。

「普立卡做了吃的。」弄臣對我說道。「所以我來叫你們回去用餐。剛才我們站在門口叫你們，你們都沒聽到。」他頓了一下，才繼續說道：「下來這段路看來好走，其實不然。如今我一想到要走回去就怕。」

「坡很陡哪。」我應和道，同時開始邁步行走。阿憨一聽到吃的，立刻大步走上前，把我們拋在後面。「普立卡？」我問道。

「黑者的名字。」弄臣肩並肩地與我一起踏上陡峭的懸崖小徑，光是走走，他就幾乎喘不過氣來了。「他花了一點工夫才想起自己叫什麼名字，畢竟他已經很久、很久沒有跟人講話，遑論以母語聊天了。」

「你們兩個似乎聊得挺愉快的。」我說道，並希望自己的語氣裡別流露出嫉妒的意味。

「是啊。」弄臣應和道，他幾乎笑了起來。「他離開家鄉實在太久，所以當我將我童時所見的情況告訴他時，他一點也不覺熟悉，反而感嘆人事全非。然而，如今家鄉變成了什麼情況，不只是他，連我都很好奇。」

「唔。這麼說來，如果他有意返鄉，他是可以回去的了。我的意思是說，他應該沒有預見到自己非留在此地不可，對吧？」

「是沒有。」我們默默地走了一段路，之後弄臣輕輕地說道：「蜚滋，所謂家鄉，是人，而不是地方。如果你在人事全非之後才返鄉，那麼你想見到的人與事，就一樣也看不到了。」他伸手抓住我的手臂，於是我停下腳步。「讓我喘口氣。」他懇求道，接著也顧不得休息，便懇切地說道：「你才應該返鄉呢。現在時猶未晚，趁現在家鄉還有人認識你、歡迎你的時候，趕快回家吧。不只是公鹿堡，還有莫莉，和耐辛。」

「我知道。我是有這個打算。」我不解地望著他。他竟以為我不會回去找莫莉和耐辛，讓我有些意外。

他的臉因為驚喜而變得一片空白。「眞的？你眞的會回去？」

「當然。」

「你不是哄我的吧？」我在他上下打量著我的表情中察覺到一絲失望的神色，不過接著他便將我的雙手抓在他手裡。「我眞爲你高興，蜚滋。我眞的好高興。你是說過你會回去，沒錯，但是你講得有點猶豫，所以我怕你會改變心意。」

「當然是要回去啦，不然我要做什麼？」

他遲疑了一會兒，彷彿想講什麼話，但後來又把話吞下去了，接著他輕輕地嗤了一聲。「比方說，找個山洞，再住上一、二十年才出山啊。」

「我何必？要是躲著不去面對人生，那麼怎可能還有機會讓事情變得更好……噢。」

我看到弄臣舊時的笑容在他臉上漾開來，使我備感溫馨。「讓我搭著你走上去吧。」他說道。我求之不得。他幾乎整個人的重量都掛在我的手臂上。一進了普立卡的山洞，我便將他安頓著坐下來。「有烈酒嗎？白蘭地？」我對普立卡問道。弄臣虛弱地幫我翻譯了，普立卡聽了搖搖頭。他湊上來，瞧瞧弄臣的臉色，接著摸摸他的額頭，又搖搖頭。

「我來泡茶。他喝了茶會好一點。」

那天晚上，我們一邊吃東西，一邊講故事，弄臣與普立卡暫時擱下他們急於用母語交談的渴望，改而與阿憨和我聊天。我幫弄臣鋪了張床，堅持他在離火近一點的地方躺下來睡覺。我努力跟普立卡講述我們如何到艾斯雷弗嘉島的經過。他聽得很專心，眉頭都皺起來了，講到他不解之處，弄臣會適時地補上一、兩句，但是泰半時間，弄臣都動也不動地閉著眼睛傾聽。弄臣偶爾打斷我的故事時，聽來頗爲怪異，因爲他講述我們人生故事的角度，彷彿我們的人生目的，打從一開始就是爲了要救活眞龍，讓眞龍重新在天空飛翔。也許對他而言，事實眞的是如此，只是對我而言，用這個角度去看待我自己的人生，頗爲古怪。

普立卡跟我們道晚安時已經夜深，阿憨早就睡了。我跟弄臣各拉了條被子來蓋，但是我有點不知所措。這裡被子多得很，所以我們用不著蓋同一條被子，可是這麼多個夜晚以來，他都是與我同寢，因此我不知道他會不會希望靠我近一些，以便多一分安全感，也少一點惡夢，但我實在想不出這件事情該怎麼問他才好。既然如此，我也不問了，乾脆以手支頭，望著他入眠。他的臉頰因爲疲倦至極而凹陷，但是他的眉間仍痛苦地皺在一起。他在經過這一番煎熬之後，需要有一點自己的時間重新認識自我，所以我不能多加打擾，這道理我是懂的。但是就一己之私，我並不想讓他再度離我遠去。畢竟他不只激起了我對莫莉的愛，同時也激起了我年少時對他的喜愛與親密感。對我而言，弄臣代表的是最要好的朋友，我們一點也不理會對方與自己的差異，享受時光，並以樂觀面對困難。我發誓，這次絕不會隨便地讓他再度從我手中溜走。如果能重新來過，那麼我的人生應該是有他與莫莉爲伴的啊。還有耐辛，我訝異地提醒自己。我也要重新把耐辛找回來，無論我必須爲此付出多大的代價。

也許是因爲我跟阿憨睡得近，也許是因爲這是自從我踏入蒼白之女的領地以來，第一次睡得很深，作了自己的夢。不管原因爲何，反正蕁麻找上了我，要不然就是我找上了她。當時我身在一處夜色之中，那地方我似曾相識，可是又變了好多，所以我也說不出那是哪裡。一片片的花兒在夜色中盛開，某處噴泉發出淙淙的水聲，夜風吹送來花香。

四下無人，蕁麻單獨坐在石製的長椅上，頭靠在石牆上仰望著夜空。我看到她的時候瑟縮了一下，她那一頭美麗的長髮已經剪去，如今的她頂著一個大光頭。在六大公國，剃光頭是個古老的守喪象徵，不過很少有女子如此守喪。我走上前，以狼的身形，在她面前的石板地上坐下來；她動了一下，低頭看我。

「你知道我父親已經過世了？」

「對，我很遺憾。」

她的指頭撫弄著黑裙的褶子。「當時你在場嗎？」最後她終於問道。

「他過世之際，我不在場。不過我親眼見到他受了重傷，而他最後就是因為那個重傷而死的。」

我們兩人沉默不語。「我追問父親是怎麼死的，難道不對嗎？可是為什麼我卻覺得問這些問題很尷尬？我知道王子認為他不應該多說，所以他老是繞著圈子、避而不談，只說我父親是個大英雄，為國盡忠，但那對我而言是不夠的。我要知道父親是怎麼死的……或他是怎麼受傷的。我想要知道……我必須知道當時的每一個細節。因為他們將他的屍體丟入海裡，所以我往後再也見不到他，連他的屍身都見不到了。你知道那是什麼感覺嗎？人家只跟你說，你父親已經死了，就這樣一句話交代過去？」

「我感同身受。」我說道。「當年我父親去世時也是這樣。」

「但最後他們總把原委告訴你了吧？」

「他們編了一套謊言跟眾人做個交代，而我聽到的也是這一套。不，他們從不曾確實地把他是怎麼死的情形告訴我。」

「很遺憾。」她誠心地說道，轉過頭，好奇地望著我。「你變了耶，影狼。你……會迴響了。你現在就像……就像敲鐘那樣。那個詞是怎麼說的？」

「共鳴。」我建議道。她點點頭。

「現在你在感覺上變得比較清楚。彷彿你是真的一樣。」

「我是真的啊。」

「我是說在這裡的真。」

我眞希望此時就在她身邊。「妳想知道多少？」我對她問道。

她抬起下巴。「全部。通通告訴我，他可是我父親啊。」

「的確如此。」我不得不如此應和道。我鼓起勇氣，是該告訴她的時候了，然後我突然起了另外一個念頭，並問道：「妳現在在哪裡？妳什麼時候醒？」

她嘆了一口氣。「你看了就知道啊，我現在人在公鹿堡的王后花園裡。王后只准我回家待三天，她跟我及我母親道了歉，說她因爲現在少不了我，所以只能讓我回家奔喪三天。自從我能使夢成眞之後，不只白天，連夜晚都不屬於我了；我隨時都要待命，等待瞻遠王室召喚，爲王室傾盡全力。」

我小心地措辭：「這在方面，妳眞不愧爲令尊之女。」

說到這裡，她突然發怒，她的憤慨照亮了整座園子。「他爲了他們而丟了性命！結果他得到什麼回報？什麼都沒有。是啦，是敕封了什麼莊園，我連聽都沒聽說過，叫做細柳林什麼的莊園，但如今他都死了，我要那個土地跟頭銜有何用？現在他們稱我爲『蕁麻小姐』，彷彿我是哪個貴族人家的女兒，但是他們背對我的時候都叫我『荊棘小姐』，沒別的原因，就因爲我有話直說。我才不管他們怎麼看我呢。我一旦能脫身，就馬上離開宮廷，回我家去；回到我眞正的家，回去住在我父親親手蓋的房子裡，照料我父親留下來的馬廄和草原。他們就算把細柳林拆散了我也不在乎。我不要房子，寧可要我父親回來！」

「我也有同感。不過，妳還是比別人都更有權繼承細柳林莊園。妳父親曾爲駿騎王子效力，而細柳林是駿騎王子最喜歡的莊園。如今妳得到細柳林，就像妳是駿騎的傳人一樣。」我敢說，耐辛做此安排，一定就是這個用意。她只要掐著指頭算算年份、月份，就知道莫莉的孩子是我的，所以她特別要讓蕁麻繼承她祖父的莊園。我心裡覺得溫暖。我突然領悟到，耐辛是一直等到博瑞屈過世，才讓蕁麻過繼細柳林，而之所以如此，是爲了要尊重博瑞屈，因爲他乃是蕁麻名義上的父親，耐辛不願做出任何讓別人懷疑他們的父女關係之舉。如今看起來，細柳林不像是祖父贈給孫女的產業，反而像是因爲博瑞屈立下了無上的大功，因此才將其敕封給他的家人。我這位繼母，性情古怪，卻比別人更細心。

「我還是寧可要我父親回來。」她吸了鼻子，別過頭。她對著黑暗的夜空，以粗嗄的聲音說道：「你到底要不要跟我說父親的事情？」

「要啊。我只是在想，要從哪裡開始講才好。」我開始衡量到底該謹慎一點，還是該勇敢一點，最後我突然想到，這事不該只考慮我自己的感受。蕁麻年紀輕輕，正孤單地爲去世的父親悲悼，此時我若是把這個驚天動地的消息丟給她，她承受得了嗎？現在不是改變她的觀念，讓她對自己的身分感到動搖的時刻，她現在面臨的變故已經夠多了，就讓她爲了喪父而悲悼，不要因爲我突然透露她的身世，而使她暫停傷悲，質問我一大堆問題吧。

「妳父親是爲了對瞻遠王室效力而受了致命傷，這點是沒錯的。但是他之所以光憑意志力、迫使龍跌倒在地，那倒不是爲了王子，而是因爲那石龍威脅到他心愛的兒子。」

她難以置信。「迅風？」

「當然。他就是爲了迅風才來到此地，因爲他要把兒子安全地帶回家呀。他可沒想到會碰上眞龍。」

「你講的我有好多不懂。你爲什麼說他們碰上的龍稱之爲『石龍』？」

這應該要讓她知道。所以我跟她講了個英雄故事，說起蒼白之女的魔法有多麼邪惡，以及孤獨且半盲的博瑞屈如何爲了解救叛逆的兒子，而與石龍對決。我還告訴她，迅風如何處變不驚地站在衝刺而來的石龍面前，以及那枝飛箭如何讓牠斃命。然後我告訴她，博瑞屈躺著等死之時，迅風對他的照顧有多麼周全，我甚至還向她解釋，迅風回家時，將會戴著耳環，而那耳環有什麼意義。她一邊哭，一邊聽我說；她的淚水落下之後便消失了，花園逐漸淡去，冰河的寒風呼嘯地從我們身邊吹過去。我這才了解到，由於我講的故事威力十足，所以她似乎跟我一樣看到了當時的場景。直到我說完之後，我們周遭的花園才重新浮現；香氣變得更加尖銳，有如被大雨沖刷過。一隻蛾撲翅飛過。

「但是迅風要到什麼時候才會回來呢？」她焦躁地問道。「我母親光是聽到我父親的死訊就夠難過了，不應該再讓她擔心兒子會不會安全返家。任務都已經圓滿達成，他們還在拖什麼，為什麼還不回來？」

「迅風在為王子效力，所以王子回來的時候，他就會跟著回來。」我勸慰道。「他們還在商議婚姻的細節，而這樁婚姻將使兩國友誼長存。這種事情需要時間。」

「那個女孩是怎麼回事？」蕁麻氣憤地質問道。「她到底是沒心肝，還是沒誠意啊？她都說，只要龍頭貼在她家的爐前石上，她就要嫁給王子，那她就應該要言出必行嘛，而且我已經盯著龍將頭貼在她家的爐前石了！」

「我聽說了。」我狡黠地說道。

「我被他氣死了。」她偷偷地跟我透露。「那是我生氣之餘，唯一想得到的辦法。」

「妳氣冰華？」

「才不是！我氣的是晉責王子。他這個人啊，猶豫再猶豫。貴主喜不喜歡我？她愛不愛我？當初她是被人逼迫，才許諾要嫁給我，所以我不能要求她遵守那個承諾，因為我非常、非常地有風度……他為什麼不乾脆跟那個浪蕩的外島女孩說：『我已經通過考驗，所以我要把妳娶回家。』換作是我，我就會這樣跟那個女孩說！」接著她那義憤填膺的心情突然遲滯了下來。「我這樣數落他，你該不會覺得我對王子有貳心吧？我沒有不敬之意。我跟衆人一樣，都對我們這位出色的王子忠心耿耿。只是，當你跟一個人心靈交流的時候，常常會忘記對方是個王子，地位遠高於自己。有時，他講話的模樣，活脫就是我那幾個死腦筋的弟弟的翻版，看得我氣得想要衝過去把他搖醒！」雖然她聲明了對於君主的忠心，但是她這番話，像極了對於年輕男孩的愚行至爲不齒的少女。

「喔。然後呢？」

「嗯，那時候，外島人把事情講得很嚴重，說晉責王子沒將龍頭放在貴主家的爐前石上。什麼嘛！難道說救回了你母親和妹妹，還抵不上把一顆血淋淋的龍頭擺在你家的火爐前來得重要！」我感覺得出她盡全力在抑制自己的怒氣。「容我提醒你，我之所以知道這些事情，原因無他，就是因爲我必須傳達這些話，好讓王后知道那邊的情形。必須每天早上站在王后面前，把他們傳給我的消息轉述給王后聽的人，是我不是他耶。他以爲那是什麼愉快的好任務嗎？不過有天清晨，王后聽說他們的婚姻可能壓根辦不成，心情變得非常沉重，於是我開始想，這裡有沒有我幫得上忙之處，並且心生一計。雖然婷黛莉雅講話狂妄、語帶威脅，但是我對牠知道得可清楚啦。也許正是因爲牠講話狂妄、語帶威脅，所以我才看得透牠的心思。既然以前牠動不動就來打擾我的美夢，那現在我就以同樣的辦法來回敬牠。牠在我夢中來去了那麼多次，也走出了一點行跡，因此我可以循線找上牠。這樣你聽得懂吧？」

「我懂，我懂。不過對方是龍哪，怎麼有人敢『騷擾』龍呢？這我很驚訝。」

「噢，在夢的世界裡，大家都是旗鼓相當的，這你應該還記得吧。再說，我看牠也不肯爲了踩死一個微不足爲道的人類，而一路飛到這裡來。況且婷黛莉雅跟我不同，牠在吃飽或交配之後，喜歡好好睡上一覺。既然如此，我就專挑那種時刻找上牠。」

「所以妳就請婷黛莉雅叫冰華回到瑪烈島，並把頭貼在貴主家的爐前石上？」

「『請』牠幫忙？才不呢，我『要求』牠。婷黛莉雅不肯，於是我說，牠之所以不肯，其實是因為牠做不到。雖然人們傾盡全力將冰華救出來，但是冰華就是氣量狹小，不肯承認牠欠人類一份情；而婷黛莉雅則是根本就不敢逼著冰華去瑪烈島，雖然牠號稱是龍后，但牠卻任由冰華控制一切、要求婷黛莉雅做這做那。我跟牠說，牠一定是因為交配得多了，所以腦子都成漿了。我告訴你吧，婷黛莉雅聽了，可激動呢。」

「可是，妳怎麼知道用這招有效？」

「其實我也沒多想，我只是很生氣，這話就衝口而出了。」我感覺得出她嘆了一口氣。「這是我的缺點。有這種缺點啊，就別期望在宮裡到處吃得開。我就是嘴快。不過依我看來，跟龍對談的時候，最好就是直言無隱。所以我明白地跟婷黛莉雅說，這本來就是冰華該做的，妳若是連叫牠去瑪烈島都叫不動，那妳也不用假高尚了。如果你知道，你若是像對待狗兒或馬兒那樣，好好地幫對方抓癢一番，那麼對方就會露出本性，而且他們其實比你強不到哪裡去，可是其他人卻把對方尊若上賓，這樣你看了氣不氣？」她頓了一下，接口道：「龍族就是這樣。所有的傳說故事都說龍英明睿智，或是威力強大，或——」

「牠們的確威力強大啊。」我打斷蕁麻的話。「這點我敢向妳保證！」

「也許吧。但是婷黛莉雅嘛，從某些角度來說，牠就像……像我一樣。只要稍微刺激一下牠的榮譽感，牠就會跳起來，急著向你證明，你說牠什麼事辦不到，其實牠都辦得到。當牠認定你不管費多少口舌都奈何不了牠的時候，牠就變得更討人厭了，甚至像個惡徒似的。而且，牠仰仗著自己活得久，又天生就記得長遠的歷史變遷，牠就把你當作是飛蛾或螞蟻來看待，彷彿你們的生命根本不值一哂。」

「聽起來，妳跟婷黛莉雅談了不只一次。」

蕁麻頓了一下。「婷黛莉雅挺有趣的。我大概不會誇稱牠是我朋友。牠認為——不，說得確實一點，牠堅信，就因為牠是龍，所以我應該要對牠崇敬有加，並且忠心服侍牠。不過，如果你知道，在對方眼中，若是你死了，也不過像你看到一隻蛾飛入火焰裡一樣地無動於衷，那你實在是很難把對方稱之為朋友！什麼嘛，把我當作是動物呀！」說到這裡，她氣得從身旁的花床拔下一枝花，像要把花扯碎一般。

我瑟縮了一下。她察覺到了。

「不，我的意思是說，牠把我當作魚，還是小蟲子之類的，不是說牠把我當作狼。」然後，她似乎突然想到，便脫口說道：「現在的你跟我心裡原來的印象不一樣了。這是我現在的感覺。我知道你不是狼。我的意思是說，我並不是只把你看作是個動物而已。我剛剛那樣講，沒傷害到你吧？」話畢，她匆忙地將那枝花接回花莖上。

她已經傷到我了，不過這到底是什麼情緒，我連對自己都講不清楚，遑論跟她說明。「沒事。我知道妳沒那個意思。」

「那麼，等你跟大家一起回來的時候，我總算能跟你見見面、看看你的眞面目了吧？」

「等我回去之後，我們一定會見面的。」

「但是到時候，我怎麼認得出哪一個是你？」

「我會去找妳呀。」

「那就好。」她遲疑了一下，問道：「前陣子你不見了，我很想念你。我聽說我父親過世的消息之後，很想跟你談一談，但就是找不到你。你上哪裡去啦？」

「我有個要好的朋友碰上麻煩，所以我去幫他。不過現在一切都搞定了，我們不久後就會回去。」

「要好的朋友？那我會跟他碰面嗎？」

「當然，而且我看妳一定會喜歡他。」

「你到底是誰呀？」

我實在沒想到她會在這時問出這個問題。被她這麼一問，我突然有點不知所措。我不想跟她說我是蜚滋駿騎，也不想跟她說我是湯姆．獾毛。最後我聽到自己想也沒想就說道：「我是一個很早就認識妳母親，早在她嫁給博瑞屈之前就認識她的人。」

我沒料到蕁麻會有這種反應。「你有那麼老？」她頗爲震驚。

「我不但老，還越來越老呢。」我大笑道。

她可沒有跟著我一起笑，她答話的語氣很僵硬。「這麼說來，你回來的時候比較有可能會變成我母親的朋友，而不是我的朋友了。」

我沒想到她會有這麼複雜的反應。她的思緒中充滿了嫉妒之情，我努力阻止她往壞的方面想。「蕁麻，我一直都很關心妳們母女倆，而且我以後還是會很關心妳們。」

她以更冰冷的語氣問道：「那你會試圖取代我父親在她心中的地位嗎？」

我覺得我眞是笨到了極點。我摸索著尋找答案，然後強迫自己面對這個我一直在逃避的事實。「蕁麻，妳父母親已經在一起……多久了，十六年了吧？他們生了七個孩子。妳看眞有人能取代他在她心目中的地位嗎？」

「你懂這個道理就好。」她答道，口氣稍微緩和一些，接著她便將我斥退：「現在我必須把你請出去，不能留你待在我的夢境裡了，因爲王子可能會找我。他或是切德大人每晚都會託我傳話給王后，如今我根本沒時間做自己的夢了。晚安，影狼。」

她那個芬芳的花園和溫柔的夜世界逐漸退去，於是我又單獨地待在黑暗之中。我花了好一會兒工夫，才領悟到我根本沒睡，只是躺在黑者的山洞裡，瞪著壁爐裡微亮的餘燼。我回想剛才告訴蕁麻的話，只覺得我眞是腦筋燒壞了，才會讓她知道我曾經愛上莫莉。然而不只蕁麻，莫莉那幾個兒子，難道就不會把我當作是破壞他們家庭的人嗎？我突然喪氣不已，一時間，只想全面撤退。

但是我由此生出鋼鐵般的意志。不行，這是我自己弄出來的後果，我不能再逃了。我至今仍愛著莫莉，而說不定她對我也還有幾分情感；即使她對我已經毫無感情，畢竟我也曾向博瑞屈保證，會把他那幾個年紀小的兒子照顧好。就算他們一開始不歡迎我，但他們總有需要我的地方。我可能會失敗，莫莉說不定會把我趕出去。但是既然尙未嘗試，就不能輕言投降。

我就要回家了。

32

精技石柱

見證石矗立在公鹿堡附近的見證丘上，無論風雨、地震，依然如是。見證石到底是誰所立，已經無史可考。有些人說它跟公鹿堡的地基一樣古老，但有些人則說，它比公鹿堡的地基更加古老。見證石的傳說很多，情侶們喜歡在此地立誓定終身，因爲根據傳說，如果有人在見證石前說了假話，就會受到天神的懲罰。除此之外，男性們也往往在見證石前競賽，以決定誰人所言爲眞；據說天神會從天上俯瞰人間，並讓正直誠實的那一人得勝。

六大公國各地以及六大公國之外的地方，都可見到像見證石這樣的石柱。這些石柱都以同樣的黑色石頭雕成，其石質強勁，不畏各種天候的侵害。有些石柱上刻了符文，有些看似平坦，但是仔細一看，仍可見到符文或者自然磨損，或者之前被人刻意磨平的遺跡。

雖然現存的精技卷軸中都沒有提到這類的石柱，但是我們幾乎可以確定，古靈曾經以這些石柱做爲迅速地在兩地之間往返的工具，所以我將之稱爲「精技石柱」。下附之地圖，乃是目前已知的精技石柱位置，以及石柱上所刻之符文。即使石柱上的符文已經磨蝕，傑出的精技人依然可以利用該石柱往返各地。但是最好不要允許年輕的精技人獨自藉著精技石柱旅行。總而言之，在使用石柱時，一定要有經驗豐富的高手相伴同行，而且除非必要，否則最好不要藉由此途遠行，因爲對於生手而言，使用精技石柱是個莫大的考驗：以精技石柱往返，不免使人疲憊，在過度使用的情況下，還可能使人發狂。

——切德．秋星所著之《論精技石柱》

我原先期望弄臣能慢慢復元，但是這個願望在半夜時就破滅了。我本在睡夢之中，卻因爲他輾轉夢囈的聲音而驚醒。我想叫醒他，但他臉色潮紅，沉浸在惡夢之中，怎麼也叫不醒。於是我在他身邊坐下來，握著他的手，輕柔地跟他說話，讓他的夢境慢慢平復。我察覺到黑者也醒了，心裡覺得有點不自在；他躺在床上，默默地望著弄臣與我。我看不清他的眼神，但是我感覺得出他在看我。他正在打量著我們，但我不知道他爲什麼要這樣。

到了早上的時候，我感覺到切德在迫切地呼叫我，我不情不願地讓他進入我心裡。你現在可以回去了。你就對眾人說，王子與我派阿憨跟你先搭了商船回去，由於阿憨不適應此地，而我們又想藉此先將此地的事情報告給王后知道。我想，你們這樣講應該就夠了，只要別扯上太多細節就好。有你待在公鹿堡眞好。蕁麻這孩子是不錯，但因爲她對這些事情不熟，所以每件事情都要說上半天，而我們又不能說太多，免得她不堪負荷。眼下正需要有你這種熟知內情的人替王后傳話啊。

切德，我現在走不開。弄臣病了，他現在沒辦法旅行。

切德沉默了一會兒，接著說道：不過，照你說的看來，弄臣也用不著走多遠。只要走到精技石柱那裡，瞬間便可將他送到家，馬上就回到溫暖又安全的地方，還可請療者來照顧。

事情要是有這麼簡單就好了。問題是，前往精技石柱這趟路很難走，又冷得要命。況且就他目前的狀況而言，出入精技石柱可能太吃力了。他之前已經歷經苦難，現在我可不敢再讓他涉險了。

我懂了。切德衡量著我的話。那麼再讓他休息一天如何？我可以讓你再待一天。

我以堅定的思緒告訴他：我不知道。但是他需要休息幾天，我就會讓他休息幾天，切德，我不會讓他涉險。

很好。切德的思緒有些不快，卻也不得不接受。如果非得如此的話。

的確非得如此不可。我篤定地答道。我們一定會等到他身體強健一點才會出門，絕不會強拉著他上路。

清晨來臨時，我開始擔心起來。我很清楚許多人在戰場上受傷，卻是拖了多日，才因爲發燒、腹瀉和感染而死。回到黑者這裡來的旅程，使得他復元的進展緩和下來，等於之前休息多日的效果又倒扣了回去。弄臣睡得很沉，一路睡到了午後才醒來，形容憔悴、眼睛幾乎睜不開地喝了一杯又一杯的水。普立卡堅持要與我一起將弄臣挪到他的床上，我們一人一邊地撐著弄臣，一走到床邊，弄臣就立刻倒在床上，馬上入睡。我摸摸他的皮膚，只覺得他有點發燙。

「也許只是他的改變期到了吧。」我對普立卡說道。「若是感染發炎，那可就麻煩了。他到了改變期時，通常會發燒、身體虛弱個幾天，然後像是曬傷那樣地脫一層皮，底下的新皮顏色會比較深。如果是改變期到了，那麼我們也幫不上什麼忙，只能讓他舒服一點，接著靜待這一切過去。」

普立卡以一種特別的手勢摸著弄臣的雙頰，笑著對我說道：「我看也是如此。我們有些人會這樣。

過一陣子就好了。」他低頭望著弄臣，補了一句：「希望沒別的問題。」他搖了搖頭。「他受很多傷。」

我突然想到一個問題，並衝口而出，也沒停下來想想這樣問會不會失禮。「你們爲什麼會改變？爲什麼弄臣會改變？蒼白之女就一直都是白的啊。」

他舉起雙手，表達困惑之意。「這個，我想過很多次。也許，當我們造成改變之時，我們就會改變。別的先知說得多，做得少，所以一生都是白的。他與我在年輕時，都預言世界會有大變，之後便進而促使世界變化。而也許，我們改變世界的同時，也改變了我們自己。」

「但蒼白之女也爲了促成改變而做了許多事情。」

他露出嚴厲但滿足的笑容。「她是想要促成改變，但她失敗了。我們才是促成了變化，所以我們成功了。」他歪著頭。「我這個老頭子是這麼想的。」他朝沉睡的弄臣望了一眼，自顧自地點點頭。「他需要的就是休息。休息，吃好一點，而且要安靜。你跟阿憨，你們去釣魚。鮮魚對他有益。」

我搖了搖頭。「他這麼虛弱，我不想把他丟下來。」

普立卡伸出一手，溫柔地搭在我肩上。「你令他不安。他感覺得到你擔心。你要讓他休息，就得走開。」

待在壁爐邊的阿憨開口了：「我們應該要回家了。我想回家。」

「蜚滋。」弄臣嗄啞地叫著我的名字，使我嚇了一跳。

我立刻倒了水，端到他床邊。他不想喝水，但是我押著他喝下去。他喝了水之後，我接過杯子。「你需要其他東西嗎？」

因爲發燒的關係，他的眼睛格外明亮。「有，我要你回家。」

「他一定是頭昏了。」我對普立卡說道。「他這麼虛弱，我不能帶他上路。」

弄臣深吸了一口氣，吃力地說道：「不，我沒頭昏。我心裡清楚得很。你帶阿憨回家，我待在這裡。」他咳了一陣，並比著手勢討水喝。他一小口一小口地啜飲，然後又深吸了一口氣。我扶著他躺下。

「你這個樣子，我不會把你丟在這裡不管。」我篤定地說道。「你靜心修養。我們需要在這裡待多久，就待多久。你什麼都別擔心，我一定待在這裡陪你。」

「不。」他似乎很煩躁，生病的人總是如此。「你聽著。我必須在這裡……跟普立卡……待上一陣子。我必須了解……我是什麼人……處在什麼地位上……我必須……蜚滋，他能幫我。你知道我這樣是不會死的，只是改變期到了而已。但是我必須學習，而且要獨自學習。我必須獨處一陣子。我需要思考，不受干擾。這你是了解的。我知道你了解。現在的我，就跟當年的你一樣。」他揚起細瘦的指頭，摩著臉頰和額頭。在他的摩擦之下，乾燥的皮膚起皺、脫去，露出下面較黑的新皮。他眼睛望向普立卡。「他應該要回去。」弄臣說道。彷彿普立卡可以幫忙逼我回去。「家鄉的人需要他，他必須返家。」

我在他床邊的地上坐下來。其實我不懂。我想起自己從帝尊的地牢出來之後那段漫長的復元期。我記得當時心裡覺得忐忑不安。酷刑威逼，眞會榨光人的尊嚴。我曾經一再崩潰、乞求、承諾……除非有這種實際的體驗，否則是無法想見這種情緒的。弄臣需要獨處，需要重新衡估自己是個什麼樣的人，然而當時我不也希望博瑞屈不要對我苦苦追問，甚至還希望他別關心我、別對我好嗎？博瑞屈似乎直覺地察覺到我的心情，因而任我一語不發地呆坐終日，日復一日地眺望著草原與山丘。對於當時的我而言，要我去承認自己是人不是狼，那眞是困難；要我去承認我仍然是我自己，更難。

弄臣細瘦的手從被子底下伸出來，他以古怪的姿勢拍了拍我的肩頭，以指頭拂過我長了鬍髭的臉頰。「回家去吧，出門前要記得先刮鬍子。」他奮力擠出了微弱的笑容，再補了一句：「讓我休息，蚩滋。讓我好好休息。」

「好吧。」我努力勸慰自己弄臣這並不是在叫我走開。我轉過頭望著阿憨。「那我就帶你回家了。你穿上暖和的衣服，但是什麼東西都不用帶。這一夜還沒過完，我們就回到公鹿堡了。」

「到時候就能暖和起來？」阿憨逼問道。「而且有好東西可吃？新鮮麵包和奶油、牛奶和蘋果、甜甜的蛋糕和葡萄乾？乳酪和培根？今天晚上就可以吃到？」

「我盡量。你穿好衣服，然後告訴切德我們今晚就回家。我會告訴城堡門口的守衛，我們是提早搭船回來的，因為你覺得冷。」

「我是很冷啊。」阿憨誠懇地應和道。「但是我不坐船。你答應我的。」

我並未答應過他，不過我還是點點頭。「好，就不坐船。去準備出門吧，阿憨。」我轉過身望著弄臣，他又閉上眼睛了。我輕輕地說道：「好啦，你如願以償了。長久以來，每次好像都是順你的意思。我等一下就帶阿憨回去，我去個一天，頂多兩天，之後我就帶著食物和酒回來。你想吃什麼？你能吃什麼？」

「有沒有杏桃？」弄臣顫聲問道。這狀況很明顯：他根本搞不清楚我剛剛跟他說的那些話是什麼意思。

「我盡量。」我說道。我心想杏桃大概是不可能期望的，但卻說什麼都不願此時就跟他講明白。我將他溫熱臉上的頭髮撥到頭後，他的頭髮變得乾燥且僵硬。我望著普立卡，他知道我在無言地請他照顧弄臣，因此他慢慢地點了頭。然後我彎下身。雖然他眼睛閉著，我仍將額頭靠在他額頭上。「我很快就回來了。」我立誓道。他什麼反應也沒有，說不定他已經睡著了。

普立卡在他的山洞裡跟我們道別。「請好好照顧他。」我對黑者說道。「我明天就回來。務必要讓他吃點東西。」

他聽了搖搖頭。「太快了。」他對我警告道。「那種出入的大門，你已經用太多次，而且時間太接近了。」他做了個像是從胸膛裡拿了什麼東西出來的動作，接口道：「出入大門會把你的東西抽掉，而如果你自己剩下來的東西不夠，出入大門會把你困住。」

他直視著我的眼睛，彷彿要確認我眞的聽懂他說的話。我其實沒懂，不過我還是點點頭，並篤定地對他說道：「我會小心。」

「阿憨小子，再見。弄臣的改變者，再見。」他微微將頭歪向弄臣的方向，輕輕地補了一句：「我會看著他。其他的就要看他自己了。」接著，他看來有些不好意思地問道：「剛才小人兒說到乳酪？」

「乳酪。對。我會替你帶些乳酪回來。還有茶葉、香料和水果。只要能帶得來，我就盡量多帶。」

「等你能夠安全地旅行的時候，再帶回來就可以了。」普立卡的臉上散發出光彩。我們向他感謝再三後就離開了。風很強，近晚又冷。阿憨很頑固，說什麼都不肯丟下背包，非要把每樣東西揹在背上，帶著一起走不可，當我們爬上懸崖的陡峭小徑時，背負沉重的他遠遠落在後面。點滴的流水流過岩面上的裂縫，所以岩縫又變窄了。我再度抽出長劍，摸黑砍冰。阿憨一直喃喃抱怨天太黑、風太大，並堅持說他一定要回家，看來他壓根沒想到，我就是爲了要帶他回家，才要把冰縫開大。

最後終於將冰縫砍開到了可以擠過去的程度。我先進去，再把阿憨拉進來，不過他還是在冰縫上卡了好一會兒，才好不容易扭著出來。他跟在我身後，越近那不自然的光線，他就走得越慢。「我不喜歡那個。」他對我警告道。「我看這條路會通到石頭裡去，這樣是回不了家的。我們應該往回走。」

「不，阿憨。沒事的，那只是古老的魔法。我們很安全，你跟緊我就是了。」

「你最好是別搞錯！」他發了狠話。他跟在我後頭走，時時四下張望，我們走得越遠，他就越小心。我們遇上第一個古靈雕像時，他喘了一口氣，退了一步。「龍的夢。龍的夢裡出現過這些東西！」他叫道。接著當我一直在騙他似的，突然說道：「噢，這裡呀，我來過嘛。現在我知道了。不過這裡爲什麼這麼冷？以前沒這麼冷啊。」

「因爲我們現在在冰層下面，所以特別冷。走吧，阿憨，別走得那麼慢。」

「以前沒這麼冷啊。」他謎一般地答道，跟了上來，但是也沒比剛才快上多少。我本以爲路線都已經默記在心，但我還是轉錯了兩次彎，每次走錯路，都得循著原路回到有記號的地方。就是因爲這個緣故，阿憨越來越懷疑我是不是眞的知道路。不過，儘管他走得懶懶散散，我的記性又模模糊糊，我們終究還是走到了地圖室。

「什麼也別碰。」我對他警告道。我研究了公鹿堡附近那四個小小的寶石。我深信這四顆寶石代表的就是見證石。世代以來，衆人都認爲見證石是通往神境、代表權力與眞相之地，不過我大概猜得出這個說法是如何傳出。我將那些符文暗記在心裡。「走吧，阿憨。」我對他說道。「馬上就回到家了。」

阿憨沒有回答，甚至我摸著他的肩膀時，他也只是慢慢地抬起頭來看我。接著他蹲下，坐在地上，伸出一手將積灰的地抹乾淨，露出一方田園風景。從他的表情看來，似乎已經迷亂暈眩。「他們喜歡這裡。」阿憨說道。「以前他們常常在這裡弄出很多音樂。」

「把精技牆立起來，阿憨。」我叮嚀道。但我感覺到他依然我行我素。我緊緊地拉住他的手。我不知道他有沒有把我的話聽進去，不過我領著他走上樓梯、前往精技石柱時，還是跟他解釋，我們必須緊拉住對方、走進精技石柱，然後就可以回到家。我講了好幾次。他的呼吸變得深而平緩，像是已經睡沉了。我納悶道，這個古靈城市是不是對他產生不良的影響。我越想越不安。

我不知道那些古老破損的精技石柱現在到底還有沒有用，但我也無暇多考慮。弄臣就用過一次，不是嗎？況且他的精技力量比我少得多。我深吸了一口氣，搖搖阿憨的手，想要叫他注意我，接著便堅決地踏入精技石柱，並把阿憨拉進來。

我再度感覺到自己的存在靜止暫停——如今這種感覺已近乎熟悉。一時間，我彷彿通過了無邊無際、綴著繁星的夜空，接著我踏出一腳，踩在公鹿堡附近山丘的草地上。阿憨仍與我在一起。我覺得頭暈目眩，而他則搖搖晃晃地走到我前面，一屁股坐在地上。夏天的暖意撫過我的皮膚，夏夜的氣味刺激著我的鼻子。我一動也不動地站著，讓眼睛慢慢適應。那四根精技石柱矗立在我身後，直指天空。我深吸了一口暖和的空氣，聞到附近有羊群吃草的氣味，遠處則有大海的味道。我們到家了。

我走到阿憨身旁，一手搭在他肩膀上。「沒事了。」我對他說道。「我們到家了。我不是告訴過你嗎，我們只要進個門、出來，就到家了。」接著一股暈眩感橫掃全身，我倒向前，臉朝下地栽在地上。一時間，我躺著，動都不能動，並盡量忍住噁心想吐的感覺。

「眞的沒事了嗎？」阿憨可憐兮兮地問道。

「再過一會兒就好。」我幾乎喘不過氣來地對他勸道。「再過一會兒，我們就沒事了。」

「這跟坐船一樣糟嘛。」阿憨抱怨道。

「但是比較快呀。」我對他說道。「快多了，不是嗎？」

到頭來，我們還是休息了好一陣子，才有力氣站起來。從見證石到公鹿堡的大門還得走上一大段路，沒走多少，阿憨就不住地喘氣、抱怨起來了。那個冰凍的古靈城及通過精技石柱的旅程，使得他暈頭轉向、疲憊不堪。我覺得這樣催著他快走有點殘忍，但我還是努力勸誘他，說等一下就有熱食、冰啤酒可吃，溫暖柔軟的床可睡。由於有初升太陽之助，我們得以避開路上的坑洞與石塊。沒走多遠，他的背包就到了我背上，然後他的斗篷和帽子也由我拿著了。若不是我擋著，他還會繼續脫下其他衣服。等到我們走到城堡大門前時，兩人早已因爲這清朗的早晨，以及這一身厚重的冬衣而滿身大汗了。

據我看來，門口的守衛是先認出阿憨，才認出我。畢竟我沒刮鬍子，整個人非常邋遢。我告訴守衛們說，他們派我們提早回來；我們搭了一艘髒污的外島商船，而這一趟行程糟糕之至，因此能回到家，我們實在很高興。阿憨則樂得在我描述搭船有多麼難過時幫腔幾句。門口的守衛有問不完的問題，但我跟他們說，王子早就派我們回來，不過這一趟行程耽擱得實在太久，而我奉令要一回來就向王后報到，所以不能跟他們多聊。他們終於讓我們進門。

大清早的，堡裡來來往往的大多都是僕人。我帶著阿憨走到廚房，就再也走不過去了。守衛室的人早就習於忍受王子的小跟班，他們會跟阿憨開玩笑——有時頗爲粗魯，聽聽阿憨講故事，再自己衡量他的故事到底有幾分眞實。阿憨照實說也罷，誇大地講述眞龍、神奇石柱和黑者的故事也罷，反正他們也只信個幾分而已。我知道我必須找個地方安頓他，而守衛室大概是全堡最安全的地方。再說，據我看來，他忙著吃都來不及，可能也沒時間多談了。我爲他張羅了熱食，並再三訓誡他，一吃飽，就得上床睡覺，不然就去找莎姐，請她幫他洗澡，並向莎姐強調，我們這一趟搭船出門，可沒有人因爲暈船而死。

我拿了個新鮮的麵包捲，一邊狼吞虎嚥，一邊走向營房。在冰天雪地裡待了這麼久之後，只覺得這溫暖的夏日空氣似乎瀰漫著種種氣味。守衛營房是低矮且長的建築物，裡面都是灰塵，空無一人。我除下了沉重的冬衣。我很想在這裡稍做停留，洗把臉、刮刮鬍子，但最後什麼也沒做，只是換上乾淨的侍衛制服。除了洗臉、刮鬍子之外，我更想做的事情是躺在床上，好好睡一大覺，但我知道自己必須及早去跟王后見面。不過我也知道，現在時候還早，王后大概還不急著馬上召見我。

我走到通往貯肉間和廚房儲藏室的走廊，一待四下無人，便走入儲藏室。儲藏室的其中一個櫃子其實是個活動門，這櫃子裡碰巧也擺著火腿和煙燻香腸，我順便隨手拿了條香腸，才關上活動門，開始疲倦地踏上黑暗的樓梯。這一趟路全靠觸覺，因為樓梯間漆黑一片。等我走到通往切德塔樓的門時，香腸早已吃完。我開了門，走了進去。

迎面而來的是黑暗與霉味。我的臀部撞上桌角，一定瘀青了，接著我摸索著走到壁爐邊。我在壁爐的末端找到一盒火絨，好不容易在這個閒置已久的壁爐裡起了個小小的火，並趕快點著壁爐台上那幾根燒了一半的蠟燭，將之插在樹枝型的燭台上。如此一來房裡才總算有點亮光。接著我添柴、把火生大。我倒不是冷，只是希望房裡亮一點。因為久沒烤火，房間不但積了灰，而且有些發霉潮溼。

吉利一進來，我就察覺到了。牠習慣從藏身的那個角落竄入房裡，而且興奮得很，因為常常帶香腸來給牠吃的人終於回來了。當牠發現我只是身上有香腸味，以及指頭上尚存一點油膩殘渣而已，氣得咬了我一小口，並且想要攀著我的褲腿爬上來。

「現在不行哪，朋友。我回來再給你帶些好吃的來。現在我得先去面見王后。」我匆匆地把頭髮梳成戰士的馬尾，真希望能多用點時間整理儀容。不過珂翠肯這個人我是知道的，她寧可忍受我邋遢的外表，也不願我因為整理儀容而耽擱了見她的時間。我鑽進密道，朝王后的密室而去。這密室與王后的私人接待室相連。我先站在門邊，聽聽看接待室裡有沒有什麼動靜，以免撞見她的客人，這才開門進去。但是珂翠肯一下子將門拉開，使我差一點跌倒。

「我聽到你的腳步聲。我一直在等你，噢，感覺上好像等了一整天。你回來了，我真的好高興，堡裡終於有我可以自由自在地講講話的人了。」

珂翠肯一向是個鎮靜理性的王后，但此時的她只顯得枯槁焦急、大不如前。這間原本素雅的房間近乎凌亂：她的矮桌上有些白蠟燭，燭芯燃得太長，卻沒修剪；此外桌上又閒置著一只早被人遺忘的玻璃杯，杯中還剩下四分之一杯的酒。她擺了一壺茶和兩個茶杯來招待我，但是壺杯旁卻有一些茶葉茶水的殘漬。角落的桌子上，放了兩卷講述外島風俗的卷軸。

我後來才知道，那天珂翠肯之所以如此焦慮，除了因為切德和晉責透過蕁麻傳給她的報告聽來雜亂無章、含糊難解之外，同時也是因為，我們人在外島之時，六大公國的原血者與花斑幫之間紛擾不斷。過去三週以來，珂翠肯都在應付謀殺、復仇與相繼而來的屠殺。雖然這六天以來都沒有謀害人命的報告，但是每當有人敲門，信差將裝卷軸的長筒遞給她時，她便心驚膽跳。說來諷刺，珂翠肯強迫貴族們對於原智者多加容忍，結果卻使得原智者互相打殺起來。

但是那天早上，我們談的不是原智者。珂翠肯請我為她做個完整的報告，以便掌握全局，並衡量晉責與切德請她下的決定的背景。我遵從指示，從頭講起，但是她卻一再打斷，先問我第一次跟首領團打交道的感受，與目前的進展有何關聯之處，又問獨角鯨氏族的人會不會因為我們要將艾莉安娜娶回六大公國為后而憎恨我們，再問艾莉安娜自己是不是自願與晉責結為連理。

珂翠肯第五次插進來問話之後，突然領悟到自己這樣頗為失禮。「對不起。」她說道，接著在桌邊的矮椅上坐下來。我看得出她有點喪氣，因為我既然沒有隨行，就沒有目睹晉責一行人回到柴利格鎮和艾莉安娜母屋的情況，也無法告訴她外島人對於這個龍的事件有何反應。

她又開口，打算另外問個問題。我舉起一手阻止她。「讓我來聯絡晉責王子或切德大人如何？我回家的目的就是要讓你們方便聯絡。妳要問什麼問題，我們就直接問他們兩個，然後呢，如果需要的話，我再就我所做的、跟我所見到的，向妳做個完整的報告。」

她露出笑容。「如今你可把精技魔法視為家常便飯了。這一點，我到現在仍感到頗驚訝呢。蕁麻已經盡了力，而她確實也是個很好的年輕女孩，但是切德老是神祕兮兮，而晉責託蕁麻傳回來的消息，聽起來又不合情理。如果你能代我聯絡我的兒子，那就麻煩你了。」

接下來這一個早上，是我有生以來最累人的精技傳訊。我已經累積了精技傳訊所需的精力，但這是我頭一次體會到，以前的精技小組是如何為統治者效力。我先找晉責，因為我知道她最想跟晉責說上幾句。晉責聽到我已安全返家，非常高興，接著便滔滔不絕地對他母親說起話來，快得我幾乎來不及應付。一開始，我覺得有些奇怪，因為晉責是以母子之間家居長談的方式跟他母親說話。雖說他們本來就是母子，但是居間傳話的我卻頗為尷尬。而我為晉責傳達他對於近況發展的看法時，更得耗費心神地遏止自己去糾正他，因為他的觀點，難免有跟我的觀點完全相左之處。

晉責表示，他已經公開表明，艾莉安娜不需遵守之前談定的婚姻承諾。他之所以做了這個決定，是因為他們兩人差點就大吵起來，而他們之所以會一言不合，是因為艾莉安娜認為，結婚之後，何妨讓她繼續待在此處，擔任獨角鯨族的貴主，晉責則在家鄉與瑪烈島之間來來去去，就像別人的丈夫或情人那樣。晉責透過我跟他母親說，他告訴艾莉安娜，他不能為了成為她的丈夫而放棄王位之時，她非常心痛。她問我為什麼不行？她說，我所求於她的，不正是如此嗎？我不但要她放棄家鄉、家人與頭銜，到遙遠的異地嫁予我為妻，還硬要我們的孩子留在六大公國——依照她家鄉的規矩，孩子應該是屬於獨角鯨族的。這真的很難處理，母親，艾莉安娜讓我以全新的角度來看待此事。即使到了現在，我仍不知道該怎麼做才對。

「但是她到這裡來，就會變成王后了！難道他們不知道『王后』這個頭銜，代表著多麼大的榮耀與權力嗎？」

我將珂翠肯這幾句話轉達給她兒子之後，晉責遺憾地說道：問題是，她若到了公鹿堡，就會被逐出獨角鯨族了。一開始，她的母親不肯放她走，這使她非常氣憤，所以她威脅，就算她母親不同意，她也照樣要離開。那個場面十分火爆。皮奧崔支持艾莉安娜，但是幾乎族裡所有的女人都反對。艾莉安娜的母親說，如果她要離開，自己就跟女兒斷絕關係，這一來，艾莉安娜就會變成……怎麼說呢，他們有個特別的講法，那個詞等於是在說這個女人可恥至極；一般而言，那個詞指的是偷了族裡的孩童，拿去送給外族人的女人。他們的規矩總是堅持以家族為尊，以家族為重，就連待客之時，也是先將菜餚送到家族的人面前。所以，如果艾莉安娜被罵成是這種女人，那可是莫大的恥辱。

接著我將珂翠肯的顧慮轉達給晉責：現在事情解決了吧？她可以無損尊嚴地離開族人了嗎？

應該是吧。現在她母親和上母都已經同意了。不過她們嘴上是這樣說，心裡未必這樣想。這就好比某些貴族，他們之所以容忍原血者，是因為一紙律令，不是因為他們真的有心要公正地對待原血者。

我知道你的意思了。你們出門這段期間，這裡的情況很混亂。我已經盡力處理了，不過我仍希望羅網早日回來，以便向他求教。近來血腥案件頻傳，案例多到許多貴族都悄悄地說，原血者果然不是什麼好東西：他們既然跟動物配對，不免獸性深重、缺乏人性，而由於公開身分也不至於受到懲罰，原血者竟開始以彼此屠殺為樂。原血者急於肅清花斑幫，但是此舉無助於洗刷原智者的名聲，反而使得原智者染上污名。

他們兩人就這樣一個話題接著一個話題地談下去。過了一陣子，他們聊得起勁，像是忘了我也在場。我一方面要把晉責的話通通轉達給珂翠肯，另一方面又要把珂翠肯的話通通轉達給晉責，嘴巴越講越乾。我感覺得出晉責因為切德和蕁麻都不在場而特別輕鬆，他坦白地講了許多煩惱的事情，卻也不忘提起他追求新娘的那些甜蜜、勝利的小場面。艾莉安娜特別喜歡某一種綠色，所以晉責花了許多工夫形容那是怎麼樣的綠；他希望，為艾莉安娜準備的房間就以這種色調去布置，好讓她一到公鹿堡，就有個意外的驚喜。晉責對於切德處理最近這幾回合的協商頗有微詞，並且希望王后將她的首席顧問管緊一點。在這方面，王后與王子的看法並不完全一致，而我在居中傳話時，也要特別克制，以免加入了自己的意見。

然而，就在珂翠肯與晉責運用我的精技天賦，以此來追求王室的最大利益之時，我卻慢慢地開始體會到精技洪流襲來。這次精技洪流的拉扯與以往不同。以前那種熟悉吸引力，會使我衝動地想要一頭栽入，永遠也不回來；但這次的精技洪流像是隔壁房間傳來的音樂，甜美到使我丟下了手邊的事情，只顧著融入音樂之中。一開始，那音樂很遙遠，彷彿是你在平靜的河水中聽到遠處急流的沖刷聲；那聲音雖吸引著我，力道卻不強，所以我想，我只要對那聲響聽而不聞就好了。王子透過我對王后說話，而王后也透過我對王子說話，所以我幾乎不需要注意自己說了什麼，也不用注意我送了什麼思緒給晉責。

情況開始改變。一時間，精技洪流彷彿從我身上流過，接著我與它合為一體，而王后湊上前來、用力搖晃我時，我只是稍微驚動一下而已。

「蜚滋！」珂翠肯叫道，同時我也盡責地將之技傳給晉責：蜚滋！

接著：「不論用什麼辦法，一定要把他叫醒。不管是潑水、捏他，什麼都好。恐怕我若是現在退下，他就會一路沉下去了。」

我還沒將晉責的話講完，珂翠肯便已經拿起她那杯已經放涼的茶水，潑在我臉上了。我又噴又咳，一下子回過神。「對不起。」我一邊說道，一邊用袖子擦臉。「我從未發生過這種狀況。至少沒碰過這樣的狀況。」

王后將她的手帕遞給我。「我們請蕁麻傳話的時候，也會碰上這種問題，只是沒這麼嚴重而已。切德之所以希望你盡早回來，這是原因之一。」

「他是催過我，要我早點回來，可是當時他說得不清不楚。早知道是這個緣故，我就想辦法早點回來了。」

「蕁麻需要受點精技訓練，蜚滋。你應該盡早開始教她才好。說句老實話，她老早就該上精技課了。」

「現在我已經明白這個道理了。」我謙虛地坦承道。「老早就該做的事情很多。如今我回到家了，所以這些事情我會盡快去做。」

「現在就做如何？」珂翠肯絲毫不放過我地問道：「我可以派我的侍女找她過來，你可以現在就跟她見面。」

突然一陣恐懼感襲來。「現在還不行！」我趕快補充道：「像我現在這樣怎麼成，夫人？我求求妳，讓我洗個澡、刮個鬍子，休息一下。」我吸了一口氣。「順便也吃點東西之後再說。」我最後添上這一句，並且盡量客氣，以免顯得我在責備她招待不周。

「噢，蜚滋，眞對不起！我只顧著自己的想法，卻沒有考慮到你的需要，眞是自私啊。眞對不起。」

「不是自私，是事有先後。」我篤定地對她說道。「要不要我再跟晉責聯絡？還是要找切德？我知道妳還有很多想問。」

「現在先別管這個。據我看來，你應該要休息一陣子不要施展精技才好。」

我點點頭。如今我的心靈中只剩下自己一人，我只覺得空洞，連串起一個思緒都不能了。我的情況一定很明顯，因爲珂翠肯靠過來，伸出一手蓋在我的手上。「喝點白蘭地如何？蜚滋駿騎大人？」

「麻煩了。」我答道。王后陛下起身為我倒酒。

也不知過了多久之後，我用力睜開眼睛。我肩上披著披巾，下巴垂在胸前。我的白蘭地酒杯擱在我面前的桌上等著我喝。珂翠肯靜靜地坐在桌邊，低頭望著交握的雙手。我知道她在靜坐，因此不想打擾到她，不過我一睜開眼睛，她好像就察覺到我已經醒了。她疲倦地對我笑笑。

「王后陛下，請多見諒。」

「你太久沒休息了。」她伸手遮口，掩住哈欠。「我已派人準備早點，並特別吩咐侍女說我非常餓。不過她在將食物擺設好之前，會先進來把房間整理一下，到時候你躲起來，等聽到我敲門之後再進來。」

因此我在暗門外的黑暗階梯上坐了一會兒。我閉上眼睛，但是沒有睡著，然而我心裡之所以如此沉重，並不是因為六大公國的王后母子所記掛的那些國家大事；就那些國家大事而言，我只不過是個解決問題的工具罷了。我希望自己能在跟王后一起用餐之後，便去蒸氣浴室洗澡、刮鬍子，睡一覺，然後找個空溜出公鹿堡，回到見證石那裡。當然，出堡之前，我會先到廚房的儲藏室搜括一番，替弄臣和黑者帶些乳酪、水果和葡萄酒回去，說不定他們也會樂得有新鮮麵包可吃。光想到食物的變化會帶給他們什麼樣的驚喜，我便不禁笑了起來。也許到時候弄臣已經比較好些，可以動身了，果真如此，我就帶他回公鹿堡，他在這裡會是最安全。而最後我終會自由自在地去找莫莉，並彌補多年來的裂痕。就在此時，我聽到王后「叩叩」地敲牆。

珂翠肯已經藉著這空檔將頭髮梳整平順，並換了一襲新衣。矮桌上擺出來的食物很豐盛，足夠好幾個人吃。一個鮮花彩飾的瓷壺中飄出茶香，此外我還聞到牛油溶化在新鮮麵包上的香味，另有一壺熱騰騰的粥，旁邊擺著一碟濃香的奶油。

「一起來吃吧。」王后招呼道。「如果你還有心要講的話，就談談你的遭遇，以及你跟阿憨是碰上了什麼機運，竟能這麼快就回到家來。」

我這才領悟到王后對我有多麼信任。由於切德堅持要保密，所以他們並未對蕁麻說出實情，只是巧妙地以言語暗示王后她應該不久就會見到我，然而雖只是寥寥數語，珂翠肯便篤定地深信我們旋即到家。所以，我一邊吃，一邊再度開始向她報告。珂翠肯有種令人想對她傾訴的特質，而多年以來，我也常常將心事託付於她。也許就是這個緣故，我才將我不輕易跟別人提起的事情告訴她吧。我說起我如何為了尋找弄臣而搜查整個地下大城，然後她淚流滿面地聽著我訴說我是在什麼地方找到他，以及當時他是什麼情況。當我說到我帶著他回到那個荒廢的廣場時，她驚訝得眼睛大睜。我從不跟別人提起我到了鬼門關走一遭的事情，卻獨獨說給珂翠肯聽。我也只跟她一人仔細說起我們是如何走訪石頭花園，並以公雞冠為乘龍之女加冕。

珂翠肯只打岔了一次。我一說起自己掃落化龍的惟真上的灰塵和樹葉時，她立刻從桌子對面伸手過來，緊緊地抓住我的手。

「那麼，如果你緊抓住我的手，是不是可以帶我去那裡找他？只要能見他一次也好！我知道那石龍裡已經不剩什麼了，但是，就算只是觸摸到承載著他的石頭吧……噢，蜚滋，你不知道這對我而言有多麼大的意義！」

「妳沒有精技天賦，我若是帶妳走進精技石柱……不知道會對妳的心靈造成多麼大的創傷。那種旅程既艱辛又危險，王后陛下。」我很不願帶她做精技旅行，但是我更不願讓她失望。

「還有晉責。」珂翠肯說道，彷彿她根本沒聽到我剛才那番諄諄勸告。「晉責應該要去拜訪他父親的石龍，至少也該去個一次；他去見過父親之後，就會實際體會到他父親為他所做的犧牲，這一來，他也會比較坦然地看待自己為國家所做的犧牲。」

「晉責為國家所做的犧牲？」

「他是說不出口，但難道你聽不出來嗎？就身為男人而言，晉責是可以跟艾莉安娜一起待在瑪烈島，成為她的丈夫，受到她家族的款待與禮遇；但是就身為王子的身分而言，他不能這樣做。這個犧牲可不小啊，蜚滋駿騎。艾莉安娜終究會跟著晉責回來，這點無庸置疑，不過，他們兩人之間可能就不免生出障礙了。一個人若是因為自己必須對子民盡責，而使自己所愛的女人大失所望，那麼他心裡會煎熬得多麼厲害啊——這種心情，想必你自己體會得最為深刻。」

我無暇多想，衝口說道：「但是我會回到她身邊。如今那一切犧牲都到了終點。博瑞屈已經走了，我們之間再也沒有別人作梗。以後我會與莫莉長相廝守。」

我說完後，珂翠肯沉默了一陣子，我這才知道自己嚇了她一跳。最後她溫和地開口道：「你終於找到這個解決辦法，我很為你高興。不過我要以女人的角度好好勸勸你這個朋友。你別馬上就去找莫莉，至少等她那個出門在外的兒子回到家再說。博瑞屈的死，對她家中之人而言，是個很大的打擊；你要給他們一點時間，讓他們慢慢療傷，之後你再去找莫莉。不過，到那時候，你單純地造訪她就好，別擺出一副就是要去取代博瑞屈的地位的模樣。」

我一聽這話，就知道珂翠肯考慮得很周全，只是我心裡恨不得能馬上動身去找莫莉，越快越好，以便早點開始彌補我們失去的歲月；我恨不得能將她擁在懷中，安慰她的哀悼傷痛。想到這裡，我不禁低下頭，現在我明瞭這種衝動有多麼自私了。我應該站在一旁袖手旁觀才對，我知道我必須努力克制自己才做得到這一點，但是為了顧全博瑞屈那幾個兒子的心情，我應該多等一等。

「至於蕁麻那邊，也是一樣的道理。」珂翠肯毫不寬容地繼續說道。「我若不召她來幫我和晉責居間傳話，她一定馬上就會察覺到事情起了變化。不過，如果你肯聽我勸，那麼，你最好也別急著去找她，而最重要的，就是別想去取代她父親在她心目中的地位。因爲在蕁麻看來，博瑞屈就是她的父親。蜚滋，這不是你的錯，在蕁麻心目中，她父親永遠都是博瑞屈，所以你不能試圖以父親之姿去認識她，而應該在她的人生中，扮演另外的角色，並且以那個角色爲滿足。」

她這一帖良藥實在是苦得難以入口，但我還是勉強自己答應道：「我知道了。」我嘆了一口氣。「我會教她精技，上課的時候，我總可以與她相聚了吧。」

我繼續把故事講下去，而故事講完之時，那壺茶也喝光了。我發現那一桌食物幾乎都是被我掃入自己的肚子裡，覺得有點不好意思，我看珂翠肯好像沒吃多少。我眨眨酸澀的眼睛，把想要打一個大哈欠的感覺壓抑下來。珂翠肯疲憊地對我笑笑。

「去睡吧，蜚滋。」

「謝謝妳。那麼我就去睡了。」我知道自己不該知道切德的學徒的身分，但接著我仍不禁請求王后道：「如果能煩妳跟切德的新學徒說一聲的話，那就算是幫了我一個大忙了。以前切德總是把各種補給擺在東廳的第三間儲藏室，再請阿憨把這些用品搬到他的塔樓去。我的盤算是，等弄臣的精神稍微好一點，可以出門的時候，我就將他帶回公鹿堡來，而到時候，爲免別人認出他就是黃金大人，最好的辦法就是把他安頓在切德的塔樓裡，讓他慢慢恢復，日後再以其他身分面對眾人。若要弄臣待得安穩，就得讓塔樓的用品樣樣齊全，所以如果切德的女徒能——」講到這裡，我不禁咬住自己的舌頭，因爲我知道自己在疲憊之餘，已經把不該拆穿的事情給講出來了。

王后給了我一個容忍的笑容。「我會請迷迭香小姐安排。那麼如果我要找你呢？」

我想了一下，想到一個再簡單不過的辦法。「那就請蕁麻聯絡阿憨。」

她搖了搖頭。「我打算讓她回去陪家人一陣子，她家裡的人需要她啊。在這節骨眼上，把她跟家裡人拆散開來，這太說不過去了。」

我點點頭。「不過阿憨在啊。妳不妨把他帶在身邊，這一來也讓他有點事情可做，免得他四處散布他旋即返鄉的神奇旅程。」

珂翠肯嚴肅地點點頭。我鞠了個躬，突然覺得自己很疲倦。

「去吧，蜚滋，我很感謝你。噢！」她猛然倒抽一口氣，使我警覺起來。

「怎麼了？」

「耐辛夫人在等我呢。她先派信差來通知我說，她希望將細柳林莊園過繼給蕁麻小姐，而且她即將動身前來公鹿堡；她信上還預先聲明『目前有一樁家族傳承的重大事務，必須即刻進行』，而她想『聽取王后對該事務的意見』。」

其實珂翠肯用不著講得這麼委婉，因爲耐辛的心情，我一想就知道了。「我敢說，她早就知道蕁麻是我女兒了。要是耐辛打算接掌蕁麻的教育，親自替她上課，那麼我們就只能暗暗禱告，希望艾達神保佑這個可憐的孩子了。」一想起耐辛替我上課的情況，我就不禁苦笑。

珂翠肯點了點頭，之後她嚴肅地問道：「那句話是怎麼說的？『倦鳥知返』？」

「應該就是這句話。我也遊蕩累了，開始想回家安頓下來。」

「聽到你這麼說，我眞爲你高興。」她點點頭，示意我可以退下了。

我離開了王后的接待室。爬上切德塔樓的這一段路似乎長得永無止境，到達之後，我往床上一躺，閉上眼睛，想要睡個覺，但是突然覺得精技洪流似乎靠了上來。也許是因爲我早上耗費了太多心神做技傳吧。我睜開眼睛，聞到自己身上的臭味。我沉重地嘆了口氣，決定先去洗個澡，再回來睡覺。

我再度沿著密道穿過這個龐大的老舊城堡，以便避開守衛室，因為我若是碰上了人，不免要回答一籮筐的問題。我發現，在這個不早不晚的時刻，蒸氣浴室裡倒沒有什麼人，裡面只有兩個侍衛，而他們雖客氣地跟我打招呼，但因為不認識我，所以什麼問題也沒問。我輕鬆地刮掉臉上的鬍髭，又把全身上下刷了個乾淨，然後在浴室裡待到我覺得自己快要被蒸熟了，才走出來，準備回去睡覺。

但是蕁麻就在蒸氣浴室外面等我。

33

家人

因此，即使盛夏溽暑，我仍必須親自前往公鹿堡，因爲我不能將我的殷切心意以及必須移轉的重要文件，託付給信差轉達。老蕾細已經表示她要陪同我出門，然而近來她身體不好，呼吸不順。所以，爲了讓她方便，我懇求您撥一處不用爬太多樓梯的居所，讓我們安頓下來。

此外，我也希望與您私下會面，因爲我要說出一件在我心頭擺了許多年的祕密。您也不傻，我猜您大概已經猜到我要說的是什麼了，不過我還是希望能跟您坐下來談談要如何安排，才會對那名相關的年輕女子最爲有利。

——耐辛夫人致珂翠肯王后之信函

因爲她頭髮削短，所以我一眼就認出了她，不過此時她的打扮就與夢裡的形象相去甚遠了。她穿著剪裁適合騎馬的綠色旅行用連身衣裙，手上攬著家常染的棕色斗篷。她想必是要打扮得與她母親無二，因爲在我夢中所見，莫莉就是這個模樣。不過親眼看來，我倒覺得蕁麻更像是莫莉的父親，再添上一點瞻遠家族的特色。當我從蒸氣浴室走出來時，她就是以瞻遠人那種銳利的目光看我，並且一下子便澆熄了我想要假裝不認識地走過去的念頭。我停下腳步。

我一動也不動地站著，呆呆地等著看接下來會發生什麼事情，蕁麻則繼續針鋒相對地凝視著我。過了一會兒，她平靜地說道：「影狼啊，你是不是以爲，只要你一動也不動地站著，我就看不見你了？」

我開始傻笑。她的聲音很低，比一般女孩的聲音還低，當年莫莉像她這個年紀時也是這樣。「我……不，當然不是。我知道妳看得見我。但是……妳怎麼認得出我？」

她往我這裡走上兩步。我四下張望，接著走了開。我不能留在蒸氣浴室附近，因爲人家若是看到宮廷裡的貴族小姐跟中年的侍衛輕鬆自若地聊天，恐怕會傳出不少閒話。

她也不多問，就跟在我身邊一起走向女人花園，找個僻靜的長椅坐下來聊天。「噢，這再容易也不過了。你不是向我保證會來找我嗎？你這麼一說，我就知道你要回來了。再說，從晉責昨晚講的話裡，也聽得出蛛絲馬跡，因爲他跟我說，再過不久，就會讓我卸下居間傳話的職責，休息一陣子。所以啦，當王后召見，並跟我說我可以回家去勸慰母親一陣子之時，我就知道這是什麼意思了：這意味著你人就在這裡。就是這樣。」她露出打從心裡覺得高興的笑容。「我從王后那裡出來時，正好碰見要去找王后的阿憨。我一聽到音樂就認出他來了，況且人家又叫他阿憨。阿憨也一眼就認出我來，他立刻衝上來緊緊地抱住我，他好激動喲！可把惜黛兒小姐嚇壞了，不過呢，她應該早晚就會恢復過來。接著我問他，他的旅伴在哪裡？他閉上眼睛，之後告訴我：『他在蒸氣浴室裡。』所以我就到蒸氣浴室外面等你了。」

要是阿憨事先提醒我就好了。「可是妳怎麼知道那人就是我？」

她應了一聲。「你一發現我找上了你，臉上就露出『糟糕了』的表情，所以我就知道我沒認錯人啦。再說，這裡就你一個人目瞪口呆地望著我，別人可都沒這樣。」她斜睨了我一眼，一副頗爲自得的模樣，不過眼裡卻沒什麼光彩。我不禁懷疑自己臉上是不是看起來有點生氣。她講話的口氣既平靜且自信，以前，莫莉若沒有當場發火，而是慢慢累積能量，以後再一次爆發出來之時，神態便是如此。過了一會兒，我終於領悟到她的確有權生我的氣；我原本答應回來之後要找她，可是剛才我卻打算將這個承諾蒙混過去。

「唔，好嘛，妳找到我了。」我拙劣地說道。話一說出口，我便知道千萬不該強調這點。

「難道我還要感謝你配合不成！」她穩坐在長椅上。我趕快站了起來，表面上看來，她與我的地位一高一低，難以相提並論，這點我心裡有數。她抬起頭來對我講話，不過態度倒是頗爲尊重地對我問道：「敢問大名，大人？」

我身上藍色的公鹿堡侍衛制服，一望即知，所以我勢必得說我在擔任侍衛之職時所用的名字。「我名叫湯姆·獾毛，蕁麻小姐，我是王子衛隊的人。」

她的表情像是逮住了老鼠的貓。「你這樣說，倒讓我方便不少。王后剛才說，她要安排個侍衛護送我回家，那我就挑你好了。」她這話明明白白地就是在向我挑釁。

「我有要務在身，蕁麻小姐。」我頓時發現這句話聽起來像是在閃避，趕快補了一句：「您大概也猜到了，我必須承接您的職責，我必須爲切德大人、晉責王子和王后陛下居間傳話。」

「叫阿憨傳話不就得了。」

「阿憨的魔法是很強沒錯，不過他有他的極限，蕁麻小姐。」

「蕁麻小姐！」她不屑地說道。「那我該怎麼稱呼您哪？狼大人嗎？」她氣憤地搖起頭來。「不過我也知道你所言屬實。我眞是諸事不順哪。」她的肩膀突然垮了下來，悲悼之情則變得更加明顯。「我回去之後，必須跟家人稟報父親受傷過世的情形，眞是情何以堪；不過這些事情，的確是應該要讓母親和弟弟們知道，同時也要讓他們知道，迅風並未拋棄他們。」她心不在焉地舉起雙手，拂著頭上短短的頭髮。「這個精技天賦眞不是普通的負擔。如今母親是最需要人陪的，要不是因爲精技，我早就回家去了。」她轉過頭，以指責的口吻問道：「世上的人那麼多，當年爲什麼你獨獨選我一人，將精技傳給我？」

我嚇了一大跳。「我既未將精技傳給妳，也沒選中妳。精技天賦是妳與生俱來的。當年妳我好像不知怎地，就心靈互通了，我甚至連妳長久以來一直在觀察我的生活都不知道。」

「那個時候，精技是很單純的。」蕁麻有感而發地說道。但是我還來不及納悶，當年她是不是看到了什麼我不想讓她看到的情況，她便接口道：「如今我只覺得精技天賦像是疫病一樣地難以甩脫，而且既有精技，我就必須一輩子爲王后陛下效力——此外如果晉責國王需要我，也必須爲他效力。這個擔子有多沉重，你一定無法想像。」

「這我倒多少有點體會。」我輕聲答道。接著，由於蕁麻一動也不動，所以我問道：「妳是不是該上路了？可別耽擱到晚上趕路，那就不好了。」

「我們才初見面，你就急著要把我遣開。」她望著雙腳之間的土地。突然之間，她又變成夢中的蕁麻模樣。她搖搖頭。「這跟我想像中的差太遠了。我一直想像著，我們初見面時，你看到我一定很高興，然後我們就一起談天說地，變成好朋友。」她輕咳一聲，害羞地坦承道：「很久以前，我第一次夢見你跟狼的時候，我常常想像我們有朝一日眞正相聚的情況；我總當作你跟我一般年紀，又很英俊，我是說，有種狼一般的瀟灑，而且你會認爲我很漂亮。你看我多傻氣啊。」

「抱歉讓妳失望了。」我謹愼地說道。「不過我眞的覺得妳很美。」她斜睨了我一眼，那眼神似乎在說，這麼一個衰老的侍衛如此稱讚她，反而讓她不大自在。

她對我的幻想使她與我之間生出一道橫阻的高牆，這是我前所未料。我走上前蹲在她身前，抬頭望著她的眼睛。「那妳看，我們能不能重來一次？」我伸出一手。「我叫做『影狼』。蕁麻啊，妳絕對想像不出，這麼多年來，我多想見到妳。」我的喉嚨毫無前兆地突然一緊，希望我可別掉下眼淚來。我女兒遲疑了一會兒，但還是伸出手與我交握。她的指頭修長，就像個淑女，不過卻曬成棕色，而且手掌粗硬結繭。這一觸，使得我倆之間的精技牽繫更爲鞏固，彷彿她不是緊握住我的手指頭，而是緊握住我的心。這一來，即使我想要遮掩著不讓她知道我對她有何感受，也是不可能的了。這一點，大概使她的防心開始崩裂。

此時她的臉差不多與我同高。她抬起頭，我們四目相交，然後她的下唇突然像幼兒那樣地顫抖起來。「我爸爸死了！」她結結巴巴地說道。「我爸爸死了，我眞不知道該怎麼辦才好！往後我們家要怎麼撐下去？駿騎還不懂事，媽媽對馬又一竅不通。媽媽已經談到，家雖然還是家，但是爸爸永遠回不來了，她實在受不了，所以考慮要把馬通通賣掉，搬到城鎮去住！」她突然嗆到，大口吸氣。「家裡要散了，我的人也快散了！大家都期望我要堅強，但是我卻堅強不起來。不過我非得堅強不可。」她挺起腰桿，正視著我。「我非得堅強不可。」她又說了一遍，好像再說一遍，就可以將她的骨頭化成鋼鐵。但說也奇怪，這一招似乎有效。她不哭了，那是人走到窮極不通之處而生出來的勇氣。

我伸出雙臂，緊緊摟住她。這是我這輩子第一次抱住女兒，也是我女兒這輩子第一次被我抱住。她的短髮刺著我的下巴，一時間，我心裡只想著我有多麼疼愛她。我敞開心胸，讓我的愛意湧向她；我感覺得出她非常驚訝，因爲我竟對她用心如此之深，而且我與她素昧平生，卻讓她如此感動。我試著對她解釋。

「我會照顧你們。」我對她說道。「我會照顧你們全家。我保證……我答應妳爸爸，我會照顧妳，和妳那幾個弟弟，所以我一定要做到。」

「你不可能做到。」她說道。「你跟他怎能相比？」但是她爲了軟化話裡的尖刺，又補了一句：「我相信你一定會盡力，可是世界上沒人能取代我爸爸。」

她讓我繼續再抱住她一會兒，接著輕柔地掙脫。她強忍著激動的心情說道：「他們幫我備馬，現在大概已經準備好了。王后派的那個侍衛大概也在等了。」她深吸一口氣，屏住，再慢慢吐出來。「我得走了。家裡有好多事情要做。爸爸走了之後，媽媽連那幾個小的都管不住了。家裡很需要我。」她掏出手帕，擦去盈眶的眼淚。

「是啊，我敢說妳家裡一定很需要妳。」我遲疑了一下。「妳父親交代了一句話。妳也許覺得這話古怪或輕浮，但是妳父親把這件事看得很重要。」

她困惑地望著我。

「麥爾姐發情之後，就讓紅兒跟牠配種。」

她舉起一手遮口，窒息般地笑了一聲，略微平息之後，才說道：「那母馬來了之後，爸爸就爲了這件事跟駿騎吵了好幾次。我回去就交代駿騎。」她走開兩步，又回頭說道：「我回去就交代駿騎。」之後她便轉身離去。

我站了一陣子，感覺人變得空虛，臉上浮起憂鬱的笑容。我在長椅上坐下來，眺望著女人花園。在這盛夏之中，花園裡飄著濃濃的花香味和藥草味，但是我鼻子裡聞到的，卻還是我女兒的頭髮香味，久久不散。我望著紫丁香樹的頂端，心裡則轉個不停。看來要認識這個女兒可得花上不少工夫，沒有我先前想的那麼簡單；也許我一輩子都找不到個適合的時機，告訴她我是她父親了。不過，以往對於不能以父親身分與她相認之事耿耿於懷，現在卻覺得有沒有相認，其實無足輕重，最重要的，其實在於我如何融入他們的生活之中，同時不能讓他們因為多了我這個人而失和或痛苦。這可不容易呀，但我一定要做到。總有辦法的。

我一定是躺在長椅上睡著了。我醒來時已近傍晚。一時間，我記不得自己身在何處，只知道我心裡十分溫暖。我難得有這麼美好的心情，所以我繼續躺著，仰望綠葉間的藍天。然後我開始感覺到背脊因為在石椅上久躺而變得僵硬，下一刻，我便開始打算如何籌措今天就要帶回去給弄臣的食物和酒。這個嘛，現在回去還不遲。我站起來，伸了個懶腰，動一動脖子和肩膀。

回廚房的小路蜿蜒地穿過藥草區。每年到了這個時候，薰衣草、蒔蘿和茴香就長得很高了，而今年好像又長得比往年更高。我聽到一個女人滿腹牢騷地對身邊的人說道：「妳瞧瞧，這園子竟被他們管成這樣！眞是無恥！妳手伸長一點，看看能不能拔掉那株雜草。」

接著我走近了些，看到她們的身影，並聽到蕾細的聲音，她答道：「小心，我看那不是雜草，那是萬壽——算了，來不及了，管它是雜草還是萬壽菊，反正都被妳連根拔掉了。妳遞過來，我把它丟到那邊的樹叢裡，就沒人會發現了。」

她們可不就是那兩位可愛的老婦人嗎？耐辛穿的那件夏日禮服的式樣，大概在我父親不做王儲之後，就沒人見過了，而蕾細則一如以往地穿著簡單的僕人衣裝。耐辛一手拿著拖鞋，另一手抓著從地裡拔出來的那個——原來那眞是萬壽菊。由於近視，所以她瞇著眼望著我，也許她只看到一身藍色的侍衛制服吧，因為她以嚴厲的口氣，一邊搖著那棵讓她看不過去的植物，一邊對我宣布道：「這個嘛，這東西不該出現在這裡嘛！既然長錯地方，那就是雜草呀！你的眼睛何必瞪得那麼大？你母親沒教你規矩嗎？」

「噢，親愛的田園艾達神啊！」蕾細叫道。我本以為我仍逃得開，但就在此時，從不動情、矮胖結實的蕾細慢慢地失神，暈倒在薰衣草叢中。

「親愛的，妳在幹什麼呀？妳掉了什麼東西是不是？」耐辛叫道，瞥了蕾細一眼，但接著她發現蕾細倒臥在藥草叢中一動也不動時，她便氣憤地凶著我：「瞧你幹出了什麼好事！竟然把可憐的老女人嚇倒了！哎呀，你這笨瓜，還呆呆站在那裡做什麼？快把她拉起來，免得她把這叢薰衣草壓斷了啊！」

「是，夫人。」我應著，彎下身。我將蕾細抬高起來。她的體格一直都頗為健壯，而衰老之後也不曾消瘦，不過我仍是把她抱了起來，甚至還將她抱到有樹蔭遮蔽的草坪上，才將她放下來。耐辛跟在我後面走，搖著頭，喃喃地數落我有多麼笨拙。

「如今她可是說暈倒就暈倒了！可憐哪，親愛的，妳現在好點了沒有？」耐辛在蕾細身邊坐下來，並拍拍她的手。蕾細的眼皮掀動。

「我是不是去倒點水來比較好？」

「沒錯，越快越好。還有，年輕人，你別想半路脫逃，這可是你弄出來的。」

我跑到廚房拿了個杯子，回程時在水泉那裡裝了水，等我回來時，蕾細已經坐起來，而耐辛夫人則不時幫她的老侍女搧風，並且又是責備又是憐憫地勸她：「……我們年紀大了，眼睛會玩什麼把戲，妳我還不清楚嗎？怎麼，我上個星期才噓著桌上的貓，要牠下地去，誰知貓動都不動，我湊近一看才知道那其實是小毯子。哎，那毯子捲著的樣子像貓嘛。」

「才不是呢，夫人。您看個仔細。這若不是他，就是他的鬼魂了。他跟他父親年輕時，活脫是一個模子做出來的。您仔細看看，看個清楚啊。」

我頭低低的在蕾細身邊跪下來，將杯子遞給她。「夫人，您喝點水就會好一點了。八成是天氣太熱的關係。」

蕾細接過杯子，耐辛則同時伸手過來，抬起我的下巴。「你眼睛看著我呀，年輕人！我說，你眼睛看著我！」她湊近過來看我，叫道：「駿騎的鼻子根本不是長這個模樣。不過他的眼睛的確……的確很像。噢。噢，我的兒子，我的兒子。這是不可能的。這是不可能的。」

她放開我，坐了回去。蕾細將水遞給她，她恍惚地接過來喝了一口，轉過頭望著蕾細，鎮定地說道：「他怎麼敢瞞騙我們？諒他沒那個天大的膽子。」

蕾細仍直視著我，但是她口裡對耐辛說道：「夫人，您不是跟我一起聽到傳言嗎？況且那個有原智的吟遊歌者還在我們面前獻唱，而他的歌，講的不就是龍群，以及『原智小雜種』爲了替國王效力，因此死而復生的故事嗎？」

「諒他沒那個天大的膽子。」耐辛又說了一次。她凝視著我，而我則嚇得嘴巴凍結，想不出要應什麼才好。接著她說道：「年輕人，把我扶起來，把蕾細也扶起來，如今她動不動就要暈倒啊。我看她是因爲吃太多魚了，而且是因爲吃多了河魚才會這樣。瞧她走起路來搖搖晃晃，所以你會護送我們回房間去，對不對？」

「對，夫人，我樂意之至。」

「你當然樂意之至。等我們到了僻靜處，再好好談一談。你扶著她走啊。」要扶著蕾細走路並不容易，因爲耐辛緊緊地攀住我另外一臂，彷彿她若是放開我，就會隨時被洪水沖走似的。

蕾細走路時眞的東搖西晃，我竟把她嚇成這樣，心裡也很愧疚。這一路上，她們兩人都沒有再跟我多講一句話，不過耐辛兩次看到玫瑰叢裡有毛毛蟲時，不禁數落著，倘若是以前，絕對不允許園子裡長蟲。

進了建築物之後，我們還要走一大段路，過了大廳，之後爬上寬廣的樓梯。我心裡慶幸道，還好只要爬一層樓就到了，因爲耐辛每踏上一階，就喃喃地發出許多牢騷，而蕾細的膝蓋也無法支撐。上樓之後，我們沿著走廊走下去，耐辛指著其中一扇門要我進去。這個房間專爲招待上賓之用，我一想到珂翠肯王后仍對耐辛處處尊重，就覺得很溫馨。耐辛夫人的旅行箱放在房間中央，已經打開，壁爐台上已經擱了一頂帽子。房裡灑滿陽光的那一角設了一張小桌、兩張椅子，可見得珂翠肯連耐辛夫人偏好在自己房裡用餐的習慣都記得清清楚楚。

我安頓她們二人在桌旁的那兩張椅子坐下，並問要不要幫她們拿什麼喝的來。

「喝的不用。」耐辛突然厲聲說道。「你倒是把那十六年的時光拿來還我就是了！去把門關上。這事若弄得流言四起，那倒不妙了。十六年，連探也不來探一下，連捎個信、暗示一下都沒有。湯姆啊，湯姆，你這腦袋瓜子在想什麼啊？」

「想什麼？我看他的腦袋大概空空一片，什麼都沒想。」蕾細應道，以銳利的眼神盯著我；她的眼神很可怕，從小，每次我在耐辛那裡闖了禍，蕾細就是用眼神來戳刺我。她好像已經慢慢地回過神來了，臉頰上開始有一點血色，她遲緩地起身，走到隔壁房間，過了一會兒，用一個小托盤端著三個茶杯和一瓶白蘭地回來。她將托盤放在小桌上，我看到她那腫脹的關節與彎曲的手指，心裡覺得很難過。蕾細就是因爲她的巧手善於編織蕾絲而得名，如今她卻已經衰老了。「我看我們大家都需要喝一點酒定神，倒不是說你夠資格接受我們的招待。」她冷冷地對我撂下這一句。「瞧你在花園裡把我們嚇得魂飛魄散，更別提這些年來你害得我們難過成什麼樣子。」

「十六年哪。」耐辛特別澄清道，像是要特別提醒，以免我故意把前一刻聽到的話忘光光。然後她轉過頭對蕾細說道：「我以前不就跟妳說他沒死嗎？即使在我們清洗他的身體，以便安葬之時，我還一邊洗他那兩條冷冰冰的腿，一邊跟妳說，他是不會死的。我眞不知道我當時怎麼有此先見之明，但反正我早就知道了。妳瞧，被我說中了吧！」

「可是那時他就死了呀。」蕾細堅持道。「夫人，那時他連一絲氣息也沒有，心臟也不跳了，那就是死了呀。」她伸出一指指著我，那指頭還微微顫動。「但如今你倒不死了，還活得好好的。你倒是給我們好好解釋清楚呀，年輕人。」

「那是博瑞屈的主意。」我才起了個頭，耐辛便高舉雙手阻止我說下去，並叫道：「噢，我早該猜到這一切都是他搞出來的。你女兒就是他養大的不是？我們葬了你三年之後，就聽到風聲了。那個賣鍋鐽工具什麼的，叫做科德比的人，他賣的針眞正是好貨色。他跟我們說，他在什麼地方見過莫莉，而她身邊還帶著個小女孩。我一聽，心裡就想，那女孩多大？因爲，當年莫莉還在我這裡擔任侍女時，我就跟蕾細說，莫莉嘔吐得厲害，又睡得多，活像是懷孕了似的，但我還來不及叫她放心待下，我自會顧全她和腹中的孩子，她就突然辭了工作、匆匆離開了。你女兒，就是我孫女兒啊！後來我聽說博瑞屈跟莫莉一起走，但是我問起時，博瑞屈一口咬定所有的孩子都是他的骨肉。我早該想到的。我早該想到的。」

我十分意外，我壓根沒想到耐辛如此消息靈通，不過我早該料到這點，畢竟我死之後，公鹿堡乃是交由她掌管，自然總是會有一群人向她通報大小事故。「我得喝點白蘭地。」我輕輕地說道。我朝那玻璃瓶伸手過去，但是耐辛一下子打在我手上，把我的手掃開了。

「我來！」她氣憤地叫道。「你以爲你可以裝作死了，然後不見人影，把我們瞞上十六年，再大搖大擺地走進來，又把我的上好白蘭地倒來喝？你太放肆了！」

她拔開塞子，但是她要倒酒時，手抖得很厲害，幾乎把酒灑了出來。我接過酒，替我們三人倒了酒，而耐辛則開始喘氣。等我將酒瓶放回去時，她已經抽抽噎噎地哭起來了。她的頭髮總是綁不久就散開，而此時更是散了一半下來。

她什麼時候長了這麼多白頭髮？我在她面前跪下，強迫自己直視著她那變得比較衰老散漫的眼睛。她以手掩面，啜泣得更加難過。「請相信我，母親，不是我故意要隱瞞。如果我能回來探望我所愛之人，卻又不至於因此而使大家蒙受危險，那我一定早就回來看妳了。況且到頭來，可能就是因為妳清理了我身上的傷口，再將我下葬，這才讓我有了復活的機會。謝謝妳。」

「你倒很會挑時機叫我『母親』呀，這麼多年了。」她吸吸鼻子，接口道：「而那個博瑞屈呢，除非他長出四腿四蹄，否則我敢說，他也是從頭到尾都被蒙在鼓裡。」她雖這麼說，卻仍伸出浸溼淚水的雙手，包住我的雙頰，在我額頭上一吻。接著她坐回椅子裡，嚴肅地俯瞰著我。她的鼻頭變得紅通通的。「現在我得原諒你了。我說不定明天就死了，這只有艾達神才知道，然而儘管我十分氣你，我仍不願讓你餘生都因為我至死都沒原諒你而抱憾不已。不過，這並不表示我往後就不氣你了，也不表示往後蕾細不能繼續氣你。因為那是你活該。」她大聲地吸了吸鼻子。蕾細將手帕遞給她，那老侍女一邊就座，一邊以訓斥的臉色瞪我。如今的我比昔日更清楚地看出，長年的相處，已經泯滅了夫人與侍女之間的那條界線。

「是，這個我懂。」

「嗯，起來吧。我可不要因為低頭瞪你而脖子痠痛。你是怎麼回事，穿著侍衛的制服做什麼？還有你為什麼笨笨地回到公鹿堡來？難道你不知道如今外頭還有人恨不得置你於死地嗎？你在這裡不安全哪，湯姆。我回商業灘去的時候，你就跟我一起走，也許我可以說你是園丁，或是流浪在外的遠親之類的蒙混過去。倒不是說我真的會讓你碰我種的花草樹木，你對那些一竅不通。」

我慢慢地站起來，但仍忍不住說道：「但是我可以幫忙除草呀。就算萬壽菊還沒開花，我也認得出來的。」

「好啊！蕾細，妳聽聽這算是什麼話！我才剛說要原諒他，結果他一開口就是拿我來開玩笑！」她突然伸手掩口，彷彿要強按捺住情緒，免得哭出來似的。她手背的青筋浮起，掩著口，深吸了一口氣。「現在我得喝點白蘭地了。」她拿起杯子，慢慢飲啜，邊喝邊瞥了我一眼，眼淚又泉湧而出。她趕快放下杯子，並搖了搖頭。「你都活生生地站在我面前了，我眞不知道我還哭個什麼勁。只是，十六年的時光，和一個小孫女，就這麼空虛地溜走了，這種狠心的事情你怎麼幹得出來。你這個混帳東西！這些都要算在你頭上。這十六年來，你做的這些什麼重要得不得了，以至於無法回來跟我們團聚的事情，通通要算在你頭上。」

我以前曾經設想過，要以種種好理由向耐辛交代我爲何十六年都沒回來看她，但是她這麼一說，我以前想的那些理由都變得無足輕重了。重要的是，我的確可以找個辦法彌補！我聽到自己朗聲說道：「要是我之前未將我的痛苦捐給石龍，我一定會找個辦法回來看妳，不管多麼危險都一樣。也許，人就是要存著苦楚與傷痛，才能度過人生的種種難關吧；也許，人若是沒有好好地在人生之中尋個位子，將痛苦安置好，那麼人就會變成懦夫了。」

她突然猛一拍桌子，隨即因爲拍得手痛而叫了出來。「我用不著人給我道德訓話，我要的是把帳算清楚，你別搬弄藉口！」

「我從未忘記，妳和蕾細到地牢來看我的時候，還從鐵柵外把蘋果丟進來給我吃。妳們光是敢到地牢來看我，就已經勇氣十足，更何況當時沒人想跟我扯上關係，而妳們還認領我的屍體。」

「別說了！」她憤慨且嗄啞地叫道，再度潸然淚下。「怎麼，這年頭你就靠著把老婦人惹哭爲樂呀！」

「我不是故意要惹妳哭。」

「那你把你的事情源源本本地講給我聽。從我最後一次看到你開始講。」

「夫人，我樂意之至，而我保證一定會找個時間仔細地講給妳聽，但是剛才我碰見妳們的時候，正要去辦一件急迫的要務，我應該要趕著在日落之前辦好才是。容我暫別，不過我保證明天就回來，到時候我一定鉅細靡遺地交代個清楚。」

「不行。你想都別想。是什麼要務？」

「妳記得我的好朋友弄臣？他生病了，我必須帶些藥草，還有酒和食物去給他。」

「你是說那個白麵糊一般的年輕人？他打從小時候就不太健康嘛。而且，如果你問我的話，我就告訴你吧，一定是魚吃得太多了。魚吃得太多就是會變成這樣。」

「好，我會跟他說。但是我得去看看他啊。」

「你上次看到他是什麼時候？」

「昨天。」

「嗯，你上次看到我，可是十六年前了。所以他當然應該要排在我後面。」

「可是他人不舒服。」

她哐啷一聲，將茶杯摔在置放茶杯的淺碟上。「我人也不舒服呀！」她叫道，眼淚再度狂湧而出。蕾細走過去拍拍她的肩膀，她站在耐辛身後，對我說道：「她這個人啊，你跟她講道理，不是每一次都講得通，尤其是她累了的時候，特別講不通。我們今早才到。我本跟她說，她應該休息一下才是，但是她想到花園去走動走動。」

「哎喲喲，什麼叫做『你跟她講道理，不是每一次都講得通』啊？」耐辛質問道。

「沒事。」我趕緊說道。「沒事沒事。來，我有個主意了。妳到床上，舒舒服服地躺下來，而我呢，就坐在床邊，把我的事情講給妳聽。如果妳睡著了，我就悄悄離開，明天再回來，繼續接下去講。畢竟十六年的時光，也不是一個小時，或是一天講得完的。」

「要是我，就會用十六年、去講十六年的故事。」耐辛毫不寬貸地對我說道。「那你就扶我站起來吧。一路騎馬來，骨頭都硬了。」

我伸出一臂，讓她整個人倚著我的手臂，走到床邊。她呻吟著坐了下來，於是塞滿鵝絨的床墊立刻凹陷。她不滿地嘟囔道：「太軟了。這種床怎麼睡啊？難道他們以為我是坐窩孵蛋的母雞？」她往後一躺，我則將她的腿抬上床。「你呀，你把我要給孫女兒的驚喜都破壞光了，你知不知道？我來這裡時，原本打算是要把她叫來，告訴她，她乃是正宗王室血統，然後將她父親的遺物傳承給她。噢，幫我把鞋子脫了。我的腳怎麼離我這麼遠，害我都搆不著。」

「妳沒穿鞋子，我看妳的拖鞋大概是在花園的時候就掉了。」

「鞋子掉了是誰的錯啊？你把我們嚇成那樣。我沒把我的頭掉在花園裡，眞是個奇蹟。」

我點點頭，注意到她腳上穿的襪子不成對，但我什麼也沒說。這些小細節，耐辛是從不放在心上的。「什麼遺物？」我問道。

「是什麼，現在已經不重要了。既然你活生生的，那麼，那些東西我要繼續保管下去。」

「到底是什麼東西？」我越來越好奇了。

「噢。你送過我一幅畫，記不記得？還有，你死的時候，我從你頭上剪了一綹頭髮，放在項鍊墜子裡，佩掛至今。」我聽了默默無語，而她則一手支著床，對蕾細叫道：「蕾細，妳也來躺一下嘛。我不喜歡妳離我太遠，免得我一下子找不到妳。如今妳的聽力沒有以前好囉。」接著耐辛坦白地對我說道：

「他們替她準備的床。只有窄窄的一條，塞在壁櫃門後；如果你的侍女年紀輕，身上沒多少肉，那是可以啦，但若要拿那種床給成熟的女人家睡，那就不合適了。蕾細！」

「我就在這裡，親愛的，妳用不著吼呀。」那老侍女繞到大床的另外一邊，她有點不好意思，彷彿我看到她躺上了女主人的床，就會覺得她太沒規矩似的。其實，我倒覺得她跟耐辛一起睡，是再合理也不過的了。「我好累。」她一邊說著，一邊在床上坐下來，她帶了條披肩過來，並將披肩鋪在耐辛的腿上。

我搬了把椅子到床邊，椅背朝前地跨坐著。「從哪裡開始講呢？」我對耐辛問道。

「椅子坐正，再開始講！」等我把椅子轉過來之後，她說道：「別提那個可惡的竊國者如何把你折磨到死的事情，我光是看到他在你屍體上留下的痕跡，就已經受不了了。你不如把你怎麼復活的講給我們聽吧。」

我考慮了一下，謹慎地說道：「妳知道我有原智吧。」

「我是想過你可能有那種天賦。」她也不多爭執了，接著她打了個哈欠。「所以呢？」

所以我就開始講故事了。我把如何棲於狼的身體之中、博瑞屈和切德如何呼喚我回到自己的身體裡、我如何緩慢地復元為人，以及切德來訪的事情講給她聽。我本以為她已經睡著了，但是我才剛要起身，她的眼睛便立刻睜開。「坐下！」我坐下之後，她便拉住我的手，像是怕我偷偷溜掉似的。「我在聽啊。你繼續講。」

然後我談起博瑞屈出門，以及那些被冶煉的人來襲之事。我把博瑞屈之所以會誤認為死的人是我，於是回去找莫莉，以保護莫莉和她懷中胎兒的原因，一一解釋給她聽。我告訴她，我一路從公鹿公國到了商業灘，並看到帝尊設在商業灘的「吾王廣場」。耐辛聽到這裡，睜開了眼睛。「如今我把那個地方改成花園了。我在那個花園裡，遍地種植了來自六大公國各地與異國的花草樹木，像是遮瑪里亞來的猴尾藤、香料群島來的藍針草；原來的廣場正中心，現在變成精緻的結紋式藥草園*了。你若是看了，一定會喜歡的，湯姆。等你到商業灘跟我一起住之後，你一定會喜歡到那裡去逛逛。」

「我想也是。」我小心翼翼地避開以後會住在哪裡的話題。「要不要我繼續講下去，還是妳要睡一下？」蕾細那邊的床上傳來輕微的鼾聲。

「你繼續講嘛。我一點也不睏。你講嘛。」

但是我才講到如何設計謀害帝尊的時候，她就開始打盹兒了。我又多坐了一會兒，等到她握住我的手鬆開，我才起身溜走。

我輕手輕腳地走到門邊。我拉起門閂，蕾細便支著床，半坐起來打量我；她的聽覺好得很，而據我猜測，儘管她手指的關節彎曲，但說不定她的袖子裡仍藏了把匕首。因此我對她點點頭，然後趁著耐辛安眠之時，悄悄地溜了出去。

我走到守衛室好好地大吃一頓。世間上最開胃的事情，莫過於天天吃、餐餐吃鹹魚粥，照這樣吃上一陣子，保證你在看到麵包、奶油和烤雞的時候胃口大開。這頓食物十分美味，只是一想到天快黑了，心情不免有些焦急。擔任侍衛之人不論何時總是肚子餓，所以我帶了半條麵包、好大一塊乳酪走，卻也沒人多說什麼。離開守衛室之後，我直接走到儲藏室，拿了個提籃，裝了兩條長香腸，並把麵包和乳酪放在提籃裡。

*所謂的「結紋式（knot）」花園，指的是從空中俯瞰下來時，花叢或樹叢有如繩子般地延長、扭曲並串結成的美麗紋飾。

我將戰利品一路提到切德的塔樓。阿憨已經來過，他草率地撢了桌子與壁爐台上的灰塵，留下一盤水果，壁爐裡燃著小火，旁邊已有一小堆柴薪，水桶裡也存了水。我不禁搖頭讚嘆，阿憨這個人眞是不可思議啊，在經歷過這麼多事情之後，他竟然才回家一天，便惦記著要把舊日的例行工作做好。我將六、七個黃、紫皆有的梅子放到提籃裡，又在麵包和乳酪之間夾了一瓶切德的藏酒。我正在把白菊和乾柳皮包在紙包裡時，感覺到切德輕叩著我的心靈。

什麼事？

我需要跟王后一談，蜚滋。

你不能找阿憨嗎？我馬上就要回精技石柱去了。

一下子就好。

我還得想個辦法聯絡珂翠肯王后，才能安排時間私下一談。

我已經請阿憨聯絡過她了。她傳回來的消息是，馬上開會。你現在就去王后的私人接待室，她隨後就到。

很好。

你好像不大高興。

我擔心弄臣啊。我要帶些新鮮水果和解熱的藥草之類的東西回去給他。

你的心情我可以了解，不過這要不了多久。再說，過後你可以在堡裡睡一夜，早上再走就行了。

很好。我切斷切德與我的連繫。很好。不然要我說什麼？他也沒說錯，就阿憨而言，他一定覺得晉責要他傳的話執拗難懂，要他複述給王后聽，那更是難如登天。我勸自己說，弄臣是不會出事的；這種改變期，他也碰過幾次了，再說黑者陪著他，而世上還有誰比黑者更知道他的情況？弄臣之前甚至還跟我說，他需要獨處一陣子，以便徹底想一想。他思考時，可不會希望曾經目睹他慘狀的人眼睜睜地盯著他看。再說，由我來居間傳話，總比託蕁麻來做好；她需要回家與家人相聚，而她的家人也一定很需要她在家。我找了條乾淨的布將麵包蓋起來，接著走密道去見王后。這個會議才不是三兩下就結束。切德與晉責吵架吵了半天，然後切德搶先一步，先跟王后聯絡。切德與王子明天下午就要揚帆返航了，貴主應該要與王子同行的，但是今天貴主去找晉責，懇求他讓她與家人多聚三個月之後，再前往公鹿堡。王子沒有跟切德商量，就答應了貴主。

而且他們會面時，私密至極。切德激憤地說道。我不禁納悶，他是不是希望我跟王后通報，貴主要求恩惠，以及王子應允貴主的場合，竟狎暱到了顧問無法忍受的程度。

我則向王后報告：「王子與貴主會談此事之時，都嚴守分際。」

「我懂了。」珂翠肯答道。她眞懂嗎？這我就不知道了。

目前此事尚未對外公開聲明，所以趁此收回成議還不太遲。我擔心的是，如果我們應允那女孩留在此地，那麼我們所有的計畫可能都會泡湯。先別說她藉此一拖延，說不定就不會到公鹿堡去吧；倘若她果眞言而有信，那麼她到了公鹿堡時，也已經是風雪翻騰的隆冬，那我們還如何趁著秋收慶時舉辦婚禮呢？而王子返鄉後面對諸貴族時，若無新娘相伴，就無法呈現出這個耗費大量人力、物力與時間的遠征，到底有何具體成果。您本打算藉此機會促成諸大公將王子立定爲王儲，而這也是我們原本的期待，但是貴主若不跟著王子一起返回公鹿堡，恐怕我們也無法據理力爭，要求將王子立爲王儲了。畢竟，國內的貴族連一片龍鱗都沒見著，更未目睹王子因爲英勇的行徑而贏得佳人芳心與兩國的聯盟，所以拯救龍族的故事，和龍頭貼在爐前石上的故事，對他們而言根本無足輕重。再說我還擔心，貴主跟家族的女性相伴越久，她的家人就越會想辦法讓她難以脫身。您知道，獨角鯨氏族本來就不想放貴主走，而且他們這種情緒與日俱增。他們認為貴主一去就會永遠消失，因而將貴主要前往六大公國的事情，當作是貴主即將前去送死一般地悲悼難捨。

我把這番話傳給王后之後，她對切德提議道：「那麼也許還是讓貴主在家鄉多停留一陣子，好好地跟家人道別比較好。此外還請您特別強調，我們歡迎獨角鯨氏族隨時來訪，並且將以上賓之禮對待，貴主也會定期返鄉探視。請您代我表明，我們不但歡迎貴主家人伴她前來參加婚禮，更歡迎他們在此長住，以免貴主感到寂寞。」

我幫珂翠肯傳話給切德，同時不禁想起當年她遠從群山前來此地之時，其景有多麼滄涼；當時她連個隨身僕人都沒帶就來了。她是不是想起自己年紀輕輕便來到異國宮廷，而連一個能跟她講母語、懂得故鄉風俗的人都不可得的往事？

難就難在這裡。據我了解，女人與土地的連繫是神聖而不可侵犯的。一般而言，統治母屋的繼承人鮮少離開家鄉的土地。統治母屋這個家系的女子，是生於斯，死於斯，並且化於斯，所以她們終生都必須留在家鄉。因為這個緣故，家族中掌權的女子都不會隨同貴主前來公鹿堡。皮奧崔會隨著貴主前來，貴主的男性表親們大概會來，阿肯．血刃，以及許多其他氏族的領袖跟來到六大公國的貴族們訂定了貿易合約，所以他們也會來。但是貴主前來之時，既無僕人，亦不會有女性親屬相伴。

「我明白了。」珂翠肯慢慢說道。我們兩人單獨坐在她的接待室裡，之前她幫我們倒了葡萄酒，此時酒杯靜靜地擱在矮桌上，無人動它。我上次見到這房間時覺得有點混亂，但此時又恢復了往日的秩序；淺淺的陶盤上浮著一朵花兒，燈罩中的蠟燭散發出溫柔的光芒；蠟燭飄出一股令人心神平靜的香味，不過珂翠肯卻跟困在樹上的貓兒一樣緊張。她發現我注視著她緊抓桌緣的手，於是小心地鬆手。

「我跟你說的話，切德都聽得到嗎？」她輕柔地對我問道。

「倒沒有。切德並不像是當年惟眞藉著我技傳時那樣，時時刻刻跟我在一起；若要做到那個程度，一來必須很專心，二來你所有的私密心思都會無所遁形。我並未邀請他與我密切結合在一起，所以唯有妳要我傳達給他的話，他才聽得到。」

她略微寬心，肩膀也鬆懈了下來。「切德顧問與我偶爾會意見不合。之前我們透過蕁麻相談……噢，那時眞的很困難，因爲他與我都顧慮極多，所以超過蕁麻所能了解之程度的事務，我們就避而不談。但如今你回來了。」她稍微揚起頭，幾乎露出笑容。「如今我從你身上汲取力量哪，蜚滋駿騎。說來奇怪，但你幫我技傳時，你就是我的『王后人馬』。」她挺直坐起。「你跟切德說，就此事而言，王子既對他未婚妻許下承諾，就應依言行事。如果王子認爲不宜在冬天舉辦婚禮，那麼我們不妨主動提出將婚禮延後到春天再舉行，因爲貴主在春天時渡海，必定比較安全且舒服。至於將王子立爲王儲之事，這個嘛，此事本來就是要看諸大公的意思。如果說，非得晉責帶著女人回家，並將這女人像是戰利品一般地展示給諸大公看，才能證明他夠格取得王儲的名位，那麼我倒認爲，有沒有王儲這個頭銜無所謂，畢竟晉責遲早會統馭六大公國。就我看來，他若好好善待未來的新娘、爲她多方設想，這亦是鞏固雙方同盟的舉動，不應當作是他的缺點來看待。」她頓了一下，噘著嘴，似在思索。「就麻煩你照此跟他說了。」接著珂翠肯舉杯啜了一口酒。

這樣不大明智，蜚滋。你不能跟她講講道理嗎？如今王子被貴主迷得神魂顚倒，然而總得有人勸勸他，對他倆而言，與其討好新娘的母親，還不如讓王子這邊的諸大公如願以償來得重要。他倆越早結婚，諸大公就會越早將晉責視爲即將繼任爲王之人，而不只是個嘴上無毛的王子而已。晉責竟然任憑一時衝動而遽下決定，卻將六大公國的利益置於腦後，這也太率性了。蜚滋，你要講給王后聽啊。我們一整個夏天都順著貴主的意思，而如今也到了晉責應該把諸大公的利益擺在心頭上的時候了，況且對他而言，讓諸大公稱心如意，比讓外島人稱心如意更爲重要。

我心裡將切德的話咀嚼了一下。我睜開眼睛時，發現王后正焦慮地望著我。「切德是這樣想的。」我說道，然後把這段話的要點告訴她。

但是王后仍聽得出切德這話的輕重。「那你認爲如何，蜚滋駿騎？」

我低下頭對珂翠肯行了個禮。「我認爲妳是王后，而且晉責有朝一日會繼任爲王。」

「這麼說來，你是建議我支持兒子，別理會首席顧問的建議囉？」

「王后陛下，我實在很慶幸我用不著在那方面給妳建議。」

她幾乎笑了出來。「可是，如果我請你說說看法，那你就會講了呀。」

我緘默了一會兒，我眞是被自己氣死了。

「你的椅子是不是不舒服？」珂翠肯故作殷勤地問道。「瞧你動來動去，彷彿椅子上有千萬隻螞蟻似的。」

我堅決地坐定。「如果是我，我會找個不偏不倚的作法，王后陛下。諸大公必定樂於見到王子娶妻生子，但是他還很年輕，也還不到立爲王儲的年紀；既然如此，也許結婚大典與王儲的頭銜都不妨稍等一等。就讓貴主和母親與妹妹多聚一聚吧。我到過外島，見識過他們的統治權如何傳承；雖然奧美崔仍是現任的貴主——因爲她還活著，但如果艾莉安娜現在立刻離開家鄉，那麼在當地人眼裡，這可能不啻於艾莉安娜遜位一般，而其嚴重性，可能與當年我父親將王位傳給惟眞不相上下。日後該誰繼承『貴主』頭銜一事，可能會引起爭議。不過，艾莉安娜可以趁著她仍在家鄉之時，確立日後必由她妹妹繼任貴主。就我的看法，艾莉安娜家的人穩固當權，對六大公國最爲有利。況且我們可以用其他辦法來平撫諸大公：貿易可以讓諸大公財源滾滾，而想要與各公國做生意的，可不只是獨角鯨氏族和野豬氏族而已。既然如此，我們何妨敞開大門，互通有無？將外島負責打仗的首領通通邀來。首領都是男人，不會因爲要離開母屋而有諸般顧慮，況且他們來此穩可贏取貿易之利。所以，今年秋季慶之時，我們就慶祝六大公國與外島蓬勃的貿易往來吧；現在就可以開始籌畫一場充分展示六大公國豐饒富裕的秋收大宴，並且要及早邀請諸大公帶著家人與屬地上的貴族前來同歡，我們現在就可以慶祝貿易聯盟，至於婚宴，就等時候到了再慶祝吧。」

珂翠肯往椅背一靠，仔細地打量著我。「你是何時練就這一手思慮周詳的工夫，蜚滋駿騎？」

「有位睿智清明的老人家教導我，權力若是拳頭，那麼外交操作就是裹住拳頭的絲絨手套；要以言勸，而非以力服，才能收廣大恢弘之效。只要顧全諸大公在這個貿易聯盟之中的最大利益，那麼他們就會樂於在貴主抵達公鹿堡時竭誠歡迎她的到來。」

我並未向珂翠肯補充，切德曾告訴我，他一直以躲在公鹿堡的牆後、藏於不見人之處，卻仍能操縱王權的運做爲滿足。

「但願他仍記得這個道理。你就把你的想法說給他聽吧，但是要講得像是我說出來的。」

切德與王后之間的角力我早有所聞，但我一直希望自己不要被捲進去，只是如今看來是避免不了了。我雖不想對於王權的運作知道得那麼清楚，不過他們就在我面前狡詐高妙地彼此角力。切德占上風之處，在於他既老練，又嫻熟六大公國的事務；他用詞之強烈，使我聽得不禁瑟縮。他說，就目前的政治現況而言，讓外島人見識到我們貫徹意志的決心毅力，乃屬必要，而珂翠肯是因爲她生於群山、長於群山，所以才看不出這個道理。我早知道切德匯集權力於一身，據我看來，他未必有貳心；他大概眞心深信，自己是在竭力爭取六大公國的最佳利益。說句老實話，倘若我像他那樣操縱王權如此之久，那麼我一定也會認爲，控制這些事情，除了我自己之外，不做第二人想。同時，我也清楚地體會到，如果珂翠肯不站穩立場，那麼日後晉責繼承的，可能只是一頂空洞的王冠。

因此，雖然我不願介入，但我還是開始找出切德立論上的漏洞，並建議珂翠肯從何處使力。我敢說，切德一定沒多久就察覺到我插手了；不過那詭計多端的老狐狸不但不戳破，反而更樂得加入鬥智：他祭出了更多反對的理由，並以更危險的後果相逼。夜色已深，將近天明，但那老人仍樂此不疲地長篇大論下去，但是我可不想繼續跟他糾纏，況且王后的臉色越來越蒼白。

最後，切德講了一個扭曲的論調，他將諸大公與外島的諸首領分成好幾組，並分門別類地闡釋他們會有什麼反應。當他稍微停下來喘口氣時，抵擋不住疲倦的我，忍不住對王后建議道：

「就叫他毋庸贅言了吧。妳就跟切德明言，王子既已經允諾他的未婚妻，那麼無論是妳，或是切德便不應逼迫王子失信於人。就算他這樣做錯了，那也是錯在王子，而從錯誤之中學習教訓，乃是最好的帝王之學。」

我的喉嚨因爲說多而嘎啞，嘴裡也乾澀；我的頭重沉沉的，眼睛像是揉了沙一般地睜不開。我伸出手，想要給我們兩人各倒一點酒，但是我還沒碰到酒瓶，珂翠肯便以雙手抓住我的手。我在驚訝之餘抬起頭來望著她，我從未見過她那對藍眼睛綻放如此的光彩，那光彩使得她的眼睛顯得比較暗，也比較狂放。

「『犧牲獻祭』，你就照這樣告訴他吧。你雖未加冕，卻是名正言順的六大公國之君，而這就是你的王令裁斷。」

我眨了眨眼睛，瞪著珂翠肯。「我……我不能這樣。」

「爲什麼不能？」

她的答覆並沒有讓我生出勇氣。「因爲一旦我採取那個立場，我就一步都不能退了。因爲我若是以那個立場面對切德，那麼我就必須護衛自己的權利。也就是說，到時候必須由我來做最終裁斷才行，不能順切德的意了。」

「所以你才必須採取這個立場，一直撐到晉責繼任爲王啊。」

「果眞如此，那麼往後我的人生，就變得又不是我自己的了。」

「可是，這個人生一直在等待著你。這本來就是你的人生，只是你一直躲避。然而你此時不扛起這個人生職責，更待何時？」

「這事妳跟晉責談過嗎？」

「晉責知道我將你視爲犧牲獻祭。當我跟他說你是犧牲獻祭的時候，他默默接受。」

「王后陛下，我……」我將雙掌掌根抵住悸動抽痛的太陽穴。我很想跟珂翠肯說，「犧牲獻祭」這個角色，我從不曾考慮過。但事實上，我的確曾考慮過。黠謀國王過世的那一晚，我曾經淺嘗那個滋味。當時我已有心理準備，打算隨時奪取王權，但我之所以要奪取王權，爲的倒不是我自己，而是要保護珂翠肯王后，以待惟眞歸來。如今她要爲我加冕，我倒裹足不前了。這個角色，眞的能由著她說給就給嗎？

切德衝進我心靈之中。時間晚了，我年紀又大，而我們談的也夠了。你就告訴她——

不。這個角色，不是由著她說給就給，而是由著我，看我要不要拿。切德，不能這樣。王子殿下既已經允諾他的未婚妻，那麼我們便不應逼迫他失信於人。就算他這樣做錯了，那也是錯在王子，而從錯誤之中學習教訓，乃是最好的帝王之學。

珂翠肯不會講這種話。

的確不會。這話是我講的。

我傳出了這個思緒之後，切德沉默良久。我感覺得到他還在，我甚至還感覺得出，他一邊穩定地呼吸，一邊將我的話堆疊起來，從各種角度仔細考量一番。等到他再度與我心靈接觸時，我不但感覺到他在笑，還感覺到他的驕傲感如泉般湧出。這眞是奇怪。喲，都過了十五年，如今可終於有眞正的瞻遠人再度坐上王座啦？

我動也不動。我等待。我等待接下來不免會有的嘲笑、挑釁或是違抗。

那麼，我就告訴王子，他的決定已經確定過了。而且我們會擴大邀請所有外島各氏族首領前來參加秋季慶。一切如君所願，蜚滋國王。

34

承諾

我們損失慘重，這都是因爲許多生手愚不可及地跟同伴立下賭約。所以樹滕師傅下令將見證石上的所有刻痕盡皆抹去，他還下令，除非有精技師傅陪同，否則所有精技學子與生手皆不得前往見證石。樹滕師傅更進一步裁斷，從此以後，所有見證石相關知識，只限於有資格晉升爲精技師傅之候選人研讀。

——救回來之精技卷軸片段

那天清晨，我沿著密道一路攀高，等到終於回到切德的塔樓時，人已經累得無以言之了。我腦海中思緒雜亂，理不出頭緒。今天中午，切德與晉責王子就要啓程返鄉，他們必會邀請每一個氏族的每一個首領前來公鹿堡參加秋季慶，而珂翠肯也會著手準備在公鹿堡舉辦前所未有的盛大慶典。必須邀請諸大公與他們旗下貴族，籌畫食物、準備客宿事宜，聘請吟遊歌者、雜耍藝人和戲偶團……我想得頭發昏，只想躺下來睡覺。但是我沒睡，一進房間，我便在仍有餘燼的火爐裡添幾根柴。我用廣口水罐從水桶裡舀了水，倒在舊洗臉盆裡，把整張臉泡到水裡。我抬起頭，按摩眼睛，好讓雙眼不要那麼乾澀，然後把臉擦乾。我用切德一直擱在洗臉盆旁的小鏡子一照，只覺得鏡中人看來十分陌生。

我突然了解到先前弄臣跟我說的那番話是什麼意義。如今的我，不但已經死過，也走到了一處我從未預見過的時光之中。呈現在我眼前的，是各種我從未想見過的未來遠景，而我根本就不知道自己想走哪一條路。剛才我朝著爭取王位的方向走了一步，雖未公諸於世，但是這一步的確是踏出去了。我心裡想著，這是不是意味著我把可能與莫莉廝守在一起的人生路途給推開了？

我出門前將駿騎的劍掛在壁爐上方，如今那劍仍在原地。我將它取下來。這劍我使來很上手，彷彿是爲我訂做的一般。我對著空蕩蕩的房間說道：「駿騎國王，倘若你在世，你會對你的私生子做何看法呢？不過，這也問得不對，因爲你從未加冕封王。從未有人稱你爲『駿騎國王』啊。」我按下劍尖，指著地上，算是對人生讓步。「而日後也不會有人在我面前跪下。但是不封王、無人跪也無妨，我想，我已經留下痕跡，不會被人遺忘了。」

我突然打了個寒顫，過後人反而平靜了。我匆匆地把劍掛回原來的地方，再以手掌抹過前襟，擦去手汗。眞是個好樣的國王啊，竟用自己身上的侍衛制服擦汗！我眞的需要睡一下，但是現在還不能睡。蜚滋國王、雜種王君，我下了決心，以後不再想那些了。我又在提籃裡添了一瓶白蘭地，用餐巾蓋好，拿了件厚重的斗篷，接著就逃了。

我循密道走，由守衛出入口出來。我一定得經過廚房，而我差一點就踏進去大嚼一頓，但是我按捺下這個念頭，只是從守衛室拿了一小條早餐甜麵包出來邊走邊吃。經過城堡門時，守門的那個睡眼惺忪的年輕人，隨便點個頭就讓我出去了。我開始思索，要如何才能讓門口的守衛對於出入之人看管得嚴一點，但隨即便將這些想法拋在腦後。我大步前行，沿著通往公鹿堡城的大路走了一段，再轉往一條常有人走的步道；這步道先穿過樹林，接著在山丘間蜿蜒起伏。晨光明亮，矗立在藍天之下的見證石正在等我。羊群在附近吃草，我走近時，牠們以那種有時會被人簡稱爲愚蠢的缺乏好奇心眼神望了我一眼，才慢慢地踱步走開。

抵達之後，我慢慢地繞著見證石走了一圈。四根石柱，每根石柱有四面，那麼就有十六個目的地。多年以來，人們對於這些出入口到底用得多麼頻繁？我站在石柱邊，展望這山丘頂上的風光；如今這裡都是草木了，不過如果仔細探查，仍看得出遠古道路的遺跡；就算有廢棄的房舍，一定也早就被大地吞沒，或是被這附近的人拆解搬走，用以在他處重新造屋了。

我背著手，審視著石柱的表面。據我看來，石面上的符文一定是刻意被人抹去的，而且發生在很久之前。我揣想著當初人們為何要抹去符文，但我可能是永遠都不會知道答案了——既然無從得知，似乎也就可以將此疑問擱置一旁。

我被太陽曬得很熱，手上攬著的提籃越來越沉重，不過我依然將斗篷披上，畢竟我要前去的目的地十分寒冷。我走到之前那次旅程的出口，將手貼上去，接著就進去了。

我踏入精技石柱室時踉蹌了一下，頭暈的感覺襲來，所以我不得不在積灰的瓷磚上坐下來休息。「睡不夠，又連連使用精技石柱，這實在不太好。」我堅定地對自己說道。「同時也不智。」我想撐著自己站起來，不過最後還是決定再多坐一會兒，等到頭不暈了再說。我在石柱室裡坐了好一陣子，這才看出一件再明顯也不過的事實：地板已經不再冰冷。我將雙掌平貼在地上，以便驗證到底這是不是我的錯覺；地上倒稱不上暖和，只能說是不冷也不熱。我站了起來，並發現窗上積著的厚霜已經化了。我彷彿聽到身後有人低語，於是立刻轉頭。四下無人。也許是偶爾南方吹來一股暖風，直入這冰雪之鄉吧。這真的很奇妙，不過我無暇在此多耽擱。

我勾著提籃，努力加快腳步穿過這冰雪迷宮。我的頭陣陣抽痛。這溫度的變化出乎我意料之外，甬道中某一處，水漫過地上的岩石，緩緩地流動著。不過隨著我越走越遠，這和煦的暖意也越來越少，等我走到岩石與堅冰的交會處時，暖意已經完全消失。我眼前不時發黑，只好停下來，以額頭抵住冰牆，休息一下。黑影終於消退，我則慢慢地回復。這寒冷的環境好像讓我清醒了一些。我尚未從冰牆上的裂縫出來，踏上前往黑者之屋的狹窄小徑之前，便已用斗篷緊緊地將自己與提籃裹住。

我從陡峭的小徑走下去，再度敲敲黑者的門。沒人應門。我再敲敲門，又遲疑了一下，才伸手解開綁門的繩子，開門而入。

過了一會兒，我的眼睛才適應這黯淡的室內。爐火小小的，弄臣沉沉地睡在火爐邊的睡墊上，普立卡則不見人影。我輕輕地關上門，將提籃放在普立卡的矮桌上，脫去斗篷。我靜悄悄地走到弄臣身邊，彎身打量他沉睡的臉龐。他的臉色變得比先前深了許多。我很想叫醒他，問問他感覺如何，不過我嚴厲地壓下這個念頭，改而去打點提籃的東西。我將麵包和乳酪擺到木盤上，再找個小籃子裝了水果。普立卡裝水的大水桶差不多已經空了，我先燒水以便泡茶，之後去外頭接水。外面有一處水流流過凸起的岩面，再懸空落地，我靜待接了兩桶水，再提回黑者的小屋。此時水已經熱了，我便開始泡茶。

我猜是茶香味驚醒了弄臣。他睜開眼睛，但是一動也不動地望著燒旺的爐火，最後我終於問道：「弄臣？你有沒有好一點？」

他聽到我問話，嚇得抽動了一下，突然轉頭朝向我的方向，同時像是怕有人傷害他似的，將身體捲成球狀。我嚇到他了，我感到很抱歉，同時也深明他爲何會有這種反射動作。不過我並不深究，只是若無其事地問道：「我回來了，而且還帶了些吃的。你餓不餓？」

他將被子推開了些，半坐了起來，但接著又躺回床上。「我好些了。那茶好香啊。」

「沒杏桃，但是我帶了些梅子來。」

「杏桃？」

「先前你叫我替你帶些杏桃回來，我看你那時心思不知飄到哪裡去了。發燒嘛，你是知道的。儘管如此，要不是我弄不到杏桃，否則一定帶來。」

「謝謝你。」弄臣說道。他直瞪著我。「你變得很不一樣。不只是因爲洗過澡而已。」

「我現在感覺上是很不一樣啊。不過洗洗澡的確比較舒服。要是能的話，我眞想把公鹿堡的蒸氣浴室搬來這裡給你用，我敢說你洗了之後一定會好得快一點。不過這也沒關係，一等你能走了，我就帶你回家。我已經跟珂翠肯說了，我們就把你安置在切德的塔樓裡，你就慢慢療養，等到完全復元之後，再考慮你接下來要變成什麼角色。」

「我接下來要變成什麼角色……」他應了一聲，似乎覺得這很好笑。我找不到專切麵包的刀子，乾脆用手撕開。我將麵包、乳酪和梅子遞給他，茶泡好之後，又倒了一杯給他。「普立卡去哪裡了？」我在他啜茶時問道。普立卡把弄臣一個人丟在這裡，我有點不高興。

「噢，他出去走走。他一直在查訪古靈要塞，看看要塞裡受到多少破壞。你回去之後，我們聊得比較多——如果我沒睡的話；不過，我醒著的時間大概不多吧。他跟我說了些關於那古城的故事，那些故事似乎與我做過的夢互相呼應。我猜他現在大概就是在古靈的古城裡吧。他提到蒼白之女毀損古城，以及他想要扭轉局勢，所以我看他大概是在古城內動了手腳，使之變得不宜人居，並藉此逼出蒼白之女。但如今普立卡打算要把他動過手腳的地方復原，我就問他：『你這是爲誰而做？』他則說：『就是想要把古城復原，倒不是要爲了什麼人而做。』其他人過世之後，普立卡孤獨地在那古城裡住了許多年，他並未計算自己住了多少年，但是我敢說他一定住了很久、很久。蒼白之女剛到的時候，他還將她迎進古城裡，因爲他本以爲蒼白之女是帶著她的催化劑來實現他的目標。」

弄臣深吸了一口氣，啜了一口茶。「先吃，再跟我講故事吧。」我建議道。

「我吃，你講故事。你一定是碰上什麼驚天動地的事情，看你的眼睛就知道了。」

所以我就把自己碰到的事情都跟他說了，畢竟除了弄臣之外，我也不能告訴其他人。他笑著聽，不過他的笑容憂鬱得化不開，彷彿他早就知道這些事情，只不過是要聽我親口說，以便確認。我說完之後，他將梅子核丟入火裡，平靜地說道：「唔。也好，原來我最後一個幻象與預言已經成真了。」

「這麼說起來，我會像吟遊歌者唱的歌那樣，『從此以後過著幸福快樂的日子』？」

他噘著嘴，搖了搖頭。「你會跟深愛著你，且對你有所期待的人生活在一起，所以你的人生會複雜到非常恐怖的程度，此外，你跟他們在一起，有一半的時間會擔心驚怕，而另外一半的時間，則煩躁苦惱，又甜蜜欣喜。」他轉開頭不看我，端起杯子，凝視著茶水，像個在看茶葉卜卦的鄉野巫師一般。「命運已經放棄你了，蜚滋駿騎·瞻遠。你贏了。如今你已經找到新的未來，而在這個新的未來之中，你大概會安享天年，不用時時刻刻都得擔心命運會逮住機會，把你從棋盤上抹掉。」

我輕描淡寫地說道：「是啊，我每次一眨眼，就被命運掃到鬼門關去一圈，我自己也去煩了。」

「那挺恐怖的。現在我知道那有多恐怖了，你已經讓我見識到那有多可怕了。」他帶著幾乎與舊日無二的笑容，問道：「我們這樣就算扯平了，如何？這一次，就算全部抵銷了吧？」

我點點頭。他迅速接口，彷彿怕我打岔似的說道：「接下來應該如何，我跟普立卡談過。」

我笑了起來。「又要拯救世界啦？你們這個新計畫，不會再讓我不時死個一、兩次了吧？」

「你根本就不在我們的新計畫裡。」他平靜地說道。「我們要回去當初塑造我們的那個地方，就某種角度而言，也可以說我們是要回家。」

「你自己不是說過，那裡已經沒人記得你了嗎？還說就算回去也沒什麼意思。」我開始有點警覺不安了。

「不是要回去我出生的故鄉，我敢說家鄉一定沒人認識我了。我們打算的，是要回去那個陶冶我們兩人，以便我們面對自己命運之處。那地方，大概可以說是學校吧。我跟你提過那個學校的事情，也跟你說過，就是因爲我跟學校的人說我是白色先知，而他們不肯承認我，所以我才逃走的。那裡的人可把我記得清清楚楚，而就算是普立卡，他們也不會忘記，因爲每一個受過他們陶冶的白色先知，他們都記得很清楚。」

「管他們記不記得你。聽你說起來，他們待你並不好，既然如此，你何必回去？」

「我們回去之後，可以發揮影響力，不讓那種事情再度發生在其他孩子身上。之前的白色先知從未重返學校，如今，我自要重新以兩人如今的新見解，將古老的預言解釋給他們聽；我們要將蒼白之女收藏的典籍銷毀，不然至少也要引導他們以新的角度去體會那些文獻，並且要把我們對於世界的體驗講給他們聽。」

我沉默良久。「你們要怎麼去？」

「普立卡說他能使用精技石柱，所以我們可以一起經由精技石柱到南邊去，省下一大段路途，之後再考慮要如何渡海。我們總有辦法回去的。」

「他能用精技石柱？」我非常驚訝。「既然他能用精技石柱，那麼爲什麼這麼多年來，他一直守在這個寒冷荒涼的地方？」

弄臣望著我，他的表情像是在說，這麼簡單的道理我怎麼會看不出來。「依我看來，他是能用精技石柱，但是他對精技石柱存有戒心。即使用我們的母語，他也很難將古靈的概念解釋給我聽。但總之就是，精技石柱之所以起作用，是因爲每在石柱之間穿梭一次，它就會從你身上取走某種東西。因此就連古靈也不敢隨便用精技石柱。信差可能會爲了傳遞重要物品，而通過一根或兩根石柱，但之後就要把任務交接給他人了。不過，普立卡之所以一直留在這裡，倒不全是因為這個緣故。他留下來，為的是要保護黑龍，並等待某一位白色先知與其催化劑的到來，因為他寄望新一代的白色先知與催化劑或可完成他的心願，畢竟他一生之所繫，就在於實現他的心願。」

「我眞無法想像，世上怎麼會有人如此無私地奉獻出自己的人生。」

「你無法想像嗎？我倒覺得這不難想見。」

我聽到了門的刮擦聲，然後普立卡便進來了。他看到我很驚訝——這也難怪，不過他接著便對弄臣講話，弄臣幫我翻譯道：「他看到你這麼快就回來了，感到非常訝異，所以問你有什麼緊急要務，非得勇敢地再度使用精技石柱旅行不可。」

我不以為意地揮揮手，對普立卡說：「因為我想幫你們帶些吃的來呀。你瞧，這是麵包和乳酪，你不是想吃乳酪嗎？還有酒和梅子。我本希望來了之後就能帶你們兩人上路，回到我家鄉，只是弄臣看來還很虛弱。」

「你要帶我們兩個，回你家鄉去？」普立卡問道。我笑著點點頭。

他轉過頭，輕柔地跟弄臣說了一大堆話，弄臣則答覆得很簡潔。最後弄臣轉過頭，不得已地對我說道：「蜚滋吾友，請到火邊來坐一坐，讓我們談談。」

他鬆鬆地將被子披在肩上，僵硬地起身，緩緩走到爐火邊的草墊旁，謹愼地坐了下去，我則坐在他身邊的草墊上。普立卡正在打量那些食物；他掰下一塊乳酪送進嘴裡，閉上眼，專心地品味乳酪的風味。過了一會兒，他再度睜開眼睛，並對我點頭示意。我也點頭回禮。看到他這麼開心，我也跟著開心起來。我轉過頭望著弄臣，他深吸了一口氣。

「普立卡並沒打算要跟你回公鹿堡去，而我也沒那個打算。」

我瞪著他，心中來回咀嚼他這兩句話。這實在沒道理。「可是，爲什麼不去？他的心願已經達成，你的心願也已經達成，既然如此，還待在這個荒涼的地方做什麼？現在才夏天，這裡就冷得要命！這裡萬物不生，要在這裡過日子可不容易。等到冬天來臨時……我眞不敢想像冬天來臨時是什麼情況。留在這裡實在不合情理，你們怎麼會想要在這裡待下來呢？說什麼都應該要跟我回公鹿堡才是。你們怎麼會想要待在這種鬼地方？我知道你們打算回你們的『學校』去看看，但是總可以先到公鹿堡歇歇腳吧。先休息療養一陣子，再從公鹿堡搭船回去。」

弄臣低頭望著鬆鬆交握著、放在大腿上的雙手。「這件事情，我已經跟普立卡談了很久。其實對於目前的處境——也就是在超過了自己身爲白色先知的時代之後應該如何自處的問題，普立卡與我都知道得很少。他身爲白色先知的時代，已是久遠之前，因此他的經驗比我豐富得多。他之所以在此地待下，是因爲當年他在最後的預言幻象之中，看到自己身在此地，又看到一對白色先知與催化劑前來完成他的心願，所以他在這裡待了下來，以確認幻象會不會成眞。結果證明，他的幻象果然實現了。」他望著爐火，伸手將一根浮木推入火中。「而我也有個最後幻象。我在那個最後幻象中，預見到我死後的情景。」

我屏息等待。

「如今的你，正慢慢融入公鹿堡與故人的圈子之中，我在最後幻象中看到的正是這個景象。蜚滋，幻象中的你，不見得時時刻刻都很快樂，不過看來倒是比以前圓滿許多。」

「這跟你們去不去公鹿堡有什麼關係？」

「重點在於我的幻象之中缺了什麼。在那個裡面，我死了，這是當然；我清楚地預見到，我的死亡乃是你未來人生的一部分。不，這樣說好像很殘酷，彷彿是你早就籌畫、非要我死不可。不，應該這麼說吧，你已經走上了這個未來人生，然而我的死亡，乃是你這個人生之路上必經的里程碑；你已經經歷了我的死亡，所以你才踏上了現在所走的人生之路。」

「我是已經經歷過你的死亡了，但是，你自己不是常說我是催化劑嗎？於是我就把你從鬼門關帶回來了。」

「對，的確如此。只是我從未預見到你會把我從鬼門關帶回來，普立卡也不曾預見到這一點。在我們從小研讀過的典籍之中，也從未提過這種事情。」他幾乎笑了出來。「我早該想到，只有你能造成這樣的變化；只有你能帶著我們兩人，超越任何一個白色先知所預見的未來之外。」

「可是——」我想開口，但是他揚起食指，叫我別說。

「普立卡與我已經談過這一點了。他認爲我不該在你身邊逗留太久，而我也有同感。只要我不跟你回去，那就不會有機會犯什麼錯誤了。」

「這我不懂。犯錯？犯什麼錯？你還在發燒，講話都錯亂了。」我既擔心又煩躁，氣憤地換了個姿勢。弄臣伸出一手，貼在我的手臂上。他的手心幾乎可說是冰涼的。他的改變期還沒過，人仍虛弱，但是他之所以口出此語，並不是因爲發燒之故。接著他以幾乎可稱之爲嚴厲的聲音說話，好像他是個老人家，而我是個任性放肆的年輕人。

「不，你懂。你明白得很。你只是不想正視而已，但是你心裡明白。你仍是改變者，也仍是催化劑，即使你只在公鹿堡待了短短的一、兩天，你的能力也已經表露無遺了。你就像個漩渦一般，所到之地，處處皆引起變化。如今你變得圓滿，所以你再也無法逃避變化，反而會將變化吸引過來。但是，現在的我卻已經眼盲，再也看不出我對你的影響會引起多麼廣泛的變化。所以了。」他沉默了一會兒，我一語不發地等他開口。「我不會與你同行。不，等一下，你先別說話。讓我把話說完。」

他卻沒有繼續說下去，反而就此沉默。我坐著看他，心裡想著，他變了好多，當年那個臉色蒼白的小男孩，那個瘦削靈活的少年，如今顯然已經變成青年了。近來的折磨使得他的臉稜角分明，酷刑所留下的瘀青也還沒完全退掉，但那只是他的身體而已。他的眼珠顏色變深了，而他那莊嚴的神情，看來並不是一時的情緒，而是全新的認眞心情。我也不插嘴，讓他慢慢理清思緒；我猜他大概是要下個決定，儘管他聲稱自己心意已決，但內心卻仍無法確定。

「蜚滋，我已經面對過死亡，也許算不上勇敢，但我的確堅決地面對死亡；這是因爲我已見到自己死後的情況，並斷定以我一死來換，的確值得。我是自己決定要來艾斯雷弗嘉島，以便復興龍族，並促成因爲龍族復興而引起的一連串事件。我早知道我會死，不但死得痛苦且寒冷，死狀也甚慘，但我也看到一個機會：說不定人們會因此而有機會再度認識龍族，說不定這種跟人一樣傲慢且可愛的生物能夠重新復生，好讓人與龍相互制衡。在我所夢見的世界之中，人類無法控制大自然的一切，也無法制訂大自然的秩序；那個世界不見得和平寧靜，而且說不定還有人會詛咒我，要不是我多事，如今也不會有這種後果。不過那個世界中，人與龍彼此往來都來不及了，所以無論是人或龍，都無法讓大自然臣服於自己腳下。我預見到的未來世界，其脈絡便是如此。」

「很好啊！」這些龍的事情我已經聽膩了，況且我仍有點不安，生怕我們放出了黑龍不是什麼好事。「所以往後世上就有龍了，而從當時我在戰場上所看到的情況來看，往後龍族必會繁衍興盛。不過爲什麼你不能回公——」

「住口！」弄臣嚴厲地斥責道。「難道你以爲我下這個決定很容易嗎？難道你以爲，我之所以不回公鹿堡，只是因爲這個崇高的理由而已嗎？我就要跟你分道揚鑣了，你以爲我心裡輕鬆嗎？才不呢。我之所以不能與你同行，其實還有個比較個人的因素：因爲除了世界大勢之外，我還瞥見了些個人小事，我預見到，你在我死後，除下了心頭的壁壘，與長久分離的人們相聚，並且感到很滿足；在我死後，你過著你原本就應該去過的生活。可是你給了我另外一份人生，而我怎麼能以額外多得的人生，去剝奪你應該享有的人生呢？」他緩緩說道：「蜚滋，我愛你。但是我不能因為我愛你，就任意摧毀了你的身分與人生。」他疲倦地摩臉，因為指尖摩下片片皮屑而嘆了一聲。他甩開指尖的皮屑，起勁地把整張臉再摩一遍，接著將手放在大腿上交疊，開始望著爐火。我怒視著他，我不知道這是怎麼回事，但我等著看他要怎麼說。

我聽到身後的普立卡悄悄地四處走動。我聽到砰砰聲，回頭一看，只見他拉開了一只袋子，把袋子裡的小石塊通通倒出來。我一眼就認出，那是切割得大小如一的記憶石方塊，就像我在古靈的房間裡看到的。我望著他拿起一塊記憶石，貼在太陽穴上一會兒，接著露出開心的笑容，接著把記憶石放下，另拿一塊，如此重複再三。不久我便看出，他正在把記憶石分成不同類別。之後他抬起頭，這才發現弄臣與我正在看他。他笑了笑，舉起一塊石頭。「音樂。」又舉起一塊石頭。「詩歌。」再輪流舉起兩塊石頭。「這是歷史，這又是音樂了。」普立卡要將一塊記憶石遞給我，但我不安地揮揮手拒絕了，弄臣則伸出有精技指尖的那一手去碰觸記憶石，不過他一下子就像被燙到般的縮手，但他仍臉上帶笑地對我說道：「的確是音樂，如洪水一般襲來。你也試試嘛，蜚滋。」

「我們談到一半。」我平靜地提醒他。「我們剛才在談你要跟我一起回公鹿堡的事情，你忘了嗎？」

「不，我們剛才在談我為什麼不跟你回公鹿堡的事情。」他本想一笑，但是笑不出來。

我沒說什麼，只是一直凝視著他。過了一會兒，他跟普立卡說了什麼話，好像是請普立卡幫什麼忙的樣子，但就在此時，我感覺到切德在吵我：**我要跟王后講講話。**

我現在沒辦法。你找阿憨。

我阿憨行不通，而且理由你都知道。蜚滋，我求你，一下子就好。

你上次也是這樣說。何況我現在已經離王后很遠了。我又經過精技石柱回來，所以我現在是跟弄臣在一起。

什麼？你也沒跟我們商量，就衝回去了？

我相信我自己的人生，依然應該由自己作主。

不。切德乾脆地否定了。不，大人，你的人生，已經容不得自己作主了。昨天晚上，你跟我對抗，我感覺得出，那是王后許可的。你怎能一下子爭取權勢，一下子又把權勢甩到腦後呢？王權是不能這樣隨便說甩開就甩開的。

我又不是眞正的國王，這點你心知肚明。

你現在這樣說未免太遲了，蜚滋！切德氣了起來。太遲了！王后給了你權力，而你也已經不客氣地接了下來。

我並未就此投降。他這個說法到底對不對，我自己也說不上來。我總需要一點時間。現在你們應該已經開航了，既然如此，那還有什麼事情非要急如星火地馬上辦好不可？

這事是可以稍微拖一下沒錯，但是以後你可不能這樣，也不先警告一聲就跑掉了。

我自己的時間，自己卻無法作主，你當我是僕人嗎？

比僕人更糟。你是國王，你是六大公國的犧牲獻祭。

我還來不及回答，切德便脫身離去。我眨眨眼，這才了解到耳裡聽見的是門關上的聲音。普立卡已經走了。弄臣正在看我，他多少察覺得出我正在技傳，所以他正在等我回神。「對不起。切德要跟王后聯絡，他每次都急得跟什麼似的。他聲稱，只要王后承認我身爲犧牲獻祭的身分，儘管她只承認過一次吧，那我也得扛起國王的一切職責與重任。眞是荒謬。」

「是嗎？」

「你明知這很荒謬！」

我的辯解，卻引起他滔滔不絕地說起話來，彷彿剛才在等待時，他的話越積越多，現在便像是決堤的洪水般奔騰湧出。

「蜚滋，你回去吧。回去享受你應有的人生，毫無保留地愛你所愛之人。在我的幻象之中，你就是那般情況。」他大笑起來，激動得幾乎歇斯底里。「我在垂死之際，就是靠著這點安慰撐過去的。縱然我不免在痛苦中死去，但至少我心裡知道，在我死後，你會繼續活下去，過著那樣的生活。我在痛得最厲害時，心裡就定定地想著你如此生活的情況，最後任由死亡攫住我。」

「可是……可是她說，那時你一直叫我的名字。當她折磨你的時候。」這話一說出口，我就恨不得收回。弄臣一下子顯得又老又病。

「大概吧，的確如此。」他坦白承認道。「我從不以勇敢著稱。她雖迫我喊出你的名字，但是我喊了也好，沒喊也罷，事情都不會因此而有任何變化，朋友，就是這樣。」他凝視爐火，專心得像是掉了什麼東西在火裡。我頓時感到很羞愧，因爲我竟然把他拉回飽受折磨的場景之中。任誰都不該提醒他，他曾在酷刑之餘大喊出來，而且還被以他的痛苦爲樂之人看在眼裡。「那件事情給我一個教訓：就各方面而言，我都沒有自己所期待的那麼勇敢，因此，任何可能會因爲我的弱點而損及你我的處境，我都應該走避。」

他突然握住我的手。我嚇了一跳，抬起頭，彼此的目光緊鎖在一起。「蜚滋啊，我求求你，你別誘惑我隨你而去。我已經預見了你的未來，你別誘惑我去干涉你的美好人生。我的時代已經過去，你的未來不屬於我，你就別再誘惑我做非分之想了。」他突然全身打了個哆嗦，似乎開始發冷，接著他放開我，改而交握著自己的雙手，靠爐火更近一些。那些被拔掉的指甲才剛開始重長。他雙手摩擦，摩出一層白灰的皮膚；掉皮之後露出的新膚，令我想起打磨光亮的木器。他非常輕柔地問道：「你若是與夜眼一起生活在狼群之中，你能以這樣的人生為滿足嗎？」

「我很願意一試。」我頑固地答道。

「即使夜眼的伴侶自始至終都無法接受你？」

「你別拐彎抹角了，這次就直說了，行不行？」

他望著我，同時摩著下巴，彷彿他真的在考慮要跟我直說，接著他露出憂愁的笑容。「不行。果真如此，恐怕不免損及我所珍重之事啊。」他當這段小插曲根本沒發生過地繼續問道：「你會老實地告訴晉責，他的身體乃出自於你嗎？」

我不喜歡弄臣把這件事情明白講出來，雖然這裡只有他與我二人。由於晉責與我之間有著強韌的精技牽繫，所以他離我比以前更近。「不。」我簡潔地說道。「他會把事情看得很複雜。若是知道此事，只會使他的心情無比沉痛，一點好處都沒有。倘若跟他說了，不但可能會損及他父親在他心中的印象，也可能會使他對母親大失所望，甚至對我感到鄙夷。你說吧，若是跟晉責說明白，有什麼好處呢？」

「一點也沒錯。所以你會把他當作兒子一般地疼愛，但是你會以君臣之禮待他。你雖想要認這個兒子，卻只能將這個心意藏在心裡，因為即使你跟他說出真相，你仍無法成為他的父親。」

我又開始氣起來。「你又不是我父親。」

「不是。」他又轉過頭去瞪著爐火。「而且我也不是你的情人。」

我突然感到暴躁且疲倦。「原來你拐彎抹角地就是要講這件事情？跟你上床？你是因爲我不跟你上床，所以不肯回公鹿堡？」

「不！」他並未嚴厲地吼叫，但是他的口氣異於平常，所以把我嚇得閉上了嘴。他的聲音低沉，幾乎有點嚴厲。「你每次都扯到這裡來，彷彿愛的唯一結果就是上床。」

他突然嘆了一口氣，並往椅背一靠。他猜疑地打量著我。「你告訴我，你愛夜眼嗎？」

「當然。」

「愛得無所保留。」

「對。」

「那麼按照你的推理，你是想跟夜眼發生親密關係了？」

「我想跟……不！」

「啊。不過，你之所以不想跟牠發生親密關係，只是因爲牠與你同爲雄性，如此而已？夜眼與你之間還有其他歧異，但是這些歧異，與你不想跟牠發生親密關係無關？」

我目瞪口呆地望著他。他努力保持正經兼探詢的臉色，但是過了一會兒，終於忍不住爆笑出來——我已經好久沒聽他笑得如此暢快了。我覺得他冒犯到我，但是看到他開懷大笑，我也寬心許多，所以即使他拿我來當題目，我也不忍苛責。

他穩住呼吸。「這就是了。由此觀之，最清楚不過，蜚滋，我跟你說過，我愛你，而且我愛你之深，沒有設限。眞的是如此。不過我從不期望你獻出你的身體，我所追求的，是你的心，你這整個人。然而，即使是你的心、你的人，我也無權占有，因爲你早在見到我之前，就已經將你的心、你的人給了別人了。」他搖了搖頭。「很久以前你跟我說，莫莉永遠也無法忍受你與夜眼之間的牽繫關係。你還說，莫莉一定會逼你在她與夜眼之間擇一。如今你仍這麼想嗎？」

「我看這是難免的。」我不得不輕柔地答道。

「既然如此，那麼你想想看，莫莉對我會做何反應？」他頓了一下。「如果要二者擇一，那你要選誰呢？而如果你被迫在二者之間擇一，那麼你會失去什麼呢？這就是這些日子以來，我不得不思考的問題。如果我隨你回去，使得你在未來人生中不得不做選擇，那麼我的催化劑在選擇的過程中，會順便改變什麼呢？如果你隨我離開六大公國，那麼我們這個行動會促成什麼樣的未來？何況無論促成什麼樣的未來，我都無法預見？」

我搖了搖頭，別過頭望向他處，但是他仍無情地說了下去，而我的耳朵也依然聽得到他講的話。

「夜眼做了選擇。牠在能夠接納牠的狼群以及牠與你的牽繫之間做了選擇。我不知道夜眼與你有沒有討論過，牠若是選擇了前者，或是選擇了後者，各必須付出什麼代價。不過我想你們大概沒談過。我雖然對牠知道得不多，但是我看得出應該是牠自己做了選擇，之後便一路堅持下去。我沒有羞辱你的意思，但是就你與夜眼而言，難道不是牠為了你們之間的牽繫關係，而付出比較大的代價？牠為了跟你在一起，失去了什麼，你老實回答。」

我必須看著別的地方，因為我自己覺得羞恥。「牠因此而無法與狼群生活在一起、無法盡情為狼。牠失去了擁有伴侶與擁有小狼的機會。日後黑洛夫警告我們，這樣子狼失去得太多，然而事情真是如此。就因為夜眼與我深愛對方，愛得毫不設限。」

「與夜眼一同分享狼性的快樂，你體會深刻；你與夜眼親密到逼近人狼之間的極限，這也是事實。不過……恕我直言……夜眼追求人性，從未如同你追求狼性那般地熱切。」

「的確如此。」

他再度以雙手包握住我的手，將我的手翻轉向上，低頭凝視著他留在我手腕上，已經與我相伴多年的指印痕跡。「蜚滋，這件事情我已經想了很久。總而言之，我會讓你與伴侶、幼兒相聚，不會拆散你們。我未來的年歲還很長；相形之下，你所剩的並不多。但無論你與莫莉還有多少年歲月，我都不會把你們兩人能夠相聚的時光奪走。因為我確知你們一定會再相聚。我是什麼樣的人物，你心裡明白。你見過我體內的情況，我也見過你體內的情況。在我承載著你的愛恨傷痛的那一刻，我體會到，噢，眾神保佑，讓我將那個回憶抵擋在外啊——我體會到身為人、身為完整的人是什麼樣的滋味。你讓我體驗到最逼近身為人的那種感覺。多年前，我的師長將我身為人的感覺剝除，如今你不但讓我心中的這種感覺復原，還讓這種感覺濃厚了十倍之多。我在你的相伴之下，度過從童年到近乎成年的時光。跟你在一起……你讓我體會到為人的滋味，那就像是夜眼讓你體驗到為狼的滋味一般。」他越說越輕，最後我們兩人只是默默地坐著，好像他已經想不出要說什麼。他並未放開我的手，他拉住我的手的觸感，讓我感覺到彼此之間的精技牽繫變得更為敏銳。晉責以技傳跟我打招呼，想要引起我的注意，但是我不理他。我眼前的事情比較重要。我努力分辨弄臣到底在害怕什麼。

「你認為，如果你跟我回公鹿堡，就會傷害到我，因為你若跟我回去，我就無法享有你之前所預見的人生。」

「對。」

「你唯恐我會衰老、死亡，但你卻仍青壯。」

「對。」

「那如果說，那一切我都不在乎呢？如果我不在乎自己要付出什麼代價呢？」

「那我還是會很在乎。」

接著我問出最後一個問題，我的心緊張得刺痛，唯恐他會說出我不想聽到的答案。「那如果我說，我會隨你而去呢？如果我說，我願意爲了與你同行，而把我另外那個人生拋在腦後？」

我想我最後問的這個問題讓他很震驚。他連著深呼吸兩次之後，才輕輕地以嗄啞的聲音答道：「我不准你隨我同行。況且我也不能讓你跟我一起走。」

之後我們便默默坐著，相對不語。爐火繼續燃燒。良久之後，我問了最後一個，也是最恐怖的問題：「你我在此地一別之後，往會還會再相見嗎？」

「大概不會了。若是相見，那就不智了。」他拉起我的手，在因爲用劍而發硬長繭的掌心溫柔地一吻。我知道那是臨別的一吻，也知道我無力攔阻大勢。我一動也不動地坐著，感覺自己變得越來越空洞、越來越寒冷，彷彿夜眼又重新死去了一般。弄臣要走了，他正在慢慢地從我的人生之中撤退，在我的感覺裡，像是我的人生點滴地流逝，整個人逐漸流血至死。我突然領悟到，這一切有多麼眞實。

「停！」我叫道，但是太遲了。我還來不及抽回手，他便已放開。此時我的手腕光潔淨空，原來弄臣留在我手腕上的指印已經不見了。他不知用了什麼辦法收回指印，於是我們兩人之間的精技線搖擺懸盪，最後便就此斷裂。

「我必須放你走。」弄臣低聲且嗄啞地說道。「趁我現在還能放你走之時，趕快切個乾淨。蜚滋，你至少要讓我心裡記得，是我自己切斷了你我之間的連繫，而且，我的確沒有搶奪非分之物。」

我探尋著弄臣。我看得到他，但卻感覺不到他，無論是原智、精技或是氣味，都找不到他。弄臣不見了。我的童年好友，青少年的良伴，就這樣消失了。他截斷了我倆之間的牽繫。那個褐眼棕膚的年輕人同情地望著我。

「你怎麼可以這樣對我！」我叫道。

「做都做了。」他指出。「做都做了。」他說完話之後，人好像也沒了力氣。他轉頭望向他處，彷彿只要他不看著我，我就不會知道他在痛哭似的。我呆呆坐著，只覺得很麻木，有如遭受痛擊。

「我只是累了。」他輕輕地顫聲說道。「只是累了，我只是還沒恢復。我要躺下來了。」

蜚滋，王后要找你。阿憨輕鬆地便進到我心中。

再過一會兒。我現在跟弄臣在一起。

是原血者的事情。王后說，請你快一點。

馬上。我遲鈍不振地答道。

阿憨才走，切德就招呼我了。我一接納他，他便吩咐道：既然你還在那裡，那就順便帶些精技卷軸回來。我看來日那些精技卷軸必有大用。

好，我會帶。現在請你讓我獨處一下，切德。

很好。他不大高興地應道，接著他的態度軟化下來，溫和地問道：什麼問題？他病得那麼嚴重嗎？

老實說，他好一點了。但是我需要一點時間整理我自己的思緒。

很好。

我回過頭要跟弄臣說話，但是他已經躺在床上，不是眞正睡著，就是裝睡裝得很像，像到我不敢過去叫醒他。總有辦法能教他回心轉意吧，但是我左思右想，就是想不出來。

「我去去就回。」我對他說道，然後披上斗篷，走了出去。我還得在古靈迷宮裡繞上幾圈，以便帶一些精技經卷回去，這任務必得忙上好一陣子，而我正好趁此好好思考一番。我這個人，呆呆坐著思考的時候腦筋總是轉不出來。我爬上陡峭的懸崖小徑，到了冰縫前，發現不用花多大的工夫就可以從冰縫擠進去了。我心裡想道，一定是因爲我來來去去多次，所以磨開了冰縫。我才在古靈圓球的蒼茫光線下走沒多遠，便看到有人朝我走來。一時間，我驚惶失措，接著才認出來人是黑者。他一邊肩膀上扛著一袋燻肉，我們兩人湊近之後，他小心地將燻肉放在地上。

「她的糧食，我偷。偷了許多次。不像這樣，都是這裡偷一點，那裡偷一點。現在呢，我要，就拿。」他歪著頭望著我。「你呢？」

「我也跟你差不多。多年以前，吾王的重要卷軸文獻被人偷走，而那些典籍，原來都是被她拿去收在臥室附近的房間裡。所以我打算去帶一些文件回家。」

「啊，那個啊。早就在這裡了。」

「對。」

「我幫你。」

我不知道自己到底需不需要人幫忙，不過我也想不出什麼禮貌的講法可以拒絕他。我點頭稱謝，與他一同沿著走道走下去。他看到被毀壞的壁雕以及被人掠劫一空的壁龕，便難過地搖搖頭。他提到很久之前住在此處之人的故事。阿憨說得沒錯，以前這些走道並不冰冷，而是溫暖的；往返此地的古靈在所多有，他們熱愛冰雪世界，因爲他們的故鄉既無冰，也無雪。我努力想像以前往冰寒冷之地爲樂是什麼景況，但是怎麼會有人以身處於冰天雪地爲樂，我眞是想不通。

普立卡多少通曉古靈魔法，所以他老早就阻絕暖意，使得通道和石室變得冰冷不堪；他本來還想要熄滅古靈燈光，讓蒼白之女只能在暗中摸索，只是他力有未逮。然而，即使這地下宮殿冰冷霜寒，蒼白之女依然住了下來，還反過來將普立卡逐出去，並且命令手下大肆破壞古靈的藝術品，以表明她對於普立卡，以及與龍相伴的古靈的鄙視不屑。

「她倒是放過了地圖室。」我對普立卡指出。

「也許她不知道有地圖室，要不然就是她不知道地圖室有何用，或是根本不在乎。她對於旅行出入口一無所知。那個旅行出入口，我為了躲她而用過一次，只用過一次。」他想起那個往事，不禁搖搖頭。「很虛弱，很難過，很——」他做出太陽穴遭到拳頭連連擊打的模樣。「過了好多天，我恢復了些，才回去。但是我回去之後——」普立卡說到這裡，無奈地聳聳肩。「她已經將我的大城據為己有。不過現在我又收復大城了。」

普立卡對於這個大城知之甚深。他帶我走一條新路線，經過了許多狹窄的走道，也許這以前是用來給僕人或是商家走的路線。我沒想到我們這麼快就能走到通往蒼白之女臥室的那條走廊。我朝她的臥室望了一眼。自從我上次經過之後，又有人來過。我停下腳步，看得目瞪口呆。房間裡的每一樣家具物品，能推倒或拉倒的，都已經倒下來了；一盒子珠寶傾洩而出，地上散落著一串串珍珠、銀鍊以及閃閃發光的白色寶石，有些飾品則已經慢慢地融入房間的冰地裡。普立卡注意到我的目光，於是平靜地踏入房間。「這個有用。」他說著，抽出蒼白之女床上的絲床罩，把四角打結，這樣床罩就變成超大的布袋了。我領悟到他的用意，於是也抽了張床單出來，依樣畫葫蘆一番。我們將湊合做成的袋子掛在肩頭，走向卷軸室。

但我實在沒料到卷軸室竟是那般情況。有人故意把四壁的架子朝著房間中央推倒，因此架上的卷軸通通掉了出來，亂七八糟地散落在地上。卷軸堆旁有個破裂的罐子，罐子裡的油染污了許多卷軸。蒼白之女躺在卷軸旁的地上。她已經死了，她那焦黑斷椿般的手臂，令我想起昆蟲的腳。由於人死又受到冰凍，她的容顏變得黯淡。她死前仰起頭、張口，有如在怒吼。被油污染的手稿旁，有個從牆壁上拔下來的古靈光球，光球已經破了，像是被人踢壞或是打壞的。一時間，普立卡與我注視著這奇異景象，一句話也沒說。

「蒼白之女大概是想要取暖吧。」我大膽猜測道。「她一定是以爲光球裡有火，並打算拿卷軸來燒火。」

普立卡鄙夷地搖了搖頭。「才不呢。她是爲了要毀滅。她那個人，一生想的就是要毀滅。龍，要毀滅；其他先知，要毀滅；美的事物，要毀滅；知識，也要毀滅。」普立卡抬起下巴，朝著她身旁那些染污的卷軸方向點了一下。「凡是她無法控制，或無法收爲己有的東西，她就想將之摧毀殆盡。」他直視著我的眼睛，補了一句：「而她一直都無法控制住你的弄臣。」

普立卡開始幫我收集卷軸。其中一袋放的全是完好的卷軸。我們在拿取放置時格外小心，因爲有些卷軸非常古老，十分脆弱。至於染污的卷軸則放在另一袋。我注意到無論是我也好、普立卡也好，我們都刻意避開蒼白之女。在我搬開蒼白之女的身體，以便拿出她壓住的卷軸時，普立卡還退開幾步、望向他處。我把卷軸都救出來之後，望著蒼白之女的屍體，平靜地對普立卡問道：「要不要我把她的屍體處理一下？」

他瞪著我，好像聽不大懂似的，最後他慢慢地點了點頭。

所以我就用蒼白之女床上的豪華毛皮被子將她裹起，拖著她沿著長廊走下去。普立卡指著一個小門。那門很小，小到如果我是一個人走過去的話，一定不會注意到。小門後頭便是條傾斜的滑道，而滑道盡頭遠遠地傳來波濤聲。普立卡叫我把她從小門推進去。蒼白之女一下子便消失得無影無蹤。普立卡見她滑下去了，顯得頗爲滿意。

我們回到卷軸室去取卷軸袋，接著沿著長廊走下去，但卷軸袋不是揹著，而拖著走。卷軸實在很重。我們每上一階樓梯，袋子便跳動一下。我想到切德若是知道我如此虐待卷軸，不曉得會把我罵得多慘。這個嘛，他可不知道蒼白之女原來還打算把卷軸燒掉呢。幸虧有普立卡的幫忙，我才能將這兩袋卷軸都搬進精技石柱室，直到此時，我們才停下來休息。多年以來，這老人一直都像個年輕人一般地四處打探古靈大城裡的情況。我不禁揣想道，弄臣到底能活到多大的歲數——這是我第一次想到這個問題。接著我想到一個更奇怪的問題，那就是，弄臣現在到底在人生中的什麼階段？他仍是少年嗎？他的人生，能夠用孩童、少年、青年等人生階段來區分嗎？弄臣有次告訴我，他的年紀比夜眼與我加起來還大……我頗不自在地把這個念頭拋在腦後。我不想考慮他與我有多大的差別，也不想考慮我們其實一直大不相同。畢竟我們之間的情誼，超過了我倆之間的歧異，使我們兩人合為一體。

夜眼與我之間的牽繫，使得牠與我合為一體，也是同樣的道理。不過……我嘆了一口氣，跟著黑者下樓梯，朝地圖室而去。不過，不過，這個牽繫關係，儘管使我們合為一體，卻無法使我們兩個變成同樣的個體；我仍是個人，我有身為人的顧慮，也有人間世界的牽掛，所以我無法像夜眼那樣全心全意地活在當下，也無法在牠歲數已盡時，讓牠延長生命。

難道說，弄臣看我，也是如此嗎？

我喉頭發出了咕嚕聲。普立卡回頭瞥了我一眼，但是沒說什麼。我們到了地圖室之後，他摩著雙手，端詳著世界地圖，之後他揚起眉頭，示意我走上前。

我摸著公鹿堡旁的那圈寶石。「公鹿堡。」我對普立卡說道。「我家。」

他嚴肅地點了點頭。他碰了碰遙遠南方的土地，之前弄臣也指著同樣的地方，說那是他的家鄉。「家。」他說道，碰著那片大地的一處海灣。「克拉利斯。」

「你們的學校在那裡。」我猜測道。「你們就是要回到克拉利斯。」

他頓了一下，歪頭思考，最後點了點頭。「對，我們的學校。」他露出愁容。「我們必須回去。這樣一來，我們學到的道理才能記載下來，給以後的人看。這非常重要。」

「我懂。」

黑者和藹地望著我。「不，你不懂。」他再度研究地圖，像是自言自語似的說道：「放手，很難。不過你們兩個都必須放手。如果你們不放手，就會創出更多變化。但是很盲目。如果你們兩人果眞因爲他而促成什麼變化，那麼會產生什麼後果？誰也不能確定。就連小小事情的後果也難以預料。你替他帶了麵包來，他吃了麵包。但是如果你沒帶麵包來，麵包就是別人吃了。你看，這變化雖小，但這就是變化。你花時間陪他、跟他講話、做好朋友，這一來，你少陪了誰、少跟誰講話做朋友？嗯？我看這可能是個大變化。弄臣的改變者，放手吧。你們在一起的時間已經到了盡頭。結束了。」

這不關他的事。這句話我差點就衝口而出，但是他的臉色和善慈悲，所以我的怒氣一下子就消了。

「我們回去吧。」他提議道。我本要點頭，但這時阿憨衝入我的心靈之中。

蜚滋，你好了沒？王后還在等。

我沉重地嘆了一口氣。我最好是先把這件事情給解決了，再求他們給我一點空間時間吧。*我好了。*

這次我會帶些精技卷軸回去。你到見證石等我，幫我把卷軸搬回去。

才不要！我正在吃覆盆子水果蛋糕！上面還加了奶油。

*那你吃了水果蛋糕再來吧。*阿憨雖然不肯丟下甜點衝到見證石那裡找我，我卻突然對他寄予無限同情。普立卡已經走到樓梯底了，他不解地回頭望著我。「我必須回我家一下。」我對他說道。「請你跟弄臣說，我會盡早回來。我會再帶些新鮮水果和麵包來。」

普立卡認爲這樣不妥。「不是用旅行出入口吧？這麼快就要再用？這不智啊。甚至可說是愚蠢。」他對我招招手。「到普立卡家來。過一晚，一天，一晚，又一天，再用那個石頭。如果必要的話。」

「恐怕我現在就得走了。」我現在還不想跟弄臣見面，也不想跟他講話，因爲我還沒找出他的論點有什麼矛盾之處。

「改變者？這可以嗎？你以前有這樣子過嗎？」

「好幾次了。」

他爬上樓梯朝我而來，他的眉頭深鎖。「我還是第一次看到有人用了這麼多次，又用得這麼頻繁。你要小心一點。別太快回來。要休息。」

「這我是老經驗了。」我堅持道。我想起帶著晉責逃離異類海灘時，就是在精技石柱之間出出入入的。「你別擔心。」

雖然我把話說得很滿，但我仍不禁納悶，我這樣再度進入精技石柱，是不是太愚笨了？每次我回想起那個時刻，總是不解當時自己是哪裡不對勁，爲什麼要趕著進入石柱？是因爲弄臣切斷了我們兩人之間的牽繫，因此我備加心痛？說眞的，我認爲問題的根源比較可能是出於我這幾天來幾乎沒睡。

我爬上樓梯，朝精技石柱而去。黑者焦急地跟了上來。「你確定？你確定嗎？」

我彎身拉起那兩個布袋。「你放心好了。」我勸慰道。「麻煩你跟弄臣說我很快就回來。」我一手拉住兩個袋子的袋口，接著伸出另外一手，平貼在石柱上，之後便踏入了無垠的星空中。

35

重新開始

機緣之舞、最後一曲，然而我不再與君共舞；
而是望著別人帶你轉轉圈，輕盈踏步。
機緣之舞、最後一曲，然而我將與君訣別；
只望新舞伴待你好，只望你舞步超絕。
機緣之舞、最後一曲，我知道往後你我無緣共舞；
儘管牽念，卻仍放你離去，祝福你歡樂欣喜。
機緣之舞、最後一曲，我們終將領會彼此的心意；
環結已經鬆開，我們抱憾而別離。

到頭來，命運又逮住了我一次。這是我事後的想法。也許諸神是要證明，普立卡的諄諄勸告實在不應當耳邊風。

我只有一點驚訝。我看到無垠的黑暗以及明暗不等的星子，那感覺就像是躺在塔頂望著夏日夜空。倒不是說當時我把那場景想像成那樣。在那當下，我人在星子之間漂流，卻不墜落；當時我什麼也不多想，既然飄浮在星空中，那就飄浮吧。那裡有個特別亮的星子，把我吸引了過去。我說不出是自己靠了上去，還是那星子朝我靠來。當時的情況到底如何，我實在難以說明，因為我雖知道周遭有所變化，卻覺得那些變化無足輕重。當時的我，只覺得人生暫止、興趣暫止，一切感受都暫止了。最後那光亮的星子與我終於靠在一起，而我則試著攀住它。這個動作，其實就像是一顆小水珠與另一顆水珠離得近，所以兩顆水珠開始融在一起，與我本身的意願或意向無關。不過那光亮的星子卻將我從她身上摘除下來，而在她端詳著我的那一刻，我重新意識到自己。

什麼？又是你？你真的那麼想要待在這裡嗎？你太渺小了，這你自己也知道啊。你心願未了啊，光是你現在這模樣，是不夠讓你單獨存在於此地的，這你懂嗎？

懂嗎？我像嬰兒學語一般，應和著她的話尾，並努力分辨字義。她很和善，令我著迷，因此我真的很想跟她融合在一起。對我而言，她似乎是愛與包容的綜合體。只要她准許，我是可以放開一切疆界，乾脆讓自己跟她融合，而與她融合之後，我就不再知、不再想，也不再怕了。

我雖未說出口，但是她卻察覺到我的心思。你真的想要這樣嗎，小東西？你都還沒齊全完整，就不想當自己啦？你還有很多成長的潛力呢。

潛力啊。我應和道。突然之間，這些簡單的話語有了力量，於是我再度存在了。在那一剎那，我完全領悟這是怎麼回事。這就像是我潛到海底深處之後又浮了出來，深深地吸了口氣一般。莫莉與蕁麻，晉責與幸運，耐辛與阿憨，切德與珂翠肯，他們頓時都回到我心中，讓我見識到未來有多少可能性。我想著自己在他們的環繞之下，會有多少成長，不禁又喜又怕。

啊。我原本就認爲你有心願未了。這麼說來，你想要回去囉？

回去。

回去哪裡？

公鹿堡。莫莉。蕁麻。朋友們。

據我看來，這些話對她而言是沒什麼意義的，因爲她遠在那一切之上。她高高在上，而那些人與人之間的愛，以及懷念土地之類的事情，對她而言實在太渺小了，不過，我想她看得出我對那一切的思慕渴望。

很好，那你就回去吧。下一次要小心一點——最好是不要有下一次了。除非你已經做好長居於此的準備。

於是我突然又有了肉身。這個肉身匍伏在山丘寒冷的草地上。

我不知道自己是怎麼做到的，但是我肩膀上仍扛著兩大布袋。我閉上眼睛。野草刺著我的臉，我的鼻子裡都是灰塵。我在泥土、青草、羊群和羊糞之間的空隙呼吸，這個大自然的網絡占領了我所有的思緒。然後我就睡著了。

我再度醒來時已是清晨，雖然背上有兩個被單的卷軸，我還是冷得打顫。我全身僵硬，身上被露水浸溼。我呻吟了一聲，坐了起來，接著便天旋地轉，直到我重新躺下來才好了些。附近的羊群發現我有了活動，驚訝地抬起頭來，羊身上已經裹著厚厚的羊毛了。我以雙手雙膝撐地，再搖搖晃晃地站起來，像是初生的小馬一般注視著周遭的世界，一邊努力把我人生的線頭兜合起來。我深吸了一口氣，但還是軟弱無力。我想道，若是吃頓飯，又在真正的床上睡一大覺，我就會好起來，可是若想進餐睡覺，就得回公鹿堡才行。

我扛起一袋，另一袋用拖的，至少這是我原本的打算。不過，才走了三步，就又倒了下去，此時的精神比剛從精技石柱出來時更差。我不情不願地承認道，這的確是被普立卡說中了；接著我便擔心起來，果真如此，那我要到什麼時候才敢踏入精技石柱，回到艾斯雷弗嘉島去呢？我且將那些暫時擺在一邊，我眼前有更迫切的問題需要解決。

我摸索著施展精技。我的精神太差，幾乎無法集中技傳。我找到阿憨的音樂，再循線找到他，他正在跟晉責和切德聯絡。我想要插進去，但是力有未逮，因爲他們的思緒一下子就把我彈了出來。他們似乎沒有傳遞什麼訊息，只是在做精技練習而已。我開始察覺到蕁麻，她像是若有似無的香水味般飄浮在空中。她伸手去抓他們三人的牽繫圈，差點就抓住了，但最後再度飄走。在她這一試失敗之後，他們幾人都頗爲失望，我這才逮到了機會，微弱地對阿憨技傳道：

阿憨，我不舒服。你能不能到見證石來找我？帶匹小馬來，不，帶著驢子跟板車來好了。我看我大概連坐在馬上騎回去都沒辦法了。我這裡有兩大袋卷軸。

一時之間，他們每個人都發出無言的訝異震波，朝我掃過來，接著是七嘴八舌的追問：你在哪裡？

你之前上哪裡去啦？

你有沒有受傷？是不是有人攻擊你？

是不是有人把你囚禁起來？

我剛從見證石出來。我好虛弱，想吐。普立卡說，精技石柱不能用得這麼頻繁。說到這裡，我便退了出來，開始覺得噁心反胃、暈眩發昏。我側躺在草地上。早晨冷冽，所以我拉了一袋卷軸蓋在身上，動也不動地躺著打冷顫。

他們都來了。我聽到聲音，睜開眼睛，結果看到蕁麻的鞋子和騎馬裙。與他們一起來的療者很討厭，他在我全身上下摸來摸去，看看我有沒有斷骨，又拉開眼皮打量我的眼睛，接著他問我是不是碰上盜匪。

我費盡力氣，好不容易搖了搖頭。切德說：「你問問他這一整個月到哪裡去了。打從我們回到公鹿堡以來，就一直在等他把這批卷軸送回來。」我閉上眼睛，保持緘默。療者跟他的助手把我抬上板車，而那兩袋卷軸則放在我身邊。板車緩緩地在草坡上前進，切德與晉責騎在板車的左右，看來很嚴肅；阿憨騎著一匹結實的矮種馬，跟在板車後頭，似乎騎得還不錯；蕁麻則騎著一匹母馬，那馬一看就知道是博瑞屈養出來的。蕁麻與阿憨後頭還跟著幾名騎馬的侍衛，他們的神情銳利，像是期望這趟出來，至少也要碰上一、兩個毛賊，能夠幹上一架更好——不過這個期待已經快要到了破滅的邊緣。我一路上都沒說什麼，因為這裡不相干的人太多，所以我不敢開口。

我心裡七上八下。我既在石柱現身，那麼人們不免會重新傳頌那些古老的流言。相傳有些情侶們由於家人反對，因而躲入了石柱之中，隔了一年，或是十年才回來，而昔日的冤仇早已成為舊事。據說石柱是通往「靈界」的大門，而你在靈界待了一年，人間可能只過了一天；或者你可能在靈界待了一天，而人間卻過了一年。我模模糊糊地記得我在那繁星夜空中待了一段時間，然而我到底在那裡停留多久呢？有好幾個星期那麼久嗎？切德提到我失蹤了一個月。我待在繁星夜空中的時間，至少長到足夠讓他們從瑪烈島回到公鹿堡，因為切德他們已經在這裡了。我有氣無力地笑了笑：這個快速旅行的方式，還真是「快」啊！

到了公鹿堡之後，切德吩咐侍衛抬起卷軸袋，之後領著他們離去；王子一邊跟我握手，一邊跟我道謝，並稱讚我圓滿達成任務，好像我是剛完成了件困難的任務，並且差點送命的尋常侍衛一般。他趁著握手之際對我技傳：我有空就去看你。好好休息。只是我軟弱無力，所以聽不大清楚。

蕁麻和阿憨跟著王子離去，療者和他的助手則扶著我走到醫務室，而我也樂得一動也不動、什麼都不想地躺著休息。

我敢說我一定在醫務室躺了好幾天，不過對於當時的我而言，時光流逝的快或慢，好像不太重要。雖然頭不痛了，人也不暈，但是那種模模糊糊的感覺卻一直殘存著。我知道我去過什麼地方，在那裡有過超凡的體驗，不過我實在說不清那是怎麼一回事；別說講給別人聽了，就連跟自己都交代不清。那個事件廣大無邊、特異至極，所以在經歷過之後，我認定的人生意義與秩序都受到很大的衝擊。吸引住我的注意力的，盡是一些微不足道的小事：飛蛾飛舞在從外頭照進來的光束中、羊毛紗織成的被子、我躺著的木床的木頭紋理。倒不是說我無法施展精技，主要是因為我看不出何必要施展精技，況且我沒那個力氣，也無法集中精神。

他們替我準備了豐盛的食物，並讓我好好休息。訪客們來來去去，但很少讓我留下什麼印象。有一次我睜開眼睛時，發現蕾細正以不以為然的目光嚴厲地俯視著我。我隨即閉上眼睛。療者對我的病況無可奈何，只能不時在我床邊大聲宣布說，我一定是耍懶裝病，不肯起來。最後他們找了個很老、很老的婦人來看我。那婦人端詳過我之後，便肯定地點點頭，宣布道：「沒錯，他這種臉色，一看就知道是被精靈勒啃過的。他一定是被精靈拖到靈界去，拿他來飽餐一頓了。精靈們有個洞穴，就在見證石那邊，這事大家都知道。凡是路過見證石的小羊或是孩童，甚至是嗜酒貪杯的成年人，都會被抓到靈界去。」她好似無事不知地點點頭，指點道：「給他喝薄荷茶、吃蒜頭煮肉，直到他全身都散發出薄荷與大蒜的味道為止。精靈們受不了這種味道，所以一定待不下去；等到他指甲長長，並將指甲剪掉之後，精靈們就會放他走了。」

因此，他們準備了蒜頭羊肉與薄荷茶讓我飽餐一頓，接著宣布我已經治癒，並吩咐我離開醫務室。謎語已經在門口等我，他跟我說，我看來傻呼呼的。他帶我去蒸氣浴室，浴室裡擠滿了侍衛，眾人笑鬧聲極爲吵雜；當兵之人，最神聖的淨身儀式就是洗澡與吃飯，所以接下來，謎語便帶我去亂烘烘、沒一點規矩可言的守衛室進餐，三言兩語便說動我一杯接著一杯地喝啤酒，直到我終於踉蹌地走到一旁去嘔吐爲止。眾人叫嚷大笑的聲音實在太吵，讓我有種落單的感覺。有個年輕的侍衛問我之前去了哪裡，他連問了六次，我才簡單地答了一句：「我回來的時候迷了路。」因爲這一句話，所以接下來那一個小時，我被人捧爲全桌最聰明的傢伙。那個年輕人大概以爲藉此就可以把我的故事套出來吧，可惜他沒能如願。

說來奇怪，我出了守衛室之後，卻覺得人好了一些，彷彿由於我的身體劇烈反抗這些不良待遇，因而不得不坦承自己不過是個人，不能太過度使用這個軀體。我睡在營房，早上醒來，覺得滿身汗臭，於是又去蒸氣浴室走了一趟。我刮掉長長的鬍子，用海鹽搓揉全身，再以冷水沖洗乾淨；由於我的海運箱已經隨著返鄉的遠征隊運回來了，所以浴後我便換上了乾淨的侍衛制服，然後去嘈雜的守衛室吃了一點粥，簡單地打發了早餐。守衛室與廚房相連，廚房傳來乒乒乓乓的聲響，像是裡頭還在打仗，而廚房人手正在攻擊敵人。

這幾天以來，就屬此時的精神最好，所以我藉由洗衣場那邊的密門，一路沿著密道，回到我的工作室。

工作台上展放著染了油，正等著清理、謄寫的經卷，火爐邊的椅子旁則擺著一籃新鮮蘋果。上回我來工作室的時候，蘋果還沒熟呢，可見得我在外流浪了多久。我坐下來，集中心神，對切德技傳道：你在哪裡?我要做匯報,同時也需要有人幫我把一些事情說個清楚。

啊!聽到你的消息眞好。很歡迎你來做匯報。我們在惟眞的塔樓裡。你上得來嗎?

應該可以吧,只是我爬不快,你們可能得等上好一會兒。

我的確爬上去了,不過他們也難免要等等我就是了。我一從火爐側面的嵌板出來,就有一股震驚的震波迎面襲來,這震波原來是出自於蕁麻小姐——如今她已是不折不扣的蕁麻小姐了,她穿著鑲蕾絲邊的綠禮服,與切德、晉責和阿憨一起環坐在桌邊。不過她表面上只露出見到我有一點驚訝的樣子。我將纏在臉上的蜘蛛絲抓下來,丟進火爐裡。由於不知道自己該以什麼角色現身,乾脆以侍衛的身分對衆人行禮,接著站在一旁,做出等候差遣的模樣。

「你沒事吧?」晉責問道,他走上前來,並伸出一臂,以便攙著我走到桌邊。因爲不想示弱,所以我並未讓他扶著走,不過我在桌邊坐定之後,仍覺得尷尬,不知道接下來要如何進行才好。切德一定是注意到我偷偷地朝蕁麻瞄了好幾眼,他突然爆出大笑。「蜚滋,如今蕁麻是我們精技小組的人了。你應該早就料到會有這個結果。」

我朝蕁麻瞄了一眼。她的臉色冷若冰霜,而她的話則如利刃一般地刺入我心中。「我知道你叫什麼名字。你是蜚滋駿騎·瞻遠。我還知道我是你的私生女。我母親說她不認識什麼湯姆·獾毛,所以你待在醫務室的時候,她去瞧瞧是誰自稱是她的老朋友。出來之後,她全部都跟我說了。全部。」

「她又不知道『全部』。」我有氣無力地說道。我的心中突然變得空洞,一下子想不出接下來該說什麼才好。切德匆忙起身,倒了白蘭地,然後把酒遞給我。我的手顫抖得很厲害,幾乎無法將杯子端到嘴邊。

「唔,妳母親將妳取名爲『蕁麻』,而妳還眞是不負其名哪。」晉責辛辣地對蕁麻說道。

「彼此彼此。」蕁麻則甜美地對晉責答道。

「夠了，你們兩個。大家都好好地聽蜚滋報告，看看我們為了搜找他的下落，派出大批人馬，把六大公國的土地都翻過一次之際，他到底是躲在哪裡。」切德非常肯定地說道。

「莫莉到了？她人在公鹿堡？」

「大家都在公鹿堡。全世界都來參加豐收慶了。明天晚上。」阿憨滿足地說道。「我還幫忙榨蘋果汁喔。」

「還不只我母親在這裡而已。我那幾個弟弟也都來了，不過他們都不知道此事，而母親跟我都認為，這件事情還是別拆穿的好。他們之所以來公鹿堡，是因為豐收慶的時候要公開褒揚我父親屠龍立了大功。還有迅風和原智小組的其他成員，也都會受到表揚。」

「很好，這太好了。」我說道，我的心裡的確很高興，但是口氣卻開朗不起來。明天就是豐收慶了，我聽了很驚訝，不過最主要是因為我覺得自己既失去尊嚴，也失去對於人生的主控力。不過說也奇怪，這卻也卸下了我心頭的擔子。我用不著琢磨要在什麼時候告訴莫莉，也不用揣想要怎麼告訴她我還活著。莫莉已經見過我，她已經知道我還活著，也許接下來她會採取行動。但是想到這裡，我的心情便沉入谷底。也許她已經採取行動了，她的行動就是丟下我，走開。

「蜚滋？」我感覺到切德叫了我好幾次，還拉著我的手臂。我抽搐了一下，回過神，察覺到坐在桌邊的眾人。晉責一臉同情，蕁麻一臉疏遠，而阿憨則顯得無聊。切德將手放在我肩上，捏了一下。「你何不跟精技小組報告你之前去了哪裡、出了什麼事？我是有我的推斷，不過仍想聽聽你說，以便證實我想的有沒有錯。」

由於習慣使然，我便是從上一次幫切德傳話之後開始講起。我漫不經心地說著我重新回到黑者住處的情況，然後猛然察覺到自己極不願將弄臣跟我講的話說給眾人聽，於是我低頭望著放在桌上的手，盡量不提他與我傾心對談的內容，一切三言兩語帶過。在場的人之中，大概只有切德多少體會得到，弄臣與我從此分離，對我而言是多麼大的打擊。不過我想也沒想，便說了出來：「後來我沒回去找他們，而你們又說我失蹤了一個月，這一來，不知道他們會如何擔心我。我很想馬上回去，只是我現在對精技石柱畏懼三分。」

「你的確應該畏懼三分，因爲我讀了一些你帶回來的精技卷軸，而由此觀之，你還能平安回來，實在僥倖。不過先別岔開，這事情我們回頭再談。你繼續說下去。」

於是我繼續說起我離開黑者的小屋，打包了卷軸、丟棄了那女人屍體的事情。切德最感興趣的是古靈如何以魔法控制光與熱，又問了許多關於記憶石方塊的問題，問得我招架不住。我看得出他已經躍躍欲試，等不及要親自探索那個魔法充斥的大城了。我繼續說起我向普立卡道別，接著便走進精技石柱中，只是好像怎麼走也走不到盡頭。當我提起有個生命體把我救回來的時候，晉責突然坐直起來。「我們在異類海灘時，也是被這樣的生命體救回來的。」

「有點像，但又不太像。感覺上，當時我的心靈處於他們的世界之中，而因爲我人在精技石柱裡，所以身體也處於他們的世界之中。自從我回來之後，我就覺得……覺得很奇怪。就某些層面而言，我變得更生氣勃勃，更與世界緊密相連，就連細微的小節也使我備加感動，可是我同時也感到更加寂寞。」我說到這裡爲止。我的遭遇便是如此，無其他可說。我朝蕁麻瞥了一眼，她面無表情地迎向我的目光，那臉色清楚地道出，在她心中，我不但不算什麼，而且從未占有一席之地。

切德似乎覺得這些已經夠他思考了，因爲此時他像是剛剛飽啖大餐的人一般，滿足地將椅子往後一推。「這個嘛，這個故事需要整理分析，況且我們今天的課也上得夠了。豐收慶馬上就要來臨，我們大家都很忙。今天晚上大殿有個宴會，可以聽歌、看雜耍、跳舞、聽故事，許多外島朋友，以及諸大公都會來，想必晚上時，各位也都會到吧。」

他講完之後，衆人仍繼續坐著盯著他看，於是他刻意地補上一句：「現在我要私下說一、兩句話。」

阿憨站了起來，蕁麻也站了起來。

「我要先跟蜚滋私下談談。」晉責平靜地宣布道。

阿憨露出困惑的表情，不過他立刻跟進：「我也要跟他講話。」

「我可不用。」蕁麻冷淡地說道，走向門口。「我眞想不出跟這人有什麼好說的。」

阿憨站在原地不動，他看看蕁麻，又看看晉責，顯然是無所適從。我努力擠出笑臉對他說道：「阿憨，我們回頭多得是時間慢慢談，不用急於一時。」

「是啊。」他匆促地應和道，忙不迭地趕到門邊，趁著蕁麻還沒把門關緊之前，跟著她出去。晉責朝切德一瞥，於是首席顧問退到窗邊，站著眺望大海。

晉責顯然希望切德退得更遠一點，由此可見，首席顧問與王子仍繼續角逐權力。我望著晉責，他在我身邊的椅子坐了下來，並挪著椅子，湊到我身邊。他低聲講話，我想他必是在掛念貴主與訂婚之事，此時要講給我聽。「我跟她談了很多你的事情。她現在很氣你，不過據我看來，過一陣子她就會平靜下來，到時候你再找她談也還不遲。」

我愣了好一會兒才領悟過來。「你是說蕁麻？」

「當然啦。」

「你跟她講了很多我的事情？」眞是屋漏偏逢連夜雨啊，我苦澀地想道。晉責察覺到我悶悶不樂。

「我不講不行啊。」他辯白道。「她一直在說什麼『我母親有了身孕之後，他就對她棄而不顧，而且從來就不曾來探望過我』之類的話，我不能任由她把事情講得那麼難聽，更不能讓她信以為真，所以我就把眞相告訴她，就照你跟我講的說給她聽啦。」

過了好一會兒，他見我不回答，催著問道：「蜚滋？」

「噢，對不起。謝謝你。」我連自己剛才在想什麼都記不得了。

「你一定會喜歡她那幾個弟弟。我就很喜歡他們。駿騎有一點自以為是，不過依我看來，他之所以虛張聲勢，是因為他要掩飾心裡的驚惶，畢竟近來他的人生變化實在太大了。敏捷跟迅風一點也不像，我從未見過這麼天南地北的雙胞胎。穩重人如其名，而明證則跟喜鵲一樣聒噪。還有火爐，他年紀最小，從頭到尾就是咯咯笑著四處亂跑，鬧著要哥哥姊姊跟他玩摔角。這孩子，天不怕地不怕的。」

「他們都來參加豐收慶了。」

「王后邀請他們全家前來，因為豐收慶時要褒揚博瑞屈，並且授獎給迅風。」

「當然了。」我低頭望著放在桌上的手。在他們家裡，可有我這個人的容身之處？

「唔，我要說的大概就是這樣了。你已經能走動了，眞好。至於蕁麻，我看她是會回心轉意的，只是你要給她一點時間。她覺得被人耍了。我不是老早就警告過你，她會往這個方面想嗎？不過說也奇怪，她最氣的，竟然是你突然失蹤，她認為你是衝著她來的。不過我敢說，只要給她一點時間，她對你的看法就會改觀。」

「除了等待之外，我也沒別的選擇了。」

「的確如此，不過你可別以為一切無望便就此放棄，之後遠走高飛，避免跟蕁麻見面。如今你的位子可是在公鹿堡，而她也得待在這裡。」

「謝謝你。」

晉責轉頭望向他處。「你可知道，宮裡有了她，對我而言有多麼大的意義嗎？她有話直說，毫無忌諱。我跟女孩子總是很疏遠，唯獨跟她很談得來，像朋友一樣。我猜這是因爲我們是叔姪的關係。」

我點點頭，無法確定他們兩個到底該不該算是叔姪。不過，不論他們是何關係，如果蕁麻與晉責結爲好友，那麼蕁麻在宮中就有強力奧援了。

「我得走了。裁縫師跟我約了時間去試穿豐收慶時穿的衣服，但是之前兩次我都因爲分不開身而爽約。然而我若是沒去，他們就會拿阿憨出氣，拿著針東戳西戳，假裝『不小心』刺中他，因爲沒人護著他。眞的。所以我最好趕快去。」

我聽了點點頭，然後不知怎地，晉責便像風一般地起身衝了出去，於是房裡轉而一片平靜。我心不在焉地呆呆坐著。切德把一杯白蘭地放在我身前的桌上，重重地叩叩桌子，向我示意。我先瞧瞧酒杯，抬頭望著他的臉。

「你可能需要來一杯。」他有感而發地說道，接著說出了一件重要的消息：「弄臣來過，兩個星期之前。我實在很想知道他如何能來去自如，如入無人之境，但他就是有那個辦法。那天晚上，我待在私人起居室裡，近午夜時，我聽到有人敲門。我一開門，赫然發現他就站在那裡。當然，他是變了沒錯，跟你說的一樣，頭髮、眼珠、膚色都是蘋果籽的棕色。他看來很疲倦，有點不舒服，不過我看那可能是因爲他藉由精技石柱來到此地之故。他沒提到黑者——說句老實話，他只談你，其他一字不提。他顯然是以爲我一定知道你的下落，我聽了之後嚇壞了。」

我喝乾之後，將杯子放回桌上。切德見狀也不多問，便又幫我把酒添滿。「我跟他說，我們並沒有你的消息，他聽了之後臉色大變。我把我們搜索得多麼徹底的事情講給他聽，並告訴他，我原先的推測是，你可能已經與弄臣一起離去。他問我們有沒有以精技搜索，我跟他說，當然是有的，只是就算用精技，仍找不到你的蹤跡。他把他落腳的酒館名字告訴了我，說他會待上一個星期，並請我一打聽到你的消息，就派人捎個信給他。一個星期之後，他又回來找我，他那模樣看來老了十歲。他跟我說，他自己也盡力打探，只是仍找不到你的下落，然後他又說，他有一兩樣東西，想託我轉交給你。只是當時無論是弄臣或我，都不敢期望這些東西能交到你的手上，我們都認定，你大概永遠都不回來了。」

我還沒問，切德就把弄臣託付的東西拿了出來：一個如孩童的拳頭般粗細的密封卷軸，以及一個用古靈布料做成的小袋子。我認出那料子是從那件有如銅鱗織成的袍子上裁下來的。我望著那兩樣東西，既沒動，也沒伸手去拿，切德則目不轉睛地望著我。「他有沒有說什麼？我的意思是說，他有沒有託你傳話給我？」

「我想，就是因為有話對你說，所以他才留這些東西給你吧。」

我點點頭。

「你待在醫務室的時候，幸運曾經去看你，你知道嗎？」

「不知道。他怎麼會知道我在醫務室？」

「我敢說他這一陣子常常窩在那家常有吟遊歌者出入的酒館裡。我們搜查你的下落時，當然也透過吟遊歌者放出風聲，畢竟我們急著要打聽你的下落，即使只是謠傳，我們也不想放過。他因此知道湯姆·獾毛應該回公鹿堡，但是卻一直沒回來。後來你出現了，當然那些吟遊歌者也聽說了，而既然他們知道，幸運也就曉得了。你應該早點去看他，好讓他安心。」

「最近他常常窩在吟遊歌者出入的那家酒館？」

「據說如此。」

我並沒問這是誰告訴他的，也沒問他，王后顧問怎麼會如此消息靈通，連鎮上某一個木工學徒的習性都一清二楚。我只跟他說：「謝謝你幫我顧著幸運。」

「我不是說過我會幫你顧著他嗎？倒也不是說我真的就照顧得很周全。蜚滋，我很遺憾，但我還是必須把這事告訴你；細節我不大清楚，但是我曉得他在鎮上惹了麻煩，所以晉達斯就不讓他待了，如今他都是跟吟遊歌者混在一起。」

我搖了搖頭。我很痛心。我這個做父親的也太失責了，事情都已經到了這個地步，再不好好看管這孩子是不行的。我打定主意，一定要抽空去跟椋音打聽，看看我兒子到底待在哪裡。我覺得自己愧疚又懈怠，竟然任由他陷入泥沼之中。

「還有沒有什麼其他我應該要知道的消息？」

「耐辛夫人發現你在醫務室待了好幾天，卻一直沒人通知她，就用她的扇子砰的往我頭上大力一敲。」

我雖心情鬱悶，卻仍忍不住大笑起來。「她當衆敲你的頭？」

「幸虧沒有。她年紀大了之後，人變得比較愼重了些。她派人召我去她的私人房間聚一聚；蕾細在房裡等我，我進去之後，她幫我倒茶，然後耐辛就走進來，狠狠地用她的扇子往我頭上敲了一記。」切德揉揉耳朵上方的傷處，悲哀地補了一句：「你怎麼不早告訴我她已經知道你還活著，且以侍衛身分作爲掩飾呢？我不知道她哪裡看不過去，但反正她越講越火大就是了。」

「我之前找不到機會跟你說啊。這麼說來，她現在還氣我囉？」

「當然啦。不過，她嘴上說氣你，對我則是眞的大發雷霆；她罵我是『老不死的蜘蛛』，還威脅我說，若是我不肯放手，往後還繼續干涉她兒子的事情，她就要用馬鞭好好抽我一頓。她知道你跟我之間有所牽連？」

我慢慢地搖了搖頭。「她知道的可多了，只是她不說而已。」

「的確如此。你父親還在世的時候，她就是這樣了。」

「我也得去探望耐辛才行。唔，看起來，我的人生仍與往日一樣，糾纏得亂七八糟。公鹿堡的大勢如何？」

「你的計畫頗為成功。如今已有不少外島首領陸續抵達，而那些沒有與晉責王子一同前往外島的大公們，則樂得有機會在公鹿堡與外島人商談貿易協定。有很多人認為，這貿易往來的好處這麼大，應該足以勸服外島首領團終結一切掠劫行動了。雖說我不能確定首領團的權威是否大到能壓制掠劫的行動，然而如果諸大公都口徑一致地表明，除非外島人不再對沿岸掠劫，否則便無法開展雙方的貿易，那麼這個數十年來的頭痛問題，說不定眞可徹底解決。還有個消息，你聽了一定又驚又喜：好些六大公國的貴族已經開始商量要跟外島氏族聯姻了。不過到目前為止，都是外島首領提議要加入我們的『母屋』，所以我們不得不警告國內的貴族，在外島人的概念中，婚姻有可能是一時的，不像我們所想的那麼長久。不過有幾宗親事可能會談成，有好幾個重要貴族，打算讓家裡的幼子與外島女子成婚呢。」

他往椅背一靠，替自己倒了一杯白蘭地。「這個和平，說不定眞的可以長長久久，蚩滋。我竟能在有生之年，看到六大公國與外島諸島和平並進，老實說，我從沒想過眞能看到這一天。」他啜了一口酒，補充道：「不過一切還是要等事成再說。我們還有好長一段路要走。我是很希望能看到晉責在這個冬天結束之前就成為王儲，不過這可能還得多下點工夫。那個年輕人到現在仍然既衝動又莽撞。我屢屢告誡他，國王的王冠，乃是戴在頭上，不是佩在心上，更不是掛在腰際。這話我已經不曉得唸過他多少次了。他必須向諸大公展現成年人的深思熟慮、王者的周全想法，而不能讓他們覺得他只是個熱血少年而已。提爾司大公和法洛大公都說，他們希望看到晉責成婚，或是再過幾年，等他心性穩重了些，再將他封爲王儲。」

我把我的白蘭地酒杯推到他那邊，他幫我添滿酒。「你都沒提到龍的事情，這麼說來，牠們都沒鬧出什麼問題囉？」

他苦笑了一下。「這次六大公國的人連一片龍鱗也沒見到，所以大家都很失望；他們恨不得冰華也撞破公鹿堡的大門，把頭貼在王后跟前。至於我呢，我覺得牠們不來倒好。從遠處觀之，龍眞是了不起的傳奇生物，不過我自己近身一瞧，只覺得牠們這種生物，不但會把我吞吃入腹，還會在吞食之後，打個尊貴的響嗝。」

「那麼牠們是回繽城去了嗎？」

「牠們一定沒回去。上星期，繽城商人派人捎信來問候婷黛莉雅的情況。從他們信裡的遣詞用字，我實在看不出他們到底是擔心婷黛莉雅的安危，還是因爲如今那幾條飛不上天的小龍都得仰賴他們照顧，所以急得不得了。我本打算回信告知，自從冰華在獨角鯨族母屋現身之後，我們就沒再聽說牠們的消息。這時蕁麻開口了。她說，婷黛莉雅和冰華每天不是交配進食，就是進食交配，除此之外什麼都不做。至於牠們身在何處，她倒說不上來，只是偶爾跟婷黛莉雅聯絡一下，況且龍的地理概念，跟人類可說是天差地別。不過牠們吃的是海裡的『熊』，所以我看牠們一定是在我們的北方。如果牠們往南飛回繽城，我們說不定有機會看到牠們的身影。」

「我有個直覺，龍的事情不會這麼快結束。不過我們自家的事情呢？原血者的事情解決了沒有？」

「我們出門之後，原血者打打殺殺鬧得很厲害。之前衆人都以爲原血者少之又少，出事之後，才發現具備原血血統的貴族在所多有，此事使得好幾個公國爲之震動。甚至還有人謠傳，畢恩斯公國的婕敏小姐養了獵鷹，而她的獵鷹眼睛所見者，婕敏小姐皆看在眼裡。這誰料得到呢?在打殺最激烈、凶案接連發生之際，貴族們有原血血統的消息也紛紛傳出。珂翠肯用盡手段要遏止喋血報復的事件，但是這一連串的打殺，目的其實是原血者要徹底清理家門，掃清他們所謂的『花斑蛀蟲』。羅網回來之後才聽到這個變化，他非常驚駭，畢竟他一直都大力提倡，原血者應該要走出陰影，以便讓衆人認識並尊重原血傳統。如今發生了這種事情，對他而言幾乎可說是個挫敗。但矛盾的是，他已經提議要建立一個『原血鎭』，以便展現原血者勤勉不懈、溫文儒雅的特質。過去原血者大力反對集中居住，唯恐該鎭容易變成旁人殺戮的目標，而如今他們卻自己提議要建立原血鎭，以便展現他們與人爲善的那一面——只要沒人跟他們尋釁就行了。王后正在考慮這個提議，畢竟這座城鎭的坐落地點需要多方協商。這年頭，許多人變得比以前更怕原血者了。」

「這個嘛，聽來並不是很順利啊。不過，至少現在原血者的事情已經可以攤開來談了。」我呆坐了一會兒，心裡胡思亂想。畢恩斯公國的婕敏有原智?應該不會吧。不過回想往日的情景，我也不敢篤定地說她一定沒有原智了。

「那麼蜚滋駿騎·瞻遠大人呢?蜚滋駿騎·瞻遠大人會不會終於走入陽光下呢?」

「什麼?才稱『大人』而已?我還以爲我會封王!」我不禁大笑起來，因爲此語一出，切德嚇得下巴差點掉下來。「不會。」我篤定地說道。「不會。我想我們還是讓蜚滋駿騎·瞻遠大人在地下長眠比較好。我所掛念的人都已經知道我仍活著了，而對我而言，只要他們知道就夠了。」

切德一邊思索，一邊點頭。「吟遊歌者總是以『於是他們甜甜蜜蜜地生活在一起，並且生了很多孩子』做爲故事的結尾。我想用這句話來祝福你，卻又覺得你的結局跟這個差得很遠。」

「你的結局，也跟這個差得很遠啊。」

他看看我，望向他處。「我有你啊。」他說道。「你有沒想過，要不是因爲有你，我可能一輩子都是躲在壁縫裡不出來的『老蜘蛛』，至死都是如此？」

「我倒沒想過。」

「我還有事要辦。」他突然說道。而他站起來之後，伸出一手搭在我肩上。「你現在還好吧？」

「應該算是不錯了。」我答道。

「那我要先走一步了。」他低頭望著我，補充道：「你以後小心一點好不好？自從你失蹤以來，這些日子我不好過啊。我原本以爲你把職責與血統丟在一邊，逃離了公鹿堡。等到弄臣來過之後，我心裡則深信你一定是『又』死在什麼地方了。」

「你放心，你對於自己有多麼小心，我就對自己有多麼小心。」我對他承諾道。他揚起一邊眉頭瞪著我，最後點了點頭。

我坐著等切德走遠之後，才去看弄臣留給我的東西。我先打開卷軸。我認得出那是弄臣親筆所寫的娟秀字跡。他寫了一首講雙人舞與離別的詩。我唸了兩次。從內容看來，應該是他在還不知道我失蹤之前就寫了。這麼說來，他並未改變心意；他與普立卡之所以在公鹿堡暫留幾天，是爲了要來向我道別，而不是因爲他改變了心意。

袋子裡一團東西，有些沉重。我將那滑溜的包袱布解開之後，一塊如同我拳頭般大小的記憶石滾到桌上。這是弄臣以具有精技的指頭雕出來的，這點我十分確定。我小心地用指頭探一探，但只覺得這跟尋常的石頭沒什麼兩樣。我將石雕拿起來細細打量。這石頭有三面，交界處的圖案融合在一起，說不出每一面的起點與終點在哪裡。這三面，一面是夜眼，一面是我，一面是弄臣。夜眼耳朵豎起，鼻尖垂下，眼睛直視著我。接下來這一面是個年輕人，臉上無疤，眼睛睜得大大的，嘴巴微開。我眞的曾如此年輕過嗎？至於弄臣那一面，他刻的是自己當年的模樣，頭上戴著尖尾帽子，食指伸出，擋在噘起的嘴唇前，眉毛揚得很高，彷彿正在捉弄、取笑人。

直到我捧起這個石雕，我才看出他在這石雕之中注入了什麼樣的回憶。這個石雕使我想起三個單純溫馨的時刻。如果我將手蓋在夜眼那一面與我的那一面上，就會看到牠與我一起蜷縮在我那個小屋的床上睡覺的情景；我的手蓋在弄臣那一面，和夜眼那一面時，則會使我看到夜眼趴在弄臣位於群山的小屋火爐前睡覺的模樣。最後那個畫面，一開始使我頗為困惑。我把手蓋在弄臣那一面，和我那一面上，然後不解地眨了眨眼睛。我瞪著看了好一會兒，才認出那也是弄臣的記憶畫面：他的額頭抵著我的額頭，我們兩人四目相對之際，從他眼中看來的我，大概就是這個模樣。我放下石雕，便見到弄臣那個意有所指的笑臉揚眉望著我；我也對他一笑，衝動地以我的指頭去摸他的額頭，於是便聽到他的講話聲，清楚得像是他就在身邊對我說話：「我這個人，一向都不大明智啊。」聽到這話，我不禁搖頭。這是他要跟我說的最後一句話，可是他連最後這一句話，也講得像個謎題。

我拿起我的寶藏鑽入火爐後方，再將飾板擺回原位，之後便回到工作室去將我的寶貝藏好。吉利冒了出來，連連追問我為什麼沒替牠帶香腸來。我再三保證以後一定會多加用心，牠則說你本來就該如此，接著用力地在我指頭上咬了一下，以免我忘記。

然後我離開工作室，溜進公鹿堡的大廳堂。我知道椋音一定會跟來訪的吟遊歌者混在一起，所以我先去吟遊歌者用以排練、聚會，並享用豐厚酒食招待的小廳。那房間裡擠滿了賣藝人，人人競相表現，喧嚷無比，但卻找不到椋音。接著我又到大殿與次殿去找，也是徒勞無功。就在我放棄希望，打算直接到公鹿堡城去碰碰運氣的時候，卻在女人花園中一瞥她的身影，她正在跟其他幾位夫人小姐一起散步。我一直站著，等到我確定她一定注意到我了，才走到一處比較僻靜的石椅上坐下。我敢說她一定會來找我，而且我用不著等上太久。不過椋音一在我身邊坐下來之後，說的第一句話竟然是：「這樣太不明智了。要是被人看到的話，可能會傳得很難聽。」

我認識她這麼久了，從沒看過她把別人的閒言閒語放在心上，所以我不但嚇了一跳，還覺得很傷感情。「那我趕快問完問題，問完我就走人了。我要去城裡找幸運，我聽說近來他常常跟吟遊歌者混在一起，所以我來問問看要去哪一家酒館才找得到他？」

椋音露出一臉驚訝。「你怎麼會問我呢！這幾個月以來，我都不跟他們混在一起了。少說也有四個月了。」她往長椅的椅背一靠，雙臂交握抱胸，直視著我。

「那妳能不能隨便猜猜看，可能是哪一家？」

她想了一會兒。「去『鵜鶘的喉囊』試試看。年輕的吟遊歌者都往那裡跑，唱些淫穢的歌啦，編編新曲啦。那個地方呀，吵翻了天。」她的口氣顯得頗不以爲然。我揚起眉毛做出疑問狀，她趕快澄清道：「對於初入行，要學唱歌講故事的新人而言，鵜鶘的喉囊算是正經的了。可是再怎麼正經，如今那種場所都不適合我出入了。」

「不適合？」我問道，努力自制，以免笑出來。「這是什麼話！妳是從何時開始注意要去什麼場所才『適合』呀，椋音？」

她望向別處，同時大搖其頭，眼睛也不看我，跟我說道：「你以後不能再用這麼熟的口氣跟我講話了，湯姆．獾毛。而且我以後也不能這樣跟你單獨見面了。對我而言，那種時光已經過去了。」

「妳是怎麼回事啊？」我衝口說道。我既驚訝，又有點傷心。

「我是怎麼回事？難道你瞎了眼呀？你看看我。」她驕傲地站了起來，手放在小腹上。比椋音個子矮，可是比她胖得多的婦人多得是，所以我不是從她的身形，而是從她的姿勢猜到了幾分。「妳懷孕了？」我難以置信地問道。

她吸了一口氣，顫巍巍地綻出笑容，她突然像昔日的椋音一樣，連珠砲地說了起來：「這簡直是奇蹟。魚貂大人請了位療者來照料我的生活起居，而那位療者說，有的女人會在幾乎已經沒機會懷孕之際，突然變得能夠懷孕。就像我這樣。噢，蜚滋，我就要生寶寶啦，我就要有自己的孩子了。雖然孩子還在肚子裡，但是我已經深愛著他，一天到晚都在想孩子的事情了。」

如今她看來高興得放出光彩。我幾乎不敢相信地眨眨眼睛。以前她不時會以苦澀的口氣說道，由於她無法懷胎，所以她的家庭既不穩固，丈夫也在外拈花惹草，但是如今聽來，她一定是一直都很渴望要有個孩子，只是多年來都將這個願望按捺在心底，嘴上從來不提。我好驚訝。我誠心誠意地說道：「我眞的很爲妳高興。」

「我就知道你會爲我高興。」她輕輕碰了我的手背一下。以前椋音與我見了面會彼此擁抱，然而那樣的場面已成追憶。「我不能像以前那樣子下去了。我非改不可，我敢說你一定能體會我的心情。我這個做母親的，可不能傳出一點閒言閒語，也不能有什麼不妥當的舉止，免得誤了寶寶的前途。如今我必須變成模範主婦，埋首於家務事之中，其餘一概不理。」

一時間，我突然吃起醋來。

「希望妳的家居生活圓滿甜蜜。」我平靜地說道。

「謝謝你。我們就此分手，這你可以了解吧？」

「這我了解。再會了，椋音。再會了。」

我坐在椅子上望著她離開。她並不是一步步地走開，而是像滑過石板路一般地溜開，還雙手捧著肚子，彷彿把未出世的孩兒抱在懷裡。我那隻貪婪且聒噪的小鳥兒，如今已經變成坐巢的母鳥了。望著她離去，我突然感到有點悵然若失；在我人生最困難的時候，我總是尋求椋音的安慰，然而那樣的時光已經遠去了。

我一邊走向公鹿堡城，一邊想著我與椋音在一起的時光。我不禁想道，我若是沒有把自己的痛苦餵給石龍，那麼我還會將她迎入心中嗎？倒也不是說她跟我情投意合。回想起來，我眞不知道當年我們兩人是怎麼湊合在一起的。

鵜鶘的喉囊酒館位於公鹿堡城的新城區，要先爬上一條陡峭的小路，然後再下坡。酒館有一半騰空在外，靠著木樁撐起來。

這個酒館很「新」，而我所謂的「新」，是指我年少時這家酒館還沒開，不過樑柱已經被煙燻得焦黑，桌子也像一般常有吟遊歌者光顧的酒館那樣顯得斑駁——那是因爲，吟遊歌者們往往會跳到桌子上去唱歌或是製造高潮。

對於吟遊歌者而言，這個時候還算早，起來活動的人不多，所以店裡空蕩蕩的。店主人坐在高腳凳上，透過因爲吹多了海風，窗緣結了鹽晶的窗戶，眺望著大海。我站了一下，讓眼睛適應這個無論何時都顯得暗濛濛的地方，然後便看到幸運獨自坐在角落的桌邊。他正將桌上那幾塊木頭挪來挪去，好像在玩什麼遊戲，他的下頦邊留了點短且捲曲的鬍子。我走上前，站在他對桌，等他抬起頭來看我。幸運一看到我便立刻跳了起來，同時大叫一聲，驚醒了正在打盹的店主人，接著他繞過桌子，緊緊地抱住我。「湯姆！你回來了！我太高興了！早先傳出說你失蹤了，後來你出現之後，我去看過你，但那時你睡得死死的。那個療者有沒有把我留給你的紙條交給你？」

「沒有。」

我的口氣使他有些警覺，他的肩膀稍微垂了下去。「啊。看得出來，我那些不好的消息一定都傳到你耳裡了，不過我敢打賭，你一定還不曉得我的好消息。坐下來。我真希望你看過我給你的紙條，這樣我就不必重講一遍了。同樣的事情一講再講，實在很無趣，尤其是因爲現在我每天都要一再重複練歌。」他提高音量，叫道：「麥恩？能不能麻煩你送兩杯啤酒來？如果麵包已經烤好了，請順便給我們一些麵包。」接著他又對我說道：「坐下來。」他自己也入座。我在他對面的位子坐下。他望著我的臉。「我就長話短說了。絲凡佳拿了我的錢，把自己打扮得花枝招展，之後迷住了一個老頭子，如今她已經變成『別針妻子』了。那個姓別針的傢伙是個布商，年紀少說也有她的兩倍大。那人既富裕，又有家業，財力雄厚，所以，這事就到此爲止了。」

「那學徒的事情呢？」我平靜地問道。

「待不下去了。」他平靜地答道。「絲凡佳的父親親自去找晉達斯師傅，指責我行爲不檢，所以師傅跟我說，我非改一改不可，不然就別想在他那裡做下去，於是我便離開了師傅的木作工坊。我好笨哪！出去之後，我勸絲凡佳跟我一起私奔，回我們的小屋去住；我跟她說，日子也許會很苦，但是只要我們彼此相愛，就算是單純過日子，也會覺得很富有。她聽說我連學徒都沒保住，當場就火了，她說，我若以爲她喜歡住在森林裡養雞，那我就大錯特錯了。四天之後，她就勾著別針先生的手臂在街上走了。你說得沒錯，她的確靠不住。我早該聽你的話才對。」

我咬住舌頭，免得自己怒斥他怎麼現在才想到這一點。我呆呆坐著，注視著桌面，心裡想著現在我兒子該怎麼辦。那時是他最需要父親幫助的時候，可是我卻人在遠方，把他一人丢在公鹿堡城。我思索著接下來要如何收拾殘局。「我跟你一起去。」我提議道。「我們一起去找晉達斯，請他重新收留你。如果需要的話，我會低聲下氣地求他。」

「不！」幸運驚訝得說不出話來。他大笑道：「你還有一半故事沒聽呢，先別遽下結論。你呀，老是往最壞的方面想。湯姆，我現在跟吟遊歌者在一起，而且我很快樂。你瞧。」

幸運把那些木塊推到我面前來。這些木塊還需要再琢磨，不過我看得出，木塊組合起來之後，就成了一把小型豎琴。我跟椋音混得夠久，所以我知道要成爲吟遊歌者的第一步，就是學著做把基本的豎琴。

「我以前都不知道我能唱。唔，我當然知道我能唱啦，不過我的意思是說，我以前並不知道我的嗓子好到可以當吟遊歌者。我從小聽著椋音的歌長大，她唱，我就跟著唱。我從來沒有多想，但是現在我才知道，光是在晚上的時候聽著她唱歌講故事，我就已經把好多歌、好多故事默記在心裡了。如今她跟我是大不相同了，而她也不贊成我走這一行。她說，我若是走這一行，你一定會怪罪她。但椋音雖不贊成，卻仍幫我作保，還放出風聲，說我可以一直唱她的歌，直到我做了自己的歌爲止。」

店主人把啤酒與新鮮、酥脆、熱騰騰的麵包送到我們桌上來。幸運將麵包掰成小塊，開始大嚼起來，而我仍在努力揣想這是怎麼回事。「你要做吟遊歌者？」

「對！椋音帶我去見一個名叫『沙舌』的人。沙舌的嗓音糟透了，可是他彈起琴來，那眞是神乎其技，而且他已上了年紀，樂得有個年輕人幫他提提行李。況且要是出門在外、碰不上旅店歇宿的時候，也好有人幫忙生火取暖。當然，我們會待到豐收慶之後才走。今晚沙舌會在次要火爐前獻唱，而我也可能會幫著唱一、兩首歌，逗逗小孩子。湯姆，我從來不知道人生可以過得這麼好。我眞愛死了現在的生活。我在不知不覺間從椋音那裡學來了本事，就等於是在爲當吟遊歌者而做準備了。不過我到現在尙未做好自己的豎琴，也還必須新編幾首歌才行。但是沙舌說，新歌自會找上我。他說，我應該要耐心一點，別急著編新歌，而是要等著新歌找上我。」

「我從沒想到你會變成吟遊歌者，幸運。」

「我也沒想到呀。」他咧嘴笑道，不在乎地聳起一邊肩膀。「但是我做吟遊歌者正合適，湯姆。沒人在意我父母是誰，或是有沒有父母，也沒人在意我兩眼同不同色，更不用像木工學徒那樣，永無止境地磨砂紙。噢，沙舌逼我一再重複背誦，務必要背到故事的每一個轉折都如他的要求，這點我可能會有小小抱怨，但是那又沒什麼難的。直到現在，我才知道我的記性這麼好。」

「那麼豐收慶之後呢？」

「噢，這是唯一的小缺憾。豐收慶之後，我就要跟沙舌出門了。他一向在畢恩斯公國過冬，所以我們會一路賣唱到畢恩斯公國去，之後在他老主顧家中的溫暖火爐前度過冬天。」

「而且你不後悔。」

「唯一的小缺憾，就是冬天的時候，我們會比這個夏天更少機會見面。」

「可是你很快樂？」

「嗯。快樂到了極點。沙舌說，當你放開束縛、任隨著命運而行，而非耗勁扭轉人生、試圖改變命運的時候，快樂就會跟著你走。」

「是啊。但願快樂隨你而行，幸運。但願快樂隨你而行。」

然後我們一邊喝酒，一邊聊些小事。就我而言，看到幸運受到這麼大的打擊，卻仍勇敢地重新站穩腳跟，心裡實在感動。而且照他說起來，椋音應該是幫了不少忙，只是她在我面前一字不提。椋音既允許幸運唱她的歌，可見得她的確是下定決心，要把舊日的人生拋在腦後。

我大可以跟幸運聊上一整天，但是他望了望窗外的天色，接著說他得去把師傅叫醒，並且幫他端早餐進去。幸運問我，晚上我會不會去參加豐收慶的慶典。我說我不見得有空，不過希望他晚上一切愉快。幸運回答，這是一定的，然後就向我道別了。

我挑了一條經過市場的路回去。我先買了花，又在其他攤子上買了些甜點，接著絞盡腦汁，拚命地揣摩到底要再買什麼禮物，才能讓耐辛消氣。但是逛了半天我什麼也想不出來，同時驚訝地發現自己因爲一攤逛過一攤而耽擱了好多時間。我在走回公鹿堡的路上碰上要前往堡裡過節的人潮，我夾在人群之中，前面是一板車的啤酒桶，後面則是一群邊走邊練習的賣藝人；其中一名玩雜耍的小女孩問我，我買花是不是爲了要送給心上人，我答稱這是要送給母親的，結果引起衆人朗聲大笑，可憐我竟然連個甜心都沒有。

我到耐辛的房間去找她。她坐在椅子裡，腳蹺在矮墩上。她一把眼淚、一把鼻涕地罵我好沒良心，竟然讓她擔心成那樣，而蕾細則把花裝在花瓶裡，又泡了茶來配甜點。我將自己的遭遇講出來之後，耐辛倒消氣了，不過她還是抱怨我至少害她少活十年。

我正努力回想上回我的故事講到那裡，此時蕾細平靜地說道：「前幾天莫莉來看我們。都過了這麼多年，能再見到她眞好。」我目瞪口呆，說不出話來，而蕾細則有感而發地說道：「就算穿著守寡的衣裳，她的模樣還是很標致哪。」

「我跟她說，她早該讓我跟孫女兒見面了！」耐辛突然宣布道。「噢，她講了一百條理由，但是我一條也不服。」

「妳跟她吵架了？」我失望地問道。這下子完蛋了。

「才沒有。當然沒有。隔天莫莉就叫那孩子來看我了。『蕁麻』。什麼名字不好取啊，偏偏取作蕁麻！不過那孩子心直口快的，這點我倒喜歡。她說，如果細柳林莊園是因爲你是她父親才過繼給她的，那她才不要。我跟她說，這跟你一點關係都沒有；細柳林之所以要給她，是因爲她是駿騎的孫女兒，既然她是駿騎的孫女兒，這莊園我不傳給她，要傳給誰呀？我敢說她一定已經發現到，我竟然比她還要固執。」

「我看是不相上下喲。」蕾細滿足地說道，她那扭曲的指頭勾著桌緣。我很想念以前她無時無刻都在編織的聲音。

「莫莉有提到我嗎？」我雖問了，卻很怕聽到答案。

「她是提了，不過她是怎麼說你的，諒你也不會想聽。她知道你還活著，不過那不是我告訴她的。我這個人絕對守得住祕密，才不像你呢！我看她原本大概是打算來找我大吵一架，不過當她發現，多年來我也跟她一樣，以為你已經死了，並因此而哀痛逾恆時，我們兩個倒是心有戚戚焉地聊起來了。當然還談到博瑞屈，親愛的、頑固的博瑞屈，我們兩個好好為他哭了一陣子。博瑞屈是我的初戀情人，這你是知道的，人對於初戀情人總是有一份不同的情懷，所以我內心深處對於那個倔強的男人，仍有點念念不忘。我這樣說，莫莉倒不介意。我跟她說，妳的初戀情人素行再怎麼差勁，也總是會在妳的心裡占有一席之地，而她也說確是如此。」

我坐著，一動也不動。

「她的確是這麼說的。」蕾細應和道，她朝我瞥了一眼，像在估量我會笨到什麼程度。

耐辛繼續叨叨地講下去，但是我發現自己無法集中心神聽她在講什麼。我的心已經飄到別的地方，與一名紅裙被風吹起的少女一起到懸崖邊散步去了。最後我領悟到耐辛正在暗示我該走了，她說她必須開始著裝，提早為晚上的慶典預作準備，因為如今她的動作已經沒有以前俐落了。她問我晚上會不會去。我說大概不會，因為那一屋子的貴族男女之中，可能有人一看到我，就會勾起可怕的回憶，所以我還是避一避的好。她聽了點點頭，不過補了一句：「你已經變了很多，這你知道吧。那天要不是蕾細，就算你從我眼前走過，我也認不出來。」

我眞不知道自己是否該因此而感到安慰。蕾細送我走到門邊，一邊說道：「這個嘛，我看大家都變了很多。這個莫莉呀，她走到哪裡我都認得出來，不過我已經跟當年大不相同了。就連莫莉也變了，她跟我說：『蕾細，他們竟把我安置在南翼的紫羅蘭室，眞是令人意想不到。我以前是住在頂樓的女僕，如今他們卻把我安置在紫羅蘭室，也就是以前明滅大人夫婦住的房間。想想看，人事的變化眞是難料啊！』」說完，蕾細那昔日熟悉的眼睛瞥了我一眼。

我慢慢地點了點頭。

36 豐收慶

由於諸君問及，因而特修信函告訴諸君，已有人見到藍色的母龍婷黛莉雅，以及黑色的公龍冰華的蹤影。雙龍看來既健康，胃口極佳。諸君既關心雙龍的福祉，也關心婷黛莉雅留給諸君照顧之幼龍的福祉，此事我們已經轉達給雙龍。不過，雙龍是否領悟到各位不但十分期盼且急切地想知道牠們的消息，這點我們就無法確定了。但是諸君也許能夠了解，雙龍似乎將所有的心思放在彼此身上，所以既無意與人們對話，也不想理解人們的語意。

——珂翠肯王后致繽城商會之信函

到了晚上，我又回到位於牆壁後面的老地方，不過這一次我不是來執行切德交派的任務，而是純粹因爲好奇才來的。我帶了一個提籃，提籃裡裝著酒、麵包、蘋果、乳酪、香腸，還有一隻小黃鼠狼，此外又帶了個鬆軟的坐墊。我將眼睛貼在窺孔上，觀看六大公國之人與外島人所形成的人潮。

今晚並沒有正式的排場，正式排場是明天。此時桌上已經擺滿了豐盛的果饌，不過桌子貼壁而放，中間留出一片空地，以便跳舞。今晚是尚未闖出名號、年紀仍輕的吟遊歌者、雜耍賣藝人和演木偶戲之人的表現機會；大殿的氣氛悠閒嘈雜，今晚，平民與貴族一起混雜在公鹿堡的廳堂與庭院中遊玩。其實我若是在場中溜達應該也很安全，不過我沒那個心情，所以我躲在這裡觀看，以衆人之樂爲樂。

由於我到得早，我得以聽到幸運唱歌。在他面前聚了一群孩童觀衆——孩子們早早地便聚在這裡聽歌，因爲他們必須早早上床睡覺——他選了兩首傻裡傻氣的歌，一首講的是個男人出門獵捕月亮，另外一首講的是有個女人爲了得到酒喝，因此在田裡種了個酒杯；爲了要有肉吃，因此在田裡種了枝叉子等等。以前椋音唱這兩首歌的時候，幸運總是聽得哈哈大笑，如今他唱給小觀衆聽，小觀衆們也聽得大樂。幸運似乎眞的打從心裡喜歡做這一行，而他師傅看了也很高興。我輕輕地嘆了一口氣。我兒子要去做吟遊歌者了，我從未想像過會有這麼一天。

我也看到迅風。他因爲守喪而將頭髮理短。自從我上次看到他以來，才過了一、兩個月，但是那孩子看來大了許多——不是臉上變得更老成，而是個子抽高了不少。他跟在羅網身後，看到他有羅網這樣的導師，我心裡很欣慰。我四處張望，在跳舞的男男女女之間看到了儒雅大人；他正在與一名少女共舞，我驚訝地發現那女孩竟是蕁麻。我惶惶不安地盯著他們兩人跳到這一曲結束，接著晉責王子伴著惜黛兒小姐走到儒雅身邊，並邀請蕁麻跳下一支舞。王子看來莊重且歡欣，卻不免顯得有點寂寞。據我猜測，他今晚其實只想跟好朋友的女友，以及他的姪女跳舞，至於其他人，那都是應付了。蕁麻跳得很好，不過她似乎太過注意自己的表現，若非因爲她怕自己跳錯舞步，就是舞伴與她身分懸殊，使她不太自在。她的禮服樣式簡單，跟王子的慶典服飾是一樣的風格，看得出是珂翠肯王后特別關照過的。

一想到王后，我的眼睛便開始搜尋她的蹤影。珂翠肯坐在一把高背椅上，眺望著全場；她看來很累，但是很高興。切德並未站在她身旁，我心裡覺得納悶，再定睛一瞧，發現他也在跳舞，他的舞伴是一名紅頭髮的女子，年紀大概只有他的三分之一。

我一個接一個地巡過在我人生中占有一席之地的人物。椋音，如今是魚貂夫人了，她坐在一張鋪著軟墊的椅子上，她的丈夫殷勤地幫她張羅飲料食物，像是唯恐僕人辦不好這麼重要的任務似的。耐辛夫人進來了，她身上那層層的蕾絲，大概比全場的夫人小姐們身上穿的蕾絲加起來還要多，蕾細伴隨在她身邊。她們兩個在長椅末端接近木偶戲舞台之處坐下來，隨即開始品頭論足。兩人又是點頭，又是指指點點，又是互相咬耳朵，像是一對小女生。迷迭香小姐正在跟兩位外島的首領講話，我敢說，她那迷人的笑容以及豐滿的胸部，必會掙得不少寶貴消息，絕對足夠切德好好思索一番。

阿肯·血刃也在。他披著紅狐狸的毛皮大氅，正起勁地跟畢恩斯女大公講話。畢恩斯女大公很禮貌地聽著，不過我倒不敢說貿易協定一定能使她對外島人的想法完全改觀。我看到三個我認得出來的首領團之人聚集在擺設食物的桌子邊，另有幾個正目瞪口呆地望著木偶戲。我的目光再度落在蕁麻身上，她正穿過擁擠的人群。一名身材結實的年輕男子朝著她的方向走過去，從那少年削得短短的捲髮看來，我猜他必定是博瑞屈的大兒子駿騎。蕁麻與駿騎兩人站在嘈雜歡笑的人群中談話。接著，一名穿著式樣簡單深藍服飾的女子走上去，手邊牽著一名不斷想要掙脫母親的小男生。看到莫莉剃光了頭髮，我不禁瑟縮了一下。我敢說，博瑞屈一定不願意她把那一頭漂亮的頭髮剪掉。奇怪的是，頂著個光頭，反而使她顯得年輕。莫莉抓著火爐的手，另一手指著另外一個小男生，顯然是想叫駿騎幫她把孩子們都找回來，好讓她帶他們回去睡覺。不過蕁麻不但不幫忙，反而一把將小弟弟抱了起來。她抱著火爐在舞池裡曼舞，火爐因為逃離了母親的掌握，樂得尖叫，咯笑個不停，旁人見了也跟著笑了起來。駿騎伸手去安撫莫莉，又對她的話點頭稱是。此時一團特技藝人大顯身手，表演起疊羅漢，結果擋住了我的視線。等他們耍完特技之後，莫莉已經不見人影了。

我離開窺孔，坐回陰影之中。我手肘邊的吉利問道：香腸？

我憑觸覺在籃子裡翻找，但是只摸到一些香腸的碎片。吉利早把那幾條香腸當作是假想敵，並在一陣打殺之後將之砍成碎片了。我找到了一塊比較大一點的碎香腸，吉利高高興興地從我手上抓過去吃掉。

我的晚上便這樣過去。我看到我心愛的人們隨著音樂起舞，雖說，坐在厚牆之後的我，幾乎聽不到樂聲。我再度離開窺孔，好讓疼痛的背部休息一下，這時，一小束光線穿過窺孔照了進來，我伸手捕捉那一束光，怔怔地望了好一會兒。我心裡想道，這必定是我人生的預兆。我把自艾自憐的心情拋在腦後，再度靠到窺孔上。

阿憨雙手捧著一疊單個的水果蛋糕，高高興興地離開食桌，他的音樂既響亮又激昂，他開心地就著音樂的節拍往前走，只是其他賓客從他們耳裡聽到的音樂看來，恐怕會覺得他的步履根本跟不上音樂的節奏。不過我對自己說道，至少阿憨人在場中。至少他人在場中，與眾人同在。我突然有一股衝動，想要把謹慎拋在腦後，衝下去與大家同樂。但是這股衝動來得快，去得也快。這是不成的。

莫莉的孩子們找到了一個符合他們喜好的雜耍藝人。他們散成半圓形，圍住那個雜耍藝人，專心地看他表演。蕁麻一手拉著火爐、一手拉著穩重，駿騎手裡抱著明證，敏捷和迅風並肩站著。我注意到羅網站在他們身後，雖隔得稍遠，但時時注意著他們的動靜。我的眼睛掃過群眾，沒有看到我想找的人。我站了起來把提籃和坐墊留給那小黃鼠狼，迅速地穿過狹窄的密道。

我知道紫羅蘭室有個窺孔，但是我避而不看。我離開密道之後，先在大壁櫃裡待了一會兒，將身上的灰塵和蜘蛛網掃開，接著眼睛看著地上，迅速地穿過公鹿堡的擁擠走廊。幸虧沒人注意到我，沒人叫我名字，或者叫住我、問我近來如何。看來我是可以避人耳目的。上了樓梯之後，人群就漸漸少了，等到我走到公鹿堡的套房區之後，走廊更是空無一人——大家都去參加下面的慶典了。但我是例外。莫莉也是例外。

我在紫羅蘭室的門口來回走了三次。走到第四次，我命令自己伸手敲門，而且終於敲了門，只是力道太大了。我心裡怦怦地跳，整個人在顫抖，四下寂靜一片。然後，就在我以為這次雖鼓足勇氣，卻是白忙一場，莫莉想必不會應門了之時，卻聽到她輕輕地問道：「誰？」

「是我。」我答得其笨無比。而就在我絞盡腦汁想著要把我的哪一個名字告訴她時，莫莉明白地告訴我，她已經知道我是誰了：

「走開。」

「求求妳。」

「走開！」

「求求妳。」

「不行。」

「我已經答應博瑞屈說我會照顧妳和那幾個小孩子了。我已經答應博瑞屈了。」

門開了一小縫。我看得到莫莉的一隻眼睛。她說道：「這倒好笑。當年他第一次帶東西來看我的時候，用的也是這一套說詞。他說，他在你死之前答應了你，說他一定會照顧我。」

我不知道要答什麼才好，而門又開始關上。我趕緊將一腳插入門縫之中。「求求妳讓我進去，只要一下子就好。」

「你腳走開，不然我就把你的腳夾斷。」她這可不是在開玩笑。

我決定賭一賭運氣。「求求妳，莫莉，我求求妳。都過了這麼多年，難道我連個解釋的機會都沒有？就這一次就好。」

「你早在十六年前就該解釋了。你早該在事情還有轉圜的餘地時就解釋清楚。」

「求求妳讓我進去。」

她突然一把將門拉開，眼裡燃著怒火。「我只想聽一件事。你跟我說說我丈夫臨終前是什麼情況。」

「好。」我輕聲應道。「我是該把當時的情況告訴妳。這是我欠妳的。」

「對。」她說著，開了一條只足以讓我鑽進去的小縫。「這是你欠我的。而你欠我的遠不止於此。」

她穿著睡袍，罩著披肩；她的身體比我印象中更加豐滿，這是女人而非少女的體格，但並不是說她現在就不吸引人。房裡飄著她的味道，不只是她的香水味，還有她的體味，和蜂蠟與做蠟燭的味道。她的床邊鋪了個通鋪，可見得她那幾個兒子都待在這裡，跟她一起睡。她的髮刷和梳子擱在桌子上；她現在其實用不上這些，擺在這裡應該只是出於習慣。

我衝口而出的第一句笨話是：「倘若他在，他一定不讓妳把頭髮剪掉。」

她伸手撫頭，氣憤地質問道：「你怎麼知道？」

「早在他將妳從我身邊搶走之前，他就見過妳了。他在第一次見到妳的時候就說：『她的外套帶著一點紅色。』」

「他說話就是那個調調。」莫莉應道。「但是他從來就沒有把我從你身邊『搶走』。我們兩個都以爲你死了。你讓我們以爲你已經死了，所以我絕望透頂。我從不曾想過自己能夠張羅一切、獨立地把孩子養大。如果說眞有誰『搶』了誰，那就是我把博瑞屈搶了過來。我把他搶了過來，因爲我愛他，因爲他待我好，因爲他待蕁麻好。」

「我知道。」

「你知道就好。坐下，把他怎麼死的講給我聽。」

所以我坐在椅子上，講述博瑞屈傷後那幾日的情景，莫莉則倚坐在矮櫃上聽。我從未想過自己會跟莫莉講這些，因此尷尬得不得了。不過能把這些話講出來，我心裡卻也輕鬆許多。我想，這些事情不只是她想要知道，我自己也想一吐爲快。她專心地聽著每一個字，彷彿每一個字所代表的博瑞屈的人生片刻，都是她的寶貴財產。我不太想講出他有原智之事，不過能講這個故事，勢必得把這一點講出來。她一定是已經知道了，因爲她聽了之後既不顯得驚訝，也不嫌惡。我跟她說的事情，是就連迅風也無法得知的，因爲我可以告訴她，我看得非常明白，博瑞屈的確鍾愛迅風這個兒子，而當他過世之時，父子兩人之間沒有任何嫌隙。我跟莫莉說的和我跟蕁麻說的略有不同。我告訴她，博瑞屈請我照顧她，以及他那幾個幼子，莫莉自然知道那幾個字背後有什麼深意。當時博瑞屈跟我說，他比我更配得上莫莉。我把這句話源源本本地講給她聽，同時我也告訴她，博瑞屈這句話，我很贊成。

她坐直起來，尖刻地說道：「很好。原來你們兩個都講定了。不過你們有想到要先問問我的想法嗎？你們難道沒有停下來想一想，也許誰比較配得上我，應該由我來決定才對？」

這幾句話開啓了一扇門，使我叨叨地說出當時我在做什麼，以及我是在何地得知、如何得知她已經與博瑞屈在一起的。我講話的時候，她的眼睛望向他處，嘴裡咬著大拇指指甲。我講完話、陷入沉默之後，她說道：「當時我以爲你已經死了。如果當時我知道事情還有其他可能，或者他知道事情還有其他可能的話……」

「我知道。但是當時我不管用什麼方法送消息給你們都不安全。況且，一旦你們……那麼一切都太遲了。倘若我回去，那麼我們三人之間，恐怕會有難以彌補的裂痕。」

她往前一靠，雙手托著下巴，指頭掩住嘴。她閉著眼睛，但眼淚仍從睫毛下源源湧出。「瞧你弄得一團糟。你看看，我們的人生都纏攪成什麼樣子了。」

我心裡有千百個答案。我可以反駁說我並未弄得一團糟，我可以說這一切都是命運使然。但是突然之間，我只覺得這些話太沉重，沉重得我無法說出口。所以我乾脆放手。乾脆通通放手。「如今已經太遲了，就算妳我之間要有點什麼，也已經太遲了。」

「噢，蜚滋。」就算她是在責罵時說出我的名字，我的心裡仍有些甜蜜。「你呀，無論什麼事情都來得不是時候，不是太早，就是太遲。總是有一天我要如何如何，總是明天我要如何如何，要不然就是等你替國王盡了這個職責之後再說，但這次一定是最後一次了。可是女人需要的不是以後，而是當下。我就是這樣。可惜當年我們少有『當下』。」

我們兩人沉默且遺憾地坐了一會兒，最後她平靜地說道：「駿騎不久就會把孩子們帶回來了。我答應他們，他們可以待在大廳，把最後一場木偶戲看完再回來。若是讓他們回來了，發現你在這裡，那實在一點好處都沒有。他們既不懂，我也無法解釋。」

於是我就離開了。我在門口對她鞠躬道別。我連她的手都沒碰到。這時我的感覺，比敲門之前更糟糕。那時候，我至少有一絲希望，如今我離開時，卻只感覺到現實的沉重。太遲了。

我走下樓梯，回到擁擠的群眾與嘈雜之中。眾人的喧囂聲變得更大，有些人興奮地講話，有些人在問問題，有些人則在重複他們聽到的流言。「有船！外島來的船！」

「現在靠岸太晚了。」

「掛的是獨角鯨族的旗子嗎？」

「信差剛剛進來！我看到信差手裡拿著圓筒。」

接著人群開始湧回大殿，而我則被困在人群裡，不得不跟大家一起行動。我試過要擠到密道入口，但結果只是肋骨被人撞了好幾下，又被人怨罵了幾聲，只得放棄希望，任由興奮的人潮將我帶進大殿。的確有個信差到了，他剛走到王后身邊。大殿的熱鬧氣氛花了好些工夫才平息下來；演奏舞曲的樂團先停止奏樂，然後木偶戲停演，玩雜耍的也收起耍弄的道具。眾人十分期待地輕聲交談，人潮仍不斷湧入大殿。站在王后身前的信差仍喘著氣，他手裡拿著的那只圓筒，顯示他乃是皇家信差，片刻耽擱不得。切德一下子便到了王后身邊，王子也走上高台，站在母親身邊。王后打開卷軸，拿高，好讓他們也能一同展讀。這時底下喃喃的議論聲停了下來，現場一片寂靜。

「好消息！剛才有一艘掛著獨角鯨旗的船進港了。」王后宣布道。「看來，外島獨角鯨氏族的皮奧崔首領，說不定可以參加我們明天的豐收慶盛典。」

這眞是個大好消息，所以阿肯．血刃激昂熱切地大喊出來，他的聲音輕輕鬆鬆地便蓋過諸大公與女大公拘謹的應和聲。有個外島人用力一拍提爾司大公的後背。王子開心地對全場眾人點頭，並揮手示意樂師繼續奏樂，樂師們奏出一支活潑的慶祝曲。大殿上已經擠得無法跳舞，然而人們似乎光是站在原地，隨著輕快的曲調跳一跳、搖一搖，就已經很滿足。接著有些人逃出去呼吸些新鮮空氣，或是去向別人散布消息，大殿上因此變得比較沒那麼擁擠。木偶戲演完之後，駿騎和蕁麻把弟弟們聚攏，帶回房間去了，其他孩子也各自被帶回去睡覺。我心裡正想道，趁現在人變少了，我應該大可以優雅地離開，用不著爬回密道時，外面又響起第二波興奮的聲音，而這興奮的聲音一起，人群又再度湧入大殿。我感覺到有人在拉我的袖子，回頭一看，原來是蕾細，她悄聲說道：「年輕人，到我們這邊來坐。我們會幫你掩飾。」

因此過了不久，我便坐在長椅上，夾在耐辛與蕾細之間，看起來就像是偷入雞舍的狐狸般不起眼。

我垂下肩膀，拿了一杯新鮮蘋果酒遮臉，打量著這新一波不知為何而起的喧嚷。

原來是皮奧崔到了——我看到他動也不動地站在門口，然而外面的叫嚷聲比裡面更大聲，看來情況不只是他抵達這麼簡單，況且他臉上表情堅毅，彷彿這件事情不可小覷。他將雙手高舉過頭，大聲喊道：「煩請讓路！煩請讓路一下！」

現場擠成那樣，要讓路談何容易，但人們還是讓出一條路來了。皮奧崔帶頭以緩慢穩重的步履走了進來，他身後則是眾人前所未見的景象：艾莉安娜穿著一件帶兜帽的藍斗篷，兜帽鑲著白毛皮邊，格外襯出她的黑髮黑眼。斗篷不但及地，且拖曳在她身後；這斗篷是公鹿堡藍，整件斗篷上都是並列的公鹿與跳出水面的獨角鯨，公鹿與獨角鯨的眼睛乃是閃閃發亮的寶石，所以她走進大殿時，宛如將夏日的繁星夜空穿在身上。

王子一直站在高台上與他母親待在一起。此時他低頭俯瞰著艾莉安娜，而任誰一看，都看得出他滿心歡喜。他既沒有對母親和切德說句話，同時也等不及走下兩階，而是乾脆跳了下來。艾莉安娜一看到晉責，便將兜帽撥到後面，跑上前去。他們兩人在大廳中央相遇，他們互握著手，而艾莉安娜清脆歡欣的聲音傳了出來：「我等不及了。我無法等到冬天，更無法等到春天，所以我來到此地與你成婚，我會努力按照你們的習俗在此住下來，雖然你們的習俗頗為奇怪。」

王子低頭望著艾莉安娜，歡欣的心情溢於言表，但接著我便看出他露出猶豫的神情。他正在思索，在場的人這麼多，他要如何回答才算合宜。艾莉安娜抬頭看到晉責那謹慎的臉色之後，臉上的光彩便開始黯淡下來。

我激烈地對晉責技傳道：快告訴她你也等不及了。告訴她你也深愛著她，你要馬上娶她。這份愛來自於大海的那一端，又讓她付出這麼大的代價，所以說什麼都不能拖延！她是女人啊，你必須當下就要讓她感受到愛意。

切德的臉凍結在惶恐的笑容之中。王后站了起來，我知道她屏住了呼吸。皮奧崔一動也不動地站著，他一定是在祈禱王子切莫傷害，也莫羞辱那少女。

晉責朗聲說道：「那麼我們這個星期就結婚，不只是在諸大公，而是在所有在場衆人面前成婚。我們不但要結婚，還要以夫妻身分出席慶典。這樣妳可願意？」

「艾達神、埃爾神，大海與大地！」血刃大叫道。「公鹿與獨角鯨！正當每年的交替之際，這會爲我們所有人帶來好運啊！」

「就這麼辦！」皮奧崔也叫道。他臉上又驚又喜。

「我很願意。」我看到艾莉安娜的嘴型說出這幾個字，但是並沒有聽到她的聲音，因爲此時全場已是歡聲雷動。切德閉上眼睛，過了一會兒才睜開，然後他臉上露出了笑容，看來此時他對於這位衝動莽撞的王子頗感驕傲。他眼裡些微的不悅被艾莉安娜眼中所煥發的光彩所抵銷。如果她曾有片刻動搖、需要晉責給她確認，那麼此時他已讓她安心了。我心裡想道，艾莉安娜爲了來到這裡嫁給晉責，恐怕她自己與她的族人都必須付出不少代價。她的斗篷上既有公鹿，又有獨角鯨，不過我猜這衣裳大概不是她自己獨力做成。這麼說來，她的母系家族還是有人支持她的決定。

「他們這個星期就要成婚？」耐辛對我問道。我點了點頭。

「那這次的豐收慶一定令人難忘。」她有感而發地說道。「最好是趕快派信差到全國各地去送信喲。這麼重要的大事，誰都不想錯過。自從駿騎與我結婚以來，公鹿堡就沒辦過像樣的皇家婚禮了。」

「可是到目前爲止，大家都是在籌備豐收宴，不是婚禮；我敢說，廚子們聽到了一定很氣惱！」蕾細對我們兩人說道。

蕾細說得一點也沒錯。我好不容易從自己造成的這一片混亂之中抽身，甚至還趁天亮之前，在我的工作室裡睡了幾個小時。能像我這樣小睡片刻的人可能少之又少。僕人們忙了一整夜，幸虧豐收宴早就準備得差不多，而且堡裡上下早已用秋日的花枝裝飾得漂漂亮亮；再者幸虧諸大公夫婦都已經前來參加豐收宴，要不然，若是因爲王子匆促宣布結婚，而使得哪些重要貴族錯過婚禮，那就難以收拾了。

第二天一整天，我都沒空去窺孔邊觀看。我站在王子衛隊的後排，熬過冗長的豐收慶儀式。長芯已經把我們衛隊的人補齊，不過我站在那裡的時候，仍不禁想起那些因爲遠征而未能回來的隊友。謎語站在我身邊，我想他的感受也跟我一樣深刻。儘管如此，望著王子與他的新娘，仍讓人感到滿足。

他們以國王王后的排場出現，這是久久不見的場面，因爲公鹿堡已經很久不見王室佳偶了。裁縫師們必定是通宵趕工，艾莉安娜仍套著她那件獨角鯨與公鹿的斗篷，身上則穿了一件與王子一模一樣的束腰外衣。王子換下平常的簡單王冠，戴上豪華的豐收之冠。我看得出這必是切德的手筆，他特別要讓王子以已經加冕的國王之姿，出現在諸大公面前。艾莉安娜也戴著王冠。王子戴的王冠是飾以鍍金的鹿角，而艾莉安娜的王冠則鑲著藍琺瑯、銀鑲邊的角形物，以象徵獨角鯨的角。他們兩人在鋪沙舞池中央翩翩起舞時，看來就像是傳說故事中跑出來的人物。

「就像是艾達神和埃爾神親身降臨了一般。」謎語有感而發，我也不禁點頭。

無論是貴族還是平民，都因爲這場盛會而眼花撩亂。接下來幾天，堡裡和城裡湧進的人潮之多，乃是多年來所罕見。王子表彰原智者的儀式上坐滿了人，且不管是相干或不相干之人，都在談論他爲原智者授動的事情。扇貝跟衆人講述當時的故事。他果然不負隨團記錄者的重任，尋常的吟遊歌者不免在小節上隨便帶過，但是他卻將事情的經過記述得很精確。也許正因爲他是原智者吧，所以他不願讓人覺得自己在講故事的時候添油加醋。他以令人感動，卻很單純的方式述說，他極少提博瑞屈與原智小組用的是什麼樣的魔法，但是大大闡揚了原智小組自始以來對王子的忠誠奉獻之心。

扇貝、迅風、羅網與儒雅被正式宣布爲王子的「原智小組」一員。有些年紀大的貴族抱怨，就他們記憶所及，一向只有爲國王效力的少數精技人，才夠資格稱之爲「小組」。切德向他們保證，一待找到合適的候選人，並經過篩選與測試之後，王子也必會有個「精技小組」。

王后將細柳林封贈給莫莉而非蕁麻，所以外人看來，這是王室爲了答謝博瑞屈盡心爲國，才將這個產業贈予博瑞屈家族。莫莉感謝地接受，我知道這產業的收入，必可讓她和子女生活無虞。蕁麻小姐已經成爲王后隨員團的最新成員，而迅風則正式拜在原智師傅羅網門下當學徒。羅網簡短但是感動地談起博瑞屈的魔法有多麼高強，並爲他不得不遮掩自己的長才，也不能教育自己的兒子而叫屈。然後他將我們剛出航時，他跟我講的那個謎題謎底講了出來。他說，博瑞屈死前凝聚了僅餘的所有力量向兒子道別，接著唸出了所謂的「戰士禱告辭」後死去。據羅網描述，博瑞屈臨終前嘆道：「是啊。」然而眾所皆知，這個字乃是我們對於人生最真誠的祝禱，它所代表的，乃是接受人生。

晚上我坐在工作室裡想著羅網說的話。油燈倒下，燈油漫到桌上的精技卷軸，把許多古老的字體泡得腫大模糊，而我爲了搶救卷軸，滿手沾得油膩膩。這真是個又累又無聊的工程。最後我將卷軸推開，用破布把手擦乾淨，又替自己多倒了點白蘭地。

我不知道自己到底贊不贊成羅網的講法，但是回顧過去。「是啊」這種認命的態度，的確是博瑞屈一生的守則。說真的，對生命說「不」，實在沒什麼榮耀，也沒什麼滿足可言；我自己對人生幾次說「不」，因而我深明箇中滋味。

我努力要再跟莫莉單獨講講話，卻苦於找不到機會，她那幾個孩子總是纏在她身邊。此時我孤獨地坐在火邊，卻想通了一個道理：那幾個孩子本來就是莫莉的一部分，她會丟下孩子不管，一個人獨處的時機，可能少之又少。長久以來，我一直不准自己對她表達心意，直到現在才解除禁忌，但是我再不行動的話，機會就要溜走了。

隔天早上，也就是婚禮當天的早上，我早早地到蒸氣浴室洗了個澡，並且以多年來少有的仔細態度，把鬍子刮乾淨。回到塔樓之後，我重新將頭髮紮成戰士馬尾，拿出弄臣送給我的衣物。我慢慢地穿上白襯衫和藍色束腰外衣，再套上藍色的緊身褲。現在的我看來是個不折不扣的公鹿堡人，但是再也不像是僕人，也不像是侍衛了。我望著鏡中的自己，憂愁地笑了起來。耐辛若是看到我這模樣一定很高興。我看起來跟我父親簡直是一個模子印出來的。我鼓起勇氣，將狐狸別針從束腰外衣裡面挪出來。那銀狐對我眨眼，我也對銀狐一笑。

我離開密道，走入公鹿堡的走廊。我幾次發現有人在看我，還有一名男子停下腳步，皺眉瞇著眼打量我，像要努力勾起什麼回憶。我大方地從他面前走過。堡裡盡是匆忙來去的僕人，以及正在彼此打招呼的貴族。我直朝紫羅蘭室而去，並且堅定地敲了敲門。

蕁麻開了門。我沒料到是她，我本以爲我第一個碰上的應該是年輕的駿騎。她瞪著我，隨即認出了我來，嚇得往後一跳。她一句話也沒有說，所以最後我問道：「我能進來嗎？我想跟妳母親和妳弟弟們講講話。」

「我看這不好吧。你走開。」她說道，就要把門關上，但是駿騎抓住了門緣，對她問道：「是誰？」然後又輕輕地對我說道：「大人，您別放在心上。她穿得一副大小姐模樣，講話卻像是漁婦一樣粗魯。」

這房裡塞了一屋子的小孩，我到現在才知道七個孩子是什麼陣仗。迅風和敏捷坐在火爐邊的地上對弈石子棋，穩重則在一旁觀戰。迅風抬起頭，一看到我，驚訝得嘴巴大張，他的雙胞胎兄弟拍了他一下。「怎麼？該你了呀。」火爐和明證在床上摔角，根本不理睬我。我突然了解到博瑞屈交付給我的擔子有多麼沉重。比起當年駿騎將我交給他的左右手撫養長大，博瑞屈交給我的這個責任，足足大上七倍有餘。那一對扭打得起勁的小兄弟踩皺了被子，床頭桌上的那個大燭台，看來也隨時有被人弄倒之虞。蕁麻還來不及把門關上，駿騎也還來不及邀我進去，莫莉便已經從隔壁的相連房間走了進來。她停下腳步，瞪著我看。

我想，莫莉要是有機會的話，一定會把我攆出去。但這時火爐在床上一躍，朝著哥哥撲了上去，明證打了個滾躲開，我趕緊兩大步跨上去，在那六歲男孩落地之前把他接住。但是火爐立刻掙扎著把我推開，然後立刻回到床上，繼續與哥哥混戰。瞧他們這模樣，令我想起一窩小狗。我不禁笑道：「我答應了博瑞屈，要好好照顧他的兒子。但我如果不認識他的兒子，要從何開始照顧？所以我就來這裡自我介紹了。」

迅風慢慢地站起來面對我，他眼裡充滿疑問。我深吸了一口氣。我找到答案了。是啊。「我名叫蜚滋駿騎．瞻遠。我是在公鹿堡的馬廄裡長大的。你們父親把男人該知道的道理都教給我，所以我也要把他教我的傳給他兒子。」

駿騎注意到蕁麻坐立不安，而他聽到蜚滋駿騎這個名字之後，比蕁麻還要緊張。他走上前，橫身擋在我和那幾個小男孩之間。我直覺地知道他不免會這樣做，因此，即使他接著說道：「我想，我自己就可以把我父親教的道理傳給弟弟，大人。」之時，我也仍微笑以對。

「我相信你一定會把弟弟教得很好。不過還有其他事情需要考慮。現在你們都不在家，那麼牲畜和馬廄由誰照顧？」

「蠻牛，他是我們村子的人，若是有粗重的工作，我們都找他來幫忙。由來他看個幾天是沒問題，不過王子的婚禮一過，我就得回家去了。」

「說給他聽做什麼？這不關他的事！」蕁麻氣憤地打斷駿騎的話。

我知道我必須面對蕁麻，不然就只能等著她將我逐開。「我答應了博瑞屈，蕁麻。迅風可以作證，當時他也在場。我想，妳父親之所以要我照顧你們，必定是因為他希望我把撫養這幾個小男孩當作是我自己的事情。所以這就要靠你們跟我配合了。」

「你別期望我跟你配合。」莫莉堅決地打斷了我的話。「況且由於許多原因，我認為這樣子並不明智。」

我深吸了一口氣，以鞏固自己的意志，之後我轉頭望著駿騎。「我愛著你母親。我已經愛她很多年了。在她選擇了你父親之前，我就深愛著她。不過我向你保證，我絕不會試圖取代他在你們心中的地位。我只想做到他要我做的事情，也就是照顧你們大家，如此而已。」接著我再回頭望著莫莉。她的臉色蒼白，我怕她可能會昏倒。「開誠布公。」我對她說道。「我們大家之間沒有祕密。」

她沉重地在床上坐下來。最小的那兩個兒子立刻跑到她身邊，火爐爬到她大腿上坐下，她出於反射動作地伸手攬住孩子。「我想你最好還是走吧。」莫莉以若有似無的聲音說道。穩重走到母親身邊，伸出一臂攬住她的肩頭，像是要保護她。

迅風突然站了起來。「開誠布公？那麼你要不要跟大家說你有原智？」迅風挑釁道。

我對他笑笑。「你這不是已經幫我宣布了嗎？」我深吸了一口氣，望著蕁麻。「我同時也教你姊姊精技。」駿騎一副不解的模樣，於是我補充道：「就是王室的魔法。你姊姊具備這個天賦。她能與龍交談，你們應該找個機會跟她談談才是。她之前被召到公鹿堡，就是因為她有這項天賦，所以請她來為王子效力。我敢說，你父親也有精技天賦，因為你父親當年乃是王儲駿騎的『吾王子民』。就是因為有這一層關係，所以你們家的大哥哥才取名叫做『駿騎』。」

迅風猶豫地望著我。「羅網說，我們不可以談起你的眞實身分。他說，如今仍有人恨不得你死了的好。他說，你這條命寄託在我們手中。」

我對迅風點頭爲禮。「對，我的確將我這條命，寄託在你們手中。」我抬頭望著蕁麻，補了一句：「所以，如果你們要除掉我，倒也挺容易的。」

「蜚滋，拜託你。」莫莉情急地說道。「你走吧。我需要跟我的孩子私下一談。我希望你別把這麼沉重的祕密交付給這幾個孩子。我還無法信任他們每天會把脖子洗乾淨呢，更別說要他們保守祕密了。」

我這才發現我實在很笨。我點頭爲禮，說了句：「如君所願，莫莉。」於是便離去。我關上門，走了五步之後，發現我的膝蓋顫抖，根本撐不住自己，因此不得不在牆上靠了一會兒。有個路過的女僕問我是不是病了，不過我再三跟她說我好得很，但是當我凝聚全身力氣，沿著走廊走下去時，我自己也說不上我是不是生了病。

接著蕁麻的技傳突然以大木鎚打在我頭上的力道傳入了我心中：雙龍來了！婷黛莉雅叫我們準備活的牲口，擺在「老地方」等牠們來吃！

王子婚禮上有雙龍來訪，應該是好事，不過婷黛莉雅大剌剌地要求我們供食，所以蕁麻乾脆將之稱爲「龍宴」。我們在見證石附近築起圍欄，圈禁了幾條披著藍緞的無助閹牛，讓牠們靜待最終的命運。幸虧婷黛莉雅和冰華並未逼迫我們弄出什麼儀式典禮，讓我們鬆了一口氣。王子與貴主將在見證石石柱的中央空地說出他們的誓言，因此見證石周遭的山坡上擠滿了觀禮的人。那一對新人穿著藍白兩色的禮服，站在藍天之下，朗聲道出他們的誓言。

我跟幾個侍衛站成一排，擋住人群，免得人們因為太靠近牛欄而發生危險。王子剛剛當著諸大公面前，說出他對新娘的誓言之後，天上便出現龍的身影。一開始看來，牠們像是掛在天上的珠寶。龍越飛越近，人們開始「啊」、「喔」地叫，彷彿那不過是用以娛樂嘉賓的特技表演團而已；龍飛得更近，顯出其龐大身形之後，人們才了解到龍不可小覷，並且紛紛後退。這時候要把人們擋住，就沒什麼困難了。接著婷黛莉雅開始逃跑，而冰華緊追不放，人們驚訝地靜了下來。接著雙龍在見證石上方翻滾、跳躍、佯鬥，還刻意壓低飛翔，使翅膀掀起的風，吹亂了人們的頭髮，並掀起了人們的披巾。牠們彷彿藍與黑的光芒，幾乎垂直地竄入高空，然後冰華撲上前，抓住了牠的伴侶。牠們盡情在空中交配，表現出熱烈的情慾，所以聚在見證石附近觀禮之人，都認為這是王子與新妃的好兆頭。就算是只有一絲精技天賦的人，也感覺得出那兩個龐大生物彼此之間的熱情；牠們使在場眾人更為感動，也更為激動，因此晚上的歡宴一路拖到很晚，且讓眾人日後念念不忘。

但是龍可不在乎人們有什麼感覺。牠們交配了幾次，之後嘹喨地大叫，或者佯裝彼此挑釁地吼叫，最後重重地降落在閹牛之間，而牠們的食欲則使觀眾嚇得目瞪口呆。牛欄關不住驚慌奔竄的閹牛，結果有一名侍衛被牛撞倒，另外幾十個圍觀的人則尖叫著跑到安全之處，直到雙龍將牛隻盡皆屠盡，並開始大啖，眾人才鬆了一口氣。不過那場面血腥又難看，連打定主意要待在原地看雙龍屠牛的人，也決定要回到公鹿堡，或者遠一點的地方觀看。

雖然雙龍對於這是什麼場合毫不在意，但是牠們的出現，無疑象徵著王子的重大勝利。諸大公在返回各自的領地過冬之前，便聚集開會，並且一致同意要讓王子封為王儲。對於吟遊歌者們來說，王子的遠征以此收尾，可說是上好的題材，所以許多新歌紛紛出籠，且往後皆吟唱再三。公鹿堡大開筵席、大肆慶祝，足足鬧上了二十天，直到最後冬意漸濃，貴族深信他們再不動身的話，路上必會走得很辛苦，這才慢慢散去。公鹿堡逐漸——但是很慢——恢復爲原來的步調，然而即使是隆冬，堡裡還是很熱鬧，而且已經很多年沒有這種氣氛了。王儲與新妃不但吸引了許多年輕的六大公國貴族在公鹿堡裡住下，同時還有許多外島的年輕首領紛紛來訪；兩方締結了許多與商業無關的協議，並且談定了許多婚姻。而說到婚姻，儒雅大人與惜黛兒小姐也宣布他們決定結婚。

不過，冬日也是離別的季節。我跟幸運和他師傅道別，因爲他們要隨著師傅的東家，回到莊園去過冬。我的兒子是眞的由衷地快樂，我雖捨不得與他分離，但起碼我也爲他高興，因爲他走出了一新條路，並且感到很滿足。羅網也帶著迅風離去，他說，迅風也到了應該要多見見其他原血者的時候了，因爲跟衆原血者待在一起，將有助於迅風體會爲何在施展原智時，必須嚴守紀律。由於我當著迅風的面宣布說我愛著他的母親，所以他與我之間又生出了一堵牆。我不知道要多久才能化解這一堵高牆，但是我覺得自己還是對他實話實說比較好。羅網想要勸我跟他們一起走，他說我若去了，也會獲益不少，但是我再度推辭，並眞心且誠意地保證，總有一天，我會騰個時間去瞧瞧。羅網笑道，何必費勁，只需要好好安排時間，就有空了呀。於是我向他保證我一定會好好安排時間，最後站在公鹿堡門口向他們揮手道別。

第一次下霜之後，雙龍便離開了，而我們看到牠們離去，倒也不覺得遺憾。婷黛莉雅與冰華各自都能輕輕鬆鬆地一天吃下好幾頭牛。早在牠們來訪之初，蕁麻便警告我們，我們若不主動供應食物，那麼雙龍可能會任意取食。在牠們因爲寒冬而南遷之前，我們的牲口與家禽便已經銳減不少。有一天晚上，我聽到蕁麻與婷黛莉雅的對話，覺得很有趣。那時蕁麻正待在婷黛莉雅的心中，與牠同遊，而婷黛莉雅則跟在冰華身後，輕鬆地飛過夜空。拂過的涼風、頭上的星子，與沉睡大地的濃厚氣味，在在使人沉醉。

所以，飛過那個沙漠之後，妳就會看到世界上最肥美的牲口群了。至少人家是這麼跟我說的。蕁麻悠閒地對婷黛莉雅建議道。

沙漠？那就是有乾沙囉？我一直很想要好好地來場沙浴。我的鱗片之間夾了溼沙，而用水也無法將鱗片之間的舊血漬洗掉，還是沙浴比較有效。

那麼，那個地方妳一定會喜歡。我聽人說，恰斯國的牲口隨隨便便都有我們這邊的兩倍大，更難得的是肥美難言，要是直接把牲口丟在火上的話，牲口都會著火呢！

蕁麻的夢中瀰漫出烤肉香和滴油的味道，使我聞得都餓起來了。可是我從未聽說恰斯國的牲口特別大，或是特別肥什麼的。我反駁道。

我們不是在跟你講話。蕁麻嚴厲地說道。況且我所知道的恰斯國故事，都是從我父親口中聽來的。我敢說，恰斯國的人一定會因為飢餓的龍來訪，而獲益不少。之後蕁麻便將我從她的夢中推出去。我醒來時，人坐在床邊的地上。

晉責、切德、蕁麻、阿憨和我繼續每天早上見面，一起研究、探討我們對於精技的知識。蕁麻對我很禮貌，但是除非必要，否則不會跟我講話。我跟她之間也有一堵牆，但是我不想苦思拆解之法，而是乾脆以平常心教導這一群成員。我其實只比他們多知道一點點，而他們不久便追了上來，所以我們開始學著以精技小組的方式來運作。由於我們從那些失而復得的精技卷軸中學到很多，因此我們決定不要求快，而要慢慢學習。我們很快就發現到，我們施展精技就像小孩子使劍一樣，既不知道劍有什麼威力，也不知道有什麼危險。由於精技石柱是旅行的出入之門，我們後來決定將之稱為「門石」。切德很想實驗一下門石的作用，因為古靈城市埋藏的寶藏和祕密令他著迷。幸虧阿憨與我表示我們對於門石極為反感，才好不容易勸服他暫時擱置這個打算，等到他對於精技修行到一定的程度之後再說。我們最大的成果，大概是切德同意在來年開春之後，依照古老的傳統，舉辦「精技召喚」，從中選出精技候選人，再遵照精技卷軸所載施以教導。

雖然有任務在身，我卻仍覺得冬季長得過不完。婚禮隔天，莫莉和她那五個兒子便離開公鹿堡。她並未用任何方式跟我道別。我內心淌血。過了三天之後，因爲找不到其他心靈顧問，所以就找上了耐辛與蕾細，把我的愚行一股腦地說出來。她們仔細地聽著，讚美我勇敢又誠實，並責罵我愚蠢至極，最後才跟我說，這整個故事，她們已經聽莫莉說過了。耐辛罵我太過魯莽，明明她們早就叮囑我不可衝動，還明知故犯，然後就宣布，我最好跟著她一起回商業灘去過冬，一方面讓我自己靜一靜，另一方面也給莫莉一點時間。我好不容易千懇萬求的，才從她們房裡逃了出來。不過要跟她們道別我也很捨不得，所以我保證，一定會在冬季結束之前去看看她們。

「好啊，如果我們還沒死的話。」耐辛高興地讓步道。她們保證要在每個月寄送領地的報告書給王后之時，順便給我捎信，而我也保證每月會給她們一信。我望著她們兩人在侍衛的伴隨之下前行。王后堅持要派人護送她們，因爲她們雖然年歲已高，卻都對於舒服的轎子感到不屑。我站在路中間，直到她們繞過了路彎，消失不見爲止。

37

從此以後

凡是要舉行精技召喚時，一定要及早宣布，好讓人們知道他們可能會聽到精技魔法的召喚，心裡有所準備。若是沒有事先預告就進行精技召喚，可能會引起人們恐慌，因爲一些有精技潛能之人，無法理解自己所聽到的「召喚」是怎麼回事，並以爲自己是瘋了，或是邪祟附身。所以，務必要及早派出信差，將計畫公諸於眾。但是千萬不要宣布精技召喚的確切日期。精技召喚是爲了要喚醒有精技天賦之人，並召喚他們前往公鹿堡，但是以往舉行精技召喚時，卻往往冒出許多自稱聽到精技召喚之人，最後才發現他們不過是想要逃避農人、麵包師，或是船夫的人生，如此使得精技師傅白白浪費許多時間。

就讓公鹿堡中最強的精技小組發出精技召喚，盡量讓召喚的訊息傳得越遠越好。且至少要相隔十五年，才能再度舉行。

——樹膝師傅所著之《論精技召喚》

我試過了。但我就是管不住自己。

耐辛離開之後一個月，我一時衝動，忍不住託人送了一罐冬青樹漿果做成的果醬給莫莉。我去找謎語，問他能不能幫我跑個腿。當我問他有沒有空的時候，他顯得很驚訝，並說早在幾個星期之前，上級便指示要他隨時聽候我的差遣了。自從我積極參與瞻遠王室事務之後，切德便做了一些小小的安排。我原來是以尋常的王子衛隊隊員做爲掩飾，但是這個身分已經逐漸淡化。如今我們逐漸讓人們認爲，我乃是以較不爲人知的方式爲王室效力。表面上看來，我仍是「湯姆．獾毛」，但現在我很少穿侍衛制服，而且我總是將狐狸別針別在胸前。

謎語似乎對於我交代給他的任務頗爲不解，但他還是帶著禮物，送到莫莉家去了。

謎語回來之後，我焦急地問道：「她怎麼說？」

他茫然地望著我。「她什麼也沒說。我只是把果醬交給前來應門的那個年輕人而已。不過我跟他說，這是送給他媽媽的。你總不是要我大張旗鼓地去送禮物，對吧？」

我猶豫了一下。「對。你說得一點都沒錯。你說得對。」

下一個月，我寫了一封信給莫莉家的人。信上說，蕁麻的研習頗有進展，而且她在宮裡越來越自在了。我又提到，羅網派了海鳥送信來給我們，說他和迅風大概會待在畢恩斯大公府邸過冬。羅網對迅風相當滿意，而我相信莫莉一定樂於知道他們都很好、一切都很順利。我這信上只談莫莉的孩子們，此外一概不提。我又隨信附上兩個木製的活動玩偶、一隻木雕的熊，和一袋苦薄荷糖。

這次謎語帶回來的消息，就讓人稍微振奮一點了。「其中一個小傢伙說，苦薄荷糖雖好，但不如薄荷糖來得好。」

下一個月，我除了寫信說明蕁麻的近況之外，又請謎語送去一袋苦薄荷糖、一袋薄荷糖，以及核果和葡萄乾等。此舉倒贏得莫莉草草寫下幾個字。她在我的信底下寫道，她很歡迎蕁麻的消息，但是能否請我好心一點，別再讓那幾個孩子因爲吃甜食而肚子痛。

下一個月，我盡責地在信上說明蕁麻和迅風的消息。畢恩斯漣漪堡的孩子們正流行一種皮膚上會長疙瘩的熱症，迅風也染上了，不過他正逐漸康復，看來並無大礙。畢恩斯女大公對迅風特別關照，並且教了他不少養鷹的知識。我個人是認爲，女大公未必能教迅風多少，不過我並未將這個想法寫在信上。這次我不送糖果，而是託謎語帶了兩袋窯燒過的黏土彈珠、一把做得很精美且附有皮鞘的「馬蹄爪」——這是用於剔除馬蹄異物髒污的工具，還有兩把練習用的木劍。

謎語回來時，興味濃厚地報告，他幾乎還沒下馬，火爐就拿起木劍揮刺廝殺起來了。其中一袋彈珠本來就是要送給敏捷的，不過他用彈珠跟火爐換木劍，火爐卻悍然拒絕了。如今謎語已經認得每個孩子各叫什麼名字，而且他們也會走到馬前迎接他，我覺得這些都是好兆頭。

莫莉寫來的字條就難以使人感到振奮了。明證的後腦勺多了個大腫塊，莫莉把這個怪在我身上；孩子們因爲這次有信卻沒糖果而感到失望，莫莉也把這個怪在我身上。她說，她很歡迎我來信，但是請我以後不要送不合宜的禮物，以免打亂她家的生活。駿騎也寫了張紙條，生硬地謝我送他馬蹄爪；他又問說，我知不知道哪裡可以買到「瑟夫油」？馬廄裡有匹母馬的其中一蹄受到感染，老是治不好，所以他想起父親曾用過這種藥膏來治療馬。

我可沒有等上一個月才給他回覆。我立刻買了瑟夫油，請謎語送去，並附上詳細指示，提醒駿騎要將那匹母馬的四蹄都用醋水洗淨，並將馬換到新的馬欄之後，再把四蹄的裡裡外外塗上瑟夫油，這樣才會有效。我又進一步建議，他不妨在那母馬的舊馬欄中，鋪上一層厚厚的火爐灰燼，擱上個三天之後，再將灰燼掃除。然後以醋水將馬欄刷個乾淨，又讓馬欄風乾之後，才將別的馬安置在那個馬欄裡。除了給駿騎的瑟夫油和信件之外，我又乖乖地附上大麥糖的糖條，並請駿騎善加分配，免得他那幾個弟弟吃到肚子痛。

駿騎回了信，感謝我送他瑟夫油，並說要不是我提到，他都忘了應該要用醋水清理，這樣瑟夫油才會生效。他又問我，我知不知道博瑞屈常常調製的那種藥膏，是用什麼樣的配方做的？他自己試做過，可是做出來水水的，不成膏狀。他又寫道，大麥糖的糖條，他會等弟弟們做好手邊工作之後才發給他們吃，請我放心。莫莉也附了一封信，不過上頭清楚地註明說是給蕁麻的。

「可是穩重告訴我說，其實他們比較喜歡薄荷糖。」謎語一邊說著，一邊將駿騎的信交給我。「我看穩重這孩子挺好，可是挺沉默的。你知道吧，別的孩子都喧譁吵鬧，所以旁人常常會忽略掉這個年輕人。」謎語一副要行騙似的咧嘴笑道。「我小時候，也是像他那個樣子。」

「是喔。」我懷疑地應和道。

「你這邊有沒有什麼回覆？」謎語問道。我跟他說，我需要好好想想該怎麼回。

我花了幾天的時間待在工作室裡一再試做藥膏。做著做著，我才領悟到，以前記得很清楚的事情，現在好多都忘了。試成之後，我做了好幾罐，並將之一一封好。切德難得來拜訪這個昔日我們一起共用的工作室，但是此時他碰巧來此。他懷疑地皺著鼻子嗅了嗅，問我在調製什麼東西。

「誘餌啊。」我老實地答道。

「喔。」他應道。但由於他並未追問下去，所以我知道至今謎語仍繼續向他報告。「看得出來這裡變了不少。」他說道，打量著房間。

「這主要是掃把跟水的功勞。要是能開扇窗子的話，要我做什麼都願意。」

切德以古怪的表情望著我。「隔壁就是個空房間。那個空房間以前住的是百里香夫人，之後就一直空在那裡。你知道吧，就是因爲有怪味道、晚上聽到怪聲音之類的。」他自豪地咧嘴而笑。「百里香夫人眞是個有用的人物。我在好多年前就把相連的那道密門用磚頭封起來了。以前的門就在那個壁畫之後，你只要敲破那道牆就有窗子了，不過要悄悄地做就是了。」

「既然要把牆壁敲破，還怎麼悄悄地做？」

「是有點困難。」

「的確。我有可能一試。如果眞有此打算，我會先告訴你。」

「不然的話，你也可以搬回你的舊房間住啊。至於蕁麻，就教她搬到別的房間去住就好了嘛。」

「我還期望有一天她會循著地道，走上來跟我聊聊天呢。」

「但是到目前爲止仍無進展。」

「是啊，恐怕確是如此。」

「啊，蕁麻這孩子也夠固執了，跟你不相上下。你可千萬別讓她走近那個插著刀子的壁爐台。」

我轉頭望著那把仍插在原處的刀子。年少的我在氣憤之餘，用力將那把刀子深深地插入了爐台之中。「這點我會謹記在心。」

「你也別忘了，你後來終究還是原諒了我。」

我請謎語把那幾罐藥膏，跟一袋薄荷糖、一些藥草茶葉，和一個鹿的牽線木偶送去。但是謎語說：「這是不成的，至少要再帶幾個陀螺去，這樣才會每個人都有一樣禮物。」我也依言行事。謎語裝作無所用心的天眞狀，建議我順便買幾枝笛子送給他們。但是我跟他說，我只不過是想要買通人心，讓他們願意多少接納我，我可不希望莫莉聽到那些五音不全的噪音之後，氣得要把我殺掉。謎語咧嘴直笑，點點頭，之後便騎馬離去。由於大風雪的關係，所以他多待了兩天才回來。

他帶了兩封信回來，一封給我，一封給蕁麻。又告訴我，他跟莫莉家的人一起用餐，每天晚上都跟穩重殺個五、六盤石子棋，才去馬廄睡覺。「駿騎問到你的時候，我都講你的好話。我說你每天晚上都窩在書桌前做功課，照這樣下去，要是你一個不留意，可能就會變成文書了。講到這裡，火爐就問啦：『這麼說來，他是很肥的囉？』我猜這一定是因為他們鎮上的文書身材臃腫的關係吧。於是我就說，不，正好相反，因為我看你最近還瘦了不少。而且任何健康的男人都不會像你這樣，一天到晚孤零零地守在屋子裡。」

我歪著頭看他。「瞧你把我講得可憐兮兮的。」

他學我歪著頭。「怎麼，這些都是實實在在的事情，不是嗎？」

信是駿騎寫來的，答謝我幫他做了藥膏，又寫出了配方。

我不知道莫莉寫給蕁麻的信裡寫什麼，但是第二天早上上過精技課之後，蕁麻留連不走。晉責問蕁麻要不要一起來，因為他和艾莉安娜、儒雅、惜黛兒等要去騎馬；蕁麻叫他先走，並說她隨便都追得上他們，她可不像他們那樣，騎馬之前還要花上大半天的時間精心打扮。

她轉過頭，看到我笑望著她，便說道：「如果有別人在，我一定正經八百地跟他們講話，是因為這裡沒有旁人，所以我才這樣跟他說話。」

「他喜歡這樣。他第一次聽說他有妳這樣的近親時，非常高興。他還說，他難得能認識像妳這樣講話直言無隱的女孩。」

此語一出，她臉上頓時沒了表情。我開始後悔自己多嘴，不管她原來想講什麼，我一定是打亂了她的思緒。不過她迎向我的目光，揚起下巴，以雙拳遮口。「噢。那麼，我是不是應該直接把我的心意講給你聽呢？」

這我就不知道了。「可以呀。」我應道。

「我母親寫信來告訴我，她一切都好，弟弟們也喜歡謎語來訪。不過她納悶一點：你是因爲怕我那幾個弟弟，所以不敢親自去嗎？」

我無力地靠在椅背，眼睛望著桌上。「與其說我怕妳那幾個弟弟，倒不如說我怕她。以前啊，她的脾氣是很大的。」我開始咬大拇指的指甲。

「根據我的了解，以前啊，你是滿能激起她大發脾氣的。」

「這也沒錯。這個嘛，依妳看來，如果我親自去的話，她不會把我趕出來囉？」

她默默地站著，一句話也沒說，之後她反問道：「那你是不是也怕我大發脾氣？」

「有點。」我坦承道。「妳爲什麼這麼問？」

她走到惟眞的窗戶邊，像昔日的惟眞那樣眺望著大海。她那個姿態看來就跟我一樣，是個十足的瞻遠人。她心不在焉地伸手梳過頭髮，說眞的，她實在可以在「精心打扮」這方面稍微多用一點心；如今她的短髮站在頭上，看來像是因爲氣憤恐懼而毛髮直豎的貓兒。「以前，我一度以爲我們會結爲好友，後來我發現你是我父親。從那時候開始，你就連試都不試，連話都不跟我多說一句了。」

「我以爲妳不希望我跟妳說話。」

「也許我是想試試看你肯下多少心思跟我說話吧。」她轉過頭，以指責的目光盯著我。「結果你連試都不試。」

我坐著，良久沉默不語。她轉過身朝著門口走去。

我站了起來。「妳知道的，蕁麻，我是在男人堆裡養大的。有時候我會覺得，在男人堆裡長大，最大的缺點，就是老是把女人的心情想錯。」

她轉過來望著我。我誠懇地說道：「我眞的不知道該怎麼做才好。我希望妳至少能把我當作尋常人一樣地認識。博瑞屈是妳父親，而且他克盡父職，樹立典範，這點無庸置疑。也許我若想要在妳的生命中貪求一席之地，已經太晚了。我恐怕也不能妄想在妳母親的生命中求得一席之地。如今我仍愛著她，我愛她之深，絲毫不遜於當年她離開我之時。當年她離開我時，我心想道，等到我把任務都辦好之後，再回來找她，到時候我們必能從此以後，快快樂樂地生活在一起。如今，都過了十六年了，而我還摸索不到路，不知道如何才能回到她身邊。」

她站著不動，一手放在門把上，看來有點不安。「你這話，不是要講給我聽的吧。」接著她便沉默地溜了出去，輕輕地把門帶上。

過了幾天，我在守衛室吃早點時，謎語找上了我。他在我對桌的長椅上坐下。「蕁麻給我一封信，要我把信交給她家裡的人。她請我下次幫你送信時帶去。」他伸手過來，從我盤子裡拿了塊麵包，咬了一口，滿嘴麵包地問道：「你看要何時去？」

我想了一下。「明早去。」我建議道。

他點點頭。「我看也差不多是那個時候。」

我騎著黑瑪往公鹿堡城的市場而去，一路上都爲了誰該當家作主而跟牠爭執不已。牠每天都由馬僮帶出去活動，而那個馬僮對於帶馬出去活動的看法，就是任由牠愛怎麼跑就怎麼跑，跑完了再把牠帶回來。此時黑瑪任性又粗魯，用力地拉扯牠的馬銜，任我怎麼用韁繩叫牠左轉右轉，牠都不予理會。我在市集裡買了在糖水裡泡製成的薑糖，又買了兩個手臂長的紅蕾絲。回來之後，我把這兩樣東西放在提籃裡，並在提籃裡擱了一瓶我從切德那裡盜取而來的蒲公英酒。我在一張上好的紙箋之前坐了一整晚，結果只勉強地擠出了兩、三句：「我還記得妳穿紅裙子的模樣。妳爬到海灘的懸崖上，我看著妳那赤裸的、沾著沙子的腳踝，一顆心差點從胸口跳出來。」我心裡納悶道，不曉得她還記不記得我們一起去海灘上野餐的情況，那時候，我連吻她都不敢。我用蠟將信箋封了。不過我稍後又開了信，努力揣想該寫什麼別的比較好，最後還是再將信重新封妥。我就這樣反覆了四次。後來我還是將原信交給謎語送去，結果接下來四天，我天天都在懊悔自己怎麼會寫那些勞什子的東西給莫莉。

第四天晚上，我去把蕁麻房間通往密道的機括弄鬆。切德當年是開門進去，一路把我帶到塔樓上，但我並沒學他，而是在密道中途留下一根點亮的蠟燭，之後便回我的工作室等待。

感覺上，這一等，好像無窮無盡。我不知道蕁麻到底是因爲光線，還是因爲密道流出來的風而驚醒的，但總之我最後終於聽到她遲疑地爬上樓梯的聲音。我已經把房裡較舒服那一邊的爐火生得又大又暖和了。

她從角落的密門探出頭來，看到了我，但是她走進來時，仍如貓兒般謹慎。她緩步走過放著許多油膩卷軸的工作台，以更慢的速度走過做各樣實驗時所用的壁爐，以及壁爐邊那一架鉗子、量杯量匙和染污的鍋盤，最後終於走到壁爐邊的扶手椅旁。她穿著睡衣，罩著毛線披肩，整個人冷得發抖。

「坐啊。」我邀請道。「這裡就是我平常工作的地方。」我對她說道。掛在壁爐邊的燒水壺剛好把水燒開了，所以我問道：「要不要喝點茶？」

「喝茶？現在是深更半夜耶！」

「我泰半的事情，都是在深更半夜的時候做的。」

「這個時候，大部分的人都在睡覺。」

「我跟大部分的人不一樣。」

「這倒是。」她站了起來，開始研究擱在壁爐台上的東西。壁爐上放著弄臣照著夜眼模樣做出來的木雕，以及他刻的記憶石石雕，也是夜眼那一面朝外。她碰一碰插在爐台上的水果刀刀柄，不解地朝我望了一眼。然後她伸出手，摸摸駿騎那把劍的劍柄。

「喜歡的話，可以把劍拿下來看看。那是妳爺爺的劍。小心喔，那把劍挺重的。」

她將手縮了回來。「跟我說說他的事情。」

「這我沒辦法。」

「難道這也是祕密？」

「倒不是，我無法跟妳講妳爺爺的事情，是因為我根本就不認識他。我五、六歲大的時候，他就把我丟給博瑞屈撫養。就我記憶所及，我從未跟他見過面。我相信他不時會藉由精技，透過惟真的眼睛來看看我的模樣。不過當時我對這些事情一無所知。」

「聽起來跟你我的關係挺像的嘛。」她緩緩地說道。

「這倒是。」我坦承道。「但是有一點不同，那就是，如今我仍有機會認識妳。如果我們彼此都能大膽地踩出這一步的話。」

「我不是來了嗎。」她指出，隨即安安穩穩地坐進椅子裡。接著她沉默不語，我也想不出該說什麼。然後她指著弄臣的雕刻。「那就是你的狼嗎？那就是夜眼？」

「對。」

她笑道：「牠長得跟我想的一模一樣。再跟我說說牠的故事嘛。」

所以我就說了。

三天之後，謎語回來了，並對於糟糕的路況和寒冷的天氣抱怨不已。他回來時遇上暴風雪，而且這暴風雪跟著他一路回到公鹿堡來。但是我無心聽他講話。我把他帶回來的樹皮紙紙捲接過來，小心地捧回我的老巢裡，才將紙捲打開來看。乍看之下，紙上畫了一幅畫，之後我才看出，這是匆促畫就的地圖，整張紙只有最底下寫了幾個字：「蕁麻說你想回來找我，可是找不到路。有這圖的話，可能會好一點。」

公鹿堡外頭正在下大雪，雲層積得很厚，看來雪還要下好一陣子。我匆匆將幾件換洗衣物塞到鞍袋中，然後對切德技傳道：我要出門一下。

很好。我們晚上再把那個卷軸的古文今譯做完。

不，不，我沒那麼快回來。我至少會去個幾天。我要去看莫莉。

他遲疑了一會兒。我知道他很想反對。他實在不想讓我溜開，現在的事情很多：古文今譯的工程頗爲浩大，我又正在協助他在精技方面繼續精進，況且精技召喚也需要安排。精技卷軸上提醒說，進行精技召喚之前，務必預先通知全國民眾，以免那些自稱聽到腦海中傳來聲音的人，會被父母或朋友當作是瘋子；不過精技卷軸也提醒我們應將精技召喚的確切日期保密，以免精技師傅因爲無聊的騙子而浪費太多時間。

我煩躁地將這些考量丟在一旁，屏息等待。

那就去吧。還有，祝你好運。對了，你跟蕁麻提過沒有？

這回輪到我遲疑了。我只跟你說了而已。你看我應該跟她說嗎？

別的不問，這種事情，你倒問我了！我希望你問的，你不問，而每次你問的，盡是……唉，算了。你最好跟她提一下，因爲不說的話，她可能會覺得你鬼鬼祟祟。

因此我便對女兒技傳道：蕁麻，我收到莫莉的信了，所以我要去見她。我這才想到我應該順便一問：妳要不要順便一起回去看看？

現在外面下大雪，接下來天氣會更糟。你要什麼時候走？

現在就走。

這不明智吧。

我這個人，從來就不怎麼明智啊。這幾個字在我心裡迴響。我彷彿聽到弄臣在講這句話的聲音，不禁微微一笑。

那你就去吧。穿暖一點。

會的。再見了。

然後我就出門了。黑瑪被迫離開乾爽、溫暖的馬欄，出來面對這一趟冰冷、潮溼且無趣的旅程，所以不大高興。我留宿的那個旅店擠滿了被大風雪困住的旅客，因此我只能裹著斗篷，窩在火爐附近的地板上睡覺。隔天晚上，有個農夫好心讓我在他的穀倉裡過夜。風雪絲毫未減，這旅程越來越辛苦，不過我仍繼續前進。

幸虧我走到博瑞屈家之前那個山谷時，不但雪停，雲也散了。我催促黑瑪沿著被雪埋住的路，朝博瑞屈的屋子而去。我覺得那裡看來像是傳奇故事裡才有的所在，屋子與馬房的屋頂上積了厚厚的雪，一抹輕煙從煙囪中升起，化入藍天之中。房子與馬房之間早已走出了一條路。我勒馬停住，望著這一切。這時駿騎打開馬房門，用獨輪車推了一車的骯髒乾草出來。我吹了聲口哨，讓他知道有外人來了，然後才騎著黑瑪走下坡。駿騎動也不動地站著，望著我騎馬上前。到了房前的空地上，我勒馬停住，坐在馬上，努力思索要怎麼跟他打招呼。黑瑪不耐煩地扯著馬銜，扯了兩次，最後乾脆煩躁地仰頭搖首。

「這馬需要訓練。」駿騎不以爲然地說道。他走近了些，停住。「噢，是你呀。」

「是啊。」要講出這兩個字眞是困難。「我可以進去嗎？」駿騎雖然才滿十五歲，但卻已經是當家的男人了。

「當然。」話雖如此，他的話中卻沒有笑意。「馬就交給我吧。」

「如果你不介意的話，我倒希望親自照料。這馬兒我多有疏忽，照顧不周、訓練不全，這都看得出來的，是不？所以我最好是一切都自己來，看看能不能藉此讓牠的性子改一改。」

「如君所願。這邊走。」

我下了馬，朝小屋瞥了一眼。然而就算小屋裡有人注意到我，我也看不出什麼端倪。我牽著黑瑪，跟在駿騎身後走進一間井然有序的馬廄裡。敏捷與明證正在把馬欄裡的馬糞鏟出來，穩重提著兩桶水走進來；他們一見到我，全都停下來不動。一時間，我突然覺得舊時的回憶通通浮上心頭：原野中聚著一群野狼，夜眼站在狼群外圍。牠恨不得要加入狼群，但是牠不敢造次，因爲牠接近狼群的方式若是不正確，那麼狼群不但不會歡迎牠，反而會驅走牠。

「這裡處處可見你父親的用心。」我說道。這倒是眞話。我一看就知道，博瑞屈完全是依照他認定的標準來蓋這馬廄，所以每一匹馬所住的馬欄，比公鹿堡的來得寬敞。這馬廄有護窗板，可以打開以便透光、透氣。掛馬刷子的位置，以及收藏轡頭和馬鞍的方式，都是博瑞屈的風格。我幾乎感覺到他人就在這裡。我眨眨眼睛，讓自己回過神，並突然察覺到駿騎正在看我。

「你可以將馬安置在此。」他說著，指著一個空馬欄。我照料黑瑪的時候，他們又各自去做各自的事情了。黑瑪一身乾淨清爽之後，我便爲牠添了食水和穀子。駿騎走過來，隔著馬欄的門望著黑瑪。我心裡納悶道，我這樣的做法，不知道駿騎看了覺得合不合格？不過他什麼也沒說，只說了兩個字：「好馬。」

「的確是好馬。這馬是朋友送的。送馬的那個朋友就是以麥爾妲爲坐騎，而他用不著麥爾妲之後，就把牠送給你父親了。」

「噢，牠在那裡！」駿騎叫道，然後我便跟著他，沿著一個個馬欄走下去，來到麥爾妲的馬欄前。我也看到今年四歲的公馬阿魯。阿魯乃是紅兒之後，而以後駿騎便是要以紅兒跟麥爾妲交配。我也去瞧了瞧紅兒。我猜那匹老公馬大概還記得我，因爲牠看到我之後便走了上來，將頭擱在我肩膀上好一會兒。如今紅兒年紀漸大，也容易疲累了。

「這也許是最後一次用紅兒配種生小馬了。」我輕輕地說道。「大概就是因爲這個緣故，所以博瑞屈才要用紅兒來配麥爾妲吧，這畢竟是讓牠延續血統的大好機會。紅兒年輕的時候，可是一等一的好馬啊。」

「我還記得——也不是很清楚啦——紅兒到我家來時的模樣。有個女人牽著兩匹馬，走下山坡，將馬交給我父親，接著二話不說就走了。那時候我們連穀倉都沒有，遑論馬廄，所以當晚爸爸把柴棚裡的柴通通搬開，免得馬在外露宿。」

「我敢說紅兒看到你爸爸一定很高興。」

駿騎露出茫然不解的表情。

「難道你不知道，很早以前，紅兒乃是你父親的坐騎嗎？惟眞任由你父親在公鹿堡的馬廄裡挑一匹兩歲的馬，他就挑中了牠。打從紅兒從娘胎墜地，你父親就跟牠相熟了。王后爲了逃命而離開公鹿堡時，博瑞屈就是讓王后騎紅兒，牠也不負衆望，安全地將王后一路送到群山王國。」

駿騎大概很驚訝吧。「我怎麼都不知道。爸爸很少提他在公鹿堡的事情。」

於是先不急著去見莫莉，而是幫著剷馬糞，放食水、食料；我一邊忙著，一邊講著我聽過的馬兒的故事，而駿騎則十分驕傲地——這實在不能怪他——向我介紹馬廄裡的馬。我告訴他，他的確把馬廄維持得很好。駿騎將那匹馬蹄受傷的母馬指給我看——當然如今蹄傷都痊癒了，之後再帶著我去看他們養的母牛和那一群雞。

最後駿騎才領著我朝屋子走，他那幾個弟弟則跟在我們後面。到了這個時候，我覺得自己已經算是在他們面前表現得不錯了。「母親，有客人來訪。」駿騎叫道，將門推開。我在門口用力踏了幾下，抖落雪和馬糞，這才跟著走進去。

她早知道我已經到了。她臉上有著紅暈，短髮往後梳。她發現我在看，所以不自覺地伸手摸頭。在那一刻，她與我都想起了她的頭髮爲什麼會剪短，於是博瑞屈的身影再度橫阻於我們兩人之間。

「嗯，工作都已經做好了，所以我要去杖人他們家走一走。」

「我也要去！我要去跟獸皮一起玩木偶。」火爐宣布道。

莫莉彎身對那小男孩斥責道：「駿騎是要去看他的甜心，你不能每次都跟著去呀。」

「他今天可以跟。」駿騎宣布道。他朝我瞥了一眼，彷彿要讓我知道，此舉乃是特別幫我一個大忙。「火爐就跟我一起騎馬，坐在我後面就行了，他的矮馬應付不了這種厚雪。趕快準備囉。」

「蜚滋，你要不要喝茶？外面一定很冷吧。」

「老實說，騎了這麼一段長路之後，就是做做馬廄的工作，最能讓人暖和起來。不過好啊，我也想喝喝茶。」

「孩子們叫你去馬廄工作？噢，小駿，他可是客人耶！」

「我看馬廄的工作，他倒做得挺上手的。」駿騎說道。他這句話中有恭維之意。「趕快呀，火爐，我可不要爲了等你而等上一天。」

看來要打點一個六歲的小男孩出門，免不了要吵嚷、混亂上一陣，不過他們似乎都習以爲常，只有我備感驚訝；跟火爐鬧出來的場面比較起來，守衛室還算是平靜的。等到他們兩人出門時，穩重早已躲回閣樓，明證和敏捷則坐在桌邊；敏捷假裝在清理指甲，而明證連做作都免了，乾脆公然地瞪著我。

「蜚滋，請坐。敏捷，你椅子挪過去一點，讓一讓嘛。明證，去磨一點火絨備用。」

「妳這是故意要把我支開！」

「你很懂事嘛！那你就去吧。敏捷，你去幫幫他好了。順便把柴堆上的雪清一清，再搬一些柴到柴棚去風乾。」

他們兩個都出去了，不但不情願，嘴裡還嘟囔個不停。他們將門關上之後，莫莉深吸了一口氣。她把火爐上的燒水壺拿起來，將滾水沖入大茶壺裡的香料葉子上，接著將大茶壺端到桌上來。她擺設了茶杯，又拿出一壺蜂蜜，最後在我對桌坐下來。

「嗨。」我說道。

她笑了起來。「嗨。」

「我問蕁麻說，她要不要跟我一起回來。她說風雪太大，她不想出門。」

「這個天氣，也不能怪她。況且如今要她回來，恐怕也難囉，這裡可比公鹿堡簡陋多了。」

「妳可以搬到細柳林去啊。如今細柳林是妳的了，這妳是知道的。」

「我知道。」她臉上飄來一抹陰影，我真懊悔自己嘴快。「果真如此，那變化就太大，也太快了。如今他們父親永遠不會回來，而這幾個孩子仍在適應。況且，你看了也知道，駿騎已經有對象了。」

「駿騎年紀還小，現在就談戀愛，會不會太早了點？」我冒險問道。

「他雖年輕，但是他要管的產業卻很大，家裡要是早點多個女人，對大家都有好處。既然他已經找到深愛著他的女人，那麼他何必等待？」莫莉反駁道。我無言以對，她則又補了一句：「再說我看他們結婚之後，儉樸也不想搬遠；她父母親就住在這附近，而她又跟妹妹很親。」

「我懂了。」我是真的懂了。當年的莫莉只是家裡的女兒，只需要我一勸說，就可以把她從她父親家裡帶過來，把她變成我的女人。然而今非昔比，如今她乃是這個家庭的核心，她的根在這裡，她的枝葉也都在這裡。

她見我沉默不語，便說道：「人生挺複雜的，是不？」

我望著她。她穿著簡單的深色袍子，手不再細緻修長，臉上有著當年她仍屬於我時所沒有的皺紋；她的身體因為歲月而變得豐潤，她再也不是那個穿著紅裙、跑過沙灘的瘦削女孩了。

「我一直都很想要妳，而且我朝思暮想，都在念著妳。」

「蜚滋！」她叫道，朝閣樓上望了一眼，於是我突然領悟到自己剛才那句話說得太大聲了。她雙頰發紅，並舉起雙手，以指尖遮口。

「對不起。」我說道。「我知道現在說這個太早。這點妳已經跟我講明了。再說我會等妳。無論妳要我等上多久，我都願意。我只是要讓妳知道我的心意，讓妳知道我在等妳。」

她沉重地吞了口口水，嗄啞地說道：「我不知道要等上多久。」

「多久都沒關係。」我伸出一手放在桌上，掌心朝上。她遲疑了一會兒，才將她的手放在我的手上。然後我們便默默坐著，一句話也不說。直到那兩個孩子抱著一把沾了雪的火絨進來，他們的母親才開口責罵他們也不將鞋子抹淨就進門。

我在那裡待到午後。我們喝著茶，我談起蕁麻在堡裡的情形，又講了博瑞屈年輕時的故事。我也不等駿騎和火爐回來，便將黑瑪的馬鞍上好，接著向他們道別。莫莉走出來送我，並在我臉頰上一吻。之後我騎了三天，回到公鹿堡。

謎語繼續帶著信件，穿梭於莫莉的住所與公鹿堡之間。春季慶的時候，他們全家人都來了，而且我還努力地跟莫莉跳了一支舞；這是我第一次跟她跳舞，也是多年來我第一次嘗試跳舞。之後我也跟蕁麻跳了一曲，不過蕁麻勸我以後還是別跳舞的好。可是她說這話的時候，臉上帶著微笑。

我在早春時再度見到幸運，他跟沙舌正要展開夏季旅行，而公鹿堡是第一站。幸運變得更高更瘦，看來對於人生頗爲滿意；他已經看了不少畢恩斯公國的風光，而不久之後，他將前往瑞本公國，接下來還要去修克斯公國。他已經新創兩首歌了，這兩首歌都幽默風趣，當他在大殿上的小壁爐前獻唱時，兩首歌都頗受歡迎。再過半個月左右，羅網和迅風也回來了。迅風的肩膀變得厚實，而且較爲寡言。羅網待在公鹿堡，迅風則回家跟家人相伴一個星期。他帶了個消息回來：再過三個月，駿騎就要結婚了。

我去參加了婚禮。然而，看著駿騎站在儉樸身前，對著羞紅了臉、微微笑著的儉樸允諾終身，我不禁心生嫉妒。他們兩人相識、相愛，然後就結婚了。我看，今年不用過完，他們的搖籃裡就會有個小寶寶。而我呢，卻頂多只能摸摸莫莉的手，或是親親她的臉頰。

夏天很熱。艾莉安娜懷了身孕，整個六大公國都在談論此事。穀子不斷抽高。黑瑪已經摸熟了來回莫莉小屋的路。駿騎要加蓋新房間，我幫著他一起樹立樑柱，並望著莫莉和儉樸婆媳倆有如良伴一般做菜。我望著莫莉在屋子裡做家事，我望著她大笑、攪湯、拂開掉到眼前的頭髮。自從我十五歲以來，我就不曾如此慾火焚身。我晚上睡不著覺，而萬一睡得著，我又非得把夢境封閉起來，免得被人看到。我看得見莫莉，也能跟她說話，然而這裡總是博瑞屈的房子，再說博瑞屈的兒子總是在她身邊轉。她的世界裡似乎沒有我容身之處，所以我脾氣越來越差，對誰都沒有好臉色。

我乾脆去拜訪耐辛與蕾細，畢竟我早就許諾要去探望她們。我在溽暑的塵沙與燠熱之中，前往大老遠的商業灘。切德則咬牙切齒地罵道，我這麼心不在焉的，他還真寧可把我甩掉一陣子。這也不能怪他。蕾細越來越虛弱，所以耐辛請了兩個女人來照顧她的老僕人。讓耐辛粗糙的手勾在我的手臂上，與她一起在花園中散步，看著她把帝尊那血腥的吾王廣場改造成綠野、美麗，與安寧的天堂，這是我長久以來，心靈第一次有了安歇。耐辛從她那些雜物堆中搜出幾件我父親的東西給我：一條我父親喜歡佩戴的平實繫劍帶、博瑞屈寄給我父親的信，信裡提到我的事情，還有一個翡翠戒指。試戴之後，發現這戒指我戴起來剛剛好，所以我就戴著這翡翠戒指回家了。

回到公鹿堡，第一次上精技課之後，蕁麻留連著不走。切德也留了下來，但是他一看到我的臉色，便嘆了一口氣，讓我與女兒獨處。「你去了好久。」蕁麻說道。

「我好久沒見到耐辛了，況且她年紀又越來越大。」

她點點頭。「儉樸懷孕了。」

「眞是太好了。」

「是啊。大家都很興奮。不過我母親說，一想到她很快就要抱孫子，她就覺得自己老了。」

我沉默不語，不知該怎麼回答才好。

「她跟我說：『蕁麻啊，人年紀大之後，時間會過得比較快。』這好像是一句老話，是不是？」

「這句話我常聽人提起。」

「是嗎？我還以爲女人對這句話比較有深刻的體會。」

我直視著她，但是什麼話也沒有說。「或許也不一定啦。」她丟下一句，然後就走了。

四天之後，我再度給黑瑪上了馬鞍，前往莫莉家。切德嚴厲地警告我，我一定要及時回來參加精技召喚，我跟他保證說我一定會到。天氣好，黑瑪不但很配合，體能也好，再加上夏天天黑得晚，所以根本用不到三天，我們兩天就到了。到了之後，我發現自己挺受歡迎，因爲駿騎正要把圈馬場的圍杆換新，於是敏捷和穩重將腐朽的舊柱子拔起來，明證和火爐把洞挖深挖大，而駿騎和我則把又高又直的新杜立穩。駿騎提起他就要當父親了，心裡多麼興奮，後來他發現我沉默的時間越來越久，便閉口不提。之後他宣布說，他要帶那幾個弟弟去河裡游泳玩水一陣，今天天氣這麼熱，又累得滿身大汗。他問我要不要去，但是我搖了搖頭。

正當我提了一桶水，從頭上沖下去之際，莫莉提著個提籃從屋子裡出來。「僉樸在睡午覺。她熱得很難受呢，懷孕的人最受不了這種天氣了。我看我們就讓她靜靜地在屋子裡睡一下吧，我們順便可以去看看黑莓熟了沒有。」

我們爬上屋後的緩坡，少年們在溪裡戲水大叫的聲音漸漸淡去。我們經過了莫莉那些排列整齊的蜂箱，蜂箱裡傳出溫和的嗡嗡響聲。蜂箱之後便是黑莓叢，但是莫莉帶我繞到黑莓叢後面。她說，每年都是這一邊的黑莓先熟。她的蜜蜂們也忙得很，有的在晚開的黑莓花上採蜜，有的則追逐熟透果子迸裂出來的汁液。我們越採越多，提籃都半滿了。然而，就在我將一個高枝拉低，好讓莫莉摘到頂端的果實時，卻惹惱了一隻蜜蜂。那蜜蜂朝我衝來，先是在我頭髮之間亂鑽，最後從我領口飛進去。我咒罵不止，四處亂打，結果那蜜蜂就螫我了。我踉蹌地從黑莓叢間退出來，同時揮手防衛另外兩隻突然圍著我的頭飛的蜜蜂。

「快跑。」莫莉警告道，她牽著我的手，拉著我跑下山坡。

又有一隻蜜蜂叮在我耳後，最後蜂群才總算放過我。「可是提籃和黑莓都留在那裡呢，我回去拿好了。」

「現在還不行。你在這裡等一下，等牠們安穩下來再說。好啦，你別抓了，蜂刺說不定還留在肉裡呢。讓我瞧瞧。」

我在赤楊樹的樹蔭下坐下來，莫莉彎身檢查我耳後的蜂螫。「腫得好大一包，而且你把螫針推得更入肉裡去了。你坐著，不要動。」她試著用指頭挑出螫針來，我一縮身，她便大笑起來。「你坐好。這個用指甲挑不出來。」她靠上來，用嘴貼住傷口；我感覺到她的舌頭探索著螫針的位置，然後用牙齒叼住螫針，將之拔了出來，接著她伸手將黏在唇上的螫針拿下來。「看見了沒？你把整枝螫針都推進去了。是不是還螫到另外一個地方？」

「在背後。」我說道。雖然我竭力自持，但是我的聲音依然顫抖。她停下來，看看我，接著她再度轉過頭來，彷彿她好久沒見到我那樣地望著我。她以嗄啞的聲音說道：「把襯衫脫下來。我看看能不能把螫針弄出來。」

她的嘴唇再度碰到我的時候，我只覺得天旋地轉。她把第二枝螫針拿給我看，而後將手放在我背後的箭傷上。「這是怎麼回事？」

「那是弓箭所傷。好久了。」

「那這個呢？」

「這是近傷，刀劍砍的。」

「可憐的蜚滋。」她摸著我肩膀與脖子之間的傷疤。「我還記得你受這個傷的樣子。當時你來到我床前，身上仍綁著繃帶。」

「的確。」

我轉過身望著她。我知道她在等我，即使如此，我仍必須鼓足了所有的勇氣，才敢親吻她。我小心翼翼地吻了她，我吻了她的雙頰，吻了她的喉嚨，最後才吻她的唇。她嘴裡有黑莓的味道。我一次又一次地吻她。我吻得很慢，我想要以吻把我這十幾年來錯失的一切都彌補起來。我解開她的襯衣，將她的襯衣從她頭上拉開。她的胸部在我指掌之間，我只覺得她的胸部如此柔軟、如此沉重。她的裙子褪了下來，抛在地上，像一朵吹翻的花朵。我將我的心上人放在草地上，甜蜜地將她據爲己有。

那是歸鄉且圓滿的感覺，那是值得再三品嘗的驚喜。我們小睡了一會兒，醒來時，發現樹影已經拉長。「我們得回去了！」莫莉叫道，不過——「還不行。」我告訴她。我再度與她溫存，在我自己能夠忍受的程度之內，我盡量放慢。我聽到她顫抖著在我耳邊呢喃著我的名字，那是我聽過最甜蜜的聲音。

接著，有人提高了聲音喊道：「母親？蜚滋？」這使我們頓時如同少女少男般地感到愧疚。我們匆促地穿好衣服，莫莉一人冒險回去拿提籃。我們一邊把衣服、頭髮上的灰塵和草屑拍抖乾淨，一邊上氣不接下氣地大笑。我再度吻了她。

「現在得停一停了！」她警告我，溫柔地回吻我一下，然後提高音量，叫道：「我在這裡，我來了！」

我拉著莫莉的手，走過了黑莓叢，而自此便一直拉著她的手，一路走下山丘，回到她的孩子們身邊。

尾聲

細柳林是個溫暖的山谷，山谷中間是一條緩緩流過、在起伏緩和的山陵間切出寬廣平原的河流；這是個適合種植葡萄、穀子、養蜜蜂，以及養育小男孩的地方。細柳林宅邸是木造而非石造，雖已久居，但有時候我仍覺得這點很新奇。如今我睡在我父親睡過的大床上，而自從我少年時便傾心愛慕的女子，則睡在我身旁。

我們祕密戀愛了三年。這實在很困難，不過這倒使得一切更顯珍貴。我們的私會時間既少，又不一定能成功，所以我備覺甜蜜。接下來過豐收慶的時候，莫莉帶著眾兒子到公鹿堡來玩，我邀她共舞，然後悄悄地把她帶到了我自己的床上。我從不曾想過能在此與莫莉相聚，而接下來多日，她的香水味一直留在我的枕頭上，使我的夢境格外溫馨。我到她家去拜訪，也許頂多只能迅速地偷偷一吻，但即使只有一吻，這來回的辛勞也就值得了。我相信駿騎沒多久就看出端倪，蕁麻的評語也明白地讓我知道我絕對騙不過她。莫莉跟我依舊很小心，這是爲了那幾個小男孩好。我雖爲了贏得他們的尊重而密藏戀情，但是我從未因此而感到後悔。

精技召喚之後，穩重應召了。大家都很驚訝，當中最驚訝的，大概莫過於我。一開始，穩重的天賦似乎不高，但是我們逐漸發現，他其實極有潛力，心性又沉穩，所以是「吾王子民」的不二人選。蕁麻備感驕傲，而且處處保護弟弟。對此我也十分感激，因爲莫莉的孩子住進公鹿堡，使她更有藉口可以經常來訪。穩重與蕁麻變成新王「精技小組」的核心人物，因爲他們姊弟之間的牽繫特別強勁。除了穩重之外，另有十二人應召，其中四人的精技天賦足以成爲蕁麻的精技小組成員，另外八人的能力則較差。應召而來的人，無論能力高低，我們通通留下，一個也沒有飭回。因爲，正如切德的親身體驗，有的時候，需要多一點時間才能讓精技天賦完全發揮出來。阿憨與我繼續以「精技獨行者」爲王室效力。切德與往常一樣，一方面管住我們兩人，另一方面又不斷測試精技魔法的極限，經常自己冒著生命危險，做些若換作是別人來做，就會被他笑爲愚蠢的傻事。

駿騎的次子出生之後，莫莉突然宣布，也到了儉樸該有自己的火爐，和她自己的家的時候了。莫莉決定帶著火爐和明證，搬到細柳林去住。敏捷決定要跟著大哥一起住，畢竟家園這麼大，不是一個男人照管得來的，況且他一直很喜歡跟馬在一起。但是莫莉私下告訴我，敏捷之所以決定要待下來，其實主要是因爲鎮上修理馬車的人家裡，那個紅頭髮的女兒。

我們舉行簡單的婚禮，在吾王的見證之下立誓彼此廝守終身，而莫莉的孩子、珂翠肯、艾莉安娜、切德、幸運和謎語都來觀禮。切德大哭，然後用力摟緊我，叫我一定要幸福快樂。幸運才剛問蕁麻說，他可不可跟新姊妹一吻，護姊心重的火爐就嫌他太急，而重重地揍他一拳。阿憨和小王子「繁盛」，則幾乎睡掉了整場婚禮。

因爲耐辛無法旅行，所以莫莉與我遠道去見她，並且在蕾細的墳前獻花。我們在耐辛那裡待了一個月，我想火爐和明證會因爲事事好奇、花招不斷而把耐辛煩死。但是我們預定離開之前兩天，她突然宣布，她在商業灘這裡住膩了，再說她也老得管不動這個產業了，因此她決定跟我們一起搬到細柳林去住。莫莉聽到這個消息很是高興，使我鬆了一口氣。

火爐和明證似乎頗以有這麼一位凡事不按牌理出牌的祖母爲樂。火爐身上多了幾處刺青之後，莫莉終於押著他保證，以後若是再要刺青，一定要先問母親的許可。明證則對植物和藥草產生了莫大的興趣，就連耐辛也幾乎被他問倒。我們還沒安頓下來，謎語就來了，他說切德派他來當我的手下。我私底下懷疑他仍幫那隻老蜘蛛看著我，不過那也無所謂，如果他需要這樣才覺得他仍控制得住他的世界，那麼就讓他知道些消息又何妨？我一點一滴地把切德的權力奪回來交給晉責，這是由於晉責看來已經準備好了。雖然我從未戴過六大公國的王冠，但令我欣慰的是，我也出了大力，讓王權安然無恙地過繼給接任者。

謎語展現了卓越的管理能力，且不只是會應徵僕從、管管產業而已。這樣倒好，因爲莫莉與我從來就沒想到要管理這些事情，也根本沒有什麼準備。此外，耐辛又說她年紀大了，所以她一概不管。謎語是個很實在的人。最近蕁麻來訪，我問謎語，他跟蕁麻講話的口氣未免太過熟稔，幸虧後來莫莉硬把我叫到一旁，叫我別管他人閒事。

我常常應召去公鹿堡，由於我們麥田裡的鳥兒長得很好，晉責與艾莉安娜也來過細柳林放鷹打獵過兩次。我對放鷹打獵從來就沒什麼興趣，所以他們來時，都是他們騎馬出遊，我則留在家裡陪著他們的兒子玩耍，繁盛王子是個健康且活潑的小男孩。

切德根據精技卷軸做過嚴密的訓練之後，便冒險藉著門石旅行。他決定去艾斯雷弗嘉島，親自探索古靈的遺跡。他在島上待了十天，回來時帶了一袋記憶石，眼裡充滿驚奇。他並未找到普立卡的岩洞，然而，就算他找到了，我也敢說此時那處一定空無一人。據我看來，弄臣最後一次拜訪切德之後，便往南而去，回到他們受教育之處，將他們二人所學帶回家去。我想，他是再也不會北返了。

弄臣與我的分離充滿遺憾。我們分離之前，彼此都以爲會再見到對方一次，而且各有最後的話未說。我與他一起度過的時光，像是一盤下到一半、結局未可知的石子棋，其未來的推演，仍在未定之天。有時想起來，他與我之間有這麼多沒有解決的事情，實在很殘忍；但有時又覺得，只要仍有一絲重聚的希望，也未嘗不是諸神的恩賜。到底將來如何？這就像是伶牙俐齒的吟遊歌者說唱到一半，暫停片刻，讓沉寂蔓延，最後才拉開嗓子，唱出結尾。隔閡的裂口，有時會是尚待實現的諾言。

我常常想起弄臣，不過我對他的想念，就像我對夜眼的想念一樣。我知道，像這樣的朋友，一世難得，往後不會再有了。我自認爲很幸運，因爲我能與弄臣和夜眼爲友。我想，我往後再也不會牽繫，也不會再有像弄臣這樣的生死之交了。正如博瑞屈有次有感而發地對耐辛說的：一馬不能雙鞍。我有莫莉，對我而言，這樣便一切足矣。

我很滿足。

（全書完）

中英名詞對照表

A
Almata 艾梅妲
Amber 琥珀
An Account of Travel in A Barbarous Land 蠻夷之旅記趣
Antler Island 鹿角島
Arkon Bloodblade 阿肯・血刃

B
Bear, The 大熊（族）
Bearns 畢恩斯
Beast Magic 野獸魔法
Bendry 班德利
Bingtown Traders 繽城商人
Bingtown 繽城
bit 馬銜
Black Man, The 黑者
Black Rolf 黑洛夫
bond 牽繫
Bowsin 波辛
Bresinga 貝馨嘉
Brief History of the Out Islands, Red Ships 外島紅船簡史
Brusque 阿魯
Buckkeep Town 公鹿堡城
Buckkeep 公鹿堡
Burrich 博瑞屈

C
Calling 精技召喚
Capable 能耐
carris seed 卡芮絲籽
catalyst 催化劑
Cateren 柯德仁
Celerity 婕敏
Chade Fallstar 切德・秋星
Chalced States 恰斯國
Chandler 製燭商
change-maker 造變者
Changer, the 改變者
Charm 護符
Chivalry 駿騎
Chronicles 紀事
Churry 裘樂
Cindin 辛丁
City Guard 城市衛隊
Civil Bresinga 儒雅・貝馨嘉
Clerres 克拉利斯
Cockle Longspur 扇貝・長刺
Coteries 小組
Cottlesby 科德比

Councilor 私人顧問
Crend 克鐮
Cresswell 魁斯維
Cursed Shores, the 天譴海岸
Customs of Buck Duchy 公鹿公國

D
Deft 巧捷
delventree 岱文樹
Desire 欲念（王后）
Dog and Whistle 狗與哨子
Dragon's Head 龍頭之歌
Dragon's Welcome, The 神龍的歡迎
Dret 德萊特
Drub 達敗
Dutiful 晉責（王子）

E
Eagle, The 老鷹（族）
Eda 艾達
Edge Lands 邊疆國
El 埃爾
Elderling 古靈
elfbark 精靈樹皮
Elliania 艾莉安娜
Excellent 卓越

F
Farrow 法洛公國
Farseer 瞻遠
Fedwren 費德倫
FitzChivalry 蜚滋駿騎
Flicker 明滅
Fool 弄臣
Forge 冶煉鎮
Forged Ones 被冶煉的人
Forging 冶煉
Fox, The 狐狸（族）
freedom earring; freeman's earring
自由耳環；自由人耳環

G
Galen 蓋倫
Galeton 長風鎮
Garetha 嘉蕾莎
Gilly 吉利
Gindast 晉達司
Ginna 吉娜
Girl on Dragon 乘龍之女
God's Runes 神符群島
Golden 黃金大人
Gossoin 葛霜
Grart 葛拉特
Great Mother 上母
Grimston 嚴酷鎮
Gunrody Lian 炮杖・獅連

H
Hands 阿手
Hap 幸運

Harvest Fest 豐收慶
Heart of the Pack 獸群之心
Hearth 火爐
Hearthstone 爐前石
Hedge witch 鄉野女巫
Heliotrope 向日葵
Henderson 韓德森
Henja 漢佳
Hest 詔諭
hetgurd 首領團
Histories 歷史
History of Chalced's Slave Customs 恰斯國奴隸風俗演進史
History of the Red Ship War 紅船之戰史
Hod 浩得
Holly 荷莉
Hoquin 何昆

I

Icefyre 冰華
I-Doubt-It-Very-Much, Queen 我才不信王后
Island Aslevjal 艾斯雷弗嘉島
Ivy 長春蔓

J

Jamallia 遮瑪里亞
Jamallian 遮瑪里亞人
Jhaampe 頡昂佩
Jinna 吉娜
Jofron 喬馮
Junket 饗宴鎮
Just 明證

K

Kaempra 首領
Kebal Rawbread 科伯・羅貝
Keppet 凱沛
Kettle 水壺嬸
Kettricken 珂翠肯（王后）
King Slayer 屠人國王
King's Circle 吾王廣場
King's Man 吾王子民
Kip 獸皮
Kossi 珂希

L

Lacey 蕾細
Laudwine 路德威
Laurel 月桂
Leaf God 葉神
Leftwell 留好
Lesser Uses of the Skill 精技之次級用途
Lestra 萊絲拉
link 牽繫
liveship 活船
Longwick 長芯

M
Maiden's Chance 處女希望號
Malta 麥爾妲
Mannerless, Princess 無禮王子
Marn 麥恩
Master 師傅
Mayle 瑪烈島
memory stone 記憶石
minstrel bard 吟遊歌者
Molly 莫莉
Moonseye 月眼城
Motherhouse 母屋
Mountain Kingdom 群山王國
Myblack 黑瑪

N
Narcheska 貴主（奈琪絲卡）
Narwhal clan 獨角鯨族
Nettle 蕁麻
Nighteyes 夜眼
Nim 小敏
Nimble 敏捷
Nosy 大鼻子

O
Oerttre 奧美崔
Old Blood 原血者
Ombir 翁比
On Skill-Pillars 論精技石柱
On the Calling of Candidates
論精技召喚
Others 異類
Out Island Travels 外島遊記
Out Islands 外島
Outislander 外島人
Owl, The 貓頭鷹（族）
Oxworthy 蠻牛

P
Pale Woman 蒼白之女
Patience 耐辛
Pecksies 靈界
Pelican's Pouch 鵜鶘的喉囊
Peony 琵翁妮
Peottre Blackwater 皮奧崔・黑水
Piebald, Prince 花斑點王子
Piebald, the 花斑幫
Pins 別針
Pirate Isles 海盜群島
pome 梨果
Portal Stones 門石
Porte 波爾特
Prilkop 普立卡
Prince's Guard 王子衛隊
Prince's Man 王子子民
Prosper 繁盛

Q
Queen's Garden 王后花園

Queen's Guard 王后衛隊

R
Raichal 瑞凱
Rain Wilds 雨野原
Raven 渡鴨（族）
Realder 瑞爾德
Red Ship War 紅船之戰
Red Ships; Red-Ship Raiders 紅船劫匪
Redda 蕾妲
Redoaks 紅橡
Regal 帝尊
repel 抗斥
Revke 瑞維奇
Riddle 謎語
Ripplekeep 漣漪堡
Rippon 瑞本
Risk 風險
robber-rat 強盜鼠
Rory Hartshorn 羅力・賀瓊恩
Rosemary 迷迭香
Ruddy 紅兒
Ruften 盧夫頓
Ruler of all River Lands 河地之王
runes 符文
Rutor 盧特爾

S
Sa 莎神
Sacrifice 犧牲獻祭
Sada 莎妲
saff oil 瑟夫油
Salt 鹽利
Sandtongue 沙舌
Sardus Chif 沙杜斯齊大王
Sardus Prex 沙杜斯婆
Satrap Esclepius
沙崔甫・伊司克列大君
Scentless One 沒有氣味的人
Scroll 卷軸
Seal, The 海獺（族）
Seawatch Tower 望海塔
Selden Vestrits 瑟丹・維司奇
Serferet 瑟斐芮
Shadow Wolf 影狼
Shellbye 甲拜
Shoaks 修克斯
Shrewd 黠謀（國王）
Silver Key 銀鑰酒店
Six Duchies 六大公國
Skill dreamer 精技夢人
Skill Dreaming 精技之夢
Skill one 精技人
Skill 精技（n.）；技傳（v.）
Skillmaster 精技師傅
Skill-pillar 精技石柱
Skill-poke 精技信號
Skill-walking 精技漫遊

Skyrene 史愷林島
Sleuvm 史流文
Smithy 鐵匠
Smokewing 煙翼
Solicity 殷懇
Solo 精技獨行者
Springfest 春季慶
Stablemaster 馬廄總管
Staffman 杖人
Starling Birdsong 椋音·鳥囀
Steady 穩重
Stone game 石子棋
Stone Garden 石頭花園
Stronghouse 外島要塞
Stuck Pig 籬笆卡豬
Svanja 絲凡佳
Swift 迅風
Sydel 惜黛兒

T

Table of Herbs 百草要略
Taker 征取者
The Gray One 灰衣人
The Mother 主母
Theldo 席爾多
Thick 阿憨
thippi-fruit 悉琵果
Thornbush 荊棘
Thrift 儉樸
Thyme 百里香
Tilth 提爾司
Tintaglia 婷黛莉雅
Tom Badgerlock 湯姆·獾毛
Tradeford 商業灘
Treatise on A Lost Folk 湮沒之古靈人
Treenee 樹膝
Tusker 野豬號

V

Venturn 凡尊
Verdant 無邪大人
Verity 惟真
Verity-as-Dragon 化龍的惟真
Vixen 母老虎

W

Warrior's Prayer 戰士禱告辭
weasel 黃鼠狼
Web 羅網
White Prophet 白色先知
white ship 白船
White 白者
Wild-eye 狂眼
Wisal 薇撒爾
Wit 原智
Wit Magic 原智魔法
Withywoods 細柳林
Witmaster 原智師傅

Witness Stones 見證石
Witted; Witted one 原智者
wizardwood 巫木
Women's Garden 女人花園
Wuislington 威思林鎮

Y

Ysal Sealshoes 怡撒爾・海獺鞋

Z

Zylig 柴利格鎮

奇幻基地書籍目錄

http://www.ffoundation.com.tw/

BEST 嚴選

書號	書名	作者	定價
1HB004X	諸神之城：伊嵐翠	布蘭登．山德森	520
1HB009	最後理論	馬克．艾伯特	320
1HB013	刺客正傳 1：刺客學徒（經典紀念版）	羅蘋．荷布	299
1HB014	刺客正傳 2：皇家刺客（上）（經典紀念版）	羅蘋．荷布	320
1HB015	刺客正傳 2：皇家刺客（下）（經典紀念版）	羅蘋．荷布	320
1HB016	刺客正傳 3：刺客任務（上）（經典紀念版）	羅蘋．荷布	360
1HB017	刺客正傳 3：刺客任務（下）（經典紀念版）	羅蘋．荷布	360
1HB018	2012：失落的預言	麥利歐．瑞汀	320
1HB019	迷霧之子首部曲：最後帝國	布蘭登．山德森	380
1HB020	迷霧之子二部曲：昇華之井	布蘭登．山德森	399
1HB021	迷霧之子終部曲：永世英雄	布蘭登．山德森	399
1HB025	方舟浩劫	伯伊德．莫理森	320
1HB027	血色塔羅	尼克．史東	380
1HB028	最後理論 2：科學之子	馬克．艾伯特	320
1HB029	星期一，我不殺人	尚—巴提斯特．德斯特摩	320
1HB030	懸案密碼：籠裡的女人	猶希．阿德勒．歐爾森	320
1HB031	迷霧之子番外篇：執法鎔金	布蘭登．山德森	320
1HB032	2012：降世的預言	麥利歐．瑞汀	320
1HB033	彌達斯寶藏	伯伊德．莫理森	320
1HB034	颶光典籍首部曲：王者之路（上）	布蘭登．山德森	499
1HB035	颶光典籍首部曲：王者之路（下）	布蘭登．山德森	499
1HB036	懸案密碼 2：雉雞殺手	猶希．阿德勒．歐爾森	320
1HB037	末日之旅．上冊	加斯汀．柯羅寧	399
1HB038	末日之旅．下冊	加斯汀．柯羅寧	399
1HB039	懸案密碼 3：瓶中信	猶希．阿德勒．歐爾森	380
1HB040	刀光錢影：戰龍之途	丹尼爾．艾伯罕	380
1HB041	懸案密碼 4：第 64 號病歷	猶希．阿德勒．歐爾森	380
1HB042	皇帝魂：布蘭登．山德森精選集	布蘭登．山德森	320
1HB043	第一法則首部曲：劍刃自身	喬．艾伯康比	380
1HB044	第一法則二部曲：絞刑之前	喬．艾伯康比	380
1HB045	第一法則終部曲：最後手段	喬．艾伯康比	450
1HB046	刀光錢影 2：國王之血	丹尼爾．艾伯罕	380
1HB047	末日之旅 2：十二魔．上冊	加斯汀．柯羅寧	380
1HB048	末日之旅 2：十二魔．下冊	加斯汀．柯羅寧	380

書號	書名	作者	定價
1HB049	陣學師：亞米帝斯學院	布蘭登・山德森	320
1HB050	太和計畫	馬克・艾伯特	360
1HB051	刀光錢影 3：暴君諭令	丹尼爾・艾伯罕	380
1HB052	血戰英雄	喬・艾伯康比	420
1HB053	審判者傳奇：鋼鐵心	布蘭登・山德森	320
1HB054	懸案密碼 5：尋人啟事	猶希・阿德勒・歐爾森	380
1HB055	北方大道・上冊	彼德・漢彌頓	420
1HB056	北方大道・下冊	彼德・漢彌頓	420
1HB057	刺客後傳 1：弄臣任務（上）（經典紀念版）	羅蘋・荷布	360
1HB058	刺客後傳 1：弄臣任務（下）（經典紀念版）	羅蘋・荷布	360
1HB059	刺客後傳 2：黃金弄臣（上）（經典紀念版）	羅蘋・荷布	360
1HB060	刺客後傳 2：黃金弄臣（下）（經典紀念版）	羅蘋・荷布	360
1HB061	刺客後傳 1：弄臣命運（上）（經典紀念版）	羅蘋・荷布	450
1HB062	刺客後傳 1：弄臣命運（下）（經典紀念版）	羅蘋・荷布	450

謎幻之城

書號	書名	作者	定價
1HS005Y	基地（紀念書衣版）	以撒・艾西莫夫	280
1HS007Y	基地與帝國（紀念書衣版）	以撒・艾西莫夫	280
1HS010Y	第二基地（紀念書衣版）	以撒・艾西莫夫	280
1HS010Z	基地三部曲（紀念書衣版）	以撒・艾西莫夫	840
1HS000U	基地三部曲（經典書盒版）	以撒・艾西莫夫	840
1HS011Y	基地前奏（紀念書衣版）	以撒・艾西莫夫	420
1HS012Y	基地締造者（紀念書衣版）	以撒・艾西莫夫	420
1HS012Z	基地前傳（紀念書衣版）	以撒・艾西莫夫	840
1HS000V	基地前傳（經典書盒版）	以撒・艾西莫夫	840
1HS013Y	基地邊緣（紀念書衣版）	以撒・艾西莫夫	420
1HS014Y	基地與地球（紀念書衣版）	以撒・艾西莫夫	450
1HS014Z	基地後傳（紀念書衣版）	以撒・艾西莫夫	870
1HS000W	基地後傳（經典書盒版）	以撒・艾西莫夫	870
1HS000Z	基地全系列套書 7 本（紀念書衣版）	以撒・艾西莫夫	2550

日本名家

書號	書名	作者	定價
1HA026	艾比斯之夢	山本弘	380

幻想藏書閣

書號	書名	作者	定價
1HI001C	靈魂之戰 1：落日之巨龍	瑪格麗特．魏絲等	480
1HI002C	靈魂之戰 2：隕星之巨龍	瑪格麗特．魏絲等	480
1HI003X	靈魂之戰 3：逝月之巨龍（新版）	瑪格麗特．魏絲等	480
1HI004	黑暗精靈 1：故土	R．A．薩爾瓦多	380
1HI005	黑暗精靈 2：流亡	R．A．薩爾瓦多	380
1HI006	黑暗精靈 3：旅居	R．A．薩爾瓦多	380
1HI007	南方吸血鬼 1：夜訪良辰鎮	莎蓮．哈里斯	280
1HI010	南方吸血鬼 2：達拉斯夜未眠	莎蓮．哈里斯	280
1HI012	南方吸血鬼 3：亡者俱樂部	莎蓮．哈里斯	280
1HI029	南方吸血鬼 4：意外的訪客	莎蓮．哈里斯	280
1HI032	南方吸血鬼 5：與狼人共舞	莎蓮．哈里斯	280
1HI033	南方吸血鬼 6：惡夜追琪令	莎蓮．哈里斯	280
1HI034	南方吸血鬼 7：找死高峰會	莎蓮．哈里斯	280
1HI035	南方吸血鬼 8：攻琪不備	莎蓮．哈里斯	280
1HI036	黑暗之途 1：無聲之刃	R．A．薩爾瓦多	380
1HI037	南方吸血鬼 9：全面琪動	莎蓮．哈里斯	280
1HI038	邪馬台國戰記 II：炎天的邪馬台國(完結篇)	㭴田省治	399
1HI039	南方吸血鬼 10：噬血王子的背叛	莎蓮．哈里斯	280
1HI040	黑暗之途 2：世界之脊	R．A．薩爾瓦多	380
1HI041	黑暗之途 3：劍刃之海	R．A．薩爾瓦多	380
1HI042	南方吸血鬼番外篇：我的德古拉之夜	莎蓮．哈里斯	299
1HI043	獵人之刃 1：千獸人	R．A．薩爾瓦多	399
1HI044	南方吸血鬼 11：精靈的聖物	莎蓮．哈里斯	280
1HI045	獵人之刃 2：獨行者	R．A．薩爾瓦多	399
1HI046	獵人之刃 3：雙劍	R．A．薩爾瓦多	399
1HI047	地底王國 1：光明戰士	蘇珊．柯林斯	250
1HI048	地底王國 2：災難預言	蘇珊．柯林斯	250
1HI049	地底王國 3：熱血之禍	蘇珊．柯林斯	250
1HI050	地底王國 4：神祕印記	蘇珊．柯林斯	250
1HI051C	龍槍編年史 I：秋暮之巨龍	崔西．西克曼&瑪格麗特．魏絲	480
1HI052C	龍槍編年史 II：冬夜之巨龍	崔西．西克曼&瑪格麗特．魏絲	480
1HI053C	龍槍編年史 III：春曉之巨龍	崔西．西克曼&瑪格麗特．魏絲	480
1HI054C	龍槍傳奇 I：時空之卷	崔西．西克曼&瑪格麗特．魏絲	480
1HI055C	龍槍傳奇 II：烽火之卷	崔西．西克曼&瑪格麗特．魏絲	480
1HI056C	龍槍傳奇 III:試煉之卷	崔西．西克曼&瑪格麗特．魏絲	480
1HI057	靈視者哈珀康納莉 I：觸墓驚心	莎蓮．哈里斯	280
1HI058	靈視者哈珀康納莉 II：移花接墓	莎蓮．哈里斯	280
1HI059	靈視者哈珀康納莉 III：草墓皆冰	莎蓮．哈里斯	280
1HI060	靈視者哈珀康納莉 IV：不堪入墓	莎蓮．哈里斯	280
1HI061	地底王國 5：最終戰役	蘇珊．柯林斯	250
1HI062	死亡之門 1：龍之翼（全新封面）	崔西．西克曼&瑪格麗特．魏絲	360

書號	書名	作者	定價
1HI063	死亡之門 2：精靈之星（全新封面）	崔西．西克曼&瑪格麗特．魏絲	360
1HI064	死亡之門 3：火之海（全新封面）	崔西．西克曼&瑪格麗特．魏絲	360
1HI065	死亡之門 4：魔蛟法師（全新封面）	崔西．西克曼&瑪格麗特．魏絲	360
1HI066	死亡之門 5：混沌之手（全新封面）	崔西．西克曼&瑪格麗特．魏絲	420
1HI067	死亡之門 6：迷宮歷險（全新封面）	崔西．西克曼&瑪格麗特．魏絲	420
1HI068	死亡之門 7：第七之門（完）(全新封面)	崔西．西克曼&瑪格麗特．魏絲	360
1HI069	南方吸血鬼 12：神祕的魔法鎖	莎蓮．哈里斯	280
1HI070	滅世天使	蘇珊．易	280
1HI071	天使禁區	麗諾．艾普漢絲	250
1HI072	南方吸血鬼噬血真愛全方位導覽特典	莎蓮．哈里斯	650
1HI073	御劍士傳奇 1：鍍金鎖鍊（全新封面）	大衛．鄧肯	360
1HI074	御劍士傳奇 2：火地之王（全新封面）	大衛．鄧肯	420
1HI075	御劍士傳奇 3：劍空(完)（全新封面）	大衛．鄧肯	420
1HI076	幸運賊	史考特．G．布朗	320
1HI077	歷史檔案館	薇多莉亞．舒瓦	320
1HI078	歷史檔案館 2：惡夢	薇多莉亞．舒瓦	320
1HI079	流浪者系列：傷痕者	賽爾基&瑪麗娜．狄亞錢科	380
1HI080	南方吸血鬼完結篇：吸血鬼童話	莎蓮．哈里斯	280
1HI081	尼爾女巫	薇多莉亞．舒瓦	300
1HI082	流浪者系列．前傳：守門者	賽爾基&瑪麗娜．狄亞錢科	360

魔幻之城

書號	書名	作者	定價
1HF012	時光之輪 2：大狩獵（上）	羅伯特．喬丹	300
1HF013	時光之輪 2：大狩獵（下）	羅伯特．喬丹	320
1HF025	時光之輪 3：真龍轉生（上）	羅伯特．喬丹	320
1HF026	時光之輪 3：真龍轉生（下）	羅伯特．喬丹	320
1HF030	時光之輪 4：闇影漸起（上）	羅伯特．喬丹	320
1HF031	時光之輪 4：闇影漸起（中）	羅伯特．喬丹	320
1HF038	時光之輪 4：闇影漸起（下）	羅伯特．喬丹	320
1HF044	時光之輪 5：天空之火（上）	羅伯特．喬丹	320
1HF045	時光之輪 5：天空之火（中）	羅伯特．喬丹	320
1HF046	時光之輪 5：天空之火（下）	羅伯特．喬丹	320
1HF050	時光之輪 6：混沌之王（上）	羅伯特．喬丹	320
1HF051	時光之輪 6：混沌之王（中）	羅伯特．喬丹	320
1HF052	時光之輪 6：混沌之王（下）	羅伯特．喬丹	320
1HF068	時光之輪 7：劍之王冠（上）	羅伯特．喬丹	320
1HF069	時光之輪 7：劍之王冠（下）	羅伯特．喬丹	320
1HF080	時光之輪 1：世界之眼（上）	羅伯特．喬丹	360
1HF081	時光之輪 1：世界之眼（下）	羅伯特．喬丹	360
1HF085	時光之輪 8：匕之道 （上）	羅伯特．喬丹	380
1HF086	時光之輪 8：匕之道 （下）	羅伯特．喬丹	380
1HF087	時光之輪 9：寒冬之心（上）	羅伯特．喬丹	380
1HF088	時光之輪 9：寒冬之心（上）	羅伯特．喬丹	380
1HF089	時光之輪 10：光影歧路（上）	羅伯特．喬丹	400
1HF090	時光之輪 10：光影歧路（下）	羅伯特．喬丹	400
1HF091	時光之輪 11：迷夢之刃（上）	羅伯特．喬丹	480
1HF092	時光之輪 11：迷夢之刃（下）	羅伯特．喬丹	480
1HF093	時光之輪 12：末日風暴（上）	羅伯特．喬丹&布蘭登．山德森	499
1HF094	時光之輪 12：末日風暴（下）	羅伯特．喬丹&布蘭登．山德森	499
1HF095	時光之輪 13：闇夜之塔（上）	羅伯特．喬丹&布蘭登．山德森	520
1HF096	時光之輪 13：闇夜之塔（下）	羅伯特．喬丹&布蘭登．山德森	520
1HF097	時光之輪 14 最終部：光明回憶（上）	羅伯特．喬丹&布蘭登．山德森	560
1HF098	時光之輪 14 最終部：光明回憶（下）	羅伯特．喬丹&布蘭登．山德森	560

少年魔法城

書號	書名	作者	定價
1HY006	奇幻小百科：勇者鬥怪物教戰手冊	周錫	180
1HY007	奇幻小百科：奇幻冒險夢幻隊伍	黃美文	180
1HY008	奇幻小百科：中世紀城主你來當	米爾汀	180
1HY025	Slayers! 秀逗魔導士	神坂一	99
1HY026	Slayers! 秀逗魔導士 2：亞特拉斯的魔導士	神坂一	200
1HY029	Slayers! 秀逗魔導士 3：賽拉格的妖魔	神坂一	200
1HY030	Slayers! 秀逗魔導士 4：聖王都動亂	神坂一	200
1HY032	Slayers! 秀逗魔導士 5：白銀的魔獸	神坂一	200
1HY033	Slayers! 秀逗魔導士 6：威森地的黑暗	神坂一	200
1HY035	Slayers! 秀逗魔導士 7：魔龍王的挑戰	神坂一	220
1HY037	Slayers! 秀逗魔導士 8：死靈都市之王	神坂一	220
1HY039	Slayers! 秀逗魔導士 9：貝賽爾德的妖劍	神坂一	220
1HY040X	Slayers! 秀逗魔導士 10：索拉利亞的謀略	神坂一	220
1HY041	Slayers! 秀逗魔導士 11：克里姆佐的執迷	神坂一	220
1HY042	Slayers! 秀逗魔導士 12：霸軍的策動	神坂一	220
1HY043	Slayers! 秀逗魔導士 13：降魔征途的路標	神坂一	220
1HY046	Slayers! 秀逗魔導士 14：瑟倫狄亞的憎惡	神坂一	220
1HY049X	Slayers! 秀逗魔導士 15：屠魔者（完結篇）	神坂一	220

境外之城

書號	書名	作者	定價
1HO003	天觀雙俠．卷一	鄭丰（陳宇慧）	250
1HO004	天觀雙俠．卷二	鄭丰（陳宇慧）	250
1HO005	天觀雙俠．卷三	鄭丰（陳宇慧）	250
1HO006	天觀雙俠．卷四（完）	鄭丰（陳宇慧）	250
1HO018	筆靈 1：生事如轉蓬	馬伯庸	199
1HO019	筆靈 2：萬事皆波瀾	馬伯庸	240
1HO020	靈劍．卷一	鄭丰（陳宇慧）	250
1HO021	靈劍．卷二	鄭丰（陳宇慧）	250
1HO022	靈劍．卷三（完）	鄭丰（陳宇慧）	250
1HO023	筆靈 3：沉憂亂縱橫	馬伯庸	240
1HO024	筆靈 4：蒼穹浩茫茫	馬伯庸	240
1HO025	神偷天下．卷一	鄭丰（陳宇慧）	250
1HO026	神偷天下．卷二	鄭丰（陳宇慧）	250
1HO027	神偷天下．卷三（完）	鄭丰（陳宇慧）	250
1HO028	五大賊王 1：落馬青雲	張海帆（老夜）	280
1HO029	五大賊王 2：火門三關	張海帆（老夜）	280
1HO030	五大賊王 3：淨火修練	張海帆（老夜）	280
1HO031	五大賊王 4：地宮盜鼎	張海帆（老夜）	280
1HO032	五大賊王 5：身世謎圖	張海帆（老夜）	280
1HO033	五大賊王 6：逆血羅剎	張海帆（老夜）	280
1HO034	五大賊王 7（上）：五行合縱	張海帆（老夜）	280
1HO035	五大賊王 7（下）（終）：五行合縱	張海帆（老夜）	280
1HO036	三國機密（上）：龍難日	馬伯庸	320
1HO037	三國機密（下）：潛龍在淵	馬伯庸	320
1HO038	奇峰異石傳．卷一	鄭丰（陳宇慧）	250
1HO039	奇峰異石傳．卷二	鄭丰（陳宇慧）	250
1HO040	奇峰異石傳．卷三（完）	鄭丰（陳宇慧）	250
1HO041	風起隴西（第一部）：漢中十一天	馬伯庸	280
1HO042	風起隴西（第二部）（終）：秦嶺的忠誠	馬伯庸	240
1HO043	西遊祕史 1：大唐泥梨獄	陳漸	300
1HO044	西遊祕史 2：西域列王紀	陳漸	320

F-Maps

書號	書名	作者	定價
1HP001	圖解鍊金術	草野巧	300
1HP002	圖解近身武器	大波篤司	280
1HP004	圖解魔法知識	羽仁礼	300
1HP005	圖解克蘇魯神話	森瀨繚	320
1HP007	圖解陰陽師	高平鳴海	320
1HP008	圖解北歐神話	池上良太	330
1HP009	圖解天國與地獄	草野巧	330
1HP010	圖解火神與火精靈	山北篤	330
1HP011	圖解魔導書	草野巧	330
1HP012	圖解惡魔學	草野巧	330
1HP013	圖解水神與水精靈	山北篤	330
1HP014	圖解日本神話	山北篤	330

聖典

書號	書名	作者	定價
1HR009X	武器屋（全新封面）	Truth in Fantasy 編輯部	420
1HR014X	武器事典（全新封面）	市川定春	420
1HR026C	惡魔事典（精裝典藏版）	山北篤等	480
1HR028C	怪物大全（精裝）	健部伸明	特價 999
1HR031	幻獸事典（精裝）	草野巧	特價 499
1HR032	圖解稱霸世界的戰術——歷史上的 17 個天才戰術分析	中里融司	320
1HR033C	地獄事典（精裝）	草野巧	420
1HR034C	幻想地名事典（精裝）	山北篤	750
1HR035C	城堡事典（精裝）	池上正太	399
1HR036C	三國志戰役事典（精裝）	藤井勝彥	420
1HR037C	歐洲中世紀武術大全（精裝）	長田龍太	750

城邦文化奇幻基地出版社
Fantasy Foundation Publications
http://www.ffoundation.com.tw
TEL：02-25007008 FAX：02-25027676

BEST嚴選 062

刺客後傳3
弄臣命運・下冊（經典紀念版）（最終部）

原著書名／The Tawny Man Trilogy 3: Fool's Fate
作　　者／羅蘋・荷布（Robin Hobb）
譯　　者／麥全
企劃選書人／楊秀眞
責任編輯／楊秀眞、王雪莉
行銷企劃／周丹蘋
業務企劃／虞子嫺
行銷業務經理／李振東
總　編　輯／楊秀眞
發　行　人／何飛鵬
法律顧問／台英國際商務法律事務所　羅明通律師
出版／奇幻基地出版
城邦文化事業股份有限公司
台北市104民生東路二段141號8樓
電話：(02)25007008　傳眞：(02)25027676
網址：www.ffoundation.com.tw
e-mail：ffoundation@cite.com.tw
發行／英屬蓋曼群島商家庭傳媒股份有限公司城邦分公司
台北市104民生東路二段141號11樓
書虫客服服務專線：(02)25007718・(02)25007719
24小時傳眞服務：(02)25170999・(02)25001991
服務時間：週一至週五09:30-12:00・13:30-17:00
郵撥帳號：19863813　戶名：書虫股份有限公司
讀者服務信箱 e-mail：service@readingclub.com.tw
歡迎光臨城邦讀書花園　網址：www.cite.com.tw
香港發行所／城邦（香港）出版集團有限公司
香港灣仔駱克道193號東超商業中心1樓
電話／(852) 2508-6231　傳眞／(852) 2578-9337
e-mail：hkcite@biznetvigator.com
馬新發行所／城邦（馬新）出版集團　Cité (M) Sdn Bhd
41, Jalan Radin Anum, Bandar Baru Sri Petaling, Lumpur, 57000 Kuala Lumpur, Malaysia.
Tel: (603) 90578822　Fax:(603) 90576622
e-mail：cite@cite.com.my

封面設計／黃聖文
插畫繪製／郭慶芸（Camille Kuo）
書衣設計／楊秀眞
文字校對／金文蕙
排　　版／浩瀚電腦排版股份有限公司
印　　刷／高典印刷有限公司
■2005年（民94）10月4日初版五刷
■2016年（民105）8月23日二版2刷

售價／450元

國家圖書館出版品預行編目資料

刺客後傳3弄臣命運・下冊／羅蘋・荷布（Robin Bobb）著; 麥全譯 - 初版 - 臺北市：奇幻基地：家庭傳媒城邦分公司發行；民103. 09
面：公分. -（BEST嚴選：062）
譯自：The Tawny Man Trilogy 3: Fool's Fate
ISBN 978-986-7576-92-6
874.57　103004840

ISBN 978-986-7576-92-6
EAN 471-770-208-745-6

Printed in Taiwan.

廣　告　回　函
北區郵政管理登記證
台北廣字第000791號
郵資已付，免貼郵票

104台北市民生東路二段141號11樓

英屬蓋曼群島商家庭傳媒股份有限公司城邦分公司 收

請沿虛線對摺，謝謝

奇幻基地

每個人都有一本奇幻文學的啓蒙書

奇幻基地官網：http://www.ffoundation.com.tw
奇幻基地粉絲團：http://www.facebook.com/ffoundation

書號：1HB062　　書名：刺客後傳3弄臣命運・下冊（經典紀念版）（最終部）

奇幻戰隊好讀有禮集點贈獎活動

活動期間，購買奇幻基地作品，剪下封底折口的點數券，集到一定數量，寄回本公司，即可依點數多寡兌換獎品。

點數兌換獎品說明：

- **5點** 奇幻戰隊好書袋一個
- **10點** 2012年布蘭登·山德森來台紀念T恤一件
  有S&M兩種尺寸，偏大，由奇幻基地自行判斷出貨
- **15點** 【蕭青陽獨家設計】典藏限量精繡帆布書袋
  紅線或銀灰線繡於書袋上，顏色隨機出貨

兌換辦法：

2014年2月～2015年1月奇幻基地出版之作品中，剪下回函卡頁上之點數，集滿規定之點數，貼在右邊集點處，即可寄回兌換贈品。

【活動日期】：即日起至2015年1月31日

【兌換日期】：即日起至2015年3月31日（郵戳為憑）

其他說明：

＊請以正楷寫明收件人真實姓名、地址、電話與email，以便聯繫。若因字跡潦草，導致無法聯繫，視同棄權

＊兌換之贈品數量有限，若贈送完畢，將不另行通知，直接以其他等值商品代之

＊本活動限臺澎金馬地區讀者

【集點處】

1	6	11
2	7	12
3	8	13
4	9	14
5	10	15

（點數與回函卡皆影印無效）

個人資料：

姓名：________________________ 性別：□男 □女

地址：____

電話：____________________ email：____________________

想對奇幻基地說的話：________________________________

____

請剪下右側點數，貼於背面的集點處，集滿5點以上，即可寄回兌換抽獎